KB176242

Lucy Maud Montgomery
ANNE OF GREEN GABLES

5

웨딩드레스

루시 모드 몽고메리/김유경 옮김

동서문화사

원제 : Anne's House of Dreams(1917)
그림 : 계창훈
디자인 : 동서랑 미술팀

ANNE OF GREEN GABLES
5
웨딩드레스/차례

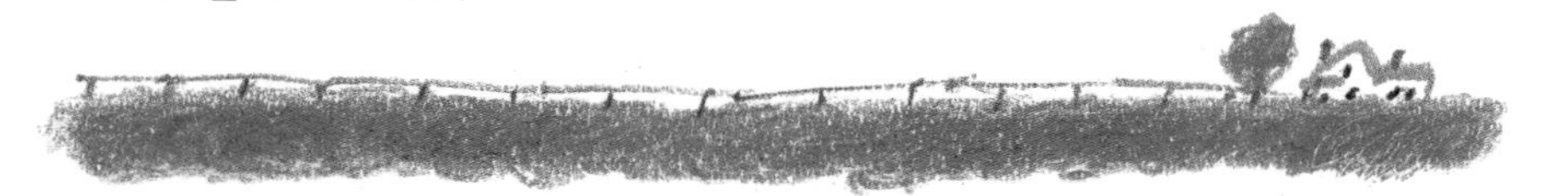

《ANNE》의 짧은 이야기

《ANNE》의 에피소드

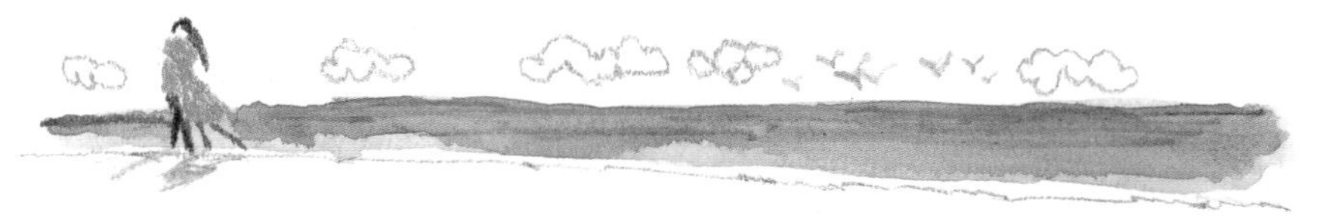

로러*에게
그리운 옛 추억으로

*로러 프리처드는 몽고메리가 16~17살에 걸쳐 아버지가 계신 서스캐치원 주 프린스 앨버트에서 지낼 때의 벗.

지붕밑방

“고맙게도 이제 기하와는 배우는 것도 가르치는 것도 영영 끝이야.”

앤 셜리는 원망이 뒤섞인 투로 말하며 너덜너덜해진 기하 교과서를 커다란 책상자에 던져넣고 기세 좋게 뚜껑을 닫았다. 그리고는 그 위에 앉아 새벽하늘과도 같은 잿빛 눈으로 다이애너 라이트를 바라보았다. 두 사람은 그린게이블즈의 지붕밑방에서 마주보고 있었다.

지붕밑방이 으레 그렇듯 이 방도 어둠침침했으며 많은 것을 생각나게 하는 즐거운 곳이었다.

앤이 앉아 있는 옆 창문에서는 향긋한 냄새를 실은 상쾌한 8월의 오후 햇볕으로 따뜻하고 나른해진 공기가 흘러들고 밖에서는 포플러 가지가 바람에 소리내며 춤추고 있었다.

저쪽에는 ‘연인의 오솔길’이 사람들의 마음을 매혹하듯 꾸불꾸불 안쪽 숲으로 이어지고 지금껏 불그스름한 열매를 주렁주렁 달고 있는 오랜 사과나무숲이 보였다. 파아란 남쪽하늘에는 눈처럼 새하얀 구름이 커다란 산맥처럼 솟아 있었다.

또 한쪽 창문으로부터는 하얗게 파도가 부서지는 파란 바다가 아득히 보였다. 아름다운 세인트 로렌스 만이다. 그 만에 보석처럼 떠

있는 애비게이트.*[1] 이 부드럽고도 아름다운 인디언풍 이름이 프린스 에드워드 섬이라는 산문적인 명칭으로 바뀌고 나서도 오랜 세월 함께 흘러왔다.

다이애너 라이트는 요전번 우리들이 그녀를 보았을 때로부터 3년이나 지나 얼마쯤 주부다운 성숙함이 더해져 있었다. 그러나 앤 셜리와 둘이 '언덕의 과수원' 뜰에서 영원한 우정을 맹세한 옛날과 다름없이 눈이 까맣게 빛나고 볼은 발그스름했으며 옴폭 들어간 보조개는 매력적이었다.

팔에 안은 검은 고수머리의 작은 아기는 쌔근쌔근 잠들어 있었다. 이 아이가 '작은 앤 코딜리어'로서 애번리 일대에 알려진 뒤 행복한 2년이 지났다.

애번리 사람들은 다이애너가 어째서 이 아이를 앤이라고 이름지었는지 물론 알고 있었지만 코딜리어라고 한 데는 어리둥절해 했다. 시집인 라이트 집안에도 친정인 배리 집안에도 코딜리어라고 불린 여자는 한 사람도 없었다.

하면 앤드루스 부인은 말했다.

"이 이름은 다이애너가 어느 삼류소설에서 찾아냈을 거예요. 프레드도 생각없는 사람이지, 그런 이름을 잘도 짓게 했지 뭐예요."

그런 말을 들어도 다이애너와 앤은 얼굴을 마주보며 미소를 나눌 뿐이었다. 둘 다 앤 코딜리어가 어떻게 해서 그 이름을 갖게 되었는지 잘 알고 있기 때문이었다.

"너는 전부터 기하라면 질색이었잖니."

다이애너는 어린 시절을 떠올리며 미소를 띠었다.

"어쨌든 더이상 아이들을 가르치지 않게 되었으니, 좋겠다."

"어머나, 가르치는 건 싫지 않아. 기하만 빼고. 서머사이드 중학교에

---

*1 원주민이 이 섬에 붙인 이름.

chang.k

서 보낸 3년은 정말 즐거웠어. 집에 돌아왔을 때 하먼 앤드루스 아주머니도 중학교 선생노릇에 비한다면 결혼 생활은 내가 생각한 만큼 마음에 들지 않을 거라고 하셨을 정도니까. 하먼 아주머니는 모르는 불행에 뛰어들기보다 현재 짊어지고 있는 고생 쪽이 낫다는 햄릿의 의견에 완전히 동감하시거든."

옛날과 다름없이 통통 튀어오르는 듯한 앤의 웃음소리는 부드러움과 원숙함이 더해져 지붕밑방에 울려 퍼졌다.

아래층 부엌에서 살구 잼을 만들고 있던 머릴러는 그 웃음소리를 듣고 미소 지었으나, 이윽고 한숨을 내쉬며 이제 앞으로는 저 귀여운 웃음소리가 그린게이블즈에 울려 퍼지는 일도 드물겠지 생각했다.

머릴러의 일생에서 앤이 길버트 블라이스와 결혼한다는 것을 알았을 때처럼 기뻤던 순간은 없었지만, 기쁨의 빛 뒤에는 반드시 슬픔의 그림자가 뒤따르는 법이다. 서머사이드에서 지낸 3년 동안 앤은 휴가 때는 물론이고 주말에도 어김없이 집에 돌아왔지만, 앞으로는 고작 1년에 두 번밖에 돌아올 수 없으리라.

다이애너는 주부생활 4년의 위엄을 보이며 위로했다.

"하먼 아주머니 말에 신경쓸 것 없어. 물론 결혼생활에는 좋은 일도 있지만 나쁜 점도 있단다. 모든 일이 반드시 잘되리라고 생각해서는 안 돼. 하지만 앤, 결혼생활이 행복하다는 것만은 확실해, 상대방만 잘 선택한다면."

앤은 떠오르는 미소를 억눌렀다. 다이애너가 경험자인 체하는 것이 우습기만 했다.

앤은 생각했다.

'나도 결혼하고 4년쯤 지나면 저런 얼굴을 하게 될지도 모르지. 하지만 나에겐 유머가 있으니까 저쯤은 되지 않을 거야.'

"살 곳은 정했니?"

다이애너는 어린 앤 코딜리어를 어머니만의 독특한 몸짓으로 끌어안았다. 그것을 보면 앤은 말로는 표현할 수 없는 달콤한 꿈과 부푼 희망으로 가슴이 뿌듯해지며, 순수한 기쁨을 느끼는 한편으로, 정체를 알 수 없는 기묘한 아픔도 느꼈다.

"정했어. 그것을 이야기하고 싶어서 오늘 와달라고 전화했어. 그러고 보니 애번리에 전화가 들어왔다는 게 아무래도 믿어지지 않아. 이 아름답고 한가로운 고풍스런 마을에 전화라니, 너무 현대식이라 어울리지 않지만 한편으로는 근사하다는 생각도 들어."

"그 점에서는 애번리 마을개선회에 감사해야 해. 개선회가 이 안건을 채택해서 실행에 옮기지 않았다면 전화 같은 건 꿈도 꾸지 못했을 테니까.

어떤 모임이라도 뭔가 하고 나면 반드시 트집을 잡는 사람들이 있기 마련인데, 개선회는 아무튼 잘 견뎌냈어. 그 모임을 시작한 너는 정말 훌륭한 일을 한 거야, 앤. 그 모임은 유쾌했었잖니!

저 푸른 공회당과 저드슨 파커 씨가 담 가득히 약선전광고를 붙이려 했을 때의 일을 결코 잊을 수 없어."

"나는 전화문제로는 진심으로 개선회에 감사할 수 있을지 어떨지 아직 모르겠어. 물론 편리한 건 사실이야—우리들이 촛불로 서로 신호를 보냈던 것보다는 훨씬! '애번리도 행렬에 뒤처져서는 안 되지'라는 린드 아주머니의 말 그대로야.

하지만 나는—해리슨 씨가 재치 있는 말을 하고 싶어할 때의 말버릇을 흉내내는 건 아니지만—애번리가 '근대적 불편'으로 훼손되지 않는 편이 좋다는 느낌이 들어. 언제까지나 저 그리운 옛날 그대로 남겨두고 싶어.

그런 생각은 어리석고—게다가 너무도 감상적이어서—불가능할 거야. 그러니까 나는 곧 현명하고 실제적인 이야기가 통하는 사람이 되기로 하겠어. 전화는 해리슨 씨도 인정한 것처럼 '대단한 물건'이야. 비록 호기심 많은 사람들 여섯쯤이 흥미진진하게 엿듣고 있다는 걸 알더라도 말이야."

다이애너는 한숨을 쉬었다.

"그건 정말 너무해. 누군가에게 전화를 걸 적마다 수화기 놓는 소리가 들려와 기분 나빠. 하먼 앤드루스 아주머니는 전화가 울릴 적마다 들으면서 식사 준비를 할 수 있도록 자기네 전화를 부엌에 설치해 달라고 했다지 뭐니.

오늘 너에게서 걸려왔을 때 파이네의 그 괴상한 시계소리가 똑똑히 들렸어. 조지나 거티가 듣고 있었을 게 뻔해."

"아, 그래서 '그린게이블즈에서 새 시계를 샀니?'라고 물었구나. 나는 그게 무슨 뜻인지 몰랐어. 네가 그렇게 말하자 곧 찰칵 하는 듯한 소리가 들렸는데 파이네에서 그 수많은 수화기를 내리는 소리였구나.

하지만 파이네 따위는 신경쓸 것 없어. 린드 아주머니의 말을 빌리면 '지금까지도 앞으로 세상이 계속되는 한 파이네는 파이네로다, 아멘'이니까 말이야. 그보다 좀더 유쾌한 이야기를 하고 싶어. 새로운 가정을 꾸밀 곳이 완전히 정해졌어."

"어머나, 앤, 어디니? 여기서 가까운 곳이라면 정말 좋겠어."

"결코 가깝지 않아. 그게 유일한 결점이야. 길버트는 포 윈즈 항구에 살기로 결정했어. 여기서 60마일이야."

다이애너는 한숨을 쉬었다.

"60마일이라고? 그럼, 6백 마일과 다를 게 없잖아? 지금 나로서는 샬럿타운보다 먼 곳으로 여행할 수 없거든."

"포 윈즈에 꼭 와야 해. 프린스 에드워드 섬에서 가장 아름다운 항구야. 그 가까이에 글렌 세인트 메리(Glen St. Mary)라는 작은 마을이 있는데, 거기서 데이비드 블라이스 의사선생님이 50년 동안이나 개업하고 계셔. 왜 알잖니, 그 의사선생님은 길버트의 대숙부(大叔父)님이야. 은퇴하셔서 길버트가 그 뒤를 잇게 되었지.

하지만 집은 블라이스 의사선생님이 그대로 쓰시니까 우리들은 이제부터 우리가 지낼 집을 구해야 해. 어떤 집인지, 어디에 있는지, 실제로는 아무것도 모르지만 내 상상 속에는 가구가 모두 갖추어진 아담한 꿈의 집이 완성되어 있어—사랑스럽고 멋진 스페인 성이."

"신혼여행은 어디로 가니?"

"아무데도 가지 않아. 그렇게 놀랄 건 없어, 다이애너. 그런 얼굴을 하면 하면 앤드루스 아주머니가 떠오르니까. 아주머니는 자못 이해심 많은 어른처럼 신혼여행을 갈 능력이 없는 사람은 무리하지 않는 것도 지혜로운 행동이라고 할 게 뻔한걸. 그렇게 말하고 나서 제인은 유럽에 갔다고 상기시켜 줄 거야. 나의 허니문을 포 윈즈에 있는 내 소중한 꿈의 집에서 보내고 싶어."

"그리고 들러리도 없이 하기로 했다면서?"

"할 만한 사람이 없잖아. 너도 필도 프리실러도 제인도 나보다 먼저 결혼해버렸고 스텔러는 밴쿠버에서 교편을 잡고 있어서—나에게는 달리 '서로를 부르는 영혼'이 없는걸 뭐. '서로를 부르는 영혼'이 아닌 들러리는 필요없어."

다이애너는 걱정스러운 듯 물었다.

"그래도 베일은 쓸 거지?"

"쓰고말고. 베일이 없다면 신부다운 기분이 들지 않잖아. 매슈가 나를 그린게이블즈에 데려온 날 저녁 때 '이렇게 못생겼으니 아무도 나와 결혼하고 싶어하지 않겠죠—외국으로 가는 선교사 말고는요' 이렇게 이야기했던 게 생각나.

그 무렵 나는 외국으로 가는 선교사는 식인종들이 사는 나라로 목숨을 걸고 기꺼이 따라와 줄 용감한 아가씨를 원할 테니까 외모를 까다롭게 따지지 못할 거라고 생각했었어.

그랬는데 어땠는 줄 아니? 프리실러와 결혼한 선교사를 네가 봤으면 좋았을 텐데. 우리들이 전부터 결혼상대로 공상하던 인물 그대로, 잘 생기고 신비스러운 사람이었어, 다이애너. 그만큼 세련된 사람은 본 일이 없었고, 프리실러의 '천사 같은 금발미녀의 아름다움'에 정신 없이 빠져 있었어. 그야 물론 일본에는 식인종 같은 게 없지만."

"어쨌든 웨딩드레스를 입은 네 모습은 꿈처럼 아름다울 거야."

다이애너는 황홀한 기분에 젖어 있었다.

"정말 여왕처럼 보일 거야. 키가 크고 호리호리 늘씬하잖니. 앤, 어떻게 하면 그렇게 날씬할 수 있니? 나는 전보다 더 뚱뚱해졌어. 머지않아 허리마저 아주 없어지고 말 거야."

"살찌는 것도 마르는 것도 신이 미리 정해주시는 것 같아. 어쨌든 서머사이드에서 돌아왔을 때 하먼 앤드루스 아주머니가 나에게 한 그런 말은 너에게 절대로 할 수 없어. '아니, 어쩌면, 앤. 여전히 뼈와 가죽뿐이냐'라고 하잖겠니. '날씬하다'면 낭만적으로 들리지만 '뼈와 가죽뿐'이라면 전혀 느낌이 다르잖니."

"하먼 아주머니는 너의 결혼식 드레스에 대해서도 말하더라. 제인 못지 않게 훌륭하다고 인정했어. 하지만 제인은 백만장자와 결혼했는데, 너는 '재산이라고는 한푼도 없는 가난뱅이 젊은 의사'한테 시집간다고 덧붙이는 걸 잊지 않았지."

앤은 웃었다.

"내 옷은 확실히 멋져. 난 예쁜 것을 좋아하니까. 처음으로 입었던 예쁜 드레스를 지금도 기억하고 있어. 콘서트 때 매슈가 사준 갈색 글로리아 비단이었지. 그때까지 내 옷은 모두 초라한 것들뿐이잖아. 그날 밤 나는 새로운 세계로 발을 내디딘 느낌이었단다."

"그날 밤 길버트가 '라인 강변의 빙겐'을 읊으며 '그리고 또 한 여자가 있습니다. 누이는 아닙니다' 하는 대목에서 널 바라보았지. 너는 길버트가 핑크빛 종이로 만든 네 장미를 가슴주머니에 꽂고 있다고 몹시 화냈었잖니! 그와 결혼할 줄은 그 무렵 상상도 못했을 거야."

"아, 그것도 신이 미리 정해 놓으신 것들 가운데 하나란다."

앤은 웃었고, 두 사람은 지붕밑방 층계를 내려갔다.

꿈의 집

그린게이블즈에서는 이 집의 역사가 시작된 이래 한없는 기쁨이 흘러넘치고 있었다. 머릴러조차 몹시 흥분하여 그것이 얼굴에까지 나타나 있었다—이것은 아주 놀라운 일이었다.

머릴러는 레이철 린드 부인에게 변명 비슷하게 말했다.

"이 집에서는 결혼식이 한 번도 없었답니다. 나는 어렸을 때 나이든 목사님께서 집이란 출생과 혼인과 죽음에 의해 정화되지 않으면 진정한 집이라고 할 수 없다고 말하는 것을 들었어요.

이 집에서 죽음은 있었죠. 부모님과 매슈 오라버니가 여기서 세상을 떠났으니까요. 그리고 출생도 있었죠. 오래전 우리들이 이 집으로 옮기고 나서 곧 아주 잠시 동안 부부 고용인을 둔 일이 있는데, 그 안사람이 여기서 아기를 낳았답니다. 그러니 결혼만은 지금까지 한 번도 없었어요.

앤이 결혼한다고 생각하니까 마음이 이상해요. 아직도 나에게는 14년 전 매슈 오라버니가 이곳에 데려왔을 때 어린 여자아이로밖에 보이지 않거든요. 그 애가 어른이 되었다니 믿어지지가 않아요.

매슈 오라버니가 여자아이를 데리고 들어오는 걸 보았을 때 들었던 심정은 영원히 잊지 못할 거예요. 만일 착오가 일어나지 않아서 남자아이를 얻어 왔었다면 그 애는 어떻게 되었을까요? 어떤 운명을 걸어갔을지 한 번쯤은 생각하게 돼요."

린드 부인이 말했다.

"정말이지 아주 운이 좋은 실수였지요. 하기야 그렇게 생각지 않았던 시기도 있었잖아요. 내가 앤을 보러 왔었던 그날, 앤은 엄청난 소동을 일으켰죠. 그로부터 정말 많은 일들이 있었어요."

린드 부인은 한숨을 내쉬었지만, 금세 기운을 되찾았다. 결혼 준비가 궤도에 오르자 린드 부인은 '죽은 과거에 그 죽은 사람을 장사지내게 하고서'*[1] 자기는 그러한 것을 깨끗이 잊기로 하였다.

"앤에게 무명실로 짠 퀼트 침대덮개를 두 장 줄 작정이에요. 담배무늬와 사과 잎 무늬의 것을 말예요. 그게 다시 유행한다고 앤이 말했거든요.

유행하든 않든 손님용 침실 침대에 아름다운 사과 잎 무늬 침대덮개만큼 어울리는 것은 없죠. 햇볕에 잘 말려 청결하게 해두어야 하지만. 토머스가 죽고 나서부터 무명자루 속에 넣어둔 채로 있었기에 아마도 색깔이 형편없을 거예요. 하지만 아직 한 달이나 남았으니 밤이슬을 맞히면 몰라보게 깨끗해지겠지요."

겨우 한 달! 머릴러는 한숨을 쉬었지만 곧 자랑스러운 듯 어깨를 펴고 말했다.

"나는 지붕밑방에 놓아둔 손으로 짠 깔개 여섯 장을 주기로 했죠. 그 애가 그것을 탐낼 줄은 생각지도 못했어요. 그렇듯 고풍스러운 것을!

요즘 사람들이 좋아하는 건 털실로 무늬를 짜 넣은 양탄자잖아요. 그런데 그것을 달라고 하지 않겠어요. 자기네 집 바닥에 다른 어떤

---

*1 미국 시인 롱펠로의 《인생의 노래》 속의 말.

것보다도 그것을 깔고 싶대요. 틀림없이 예쁘기는 하죠. 줄무늬를 넣어 특별히 정성들여 짠 거니까요. 요 몇 년 동안 겨우내 많은 쓸모가 있었죠.

그리고 잼 찬장에 저장해 두도록 월귤잼을 1년치 만들어줄 작정이에요.

정말 이상해요. 그 월귤나무는 3년째 꽃 하나 피우지 않아서 그만 베어 내버릴까 했는데 올봄에 새하얗게 꽃이 피더니 내가 기억하기로는 가장 풍성하게 열매를 주렁주렁 달았으니까요."

"정말이지 앤과 길버트가 결혼하게 되어 잘됐어요. 나는 언제나 그렇게 되도록 기도드리고 있었죠. 앤이 그 킹스포트의 청년과 결혼할 마음은 아니라는 것을 알고 얼마나 마음을 놓았는지 몰라요. 물론 그 청년은 부자고 길버트는 가난해요—어쨌든 출발은 말이에요. 하지만—길버트는 이 섬 사람이니까요."

머릴러는 흐뭇한 듯이 말했다.

"뭐니뭐니해도 그 애는 길버트 블라이스니까요."

길버트를 어린시절부터 볼 때마다 자기 마음에 어떤 생각이 떠올랐는지 입 밖에 낼 바엔 차라리 머릴러는 죽는 편이 나았다. 그 생각이란, 만일 먼 옛날 그 철부지 같은 자존심만 없었더라면 길버트는 자기 아들이 되었을지도 모른다는 것이었다.

이상하게도 길버트가 앤과 결혼함으로써 그 옛날 자신이 저지른 실수가 보상될 것 같은 느낌이 들었다. 오랜 고통 속에서 기쁨이 샘솟은 것이다.

앤 자신은 어떠한가. 도리어 지나친 행복에 두려워질 정도였다. 전해오는 미신에 의하면, 신들은 너무 행복한 사람을 시기한다고 한다. 신은 몰라도 사람 가운데에는 그런 사람이 있는 게 분명했다.

어느 짙은 보랏빛 해질녘 그들 가운데 두 사람이 앤에게 다가와 무지개빛으로 빛나는 비눗방울 같은 앤의 행복을 찔러 터뜨리려 했다.

만일 앤이 젊은 블라이스 의사를 붙잡은 것을 무슨 대단한 일로 생각한다거나, 블라이스 선생이 학생시절에 그랬던 것처럼 지금도 앤에게 푹 빠져 있다고 생각한다면, 앤이 현재와 다른 각도에서 바라볼 수 있게 해주는 것이 자신들의 의무라고 받아들였다.

그러면서도 이 두 사람은 앤의 적은 아니었다. 그뿐 아니라 앤을 진심으로 좋아하며, 만약 누가 앤을 공격하려 한다면 자기 딸처럼 변호해 주었을 것이다. 믿음 좋은 사람이라고 해서 언제나 일관성을 유지할 수 있는 것은 아니다.

잉글리스 부인—데일리 엔터프라이즈 신문의 표현을 빌리면 전 앤드루스 집안의 영애 제인 앤드루스—이 친정어머니와 재스퍼 벨 부인과 셋이서 찾아왔다.

제인의 경우, 그 인간적인 면모는 여러 해에 걸친 결혼 생활의 다사다난한 번거로움에도 메마르는 일 없이 알맞게 흐르고 있었다. 레이철 린드 부인의 말을 흉내내는 것은 아니지만 무뚝뚝한 백만장자와 맺어졌는데도 제인의 결혼은 행복했다. 재산 때문에 제인이 변하는 일은 없었다.

옛날 4인조 시대 그대로 차분하고도 온순한 볼이 발그레한 제인, 그녀는 어린 소꿉친구들의 행복을 함께 기뻐하며 앤이 입을 신부 의상의 세세한 부분에까지 관심을 보이며, 마치 그 옷이 보석을 아로새긴 자기의 호화로운 웨딩드레스와 다를 바 없다는 듯 칭찬했다.

제인은 뛰어나게 머리가 좋지 않았고, 남이 귀를 기울일 만한 가치 있는 말을 한 적도 없었다. 그러면서 남에게 상처를 주는 말도 결코 하지 않았다. 그것은 소극적이긴 하나 드물고 부러운 재능이다.

"그렇다면 결국 길버트는 너를 배신하지 않았다고 할 수 있구나."

하면 앤드루스 부인은 뜻밖이라는 느낌을 교묘하게 풍기는 투로 말했다.

"그야 물론 블라이스 집안사람들은 일단 약속한 일은 어떤 일이 있더라도 대개 지키지만. 그런데 너는 스물다섯이지, 앤? 내 처녀시절에는 스물다섯이라면 처음으로 맞닥뜨리는 한고비였단다. 하지만 너는 젊어보이는구나. 빨강머리 사람은 본디 그렇긴 하지만."

"요즘은 빨강머리가 무척 유행하고 있어요, 아주머니."

앤은 미소지으려 했지만 쌀쌀맞게 말했다. 앤은 인생을 긍정적으로 바라보았으므로 많은 곤란을 극복하는 데 도움이 되었다. 하지만 아직도 머리에 대한 얘기가 나오면 자기도 모르게 냉담해져버리고 말았다.

"그렇고말고—그렇고말고. 유행이란 어떤 별난 변덕을 일으킬지 모르는 법이니까. 앤, 네 혼수는 정말 아름답고 신분에 어울리는구나. 그렇잖니, 제인? 행복하게 살아야 할 텐데. 나는 진심으로 네 행복을 바라고 있단다. 길게 끈 약혼은 잘되지 않는 일이 곧잘 있으니까 말이야. 하지만 물론 너의 경우에는 어쩔 수 없는 일이었지."

재스퍼 벨 부인이 어두운 미래를 이야기했다.

"길버트는 의사치고는 너무 젊어 보여서 남들로부터 그리 신뢰받지 못하는 게 아닐까요."

그리고는 이제 할말을 다하여 마음 편하다는 듯 입을 꾹 다물고 말았다. 벨 부인은 언제나 모자에 너덜너덜한 검은 깃털을 꽂고 흩어진 머리칼을 이마에 드리우고 있었다.

아름다운 혼수에 대한 앤의 기쁨은 겉으로는 잠시 흐려졌지만 마음속에 고이 간직된 행복은 이 같은 일로 흔들리지 않았다. 이 두 부인한테서 받은 작은 상처는 나중에 길버트가 왔을 때에는 모두 잊어버리고 둘이서 시냇가 자작나무가 있는 길로 걸어갔다.

이 자작나무도 앤이 그린게이블즈에 처음 왔을 때에는 어린 나무였었는데 지금은 황혼과 별이 사는 요정나라 궁전의 엄청나게 높은 상아색 원기둥이 되어 있었다. 그 나무 그늘에서 앤과 길버트는 다정하게 자기들이 꾸민 새로운 가정이며 새 생활에 대해 이야기 나누었다.

"우리들이 꿈꾼 보금자리를 찾았어, 앤."

"어머나, 어디지? 마을 한복판은 아닐 테지. 그렇다면 난 마음에 들지 않을지도 몰라."

"아니, 항구의 바닷가에 있는 조그만 흰 집이야. 글렌 세인트 메리와 포 윈즈 곶 중간에 있어. 마을에서 좀 떨어진 곳이지만 전화를 놓으면 그리 아쉽지 않을 거야.

집 둘레가 아름다워. 저녁 해가 지는 쪽을 보고 있으며, 푸른 바다가 눈앞에 펼쳐져 있지. 모래언덕도 멀지 않은 곳에 있는데다—바닷바람이 불어대서 물보라가 모래언덕을 적셔주고 있어."

"집은 어때? 길버트—우리가 처음으로 살 집은? 어떻게 생겼어?"

"그리 크지는 않지만 두 식구가 살기에는 충분할 거야. 아래층에 벽난로가 놓인 훌륭한 거실이 있고, 항구를 굽어볼 수 있는 식당과 내 진찰실에 어울리는 작은 방이 있어.

60년쯤 된 집으로, 포 윈즈에서는 가장 오래된 집이지만 살면서 늘 손질해 왔고 15년쯤 전에 완전히 수리했다고 하더군. 지붕을 새로 이고, 칠을 하고, 바닥도 새로 바꾸었어. 본디 단단하게 지어진 것 같아.

이 집을 지었을 때 무언가 낭만적인 이야기가 있는 모양이지만, 내게 빌려준 사람은 자세히 모르나봐. 오래된 실을 잣듯이 옛날 이야기를 해줄 수 있는 사람은 짐 선장뿐이라고 했어."

"짐 선장이란 누구지?"

"포 윈즈 곶에 있는 등대지기. 앤은 그 포 윈즈의 등대가 마음에 들 거야. 사방을 돌아가며 비추는 식으로, 저녁때면 커다란 별처럼 반짝거려. 거실 창문에서도 현관에서도 그 빛이 보이지."

"집 주인은 누군데?"

"지금은 글렌 세인트 메리의 장로교회 소유로 되어 있어서 관리위원회에서 빌렸어. 하지만 얼마 전까지 미스 일리저버스 러셀이라는

나이를 많이 먹은 부인의 것이었다고 해. 그 부인이 올봄에 죽었는데 가까운 친척이 없어서 재산을 모조리 글렌 세인트 메리 교회에 남겼던 거야.

아직도 가구들이 고스란히 집안에 있어서 아주 헐값에 사버렸어. 그때 그 시절 같은 아주 구식이어서 관리위원회에서는 안 팔릴 거라 생각했대. 그곳 사람들은 화려한 천을 씌운 의자와 거울과 장식이 덕지덕지 붙은 가구를 좋아하나봐. 하지만 미스 러셀의 가구는 아주 좋은 것이니까 틀림없이 마음에 들 거야, 앤."

앤은 조심스럽게 동의했다.

"거기까지는 좋아. 하지만 길버트, 사람은 가구만으로 살 수는 없잖아. 가장 중요한 것을 아직 얘기하지 않았어. 그 집 둘레에 나무는 있어?"

"엄청나게 많이 있어. 오, 나무의 요정 앤! 뒤곁에 커다란 전나무숲이 있고 오솔길 양쪽에는 포플러가 두 줄로 늘어섰는가 하면 아담한 뜰을 흰 자작나무가 둘러싸고 있어.

게다가 현관문에서 뜰로 바로 나갈 수 있게 되어 있고, 그 끝에 입구가 또 하나 있어. 두 그루 전나무 사이에 작은 나무문이 있거든. 경첩이 한쪽 나무기둥에 달려 있고 고리쇠는 또 다른 한쪽 나무기둥에 있어. 그 두 나무 나뭇가지가 머리 위에서 아치를 이루고 있지."

"어머나, 좋아라! 나는 나무가 없는 곳에서는 살지 못해. 내 안의 뭔가 엄청 중요한 것이 죽어버리는걸. 이제 가까이에 시냇물이 있는지 없는지 하는 건 물어볼 필요도 없어. 그러면 너무나 욕심내는 게 되니까."

"그런데 시냇물도 있어. 게다가 뜰 한구석을 가로질러 흐르고 있지."

"그렇다면 자기가 찾아낸 그 집이야말로 틀림없는 내 꿈의 집이야."

앤은 꿈결같은 표정으로 만족스러운 숨을 내쉬었다.

아름다운 나라

“결혼식에 초대할 손님을 결정했니, 앤? 아무리 아는 사람들이라 해도 이제 초대장을 보낼 때가 됐어.”

레이철 린드 부인은 테이블 냅킨의 가장자리선을 부지런히 손질하고 있었다.

“너무 많이 부르지 않을 작정이에요. 우리 결혼을 진심으로 보기를 원하는 가장 친한 사람들만 오도록 하고 싶어요. 길버트 집안 사람들과 앨런 목사님 내외분과 해리슨 씨 내외분이에요.”

머릴러가 무뚝뚝하게 물었다.

“해리슨 씨를 가장 친한 친구 속에 끼워줄 생각은 없었던 시절도 있었지?”

“네, 그래요. 처음 만났을 때에는 서로 썩 이끌렸다고 할 수 없어요.”

앤은 그때의 일이 생각나서 샐쭉 웃으며 인정했다.

“하지만 해리슨 씨는 사귀는 동안 차츰차츰 좋아졌어요. 게다가 해리슨 씨 부인은 정말 사랑스러운 사람인걸요. 그리고 물론 미스 라벤더와 폴도 초대해야죠.”

“그 사람들이 올여름 섬으로 오게 되어 있니? 유럽에 갈 줄 알았는데.”

“내가 결혼식을 올린다고 편지를 보내서 계획을 바꾼 거예요. 오늘 폴에게서 편지가 왔어요. 유럽에서 무슨 일이 있든 내 결혼식에는 꼭 온다고요.”

린드 부인이 말했다.

“그 아이는 본디 너를 여신처럼 숭배하고 있으니까.”

“그 ‘아이’도 지금은 19살로 어엿한 젊은이예요, 아주머니.”

린드 부인은 재치 있고 독창적인 대답을 생각해낸 듯 우쭐거리며 말했다.

“세월이란 얼마나 빠른 것일까!”

“샤를로타 4세도 함께 올지 몰라요. 남편이 허락해주면 가겠다고 폴에게 알려왔대요.

지금도 여전히 그 큰 파란 나비 리본을 매고 있을까요? 남편이 그녀를 샤를로타라고 부를까요? 아니면 리어노러라고 부를까요?

내 결혼식에 샤를로타가 꼭 와주었으면 해요. 샤를로타와 나는 옛날 결혼식을 함께 준비한 사이인걸요. 그분들은 다음주에 ‘메아리집’으로 올 거예요. 그리고 필과 조 목사도 있고—”

린드 부인이 엄하게 타일렀다.

“앤, 목사님을 조라고 부르다니 귀에 거슬리는구나.”

“필도 그렇게 부르는걸요.”

“그렇다면 남편의 성직을 좀더 존경해야 해.”

앤은 놀렸다.

“아주머니도 목사님들에 대해 꽤 호되게 말씀하셨잖아요.”

“그건 그렇지만, 나는 존경하는 자세를 잊지 않았어. 목사님을 애칭으로 부르지는 않았으니까.”

앤은 억지로 웃음을 참았다.

“그리고 다이애너와 프레드, 프레드 2세와 작은 앤 코딜리어, 또 제인 앤드루스가 있어요. 스테이시 선생님과 제임시너 아주머니와 프리실러와 스텔러에게도 와달라고 하고 싶었어요.

하지만 스텔러는 밴쿠버에 있고, 프리실러는 일본에 갔고, 스테이시 선생님은 결혼해서 캘리포니아에 계시고, 제임시너 아주머니는 뱀을 그렇게 싫어하면서도 따님의 전도지(傳道地)를 보러 인도에 가버렸으니 너무해요. 이렇게 모두들 지구상에 뿔뿔이 흩어져 있다니."

린드 부인이 그 방면에 권위자라도 된 듯 말했다.

"하느님이 우리를 그렇게 만드신 건 아니란다. 정말이지 내가 젊었을 무렵에는 사람들이 태어난 고장이나 또는 그 언저리에서 어른이 되고 결혼해서 살았어.

네가 섬을 떠나지 않아서 고맙다, 앤. 길버트가 대학을 나오면 세계 끝까지 날아가겠다고 우기며 너를 함께 끌고 가지 않을까 걱정이었으니까."

"모든 사람이 태어난 고장에 살게 된다면 곧 가득 차고 말 거예요, 아주머니."

"나는 너와 말싸움할 생각은 없다, 앤. 나는 대학을 졸업한 학사가 아니니까. 결혼식은 몇 시지?"

"정오에 하기로 했어요. 신문사교계 기사에 자주 나오는 '정각 12시'요. 그러면 글렌 세인트 메리 행 저녁기차를 탈 수 있거든요."

"그래, 결혼식장은 응접실이니?"

"아뇨. 비가 내리지 않는다면 우리들은 과수원에서 결혼식을 올릴 작정이에요. 머리 위로 푸른 하늘을 이고 찬란한 햇살을 받으면서요.

할 수만 있다면 내가 언제 어디서 결혼식을 올리고 싶은지 알아요? 바로 동틀녘이에요—장엄하게 해가 떠오르고, 뜰에 핀 장미가 향긋한 6월의 동틀녘이요. 나는 살며시 집을 빠져나와 길버트와 만나 손에 손을 잡고 단둘이 너도밤나무숲 깊숙이 헤치고 들어가—거기서, 장엄한 대성당 같은 푸른 아치 아래에서 결혼식을 올리는 거예요."

머릴러는 말도 안 된다는 듯 콧방귀를 뀌었고, 린드 부인은 충격을 받은 표정이었다.

"너무도 기발한 생각이구나, 앤. 그렇게 한다면 법률적으로도 문제가 있을 것 같고 앤드루스 부인이 또 뭐라고 말할까?"

앤은 한숨을 쉬었다.

"그게 문제예요. 하면 앤드루스 아주머니로부터 무슨 말을 듣는 게 무서워서 할 수 없는 일이 인생에는 많이 있죠. '그것은 사실이어서 유감이며, 그리고 유감이지만 사실이다'예요. 앤드루스 아주머니가 계시지 않는다면 즐거운 일들을 많이 할 수 있을 텐데!"

린드 부인은 불평했다.

"앤, 나로서는 때때로 너를 알 수 없다는 느낌이 드는구나."

머릴러가 편들며 말했다.

"앤은 본디 로맨틱한 아이니까요."

그러자 린드 부인이 위로했다.

"아무튼 결혼 생활에 들어가면 그것도 나아지겠죠."

앤은 아이 같은 웃음소리를 남기고 집에서 나와 '연인의 오솔길'로 갔다. 그때 길버트가 앤을 찾아왔다. 두 사람은 결혼하고 나면 낭만이 사라져버릴 거라고 걱정하는 어둠도 없었고, 그렇다고 지나치게 기대하는 모습도 보이지 않았다.

'메아리집' 사람들은 다음주에 도착했고 그린게이블즈는 기쁨으로 들떠 있었다.

미스 라벤더는 너무도 달라진 데가 없어, 요전번 섬을 방문한 뒤 3년이 지났건만 바로 어제처럼 여겨졌다.

그러나 폴을 보고 앤은 놀라움에 찬 동그란 눈을 크게 떴다. 이렇게 후리후리하고 믿음직한 젊은이가 애번리 초등학교 시절 작은 폴이란 말인가?

"폴을 보니 새삼 내가 나이먹었다는 생각이 들어. 어머나, 이렇게 올려다봐야 하잖아!"

"선생님은 언제까지나 나이를 먹지 않을 거예요. 선생님은 '청춘의 샘'을 발견하고 그것을 마신 운 좋은 사람 가운데 하나입니다—그리고 라벤더 어머니도요. 아시겠어요! 결혼하시더라도 결코 블라이스 부인이라고 부르지 않겠습니다. 제게는 언제까지나 '선생님'입니다. 제가 이제까지 배운 가운데 가장 좋은 것을 가르쳐주신 선생님이죠. 보여드리고 싶은 게 있어요."

'보여드리고 싶은 것'이란 시를 가득 적어 놓은 수첩이었다. 폴은 마음에 떠오르는 아름다운 상상을 시로 엮었는데 이미 까다로운 잡지 편집자들 눈에도 몇 편인가 인정받아 활자화되어 있었다.

앤은 기쁜 마음으로 폴의 시를 읽었다. 사람을 끄는 힘과 멋진 장래가 펼쳐져 있었다.

"폴은 틀림없이 유명해질 거야. 나는 한 사람이라도 좋으니까 유명한 제자를 갖고 싶다며 꿈꾸곤 했었지. 아마도 대학학장이 좋을 거라고 생각했겠지만 대시인이 훨씬 좋아.

머지않아 유명한 폴 어빙을 회초리로 때렸다고 자랑할 수 있는 날이 오게 될 거야. 하지만 나는 폴을 회초리로 때린 일이 없잖아? 아까운 일이지 뭐야! 아, 쉬는 시간에 밖에 내보내지 않은 일은 있었지."

"선생님이야말로 유명해지실 거예요. 지난 3년 동안 선생님의 작품을 꽤 많이 읽었습니다."

"아니, 나는 내 한계를 알고 있어. 물론 시를 쓸 수는 있어. 그리고 아이들이 사랑하며 읽어주고 편집자가 기꺼이 원고료로 수표를 보내줄 정도인 좀 공상적인 단편은 쓸 수 있어. 하지만 큰 작품은 쓰지 못해. 내가 이 세상에서 불멸의 이름을 남길 기회가 있다면, 그건 아마 폴이 쓴 회상록의 한 페이지에서나 가능할 거야."

샤를로타 4세는 머리에 파란 나비 리본을 매고 있지는 않았지만, 주근깨는 그리 줄어들지 않은 것 같았다.

"설마 내가 양키와 결혼하게 될 줄은 꿈에도 생각지 못했어요, 셜리 아가씨. 하지만 눈앞에 어떤 일이 기다리고 있는지 알 게 뭐예요. 양키라고 해서 뭐 그 사람 탓은 아니니까요. 그 사람은 그렇게 태어났을 뿐인걸요."

"양키와 결혼했으니까 샤를로타도 양키가 되는 거야."

"아뇨, 난 달라요! 비록 한 다스의 양키와 결혼한다 해도 난 양키는 절대 되지 않을 거예요.

톰은 좋은 사람이에요. 그리고 나는 너무 까다롭게 굴지 않는 편이 좋을 거라고 생각했어요. 다시는 기회가 없을지도 모르니까요. 톰은 술도 마시지 않고 잔소리를 퍼붓지도 않아요. 눈을 뜨고 있는 동안에는 부지런히 일을 해야만 하니까요. 결국 나는 이 정도면 됐다고 생각해요, 셜리 아가씨."

앤은 물었다.

"남편은 리어노러라고 부르니?"

"천만에요, 셜리 아가씨. 그런 식으로 부르면 전 못 알아들어요. 물론 결혼식 때는 톰도 '그대를 아내로 맞노라, 리어노러'라고 말하지 않으면 안되었죠. 그래서 그 뒤부터 톰이 그렇게 부른 상대는 내가 아니고, 정식으로 결혼하지 않은 듯한 무서운 느낌이 들지 뭐예요.

아, 아가씨도 드디어 결혼하시는군요. 나는 본디 의사선생님한테 시집가고 싶었어요. 아이들이 홍역이나 크루프*[1]에 걸렸을 때 편리하니까요.

톰은 보잘것없는 벽돌직공에 지나지 않지만, 정말 마음씨 좋은 사람이에요. '톰, 셜리 아가씨의 결혼식에 가도 괜찮겠어요? 어차피 갈 작정이지만 가능하면 당신의 허락을 받고 싶어요'라고 했더니 톰은 이렇게 말했을 뿐이에요. '하고 싶은 대로 해요, 샤를로타. 나도 그편

*1 어린이의 후두나 기관지의 염증.

이 좋으니까.' 이런 식이에요. 남편으로서 이보다 더 마음 편한 사람은 없답니다, 셜리 아가씨."

필리퍼와 그녀의 조 목사는 결혼식 전날 그린게이블즈에 도착했다. 앤과 필리퍼는 열광적으로 재회의 기쁨을 나눈 뒤, 둘이서 지난 일들과 앞으로의 계획에 대해 이야기를 나누었다.

"앤 여왕님, 너는 여전히 우아한 여왕 같구나. 나는 아기가 태어나고 나서부터 무섭도록 말라버렸어. 전의 반만큼도 아름답지 못하지만, 조는 지금이 마음에 드는 모양이야. 둘이 나란히 서도 그리 차이가 없어졌기 때문이지.

아, 네가 길버트와 결혼하다니 정말 멋져, 앤. 로이 가드너와는 어울리지 않았어. 나는 이제야 그걸 알았어. 그때는 아주 실망했었지만 말이야. 앤, 그때 넌 로이에게 몹쓸 짓을 하지 않았니."

앤은 미소 지었다.

"염려 마, 이젠 다 잊은 것 같던데?"

"그야 그렇지. 그 사람 결혼했거든. 부인은 무척 귀여운 사람으로 둘 다 더할 데 없이 행복해. 모든 것은 마침내 좋은 끝을 보게 마련이니! 조와 성서, 둘 다 그렇게 말하고 있지. 어느 쪽이나 꽤 믿을 수 있는 권위를 지니고 있잖니."

"너를 따라다니던 앨릭과 앨런조는 결혼했니?"

"앨릭은 했어. 하지만 앨런조는 아직 안 했어. 너와 이야기하고 있으면 저 그리운 '패티의 집' 시절이 되살아나."

"요즘 '패티의 집'에 가봤니?"

"응, 나는 곧잘 가곤 해. 미스 패티와 미스 머라이어는 지금도 난롯가에 앉아 뜨개질을 하고 있어. 아 참, 그러고보니 생각났는데 그 두 사람에게서 네 결혼축하선물을 부탁받아 가지고 왔어. 앤, 뭔지 알아맞춰봐."

"모르겠어. 내가 결혼하는 것을 어떻게 알았을까?"

"어머나, 내가 이야기했지. 지난 주에 거기 갔었거든. 두 분 다 아주 흥미를 보이더구나. 엊그제 미스 패티로부터 내게 와달라는 편지가 왔어. 가보니 미스 패티가 네게 선물을 전해달라는 거야. '패티의 집'에서 넌 무엇을 가장 갖고 싶니, 앤?"

"설마 미스 패티가 그 귀여운 도자기 개를 주신 건 아니겠지?"

"맞았어. 지금 이 순간 내 트렁크 속에 들어 있단다. 그리고 편지도 있어. 잠깐 기다려. 가지고 올게."

미스 패티의 편지에는 다음과 같이 씌어져 있었다.

셜리 양에게

결혼한다는 소식을 듣고 머라이어와 나는 무척 기뻤어요. 진심으로 행복을 빌겠어요. 머라이어도 나도 결혼한 적은 없지만, 다른 사람들이 결혼하는 데 조금도 이의는 없답니다.

셜리 양에게 소중한 도자기 개를 선물로 주겠어요. 사실 이것을 나는 셜리 양에게 주도록 유언장에 써둘 생각이었어요. 진심으로 이 개들에게 애정을 가진 듯싶었으니까요. 하지만 머라이어도 나도 아직은 꽤 오래 더 살 작정이므로—그것이 신의 뜻이라면—셜리 양이 아직 젊을 때 이 개를 주기로 했어요. '고그'가 오른쪽, '매고그'가 왼쪽을 향하고 있다는 것을 잊지는 않았겠지요.

앤은 너무너무 기뻤다.

"이 아름답고 그리운 두 마리 개가 내 꿈의 집 난롯가에 앉아 있는 모습을 좀 생각해봐. 이렇게 좋은 선물일 줄은 생각지도 못했어."

그날 저녁 그린게이블즈는 다음날 결혼 준비로 무척 소란스러웠다. 그러나 앤은 해가 지자 살며시 집을 빠져나왔다. 앤은 처녀시절의 마지막 날에 꼭 찾아볼 곳이 있었다. 그것도 혼자서.

앤은 포플러가 그림자를 드리운 작은 애번리의 묘지에 있는 매슈의 무덤으로 가서 오랜 추억과 영원한 사랑을 마음에 담고 침묵에 둘러싸여 그를 만났다.

앤은 속삭였다.

"매슈 아저씨가 계셨으면 얼마나 기뻐해 주셨을까요. 하지만 매슈 아저씨는 벌써 알고 흐뭇해하고 계실 거예요—어딘가 다른 곳에서. 어떤 책에서 읽었는데, '죽은 사람들은 우리들이 잊어버리지 않는 한 죽지 않는다'*2고 씌어 있었어요. 나에게 아저씨는 언제까지나 돌아가시지 않아요. 나는 결코 잊지 않았는걸요."

가져온 꽃을 매슈의 무덤에 바치고, 앤은 천천히 언덕을 내려갔다. 기분좋은 빛과 그림자가 어우러진 축복에 넘치는 황혼이었다.

서쪽 하늘에는 물고기 비늘무늬를 생각나게 하는 구름이 한 점 떠 있었다. 진홍빛과 호박색인 그 사이로 풋고사리 그린빛 하늘이 긴 줄무늬처럼 나타나 있었다. 맞은쪽에는 저녁 햇빛에 물든 바다가 반짝이고, 쉴새없이 밀려오는 파도소리가 노란색을 띤 갈색 모래밭 너머 들려왔다. 오랫동안 즐기고 사랑해온 언덕이며 들이며 숲이 아름다운 전원의 정적 속에서 앤을 둘러싸고 있었다.

블라이스네 문 앞을 지나갈 때 길버트가 나와서 말했다.

"'역사는 되풀이된다.' 이 언덕을 둘이서 처음 거닐었던 때의 일을 기억하고 있어, 앤?—둘이서 함께 걸었던 건 그게 처음이었을 거야."

"나는 황혼 속에 매슈의 무덤에서 돌아오는 길이었어. 길버트는 문에서 나왔고. 나는 몇 년 동안 지녔던 자존심을 꿀꺽 삼키고 자기에게 말을 걸었지."

길버트가 뒤를 이어받았다.

"그로써 내 앞에 천국이 활짝 열린 셈이야. 그 순간부터 나는 내일이라는 날을 기다리고 기다려 왔어. 그날 밤 앤을 그린게이블즈 문까

---

*2 메테를링크의 《파랑새》.

지 바래다주고 돌아왔을 때 나는 온 세상에서 가장 행복한 남자였어. 앤이 나를 용서해 주었으니까."

"용서를 받아야 할 사람은 바로 나였어. 나는 은혜를 모르는 못된 여자아이였었는걸. 호수에서 내 목숨을 구해준 그날 이후에도 쭉 그랬잖아. 처음에는 은혜를 입었다는 그 사실이 얼마나 싫었는지 몰라! 생각해 보면 나는 이 행복을 받을 자격이 없어."

길버트는 웃으며 자기가 선물한 반지를 낀 처녀다운 앤의 손을 잡았다. 앤의 약혼반지는 진주가 촘촘히 박힌 것이었다. 앤은 다이아몬드반지는 싫다고 했던 것이다.

"내가 공상하고 있던 아름다운 보랏빛이 아닌 것을 알고 나서부터 다이아몬드는 싫어졌어. 그 실망했던 아픈 기억이 언제까지나 떠오를 테니까."

길버트는 처음에 반대했었다.

"하지만 진주는 눈물로 만들어졌다고 전설에 있어."

"그런 건 두렵지 않아. 눈물은 슬플 때도 나오지만 행복할 때도 흐르는걸. 내가 가장 기쁜 순간에는 언제나 눈에 눈물이 맺혀 있었어. 머릴러가 내게 그린게이블즈에서 살아도 좋다고 말했을 때, 매슈가 생전 처음 예쁜 옷을 선물했을 때, 자기가 장티푸스에서 회복기로 접어들었다고 들었을 때.

그러니 내게 진주 약혼반지를 껴줘, 길버트. 나는 인생의 기쁨과 더불어 슬픔도 기꺼이 받아들일 테니까."

그러나 오늘 밤 이 연인들은 기쁨에 겨워 슬픔에 대해서는 생각지 않았다. 왜냐하면 내일은 두 사람의 결혼식날이고, 꿈의 집이 보랏빛으로 가물거리는 포 윈즈 항구 바닷가에서 그들을 기다리고 있었기 때문이다.

그린게이블즈 첫신부

결혼식날 아침 앤이 눈을 뜨니 작은 창문으로 아침 햇살이 비쳐들고 9월의 산들바람이 커튼을 살랑거리며 부풀리고 있었다.

"햇빛이 나를 비춰줘서 기뻐."

앤은 행복감에 싸였다.

앤은 이 작은 지붕밑방에서 처음으로 단잠에서 깨어났을 때를 떠올렸다. 햇빛은 눈이 바람에 불려 쌓인 듯한 벚나무 고목인 '눈의 여왕' 꽃 너머로 앤이 있는 곳까지 쏟아져 들어왔었다.

하지만 그날 아침에는 행복하지 않았다. 잠에서 깨어남과 더불어 전날 밤의 쓰디쓴 실망이 되살아났기 때문이었다. 그러나 그 뒤로 이 작은 방은 행복한 어린시절의 꿈과 처녀의 공상에 의해 오랫동안 사랑을 받으며 새롭게 태어났다. 얼마 동안 비우고 난 뒤에는 언제나 기뻐서 춤추듯 이 방으로 돌아왔다.

길버트가 죽어가고 있다고 믿었던 쓰라린 고뇌의 하룻밤을 이 창가에서 무릎 꿇고 지새웠으며, 길버트의 아내가 되기로 결심한 날 밤에도 이루 말할 수 없이 행복한 마음으로 이 창가에 앉아 있었다. 이 방에서 너무도 기쁜 나머지 잠을 이루지 못하며 지새운 숱한 밤이 있었고 슬픔으로 뒤척이며 잠들지 못했던 밤도 있었다.

앤은 오늘 이 방을 영원히 떠나야만 하는 것이다. 이제부터는 이 방이 이미 앤의 것이 아니고, 15살인 도러가 물려받게 된다. 앤은 그것으로 만족했다. 이 작은 방에는 소녀시절과 청춘, 아내로서의 생애가 시작되는 전날인 지금 스르르 닫히려는 과거가 고스란히 있었다.

그날 오후 그린게이블즈는 바빴지만 기쁨에 넘쳐 있었다. 다이애너는 어린 프레드와 앤 코딜리어를 데리고 일찍부터 도우러 와 있었다. 그린게이블즈의 쌍둥이 데이비와 도러는 어느새 아이들을 뜰로 데리고 나갔다.

다이애너는 걱정스러운 듯 주의를 주었다.

"어린 앤 코딜리어의 옷을 더럽히지 않도록 조심해."

"도러에게 맡겨두면 염려없어. 그 애는 내가 아는 어지간한 어머니보다 훨씬 분별 있고 배려심이 깊으니까. 어떨 때는 놀라울 정도야. 내가 키운 또 다른 덤벙거리는 아이와는 아주 딴판이지."

머릴러는 닭고기 샐러드를 만들며 앤을 보고 미소지었다. 그 얼굴로 보아 머릴러는 말은 그렇게 해도 그 덤벙거리는 쪽을 더 좋아하는 것 같았다.

쌍둥이에게 들리지 않는 것을 확인하고 나서 린드 부인이 말했다.

"저 쌍둥이는 정말이지 좋은 아이들이에요. 도러는 여자다워 쓸모가 있고, 데이비는 저렇게 영리한 아이가 되었으니 말예요. 저 애는 옛날처럼 사고뭉치 장난꾸러기가 아니예요."

머릴러는 말했다.

"그 애가 이곳에 온 처음 반 년 동안 그렇게 정신이 없었던 적은 없었어요. 그리고 나서는 오히려 내가 길들여진 것 같았죠. 요즘 데이비는 밭일에 흥미를 가지게 되어 내년에는 자기에게 농장을 맡겨달라고 하지 뭐예요. 그렇게 해도 좋다고 생각해요. 배리 씨가 앞으로 그리 오래 빌릴 생각이 없다고 해서 무언가 새로운 대책을 세워야만 하니까요."

다이애너가 비단옷 위에 커다란 앞치마를 두르면서 말했다.

"아, 정말 네 결혼식은 날씨가 좋구나. 이튼 백화점에 주문했다 해도 이렇듯 맑은 날씨를 얻지 못했을 거야."

그러자 린드 부인이 화난다는 듯 말했다.

"정말이지 그 백화점에는 이 섬의 돈이 너무 흘러들어간다니까."

린드 부인은 문어발처럼 여기저기 지점망을 뻗치고 있는 이튼 백화점에 대해 비판적인 의견을 가지고 있었다.

"게다가 그런 곳에서 나온 카탈로그가 요즘 애번리 아가씨들에게는 성서처럼 되어 있다니까, 정말이지. 아가씨들은 일요일에 성서를 읽는 대신 그 카탈로그에 코를 빠뜨리고 있지 뭐니."

"하지만 아이들을 즐겁게 놀게 해주는 데는 아주 그만이에요. 프레드와 작은 앤은 한 시간 내내 그 그림을 보고 있는걸요."

린드 부인은 단호히 말했다.

"나는 이튼의 카탈로그 신세를 지지 않고도 열이나 되는 아이들을 즐겁게 해줘왔어."

앤이 명랑하게 말렸다.

"자, 두 분 다 이튼의 카탈로그 때문에 다투지는 마세요. 오늘은 내 일생에 단 한 번뿐인 날이잖아요. 나는 너무나 행복해서 다른 사람도 모두 행복해 주었으면 해요."

"네 행복이 앞으로 영원히 이어지기를 진심으로 바란다, 앤."

린드 부인은 한숨을 쉬었다.

린드 부인은 진심으로 그렇게 되기를 바라고 또 믿었지만, 행복을 너무 호들갑스럽게 내세우면 신에게 도전하는 게 되지 않을까 걱정스러웠다. 앤은 자신을 위해서도 좀 삼가야 한다.

그러나 그 9월 오후, 신부는 손으로 짠 카펫을 깔아놓은 낡은 층계를 사뿐사뿐 내려왔다. 행복해 보였다. 가물가물 피어오르는 아지랑

이 같은 베일을 쓰고 팔에 가득 장미를 안고서 가냘픈 모습으로 눈을 빛내는 그린게이블즈의 첫신부였다.

아래층 홀에서 기다리고 있던 길버트는 숭배하는 눈길로 앤을 올려다보았다. 이 붙잡기 어려웠던 오랫동안 갈구해온 앤, 몇 년이고 참고 또 참고 기다린 뒤 잡게 된 앤이 마침내 자기 사람이 된 것이다. 그 앤이 사랑하는 사람에게 항복하는 신부의 모습으로 지금 자신을 향해 내려오고 있었다.

자기는 이 신부에게 어울리는 사람일까? 소원대로 앤을 행복하게 해줄 수 있을까? 만일 이 신부에게 어울리는 남자가 될 수 없다고 한다면? 그때 앤이 손을 내밀었다.

두 사람의 눈이 마주치자 불안은 모두 기쁨으로 넘치는 확신 속에 사라져버렸다.

두 사람은 서로의 것이었다. 어떤 인생이 기다리고 있다 해도 그것을 바꿀 수는 없는 것이다. 두 사람의 행복은 서로의 가슴 속에 있기 때문에 아무 것도 두렵지 않았다.

해묵은 과수원에서 따뜻한 햇빛을 받으며 두 사람은 오랫동안 친하게 지내온 사람들의 다정한 얼굴에 둘러싸여 사랑이 넘치는 결혼식을 올렸다.

앨런 목사가 두 사람의 결혼식을 주례했고, 조 목사는 린드 부인이 나중에 비평한 바에 의하면 이제까지 한번도 들은 적이 없는 가장 아름다운 결혼식에서 올리는 기도를 드렸다.

9월에는 새가 그리 지저귀지 않는 법인데, 길버트와 앤이 영원한 맹세를 되풀이하고 있는 동안 내내 어딘가 숨은 가지에서 새 한 마리가 아름답게 노래하고 있었다.

앤은 노랫소리를 듣고 기쁨에 몸을 떨었다. 길버트는 그것을 들으며, 온 세계의 새들이 일제히 환희의 노래를 지저귀지 않는 것일까 생각했다. 폴은 그것을 듣고 나중에 한 편의 서정시를 썼으며, 그것은 그의 시집 속에서 가장 칭찬받은 것 가운데 하나가 되었다. 샤를로타 4세는 그 새소리를 듣고서 이것은 숭배하는 셜리 아가씨의 행운을 뜻하는 거라며 기뻐했다.

새는 식이 끝날 때까지 노래하다가 마지막으로 소리 높이 기쁜 듯이 한번 더 지저귀고서야 그쳤다.

과수원에 둘러싸인 이 낡은 초록색 집에서 이만큼 즐겁고 유쾌한 오후는 일찍이 없었다. 에덴 낙원 이래 결혼식에서 한몫 맡아왔을 게 틀림없는 오래된 농담이니 경구가 모두 쏟아져 나왔으며, 그것들은 지금껏 한 번도 입에 올려진 적이 없었던 것처럼 신선하고 재치있게 들려서 사람들의 웃음을 자아냈다. 웃음과 기쁨이 자기 세상인 듯 난무했다.

카모디 발 기차를 타기 위해 앤과 길버트가 폴을 마부로 삼아 출발할 때, 쌍둥이는 쌀과 헌 구두를 준비했고 그것을 던지느라 샤를로타 4세와 해리슨 씨가 눈부시게 활약했다.

머릴러는 문가에 서서 둑처럼 가을의 메역취꽃이 피어 이어진 긴 오솔길을 마차가 보이지 않을 때까지 바라보았다. 오솔길 끄트머리에서 앤은 마지막으로 뒤돌아보며 작별의 손을 흔들었다.

앤은 가버렸다.

그린게이블즈는 이미 앤의 집이 아니었다. 앤이 없는 집으로 돌아간 머릴러는 몹시 파리하고 늙어 보였다. 이 집에서 앤은 14년 동안 지내며, 비록 이곳에 없을 때에도 빛처럼 활기로 넘치게 했던 것이다.

다이애너와 아이들, '메아리집' 사람들, 앨런 목사 부부가 남아 노부인 둘이 앤을 떠나보낸 첫날 저녁을 함께 있어주었다.

모두들 조용한 가운데에서도 즐겁게 저녁식사를 들었으며, 오랫동안 식탁을 둘러싸고 그날에 대해 이야기꽃을 피웠다.

사람들이 이렇듯 식탁에 앉아 있는 동안 앤과 길버트는 글렌 세인트 메리에 도착해 기차에서 내리고 있었다.

너와 나의 집

데이비드 블라이스 의사는 자기의 이륜마차를 역으로 마중 보내두었다. 마차를 몰고 온 소년은 자못 이해한다는 듯 싱긋 웃더니 어디론가 가버려, 빛나는 저녁 한때 단둘이 새로운 집으로 즐겁게 마차를 달리도록 해주었다.

앤은 두 사람이 마을 뒤의 언덕을 넘었을 때 눈앞에 펼쳐진 아름다운 광경을 언제까지나 잊을 수 없었다.

앤의 새로운 집은 아직 보이지 않았다. 그러나 포 윈즈 항구가 장밋빛과 은빛으로 반짝이는 커다란 거울처럼 앤 앞에 가로놓여 있었다.

멀리 눈 아래로 오른쪽에는 길게 뻗은 모래톱, 왼쪽에는 험준하게 깎아지른 높은 붉은 사암 벼랑을 사이에 둔 항구 입구가 보였다. 모래톱 저편에는 잔물결 하나 일지 않는 바다가 저녁놀 속에 꿈결처럼 펼쳐져 있었다.

모래톱이 항구의 바닷가와 만나는 곳에 후미가 있고, 그 후미에 안긴 작은 어촌은 저녁안개 속에서 커다란 보석처럼 보였다. 두 사람 머리 위 하늘은 보석을 아로새긴 찻잔을 떠오르게 했으며, 거기서 땅거미가 솔솔 흘러나오는 것 같았다.

공기는 짙은 바닷내음을 싣고 기분 좋게 불어와 풍경 전체에 신비로운 바다의 해질녘 분위기가 녹아들고 있었다.

어스름이 밀려오는 전나무로 덮인 항구 기슭을 따라 범선이 두서너 척 희미하게 보였다. 저편 끝 작고 흰 교회 탑에서 종소리가 울려 퍼지고 있었다. 종소리는 평화스럽고 꿈처럼 아름답게 바다의 중얼거림과 뒤섞여 물 위를 가만가만 건너왔다.

해협의 벼랑 위에 있는 커다란 등대가 맑디 맑은 북쪽하늘 아래에서 한 바퀴 돌 때마다 따뜻한 황금색 빛이 눈부시게 빛났다. 그것은 마치 희망의 별이 기쁨으로 온 몸을 떨고 있는 것 같았다. 아득한 수평선에는 지나가는 배의 연기가 잿빛 리본처럼 나부끼고 있었다.

앤은 중얼거렸다.

"아, 아름다워. 너무도 아름다워. 난 포 윈즈가 아주 좋아질 거야, 길버트. 우리들이 살 집은 어디에 있지?"

"아직 보이지 않아. 저 작은 후미에서 띠처럼 이어진 자작나무숲 그늘에 가려져 있어. 글렌 세인트 메리에서 집까지 2마일쯤이고 집에서 등대까지는 다시 1마일이나 돼. 그 곳에는 사람이 많이 살고 있지 않아. 우리집 가까이에 집 한 채가 있지만, 어떤 사람이 사는지 나는 몰라. 내가 없는 동안 당신이 쓸쓸하지 않을까?"

"저 등대의 불빛과 아름다운 경치를 바라보고 있으면 외롭지 않아. 저 집에는 누가 살고 있을까, 길버트?"

"몰라. 보기에는—아무래도—'서로를 부르는 영혼'이 살고 있을 것 같지는 않지?"

그 집은 크고 단단한 건물로, 너무나 뚜렷한 녹색으로 칠해져 있어 그것에 비하면 경치도 빛바래 보였다. 집 뒤꼍에는 과수원이 자리잡고 앞쪽에는 잘 손질된 잔디밭이 있었지만 어딘지 싸늘한 느낌이 감돌고 있었다. 아마 너무도 완벽하게 정돈되어 있기 때문이리라. 저택 전체—집, 헛간, 과수원, 오솔길에 이르기까지 살풍경한 곳으로 너무나 깔끔했다.

"저런 페인트 칠을 하는 취미를 가진 사람은 아무래도 '서로를 부르는 영혼'은 아닌 것 같아. 무슨 잘못으로 이렇게 되지 않았다면 말이야. 우리들의 파란 공회당처럼.

적어도 저 집에는 아이가 없는 게 확실해. 토리 가도에 있는 그 콥 자매네보다 더 잘 정돈되어 있어. 나는 그 집보다 더 깨끗하게 정돈된 집은 없을 거라고 생각했는데."

항구의 바닷가를 따라 꾸불꾸불 이어지는 축축하고 붉은 황토길에서 두 사람은 아무도 만나지 않았다. 그러나 두 사람의 집을 숨기고 있는 자작나무숲에 들어섰을 때, 앤은 오른편 벨벳 같은 초록빛 언덕마루에서 새하얀 거위를 뒤쫓고 있는 한 소녀를 보았다.

언덕 위에는 커다란 전나무가 듬성듬성 서 있고 그 전나무 사이로 노랗게 익은 밭이 흘끗 보였다. 금빛 모래언덕이 반짝였고 푸른 바다는 언뜻언뜻 보였다.

소녀는 키가 컸고 남빛 사라사 옷을 입었으며, 껑충껑충 뛰는 듯한 걸음으로 등을 꼿꼿이 세운 채 걷고 있었다. 앤과 길버트가 지나갈 때 소녀와 거위는 언덕기슭에 있는 울타리문으로 나왔다. 소녀는 울타리문의 고리쇠에 한 손을 걸치고 두 사람을 지그시 바라보았는데, 호기심은커녕, 관심이라고도 할 수 없는 무뚝뚝한 얼굴 속에 왠지 모를 적의가 숨겨져 있는 것을 앤은 순간적으로 느꼈다.

하지만 앤이 자기도 모르게 숨을 삼킨 것은 무엇보다 소녀의 아름다움 때문이었다. 어디에 있어도 눈에 띌 만큼 두드러지게 아름다웠다. 모자를 쓰고 있지 않았는데, 잘 익은 밀알 같이 빛나는 머리칼을 풍부하게 땋아 보석관이라도 쓴 것처럼 머리에 둘둘 감아올리고 있었다. 푸른 눈은 별처럼 반짝였다. 검소한 사라사 옷을 입은 모습이 맵시가 있었다. 벨트에 꽂은 피처럼 붉은 양귀비꽃과도 비교하고 싶을 만큼 새빨간 입술을 하고 있다.

앤은 나직한 목소리로 물었다.
"길버트, 지금 마주친 그 아가씨는 누구지?"
"아가씨라니, 난 아무도 못봤는데."
길버트에게는 자기 신부 말고는 아무도 눈에 들어오지 않았다.
"저 울타리문에 서 있었어. 어머나, 뒤돌아보면 안 돼. 아직도 우리 쪽을 보고 있어. 저토록 아름다운 미인은 본 적이 없어."
"이곳에 와서 특별히 아름다운 아가씨를 본 기억은 없어. 글렌에 예쁜 처녀가 몇 있긴 하지만 천눈에 반할 정도는 아니야."
"지금 본 아가씨는 달라. 본 적 없구나. 봤다면 기억하고 있었을텐데. 누구나 잊을 수 없을 거야. 그토록 아름다운 얼굴은 그림에서나 보았어. 게다가 그 머릿결! 브라우닝의 '황금밧줄'과 '현란한 뱀'을 생각나게 했어!"
"아마 다른 곳에서 포 윈즈로 온 손님일 테지. 항구 건너편 큰 호텔로 피서온 사람일 거야."
"흰 앞치마를 두르고 거위를 몰고 있었는데."
"장난삼아 그렇게 해봤는지도 모르지. 저기 좀 봐, 앤—저것이 우리들의 집이야."
앤은 길버트가 가리키는 곳을 바라보았다. 그리하여 원망의 빛이 담긴 아름다운 눈을 한 소녀에 대해서는 잠시 잊어버렸다. 새로운 집은 앤의 눈에도 기분좋게 마음에 들었다. 집은 마치 항구의 바닷가에 떠밀려 올라온 커다란 크림색 조개껍질처럼 보였다.
오솔길에 늘어선 키큰 포플러가 하늘에 위압적인 보랏빛을 그리고 있었다. 그 뒤쪽의 울창한 전나무숲이 강한 바닷바람으로부터 뜰을 보호하고 있었다.
모든 숲과 마찬가지로 이곳도 그 깊숙이 비밀을 품고 있는 것처럼 보였다. 그 비밀스러운 기묘한 매력은 숲으로 헤치고 들어가 참을성 있게 구하는 자만이 얻을 수 있는 것이다. 호기심에 찬 눈이며 또한 냉담한 이의 눈이 바깥으로부터 그 신성함을 범하지 못하도록 짙은 녹색 가지가 그 비밀을 굳게 보호하고 있었다.

모래톱 저편에서는 밤바람이 거칠게 불기 시작했고, 앤과 길버트가 포플러 오솔길로 마차를 몰고 들어갔을 무렵에는 항구 건너편 어촌의 불빛이 보석을 아로새긴 듯 반짝이고 있었다. 작은 집에 달린 문은 열려 있었고 따뜻한 난로 불빛이 저녁 어스름 속에 잔잔히 흘러나왔다.

길버트는 앤을 마차에서 안아 내려 우듬지가 불그스름해진 전나무 사이 작은 울타리문을 지나 뜰로 들어가서 잘 손질된 붉은 오솔길을 걸어 사암 층계를 올라갔다.

"잘 와주었어."

길버트는 속삭였고, 두 사람은 손에 손을 잡고 그들이 살 꿈의 집으로 들어갔다.

짐 선장

데이비드 의사와 부인이 신부와 신랑을 맞기 위해 이 작은 집에 와 있었다. 데이비드 의사는 몸집이 크고 흰 구레나룻을 기른 명랑한 노인이었다. 부인은 깔끔하고 혈색 좋은 은발의 자그마한 몸집이었는데 말뿐만 아니라 온몸으로 앤을 따뜻하게 맞아주었다.

"만나게 되어 기쁘구나. 얼마나 고단하겠니. 간단한 식사 준비를 해 놓았단다. 짐 선장이 너에게 주라며 송어를 가지고 오셨지. 짐 선장님, 어디 계세요? 아, 2층에 가서 모자와 장갑을 두고 오자. 말을 돌보러 나가신 모양이군."

앤은 감사하는 마음으로 눈을 빛내며 주위를 둘러보면서 데이비드 부인의 뒤를 따라 2층으로 올라갔다. 새로운 보금자리가 된 이 집이 아주 마음에 들었다. 이곳에는 그린게이블즈에서 느꼈던 분위기와 그 오랜 전통 속 향기가 풍기는 듯했다.

앤은 방에 혼자 남게 되자 조그맣게 중얼거렸다.

"미스 일리저버스 러셀은 틀림없이 우리들과 '서로를 부르는 영혼'이었을 거야."

방에는 창문이 두 개 있고 그 가운데 하나에서는 항구 아래쪽과 모래톱과 포 윈즈의 어른거리는 불빛이 보였다.
앤은 조용히 읊조렸다.

쓸쓸한 요정의 나라와 나라들
위험한 바다의 물거품 위에
마법의 창문이 열리네.

또 다른 창문에서는 가을빛으로 물든 골짜기에 흐르는 시냇물이 보였다.

시냇물 상류 반 마일쯤 되는 곳에 단 한 채의 집이 보였다. 터무니없이 크기만한 낡은 잿빛 집으로, 커다란 버드나무에 둘러싸여 있고, 그 사이로 창문이 수줍음 많은 사람이 몰래 숨어서 보고 있는 것처럼 저녁 어스름을 내다보고 있었다.

저기에 누가 살고 있을까 앤은 생각했다. 가장 가까운 이웃이니까 좋은 사람들이기를 바랐다.

갑자기 앤은 자기도 모르게 저 흰 거위와 아름다운 소녀에 대해 생각하고 있음을 깨달았다.

'길버트는 그 아가씨가 이 고장 사람이 아닐 거라고 말했지만, 나는 그렇지 않다고 생각돼. 그 아가씨에게는 어딘지 바다와 하늘과 항구의 일부라고 느끼게 하는 데가 있어. 포 윈즈의 항구가 그 핏속에 흐르고 있어.'

앤이 아래층으로 내려가자 길버트는 난로 앞에 서서 낯선 사람과 이야기 나누고 있었다. 앤이 들어가자 두 사람 모두 뒤돌아보았다.

"앤, 이쪽은 보이드 선장님이셔. 보이드 선장님, 내 아내입니다."

길버트가 앤 아닌 사람에게 '내 아내'라고 말한 것은 이번이 처음으로, 길버트는 자랑스러움으로 가슴이 터질 것만 같았다. 노선장은 심줄이 돋은 손을 앤에게 내밀었다. 두 사람은 미소를 나누었고, 그 순간부터 친구가 되었다. '서로를 부르는 영혼'들이 한눈에 상대를 알아본 것이다.

"만나서 정말 반가워요. 블라이스 부인. 이곳에 왔던 첫 신부처럼 행복하기를 나는 바라고 있소. 그것이 내가 부인께 할 수 있는 최고의 인사말일 거요.

그런데 방금 남편께서 나를 소개한 말은 정확한 표현이라고 할 수 없군요. 사람들은 보통 나를 '짐 선장'으로 불러주고 있으니 말이오. 부인도 앞으로는 그렇게 부를 것이니 차라리 처음부터 그렇게 부르는 게 좋을 것 같소. 그런데 정말 사랑스러운 신부로군요, 블라이스 부인. 부인을 보고 있으니 내가 장가를 든 듯 설레는 기분이 드오."

와락 터진 웃음 속에서 데이비드 부인은 짐 선장에게 저녁 식사를 함께 들고 가도록 권했다.

"이거 고마운 일이군요. 정말이지 영광입니다, 의사부인. 나는 대개 맞은편 거울에 비치는 늙고 못난 얼굴을 상대로 혼자서 식사해야만 하니까요. 이토록 친절하고 예쁜 부인 두 분과 자리할 기회는 좀처럼 없지요."

짐 선장의 찬사는 글로 쓰게 되면 자못 노골적으로 느껴질지도 모르지만, 부드러운 경의가 담긴 말투와 표정으로 이야기했기에 그 말을 들은 두 부인은 왕으로부터 칭찬의 말을 받은 여왕과 같은 느낌이 들었다.

짐 선장은 부정한 것을 싫어하는 곧은 노인으로, 눈에도 마음에도 영원한 젊음이 깃들어 있었다. 키가 크고 허리가 좀 굽어서 그다지 좋은 체격은 아니지만 그래도 비상한 힘과 인내력을 느끼게 했다.

수염을 말끔히 면도한 얼굴에는 주름살이 깊이 패여 있고 갈색으로 그을려 있었다. 너풀너풀 숱많은 잿빛 머리는 어깨까지 드리워졌고, 움푹 들어간 파란 눈이 때로는 기쁜 듯이 깜박이고 때로는 꿈꾸는 듯한 빛을 띠었으며 또 때로는 무엇인가 잃은 귀중한 것을 찾는

듯 바다 쪽을 그립게 바라보기도 했다.

이 짐 선장이 무엇을 찾고 있는지 앤은 훨씬 뒤에 가서야 알게 되었다.

사실, 짐 선장이 못생긴 사나이라는 것은 부정할 수 없었다. 빈약한 턱이며 딱딱한 입매며 넓적한 이마는 미적 기준으로 보아서는 결코 아름답다고 할 수 없었다. 그러나 이제까지 극복해온 숱한 고난과 슬픔이 지나간 자취가 마음과 마찬가지로 몸에도 새겨져 있었다.

앤은 짐 선장을 처음 보았을 때는 못생겼다고 생각했으나 그 뒤로는 한 번도 그렇게 여긴 적이 없었다. 그 거칠거칠한 몸에서 빛이 나듯 스며나오는 정신이 모든 것을 아름답게 바꾸기 때문이다.

모두들 유쾌하게 식탁에 둘러앉았다. 난롯불은 9월 초저녁 싸늘함을 몰아냈지만 열려진 창문으로 바닷바람이 멋대로 불어 들어왔다. 항구며 그 저편 낮은 보랏빛 언덕을 굽어보는 경치는 참으로 뛰어났다.

식탁에는 데이비드 부인이 만든 맛있는 요리가 산더미처럼 푸짐하게 차려져 있었는데, 그 가운데 특히 먹음직스러운 것은 큰 접시에 담긴 송어였다.

짐 선장이 설명했다.

"여행을 한 뒤에는 이게 맛있을 거라고 생각해서 가져왔소. 이렇게 싱싱한 송어는 아마 먹어보지 못했을 거요, 블라이스 부인. 두 시간 전만 해도 글렌 연못을 헤엄쳐 다녔으니까요."

데이비드 부인이 물었다.

"오늘밤은 누가 등대지기를 하고 있나요, 짐 선장님?"

"조카녀석 앨릭이지요. 등대에 대해서는 나 못지않게 잘 알고 있으니까요. 저녁 식사에 청해주셔서 살았습니다. 무척 배가 고팠던 참이었지요. 하루 종일 음식다운 음식을 먹지 못했소."

데이비드 부인이 장난스레 웃으며 말했다.

"그 등대에서는 언제나 굶주리고 계시는 게 아닐까요. 제대로 된 음식을 만드는 게 귀찮으신 거죠."

"아뇨, 만들어 먹어요. 만들고말고요. 대체로 나는 임금님 부끄럽지 않은 생활을 하고 있소. 어젯밤에도 나는 글렌에 가서 구운 고기를 2파운드나 사가지고 돌아왔죠. 오늘은 한번 푸짐한 식사를 할 셈으로 말이오."

"그런데 그 구운 고기에 무슨 일이 생겼나요? 돌아오는 길에 잃어버리셨어요?"

짐 선장은 부끄러운 표정을 지었다.

"아니오. 마침 잠자리에 들려는데 가엾어 보이는 볼품없는 개 한 마리가 불쑥 들어와 하룻밤 재워달라는 거예요. 바닷가 어느 어부의 개인 듯싶었소.

그 가엾은 녀석을 쫓아낼 수는 없었소. 다리를 다쳤거든요. 그래서 나는 현관 안으로 들이고 헌 자루를 깔아 자도록 해준 뒤 잠자리에 들었지요. 그런데 웬일인지 잠이 와야지요. 그러는 동안 문득 그 개가 굶주린 듯해 사들고 왔던 게 생각났소."

데이비드 부인이 그러면 그렇지 하는 얼굴로 선장을 몰아세웠다.

"그래서 선장님은 일어나 그 개에게 구운 고기를 주셨겠죠. 덩어리째 몽땅!"

짐 선장은 부인을 달래듯 말했다.

"뭐, 달리 아무것도 줄 게 없어서 말이오. 개가 좋아할 만한 것은 아무것도 말이오. 확실히 배가 고팠던 모양이지. 단숨에 먹어치웠으니까요. 그런 뒤 밤새도록 기분 좋게 잠잘 수 있었소만 먹을 게 좀 모자랐지요. 감자를 먹고 손가락을 핥는 기분, 아시죠? 개는 오늘 아침 자기집을 찾아 달아났소. 채식주의자가 아닌 것만은 틀림없더군요."

데이비드 부인이 놀렸다.

"아무 쓸모없는 개 때문에 자신은 굶다니, 원."

"어떤 사람에게는 아주 소중한 개일지도 모르지요. 보기에 별스럽지는 않았지만 겉보기만으로 개를 판단할 수는 없으니까요. 나처럼 구석구석 좋은 점을 꽁꽁 숨기고 있는지도 모르지요. '일등항해사'는 그 개에게 썩 호감이 가지 않았던 모양인지 소리를 지르며 쫓아내버렸소. 일등항해사 녀석은 편견을 가지고 있으니까요. 고양이가 개를 어떻게 생각하는지는 뻔한 것 아닙니까?

어쨌든 나는 저녁 식사를 거르게 되었었는데, 이런 훌륭한 분들과 유쾌한 자리에 함께 앉아 이렇듯 훌륭한 음식을 먹게 되다니 정말 기쁩니다. 좋은 이웃을 갖는다는 건 매우 좋군요."

앤이 물었다.

"시냇물 위쪽 저 버드나무 속 집에는 어떤 분이 살고 있죠?"

"딕 무어 부인이요—그리고 남편과."

짐 선장은 생각난 듯 나중에 덧붙였다.

앤은 미소 지으며 짐 선장의 말투에서 딕 무어 부인의 모습을 그려보았다. 분명 제2의 레이철 린드 부인이 틀림없을 것 같았다.

짐 선장은 이야기를 이었다.

"이웃이 그리 많지 않아요, 블라이스 부인. 항구 이쪽편은 집이 아주 드물어서요. 토지는 대부분 글렌 건너편에 사는 하워드 씨의 소유로, 목장에 빌려주고 있소.

항구 건너편은 지금 사람으로 가득차 있소. 특히 매컬리스터 집안 사람들로 말이지요. 매컬리스터 일족이 모두 모여 살지요. 돌을 던지면 그 가운데 누군가는 반드시 맞을 만큼 말이오.

지난번에도 나는 리언 블래키에어 노인과 이야기했소만—노인은 여름 내내 항구에서 일하고 있지요—'거기는 거의 매컬리스터 집안 사람뿐이어서 닐 매컬리스터, 샌디 매컬리스터, 윌리엄 매컬리스터, 앨릭 매컬리스터, 앵거스 매컬리스터—그러니 악마 매컬리스터도 있을 게 분명해' 이렇게 말하더군요."

웃음이 좀 가라앉자 데이비드 의사가 말했다.

"엘리엇 집안과 크로퍼드 집안사람들도 그 못지않게 많지요. 너도 알고 있을 테지, 길버트. 우리들 포 윈즈 이쪽 사람에게는 예부터 말해온 관습이 있지. '엘리엇네 자만심에서, 매컬리스터네 자존심에서, 크로퍼드네 허영에서 신이여, 부디 우리들을 구원하소서'라고."

짐 선장이 인자한 얼굴로 말했다.

"하지만 그 가운데에는 훌륭한 친구들도 많이 있소. 나는 여러 해 동안 윌리엄 크로퍼드와 함께 배를 탔는데, 용기와 참을성과 성실함이 그 사나이와 어깨를 겨룰 만한 이는 없지요.

포 윈즈 건너편 이들은 머리가 좋소. 그 때문에 사람들이 그들을 못마땅해 하는지도 모르지요. 이상하게도 인간이란 자기보다 조금이라도 똑똑하게 태어난 이에 대해서는 시샘하는 모양이더군요."

항구 건너편 사람들과 40년에 걸쳐 사이가 좋지 못했던 데이비드 의사도 웃으며 물러섰다.

길버트가 물었다.

"여기서 반 마일쯤 떨어진 곳에 있는 저 눈이 번쩍 뜨일 듯한 에머랄드빛 집에는 누가 살고 있습니까?"

짐 선장은 유쾌한 듯 웃었다.

"코닐리어 브라이언트요. 곧 이곳에 찾아올 게 틀림없소. 여러분들을 장로교회 신도로 알고 말이오. 만일 감리교파라면 결코 오지 않을 거요. 코닐리어는 감리교파라면 치를 떨며 싫어하니까요."

데이비드 의사가 껄껄 웃었다.

"정말 대단한 사람이지. 남자라면 펄펄 뛰며 싫어하니까!"

길버트는 웃으면서 물었다.

"지기 싫어서입니까?"

짐 선장이 진지한 얼굴로 설명했다.

"아니, 지고 싶지 않아서가 아니오. 코닐리어는 젊었을 때는 마음만 있으면 얼마든지 남자를 고를 수 있었지요. 지금도 한마디만 걸면 나이 지긋한 홀아비들이 기꺼이 달려들 거요. 코닐리어는 남자들과 감리교파에 대해 깊은 원한을 품고 태어난 듯해요.

그녀는 포 윈즈 첫째가는 독설과 친절한 마음을 아울러 갖고 있소. 무언가 걱정거리가 있는 곳이라면 어디든 찾아가서 할 수 있는 모든 일을 다정하게 해주고 있죠. 독설도 여자를 상대로는 절대로 하지 않아요. 우리 가엾은 남자들만 몰아세우기 좋아하는데 우리는 낯가죽이 두꺼워서 거뜬히 견뎌내고 있지요."

데이비드 부인이 말했다.

"코닐리어는 언제나 선장님을 칭찬하고 있어요."

"그런가 보더군요, 하지만 그리 고맙다는 생각은 들지 않아요. 내게 어딘가 여느 사람과 다른 데가 있을 게 틀림없다는 느낌이 드니까요."

선생님 새댁

"짐 선장님, 이 집에 온 신부란 누구죠?"

저녁 식사 뒤 모두들 난로를 둘러싸고 앉았을 때 앤이 묻자 길버트가 말했다.

"이 집에 얽힌 이야기가 있다고 들었는데 신부도 그 일부분입니까, 선장님? 그 이야기를 할 수 있는 건 선장님뿐이라고 누가 말하더군요."

"그래요, 내가 잘 알고 있지요. 학교선생님의 신부가 섬에 왔을 때 일을 기억하는 사람은 지금 포 윈즈에서 나 혼자뿐일 거요. 그녀는 세상을 떠난 지 어느덧 30년이나 되지만, 언제까지나 잊혀지지 않는 사람이지요."

"그 이야기를 들려주세요. 우리들보다 앞서 이 집에 살았던 여자들에 대해 빠짐없이 알고 싶어요."

앤이 졸랐다.

"그러니까 세 사람이 있었소—일리저버스 러셀, 네드 러셀의 부인, 그리고 학교선생님의 신부. 일리저버스 러셀은 호감 가는 똑똑한 사람이었고, 네드 부인도 인상 좋은 사람이었소. 그렇지만 학교선생님

신부와는 비교도 안 되죠.

학교선생님의 이름은 존 셀윈으로, 내가 16살이었을 때 영국 본토에서 글렌에 있는 초등학교로 왔었죠.

그즈음 프린스 에드워드 섬의 초등학교에 가르치러 오는 사람은 대개 직무를 게을리하는 이들뿐이었는데, 이 사람은 그렇지 않았소. 다른 선생들은 대개 머리는 좋지만 술주정꾼으로, 술이 취하지 않았을 때에는 아이들에게 쓰기며 읽기며 수학을 열심히 가르치지만 취했을 때에는 아이들을 마구 야단치는 그런 식이었죠.

하지만 존 셀윈 선생은 매력적이고 훌륭한 분이었소. 우리 집에서 하숙했는데 선생은 나보다 10년이나 나이가 위였지만 친구처럼 아주 친하게 지냈소. 우리들은 함께 책을 읽거나 산책을 하며 활발하게 토론했소.

존 선생은 책에 씌어진 시라는 시를 모두 알고 있는 듯, 저녁이면 바닷가를 거닐면서 나에게 곧잘 읊어주곤 했소. 우리 부친은 그런 일은 쓸데없는 시간 낭비라고 생각했지만, 그 덕분으로 내가 뱃사람이 되려는 생각을 버릴지도 모른다고 여겨 참으셨던 모양이오.

하지만 소용없었죠. 어머니가 대대로 뱃일을 업삼는 집안 출신이어서 내 속에도 그 피가 흐르고 있었던 거요. 그러나 나는 존 선생이 책을 읽거나 시를 읊는 게 참으로 좋았소. 거의 60여 년이나 되는 옛날 일이오만, 존 선생에게 배운 시를 줄줄 암송할 수가 있소. 거의 60년이 지났는데도 말이오."

짐 선장은 잠시 묵묵히 옛일을 생각하는 듯 불타오르는 장작을 지켜보고 있더니 이윽고 한숨과 더불어 다시 이야기를 이었다.

"지금도 기억하고 있소만, 어떤 봄날 저녁 나는 모래언덕에서 존 선생과 마주쳤소. 그는 의기양양해 있었소. 꼭 오늘밤 부인을 데리고 왔을 때의 블라이스 선생처럼. 선생을 본 순간 존 선생이 떠올랐을 정도니까. 존 선생은 고향에 애인을 남겨두고 왔는데 그녀가 직접 온다는 것이었소.

나는 그리 기쁘지 않았소. 젊은이가 으레 그렇듯 내 생각만 한 거지요. 그 애인이 오면 존과 지금까지처럼 친구로 지낼 수 없게 되리라고 생각했어요. 그래도 그런 마음을 존 선생에게 드러내보이지 않을 만큼의 예의는 알고 있었소.

존은 그녀에 대해 모조리 이야기해 주었소. 이름은 퍼시스 리로, 존과 함께 올 예정이었는데 나이든 삼촌이 있어서 오지 못했던 것이었소. 삼촌은 병석에 누워 시름시름 앓고 있었는데, 퍼시스 부모님이 돌아가셨을 때부터 그녀를 돌봐준 고마운 분이라 도저히 혼자 남겨두고 올 수가 없었던 거였소.

그 삼촌이 세상을 떠났기에 퍼시스는 약혼자인 존 셀윈에게로 올 수 있게 되었소. 그 무렵 여자가 여행하기란 결코 쉬운 일이 아니었지. 증기선 같은 것도 없었다는 걸 생각해 보시오.

'언제쯤 오십니까?' 나는 물었소.

그러자 존 선생은 대답했소.

'6월20일에 로열 윌리엄 호로 떠나니까 7월 중순쯤엔 이곳에 닿겠지. 목수인 존슨에게 부탁해서 그녀를 위해 집을 한 채 지어달라고 해야겠어. 그녀가 쓴 편지는 오늘 왔어. 겉봉을 뜯기 전부터 나는 좋은 소식이라는 걸 알고 있었지. 며칠 전 밤에 그녀를 보았으니까.'

나는 그게 무슨 소린지 알 수가 없었소. 그래서 존은 설명해 주었소—그래도 나로선 여전히 알 수 없었소만. 그에게는 어떤 재능이라고 할까, 또는 저주라고 할까—그런 게 있다는 것이었소. 존은 그렇게 말했어요, 블라이스 부인. 재능이라고 할까, 저주라고 할까 라고 말이오. 존도 어느 쪽인지 잘 몰랐던 거지요. 존 선생의 증조할머니가 그 재능을 지니고 있어서 그 때문에 마녀로 몰려 불에 태워져 죽었다고 하오. 선생에게는 이따금 기묘한 마력(魔力)—최면상태라고 말했었던 것 같은데—이 찾아든다는 것이었소. 그런 것이 있소, 의사

선생?"

길버트가 말했다.

"확실히 최면상태에 빠지기 쉬운 사람이 있지요. 그것은 의학보다는 심령학상에 대한 문제입니다. 그 존 셀윈인가 하는 사람의 최면상태는 어떠한 것이었습니까?"

그러자 노의사가 의심스럽다는 말투로 끼어들었다.

"꿈 같은 것이었겠지."

짐 선장이 내키지 않는다는 듯 느릿느릿 말했다.

"그렇게 되면 여러 가지가 보인다고 말했지요. 나는 존 선생이 말한 대로 이야기하고 있을 뿐이오—지금 일어나고 있는 일—이제부터 일어나려 하는 일이 보인다고 그는 말했어요. 그 때문에 때로는 위안을 받고 때로는 무서운 생각을 하게 된다고 그는 말했는데, 그 나흘 전 밤에도 존 선생에게 그 일이 일어났었다고 했어요—앉아서 난롯불을 바라보고 있는 동안 그렇게 되었다는 거요. 선생은 영국 본토에 있는 낯익은 낡은 방을 보았던 것이오. 그 방에서 퍼시스 리가 기쁜 듯 존 선생 쪽으로 다정하게 손을 내밀고 있었소. 그래서 그는 퍼시스로부터 좋은 소식이 오리라고 알았던 것이었소."

노의사는 비웃었다.

"꿈이야—꿈."

짐 선장은 말했다.

"그럼요—그렇고말고요. 그때는 나도 그렇게 말했지요. 그렇게 생각하는 편이 훨씬 마음이 편하니까요. 존 선생이 그런 식으로 여러 가지를 본다는 걸 믿고 싶지 않았소—기분이 으시시하지 않습니까?

존 선생은 말했소.

'아니, 꿈이 아닐세. 하지만 이 이야기를 두 번 다시 않기로 하지. 자네가 이 일을 진지하게 생각하기 시작하면 우리들은 이제까지처럼 친구로는 지낼 수 없게 되니까.'

그래서 나는 무슨 일이 있어도 존 선생과 사이가 나빠지는 일은 없을 거라고 대답했소. 그 말에 존은 고개를 저으며 말했소.

'나는 아네. 전에도 그 때문에 친구를 잃은 일이 있지. 나로서는 그 사람을 탓할 생각이 없네. 때로는 이 일 때문에 내 자신조차 싫어질 때가 있으니까. 이런 능력을 흔히 신이 내렸다고 하지. 하지만 좋은 신인지 나쁜 신인지 누가 알 수 있겠나? 신이든 악마든 너무 밀접하게 관련되는 일이면 우리 인간은 겁이 나 뒷걸음질치게 되지.'

이 모든 말들을 마치 바로 어제의 일인 듯 뚜렷이 기억하고 있소. 하기야 그때는 무슨 뜻인지 몰랐지만 말이오. 무슨 의미였을까요, 선생?"

데이비드 의사는 무뚝뚝하게 말했다.

"스스로도 무엇을 말하고 있는지 몰랐던 게 아닐까요."

앤이 소곤거렸다.

"나는 알 것 같아요."

앤은 옛날부터 그랬듯이 입을 꼭 다물고 눈을 빛내며 이야기에 귀 기울이고 있었다.

짐 선장은 기쁜 듯 밝은 미소를 앤에게 보내며 이야기를 이었다.

"어쨌든 머지않아 학교선생의 신부가 온다는 말이 글렌과 포 윈즈 사람들 사이에 자자하게 퍼졌소. 모두들 선생을 존경해서 무척이나 기뻐했지요. 그리하여 선생이 새롭게 짓는 집에다들 시선이 쏠렸던 거요. 바로 이 집이오. 존 선생이 직접 이 터를 골랐지. 항구가 훤히 바라보이고 바다 소리가 들리니 말이오.

존 선생은 신부를 위해 이곳에 뜰을 꾸몄는데, 그는 포플러를 심지 않았소. 그것을 심은 건 바로 네드 러셀의 부인이었소. 글렌 초등학교 여자아이들이 찾아와서 선생의 부인을 위해 뜰에 장미를 두 줄로 나란히 심었죠. 존 선생은 핑크빛 장미는 퍼시스의 볼을, 흰 것은 퍼시스의 이마를, 빨강은 퍼시스의 입술을 나타낸다고 했었는데—시를 너무 많이 읽다 보니 말투까지 비슷해졌던 모양이오.

집을 꾸미는 데 도움이 되도록 거의 한 사람도 빠짐없이 무엇인가 작은 선물을 주었소. 러셀네 사람들이 이사왔을 때에는 여유있는 사람들이라 여러분들이 보는 바와 같은 훌륭한 가구를 들여놓았지만, 이 집에 처음 놓여진 가구들은 검소한 것이었죠.

그러나 이 작은 집에는 사랑이 넘치고 있었소. 부인들은 침구며 테이블보며 수건을 보내왔고, 신부를 위해서 커다란 옷상자를 짠 남자가 있는가 하면 테이블 같은 물건을 만든 이도 있었소. 장님 마거릿 보이드까지도 좋은 향기가 나는 모래언덕에서 나온 풀로 작은 바구니를 만들어주었죠. 존 부인은 거기에다 오랫동안 손수건을 담아두고 썼다오.

마침내 모든 게 준비되었소. 커다란 벽난로에 언제라도 불을 붙일 수 있도록 장작까지도 말이오.

위치는 같지만 이 난로와 똑같지는 않았소. 미스 일리저버스가 15년 전 이 집을 수리할 때 이렇게 고쳐만든 거요. 그 전에는 커다란 옛날풍 난로로, 소를 한 마리 통째로 구울 수 있을 정도였소. 오늘밤처럼 나는 이곳에 앉아 몇 번이나 이야기했는지 모르오."

다시 침묵이 다가오고 짐 선장은 한순간 앤과 길버트의 눈에는 보이지 않는 방문자와 옛정을 나누고 있었다. 그 사람들은 사라져간 세월에 짐 선장과 함께 저 난롯가에 앉아 신혼의 기쁨으로 즐겁게 눈을 빛내고 있었던 것이다. 그 눈은 이미 오래 전 교회 묘지의 잔디 밑이며 몇 마일이나 이어지는 바다에 있는 하얀 파도 밑에 잠자고 있었다.

지난 세월 밤마다 아이들은 이곳에서 밝은 웃음을 서로 주고받았다. 겨울 저녁에는 친한 사람들이 모여 춤추고 음악을 연주하며 농담을 주고받곤 했다. 여기서 젊은이들이 꿈을 주고받았다. 이 작은 집에는 짐 선장의 기억에 대롱대롱 매달려 잊혀지지 않으려는 환영(幻影)

의 무리가 살고 있는 것이었다.

"집이 완성된 것은 7월 1일이었소. 그 무렵이 되자 선생은 하루하루를 손꼽아 신부가 도착하는 날을 헤아렸소. 우리들은 선생이 바닷가를 걷는 모습을 곧잘 보고 '이제 곧 신부가 도착할 거야' 라고 이야기하곤 했었소.

신부는 7월 중순에 와야 했는데, 그때가 되어도 오지 않았소. 아무도 걱정하지 않았지요. 그때는 며칠이고 몇 주일이고 배가 늦어지는 일이 자주 있었으니 말이오. 로열 윌리엄 호는 1주일이 지나고—2주일이 지나고—3주일이 지나도 오지 않았소. 그래서 마침내 우리들도 슬슬 걱정하기 시작했는데 근심은 날이 갈수록 커질 뿐이었소. 나중에는 나도 존 셀윈의 눈을 차마 쳐다보기가 어려웠지요, 블라이스 부인—"

짐 선장은 거기서 목소리를 낮추었다.

"존 선생의 증조할머니가 불에 타 죽을 때도 그런 눈을 했으리라는 생각이 들었기 때문이었죠. 선생은 아무 말도 하지 않았지만 학교에선 꿈꾸는 사람처럼 가르치고, 그리고 서둘러 바닷가로 가곤 했소. 선생은 거기서 날이 저물 때부터 새벽까지 몇 번이나 밤을 새웠는지 모를 정도였지요. 머리가 돌기 시작했다는 소문도 났소.

모두들 희망을 버렸소. 8주일이 지났는데도 로열 윌리엄 호가 오지 않았으니까요. 9월도 반이나 지났는데 신부는 오지 않았던 거요. 오지 않을 거라고 우리들은 생각했소.

그 무렵 태풍이 불어 사흘이나 이어졌소. 폭풍이 끝난 저녁때, 나는 바닷가에 가보았소. 존 선생이 팔짱을 끼고 큰 바위에 기대 바다를 지그시 바라보고 있었소.

나는 말을 걸었으나 선생은 대답하지 않았소. 눈은 무엇인가 내가 보지 못한 것을 보는 듯싶었소. 얼굴이 송장처럼 굳어져 있었지요.

'선생님 —선생님'하고 나는 마치—마치—겁먹은 어린아이처럼

큰 소리를 질렀소. '정신차리세요! 정신차리세요!'

그 기묘하고도 무서운 표정이 존 선생의 눈에서 사라져가는 듯싶었소. 선생은 얼굴을 돌려 나를 보았소. 그 얼굴을 나는 결코 잊지 못할 거요. 내가 마지막 항해로 이 세상에서 떠날 때까지 잊을 수 없을 거요. 선생은 말했소.

'이제 안심이 돼. 로열 윌리엄 호가 이스트 포인트를 돌아오는 것이 보였어. 그녀는 새벽녘이 되면 이곳에 닿을 거야. 내일 밤 나는 내 집 난롯가에 나의 신부와 함께 앉아 있을 거야.'"

그리고 느닷없이 짐 선장은 물었다.

"존 선생은 정말로 그것을 본 걸까요?"

길버트가 조용히 말했다.

"신만이 아는 일이겠지요. 위대한 사랑과 엄청난 고통이 어떤 기적을 일으킬지 우리들로선 헤아려 알 수는 없으니까요."

앤이 진지한 목소리로 말했다.

"틀림없이 보았을 거라고 나는 믿어요."

"말도 안 돼."

데이비드 의사가 말했지만 전처럼 자신 있는 말투는 아니었다.

짐 선장은 엄숙히 말했다.

"아마도 그렇겠지요? 그런데 로열 윌리엄 호가 이튿날 새벽 포 윈즈 항구로 들어왔소. 글렌이며 바닷가 사람들은 하나도 빠짐없이 신부를 마중하러 낡은 선창으로 나갔소. 존 선생은 밤새도록 거기서 지키고 있었소. 배가 해협에 들어오는 것을 보고 우리들은 얼마나 환성을 질렀던지."

짐 선장의 눈이 빛났다. 그 눈은 파손된 낡은 배가 찬란한 해돋이 속에 들어오는 60년 전 포 윈즈 항구를 응시하는 것이었다.

앤이 물었다.

"퍼시스 리는 그 배에 타고 있었나요?"

"그렇소—퍼시스와 선장 부인이오. 끔찍한 항해였지요—폭풍에 이은 폭풍—식량도 바닥이 나 있었소. 그렇지만 끝내 닿았던 겁니다.

퍼시스 리가 낡은 선창에 내리자 존 셀윈은 퍼시스를 끌어안았소—모두들 환성을 그치고 눈물을 흘리기 시작했소. 나도 울었죠. 하기야 내가 울었다는 걸 인정한 것은 몇 년이나 지난 뒤였지만요. 도대체 사내아이가 우는 것을 그토록 부끄럽게 생각하는 이유는 뭘까요?"

앤이 물었다.

"퍼시스 리는 아름다운 사람이었나요?"

짐 선장은 생각하면서 대답했다.

"글쎄요, 미인이라고 할 수 있을지 어떨지—글쎄—나로선 모르겠소.

어쨌든 얼굴이 예쁜지 생각할 겨를이 없었소. 그런 건 이미 문제가 아니었으니까요. 상냥하고 사람을 끄는 매력이 있어서 호감을 갖지 않을 수 없는 사람이었지요.

정말 인상 좋은 사람이었소. 크고 맑은 갈색 눈에 윤기 흐르는 다갈색 머리가 풍부했고 그야말로 영국인다운 하얀 피부를 하고 있었지요.

그날 밤 불을 켤 무렵 존과 퍼시스는 우리집에서 결혼식을 올렸소. 멀리 사는 이도 가까이 사는 이도 저마다 보러 왔고, 결혼식 뒤 두 사람을 이곳까지 배웅해 주었죠. 셀윈 부인이 장작으로 불을 지피고, 우리들은 존이 환상 속에서 보았던 대로 난로 앞에 앉아 있는 두 사람을 남기고 물러 나왔소. 신기한 일이지요—참으로 신기한 일이오! 하기는 나는 이제까지 그것 말고도 신기한 일을 많이 보았소만—"

짐 선장은 자기만은 이해한다는 듯 고개를 끄덕였다.

앤이 말했다.

"아름다운 이야기군요."

그녀는 이때 로맨스를 만끽한 느낌이었다.

"그분들은 여기에 얼마쯤 살았죠?"

"15년이오. 둘이 결혼하고 얼마 뒤 나는 바다로 나갔소. 그때는 젊었으니까요. 하지만 항해에서 돌아올 때마다 우리집보다 먼저 이곳에 와서 셀윈 부인에게 항해 때 이야기를 모두 하곤 했었지요.

행복한 15년이었소! 그 두 사람 다 행복하게 사는 하나의 재능 같은 것을 지니고 있었소. 주의깊게 살펴보면 세상에는 그런 사람들이 있지요. 무슨 일이 일어나더라도 그 두 사람은 오랫동안 투덜거리거나 하지 않았소.

한두 번 싸움을 한 적도 있었소. 둘 다 원기왕성한 사람들이었으니까요. 언젠가 셀윈 부인이 그 귀염성 있는 웃음을 생글거리며 내게 이런 말을 한 일이 있었소.

'존과 싸웠을 때에는 견딜 수 없이 괴롭지만 그래도 마음속으로는 행복해요. 나에게는 싸움을 하고는 화해를 할 수 있는 근사한 남편이 있는 걸요.'

그러는 동안 두 사람은 샬럿타운으로 이사갔고 네드 러셀이 이 집을 사서 신부를 데려왔소. 내가 기억하기에 그들은 명랑한 젊은 부부였지요.

미스 일리저버스 러셀은 네드의 누이동생으로 1, 2년 뒤에 이 부부에게로 와서 살게 되었는데, 그녀 또한 재미있는 사람이었소. 이 집 벽에는 행복한 웃음소리와 즐거운 나날들이 곳곳에 배어 있을 것이오. 당신은 이 집에서 내가 본 세 번째 신부요, 블라이스 부인, 그리고 가장 아름답소."

짐 선장은 이 해바라기처럼 화려한 찬사를 제비꽃의 우아함으로 싸서 바쳤기에 앤은 자랑스레 그것을 받았다.

그날 밤 앤은 신부답게 볼을 장밋빛으로 물들였고 눈에는 사랑이 빛났으며 두 번 다시 볼 수 없을 만큼 아름다웠다. 무뚝뚝한 데이비드 의사마저 감탄의 눈길을 보냈고, 돌아가는 길에 그는 마차를 달리며 길버트의 그 빨강머리 새색시는 아무래도 미인이 아니냐며 아내에게 물었을 정도였다.

짐 선장이 말했다.

"이제 등대로 돌아가야겠군요. 오늘밤은 무척 즐거웠소."

앤이 말했다.

"자주 와주셔야 해요."

짐 선장은 놀리듯 말했다.

"내가 초대받는 걸 얼마나 좋아하는지 알면 그렇게 말했을까요?"

앤은 미소지었다.

"그것은 내가 빈말로 초대하는 게 아니냐는 뜻이죠? 빈말이 아니에요. 어릴 때 학교에서 자주 말했듯이 '십자가를 긋고' 맹세하겠어요."

"그렇다면 또다시 찾아뵙지요. 앞으로는 나를 귀찮게 여기게 될 거요. 그리고 때때로 등대에 들러주신다면 영광으로 생각하겠소. 여느 때 나에게는 일등항해사 말고는 말벗이 아무도 없어서 말이오.

좋은 녀석이오. 남의 얘기를 잘 들어주는 데다 듣자마자, 매컬리스트 네 사람들 못지않게 금방 모두 잊어버리지요. 다만 얘기하는 건 좀 서투르지만.

부인은 젊고 나는 늙었지만 마음은 아무래도 동갑인 것 같소. 우리들은 둘 다 코닐리어 브라이언트의 말을 빌리면 '요셉을 아는 사람들'이니까 말이오."

앤은 어리둥절했다.

"요셉을 아는 사람들이라니요?"

"그렇소. 코닐리어는 온 세계 사람들을 두 종류로 나누고 있지요—요셉을 아는 이와 모르는 이들로. 만일 어떤 사람이 자신과 의견이 일치되고 사고방식이 거의 같고, 같은 농담이 통한다면 그는 요셉을 아는 사람이라는 거지요."

"아, 알았어요."

소리치는 앤의 눈이 빛났다.

"그것은 전에—그리고 지금도 자주 쓰는 말로 '서로를 부르는 영혼'이에요."

짐 선장은 동의했다.

"맞았소—맞았어. 우리가 바로 그래요. 그걸 뭐라고 부르든. 부인이 들어왔을 때 나는 스스로에게 말했지요, 블라이스 부인. '그래, 이 부인은 요셉을 아는 사람이야'라고 말이오. 나는 기뻤소. 그렇지 않다면 서로 사귀어도 진심으로 만족을 얻을 수는 없지요. 요셉을 아는 사람은 땅의 소금, 즉 선량하고 고결한 사람들이오."

손님을 배웅하러 문밖으로 나가니 달이 떠오르는 참이었다. 마치 꿈처럼, 신비한 아름다움과 영혼을 사로잡는 매력에 감싸이기 시작하고 있었다. 포 윈즈 항구는 폭풍이 몰아치는 일이 없는 마법에 걸린 섬이었다.

오솔길의 키가 큰 포플러는 무언가 신비로운 교단(敎團)의 수도사처럼 검게 늘어서 있고 우듬지가 은빛으로 빛나고 있었다.

짐 선장은 긴 팔을 그쪽으로 흔들어보였다.

"언제나 포플러를 좋아했죠. 저건 왕녀의 나무요. 지금은 시대에 뒤떨어졌지만. 저건 꼭대기부터 말라죽기에 부스스해져서 보기 싫다고들 하지요—그렇소—사실이오. 해마다 봄에 목뼈가 부러지는 위험을 무릅쓰고 가느다란 사다리를 올라가 가위질을 하지 않는다면 말이오.

나는 늘 미스 일리저버스를 위해 손질을 했으므로 이곳의 포플러는 한 번도 초라해 보이지 않았소. 그녀는 특별히 포플러를 좋아했소. 그 위엄있는 모습과 사람을 쉽사리 가까이 하지 못하게 하는 점이 마음에 들어서지요. 저것은 아무나 격의없이 사귈 그런 나무가 아니오. 단풍이 동무끼리의 가벼운 교제라고 한다면 포플러는 사교계에서 여왕으로 불릴 만하지요, 블라이스 부인."

데이비드 부인이 남편의 마차에 오르며 말했다.

"아름다운 밤이에요."

짐 선장이 말했다.

"밤이란 언제나 아름다운 법이지요. 포 윈즈의 달빛을 바라보고 있으면, 나는 천국에 이것 말고 어떠한 것이 남아 있을까 생각하곤 해요. 달은 나의 친구요, 블라이스 부인. 철들면서부터 달이 좋았지요.

내가 8살 개구쟁이였을 때 어느 날 밤 뜰에서 잠들어버렸는데, 아무도 그걸 몰랐지요. 밤이 되어 나는 혼자서 잠이 깨어 무척 겁이 났었소. 그림자며 기묘한 소리가 가득 차 오싹오싹했었지요!

나는 꼼짝도 하지 못하고 가엾게도 조그맣게 웅크려 떨고 있을 뿐이었지요. 온 세상에 나 말고는 아무도 없는 것처럼 여겨지고 더욱이 세계가 터무니없이 크게 생각되었소.

그러다가 문득 사과나무 가지 사이로 마치 옛친구처럼 나를 굽어보는 달을 보았소. 나는 금방 용기가 솟았죠. 일어서서 달을 바라보며 사자처럼 늠름하게 집쪽으로 걸어갔었소. 이곳에서 멀리 떨어진 바다에서 배 갑판에 서서 달을 바라본 일도 수없이 많았소. 왜 여러분은 입다물고 어서 돌아가라고 내게 말하지 않지요?"

웃으면서 나누는 밤인사 소리도 사라졌다.

앤과 길버트는 손에 손을 잡고 뜰을 거닐었다. 모퉁이를 가로지르는 시냇물은 자작나무 그늘에서 맑은 잔물결을 일으키며 흐르고 있었다.

기슭의 양귀비꽃은 달빛을 채운 얕은 찻잔 같았다. 학교선생님의 신부 손으로 심어진 꽃은 신성한 과거의 아름다움을 지닌 채 축복처럼 달콤한 향기를 어둑한 공중에 퍼뜨리고 있었다.

앤은 어둠 속에 멈춰서서 작은 가지를 하나 꺾었다.

"나는 어둠 속에서 꽃내음 맡기를 좋아해. 그렇게 하면 꽃의 넋과 사귈 수 있거든. 아, 길버트, 이 작은 집은 하나부터 열까지 내가 꿈속에 그렸던 그대로야. 그리고 우리가 이 집에서 맞이하는 첫 번째 신혼부부가 아니어서 정말 좋아."

미스 코닐리어의 방문

그해 포 윈즈의 9월은 내내 황금빛 안개와 보랏빛 아지랑이로 아른아른 둘러싸여 있었다. 낮에는 햇빛이 듬뿍 내리쬐고 밤에는 달빛으로 가득차 별과 함께 반짝이는 달이었다. 그것을 해치는 폭풍도 없고 거친 바람도 불지 않았다.

앤과 길버트는 사랑의 보금자리를 꾸미고, 바닷가를 거닐거나 항구로 보트를 저어가거나, 포 윈즈며 글렌이며 항구 끝의 숲을 꿰뚫고 있는 양치류가 무성한 사람 드문 길을 마차로 달리기도 했다. 한마디로 세계에 있는 모든 연인들이 부러워할 밀월을 보냈던 것이다.

"만일 인생이 바로 지금 이 순간 끝나버린다 해도 이 4주일만으로 풍부하고 가치 있는 것이었다고 할 수 있지 않을까? 이처럼 나무랄 데 없는 4주일은 두 번 다시 올 것 같지 않아—우리들은 그런 4주일을 보냈어. 모든 것이—바람도 날씨도 사람도 꿈의 집도 모두 어우러져 우리들의 밀월을 즐겁게 해주었어. 우리가 이곳에 오고 나서 비가 온 날이 단 하루도 없었는걸."

길버트가 놀렸다.

"그리고 우리들은 한 번도 다투지 않았지."

"어머나, '앞으로 미뤄두는 만큼 더 즐거움이 많다'잖아. 이곳에서 밀월을 보내기 잘했어. 그 추억이 낯선 생활 곳곳에 흩어지지 않고 언제까지나 우리들 꿈의 집과 함께 있거든."

두 사람의 새 가정에는 앤이 애번리에서는 맛볼 수 없었던 로맨스와 모험의 분위기가 감돌고 있었다.

애번리에서 앤은 바다가 보이는 곳에서 살았지만, 바다가 앤의 생활에 깊숙이 파고 들어오지는 않았었다. 그런데 포 윈즈에서는 바다가 앤을 둘러싸고 끊임없이 손짓하고 있었다. 이 집에서는 어느 창문으로나 바다의 저마다 다른 면이 보였고, 그 속삭임이 앤의 귀에 그칠 줄 모르고 들려왔다.

배는 날마다 항구로 들어와 글렌 선창에 닿았고, 또는 붉은 저녁해를 받으며 다시 지구를 반이나 돈 저쪽 항구로 떠나갔다.

흰 돛을 올린 고기잡이배는 아침에 해협을 내려가고 저녁이면 고기를 가득 싣고 돌아왔다. 뱃사람이며 어부들은 아무 걱정 없는 편안한 모습으로 꾸불꾸불한 항구의 붉은 황톳길을 오갔다. 언제나 뭔가가 일어나고 있다—모험이나 여행—는 느낌이 감돌고 있었다.

포 윈즈에서는 애번리처럼 모든 일이 일률적으로 차분하고 정해진 게 아니었다. 바람은 변화가 있고, 바다는 끊임없이 바닷가 사람들을 부르고 있었다. 그 때문에 바다의 부름에 응할 마음이 없는 이마저 가슴이 두근거리면서 설레임과 호기심에 사로잡혀 기대를 품게 되는 것이다.

앤이 말했다.

"왜 뱃사람이 되지 않고는 못 견디는 사람이 있는지, 그 까닭을 알았어. 때때로 우리들 모두에게 찾아오는 간절한 욕망—'저녁해 지는 저편까지 떠나고 싶다'는 욕망이 자신의 내부에 솟아오르기 시작하면 도저히 억누를 수 없는 게 분명해. 짐 선장님이 이끌려갔던 것도 무리는 아니지.

해협을 나가는 배며 모래톱 위로 날아오르는 갈매기를 볼 때마다 나도 저 배에 타고 있었으면 날개가 있었으면 하고 생각하게 돼. 비둘기처럼 날아가 쉬는 게 아니라 갈매기처럼 폭풍 속에 뛰어드는 거야."

길버트가 느긋한 목소리로 속삭였다.

"당신은 나와 함께 이곳에 있어야 해. 나로부터 멀리 날아가 폭풍 한가운데로 뛰어들게 놔두지 않겠어."

저녁 황혼이 가까운 무렵으로, 두 사람은 붉은 사암 층계에 앉아 있었다. 그 둘레는 육지도 바다도 하늘도 장엄한 정적 속에 싸여 있었다.

갈매기가 머리 위를 은빛으로 날아올랐다. 수평선에는 연분홍 구름이 레이스처럼 길게 나부끼고 있었다. 조용하기만 한 공기 속에 바람과 파도의 중얼거림이 음유시인의 노래처럼 엮어져 있었다.

두 사람이 앉은 곳과 항구 사이에 펼쳐진 엷은 안개에 싸인 메마른 목초지에는 빛이 바랜 탱알꽃이 가물거렸다.

앤은 다정하게 말했다.

"병자의 시중을 들며 밤새 깨어 있어야 하는 의사선생님은 그리 모험적인 기분에 젖지 않을 거야. 어젯밤 푹 자고 일어났다면 당신도 나처럼 공상의 날개를 펼쳐 날고 싶어할 텐데."

길버트는 나직이 말했다.

"앤, 나는 어젯밤 정말 귀중한 일을 했어. 신의 은총으로 한 사람의 목숨을 구했지. 내가 진심으로 그렇게 말할 수 있는 것은 이번이 처음이야. 지금까지는 누군가에게 손을 빌려주었다고 말할 수 있겠지.

하지만 앤, 만일 내가 어젯밤 앨런비네 집에 머물러 죽음과 맞서 싸우지 않았다면 부인은 새벽이 오기 전에 이미 숨졌을 거야.

나는 이 포 윈즈에서는 아직 한 번도 시도된 일이 없는 치료법을 실험해 봤어. 병원 이외의 곳에서는 아직 어디서도 시도된 일이 없을 거야. 지난 겨울 킹스포트 병원에서 처음으로 해본 방법이거든. 나로서는 다른 방법으로는 절대로 살릴 수 없다는 확신이 없었다면 해볼 용기가 없었을 거야. 나는 그 위험에 도전했고—그리고 성공했어. 그 결과 착한 아내며 어머니가 앞으로도 오랜 세월 행복하고 보람 있게 살아갈 수 있게 되었어.

오늘 아침 해가 항구 위로 떠오를 때, 집으로 마차를 달리며 나는 내가 이 직업을 택한 것을 신에게 감사했어.

나는 최선을 다해 싸워 이긴 거야. 생각해봐, 앤. 저 위대한 파괴자인 '죽음'과 싸워서 이겼으니 말이야.

오래 전 둘이서 인생에서 무엇을 하고 싶은가 이야기 나누었을 때 내가 꿈속에 그렸던 게 바로 이것이었어. 나의 꿈이 오늘 아침에서야 실현된 셈이지."

"당신의 꿈 가운데 실현된 건 그것뿐이야?"

앤은 길버트의 대답을 너무도 잘 알고 있었지만 다시 한번 듣고 싶었던 것이다.

길버트는 앤의 눈을 보며 미소 지었다.

"앤, 당신은 알고 있으면서."

그 순간 포 윈즈 항구 바닷가의 조그만 흰 집 층계에 앉아 있는 이 두 사람은 세상에서 가장 행복한 사람들이었다.

이윽고 길버트가 말투를 바꾸어 말했다.

"우리집 오솔길로 요란하게 차려입은 여자가 오고 있어."

앤이 쳐다보더니 벌떡 일어섰다.

"아마 코닐리어 브라이언트나 무어 부인일 거야."

"나는 진찰실로 들어갈게. 코닐리어라면, 미리 말해두지만 나는 전부 엿듣겠어. 내 귀에 들려온 코닐리어에 대한 소문으로 미루어 적어도 그녀가 하는 이야기는 지루하지 않을 것 같으니까."

"그런데 무어 부인일지도 몰라."

"무어 부인은 저런 몸집이 아닌 것 같은데. 먼젓번 그녀가 뜰에서 일하는 걸 봤는데, 너무 멀어 확실히는 알 수 없었지만 가냘픈 사람으로 보였어. 지금까지 당신을 찾아오지 않은 걸 보니까 그녀는 그리 사교적이지 않은 모양이야. 가장 가까운 이웃인데더 말이야."

"무어 부인은 결국 린드 아주머니와 닮지 않은 거네. 그렇지 않다면 호기심 때문에 오지 않고는 못 배겼을 테니까. 저 손님은 코닐리어 같아."

짐작한 대로 미스 코닐리어였다. 더욱이 미스 코닐리어는 신혼집에 잠시 들르는 사교적인 방문을 위해 온 것이 아니었다. 옆구리에 두툼한 꾸러미를 끼고 와서 앤이 천천히 놀다 가라고 하자 기다렸다는 듯 햇빛을 가리는 커다란 모자를 벗었다.

그 모자는 조그맣게 틀어올린 금발 아래 고무줄로 단단히 매어져 있어 무례한 9월 바람에도 끄떡없이 머리를 덮고 있었다. 사소한 모자 핀은 미스 코닐리어에게 무용지물이었다! 그녀 어머니가 고무줄로 충분히 버텼기에 미스 코닐리어 또한 고무줄이면 그만이었던 것이다.

아직 피부가 팽팽하고 빛깔이 희며 혈색이 좋은 둥근 얼굴에 명랑한 갈색 눈을 하고 있었다. 노처녀다워 보이는 데는 조금도 없고, 그 표정에는 무언가 앤을 곧바로 사로잡는 게 있었다.

직감적으로 '서로를 부르는 영혼'을 알아보는 힘을 발휘하여 앤은 미스 코닐리어를 좋아하게 될 것을 알았다. 어쩐지 사고방식이 남과 달라 보이고 옷차림도 분명 색달랐다.

파랑과 하양 줄무늬 앞치마에 커다란 핑크 장미를 흩뿌린 초콜릿빛 실내복 같은 차림으로 남을 방문하는 사람은 미스 코닐리어 말고는 없으리라. 또 미스 코닐리어가 아니면 그런 차림이 어울릴 뿐만 아니라 당당하게 보이는 사람도 없으리라.

왕비를 만나러 궁전에 들어갔다 하더라도 미스 코닐리어는 지금처럼 당당하게 그 자리를 압도했을 것이다. 미스 코닐리어라면 아무렇

지도 않은 얼굴로 장미꽃무늬 옷자락을 대리석 바닥 위에 질질 끌면서 걸을 것이고, 침착하기 그지없는 태도로 왕비 전하를 향해, 왕이든 농부든 남자를 손에 넣었다고 해서 그리 뽐낼 것 없다고 말해주었을 것이다.

"나는 일감을 갖고 찾아왔어요, 블라이스 부인."

미스 코닐리어는 아름다운 물건을 펼쳤다.

"서둘러 끝마무리해야 하거든요. 단 1분도 허비할 수가 없답니다."

미스 코닐리어의 살집 좋은 통통한 무릎 위에 펼쳐진 흰 웃옷을 보고 앤은 조금 놀랐다. 그것은 의심할 바 없는 귀여운 아기옷이었고 나풀거리는 프릴과 접어박은 주름으로 예쁘게 꾸며져 있었다.

미스 코닐리어는 안경을 고쳐쓰고 멋진 솜씨로 아기자기한 수를 놓기 시작했다.

"이것을 글렌의 프레드 프록터 부인에게 줄 거예요. 여덟 번째 아기가 곧 태어날 텐데 옷이 하나도 마련되어 있지 않으니까요. 첫 아이에게 만들어준 것을 여섯 아이들이 물려받아 걸레가 되었는데도 그 부인으로서는 더이상 만들 틈도 힘도 없어요.

블라이스 부인, 그녀는 내내 희생만 하고 있어요. 그녀가 프레드 프록터한테 시집갔을 때 나는 어떤 결말이 될지 뻔히 알고 있었죠. 프레드는 흔히 있는 뱃속은 검으면서도 매력있는 남자였으니까요. 그런데 결혼하자 양의 탈은 내던지고 시커먼 점만 드러내어 술을 퍼마시며 가족을 돌보지 않았어요.

남자란 본디 형편없는 이들이잖아요? 이웃사람들이 도와주지 않았다면 프록터 부인은 그 아이들에게 옷도 제대로 입히지 못했을 거예요."

앤이 나중에 안 일이지만 프록터네 아이들에게 변변한 옷을 입히려고 애쓴 이웃은 미스 코닐리어뿐이었다.

"여덟 번째 아기가 태어난다고 들었을 때 나는 그 아이에게 무엇이든 좀 만들어줘야겠다고 생각했어요. 이게 마지막 옷인데, 오늘 안으로 끝내고 싶어요."

"정말 예쁘군요. 나도 바느질감을 가져올 테니 둘이서 '바느질모임'을 해요. 바느질 솜씨가 좋으시군요, 미스 브라이언트."

미스 코닐리어는 당연하다는 듯 말했다.

"그래요, 바느질 솜씨는 내가 이 일대에서 최고지요. 그럴 수밖에요! 그야말로 나는 내 손으로 백 명도 넘는 아이들의 옷을 지었으니까요. 거짓말이 아니에요! 때로는 나 스스로도 어리석다고 생각해요. 그러고도 여덟 번째 아기를 위해 이 옷에 수를 놓는다니.

하지만 블라이스 부인, 여덟 번째로 태어나는 게 그 아이 탓은 아니니까, 그 아이가 기대 속에 태어나는 셈치고 한 벌만은 예쁜 옷을 지어주고 싶었어요. 가엾게도 아무도 이 아이를 바라지 않았으니까요. 그래서 그 아이를 위해 특별히 큰 소란을 피워가며 옷을 짓고 있지요."

앤은 더욱더 미스 코닐리어가 좋아지는 것을 느꼈다.

"어떤 아기라도 그 옷을 자랑스럽게 여길 거예요."

미스 코닐리어는 말을 이었다.

"내가 이댁에 찾아올 마음이 없는 게 아닌가 생각했겠죠? 하지만 이 달은 추수 때문에 엄청 바빴답니다. 여기저기 모여든 뜨내기 일꾼이 우글대고 있는데다 일한 이상으로 먹어대니까요. 남자라는 게 다 그렇죠, 뭐.

어제 오려고 했지만 로더릭 매컬리스터 부인 장례식에 갔었어요. 골치가 몹시 아파서 가봤자 재미가 없을 거라고 생각했어요. 그래도 그녀는 백 살이나 되었고 나는 전부터 그녀 장례식에는 꼭 가려고 마음먹고 있었거든요."

"성대한 장례식이었나요?"

묻고 나서 앤은 진찰실문이 조금 열린 것을 깨달았다.

"뭐라고 하셨죠? 아, 네! 물론 대단했어요. 친척이 많으니까요. 장례 행렬에 마차가 120대도 넘게 이어졌죠. 한두 가지 재미있는 일도 있었어요. 평소에는 신앙심이 없어 교회 문턱을 넘은 일도 없는데, 글쎄 조 브래드쇼 노인이 불같은 열성으로 힘차게 '주 예수의 품 안에서 편히 쉬리라'를 노래하는 걸 보고 얼마나 우스웠는지 몰라요.

그 노인은 자기 목소리를 자랑스럽게 여겨 장례식에는 빠짐없이 참석하죠. 딱하게도 브래드쇼 부인은 노래할 기력도 없었어요. 뼈 빠지게 일해서 몸과 마음 둘 다 몹시 지쳐버렸거든요. 조 노인도 때로는 부인에게 선물을 하나 사다주리라 마음먹고서 나가지만 결국 돌아올 때에는 무언가 새로운 농기구를 사오고 마는 거예요. 남자들이 하는 짓이란 게 뻔하지 않겠어요?

하지만 감리교회에조차 한 번도 간 적 없는 사람이니까 그만한 일쯤은 놀랄 것도 없죠. 나는 여기 젊은 의사선생 부부가 첫 일요일에 장로교회에 나온 걸 보고, 아, 고맙기도 해라 감사를 드렸지요. 나는 장로교회 신도가 아닌 의사에게는 가지 않으니까요."

앤은 짓궂게 웃으며 말했다.

"우리는 지난번 일요일 저녁때는 감리교회에 갔었는걸요."

"그럼요, 블라이스 선생은 때로 감리교회에도 가셔야 하지요. 그러지 않으면 감리교도 환자가 오지 않을 테니까요."

그러자 이번에 앤은 대담하게 말했다.

"우리들은 그 설교가 무척 마음에 들었어요. 게다가 감리교회 목사님 기도는 내가 지금까지 들은 가운데 가장 아름답다고 생각했어요."

"네, 벤트리 목사라면 흠잡을 데 없는 기도를 했겠지요. 나도 그 목사님이 하는 기도보다 더 아름다운 기도는 들어본 적이 없어요. 하지만 늘 술에 취해 있거나 아니면 술을 마시고 싶어하는데, 취하면 취할수록 더욱더 멋진 기도를 한답니다."

앤은 진찰실 문 안에 들리도록 말했다.

"그 감리교회 목사님은 꽤 미남이더군요."

미스 코닐리어도 찬성했다.

"교회의 장식물로서는 괜찮은 편이죠. 허영심 많은 여자 같은 데가 있어서 자기를 본 처녀는 반드시 자기한테 반하는 줄 안다니까요. 마치 유대인처럼 이 교회 저 교회 떠돌아다니는 감리교회 목사가 뭐 그리 대단하다고 그러는지 모르겠어요!

내 충고를 받아들일 생각이라면 댁도 젊은 선생도 감리교회 신도와는 너무 가깝게 지내지 않는 게 좋아요. 나의 모토는 장로교회 신도라면 장로교회 신도다워야 한다는 거예요."

앤은 미소도 짓지 않고 진지하게 물었다.

"감리교회 신도도 장로교회 신도와 마찬가지로 천국에 가는 게 아닐까요?"

미스 코닐리어는 엄숙히 단호하게 말했다.

"그것을 정하는 건 우리들이 아니에요. 우리들보다 높으신 하느님의 뜻이죠. 그렇지만 나는 천국에서야 어떻게 되든 이 세상에서는 그 사람들과 사귀고 싶지 않아요.

그 감리교회 목사는 아직 결혼하지 않았어요. 그 전 목사는 결혼한 사람이었는데 그 아내가 못말리는 철부지였을 뿐 아니라 말할 수 없이 가볍고 어린아이 같았어요. 내가 언젠가 그 목사에게 좀더 어른이 되고 나서 결혼하지 그랬냐고 말해 주었더니, 자기가 길들이고 싶었기 때문이라고 대답하는 게 아니겠어요. 남자가 생각하는 게 다 그렇죠, 뭐."

앤은 웃었다.

"사람이 언제부터 어른이 되는지 구분짓기란 어렵겠죠."

"그래요. 사람에 따라 태어났을 때부터 어른인 이가 있는가 하면 80살이 되어도 어른이 못되는 이가 있으니까요. 정말이지요. 아까 말한 로더릭 할머니도 어른이 되지 못한 사람이었죠. 백 살이 되어도

10살 때와 마찬가지로 분별심이 없었어요."
"아마 그 때문에 오래 살 수 있었던 게 아닐까요?"
"그랬을지도 몰라요. 나라면 어리석게 백 년을 사느니 분별 있는 50년을 살고 싶어요."
"하지만 생각해 보세요, 모두 다 분별 있는 사람뿐이라면 이 세상이 얼마나 재미없겠어요?"
미스 코닐리어는 가벼운 말장난으로 티격태격 다툼을 벌이는 데는 관심도 없었다.
"로더릭 할머니는 밀그레이브 집안 출신이에요. 밀그레이브 집안사람들은 모두가 좀 어떻게 된 사람들이지요. 할머니 조카인 이비니저 밀그레이브는 벌써 몇 년이나 미쳐 있는데, 자기가 죽었다고 여기고 아내에게 자기를 왜 묻어주지 않느냐며 덤벼든다지 뭐예요. 나라면 얼른 묻어 버릴 텐데요."
미스 코닐리어가 결의의 빛을 띤 무시무시한 얼굴이었으므로, 앤은 곡괭이를 손에 잡고 구덩이를 파는 그녀의 모습이 눈앞에 보이는 듯했다.
"하지만 모두 나쁜 남편들만 있는 건 아닐 거예요. 미스 브라이언트, 누군가 곁에 좋은 남편을 본 일이 없나요?"
"물론 많이 알고 있지요, 저곳에."
미스 코닐리어는 열린 창문으로 선창 건너편 교회에 있는 작은 묘지 쪽으로 손을 흔들어보였다.
놀란 앤이 집요하게 물었다.
"아니, 살아 있는 사람들 가운데, 살아서 움직이는 사람들 가운데 말예요."
미스 코닐리어는 마지못해 인정했다.
"네, 두서넛은 있어요. 신의 손에 의해서는 불가능한 일이 없음을 보여주기 위해서지요. 확실히 젊었을 때 제대로 교육을 받고, 어머니가 늦기 전에 엉덩이를 때려가며 엄하게 버릇을 가르쳐 준 사람은 제법 어엿한 인간이 될 수도 있어요.

그런데 댁의 남편은 내가 들은 바로 판단하건대, 남자로서 그리 나쁘지 않다더군요."

미스 코닐리어는 안경 너머로 날카롭게 앤을 보았다.

"온 세상에 내 남편 같은 사람은 둘도 없다고 여길 테지요, 틀림없이?"

앤은 대뜸 대답했다.

"없고말고요."

미스 코닐리어는 한숨을 쉬었다.

"그렇다니까요. 나는 훨씬 전 다른 신부가 같은 말을 하는 걸 들은 일이 있어요. 제니 딘도 시집왔을 때 이 세상에 자기 남편 같은 사람은 아무도 없다고 생각했죠. 그래요, 그런 사람은 없었어요. 아주 훌륭했어요, 정말이에요!

그 매정한 남편 덕분에 제니는 끔찍한 일생을 보냈죠. 제니가 죽어가고 있는데 남편은 두 번째 아내에게 구혼하고 있었으니까요. 남자란 존재가 다 그렇죠, 뭐.

하지만 블라이스 부인, 댁의 믿음만은 그런 식으로 배신당하는 일이 없기를 바래요. 젊은 선생은 무척 평판이 좋아요. 처음에는 좀 어렵지 않을까 생각했었지요. 이 가까이 사는 사람들은 세상에 의사란 데이비드 선생 한 분밖에 없다고 생각하고 있었으니까요.

데이비드 선생은 확실히 그리 재치 있는 분이 아니어서, 목을 맨 사람 집에 가서 목을 맨 밧줄 이야기만 하시니까요. 하지만 막상 배가 아프게 되면, 여느 때 나쁘게 여겼던 일도 싹 잊어버리고 말아요.

만일 데이비드 선생이 의사가 아니라 목사였다면 아무도 용서해 주지 않을 거예요. 영혼의 아픔은 위(胃)의 아픔만큼 괴롭지 않으니까요.

우리들은 둘 다 장로교회 신도이고 곁에 감리교회 신도도 없으니까 물어보겠는데, 솔직히 우리 목사님에 대해 어떻게 생각해요?"

앤은 망설였다.

"하지만—정말—나는—글쎄."

미스 코닐리어는 고개를 끄덕거렸다.

"그렇지요. 나도 똑같은 의견이에요. 그 사람에게 와 달라고 한 것은 우리들의 실패였어요. 그 얼굴은 마치 저 묘지에 있는 좁고 긴 묘석과 비슷하잖아요? '누구누구의 무덤'이라고 이마에 써 있어도 하나도 이상하지 않을 거예요.

그 사람이 와서 처음으로 한 설교를 죽을 때까지 잊지 못할 것 같아요. 저마다 자신에게 가장 알맞은 일을 해야 한다는 주제였죠. 물론 주제는 매우 훌륭했어요. 그런데 그 인용한 예가 어떤 것이었는지 아세요? 이런 것이었어요.

'이를테면 여러분이 암소 한 마리와 사과나무 한 그루를 갖고 있다고 합시다. 그 사과나무를 외양간에 매고 암소는 다리를 위쪽으로 하여 과수원에 심었다고 생각해 보십시오. 그 사과나무에서 얼마나 젖을 짤 수 있으며 소로부터 얼마나 사과를 거둬들일 수 있다고 생각하십니까?'

지금까지 이런 말을 들은 일 있어요, 블라이스 부인? 그날 감리교파 사람들이 아무도 와 있지 않았으니 망정이지, 와 있었다면 두고두고 그 말을 놀림감으로 여겼을 거예요.

그 목사가 지닌 가장 싫은 점은, 어떠한 일이든 누가 무슨 말을 해도 거기에 반대하지 않는다는 거예요. 비록 그 사람을 향해 '당신은 악당이다' 몰아세우는 말을 했다 하더라도 그는 그 사람 좋은 웃음 띤 얼굴로 '그렇습니다, 맞는 말이에요'라고 할 거예요. 목사란 좀더 기골이 있어야 해요.

한마디로 말해서 나는 그 사람을 얼간이 목사라고 생각해요. 하지만 물론 이것은 부인과 나 사이만의 이야기예요. 물론 감리교파가 듣는 곳에서는 그 사람에 대해 입에 침이 마르도록 칭찬해 주고 있어요.

그 사람 부인이 입은 옷차림이 지나치게 사치스럽다고 말하는 이도 있지만, 그런 얼굴을 한 사람과 함께 살아야 하니 무언가 기분 풀 만한 것이 필요하다고 봐요. 나는 결코 옷차림에 대해 이러니저러니 하면서 여자를 나쁘게 말하지는 않아요. 그 사람 남편이 그렇게 몸치장을 못하게 할 만큼 꼴사나운 구두쇠가 아닌 것만도 고맙다고 생각할 뿐이죠.

나는 옷 입는 것에 그리 신경쓰지 않아요. 여자들은 남자들 마음에 들고 싶어 옷차림에 신경을 쓰지만 나는 그런 수치스러운 짓은 하고 싶지 않으니까요. 나는 그야말로 조용하고 편하게 살아왔지만, 그것도 남자가 어떻게 여길까 하는 생각은 털끝만큼도 한 일이 없기 때문이죠."

"어째서 남성을 그토록 미워하죠, 미스 브라이언트?"

"어머나, 미워하지는 않아요. 미워할 가치도 없는걸요. 다만 심하게 말하면 경멸한다고나 할까요? 하지만 댁의 남편은 이대로 처음과 똑같다면 더욱더 좋아질 것 같아요. 만약 댁의 남편을 빼놓는다면, 이 세상에서 내가 좋다고 여기는 남자는 늙은 의사선생과 짐 선장뿐이에요."

앤도 진심으로 동의했다.

"짐 선장님은 확실히 훌륭한 분이에요."

"짐 선장은 좋은 사람이지만, 때로는 짜증나게 하는 점도 있죠. 무슨 짓을 해도 그 사람을 화나게 할 수는 없으니까요.

나는 20년 동안이나 불쾌한 얼굴을 짓게 해보려 했지만 언제나 아무렇지도 않은 태연한 얼굴이거든요. 그와 결혼했을지도 모를 여자는 반대로 하루에 두 번이나 화를 버럭 내는 못된 남자한테 갔을 것 같지 않아요?"

"그 여자분은 누구였나요?"

"몰라요. 짐 선장이 여자를 가까이하는 걸 본 적이 없어요. 그는 내가 기억하고 있는 무렵부터 슬슬 나이먹기 시작했지요. 올해 76살이라니까요. 끝내 독신으로 지내는 까닭은 들은 일이 없지만 뭔가 있을게 분명해요. 5년 전까지 쭉 바다에서 지내온 사람이니, 그가 콧등을 들이밀지 않은 곳은 세상 어디에도 없을 정도예요.

짐 선장과 일리저버스 러셀은 평생 가장 친한 사이였는데, 두 사람 모두 사랑이라는 생각은 조금도 갖고 있지 않았어요. 일리저버스도 결혼하지 않았지요. 기회는 얼마든지 있었지만요. 젊었을 때는 소문난 미인이었거든요.

영국의 황태자 전하가 프린스 에드워드 섬에 오셨던 해에 일리저버스는 샬럿타운에 있는 삼촌한테 가 있었는데, 그분이 관리자였으므로 일리저버스는 커다란 무도회에 초대되었어요. 수많은 여자들 가운데 일리저버스가 가장 뛰어나게 예뻐서 황태자는 일리저버스와 춤을 추었죠. 그래서 황태자와 춤추지 못했던 나머지 숙녀들은 모두들 발끈 화가 나고 말았어요. 자기들이 사회적 지위가 높은데도 무시당했다는 거였지요.

일리저버스는 그 무도회에 대해 늘 자랑했어요. 짓궂은 사람들은 그래서 결혼하지 않는 거라고, 황태자 전하와 춤춘 뒤부터 보통 남자는 눈에 차지 않을 거라고들 했어요.

그런데 언젠가 그 까닭을 일리저버스가 이야기해 준 일이 있었어요. 자기는 무척 신경질적이어서 어떤 남자와도 원만히 살 수 없을 것 같다는 게 이유였죠. 정말 대단한 성미를 지니고 있었지요. 때로는 2층에 올라가 옷장 안에 든 것을 짝짝 찢지 않고는 못 배길 정도였어요.

하지만 그럴 마음만 있다면, 그런 것은 결혼하지 않는 이유가 못된다고 나는 말했지요. 뭐 신경질은 남자만 부릴 수 있는 게 아니잖아요, 블라이스 부인?"

앤은 한숨을 쉬었다.

"나도 조금쯤 성미가 고약해요."

"그건 좋은 일이에요. 마구 짓밟힐 걱정이 우선은 적어질 테니까요. 정말이에요! 어머나, 골든 글로가 참으로 잘 피어 있군요! 이 집 뜰은 참 아름다워요. 가엾은 일리저버스는 언제나 열심히 뜰을 손질했어요."

"이 뜰이 아주 마음에 들어요. 고풍스러운 꽃이 잔뜩 있어 좋아요. 이야기가 나왔으니 말인데, 전나무숲 저편에 있는 그 작은 장소를 일구어 딸기 모종을 할 사람이 필요해요. 길버트는 몹시 바빠서 올가을에는 그럴 틈이 없거든요. 누군가 할 만한 사람이 없을까요?"

"글쎄요, 그런 종류 일이라면 글렌의 헨리 하먼드가 잘해요. 아마 해줄지도 몰라요. 언제나 일보다는 품삯에 대해서만 생각하는 사람이지만 남자란 다 그런 거죠, 뭐. 게다가 머리가 좀 둔해서 5분이나 멍청하게 서 있다가 겨우 자기가 서 있다는 걸 깨닫는 그런 사람이에요.

어렸을 때 아버지가 그에게 나무등걸을 자주 집어던졌대요. 정말 아주 잘한 짓이 아니겠어요? 남자가 하는 짓이 다 그렇죠, 뭐. 그래도 역시 고쳐지지 않았지만. 그래도 내가 권할 만한 사람은 그 사람뿐이에요. 올봄에 집 칠을 시켰는데 정말 잘해놓았다고 생각하지 않아요?"

시계가 5시를 쳐서 앤은 살아났다.

미스 코닐리어가 소리쳤다.

"어머나, 벌써 이렇게 되었군! 즐겁게 지내는 시간은 얼마나 빨리 지나가는지! 자, 이만 집에 돌아가야겠어요."

"아니, 가시면 안 돼요! 함께 차를 들고 가세요."

앤은 열심히 권했다.
미스 코닐리어가 물었다.
"예의상 그렇게 말하는 건가요? 아니면 진심으로 하는 말인가요?"
"진심이에요."
"그렇다면 마시겠어요. 댁도 요셉을 아는 사람이군요."
앤은 믿는 이에게만 보내는 미소를 지어 보였다.
"우린 좋은 친구가 될 거라고 생각해요."
"그럼요, 물론이지요. 고맙게도 우리들은 사귈 사람을 고를 수 있으니까요. 친척 쪽은 그대로 받아들일 수밖에 도리가 없고 그 가운데 전과자가 없다면 감사할 따름이지요. 그렇다고는 해도 내게 친척이 많이 있는 건 아니에요. 가장 가까운 이가 육촌이니까요. 말하자면 외로운 몸이랍니다, 블라이스 부인."
미스 코닐리어의 목소리에는 슬픈 울림이 있었다.
앤은 자기도 모르게 외쳤다.
"나를 앤이라고 불러주셨으면 해요. 그러는 편이 훨씬 가까운 느낌이 드니까요. 포 윈즈에서는 남편 말고는 모두들 나를 블라이스 부인이라고 부르니까 이방인이 된 듯한 느낌이 들어요. 댁의 이름은 내가 어릴 때 동경하고 있었던 이름과 아주 비슷해요.
앤이라는 이름이 싫어서 공상 속에서 나는 '코딜리어'라고 불렀답니다."
"나는 앤이라는 이름을 좋아해요. 어머니 이름이 앤이었죠. 내 생각으로는 예스러운 이름이 가장 좋고 아름다워요.
차를 준비하는 동안 대화 상대로 젊은 선생을 불러주면 안 될까요? 내가 왔을 때부터 젊은 선생은 내내 진찰실 긴 의자에 벌렁 누워서 내 말에 웃음을 참으며 배를 잡고 뒹굴고 있으니 말예요."
미스 코닐리어가 초인적인 눈으로 꿰뚫어본 것에 놀란 나머지 예의상 부인해야 하는 것조차 잊고 앤은 소리쳤다.

"어떻게 아셨어요?"

"내가 오솔길을 걸어오고 있을 때 젊은 선생이 새댁과 나란히 앉아 있는 걸 보았고, 남자들이 하는 일이란 뻔할 뻔자니까요. 자, 아기 옷이 다 되었어요. 이제 여덟 번째 아기는 언제든지 태어나도 좋게 되었어요."

포 윈즈 등대

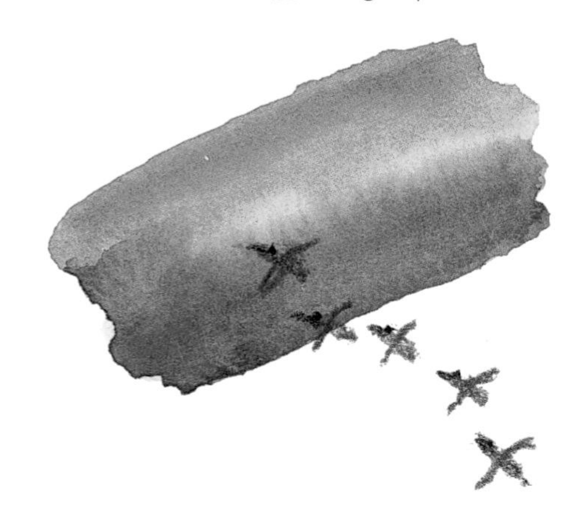

9월이 끝나갈 무렵 앤과 길버트는 약속했던 대로 등대를 방문하게 되었다. 몇 번이나 갈 계획을 세웠으나 그때마다 무언가 훼방이 생겼던 것이다. 그동안 짐 선장은 이 작은 새 집에 몇 번 '잠깐' 들렀다.

"나는 격식 차리는 걸 싫어해요, 블라이스 부인. 이곳에 오는 것은 정말 즐거워 부인이 나를 찾아와 주지 않는다고 해서 사양할 마음은 없소. 요셉을 아는 사람들 사이에는 그런 제약이 있을 리 없지요. 내가 올 수 있을 때 오고, 부인이 올 수 있을 때 와서 유쾌하게 대화할 수만 있다면 머리 위에 어떤 지붕이 덮여 있든 문제가 안 됩니다."

짐 선장은 특히 고그와 매고그를 매우 마음에 들어했다. '패티의 집'에 있을 때와 변함없는 위엄과 침착성을 가지고 고그와 매고그는 이 작은 집 벽난로의 운명을 다스리고 있었다.

"정말 귀여운 녀석들이군요."

짐 선장은 기쁜 듯 말하며, 이 집 주인들에게 대하는 것과 마찬가지로 올 때와 돌아갈 때 두 마리에게도 인사하는 것을 잊지 않았다. 경의와 예의를 빠뜨려 집 수호신의 비위를 거스르려는 생각은 짐 선장에게 털끝만큼도 없었다.

짐 선장은 앤에게 말했다.

"부인의 솜씨로 이 작은 집이 몰라보게 훌륭해졌군요. 지금까지 이렇게 멋졌던 적은 한번도 없었소. 셀윈 부인도 부인과 취향이 비슷해서 그때도 놀랄 만큼 예뻤지요. 다만 그때는 예쁜 커튼이며 그림이며 부인이 갖고 있는 듯한 장식품들은 없었소. 일리저버스는 어떤가 하면, 마치 과거 속에서 사는 사람이었소.

부인은 이를테면 이 집에 미래를 가져온 거나 같소. 나는 이곳에 오기만 하면 말로 표현하지는 않지만 진심으로 행복하오. 다만 마주 보고 앉아서 부인과 가지고 있는 그림과 꽃을 바라보고만 있어도 충분히 즐거워요. 아름답소, 정말 아름답소."

짐 선장은 열렬한 미(美)의 숭배자였다. 이 세상의 모든 아름다운 것은 그에게 말할 수 없이 큰 기쁨을 주었고, 그것이 그의 생활에 밝은 빛이 되었다. 자기의 외모가 아름답지 못하다는 것을 짐 선장은 잘 알고 있어서 그것을 한탄하기도 했다.

어느 때인가 짐 선장은 농담삼아 이렇게 말한 적이 있었다.

"사람들은 나를 좋은 사람이라고 하지만, 나는 때때로 신께서 나를 지금의 반쯤만 좋은 사람으로 만드시고 나머지 몫을 얼굴 생김새 쪽으로 돌려주셨다면 좋았을 거라고 생각해요. 하지만 신은 훌륭한 선장으로서 자신이 하는 일을 낱낱이 잘 알고 계시오. 세상에는 이처럼 못생긴 사람도 있어야 잘생긴 사람들—블라이스 부인처럼—이 더욱 돋보일 것 아니겠소?"

드디어 앤과 길버트는 어느 저녁때, 포 윈즈 등대를 향해 집을 나섰다.

그날 아침은 잿빛 구름과 안개에 싸여 음울하게 시작되었지만 저녁에는 화려한 주홍빛과 황금빛 노을로 물들어 있었다. 항구 저편 서쪽 언덕 위에는 구름이 짙은 호박색으로 물들어 수정처럼 맑았으며, 그 아래쪽은 노을이 불타고 있었다. 북쪽 하늘은 작은 금색의 조개

구름으로 가득했다.

야자나무 우거진 남쪽 나라에 있는 항구를 향해 해협을 건너는 한 척의 흰 돛에 붉은 빛이 비쳤다. 배 저편에 보이는 풀 한 포기 없는 하얀 모래언덕도 불그스름하게 물들었다.

저녁해는 시냇가의 버드나무로 둘러싸인 그 낡은 집에 빛을 비추어, 창이란 창은 모두 오랜 성당에 있는 것보다도 더욱 화려하게 연출했다. 납빛 껍질 속에 갇혀 있으면서도 활기를 잃지 않는 영혼 속에 맥박치는 불붙은 연모(戀慕)처럼, 그 창문만이 잿빛 속에서 조용히 광채를 내뿜었다.

"저 시냇물 위쪽에 있는 낡은 집은 언제나 쓸쓸해 보여. 저 곳으로 사람이 다녀간 것을 본 일이 없어. 물론 저 집 오솔길은 윗길로 나가게 되어 있지만, 사람들이 거의 지나가지 않는 것 같아.

우리집에서 걸어 15분도 안 되는 곳에 있건만 무어 씨네 사람들을 아무도 만난 적이 없다니 이상해. 물론 교회에서 만났을지 모르지만, 얼굴을 모르니 알 수 없잖아. 저 집 사람들이 그렇게 이웃교제를 싫어하니 못내 아쉬워. 가까운 이웃이라고는 저기밖에 없는데."

길버트는 웃었다.

"확실히 그곳 사람들은 요셉을 아는 사람들이 아닌 모양이야. 그 아름답다던 아가씨는 누군지 알았어?"

"아니, 웬일인지 그녀에 대해 묻는 걸 까맣게 잊고 있었어. 하지만 그 뒤로는 보지 못했으니 이웃사람이 아닐지도 몰라. 어머나, 해가 방금 가라앉았어. 등대 불빛이야."

저녁 어둠이 짙어짐에 따라 거대한 등대 불빛이 어둠을 누비고 들과 항구와 모래톱, 들판과 만을 커다란 원을 그리며 가로질렀다.

불빛이 두 사람을 광채 속으로 잠기게 했을 때 앤이 말했다.

"마치 저 불빛이 나를 붙잡아 바다 위 몇 마일이나 되는 곳으로 끌어가는 듯한 느낌이야."

두 사람이 곶 바로 옆에 이르러 그 눈부시게 빙빙 도는 섬광 밑으로 들어섰을 때 앤은 오히려 안심이 되었다.
들판을 가로질러 곶으로 이어지는 오솔길에 두 사람이 이르렀을 때, 길에서 나오는 남자와 마주쳤다. 너무도 색다른 모습을 하고 있어 순간 두 사람은 빤히 쳐다보았다.
분명 잘생긴 사람이었다. 키가 크고 어깨가 넓었으며 단정한 얼굴에 매부리코와 잿빛눈을 하고 있었다. 부유한 농부가 흔히 하는 나들이옷차림이었다. 여기까지는 포 윈즈 주민다웠다. 그러나 가슴에서 무릎께까지 너풀너풀 물결치는 갈색 턱수염이 늘어뜨려져 있었다. 그리고 등쪽에는 흔해빠진 펠트 모자 아래로 이 또한 풍부하게 물결치는 갈색 머리가 폭포처럼 흐르고 있었다.
목소리가 들리지 않는 곳까지 오자 길버트가 속삭였다.
"앤, 아까 떠나올 때 만들어준 레몬주스 속에 데이비드 아저씨의 '알콜'을 조금 넣은 게 아냐?"
앤은 멀어지는 수수께끼의 인물에게 들리지 않게 웃음을 삼켰다.
"아니, 넣지 않았어. 대체 저 사람은 누구지?"
"모르겠어. 하지만 짐 선장이 이곳에서 저런 괴물을 키우고 있다면 여기 올 때에는 호신용으로 권총이라도 숨겨가지고 와야겠어. 뱃사람이었던 것 같지도 않아. 뱃사람이라면 저런 색다른 풍채도 이해할 수 있겠지만, 항구 건너편 사람이 틀림없어. 데이비드 대숙부님 말로는 그곳에 괴짜가 몇 사람 있다니까."
"데이비드 대숙부님은 좀 편견을 가지고 계시는 것 같아. 왜냐하면 글렌 교회에 오는 항구 건너편 사람들은 모두 좋은 사람 같아 보였잖아? 오, 길버트, 너무 아름다워!"
포 윈즈 등대는 만으로 뾰죽이 튀어나온 붉은 사암 끄트머리에 있었다. 한쪽에는 은빛 모래톱이 해협 쪽으로 뻗어 있었다. 그리고 다른 한쪽에는 조약돌 깔린 물굽이에서 험준하게 깎아지른 붉은 벼랑이 느릿하게 구부러진 긴 해안선을 이루고 있었다.

그것은 폭풍과 별이 빚어내어 신비로운 마술이 머물러 있는 바닷가였다. 그러한 해안은 언제나 혼자서 고요히 머물러 있는 법이다. 숲은 결코 고독하지 않다. 속삭이든가 손짓해 부르든가 애정 넘치는 생명으로 충만되어 있다. 그러나 바다는 특별한 존재와 사람들에게 나눠줄 수 없는 자기만의 큰 슬픔으로 쉴새없이 신음하며 그 슬픔 속에 스스로를 가두고 있다.

우리들로서는 그 무한한 신비를 밝힐 수 없다. 그 언저리를 서성이면 외경스러움을 느끼며 매혹될 뿐이다. 숲은 숱한 목소리로 우리들을 부르지만 바다의 목소리는 오직 하나, 그 장중한 음향으로 우리의 영혼을 사로잡아버리는 강력한 소리다. 숲은 인간적이지만 바다는 천사들의 세계다.

앤과 길버트가 등대에 도착해 보니 짐 선장은 등대 밖 벤치에 앉아 모형배에 마지막 손질을 하고 있던 참이었다. 돛을 전부 올리고 있는 멋진 범선이었다. 짐 선장은 일어나 두 사람을 환영했는데, 무의식 속에서 우러나오는 그 부드럽고 예의 바른 태도가 자못 그다웠다.

"블라이스 부인, 하루 종일 좋은 날씨였는데 특히 지금이 가장 좋은 것 같소. 햇빛이 조금이라도 남아 있는 동안 잠깐 이곳에 앉지 않겠소? 방금 글렌에 있는 조카 아이에게 주려고 이 조촐한 장난감을 완성한 참이었소.

이것을 만들어준다고 조에게 약속하고 나서 나는 곧 후회했어요. 조의 어머니가 화를 내서 말이오. 당장이라도 조가 뱃사람이 되고 싶어하지 않을까 걱정하며, 그런 생각을 부추기면 난처하다는 것이었소.

하지만 어쩔 수 없지 않겠소, 블라이스 부인? 나는 그 아이에게 약속했으니까요. 어린아이와 약속한 것을 깨뜨리는 건 참으로 비열하다고 생각해요. 자, 앉아요. 한 시간쯤은 후딱 지나가버리고 마니까."

Chang kYe

바람은 앞바다 쪽으로 불면서 긴 은빛 잔파도를 해면에 일으키고 있었다. 그리하여 크고 작은 곶이 모든 바위 끄트머리로부터 투명한 날개 같은, 번쩍번쩍 빛나는 그림자를 던지고 있었다.

갈매기가 떼지어 날아드는 모래언덕이며 바위모서리에 저녁 어스름이 희미한 보랏빛 커튼을 드리우고 있었다. 하늘은 비단 스카프처럼 흐르는 실구름에 희미하게 덮여 있었다. 구름함대가 수평선에 닻을 내리고 있고 저녁별이 하나 모래톱 위에서 반짝 지켜보고 있었다.

"이 경치는 바라볼 만한 가치가 있지요?"

짐 선장은 자기 것이기라도 한 듯 자애가 깃든 자랑스러운 태도였다.

"시장과 멀리 떨어져 있어서 좋지 않습니까? 팔든가 사든가 남겨먹든가 하지 않고요. 무엇 하나 돈을 치를 필요가 없소. 바다도 하늘도 모두 공짜지요. '돈으로 살 수 없는 귀중한 것'이오.

이제 곧 달돋이도 볼 수 있소. 나는 저 바위며 바다며 항구 위에 달이 떠오르는 모습은 아무리 보아도 싫증이 나지 않아요. 그때그때마다 놀라움의 연속이지요."

곧 달이 떠올랐다. 모두들 세상일이며 서로에 대해 무엇 하나 묻고 싶은 마음이 들지 않는 침묵 속에서 마법 같은 자연의 경이로움을 바라보았다. 그리고 세 사람은 탑 위로 올라갔으며, 짐 선장은 거대한 등불을 보여주고 그 구조를 설명했다.

이윽고 그들은 식당으로 들어갔다. 식당 난로에서는 불길이 아른거리며 잡을 수 없는 바다에서 태어난 순수한 빛깔을 알록달록 짜내고 있었다.

"이 난로는 내가 만든 것입니다. 정부는 등대지기에게 그 같은 호강을 시켜주지 않아서 말이오. 저 장작불이 빚어내는 빛깔을 봐요. 댁의 난로에도 장작을 쓰고 싶다면 내가 저 속에서 한 묶음 보내드리겠소, 블라이스 부인. 자, 앉아요. 차를 한 잔 대접할 테니."

짐 선장은 앤에게 의자를 권했으나 그 전에 먼저 귤빛 고양이와 신문을 치웠다.

"내려가, 매티. 네가 좋아하는 건 긴 의자지? 이 신문은 안전한 곳에 놓아두지 않으면 안 돼요, 이 소설을 읽기까지는 말이오. 바로《열렬한 사랑》이라는 소설입니다. 내가 특히 좋아하는 소설은 아니지만, 이 여류 소설가가 언제까지나 계속할 수 있을지 보고 싶어 읽고 있어요. 지금 제62장인데, 내가 보건대 결혼식을 올릴 가능성은 처음과 마찬가지로 전혀 없어요.

조 녀석이 왔을 때에는 해적이야기를 읽어줘야 합니다. 천진난만한 어린이들이 피에 굶주린 이야기를 즐기다니 이상하잖소."

앤이 웃으며 말했다.

"우리집의 데이비도 마찬가지였어요. 피냄새가 코를 찌르는 무시무시한 이야기를 듣고 싶어한다니까요."

짐 선장이 준 차는 신들이 마시는 술처럼 향기로웠다. 앤이 칭찬하자 짐 선장은 어린아이처럼 기뻤지만 아무렇지도 않은 척 무관심을 가장했다.

짐 선장은 유쾌하게 설명했다.

"요령은 크림을 아끼지 않는 것이오."

올리버 웬델 홈즈*[1]의 이름을 들은 일이 없다 하더라도 이 작가의 '위대한 인물은 작은 크림 그릇을 좋아하지 않는다'라는 의견에 찬성했을 것이다.

길버트가 차를 마시며 물었다.

"여기로 오는 오솔길에서 기묘한 모습을 한 사람을 만났습니다. 누구입니까?"

짐 선장은 이를 드러내며 호탕하게 웃었다.

---

*1 미국 시인, 1809~1894.

"그는 마셜 엘리엇이지요—좋은 사람이지만, 약간 바보스러운 점도 있소. 도대체 무슨 목적으로 박물관이나 갈 모습을 하고 있을까 생각했을 거요."

앤이 물었다.

"현대판 수도자인가요, 아니면 살아남은 고대 헤브라이의 예언자인가요?"

"물론 어느 쪽도 아닙니다. 그런 모습을 하는 이유는 한마디로 정치라더군요. 엘리엇 집안도 크로퍼드 집안도 매컬리스터 집안도 모두 철저한 정치를 취미 삼아 하는 사람들이오.

각 집안에 따라 자유당이나 보수당으로 태어나 그 당에 맞추어 그럭저럭 살다가, 끝내는 자유당이니 보수당원으로서 죽는 거요. 그들이 만약 정치가 필요없는 천국에 간다면 무엇을 할 작정인지 나로서는 알 수가 없소.

마셜 엘리엇은 태어나면서부터 자유당이오. 나도 자유당이긴 하오만 정도껏 하는 편인데, 마셜에게는 정도껏이라는 게 없어요.

15년 전 특히 치열한 총선거가 있었는데, 마셜은 자기 당을 위해 필사적으로 싸웠소. 마셜은 자유당이 이길 거라고 굳게 믿고 있었지. 너무 믿은 나머지 어떤 공개석상에서 벌떡 일어나 자유당이 정권을 잡을 때까지 수염도 머리도 깎지 않겠다고 맹세했었소.

그런데 자유당은 여당이 되지 못했던 거요—지금껏 이긴 예가 없어서—그 결과 오늘 두 분이 보신 그런 모습이 되었소. 어쨌거나 마셜은 약속을 지킨 셈이오."

앤이 물었다.

"그 사람의 부인은 어떻게 생각할까요?"

"안타깝지만 독신자요. 비록 아내가 있다 해도 그에게 맹세를 깨뜨리도록 할 수는 없을 거요. 엘리엇 집안사람들은 여간 고집이 세지 않거든요.

마셜의 형 앨릭잰더는 아주 소중히 아끼던 개가 죽었을 때 '다른 크리스천들과 함께' 묘지에 묻고 싶다고 주장했을 정도죠. 물론 그것은 허락받지 못했지요. 그래서 앨릭잰더는 개를 묘지의 나무울타리 밖에 묻고 두 번 다시 교회 문턱을 넘지 않았소. 하지만 일요일에 가족을 마차로 교회까지 데려다주고 예배보는 동안 자기는 개무덤 옆에 앉아 성서를 읽었다오.

그는 죽기 전에 아내에게 자기가 죽으면 개 옆에 묻어 달라고 했다고 해요. 그의 아내는 온순한 여자였으나, 그 말에는 발끈해서 이렇게 말했대요. 나는 개와 함께 묻힐 생각이 털끝 만큼도 없으니까, 당신이 마지막 쉴 곳으로 나보다도 개 옆을 좋아한다면 그렇게 하라고 했다더군요. 앨릭잰더는 나귀처럼 고집센 사람이었지만 아내를 몹시 좋아했으므로 마침내 고집을 꺾었소. 그리고 임종 때 이렇게 말했지요.

'그럼, 당신이 좋아하는 곳에 나를 묻어줘요. 하지만 천사 가브리엘이 나팔을 불 때에는 나의 개도 다른 이들과 함께 되살아난다는 것을 알고 있어. 그 녀석은 으시대며 돌아다니는 엘리엇이나 크로퍼드나 매컬리스터네의 어떤 녀석 못지않은 영혼을 갖고 있으니까.'

우리들은 모두 마셜에게 익숙해져 있지만, 처음 보는 사람한테는 무척 기이하게 보일 거요. 나는 그를 10살 때부터 알고 있는데 —지금은 50살쯤 되었소—좋은 사람이오. 오늘은 둘이서 대구 낚시를 갔었지요.

이제 내가 할 수 있는 일은 그런 정도요. 때때로 대구나 송어를 낚으러 가는 소일거리죠. 하지만 전에는 그렇지 않았어요. 아무렴, 아무렴! 여러 가지 일을 했지요. 내 인생록을 보면 알 수 있죠."

그 인생록이란 무엇이냐고 앤이 물으려 했을 때 일등항해사가 짐 선장의 무릎으로 뛰어올랐기에 얘기가 멈추었다. 매티는 멋지고 당당한 고양이로 얼굴이 보름달처럼 둥글고 눈은 반짝반짝 빛나는 녹색에 굵고 하얀 손발을 갖고 있었다. 짐 선장은 그 벨벳 같은 등을 부드럽게 쓰다듬었다.

"이놈을 발견하기 전까지 나는 고양이를 그리 좋아하지 않았었죠."

짐 선장의 말에 녀석은 커다랗게 목젖을 울려 반주를 넣었다.

"나는 이 녀석의 목숨을 살려주었는데 불쌍한 동물을 살려내면 귀여워하지 않을 수 없는 법이죠. 목숨을 주는 것에 버금가는 일이니까요.

세상에는 아주 생각 없는 사람도 있어요, 블라이스 부인. 항구 건너편에 여름별장을 가진 도회지 사람 가운데 생각없이 잔혹한 짓을 하는 패들이 있소. 그 잔혹한 일 가운데서도 그게 가장 비열해요. 생각이 모자라는 데서 나오는 엉뚱하고도 잔혹한 짓 말이오. 도저히 손 쓸 도리가 없으니까요.

그들은 여름철 거기서 고양이를 기르는데, 먹을 것을 주고 금이야 옥이야 귀여워하며 리본과 목걸이로 장식을 해주죠. 그러나 가을이면 고양이야 굶어죽든 얼어죽든 나몰라라 내버려두고 돌아갑니다. 나는 화가 나서 온몸의 피가 거꾸로 치솟는 것 같아요, 블라이스 부인.

지난 겨울 어느 날, 나는 바닷가에서 뼈와 가죽뿐인 새끼고양이 세 마리의 몸을 감싼 채 죽어 있는 가엾은 어미고양이를 보았소. 남은 온기로 새끼를 품어주다가 죽었던 거요. 가엾게도 굳어진 발로 새끼들을 안고. 아, 나는 눈물을 흘렸소. 그리고 마구 더러운 욕을 해줬지요.

그 뒤 가엾은 새끼고양이들을 집에 데려와 음식을 주고 길러줄 사람을 찾아주었지요. 그 고양이를 버리고 간 여자를 나는 알고 있었어요. 올여름 그녀가 또다시 돌아오자 항구 건너편으로 가서 내가 그녀를 어떻게 생각하는지 뚜렷이 말해주었죠. 내가 한 일이 참견 비슷하지만, 좋은 목적을 위해서라면 나는 기꺼이 끼어듭니다."

길버트가 물었다.

"그녀는 뭐라고 하던가요?"

"울면서 '그렇게 될 줄은 생각지 못했다'고 하더군요. 나는 말해주었소. '당신은 마지막 심판날 저 가엾은 어미고양이의 목숨에 대해 설명하도록 요구받았을 때, 그것으로 충분한 설명이 된다고 여깁니까? 생각하기 위해 쓰지 않는다면 무엇 때문에 머리를 주었겠느냐고 신께서 물으실 거요'라고 말이오. 그녀는 이제 두 번 다시 고양이를 버리고 가거나 굶어죽게 내버려두지 않겠지요."

"일등항해사도 버려졌던 고양이 가운데 한 마리인가요?"

앤이 그렇게 물으면서 손을 뻗자 일등항해사는 큰 선심이라도 쓰는 듯 거들먹거리며 응했다.

"그래요. 이 녀석은 어느 추운 겨울날 우스꽝스러운 리본 목걸이 덕분에 나뭇가지에 걸려 있는 것을 발견했어요. 하마터면 굶어죽을 참이었지요. 그때 이 놈의 눈을 보았다면, 블라이스 부인! 새끼고양이로 버려진 이래 나무에 매달려지기까지는 겨우 그럭저럭 살아왔던 모양이오.

내가 풀어주었더니 조그맣고 빨간 혓바닥으로 애처롭게 내 손을 핥았소. 일등항해사라 해도 그 무렵엔 지금처럼 우수한 선원은 아니었지요. 꽤 겁쟁이였어요. 그것도 이미 9년이나 지난 옛날 일이오. 고양이치고는 오래 살고 있지요. 이 일등항해사는 나에게 좋은 동료요."

"개를 기르고 계신 줄로만 알았습니다."

길버트가 말하자 짐 선장은 고개를 저었다.

"전에는 길렀었죠. 아주 귀여워했는데 그놈이 죽어버리자 다른 개를 그 대신 기른다는 건 생각도 할 수 없었어요. 우리는 둘도 없는 친구였으니까요. 블라이스 부인, 부인은 알겠지요? 일등항해사는 말하자면 동료요. 이 놈도 좋아하긴 좋아해요. 좀 악마적인 데가 있어 더욱 좋지요. 고양이는 모두 그렇소만.

하지만 나는 그 개를 사랑했소. 그래서 앨릭잰더 엘리엇이 개에 대해 품은 마음을 은근히 동정했지요. 좋은 개에게는 악마적인 데가 없어요. 그러니까 개가 고양이보다 훨씬 귀엽죠. 유감스럽게도 기르는 재미는 고양이만 못하지만.

내가 또 너무 지껄이는군요. 왜 말리지 않소? 사람에게 이야기할 기회만 있으면 난 통제가 되지 않아요. 차를 다 마시고 나면 두서너 가지 보여드릴 게 있소. 예전에 여기저기 쏘다닌 나라에서 손에 넣은 것들이오."

짐 선장의 '두서너 가지 보여드릴 것'이란 몹시 흥미로운 골동품 컬렉션으로, 등골 오싹해지는 것, 고풍스러운 것, 아름다운 것들로 여러 가지가 있었다. 그리고 그 하나하나마다 사연이 있었다.

달 밝은 그날 밤, 앤은 매혹적인 난롯불 옆에서 그러한 옛이야기를 들은 기쁨을 오래도록 잊을 수 없었다. 은빛 바다는 열어젖혀진 창문으로 사람들에게 말을 걸어오며 아래쪽 바위에 기대어 흐느껴 울었다.

짐 선장은 결코 자랑하는 말을 하지 않았으나 그가 옛날에는 어떤 영웅이었는지 저절로 알 수 있었다—용감하고 성실하고 기지가 풍부하며 사사로운 욕심이 없었다. 짐 선장은 자기의 작은 방에 앉아, 듣는 사람들에게 여러 가지 일들을 되살아나게 만들었다. 눈썹을 치켜올리든가 입술을 일그러뜨리든가 손짓발짓이며 한두 마디 말을 곁들여 장면 전체와 인물을 눈앞에서 생생하게 보여주는 것 같았다.

짐 선장의 모험 가운데에는 너무나 놀라운 이야기도 있어서, 앤과 길버트는 자기들이 솔깃하게 듣는 것이 재미있어 짐 선장이 허풍을 떨고 있는 게 아닐까 은근히 의심했을 정도였다. 하지만 그 점에 있어서는 짐 선장에게 미안한 생각을 했다는 게 나중에야 밝혀졌다. 그 이야기는 글자 그대로 모두 사실이었던 것이다. 짐 선장에게는 이야기하는 천성적인 재능이 있어 '먼 옛날, 이국에서의 슬픈 사건'이 그

때 그대로의 느낌으로 듣는 사람 앞에 생생하게 펼쳐지는 것이었다.

이야기를 들으면서 앤과 길버트는 웃든가 몸서리쳤고, 한 번은 앤이 그만 울음을 터뜨렸다.

짐 선장은 앤의 눈물을 보고 기쁜 듯 눈을 빛냈다.

"그렇게 눈물을 흘리는 것을 보니 기쁘군요. 감동했다는 뜻이니까요. 그래도 아직 내가 본 것과 겪은 것을 모두 다 얘기한 건 아니오. 모든 일들은 내 인생록에 다 적어 두었는데, 글쓰는 재주가 없어서 말이오. 꼭 들어맞는 글귀가 떠올라 종이에 그것을 잘 늘어놓을 수만 있다면 굉장한 책을 만들 수 있을 텐데 말입니다.《열렬한 사랑》에 지지 않을 것이고, 조도 해적이야기 못지않게 마음에 들어할 텐데.

그렇소, 나도 한창 때는 모험을 몇 번인가 했어요. 그리고 부인, 지금도 모험에 대한 동경을 품고 있지요, 블라이스 부인. 그래요, 이렇게 늙고 쓸모없는 사람이 되었어도 때때로 배를 타고 바다로 나가고 싶은 간절한 심정에 사로잡혀요—멀리—아주 멀리—끝없이 말이오."

앤은 꿈꾸듯 말했다.

"율리시스처럼 짐 선장님도 '저녁해 지는 곳으로 서쪽 별의 모든 빛을 받으며 죽을 때까지 뱃길을 간다'*2는 심정이군요."

"율리시스? 책에서 읽은 적이 있어요. 그렇소, 바로 그런 심정이오—우리 늙은 뱃사람들은 모두 그런 심정일 거요. 마침내 나는 뭍에서 죽게 되겠지만요. 뭐 그렇다 해도 할 수 없는 일이지요.

글렌의 윌리엄 포드 영감은 빠져 죽을까 무서워 한 번도 바다에 나간 일이 없소. 점쟁이로부터 물에 빠져 죽는다고 들어서 말이지요. 그런데 어느 날 정신을 잃고 쓰러져 헛간에 있는 여물통에 머리를 처박아 죽고 말았소.

벌써 돌아가시려오? 그럼, 또 자주자주 오시오. 이 다음에는 선생

---

*2 테니슨《율리시스》의 한 구절.

의 이야기를 들려주시오. 내가 알고 싶은 것을 많이 알고 계시니까. 여기선 때때로 외로운 적도 있지요. 미스 일리저버스 러셀이 죽고 나서부터 한층 더 쓸쓸해졌지요. 우린 아주 좋은 친구였어요."

짐 선장의 말투에는 오랜 친구가 손가락 사이를 빠져나가듯 하나하나 사라져가는 것을 지켜본 노인의 비애가 깃들어 있었다. 그러한 벗들의 자리는 비록 요셉을 아는 사람이라 하더라도 젊은 세대의 벗으로선 채워질 수 없는 것이다. 앤과 길버트는 자주 찾아올 것을 약속했다.

돌아오는 길에 길버트는 말했다.

"보기드문 노인이야."

앤은 고개를 갸우뚱했다.

"그 소박하고 친절한 인품과 이제까지 보내온 거친 모험적 삶은 어울리지 않는 것 같아."

"요전번 어촌에서 짐 선장을 보았다면 당신도 수긍이 갔을 거야. 피터 고티어의 뱃꾼 하나가 바닷가에 살고 있는 어떤 처녀에 대해 심한 말을 했어. 짐 선장의 눈이 번갯불처럼 번쩍이면서 가련한 그 남자를 그야말로 태워죽일 것만 같았어. 별다른 말은 안 했지만 그런 말투라니! 그의 뼈에서 살을 벗겨내는 듯싶었다니까. 짐 선장은 자기 앞에서 어떤 여자에 대한 욕설도 용서치 않는 사람이야."

"왜 결혼하지 않았을까. 지금쯤은 자기 배를 타고 바다로 나가는 아들들이며 무릎에 올라앉아 애기해 달라고 조르는 밤톨만한 손자들이 있어도 좋을 나이인데—짐 선장이란 그런 분이야. 그런데 저 훌륭한 고양이 말고는 아무것도 없잖아."

그러나 그것은 앤의 잘못된 생각이었다. 짐 선장이 가진 것은 그뿐이 아니었다. 소중한 추억을 지니고 있었던 것이다.

레슬리 무어

10월 어느 저녁때, 앤은 고그와 매고그에게 말했다.

"오늘 밤은 꼭 바닷가에 다녀오겠어."

그 밖에 이야기할 상대는 아무도 없었다. 길버트가 항구 저쪽으로 왕진하러 갔기 때문이었다.

앤은 깔끔한 머릴러 커스버트의 손에 자란 이답게 자기의 작은 영토를 먼지 하나 없이 깨끗하게 정돈하였다. 그 뒤 앤은 후련한 마음으로 바닷가까지 거닐어도 되겠다고 생각했다.

앤은 바닷가로 몇 번이나 즐거운 산책을 했었다. 길버트와 함께 간 일도 있고 짐 선장과 함께 간 적도 있었고 때로는 자기 생각과 새로 인생을 무지갯빛으로 물들이기 시작한 가슴 설레는 아름다운 꿈만을 길벗으로 삼은 일도 있었다.

앤은 안개 낀 포근한 항구 기슭이며 바람이 살랑거리는 은빛 모래톱도 좋았지만, 가장 좋은 것은 바위기슭이었다. 그곳에는 벼랑이며 동굴이며 파도에 씻긴 큰 바위도 뒹굴고 있었고 작은 물굽이에는 얕은 물속에서 조약돌이 반짝반짝 빛나고 있었다. 오늘 저녁에도 앤은 그 바닷가로 서둘러 갔다.

거친 가을 폭풍우가 사흘 동안이나 이어진 뒤였다. 집채만한 파도가 바위에 부딪쳐 부서지며 천둥 같은 소리를 질렀고, 하얀 물보라와 거품이 모래톱에 쏟아져 내렸다. 늘 잔잔했던 푸른 포 윈즈 항구는 송두리째 들끓으며 안개에 싸인 채 사납게 미쳐 날뛰었다.

지금은 그것도 끝나 폭풍이 지나간 바닷가는 모든 것이 깨끗이 씻겨 있었다. 바람은 미동도 하지 않았지만 아직도 제법 밀려오는 파도가 모래톱이며 바위에 밀어닥쳐 새하얀 물보라를 일으키고 있었다. 그것만이 세상을 덮고 있는 정적과 평온 속에서 끊임없이 움직이는 유일한 것이었다.

"아, 이런 순간을 맞이할 수 있다면 몇 주일이고 폭풍과 긴장 속에서 지낼 만한 보람이 있어."

앤은 벼랑 위에 서서 굽이치는 파도 저편으로 기쁨이 어린 눈길을 보냈다. 이윽고 앤은 아래에 있는 작은 물굽이 쪽으로 가파른 오솔길을 기듯이 내려갔다. 물굽이에 서니 바위와 바다와 하늘만이 앤을 에워싸고 있었다.

앤은 혼잣말을 했다.

"춤추고 노래하자. 아무도 보는 이 없고—갈매기는 말을 퍼뜨리지 않으니까. 마음껏 하고 싶은 대로 할 거야."

앤은 스커트를 들어올리고 단단한 모래땅에 발끝으로 서서 빙글빙글 돌았다. 하얀 거품이 되어 부서지는 파도에 발목이 붙잡힐 것 같았다. 아이처럼 웃고 빙글빙글 돌면서 물굽이 동쪽의 뾰족하게 내밀어진 바위 끝에 이르렀다.

그때 갑자기 앤은 얼굴이 새빨개져 우뚝 멈춰 섰다. 앤 혼자가 아니었던 것이다. 앤이 춤추고 웃는 것을 바라보는 이가 있었다.

황금빛 머리와 바다처럼 파란 눈을 가진 그 소녀가 바위의 반쯤 가려진 끄트머리 둥근 돌에 앉아 있었다. 똑바로 앤 쪽을 바라보는 눈에 기묘한 표정이 떠올라 있었다—이상하게 여기는 듯한 표정, 공

감을 나타내는 표정, 그리고—이런 일이 있을 수 있을까?—한편으로는 부러워하는 표정이.

모자는 쓰지 않았고 브라우닝의 '호화로운 뱀'을 떠오르게 하는 멋진 금발을 머리에 감아올려 새빨간 리본으로 앙증맞게 묶고 있었다. 거무스름한 옷감으로 지은 아무 장식 없는 옷을 걸쳤고 아름다운 곡선을 그린 허리에 선명하고도 붉은 비단띠를 두르고 있었다. 무릎 위로 깍지낀 손은 햇볕에 그을려 거칠었지만 목과 볼의 피부는 크림처럼 희었다.

서쪽 하늘에 낮게 드리워진 구름 사이로 번쩍 비추어진 저녁 햇빛이 소녀의 머리에 떨어지자 한순간 그녀는 바다 요정의 화신인 듯싶었다. 바다 요정의 신비, 정열, 표현할 길 없는 매력을 모두 갖추고 있었다.

"나—나를 미친 여자라고 생각했겠지요?"

앤은 더듬거리면서 침착함을 되찾으려고 했다. 이 의젓한 소녀에게 그런 어린아이 같은 모습을 보이다니—주부답게 점잖은 태도를 지녀야 할 앤이, 블라이스 부인이—이게 무슨 창피람!

"아뇨, 그렇게 생각지 않아요."

소녀는 그 이상 아무 말도 하지 않았다. 그 목소리에는 억양이 없었고 사람을 가까이하지 않으려는 태도였다. 그러나 그 눈에는 정열적이면서도 수줍어하는—도전적이면서도 호소하는 듯한 무엇인가가 있었으며 그것이 앤의 마음을 붙잡았다. 앤은 소녀와 나란히 둥근 돌에 앉았다.

앤은 그때까지 신뢰와 우정을 얻지 못했던 적이 없는 미소를 지었다.

"우리, 자기 소개를 해요. 나는 블라이스 부인이에요. 항구 바닷가에 있는 저 작고 하얀 집에 살고 있지요."

"네, 알아요. 나는 레슬리 무어에요. 딕 무어의 아내지요."

소녀는 마지막 말을 무뚝뚝하게 덧붙였다.

앤은 너무 놀라서 잠시 무슨 말을 해야할 지 입을 열지 못했다. 이 소녀가 결혼했으리라고는 생각지도 못했으며 어디에도 부인다운 데가 보이지 않았기 때문이다. 더욱이 앤이 평범한 포 윈즈의 주부로서 머리에 그리고 있었던 바로 그 이웃일 줄이야! 그 차이가 너무 컸기에 앤은 혼란스러워진 머리를 금방 수습할 수가 없었다.

앤은 더듬거렸다.

"그럼—그럼, 저 시냇물 위 잿빛 집에 살고 있겠군요?"

"그래요. 좀더 빨리 찾아뵈었어야 했지만……"

소녀는 더 이상 방문하지 않은 이유도 말하지 않고 변명도 하지 않았다.

앤은 가까스로 침착을 되찾아 말했다.

"우리집에 꼭 놀러오세요. 우리들은 서로 가까운 이웃인걸요. 좋은 친구가 되어야지요. 포 윈즈의 결점이 바로 그거예요. 이웃이 그리 없다는 것 말예요. 나머진 나무랄 데 없이 좋아요."

"이곳을 좋아하세요?"

"좋아하느냐고요? 너무너무 좋아하죠. 이렇게 아름다운 곳은 본 적이 없어요."

레슬리 무어는 천천히 말했다.

"나는 그리 여러 곳을 보지 못했지만, 전부터 이곳은 경치가 매우 좋다고 생각하고 있어요. 나도—나도 무척 좋아해요.".

레슬리 무어는 겉보기와 마찬가지로 수줍어하면서도 열심히 얘기했다. 앤은 왠지 이 소녀—'소녀'라는 인상이 아무래도 떠나지 않았다—는 마음만 먹으면 얘기할 게 얼마든지 있을 거라는 느낌을 받았다.

레슬리 무어가 나직이 말했다.

"나는 자주 바닷가에 와요."

"나도요. 지금까지 만나지 못했던 게 이상하군요."

"아마 나보다도 저녁 일찍 오기 때문이겠지요. 내가 오는 건 대개 늦게—거의 어두워지고 나서거든요. 게다가 태풍이 지나간 바로 뒤에 와보는 것도 아주 좋아해요—오늘처럼. 바다가 잔잔하고 조용할 때에는 그리 좋아하지는 않아요. 거칠게 파도치는 바다가 좋아요—그리고 하얀 포말을 이루며 부서지고 흩어지는 바다도—큰 소리를 지르는 바다도."

"나는 바다가 어떤 기분일 때든지 좋아요. 포 윈즈의 바다는 고향에 있는 '연인의 오솔길' 같거든요. 오늘밤 바다가 너무나 자유롭고—야성적이어서—내 안에 있는 무언가도 해방되어 버린 것 같아요. 그래서 미친 사람처럼 바닷가에서 춤추었던 거예요.

설마 누군가가 보고 있다고는 생각지도 못했죠. 만일 미스 코닐리어 브라이언트가 보았다면 가엾은 젊은 블라이스 선생 앞에 펼쳐진 미래가 암담하다고 예언했을 거예요."

"미스 코닐리어를 알고 계시군요?"

레슬리는 말하면서 웃었다. 무어라 표현하기 어려운 아름다운 웃음이었다. 별안간 뜻하지 않게 솟아올랐으며 갓난아기 웃음과 같은 유쾌한 울림을 가지고 있었다. 앤도 따라 웃었다.

"네, 그럼요. 우리 '꿈의 집'에 몇 번 와 주었어요."

"'꿈의 집'이라고요?"

"아, 그것은 길버트와 내가 우리집에 붙인 사랑스럽고 우스꽝스러운 이름이에요. 우리들끼리만 그렇게 부르고 있는데 그만 입에서 나오고 말았군요."

"그렇다면 미스 러셀의 작은 흰 집이 댁이 사는 '꿈의 집'인 셈이군요."

레슬리는 이상스럽게 여기는 듯했다.

"나도 전에 '꿈의 집'을 가지고 있었어요. 하지만 그것은 궁전이었죠."

그녀는 웃으면서 덧붙였는데, 그 아름다운 미소는 그 속에 섞인 비꼬는 투로 말했기에 반감되고 말았다.

"어머나, 나도 궁전을 꿈꾼 적 있어요. 소녀시절에는 모두들 그런 게 아닐까요. 그러는 동안 방이 여덟 개쯤인 집에 만족하면서 들어앉게 되지요. 그만하면 충분하다는 느낌이 드는 거예요. 그곳에는 왕자님이 있으니까요.

당신이라면 궁전의 꿈도 실현시킬 수 있었을 텐데요. 왜냐하면—당신은 너무너무 아름다우니까요. 이렇게 말하는 걸 용서해요—말하지 않을 수 없어요—나는 너무도 감탄한 나머지 가슴이 터져버릴 것만 같아요. 당신처럼 아름다운 사람은 본 일이 없어요, 무어 부인."

"친구가 되어주겠다면 레슬리라고 불러주세요."

그녀의 말 속에는 뜻밖에 격렬함이 깃들어 있었다.

"물론 그러죠. 내 친구들은 나를 앤이라고 부른답니다."

"그래요, 나는 아름답다고 생각해요."

레슬리는 노려보듯이 바다 저편에 시선을 던졌다.

"나는 이 아름다움이 싫어요. 차라리 저 어촌 어딘가에 있는 가장 살빛이 검은 못생긴 처녀였다면 좋았을 거라고 생각해요. 그런데 미스 코닐리어에 대해 어떻게 생각하세요?"

갑자기 화제를 바꾸어버려서 더이상 깊이 들어갈 수 없게 되었다.

"미스 코닐리어는 좋은 분이더군요. 지난주 길버트와 둘이서 그분의 집으로 초대받았어요. 맛있는 음식이 가득 차려진 식탁이 무거워서 신음한다는 표현 들으신 일이 있겠죠?"

레슬리는 미소지었다.

"신문에 실린 결혼식 기사에서 그 표현을 읽은 기억이 있어요."

"미스 코닐리어 집에 있는 식탁도 신음하고 있었어요. 적어도 삐거덕거리기는 했죠—아마도. 아주 평범한 사람 둘을 위해 그토록 많은 요리를 만들었다는 게 도무지 믿어지지 않을 정도였어요. 파이 종류는 모조리 만들었죠. 단 레몬 파이만 빼고요. 10년 전 샬럿타운에서 열린 전시회에서 레몬 파이로 상을 탄 일이 있대요. 그 뒤로는 평판을 떨어뜨리는 게 두려워 만들지 않게 되었대요."

"미스 코닐리어가 만족할 만큼 파이를 드셨나요?"

"나는 그렇지 못했어요. 길버트는 미스 코닐리어를 감탄케 했지요. 몇 개 먹었는지는 말씀드리지 않겠어요. 성서 쪽이 파이보다 좋다고 말하는 남자는 아직 본 적이 없다고 미스 코닐리어는 말했어요. 저, 나는 미스 코닐리어가 아주 좋아요."

"나도요. 이 세상에서 가장 좋은 친구예요."

그게 사실이라면 왜 이제까지 미스 코닐리어는 딕 무어 부인에 대해서 아무 말도 하지 않았을까 앤은 마음속으로 이상하게 생각했다. 지금까지 미스 코닐리어는 포 윈즈 또는 그 언저리 사람들을 하나도 빼놓지 않고 다 말해주었지 않은가.

레슬리는 두 사람의 등 뒤 바위 틈새로 아래쪽 짙은 초록빛 물웅덩이에 떨어지는 아름다운 빛의 움직임을 손가락질했다.

"아름답죠? 이곳에 와서—다른 것은 아무것도 보지 못해도 저것만 보면—나는 만족하고 집에 돌아가요."

앤도 동의했다.

"이 바닷가의 빛과 그림자가 자아내는 풍경은 정말이지 너무도 훌륭해요. 내가 바느질을 하는 작은 방은 항구를 굽어보고 있어요. 나는 창가에 앉아 내 눈을 즐겁게 해 준답니다. 같은 색깔도 그림자도 2분 이상 이어지는 걸 본 적이 없어요."

갑자기 레슬리가 물었다.

"쓸쓸하다고 생각하는 일이 없나요? 조금도?—혼자 있을 때에도?"

"네……지금까지 살면서 진정으로 외롭다고 생각한 일은 한 번도 없었던 것 같아요. 혼자 있을 때도 좋은 상대가 있는걸요. 꿈을 꾸고 상상을 하면서 나 아닌 다른 무언가가 된 것으로 떠올려 보는 거지요.

때로는 혼자 있는 것도 좋아요. 여러 가지 일을 생각하고 음미하기 위해서죠. 하지만 친구와 함께 있는 것도 아주 즐겁답니다. 사람들과 즐겁고 유쾌하게 지내는 일을. 아, 이따금 우리집에 놀러와줘요."

그리고 앤은 웃으며 덧붙였다.

"나와 사귀게 되면 틀림없이 좋아하게 될 거라고 생각해요."

레슬리는 진지한 얼굴로 말했다.

"그쪽에서 나를 좋아하게 될지 어떨지 모르지요."

아니라는 말을 듣고 싶어서 짐짓 그런 말을 하는 것 같지는 않았다. 달빛을 받은 거품 꽃관을 쓰기 시작한 파도를 바라보고 있는 레슬리 눈에 어두운 그림자가 깃들고 있었다.

"좋아하게 되고말고요. 그리고 내가 저녁 해 비치는 바닷가에서 춤추고 있었던 걸 보았다고 해서 나를 주책없는 사람으로 여기지는 말아줘요. 얼마쯤 지나면 차분해질 거예요. 아무튼 결혼한 지 아직 얼마 되지 않았는걸요. 지금도 여전히 처녀 같은 기분이에요. 때로는 어린아이 같은 느낌이 들 때도 있다니까요."

레슬리는 말했다.

"나는 결혼한 지 12년 되었어요."

이 또한 믿어지지 않는 일이었다. 앤은 소리쳤다.

"어머나, 나보다 훨씬 손아래일 텐데요! 결혼했을 때는 아주 어렸겠군요."

"16살이었어요."

레슬리는 일어서서 곁에 놓아둔 모자와 웃옷을 집어들었다.

"지금은 28살이랍니다. 이제 돌아가야 해요."

"나도요. 길버트가 돌아올 때가 됐어요. 오늘밤 이 바닷가에 와서 우리 둘이 만난 것이 정말 기뻐요."

레슬리가 아무 말 하지 않았으므로 앤은 조금 맥빠진 기분이었다. 가슴을 열고 우정의 손길을 뻗쳤건만 거절은 당하지 않았으나 그렇다고 기쁘게 받아들여졌다고도 할 수 없기 때문이다.

두 사람은 말없이 벼랑을 올라가 목초지를 가로질러 갔다. 목장에서는 깃털처럼 희게 펼쳐진 들풀이 달빛을 받아 크림빛 벨벳 카펫을 깔아놓은 것 같았다. 바닷가 오솔길로 나섰을 때 레슬리는 앤을 보았다.

"나는 이쪽으로 가요, 블라이스 부인. 언젠가 찾아와주지 않겠어요?"

앤은 이 초대가 어쩐지 자기에게 내던져진 듯한 느낌이 들었다. 레슬리 무어가 마지못해 입에 올렸다는 인상을 받은 것이다.

앤은 좀 싸늘한 투로 대답했다.

"진심으로 그렇게 말씀하시는 거라면 찾아뵙겠지만."

레슬리는 억누르고 있던 자제심을 깨고 폭발한 듯한 열의로 강렬히 외쳤다.

"오, 진심이에요—진심이에요."

"그렇다면 갈게요. 안녕—레슬리."

"안녕, 블라이스 부인."

생각에 잠겨 앤은 집으로 돌아와서 길버트에게 다 얘기했다.

길버트는 놀리듯 말했다.

"그렇다면 딕 무어 부인은 요셉을 아는 일족이 아니었던 셈이군."

"응—꼭 그런 건 아니야. 하지만—전에는 같은 일족이었는데 스스로 떨어져나갔든가 아니면 쫓겨났든가 하는 느낌이 들어.

확실히 이 언저리에 있는 다른 부인들과는 몹시 다른 데가 있어. 그녀에게는 달걀이니 버터니 하는 이야기는 할 수 없는걸. 그런 사람을 난 제2의 린드 부인으로 상상했으니! 딕 무어를 만난 일이 있어, 길버트?"

“아니. 그 집 밭에서 일하는 남자를 몇 사람인가 보았지만 누가 무어인지 나는 모르겠어.”

“그녀는 딕에 대해서 한마디도 하지 않았어. 행복하지 않은 게 분명해.”

“당신 이야기로 미루어보건대, 레슬리는 자기 마음을 알 만한 나이가 되기도 전에 결혼해서 실패를 깨달았을 적에는 이미 때가 늦었던 게 아닐까.

앤, 흔히 있는 비극이야. 똑똑한 여자라면 그런 가운데서도 잘 살아낼 텐데 무어 부인은 그저 그 점을 번민하며 원망하고 있을 뿐인 것 같아.”

“확실히 알 때까지는 그렇게 단정하지 말기로 해. 그녀의 경우는 그런 흔해빠진 일이 아니라고 생각돼. 그녀와 만나면 당신도 그 매력을 알 수 있을 거야, 길버트. 그것은 그녀의 겉모습에 드러난 아름다움과는 전혀 상관없는 일이야.

그녀에게는 깊은 무언가가 있어, 그 속으로 들어갈 수 있는 친구는 왕국으로 들어가는 것과 마찬가지일 거라고 생각해. 그렇지만 어떤 까닭에선지 사람을 모두 몰아내고 자기가 지닌 가능성을 모조리 내부에 가둬두고 있으므로 그것이 뻗을 수도 꽃을 피울 수도 없는 거야.

그녀와 헤어지고 나서 내내 그 사람에 대해 생각한 끝에 겨우 다다른 결론이야. 그 다음은 미스 코닐리어에게 물어보기로 해.”

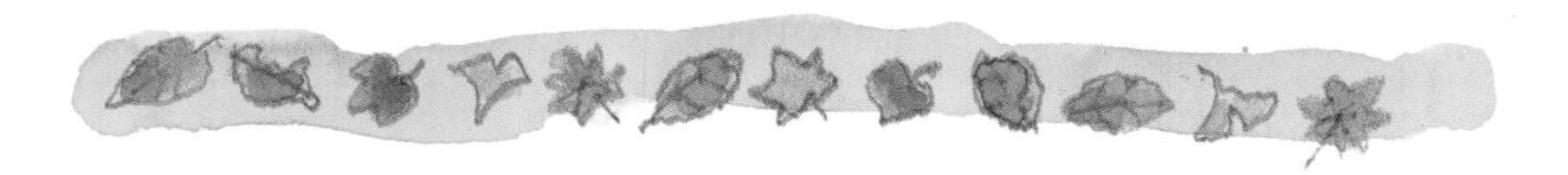

살아가는 이야기

“여덟 번째 아기는 2주일 전에 태어났어요.”

어느 추운 10월 오후, 미스 코닐리어는 이 작은 집의 난로 앞에 놓인 흔들의자에 앉아 있었다.

“여자아이였어요. 프레드는 몹시 화가 나서 소리를 질렀어요. 사내아이를 기대했다고 하지 뭐예요. 사실은 어느 쪽도 바라지 않았으면서요.

만약 사내아이였다면 여자아이가 아니라며 성냈을 거예요. 이미 여자아이 넷에 사내아이가 셋이나 되니까 이번 아기가 어느 쪽이든 별 상관이 없었을 텐데. 프레드는 그저 심통을 부리는 거예요. 사내들이란 게 다 그렇죠, 뭐.

예쁜 옷을 입은 모습이 정말 귀여워요. 초롱초롱한 눈은 까맣고 고사리 같은 손은 깨물어주고 싶을 만큼 사랑스럽더군요.”

“꼭 보러 가겠어요. 난 아기를 무척 좋아하거든요.”

앤은 말로 하기에는 모자라 너무나 사랑스럽고 신성한 것을 생각하면서 혼자 미소 지었다.

미스 코닐리어가 말했다.

"나도 아기가 귀엽지 않은 건 아니지만 정말이지 필요 이상으로 갖고 있는 사람도 있어요. 가엾게도 글렌에 있는 내 사촌동생 플로러는 아이가 열한 명이나 되어, 죽도록 일만 하고 있답니다! 남편은 3년 전에 자살했어요. 사내들이란 하는 짓이 뻔하지요!"

좀 놀라며 앤은 물었다.

"어째서 자살했죠?"

"무언가 마음대로 안 되는 일이 있어서 우물에 뛰어들어버렸어요. 앓던 이가 빠진 거나 같았죠! 천성이 폭군이었으니까요. 우물은 물론 못쓰게 되었죠. 가엾게도 플로러는 그 우물을 두 번 다시 쓸 생각이 들지 않았으니까요. 따로 팠지만 비용이 엄청나게 든데다 물이 좋지 않았어요.

기어이 물에 뛰어들고 싶으면 항구에 가지. 거기에 가면 얼마든지 물이 있지 않겠어요? 그런 무책임한 남자를 나는 참을 수가 없어요. 내가 기억하기에 포 윈즈에서는 자살이 두 번 있었어요. 또 하나는 프랭크 웨스트—레슬리 무어의 아버지죠. 그런데 레슬리가 찾아왔던가요?"

앤은 잔뜩 신경이 곤두서 귀를 기울이며 대답했다.

"아뇨. 하지만 2, 3일 전 저녁때 바닷가에서 우연히 만나 아는 사이가 되었어요."

미스 코닐리어는 고개를 끄덕였다.

"그거 잘했군요. 앤이 레슬리와 가까워지기를 바라고 있었어요. 레슬리를 어떻게 생각하나요?"

"무척 아름다운 사람이라고 생각했어요."

"아, 물론이죠. 아름다움에 있어서 그녀를 당할 사람이 포 윈즈에는 없지요. 그 머릿결을 보셨나요? 늘어뜨리면 찰랑찰랑 발까지 닿아요. 하지만 내가 말하는 건 레슬리에 대해 좋게 생각했느냐는 거예요."

앤은 천천히 말했다.

"그녀가 마음을 열어준다면 몹시 좋아하게 될 것 같아요."

"그런데 그녀는 그렇게 하지 않을 거예요. 앤을 밀어내려고 서먹서먹하게 대할 테지요. 가엾은 레슬리! 그녀가 처한 신세이야기를 듣는다면 앤도 그리 놀라지 않을 거예요. 참으로 비극이지요—비극이에요."

미스 코닐리어는 목소리에 힘주어 되풀이했다.

"그녀에 대해 모두 얘기해 주세요—그녀에 대한 믿음을 저버리는 게 되지 않는다면."

"어머나, 불쌍한 레슬리에 대한 얘기라면 포 윈즈에는 모르는 사람이 없어요. 비밀이 아니니까요—겉으로는. 속사정은 레슬리 말고는 아무도 모르고, 레슬리는 남에게 쉽게 이야기를 털어놓을 사람이 아니니까요. 레슬리와 가장 친한 사람은 나라고 생각하지만, 나에게조차도 넋두리 한마디 한 적 없답니다. 딕 무어를 봤나요?"

"아뇨."

"그렇다면 처음부터 모두 이야기해야겠군요. 그러면 차근차근 알게 될 테니까요. 조금 전 말한 대로 레슬리의 아버지는 프랭크 웨스트예요. 머리는 좋지만 몹시 게으른 사람이었어요—사내들이란 게 다 그렇죠, 뭐. 그래도 머리는 엄청 좋았어요—그런데 그게 도움이 되기는 커녕, 대학에 들어간 지 2년 만에 몸을 망쳐버렸어요. 웨스트 집안은 모두 폐병에 걸리기 쉬웠답니다.

프랭크는 집으로 돌아와 농사꾼이 되었어요. 항구 건너편에서 로즈 엘리엇을 아내로 맞았죠. 로즈는 포 윈즈 으뜸가는 미녀로 일컬어지고 있었어요. 레슬 리가 지닌 아름다움은 어머니를 닮은 거예요. 하지만 기개와 활력은 로즈의 열 갑절이나 되는데다 로즈보다도 훨씬 매력적이지요.

어쨌든 앤도 알다시피 우리 여자들은 서로 힘을 합쳐 도우면서 살아야 한다고 생각해요. 하느님께서도 아실 거예요. 여자란 남자를 상대로 평생 참고 견뎌야 하니까요. 여자들끼리 싸워서는 안돼요. 그래서 나는 다른 여자에 대해 나쁜 말을 하지 않는답니다.

하지만 로즈 엘리엇의 경우는 달라요. 우선 첫째로 로즈는 정말이지 응석꾸러기로 자라난 사람이었어요. 게다가 게으르고 자기 멋대로인데다 넋두리만 늘어놓는 사람이었죠.

프랭크는 영 일을 못해서 두 사람은 욥의 칠면조처럼 가난했어요. 불쌍할 만큼! 정말이지 멀건 죽만 먹고 살았으니까요.

아이는 둘 있었답니다. 레슬리와 케니스예요. 레슬리는 어머니에게 깃든 아름다움과 아버지가 지닌 머리를 물려받았고 부모가 갖지 못한 것까지도 지니고 있었어요. 웨스트 할머니를 닮았던 거지요—훌륭한 할머니였어요.

어렸을 때 레슬리는 누구보다 똑똑하고 상냥하고 명랑한 아이였어요, 앤. 누구에게나 귀염을 받았지요. 아버지의 사랑을 독차지했을 뿐 아니라 레슬리도 아버지를 무척 좋아했어요. 레슬리는 아버지와 자기는 '단짝'이라고 입버릇처럼 말하곤 했었지요. 레슬리는 아버지가 가진 결점을 조금도 보지 못했던 거죠. 적어도 프랭크에게는 사람을 끄는 매력이 있었으니까요.

그런데 레슬리가 12살 때, 첫 재난이 일어났어요. 레슬리는 어린 남동생 케니스를 사랑했지요. 레슬리보다 네 살 아래로 귀여운 아이였어요. 그 케니스가 어느 날 죽어버린 거예요. 마침 헛간으로 들어가던 마른 풀을 실은 짐수레에서 굴러 떨어져 바퀴에 케니스의 작은 몸이 치이고 말았지요.

앤, 레슬리는 그것을 보고 있었던 거예요. 레슬리는 헛간 2층에서 아래를 내려다 보고 있었죠. 외마디 비명을 질렀는데—그 집 고용인이 그런 끔찍한 소리는 들어본 적이 없었다고 했어요—천사장 가브리엘의 나팔이 지워줄 때까지 귓가에 쟁쟁하게 붙어 있을 거라고 하더군요.

하지만 레슬리는 그 일에 대해 두 번 다시 비명을 지르지도 울지도 않았어요. 2층에서 마른 풀더미로 거기서 다시 바닥에 뛰어내려 따뜻한 피가 흐르는 작은 시체를 안아 올렸어요. 앤—레슬리가 아기를 붙들고 내려놓지 않아서 모두들 억지로 시체를 떼어놓아야 했답니다. 사람들이 나를 부르러 왔는데—아, 더 이상 얘기 못하겠어요."

미스 코닐리어는 다갈색 눈에서 부드러운 손수건으로 눈물을 닦고 쓰라린 기억으로 잠시 말없이 뜨개질 바늘을 놀렸다.

"어쨌든 모든 게 정리되고 어린 케니스는 항구 건너편 묘지에 묻혔어요. 얼마 뒤 레슬리는 학교로 돌아가 공부를 계속했지요. 레슬리는 결코 케니스의 이름을 입에 올리지 않았어요. 그날부터 오늘에 이르기까지 케니스의 이름을 말한 걸 들은 일이 없답니다. 그 옛날에 겪었던 아픔이 지금껏 이어져 때때로 불에 데는 듯한 고통을 느끼는 모양이에요.

하지만 그때 레슬리는 아주 어렸고 시간이란 아이에게 정말 친절한 것이니까요, 앤. 얼마쯤 지나자 레슬리도 다시 웃게 되었어요. 다른 사람은 흉내낼 수 없는 멋진 웃음소리였죠. 지금은 그리 들을 수 없지만요."

앤이 말했다.

"요전날 밤에 나도 들었어요. 정말 아름다운 웃음소리더군요."

"케니스가 죽은 뒤, 프랭크 웨스트의 몸이 약해지기 시작했어요. 본디 튼튼하지 못했던데다 충격이 컸기 때문이었죠. 아까 말한 대로 레슬리를 특별히 사랑했지만 케니스도 진심으로 아끼며 사랑하고 있었으니까요. 말도 안 하고 비탄에 빠져 일을 못했을 뿐만 아니라 할 생각도 하지 않게 되었어요.

그러던 어느 날—레슬리가 14살 때였는데—목을 매고 말았어요. 더구나 응접실에서요, 앤. 응접실 한가운데 천장의 램프 고리에 말예

요. 사내들이 하는 짓이란! 그날은 프랭크의 결혼기념일이기도 했어요. 하필이면 아주 멋진 날을 골랐지 뭐예요?

가엾게도 그것을 맨 처음 발견한 게 레슬리였답니다. 그날 아침 레슬리는 꽃병에 새 꽃을 꽂으려고 콧노래를 부르며 응접실에 들어갔는데, 아버지가 석탄처럼 새까만 얼굴로 천장 아래 매달려 있는 게 눈에 들어온 거예요. 정말 무섭지 않았겠어요!"

앤은 몸서리쳤다.

"어머나, 얼마나 끔찍한 일이에요. 가엾어라!"

"레슬리는 케니스 때와 마찬가지로 아버지 장례식 때에도 울지 않았어요. 로즈는 두 사람 몫을 다해 목놓아 울부짖었고, 레슬리는 열심히 어머니를 달래며 위로했죠. 정말이지 나는 로즈에게 정나미가 떨어졌고 다른 사람들도 마찬가지였어요.

하지만 레슬리는 인내심을 잃은 적이 없었죠. 그 애는 어머니를 사랑했어요. 그녀는 가족을 무척 사랑했죠. 가족이 어떤 짓을 하든 결코 나쁘게 생각지 않았어요.

프랭크 웨스트를 케니스 옆에 묻고 로즈는 프랭크를 위해 엄청나게 큰 돌비석을 세웠어요. 프랭크란 인물에 비하면 너무 큰 돌비석을 말예요. 정말이지! 로즈가 갖고 있던 주머니 사정에 비해서도 너무 컸지요. 농장을 그 가치 이상 값으로 저당 잡히고 있었으니까요.

그 뒤 얼마 안 되어 레슬리의 할머니인 웨스트 할머니가 돌아가시면서 돈을 조금 남겨 주었어요. 퀸즈아카데미에서 1년 공부할 만큼의 몫을요. 레슬리는 될 수 있으면 교사자격증을 따서 학비를 벌어 레드먼드 대학을 졸업하고자 했어요. 그것은 아버지가 늘 꿈꾸고 있던 계획이기도 했죠. 자기가 이루지 못한 꿈을 레슬리가 이루어주기 바랐던 거예요.

레슬리는 큰 희망을 품었고, 놀랄 만큼 좋은 두뇌를 갖고 있었지요. 레슬리는 퀸즈아카데미에 들어가 2년 걸리는 공부를 1년에 끝내고 일급교사자격증을 땄어요. 집에 돌아오자 글렌 초등학교에 취직할 수 있었어요. 그녀는 행복하고 희망에 넘쳤고 팔팔하고 아주 열심이었어요. 그즈음 레슬리와 지금의 레슬리를 비교하면 정말이지—남자란 정말 몹쓸 존재라니까요!"

미스 코닐리어는 폭군 네로처럼, 일격에 사람의 목을 자르는 듯한 기세로 바느질실을 이빨로 물어 끊었다.

"그해 여름, 딕 무어가 레슬리의 인생에 끼어들어 왔던 거예요. 딕의 아버지 애브너 무어는 글렌에서 가게를 갖고 있었는데, 딕에게는 외가쪽 뱃사람 피가 흐르고 있었지요. 여름이면 배를 타고 나가고, 겨울에는 아버지 가게에서 점원을 하며 지냈어요.

몸집이 크고 얼굴은 잘생겼지만 마음은 좁고 보기흉한 사내였어요. 늘 무엇인가 손에 들어오기 전까지는 탐내고, 일단 손에 들어오면 관심이 없어졌지요. 사내들이란 다 그렇죠, 뭐. 날씨가 좋을 때에는 사람들이 날씨에 대해 투덜투덜 화내지 않듯이 모든 일이 잘될 때에는 기분 좋을 뿐 아니라 붙임성도 제법 있는 사람이죠.

하지만 심한 술꾼인데다 어촌 아가씨와 좋지 않은 소문도 돌았답니다. 한마디로 말해 딕은 레슬리의 발조차 닦을 가치 없는 인간이었던 셈이에요. 더구나 감리교파였으니까요!

그는 레슬리에게 홀딱 반해 있었어요. 우선 첫째로 그녀가 아름답다는 것과 둘째로 레슬리가 거절하지 못할 거라는 이유에서였지요. 딕은 무슨 일이 있어도 레슬리를 자기 것으로 만들겠다고 공언했고, 그리고 정말 그렇게 하고 말았어요!"

"어떤 방법으로 손에 넣었나요?"

"정말 비열한 방법이었지요! 나는 로즈 웨스트를 영원히 용서하지 않을 거예요. 아까도 말했듯 애브너 무어가 웨스트네 농장을 저당 잡고 돈을 빌려주었는데 그 이자가 몇 년째 밀렸었죠.

딕은 로즈한테 가서 만일 레슬리가 자기와 결혼해 주지 않으면 아버지에게 말하여 저당잡힌 농장을 빼앗아버리겠다고 했어요. 로즈는 한바탕 소동을 피웠죠. 까무라치고 울고불며 레슬리에게 나를 이 집에서 내쫓는 짓은 하지 말아달라고 애원했어요. 신부로서 시집온 이 집에서 쫓겨나다니, 그런 슬픈 일이 어디 있겠느냐는 거였죠.

로즈가 한탄하는 건 이해할 수 있어요. 하지만 그 때문에 자기 자식에게 희생을 강요하다니, 그런 자기밖에 모르는 어미가 또 어디 있겠어요? 그런데 로즈가 바로 그런 여자였답니다. 어쩔 수 없이 레슬리가 꺾이고 말았죠. 레슬리는 어머니를 괴로움에서 구하기 위해서라면 어떤 짓이라도 할 만큼 어머니를 끔찍이 생각했어요.

결국 레슬리는 딕 무어와 결혼했어요. 그 무렵에는 그녀가 왜 그런 짓을 했는지 우리는 아무도 그 까닭을 몰랐었죠. 어머니 강요에 의해 하는 수 없이 결혼했다는 걸 내가 안 건 훨씬 나중 일이었어요. 하기야 나도 무언가 이상하다고는 생각하고 있었어요. 레슬리가 평소에 딕을 거들떠보지도 않았기에 손바닥 뒤집는 짓을 하는 건 정말 레슬리답지 않았거든요. 게다가 딕이 아무리 미끈하게 잘생기고 매력적으로 행동했다 해도 레슬리가 좋아할 타입의 남자가 아니라는 것도 잘 알고 있었으니까요.

물론 결혼식다운 결혼식은 아니었지만 로즈는 내게 두 사람의 결혼식에 와 달라고 했어요. 나는 갔지만 이내 간 것을 후회했어요. 레슬리의 동생과 아버지의 장례식을 치를 때도 레슬리의 얼굴을 보았지만, 이번에는 레슬리가 자기의 장례식을 치르는 것 같은 얼굴을 하고 있었기 때문이에요. 그런데 로즈는 나사가 빠진 사람처럼 내내 생글거리는 거예요, 기가 막혀서!

레슬리와 딕은 웨스트네에서 살림을 차렸어요. 로즈가 귀여운 딸과 헤어질 수 없다고 해서요! 거기서 한겨울 지냈어요. 봄이 되어 로즈는 폐렴에 걸려 세상을 떠났지요. 겨우 1년 만에요! 레슬리는 어머니의 죽음을 슬퍼하고 한탄했어요. 사랑받을 가치가 없는 사람이 사랑받고, 한편 자격 있는 사람들이 대개 사랑을 얻지 못하는 것은 너무한 처사가 아니겠어요?

딕은 어떤가 하면 조용한 결혼생활이 지겨워지고 말았어요. 사내란 게 다 그런 거지요, 뭐. 딕은 집을 나가 노바 스코샤의 친척에게 가서—아버지가 노바 스코샤 출신이죠—사촌동생인 조지 무어가 아바나로 항해하는데 자기도 함께 가겠다는 편지를 레슬리에게 보냈어요. 배 이름은 '네 자매호'로, 두 사람은 9주일쯤 항해할 예정이었어요.

아마 레슬리는 한숨 돌렸을 게 분명해요. 하지만 아무 말도 하지 않았어요. 결혼한 날부터 지금처럼—나 말고는 아무도 가까이하지 않는 자존심 강한 차가운 사람이 되어버렸던 거예요. 하지만 나는 누구든 서먹서먹하게 대하도록 내버려두지 않으니까요, 정말이지! 어떤 일이 있어도 나는 레슬리에게 최대한 달라붙어 있었죠."

앤은 말했다.

"미스 코닐리어가 가장 소중한 친구라고 말하더군요."

미스 코닐리어는 기쁜 듯 소리쳤다.

"그래요? 그 말을 들으니 한결 좋네요. 때로는 정말 내가 곁에 있어주기를 바라는 것인지 어떤지 모를 때가 있거든요. 레슬리는 결코 몸짓으로든 말로든 그런 내색을 하지 않으니까요. 앤이 스스로 생각하고 있는 이상으로 그녀의 마음을 열게 한 게 틀림없어요. 아, 가엾게도, 나는 딕 무어를 볼 때마다 칼로 찔러주고 싶어진답니다."

미스 코닐리어는 다시금 눈물을 닦고 그 잔인한 생각을 한 것만으로도 기분이 조금 나아졌는지 이야기를 계속했다.

"아무튼 레슬리는 혼자 남겨졌어요. 떠나기 전에 딕이 씨를 뿌려두어서 나머지 농사일은 애브너 노인이 보살펴주었지요. 여름은 지났지만 '네 자매호'는 돌아오지 않았어요. 노바 스코샤의 무어 집안에 물어보니까 '네 자매호'는 아바나(쿠바의 수도)에 닿아 짐을 내리고 또 다른 짐을 실은 뒤 고향으로 향했다는 것이었어요. 알아낸 건 그뿐이었죠.

앞으로 사람들은 딕을 죽은 사람으로 이야기하게 되었고, 거의 모든 사람이 그럴 게 틀림없다고 믿게 되었어요. 하기야 확실히 그렇다고는 아무도 말할 수 없었지만요. 이 항구에서는 몇 년이나 집을 비워두고 있다가 불쑥 돌아오는 일이 있으니까요. 레슬리는 한 번도 딕이 죽은 것으로 여기지 않았어요. 그 생각이 맞았죠. 참으로 유감스럽게도 말예요!

다음해 여름, 짐 선장이 아바나에 갔어요. 물론 배타기를 그만두기 전 일이었어요. 짐 선장은 여기저기 알아보려고 마음을 단단히 먹었던가 봐요. 짐 선장은 정말 참견하기를 좋아한다니까요. 사내들이란 게 다 그렇고 그렇죠, 뭐. 그래서 뱃사람을 상대하는 여관을 찾아다니며 '네 자매호' 승무원에 대해 알아보았어요.

내 생각으로는 잠자고 있는 개는 건드리지 않는 게 좋았을 텐데. 어쨌든 어떤 후미진 으슥한 곳에서 한 사나이를 찾아내어 한눈에 그것이 딕 무어임을 알아보았지요. 길다란 턱수염을 기르고 있었지만요. 그 수염을 깎게 했더니 의심할 여지없는—딕 무어였어요—적어도 딕의 몸이었죠. 딕의 마음은 거기에 있지 않았어요—영혼은 처음부터 갖고 있지 않았으니까요!"

"어떻게 된 일이었나요?"

"진실은 아무도 모르죠. 그 하숙집 사람들 말로는 1년 전 어느 날 아침, 그곳 입구 층계에 딕이 머리를 마구 얻어맞아 형편없는 몰골로 쓰러져 있는 걸 발견했다는 것뿐이었대요. 술에 취해 싸움을 하고 다쳤을 거라는 이야기인데, 아마도 그랬을 거예요.

그곳 사람들은 도저히 살아나지 못할 거라고 생각하면서도 어쨌든 집안으로 옮겼대요. 그런데 딕은 되살아났던 거예요. 하지만 몸이 회복되자 기억도, 지능도, 판단력도 완전히 잃어버린 채 아이처럼 되어

버렸지요.

사람들은 딕이 누구인지 알아내려 했지만 알 수 없었어요. 딕은 자기 이름조차 말할 수 없었으니까요. 아주 간단한 말을 두세 마디 할 뿐이었대요. '딕에게'로 시작되어 '레슬리로부터'라고 끝나는 편지를 갖고 있었지만, 주소도 없고 봉투도 없었대요.

사람들은 딕을 그곳에 있게 해주었어요. 그리고 딕은 그 집에서 잡일을 조금씩 해낼 수 있게 되었어요. 거기서 짐 선장의 눈에 띄었던 거죠.

짐 선장은 딕을 집으로 데리고 돌아왔어요—하지 않아도 될 일을 했다고 나는 언제나 말하곤 하죠. 하기야 짐선장도 달리 어쩔 수 없었겠지만. 짐 선장은 딕이 고향에 돌아와 자기가 살던 환경이나 낯익은 얼굴을 보면 기억이 되살아날지도 모른다고 생각했던 거예요. 하지만 아무런 효과도 나타나지 않았어요.

딕은 그때부터 쭉 시냇물 위쪽 집에서 살고 있어요. 그는 완전히 어린 아이예요. 이따금 발작적으로 성을 내기는 하지만, 대개는 멍청해서 기분이 좋고 아무런 해도 끼치지 않아요. 다만 주의를 게을리하면 달아나는 경우는 있지만.

그것이 11년 동안 레슬리가 짊어져온 무거운 짐이랍니다. 그것도 오직 혼자서 말이에요. 애브너 노인은 딕이 집으로 돌아오고 나서 얼마 뒤 죽었는데 막상 뚜껑을 열어보니 파산이나 다름없는 꼴이었죠. 모든 것을 정리해 보니 레슬리와 딕에게는 웨스트 집안의 농장 말고는 아무것도 없었어요.

레슬리는 농장을 존 워드에게 빌려주고 그 사용료를 받아 살고 있어요. 여름에는 하숙을 치는 일도 있지만, 피서객은 대개 호텔이나 별장이 있는 항구 건너편이 마음에 드는 모양이에요. 레슬리 집은 바닷가에서 너무 머니까요.

레슬리는 딕의 시중을 들며 11년 동안 그에게서 떠나지 못하고 있어요. 그 바보에게 일생이 묶여 있는 거예요. 그토록 큰 꿈이며 희망을 갖고 있었는데 말이에요! 레슬리에게 그게 어떤 세월이었을지 떠올릴 수 있겠죠, 앤?—그런 아름다움과 기개와 자존심과 똑똑한 머리를 갖고 있으면서도 말예요. 살아 있지만 죽은 거나 마찬가지예요."

"아, 가엾어, 가엾어라! "

앤은 자기가 행복한 게 마음에 걸렸다. 그렇게 비참한 지경에 놓인 사람이 있는데 이렇게 행복해도 괜찮은 것일까?

미스 코닐리어가 물었다.

"지난번 바닷가에서 만났을 때 레슬리가 뭐라고 말했는지, 또 어떤 행동을 했는지 이야기해 주겠어요?"

미스 코닐리어는 열심히 듣고 있더니 만족스러운 듯 고개를 끄덕였다.

"앤, 레슬리가 무뚝뚝하고 쌀쌀맞았다고 생각하겠지만 그녀로서는 놀랄 만큼 마음을 열어 보였던 거예요. 앤에게 꽤 호감을 가졌을 게 분명해요. 다행이에요. 앤은 그녀에게 힘이 되어 줄 수 있을 거예요.

이 집에 젊은 부부가 온다고 들었을 때 나는 고맙게 여겼지요. 레슬리의 좋은 친구가 되어 줄지도 모른다고 생각되어서 말이에요. 특히 요셉을 아는 사람이라면 더욱더 그렇지요. 앤, 그녀의 친구가 되어 주겠죠?"

앤은 부드러운 정에 이끌리는 타고난 애정을 가지고 진실되게 말했다.

"그럼요, 레슬리가 받아들여만 준다면."

미스 코닐리어는 단호히 말했다.

"아니, 앤쪽에서 먼저 친구가 되어 주어야 해요. 레슬리에게 그럴 마음이 있든 없든 레슬리가 서먹서먹해 하는 일이 있더라도 신경쓰지 말아요—모른 척하는 거예요. 그녀가 어떠한 생활을 해왔는지—지금 어떤 생활을 하고 있는지 생각해 봐줘요. 앞으로도 언제까지나

이대로일 테죠.

딕 무어 같은 인간은 언제까지나 죽지 않는 법이니까요. 집에 돌아온 이래 딕이 얼마나 살쪘는지 보여주고 싶을 정도예요. 본디 마른 편이었는데 말예요.

레슬리를 친구로 만들어요—앤이라면 그렇게 할 수 있어요—사람의 마음을 여는 재주를 가지고 있으니까요. 다만 너무 많은 것에 마음을 쓰지는 말아요.

그리고 레슬리가 자기 집에 와 달라고 하고 싶지 않은 기색을 보여도 신경쓸 것 없어요. 여자들 가운데 딕을 좋아하지 않는 사람이 있다는 것을 그녀는 알고 있어요. 그런 이들은 딕을 보면 소름이 끼친다고 말하곤 하죠.

레슬리를 되도록 이 집으로 오게 해요. 물론 자주 올 수는 없을 거예요. 딕을 오랫동안 혼자 있게 할 수는 없으니까요. 무슨 짓을 저지를지 모르거든요. 집에 불을 질러 태워버리기라도 할 거예요. 밤이 되어 딕이 잠들면, 그제야 레슬리가 자유로운 시간이에요. 딕은 언제나 일찍 잠자리에 들어 죽은 듯이 아침까지 자니까요. 그래서 앤은 바닷가에서 레슬리를 만났던 거예요. 그녀는 그곳을 자주 찾아간답니다."

"그 사람을 위해서라면 할 수 있는 일은 다 하겠어요."

앤은 약속했다. 레슬리 무어가 거위를 쫓아 언덕을 내려오는 것을 본 뒤부터 줄곧 품고 있던 레슬리에 대한 관심이 미스 코닐리어의 이야기를 듣고 천 배나 강해졌다. 그녀에게 스며있는 아름다움과 슬픔과 고독이 거역할 수 없는 매력으로 앤을 끌어당겼다.

앤은 지금까지 레슬리 같은 사람을 만난 적이 없었다. 그때까지 앤의 친구는 그녀와 마찬가지로 건강하고 명랑한 보통 처녀들이었고 그의 꿈에 그림자를 드리운 것은 인간으로서 누구나 가지고 있는 하찮은 걱정거리거나 감당할 만한 시련뿐이었다.

레슬리 무어는 혼자 고립된 곳에, 인생에 배반당한 여자로서 비극

적이고 감동적인 모습으로 서 있었다. 앤은 고독한 그 영혼의 왕국으로 들어갈 길을 찾아내기로 결심했다. 그리고 지금은 자기가 잘못한 것도 아니면서 잔혹한 족쇄를 차고 옥에 갇혀 있지만, 그렇지 않다면 거기에는 우정이 넘치고 있을 게 틀림없다. 앤은 그것을 손에 넣으리라 결심했다.

"앤, 그리고 이 일도 기억해 둬요!"

미스 코닐리어는 아직도 완전히 마음을 놓지 못하고 있었다.

"레슬리가 거의 교회에 가지 않는다고 해서 그녀를 신앙심이 없는 사람으로 여기지는 말아요. 또한 감리교파가 아닐까 하는 생각도요. 다만 레슬리는 딕을 교회에 데려갈 수가 없는 거예요. 하기야 건강했을 때에도 딕은 교회에 가지 않았지만요. 어쨌든 레슬리는 마음속으로는 열성적인 장로교회 신도라는 것을 잊지 말아요, 앤."

레슬리의 방문

10월 어느 서리가 하얗게 내린 밤, 레슬리가 '꿈의 집'을 찾아왔다. 달빛을 받은 짙은 안개가 항구에 드리워져 바다를 바라보는 골짜기에 비단 리본처럼 감겨 있었다.

똑똑똑 노크 소리에 길버트가 대답하자 레슬리는 온 것을 후회하는 듯한 기색을 보였다. 그러나 앤이 길버트를 앞질러 레슬리를 안으로 끌어들였다.

앤은 반갑게 말했다.

"때마침 오늘밤 와줘서 정말 잘되었어요. 오늘 오후, 맛있는 초콜릿 과자를 너무 많이 만들어서 누구 줄 사람이 없나 하던 참이었지요—난로 앞에서—이야기를 하면서. 아마 짐 선장님도 오실지 몰라요. 오늘 같은 밤에는 어김없이 늘 오시니까요."

레슬리는 반쯤 싸움을 거는 듯한 말투로 대답했다.

"아니에요, 짐 선장님은 우리집에 있어요. 짐 선장님이—그 사람이 나를 이곳에 보냈어요."

"다음에 뵙게 되면 짐 선장님에게 고맙다는 인사를 해야겠군요."

앤은 난롯불 앞으로 커다란 안락의자를 끌고 갔다. 레슬리는 조금 얼굴을 붉히며 말했다.

"어머나, 오고 싶지 않았던 건 아니에요. 난—오려고 생각하고 있었지만—좀처럼 나올 수가 없었어요."

"물론 무어 씨를 혼자 두고 오기는 쉽지 않겠지요."

앤은 다 이해한다는 듯이 말해 버렸다. 딕 무어에 대한 것은 모든 사람이 알고 있는 사실로서 공개적으로 얘기하는 게 좋다고 생각했다. 피하면 피할수록 얘기를 꺼내는 것이 점점 더 어려워지기 때문이다.

역시 앤의 생각은 옳았다. 레슬리의 어색한 태도가 별안간 사라져 버렸던 것이다. 레슬리는 자기의 생활상태를 앤이 얼마나 알고 있는지 궁금했는데, 아무것도 설명할 필요가 없다는 것을 알고 오히려 마음이 놓이는 모양이었다.

권하는 대로 모자와 웃옷을 벗고 매고그 옆 커다란 팔걸이의자에 깊숙이 앉았다. 아름답게 공들여 차려입고 언제나처럼 흰 목 언저리에 주홍색 제라늄을 꽂고 있었다. 따뜻한 난롯불에 비춰진 아름다운 머리칼은 불길에 녹은 황금처럼 빛났다. 바다의 푸르름을 간직한 눈은 잔잔한 웃음과 매력이 흘러넘쳤다.

그 순간 작은 '꿈의 집'에 취한 듯 레슬리는 자기도 모르게 다시 소녀로 되돌아갔다—과거의 모든 괴로움을 잊은 소녀였다. 이 작은 집을 행복으로 채우고 있는 사랑스런 분위기가 레슬리를 에워쌌다. 자기와 같은 세대의 건강하고 행복한 젊은 두 사람 마음이 레슬리를 감싸고 있었다.

레슬리는 자기를 둘러싸고 어우러지는 마법을 느꼈고, 거기에 몸을 편안히 맡겼다—미스 코닐리어와 짐 선장이 본다면, 이것이 레슬리로 여겨지지 않았으리라. 앤도 이 사람이—정에 굶주린 영혼처럼 열심히 이야기하고 귀기울이는 이 활발한 여자가—바닷가에서 만난 쌀쌀하고 반응도 없었던 그 여자였다고는 쉽사리 믿어지지 않았다. 레슬리는 창문과 창문 사이의 책꽂이를 얼마나 그리운 눈길로 뚫어

져라 보고 있는 것일까!

앤이 설명했다.

"책이 그리 많지 않지만 이것들은 모두 우리의 친구예요. 몇 년이나 걸려 여기저기서 책을 사 모으는데, 우선 읽어보고 그것이 요셉을 아는 사람에게 어울리는 책이라는 걸 알기 전에는 절대로 사지 않죠."

레슬리가 활짝 웃었다—그것은 지나간 세월 이 작은 집에 메아리쳤을 것 같은 아름다운 웃음이었다.

"아버지가 보시던 책이 좀 있어요—많지는 않아요. 너무 읽어서 외어버릴 정도가 되었죠. 나는 책을 그리 사지 않아요. 글렌의 가게에 순회문고(巡廻文庫)가 있는데, 파커 씨에게 책을 골라주는 위원들은 어느 책이 요셉을 아는 사람들의 것인지 모르는가 봐요—아니면 그런 것은 상관없다고 여기고 있는지도 몰라요. 내가 읽고 싶은 책을 좀처럼 찾아볼 수 없기에 빌려보는 건 포기했어요."

"우리집 책꽂이를 레슬리 것으로 생각해 줘요. 어느 책이든 기꺼이 빌려주겠어요."

레슬리는 환히 웃으며 기뻐했다.

"마치 내 앞에 푸짐한 요리가 차려져 있는 것 같군요."

이윽고 시계가 10시를 치자 아쉬운 표정으로 레슬리는 일어섰다.

"돌아가야 해요. 미처 시간이 이렇게 된 줄 몰랐어요. 짐 선장님은 한 시간쯤 훌쩍 지나가버린다고 언제나 말씀하시지만, 나는 두 시간이나 폐를 끼치고 말았군요—무척 즐거웠어요."

레슬리는 마지막 말을 솔직한 마음으로 덧붙였다.

앤과 길버트가 한 목소리로 말했다.

"자주 오세요."

두 사람은 일어나 난로 불빛을 받으며 나란히 섰다. 레슬리는 두 사람을 바라보았다. 젊음과 희망이 넘치고 행복한, 레슬리로서는 얻을 수 없었던 그리고 영원히 얻을 수 없을 모든 것을 상징하고 있는 두 사람이었다.

레슬리의 얼굴과 눈에서 빛이 사라졌다. 소녀의 모습도 사라졌다. 배반당한 슬픈 여인으로 돌아간 레슬리는 두 사람의 초대에 서먹하게 대답한 뒤 가엾을 만큼 황망하게 돌아갔다.

앤은 추운 안개가 내린 밤 어둠 속으로 레슬리의 모습이 보이지 않게 될 때까지 배웅하고는, 무거운 걸음을 옮겨 난롯가로 돌아왔다.

"아름다운 사람이지, 길버트? 그 머릿결에는 황홀한 느낌이 들어. 발까지 닿는다고 미스 코닐리어가 말했어. 루비 길리스도 아름다운 머릿결을 갖고 있었지만—하지만 레슬리의 머리는 살아 있어—한 올 한 올이 살아 있는 황금이야."

"엄청 아름답더군."

길버트도 찬성했지만 목소리에 너무 힘이 들어가 있어 앤은 그렇게까지 감탄하지 않아도 좋을 텐데 아쉬워했을 정도였다.

앤은 생각에 잠기며 물었다.

"길버트, 내 머리도 레슬리 같았으면 좋겠어?"

"지금의 이 빛깔 말고는 어떤 색도 싫어. 만일 금발이라면 앤이 아니니까—어떤 빛깔이라도 그래, 역시—"

길버트는 납득시키려는 듯 한두 번 고개를 끄덕여 보였다.

앤은 짓궂은 만족을 느끼며 말했다.

"빨강 말고는."

"그렇고말고. 빨강, 그 우유처럼 뽀얀 피부와 푸르게 빛나는 잿빛 눈동자에 따뜻함을 주기 위해서는 말이야. 금발은 당신에게 어울리지 않아, 앤 여왕님—나의 앤 여왕님—내 마음의, 내 삶의, 내 가정의 여왕님."

앤은 너그럽게 말했다.

"그렇다면 실컷 레슬리를 칭찬해도 좋아."

안개낀 밤

그로부터 1주일 뒤 어느 날 밤, 앤은 갑자기 들판을 달려가 시냇물 위쪽 집을 찾아가기로 했다. 만에서 기어올라온 잿빛 안개가 항구를 뒤덮고 협곡이며 골짜기까지 밀려와 가을 목초지에 무겁게 내려앉은 해질녘이었다.

안개 속에서 바다는 흐느껴 울며 몸을 떨고 있었다. 포 윈즈 항구는 앤이 지금까지 본 일 없는 새로운 모습으로 나타났다. 그것은 음산하고 신비로운 매력에 넘쳐 있었지만, 동시에 얼마쯤 쓸쓸함을 느끼게도 했다.

길버트는 샬럿타운에 있는 의사모임에 참석해서 집에 없었고 이튿날 아침까지 돌아오지 않을 것이다. 앤은 한 시간쯤 나이가 같은 누군가와 함께 지내고 싶었다. 짐 선장도 미스 코닐리어도 저마다 '좋은 벗'이긴 하지만, 그러나 젊은이에게는 또래의 친구가 필요했다.

'만일 다이애너나 필이나 프리실러나 스텔러가 찾아와준다면 얼마나 즐거울까! 오늘 밤은 당장 유령이라도 나올 듯한 무서운 밤이잖아. 저 수의(壽衣)와도 같은 안개를 걷어내면 포 윈즈에서 출항하여 죽음으로 끌려 들어간 배가 빠져 죽은 선원들을 갑판에 태우고 항구로 들어오는 게 보일 것 같아.

이 안개는 숱한 신비를 숨기고 있는 듯한 느낌이야—마치 옛날 포윈즈에 살았던 사람들의 넋이 나를 둘러싸고 저 잿빛 베일 너머로 이쪽을 기웃거리고 있는 듯한 느낌! 이 예쁘장한 작은 집에서 죽은 여자들이 이곳을 다시 찾아온다면 바로 이런 밤에 올 테지.

이곳에 더이상 앉아 있다가는 그 여자들 가운데 하나가, 길버트의 의자에 앉아 나와 마주보고 있는 게 눈에 띌지 몰라. 오늘밤 이 집은 너무 적막해서 기분이 으스스해. 고그와 매고그조차도 귀를 쫑긋거리며 눈에 보이지 않는 손님의 발소리를 들으려 하는 듯하잖아.

옛날 '도깨비숲'에서처럼 자신의 상상에 두려워 떨게 되기 전에 한달음으로 레슬리를 만나러 갔다 오자. 내 '꿈의 집'을 떠나 이 집에 살던 예전 주민들을 다시 맞아들이도록 해두자. 난롯불은 그 사람들에게 내 호의를 전해주겠지. 그들은 내가 오기 전에 돌아가버릴 것이고 이 집은 다시 내 것이 될 거야. 오늘밤은 이 집이 틀림없이 과거로 잠시 돌아가게 될 거야.'

자기가 떠올린 상상에 앤은 조금 웃었지만, 그래도 등뼈 언저리가 오싹오싹한 느낌이었다. 그녀는 고그와 매고그에게 다정한 키스를 건넨 뒤 신간잡지를 몇 권 레슬리에게 보여 주려고 옆구리에 끼고 안개 속으로 나갔다.

미스 코닐리어가 말한 적이 있었다.

"레슬리는 책이나 잡지를 무척 좋아하지만 좀처럼 보지 못해요. 사거나 구독할 여유가 없거든요. 그녀는 정말 가엾을 만큼 가난해요, 앤. 농장에서 들어오는 아주 적은 소작료로 어떻게 살아나갈까 싶을 정도예요.

그러면서도 가난한 처지를 한 번도 불평한 적이 없어요. 하지만 얼마나 힘든지 나는 알 수 있지요. 그녀는 지금껏 가난에 시달려 왔어요. 그래도 자유롭고 높은 포부를 지녔을 때는 조금도 개의치 않았지만 지금은 괴로울 게 틀림없어요.

레슬리가 이 집에서 지낸 날 밤, 그토록 밝고 명랑했다니 정말 다행이에요. 짐 선장이 그녀한테 모자와 외투를 입혀 억지로 문에서 밀어내듯했다더군요. 너무 시간을 두지 말고 찾아가봐 줘요. 뜸해지면 그녀는 앤이 딕과 만나는 걸 싫어하는 거라 해석하고 또 껍질 속에 틀어박히고 말 테니까요.

딕은 몸집만 커다랗지 아무런 해도 끼치지 않는 갓난아기예요. 하지만 그 덜 떨어진 모습으로 히죽거리고 킬킬거리는 웃음이 신경 쓰이는 사람도 있나봐요. 다행히 나는 그런 신경은 무딘 편이죠. 오히려 나는 제정신인 때보다 지금의 딕 모습이 더 좋아요. 하기야 좋아하는 정도까지는 아닐지 모르지만요.

언젠가 대청소 때 그 집에 가서 레슬리를 도와준 뒤 나는 도넛을 튀기고 있었어요. 딕이 여느 때처럼 하나 얻고 싶어 옆에서 얼쩡대고 있었는데, 기름에서 갓 꺼내어 델 만큼 뜨거운 것을 하나 집어들고는 느닷없이 구부린 내 뒷덜미에 집어넣었어요. 그리고는 낄낄 웃는 게 너무 어처구니가 없었어요.

정말이지 앤, 펄펄 끓는 기름냄비를 딕의 머리에 뒤집어씌우고 싶은 것을 신이 내려주신 자비심을 총동원하여 가까스로 참았죠."

어둠 속으로 서둘러가며 앤은 미스 코닐리어가 분개하던 모습을 상상하고 웃었다. 그러나 웃음은 그날 밤과 어울리지 않았다.

버드나무에 둘러싸인 그 집에 닿았을 때 앤은 이미 차분해져 있었다. 모든 게 조용하기만 했다. 집 정면은 어둡고 인기척이 없어서 앤은 옆문으로 돌아갔다. 그 문은 베란다에서 작은 거실로 통하고 있었다. 여기서 앤은 소리내지 않고 멈춰섰다.

문은 열려 있었다. 그 맞은편 어둠침침하게 불켜진 방에 레슬리 무어가 테이블에 두 손을 내던지고 엎드려 있었다. 레슬리는 처절하게 울고 있었다. 고통이 밖으로 나오려 몸부림치고 있는 듯 나직하고도

격렬하며 숨이 막힐 것 같은 울음이었다.

늙은 검정개가 레슬리 무릎에 콧잔등을 얹고 커다란 눈에 말없는 동정과 헌신적인 애정을 한껏 보내면서 곁에 앉아 있었다.

앤은 놀라서 물러섰다. 이 고통스런 자리에 끼어들 수 없다고 느꼈기 때문이었다. 이루 말할 수 없는 안타까움에 가슴이 아팠다. 지금 들어가면 앞으로는 어떠한 도움이나 우정의 문도 영원히 닫힐 것 같았다. 절망에 몸을 내맡기고 있는 이 자존심 강하고 고뇌에 찬 여자는 갑자기 침입한 사람을 결코 용서하지 않으리라. 그것은 하나의 본능 같은 것으로 앤에게 경고를 보내고 있었다.

앤은 소리없이 베란다에서 떠나 현관 쪽으로 돌아갔다. 어둠 속에서 사람 목소리가 들리고 희미한 불빛이 보였다. 울타리문이 있는 곳에서 앤은 두 남자와 만났다—등불을 든 짐 선장과 또 한 사람은 딕 무어가 분명했다—추하게 살찌고 거칠었으며 둥글고 벌건 얼굴에 텅 빈 눈을 가진 몸집 큰 남자였다. 어둠침침한 불빛 속에서도 딕의 눈에 앤은 심상치 않은 느낌이 들었다.

"블라이스 부인이었군요? 자, 이런 밤에 혼자 쏘다니면 안 됩니다. 이런 안개 속에서는 길을 잃고 말 테니까요. 딕을 집안으로 데려다주고 올 테니 잠시만 기다려요. 내가 등불을 들고 안내하겠소.

블라이스 선생이 집에 돌아가는 길에 안개가 뒤덮힌 루퍼스 곶에서 발을 헛디뎌 쓰러져 있는 것을 발견하는 일은 결코 하고 싶지 않아요. 40년 전 그런 부인이 있었지요."

짐 선장이 앤에게 되돌아와서 물었다.

"그러니까 레슬리를 만나러 온 거로군요?"

"나는 안에 들어가지는 않았어요."

앤이 본 대로 이야기하자 짐 선장은 한숨을 깊이 내쉬었다.

"가엾어라, 가엾어! 그녀는 잘 울지 않는 사람입니다, 블라이스 부인. 아주 꿋꿋해서 말이오. 서러움이 복받쳐 울고 있을 때는 견딜 수 없이 괴로운 거지요. 이런 밤은 슬픔을 안은 부인뿐만 아니라 딱한 처지에 빠진 누구에게나 쓰라릴 거요. 지금까지 겪어온 고통—두려움까지—모두 한꺼번에 터져나올 것 같은, 그런 밤이니까요."

앤은 몸서리쳤다.

"유령들이 가득 나와 있었어요. 그래서 찾아왔어요. 사람 손을 잡고 사람 목소리를 듣고 싶어서 말이에요. 오늘밤은 인간이 아닌 존재가 세상을 잔뜩 채우고 있다는 느낌이 들어요. 소중한 우리집조차도 그러한 것으로 우글우글 모여 있었어요. 마치 유령에게 쫓겨나온 것 같아요. 그래서 나와 같은 사람을 찾아 이곳으로 도망쳐온 셈이에요."

"하지만 안으로 들어가지 않았던 것은 잘한 일입니다, 블라이스 부인. 레슬리는 몹시 싫어했을 거요. 내가 딕과 함께 들어갔어도 마찬가지로 싫어했을 거요. 부인을 만나지 않았다면 나도 그럴 참이었지요. 딕은 온종일 나한테 와 있었소. 되도록 딕을 붙들어둬서 레슬리를 조금이라도 쉴 수 있게 도와주고 싶어서였소."

앤이 물었다.

"그런데 그 사람 눈이 좀 이상해요."

"눈치챘소? 그렇소, 한쪽은 파랗고 또 한쪽은 엷은 갈색이오. 그의 아버지 눈이 그랬었소. 그것은 무어 집안에서 내려오는 특징이지요. 쿠바에서 그를 보고 딕 무어인 줄 안 것도 그 눈 때문이었소. 그 눈이 아니었다면 수염을 기르고 살쪄 있어 그인 줄도 몰랐을 거요.

이미 알고 있듯이 그를 찾아내서 데리고 돌아온 사람은 나였소. 미스 코닐리어에게 그런 짓을 하는 게 아니었다고 늘 핀잔 듣고 있소만, 그 생각에는 찬성하지 않아요. 그렇게 하는 게 옳은 일이고, 그밖에 달리 길은 없었으니까요. 그 점에 대해선 내 마음에 어떤 의심도 없소.

그러나 레슬리 일을 생각하면 내 둔한 마음조차 아파요. 그녀는 아직 28살밖에 안 되었는데, 여느 부인이 온갖 풍파를 겪을 80년치 슬픔에 흠뻑 젖어왔으니까요."

두 사람은 잠시 말없이 걷고 있었다.

이윽고 앤이 말했다.

"짐 선장님, 나는 등불을 켜고 걷는 것을 그다지 좋아하지 않아요. 둥그런 불빛 바로 바깥쪽 저편 어딘가 어둠 속에서 적의에 찬 눈으로 나를 응시하는 불길한 무리들에게 둘러싸여 있는 듯한 묘한 기분이 들거든요. 어릴 때부터 그런 느낌을 갖고 있었어요. 어째서일까요? 완전한 어둠 속에 있을 때에는 그런 마음이 들지 않는데. 어둠으로 빈틈없이 둘러싸여 있을 때에는 도리어 조금도 무섭지가 않아요."

"나도 그런 느낌이 들 때가 가끔 있어요. 우리들에게 딱 달라붙어 있을 때에는 어둠은 친구요. 그런데 내 쪽에서 어둠을 밀어내려 하면—이를테면 등불빛으로 어둠에서 벗어나려 하면—그 순간부터 적이 되는 듯하오.

아, 안개가 걷혀 가고 있구려. 서풍이 불기 시작한 게 느껴지나요? 집에 닿을 무렵에는 별이 나올 거요."

그 말대로 별들이 얼굴을 내밀었다. 앤이 다시 '꿈의 집'에 들어가보니 난로에서는 장작불이 아직도 타오르고 있었다. 유령은 모두 사라진 뒤였다.

11월 나날들

포 윈즈 항구 일대는 몇 주일이나 눈이 번쩍 뜨이는 듯 황홀한 색으로 보기 좋게 물들어 있었지만, 그것도 이윽고 부드러운 청색으로 가라앉더니, 늦가을 언덕으로 서서히 변해 갔다.

들판과 바닷가는 며칠이나 부슬부슬 내리는 안개비로 가물거렸고, 밤은 반대로 비와 바람이 세차게 몰아쳤다. 그런 밤이면 때때로 앤은 잠에서 깨어나 험난한 북해안으로 가는 배가 없도록 기도했다. 그런 배가 있다면 아무리 어둠 속을 두려움없이 비춰주는 저 크고 충실한 등댓불이 있다 해도 배를 안전한 항구로 인도할 수 없기 때문이었다.

"11월이 되면 때때로 봄이 두 번 다시 오지 않을 듯한 느낌이 들어요."

앤은 한숨지으면서 서리가 내려 더러워진 화분이 손댈 수 없을 만큼 보기 흉한 모습으로 늘어서 있는 것을 탄식했다. 학교선생님의 신부가 만든 호화로웠던 조그만 뜰도 지금은 자취도 없이 퇴락해 쓸쓸해 보이고 포플러와 자작나무는 짐 선장의 말을 빌면 '돛을 내린 돛대'였다. 그러나 작은 집 뒤 전나무숲은 늘 변함없이 푸릇푸릇한 것이 믿음직했다.

11월이나 12월에도 햇빛이 빛나고 보랏빛 안개가 살포시 안기는 기분 좋은 날이 있었다. 그런 날에는 항구가 한여름처럼 즐겁게 춤추며 반짝였고, 만은 부드럽고 푸르게 넘실거리면서 온화한 모습을 보였기에, 폭풍과 강풍은 먼 과거의 꿈 속 일처럼 생각되었다.

앤과 길버트는 그 가을 수많은 밤을 등대에서 보냈다. 등대는 언제 가도 즐거운 곳이었다. 동풍이 구슬픈 노래를 부르고 바다가 바람 한 점 없이 조용할 때조차 남몰래 햇빛이 숨어 있는 것처럼 느껴졌다. 아마도 일등항해사가 늘 금색 털옷을 걸치고 돌아다니고 있는 탓인지도 몰랐다.

일등항해사는 자못 크고 찬란하게 빛나고 있었으므로 해가 보이지 않더라도 신경쓰이지 않을 정도였고, 그 가릉거리며 울려 퍼지는 소리는 짐 선장과 난롯가에서 주고받는 유쾌한 담소에 반주 역할을 했다. 짐 선장과 길버트는 고양이가 알지도 못하는 일에 대해 오랫동안 토론을 벌이거나 진지한 이야기에 열중했다.

"나는 온갖 문제에 대해 생각해 보는 걸 좋아해요. 하기야 해결에 이르지는 못하지만. 우리 아버지는 자기가 모르는 일은 이야기해선 안 된다고 말씀하셨소만 그렇게 되면 이야기 밑천이 아주 적어지지요, 선생.

우리들 이야기를 듣고 신들이 배를 쥐고 웃을 일도 많겠지만, 그저 우리는 인간에 지나지 않죠. 어차피 자기 자신이 세운 선악을 참으로 잘 분별하는 신이라고 상상하지 않는 한 상관없다고 생각해요. 우리가 이러쿵저러쿵 한다고 해서 우리나 다른 누구에게 아무 해가 되지 않으니 오늘밤 또 어디서, 가벼운 토론을 벌여 볼까요, 의사선생?"

두 사람이 토론을 벌이고 있는 동안 앤은 그것을 듣든가 몽상에 잠기든가 했다. 때로는 레슬리도 함께 등대에 가는 일이 있었고, 앤은 레슬리와 으슥한 해질녘 바닷가를 거닐거나 등대 아래 바위에 앉아 있다가 저녁어둠에 쫓겨 밝게 불타오르는 난롯가로 돌아가는 것이었다.

그러면 짐 선장이 사람들에게 차를 따라주고 물과 바다에서 일어났던 이야기며 잊혀진 위대한 바깥세계에서 일어나는 일을 이야기해주곤 했다.

레슬리는 언제나 이 즐거운 등대 모임을 몹시 기뻐했다. 그때만은 꽃이 활짝 핀 것처럼 재치있는 농담을 하거나 아름다운 웃음소리를 내거나 또는 말없이 눈을 빛내고 있었다.

레슬리가 있으면 이야기 꾸러미에 자극과 감흥이 더해졌고 그녀가 없을 때는 그것이 없어서 맥이 빠졌다. 그녀는 이야기에 가담하지 않아도 다른 이들에게 생기발랄한 활기를 불어넣었다. 짐 선장은 여느 때보다도 더 재미있게 이야기했고, 길버트는 토론과 재치있는 대답이 더욱 활발해졌으며, 앤은 레슬 리가 지닌 감성이 주는 영향 아래 있으면 공상과 상상이 와락 샘솟듯가 방울져 나오는 것을 느꼈다.

앤은 어느 날 밤 길버트와 집에 돌아오면서 이야기를 나누었다.

"그녀는 포 윈즈에서 멀리 떨어진 사교계나 지적인 집단속 중심인물이 되도록 태어난 거야. 그런데도 이런 곳에서 허무하게 인생을 보내고 있으니, 너무 안타까워."

"전에 모였던 날 밤, 우리들이 그 문제에 대해 일반적인 얘기를 나누고 있었을 때 짐 선장이 말했잖아. 조물주는 우리들과 마찬가지로 우주의 운영방식을 잘 알고 계실 게 틀림없고, 마침내 어떤 사람이 고의적으로 자신의 생애를 낭비하며 헛되이 할 경우만 빼고는 '헛된' 생애라는 건 없다는 긍정적인 결론에 이르렀어.

레슬리 무어가 일부러 일생을 헛되게 하지 않는 것은 우리가 잘 아는 일이야. 그리고 사람에 따라서는 편집자들로부터 인정받던 레드먼드 대학 문학사가 포 윈즈 같은 시골 가난뱅이 의사의 아내로 지낸다는 것도 '아깝다'고 생각할지도 모르고."

"길버트!"

길버트는 사정없이 말을 이었다.

"당신이 만일 로이 가드너와 결혼했다면 지금쯤 포 윈즈에서 멀리 떨어진 사교계나 지적 집단의 중심인물이 되어 있었을지도 모르지."

"길버트 블라이스!"

"앤, 당신이 한동안 로이 가드너와 사랑에 빠졌었다는 건 당신도 알고 있잖아!"

"길버트, 너무해. 미스 코닐리어라면 '정말이지, 남자들이 하는 얘기가 다 그렇고 그렇지!'라고 했을 거야. 나는 한 번도 그 사람을 사랑했던 적이 없어. 다만 그렇게 생각했을 뿐이지. 당신도 알고 있으면서 그러는 거지. 내가 궁전에서 사는 여왕이 되기보다 당신 아내가 되어 우리들 꿈을 이룬 '꿈의 집'에 사는 편이 훨씬 좋다고 말할 것을 알고 있으면서!"

길버트는 아무말도 하지 않았다. 궁전도 아니고 꿈의 실현도 아닌 집으로 들판을 가로질러 쓸쓸한 길을 서둘러 걷는 가엾은 레슬리에 대해 두 사람은 잊어버린 듯싶었다.

달은 슬픈 듯 어두운 바다에 조용히 떠올라 그 모습을 바꾸었다. 달빛은 아직 항구까지 미치지 못하여 항구 안쪽은 상상을 불러일으키는 그림자에 싸여 있었다. 그 빛은 어스름한 물굽이와 짙은 어둠에 섞여 보석처럼 반짝이고 있었다.

"오늘밤은 어둠 속에서 집들의 불빛이 유난히 빛나고 있어. 항구 저쪽으로 죽 이어진 불빛들이 마치 목걸이 같아. 게다가 글렌 쪽은 눈이 부실 정도야! 어머나, 봐, 길버트. 저건 우리집 불빛이야. 켜놓고 오기를 잘했지 뭐야. 나는 어두운 집으로 돌아가는 게 아주 싫어. 우리 집 불빛, 길버트! 멋지잖아!"

"앤, 땅 위에 몇백만이나 있는 집 가운데 하나에 지나지 않아. 그러나 분명 우리들 것이지. '험난한 세상'에서 우리를 인도해주는 등대인 거야. 남자에게 따뜻한 집과 귀여운 빨강머리 아내가 있다면, 그 이

chang.kye

상 인생에서 바랄 게 또 있을까?"

앤은 행복한 듯 속삭였다.

"한 가지쯤 더 바라도 괜찮지 않을까? 아, 길버트, 나는 봄이 너무 너무 기다려져."

항구의 크리스마스

처음에 앤과 길버트는 크리스마스를 보내러 애번리로 돌아갈까 이야기했었으나, 마침내 두 사람은 포 윈즈에 머물기로 했다.

앤이 시원스레 판결을 내렸다.

"우리들 생애에서 처음으로 함께 지내는 크리스마스를 집에서 보내고 싶어."

그래서 머릴러와 레이철 린드 부인과 쌍둥이가 크리스마스에 포 윈즈로 오게 되었다.

머릴러는 배를 타고 지구를 한 바퀴 돌고 온 사람 같은 핼쑥한 얼굴을 해가지고 왔다. 이제까지 집에서 60마일 이상 멀리 가본 일이 없고, 그린게이블즈 아닌 곳에서 크리스마스 음식을 먹은 일도 없었던 것이다.

린드 부인은 엄청나게 큰 푸딩을 만들어 가지고 왔다. 요즘 대학을 나온 젊은 사람이 크리스마스 푸딩을 제대로 만들 줄 알 리 없다며 고집을 부린 것이다. 그러나 앤이 살고 있는 집에 대해서는 찬사를 늘어놓았다.

도착한 날 밤, 손님용 침실에서 린드 부인은 머릴러에게 말했다.

"앤은 정말이지 훌륭한 주부예요. 나는 음식찌꺼기통과 빵상자를 봤어요. 주부를 판단할 때는 언제나 그렇게 한답니다. 찌꺼기통에는 버려서는 안 될 게 하나도 들어 있지 않았고, 빵상자에는 딱딱해진 게 하나도 없었어요. 물론 앤은 꼼꼼한 머릴러에게 살림을 배웠지만, 그 뒤 대학에 갔었잖아요.

이 침대에는 내 담배무늬 침대덮개가 덮여 있고, 머릴러가 둥글게 짠 커다란 깔개는 거실 난로 앞에 깔려 있더군요. 그것을 보자마자 마치 집에 있는 듯 마음이 푹 놓였어요."

앤 집에서 보낸 첫 크리스마스는 바랐던 대로 즐거웠다. 그날은 화창하게 개어 눈부신 날이었다. 크리스마스 이브에는 첫눈이 소복히 내려 주위를 아름답게 장식해 주었다. 항구는 아직 얼어 붙지 않고 반짝반짝 빛나고 있었다.

짐 선장과 미스 코닐리어가 크리스마스 식사에 초대되었다. 레슬리와 딕도 초대했으나 크리스마스는 언제나 아이적 웨스트 삼촌집에서 보낸다면서 레슬리는 핑계를 대어 거절했다.

미스 코닐리어가 앤에게 말했다.

"그녀로서는 그편이 편할 거예요. 레슬리는 모르는 사람이 있는 곳으로 딕을 데려오는 게 싫은 거예요. 크리스마스는 레슬리에게 쓰라린 마음이 드는 때죠. 늘 아버지와 함께 즐겁게 축하하곤 했으니까요."

미스 코닐리어와 린드 부인은 둘 다 서로 그리 마음에 들어하지는 않았다. '두 개의 태양이 한 하늘을 이고 있을 수는 없기' 때문이었다.

다행히 충돌은 하지 않았다. 린드 부인은 부엌으로 가서 앤과 머릴러의 시중을 들었고, 짐 선장과 미스 코닐리어의 접대는 길버트가 맡았다—라기보다 길버트가 접대를 받는 쪽이 되었다. 왜냐하면 예로부터 친구며 때로는 적이기도 한 두 사람 사이에 오고간 말들이 재미 있었기 때문이다.

"여기서 크리스마스 파티가 열리는 건 실로 몇 년 만입니다, 블라이스 부인. 미스 러셀은 언제나 크리스마스에 샬럿타운에 있는 친구 집으로 가곤 했었죠.

나는 이 집에서 만든 첫 크리스마스 음식을 먹었었소. 학교선생의 신부가 요리한 것을 말이요. 지금으로부터 60여 년이나 지난 옛날 일이죠, 블라이스 부인. 그것도 오늘과 같은 날이었소. 주위 언덕이 눈으로 알맞게 장식되었고 항구는 6월 소나무처럼 푸릇푸릇했었소.

나는 아직 어려서 그때까지 한 번도 다른 집에 초대받은 일이 없어서 너무나 수줍어 그만 마음껏 먹지도 못했지요. 부끄러움은 이제 완전히 없어지고 말았지만."

미스 코닐리어가 부지런히 뜨개질 바늘을 놀리면서 말했다.

"남자들은 대개 그렇지요."

비록 크리스마스라 할지라도 미스 코닐리어는 손을 쉬지 않았다. 아기란 축제날에 상관없이 태어나는 법이어서 글렌 세인트 메리의 어느 가난한 집에서 곧 생명이 태어날 예정이었다. 그 집 아이들에게 미스 코닐리어는 먹을 것을 듬뿍 보내준 뒤에야 자신도 유쾌한 마음으로 먹을 작정이었다.

"남자의 마음으로 통하는 길은 위주머니부터라고 하지 않소, 코닐리어."

짐 선장이 설명하자 미스 코닐리어는 대꾸했다.

"그럴 테죠. 남자에게 마음이 있다면야. 그렇기 때문에 많은 여자가 요리로 몸을 망치고 있는 거예요. 가엾은 어밀리어 백스터처럼 말예요. 어밀리어는 지난해 크리스마스날 아침에 죽었는데, 시집 온 이래 스무 사람 몫 요리를 한꺼번에 준비하지 않아도 되었던 건 그 크리스마스가 처음이라고 하더군요. 어밀리어에게는 정말이지 기쁜 변화였을 거예요.

그녀가 죽은 지 1년이 되었으니, 이제 슬슬 호리스 백스터가 누군가에게 추파를 보낼 때도 된 것 같은데."

짐 선장이 길버트에게 눈짓을 하며 말했다.

"벌써 그런 소문이 귀에 들어와 있소. 바로 얼마 전, 어느 일요일에 상복을 입은 호리스 백스터가 깨끗하게 세탁한 셔츠를 입고 당신을 찾아가지 않았소?"

"그럴 리가요. 더군다나 올 필요도 없고요. 그 사람을 원했다면 훨씬 옛날 그가 젊었을 때 손에 넣었을 거니까요. 중고품은 필요없답니다.

호리스 백스터는 재작년 여름 재정곤란에 빠져 신에게 도와주소서 간절히 기도했었는데, 아내가 죽어 생명보험을 타게 되자 신이 기도를 들어준 것으로 생각했다고 떠들어댄다더군요. 사내라는 게 다 그런 것 아니겠어요?"

"코닐리어, 호리스가 정말로 그렇게 말했다는 증거가 있소?"

"감리교 목사가 그렇게 말했으니까요. 그것을 증거라고 할 수 있다면요. 로버트 백스터도 똑같은 말을 나에게 했지만, 그것은 증거로 인정하지 않아요. 로버트 백스터는 사실을 이야기하는 사람 같지는 않으니까요."

"어허, 코닐리어, 로버트는 대개 사실을 말하지만 단지 너무나 자주 생각이 바뀌어서 때로는 거짓말하는 것처럼 들리는 거요."

"하지만 너무 자주 그러는 것 아닐까요? 정말이지, 한 사람 말을 믿고 그 말을 다른 사람 변명에 쓰는 식이군요. 나는 로버트 백스터에게 아무 볼일도 없어요.

그는 결혼한 뒤 첫 일요일에 마거릿과 둘이서 장로교회에 갔을 때 통로를 걸어가는데, 마침 그때 성가대가 헌금 찬미가로 '보라, 신부가 찾아왔도다' 하고 노래했다는 것만으로 감리교로 바꾼 사람이니까요. 지각했으니 마땅한 벌이지요.

로버트는 자기를 모욕하기 위해 성가대가 일부러 그랬다며 도무지

Chang-kye

물러서지 않아요. 자기가 중요한 인물이기나 한 것처럼 교만하죠. 그 집 사람들은 늘 자기들이 실제보다 잘난 줄 알고 있지요. 로버트의 형 일리펄릿은 악마가 언제나 자기에게 들러붙어 떨어지지 않는다고 믿었어요. 하지만 나는 악마가 그런 남자에게 들러붙어 시간을 낭비할 리 없다고 생각했죠."

짐 선장은 깊은 생각에 잠겨 말했다.

"글쎄—어떨지. 일리펄릿 백스터는 홀아비 생활을 너무 오래 했소. 자신이 인간임을 느끼게 해주는 고양이나 개도 기르지 않고 말이오. 인간이란 혼자 살다 보면 악마와 사귀기 쉬운 법이죠. 하느님과 사귀고 있다면 그다지 문제가 없겠지만 어느 쪽으로 선택할지 스스로 결정하지 않으면 안 돼요. 악마가 일리펄릿 백스터와 줄곧 함께 있었다고 한다면 일리펄릿이 원했기 때문이겠죠."

"남자란 게 다 그렇죠, 뭐."

그리고 나서 미스 코닐리어는 묵묵히 복잡한 옷주름을 잡는 데 열중하기 시작했다. 이윽고 짐 선장은 지나가는 말처럼 일부러 미스 코닐리어를 자극했다.

"나는 요전번 일요일 아침 감리교회에 갔다 왔소."

"집에서 성서라도 읽는 편이 좋았을 텐데요."

"코닐리어, 자기 교회에서 설교가 없을 때 감리교회에 갔다고 해서 그리 나쁠 건 없다고 생각하오. 나는 76년 동안이나 장로교회 신도였으니 이 나이가 되어 새삼 내 신앙이 새로운 닻을 올리는 것도 나쁘지 않겠지."

미스 코닐리어는 엄격하게 말했다.

"하지만 나쁜 본보기를 보이는 게 되니까요."

심술궂은 짐 선장은 다시 말을 이었다.

"그리고 나는 좋은 성가를 듣고 싶기도 했소. 감리교회에는 좋은 성가대가 있으니 말이오. 우리들 교회 성가대가 분열된 뒤로 노래가 형편없어졌다는 건 코닐리어도 부정할 수 없을 테지요."

"성가대가 좀 서투르다고 해서 어떻다는 거죠? 모두들 최선을 다하고 있고, 사랑이 많은 신께서는 까마귀와 꾀꼬리 소리를 차별하시지는 않아요."

짐 선장이 조금 말투를 누그러뜨렸다.

"오, 코닐리어, 전능하신 신은 음악에 대해 그보다는 더 나은 귀를 가지고 있다고 생각하는데요."

길버트는 아까부터 웃음을 참느라 애쓰고 있었다.

"우리 교회 성가대에 무슨 일이 있었습니까?"

"3년 전 새 교회 문제가 일어난 뒤였소. 그 교회를 세우면서 우리들은 아주 애먹었지요. 새로운 대지문제로 말이오. 그 두 곳 대지는 2백 야드도 떨어져 있지 않았지만, 다툼이 하도 격렬해서 마치 1천 야드나 떨어져 있는 것 같았지.

우리는 세 파로 갈라졌었소. 동쪽 대지 지지파와 남쪽 대지 지지파와 본디 장소 지지파로 말이오. 잠자리에서도 식사 때도 교회에서도 시장에서도 끝없이 다투었죠. 3대나 전부터 들은 욕을 무덤에서 끌어내어 써먹을 지경이었소. 이 다툼으로 세 쌍이나 혼담이 깨졌었지.

그 문제를 풀기 위해 우리들이 얼마나 많은 회의를 열었는지! 코닐리어, 루서 번즈 노인이 일어나서 연설했을 때 그 모임을 잊을 수 있겠어요? 자신의 의견을 원 없이 모두 발표하지 않았소?"

"솔직히 말씀하시는 게 어때요, 선장님. 다시 말해서 그 노인이 시뻘겋게 화를 내어 난장판을 만들었던 거지요. 당연하죠. 아무 짝에도 쓸모없는 사람들만 모여 있었으니까요. 하기는 남자들이 모여서 무슨 일을 할 수 있겠어요?

그 건축위원회는 스물일곱 번이나 모임을 갖고 그 모임이 끝난 뒤에도 처음과 마찬가지로 교회는 세워질 것 같지도 않았지요. 뿐만 아니라 별안간 빨리 하자면서 헌 교회를 때려 부수고 말았기에 우리들은 공회당 말고는 예배볼 장소마저 없어지고 말았으니까요."

"감리교파가 자기네 교회를 쓰라고 했었죠, 코닐리어?"

미스 코닐리어는 짐 선장을 무시하고 말을 이었다.

"글렌 세인트 메리 교회는 오늘에 이르기까지 세우지 못했을 거예요, 우리 여자들이 나서서 맡지 않았다면요. 남자들이 마지막 심판날까지도 싸움을 계속할 작정이라면 여자들 손으로 교회를 직접 짓자고 우리가 말했죠. 감리교회 사람들로부터 웃음거리가 되는 게 지긋지긋해서 말예요.

우리들은 딱 한 번 모임을 열어 위원을 뽑고 기부금을 모으기 시작했어요. 기부금도 잘 걷혔죠. 누군가가 우리들을 핀잔주면 이렇게 말해 주었어요. 당신들이 2년이나 교회를 세우려 해왔으니 이번에는 우리 차례라고요.

우리들은 남자들을 얼씬도 못하게 했어요. 그래서 어김없이 여섯 달 만에 교회를 지었죠. 우리들의 결심이 강하다는 걸 알자 남자들은 그제서야 싸움을 그쳤어요. 그리고 이젠 어쩔 수 없으며 뽐내고 있을 수 없게 되었음을 깨닫고 일하기 시작했죠. 남자란 그런 거예요. 네, 물론 여자는 설교도 못하고 장로도 되지 못하죠. 하지만 교회를 짓든가 그 비용을 마련할 수는 있어요."

짐 선장이 말했다.

"감리교회에서는 여자에게도 설교를 시키던데,"

미스 코닐리어는 짐 선장을 흘겨보았다.

"나는 감리교 사람들에게 상식이 없다는 말을 한 일은 없어요. 내가 말하는 건 그들에게는 가장 중요한 신앙이 부족하다는 거예요."

길버트가 물었다.

"미스 코닐리어는 부인참정권에 찬성일 테죠?"

미스 코닐리어는 경멸을 나타냈다.

"정말이지 선거권 같은 것은 바라지 않아요. 남자들 뒤처리를 하는 게 어떠한 것인지 나는 잘 알고 있으니까요. 하지만 머지않아 남자들이 자기들로서도 손을 쓸 수 없을 만큼 세상을 엉망으로 만들어버린 걸 알면, 우리에게 기꺼이 선거권을 주고 자기들이 저질러놓은 두통거리를 조용히 떠안기겠죠. 그것이 남자들 꿍꿍이 속이에요. 여자가 참을성이 강해서 얼마나 다행인지!"

짐 선장이 물었다.

"욥*1은 어떻소?"

미스 코닐리어는 의기양양하게 면박을 주었다.

"욥이라고요? 참을성 있는 남자가 좀처럼 없으니까 한 사람 발견했다 하면 그의 일을 기억하려는 거죠. 어쨌든 미덕과 이름은 일치되지 않아요. 항구 건너편 욥 테일러 노인만큼 성급한 남자는 없으니까요."

"하지만 코닐리어도 알고 있겠지만 그 노인에게는 참아야 할 일들이 너무 많았어요. 코닐리어도 욥의 아내를 두둔할 수는 없을 거요. 그 아내의 장례식 때 윌리엄 매컬리스터 노인이 한 말을 나는 자주 생각하곤 하오. '그리스도교도임에는 틀림없지만 성질은 악마 같은 여자였어'라고 말이오."

미스 코닐리어도 마지못해 시인했다.

"확실히 끔찍한 사람이긴 했지만 그녀의 장례식 때 남편인 욥이 한 말은 용서받지 못할 것이었어요. 장례식 날, 욥은 묘지에서 우리 아버지와 함께 마차를 타고 돌아왔어요. 집 가까이 올 때까지 욥은 한마디도 하지 않았는데, 거의 다 오자 땅이 꺼지도록 한숨을 내쉬며 이렇게 말했어요. '자네로서는 믿어지지 않을지 모르지만 스티븐, 오늘은 내 생애에서 가장 행복한 날일세!' 남자라는 족속들은 다 그렇다니까요!"

---

*1 구약성서 욥기의 주인공. 역경이 닥쳐도 참으며 신에 대한 신뢰를 저버리지 않았던 사람. 여기에서는 참을성 강한 인물의 대명사로 쓰이고 있음.

"불쌍한 욥의 아내 덕분에 남편은 괴로운 나날을 보내왔던 거지."
"하지만 삼가야 할 일도 있지 않겠어요? 비록 마음속으로 자기 아내가 죽은 게 기쁘다 하더라도 그것을 동네방네 떠들 필요는 없겠죠. 게다가 행복한 날인지 어떤지는 모르지만, 욥 테일러는 금방 새로 결혼했잖아요.
두번째 아내는 욥을 조종할 수 있었죠. 마음대로 질질 끌고 다녔으니까요. 제일 먼저 한 것은 욥에게 시끄럽게 굴어서 전 아내의 묘비를 세우게 한 일이에요. 거기에 자기 이름을 넣을 자리도 비워두고서 말예요. 욥에게 자기 돌비석을 세워줄 이는 없다고 말하면서요."
짐 선장이 길버트에게 물었다.
"테일러 이야기가 나왔으니 말이오만, 선생, 글렌의 루이스 테일러 부인은 어떤 상태요?"
길버트가 대답했다.
"조금씩이긴 하지만 차츰 좋아지고 있습니다. 그렇지만 그녀는 너무 심하게 일하고 있어요."
미스 코닐리어가 말했다.
"그녀의 남편도 열심히 일하고 있어요. 품평회에 출품할 돼지를 기르느라고 말이에요. 그는 훌륭한 돼지를 기르기로 이름나 있어요. 자식들보다도 돼지에게 더 정성을 기울이지요. 하기야 사실 그곳 돼지는 보란 듯이 내세울 만큼 씨가 좋은데, 자식들로 말하면 이렇다 자랑할 아이가 없으니까요.
루이스 테일러는 아이들 어머니에게도 가엾은 짓을 했어요. 아이를 배고 있을 때도 키울 때도 제대로 먹게 해주지 않았으니까요. 글쎄, 돼지에게는 크림을 주고, 아이들에게는 탈지유를 주는 거예요."
"코닐리어, 분하지만 때로는 나도 당신의 말에 찬성하지 않으면 안 될 때가 있어요, 루이스 테일러가 바로 그래요. 마땅히 주어져야 할 것을 받지 못하고 있는 그 가엾고 비참한 아이들을 보면 나는 그 뒤

며칠씩 음식이 목구멍으로 넘어가지를 않아요."

앤이 손짓해서 길버트는 일어나 부엌으로 갔다. 앤은 문을 닫고 길버트에게 설교를 했다.

"길버트, 당신과 짐 선장 둘이서 코닐리어를 놀리는 건 그만 둬. 나는 다 듣고 있었어. 도저히 내버려둘 수가 없어."

"앤, 코닐리어도 충분히 즐기고 있어. 당신도 알잖아."

"그런 건 아무 상관 없어. 둘이서 그녀에게 그렇게 대할 필요는 없잖아. 이제 음식준비가 다 됐어. 그리고 길버트, 린드 아주머니에게 거위를 자르게 해선 안 돼. 자신이 하겠다고 나설 게 뻔해. 당신이 못 할 것으로 생각하고 있단 말야. 잘한다는 것을 보여드려."

"물론 잘 할 수 있지. 요 한달 동안 칼질하는 법을 A—B—C—D의 도해(圖解)로 공부했으니까, 앤. 단 내가 하고 있는 동안 말을 걸어선 안 돼. 내 머리에서 A—B—C—D의 문자가 사라지면 당신이 옛날 기하시간에 선생님이 기호를 바꾸었을 때 이상으로 궁지에 빠질 테니까."

길버트는 멋지게 거위를 잘랐다. 린드 부인까지 그것을 인정하지 않을 수 없었다. 모두들 푸짐하게 차려진 거위 음식을 배불리 맛있게 먹었다.

앤의 첫 크리스마스 식사는 대성공을 거두었고 앤은 주부다운 얼굴을 자랑스레 빛냈다.

즐거운 파티는 떠들썩하게 오랜 시간 이어졌다. 식사 뒤, 모두들 벌겋게 타오르는 난로를 둘러싸고 앉았다. 짐 선장이 이야기하는 동안 붉은 해가 포 윈즈 항구로 가라앉기 시작했고, 포플러의 길고 푸른 그림자가 오솔길에 쌓인 눈 위로 길게 드리워졌다.

이윽고 짐 선장이 말했다.

"나는 이제 등대로 돌아가야겠군요. 서둘러 가지 않으면 해가 완전히 떨어져버리겠소. 아주 멋지고 즐거운 크리스마스를 보내게 되어 고마웠어요, 블라이스 부인. 데이비가 돌아가기 전에 언제든 밤에 등대로 데리고 와요."

데이비는 눈을 빛내며 말했다.

"난 돌의 신이라는 걸 보고 싶어요."

등대와 선달 그믐날

크리스마스가 지나자 그린게이블즈 사람들은 아쉬워하며 돌아갔다. 머릴러는 봄이 되면 다시 와서 한달쯤 머무르겠다고 굳게 약속했다.

새해가 되기 전에 다시 눈이 내리고 항구는 얼어붙었지만, 하얀 눈에 갇힌 빙원(氷原) 저쪽 세인트 로렌스 만은 아직 얼지 않았다.

묵은 해의 마지막 날은 춥지만 햇빛이 눈부신 하루였다. 그 찬란하고 눈부신 광경으로 우리들을 부추겨 칭찬을 요구하지만 우리들의 애정을 얻을 수는 없다.

하늘은 쏟아질 듯이 새파랬다. 다이아몬드 같은 눈은 강렬하게 빛났다. 추운 듯 오들오들 서 있는 나무들은 벌거벗고도 부끄러움을 몰랐으며 놋쇠로 만든 것 같은 아름다움을 지니고 있었다. 주변 언덕은 수정으로 된 창처럼 하늘을 향해 우뚝 서 있었다. 그림자마저 날카롭고 딱딱하고 윤곽이 뚜렷해서 아득히 멀어 보이지가 않았다.

아름다운 것은 열 배나 아름다워 보였지만 눈부신 빛 속에서는 매력이 퇴색하는 것처럼 느껴졌다. 또한 추한 것도 열 배나 추해 보여, 모든 것은 아름답든가 추하든가 둘 가운데 하나였다.

그 더듬어 찾는 듯한 빛 앞에서는 부드러운 색의 혼합이라든가 그리운 아련함이라든가 신비로운 몽롱함은 하나도 없었다. 자기의 개성을 간직한 오직 하나는 전나무였다. 전나무는 신비와 그림자에 둘러싸인 나무이므로 무법자인 빛의 침입을 허락하지 않았다.

마침내 그해는 자기가 나이먹었음을 깨달았다. 그 아름다움에 우수에 젖은 빛깔이 더해져 날카로움이 사라졌지만 아름다움 그 자체는 오히려 더 강해졌다. 예리한 각도, 번쩍번쩍 빛나는 점 등이 보드라운 곡선을 이루고 매혹적이며 희미한 불빛으로 바뀌었다. 새하얀 항구는 부드러운 잿빛과 핑크빛 옷을 걸쳤고 아득한 저편 언덕은 자수정이 되었다.

앤이 말했다.

"묵은 해가 아름답게 지나가는군요."

새해를 등대에서 맞으려고 짐 선장과 계획했었다. 그래서 앤과 레슬리와 길버트는 포 윈즈 곶으로 가는 길이었다.

태양은 가라앉았고 서남쪽 하늘에는 금성이 형제인 지구에 한껏 다가서서, 신성한 금빛으로 반짝이고 있었다. 앤과 길버트는 이 찬연한 저녁별이 던지는 그림자를 처음으로 보았다. 그 아련하고 신비로운 그림자는 하얀 눈이 비춰줄 때밖에 보이지 않아, 곁눈으로는 볼 수 있지만 똑바로 바라보면 어느새 달아나고 없었다.

앤이 속삭였다.

"그림자의 요정 같아요. 앞쪽을 바라볼 때에는 바로 옆에 있는 게 똑똑히 보이는데, 그쪽을 돌아보면 없잖아요."

레슬리가 설명했다.

"금성의 그림자는 일생에 한 번밖에 볼 수 없다나 봐요. 그리고 그것을 본 지 1년 안에 그 사람 생애에서 가장 멋진 선물을 받을 수 있대요."

그렇게 말하는 레슬리의 말투는 딱딱했다. 금성의 그림자조차도 자기에게는 아무것도 선물하지 않을 거라고 생각했기 때문이리라.

조용하고 부드러운 황혼 빛에 물든 앤은 미소 지었다. 그 신비로운 그림자가 자기에게 무엇을 약속해 주었는지 똑똑히 알고 있었던 것이다.

등대에 이르러보니 마셜 엘리엇이 어느새 와 있었다. 처음에 앤은 친한 사람끼리 마련한 조촐한 모임에 이 머리칼과 수염을 길게 기른 기이한 사람이 끼어드는 것이 반갑지 않았다.

그러나 마셜 엘리엇은 요셉을 아는 사람들에 끼어들 자격이 있다는 것을 금세 증명해 보였다. 그는 기지에 넘치고 지적이고 박학하며 재미있는 이야기를 하는 재주가 짐 선장 못지않았다. 마셜이 그들과 더불어 묵은 해를 보내기로 동의했을 때 모두들 기뻐했다.

짐 선장 조카의 아들인 작은 조가 새해를 맞으러 등대에 묵으러 와 있었다. 긴 의자에서 폭 잠든 조의 발치에는 일등항해사가 커다란 황금색 공처럼 둥글게 웅크리고 있었다.

짐 선장은 만족스러운 듯 바라보며 말했다.

"귀여운 개구쟁이죠! 아이가 잠든 모습을 보는 건 아주 즐거운 일이죠, 블라이스 부인. 세상에서 가장 아름다운 광경 아닙니까? 조는 이곳에 묵으러 오는 걸 무척 좋아합니다. 나와 함께 잘 수가 있으니까요. 집에서는 두 남동생과 함께 자야 하는데 조는 그것이 마음에 들지 않는 거죠.

'왜 아버지와 함께 자면 안 되죠, 짐 할아버지? 성서에는 모두 자기 아버지와 잤다고 씌어 있어요'라고 한다면 목사님이라도 대답하지 못하겠지요. 정말 난처하다구요.

'짐 할아버지, 나는 만일 내가 아니었다면 누가 되어 있을까요?' 그리고 '짐 할아버지, 만일 신께서 죽어버리면 어떻게 되지요—?'

조는 오늘 밤 잠들기 전에 이 두 가지 질문을 잇따라 나에게 쏘아댔소. 게다가 이 녀석이 상상하는 건, 나로서는 들어본 적도 없는 희한한 것들 뿐이라서 말이죠. 아주 놀랄 만한 이야기를 만들어 낸다오. 엉뚱한 말을 지어냈다고 어머니가 벽장에 가두면, 그곳에 틀어박혀 또 다른 것을 만들어내어서는, 밖으로 내주자 마자 또 이야기를 하는 거예요.

오늘 밤 이곳에 왔을 때 나에게도 하나 얘기해주었소. '짐 할아버지' 묘석처럼 무서운 얼굴로 말을 꺼냈죠. '오늘 나는 글렌에서 모험을 하고 왔어요'라고 말이오. '그래, 어떤 일인데?' 내가 무엇인가 깜짝 놀랄 만한 일을 기대하며 물었더니, 글쎄 엉뚱한 대답을 하지 뭐겠소.

'길에서 늑대를 만났어요. 엄청 큰 늑대인데 커다랗고 빨간 입에 무지무지 날카로운 이빨이 나 있었어요, 짐 할아버지' 하고 말이오. '글렌에 늑대가 있는 줄은 몰랐구나' 했더니 '응, 그 늑대는 멀고 먼 곳에서 온 거예요. 짐 할아버지, 난 잡혀먹는 줄 알았어요.' 그래서 '무서웠니' 하고 물었더니 '무섭지는 않았어요. 왜냐하면 나는 커다란 총을 갖고 있었는걸요. 그것으로 늑대를 탕! 쏘아 해치워버렸어요, 짐 할아버지—완전히 죽여버렸지요—그랬더니 늑대는 천국에 올라가 하느님을 물어뜯었어요.'

이런 식이오, 블라이스 부인. 정말이지 두 손 번쩍 들고 말았습니다."

시간이 지남에 따라 나무를 지핀 난롯가가 점점 떠들썩해져 갔다. 짐 선장은 이야기를 몇 가지 더 했고 마셜 엘리엇은 아름다운 테너로 옛 스코틀랜드 민요를 노래했다.

나중에는 짐 선장이 벽에서 바이올린을 내려 켜기 시작했다. 짐 선장의 바이올린 솜씨는 제법 괜찮아서 모두들 즐거워했지만 일등항해사만은 달랐다.

매티는 마치 총으로 얻어맞은 것처럼 긴 의자에서 펄쩍 뛰어오르더니 요란한 외마디 비명을 지르기가 무섭게 미친 듯이 층계를 뛰어올라 달아났다.

"저 고양이에게는 아무래도 음악을 듣는 귀를 길러줄 수 없나봐요. 좀 더 가만히 있으면 좋아질 텐데. 글렌 교회에 오르간이 들어왔을 때 오르간 연주자가 첫음을 치기가 무섭게 장로 리처드 노인이 자리에서 일어나 통로를 달려 교회 밖으로 뛰어나갔는데, 그 빠르기는 인간으로 생각할 수 없을 정도였지요. 그것을 보고 내가 바이올린을 켜기 시작하면 달아나는 매티를 생각해 내고, 하마터면 교회 안에서 큰 소리로 웃을 뻔했죠. 그런 일은 두 번 다시 일어나지 않았지만."

짐 선장이 연주하는 바이올린의 유쾌한 리듬이 듣는 사람을 흥겹게 만들어서 마셜 엘리엇은 곧 발을 들썩들썩하기 시작했다. 젊었을 때 마셜은 뛰어난 춤의 명수로 알려져 있었다.

이윽고 그는 벌떡 일어서서 레슬리에게 손을 내밀었다. 레슬리는 곧 그것에 응하여 난로 불빛에 비추어진 방에서 두 사람은 리듬을 타고 놀랄 만큼 우아하게 빙글빙글 원을 그렸다. 레슬리는 마치 영감을 받은 사람처럼 춤추었다. 야성적이고 달콤한 음악의 분방함이 레슬리의 몸속에 젖어들어 그녀에게 옮겨붙은 듯싶었다.

앤은 매혹되어 조용히 지켜보았다. 그러한 레슬리를 그때까지 본 일이 없었다. 레슬리의 천성적인 풍부한 성격과, 색깔, 매력이 녹아나와 발그레한 볼, 빛나는 눈동자, 우아한 동작이 되어 넘쳐나오는 듯했다.

수염과 머리칼을 길게 기른 마셜의 풍채조차도 이 그림을 어색하게 만들지는 못했다. 오히려 그림의 아름다움을 더해주는 듯 보였다. 마셜은 눈이 파란 금발의 북극 아가씨와 춤추는 고대 북유럽에 있는 바이킹처럼 보였다.

마침내 피로한 손에서 활을 떼며 짐 선장이 말했다.

"이토록 아름다운 춤은 처음 봅니다. 이래뵈도 젊은 시절에는 많이 보아왔지만."

레슬리는 웃는 얼굴로 숨을 할딱이며 의자에 쓰러졌다. 그리고 앤에게 말했다.

"나는 춤을 아주 좋아해요. 16살 때부터 추지 않았죠. 하지만 너무너무 좋아해요. 음악이 수은처럼 내 혈관을 뜀박질하며 무엇이든 모두 잊게 해줘요—그저—박자를 맞춰 따라가는 게 즐거울 뿐이에요. 발 밑에서 바닥이 사라지고 주변에서 벽이 사라지고 머리 위에서는 지붕이 사라져버려요—별 속을 떠다니는 거예요."

짐 선장은 바이올린을 본디 있던 곳에 걸었다. 그 옆 커다란 사진틀에 몇 장 지폐가 간직되어 있었다.

"어느 분이든 친지 가운데 그림 대신 지폐를 벽에 장식할 만한, 여유 있는 사람을 알고 계십니까? 저기에는 10달러 지폐가 스무 장 들어 있어요. 그런데 저기 씌운 유리 가치보다도 못하지요. 예전 프린스에드워드 은행에 있던 지폐죠. 은행이 망했을 때 내가 갖고 있었던 것입니다. 사진틀에 넣어 장식해 두는 것은 은행을 믿지 말라는 걸 잊지 않기 위한 것과, 백만장자 같은 기분을 맛볼 수 있기 때문이죠.

이봐, 일등항해사, 겁낼 것 없어. 이제 돌아와도 염려 없어. 음악도 한바탕 축제도 오늘밤은 이미 끝났으니까. 묵은 해는 꼭 한 시간밖에 우리들과 함께 있을 수 없단다. 나는 일흔여섯 번, 새해가 맞은편 저만에서 들어오는 것을 보아왔죠, 블라이스 부인."

마셜 엘리엇이 말했다.

"백 번이라도 보게 될 겁니다."

짐 선장은 머리를 저었다.

"그럴 리가 없고 그러고 싶지도 않아요. 적어도 나는 그렇게 생각하고 있습니다. 나이를 먹음에 따라 죽음은 친구가 되기 마련이오. 하기야 우리들이 뭐 정말로 죽고 싶다고 생각하고 있는 것은 아니지만요, 마셜. 테니슨의 말처럼 말이에요.

글렌에 월리스라는 할머니가 있었습니다. 딱하게도 한평생 고생해

Chung-kYe

온 사람으로 친구고 친척이고 소중한 사람은 다 죽고 말았지요. 이 할머닌 저승사자가 자기를 데려가기만 기다리고 있으며, 이 눈물의 골짜기에 더이상 머물고 싶지 않다며 입버릇처럼 말했어요.

그런데 병에 걸렸을 때의 그 소동을 봤으면! 시내에서 의사를 몇 명이나 불러오고 간호사를 고용하고 미역을 감을 만큼 약을 마셨지요. 확실히 이승은 눈물로 된 골짜기일지 모르지만 우는 것을 즐기는 사람도 더러 있는 모양입니다."

그들은 묵은 해의 마지막 한 시간을 난로를 둘러싸고 조용히 보냈다. 나머지 몇 분이 지나 12시가 될 즈음 짐 선장이 일어나 문을 열었다.

"새해를 맞아들여야 하니까요."

밖은 맑게 갠 푸른 밤이었다. 반짝이는 달빛 리본이 만을 꽃관처럼 꾸미고 있었다. 모래톱 안쪽에서는 항구가 진주를 깔아 놓은 듯 빛나고 있었다.

그들은 문 앞에 서서 기다렸다. 짐 선장은 원숙하고 풍부한 경험을 품고, 마셜 엘리엇은 힘이 넘치면서도 공허한 중년의 인생을 안고, 길버트와 앤은 소중한 추억과 아름다운 희망을 가슴에 품고, 레슬리는 사랑에 굶주린 세월과 희망 없는 미래를 앞두고서 말이다.

어느덧 난로 위 작은 선반에 있는 시계가 12시를 쳤다.

시계의 마지막 여운이 사라지는 것을 들으면서 짐 선장은 깊이 고개를 숙였다.

"새해 복 많이 받으시오. 여러분 생애에서 가장 좋은 해를 보내시기를, 벗이여. 새해가 우리들에게 어떠한 것을 가져다주더라도 그것은 위대한 선장이신 신께서 우리들에게 주시는 최선이리라고 생각합니다. 그리고 모두들 어떻든지 좋은 항구에 입항하리라 기대합니다."

포 윈즈 겨울

새해 첫날이 지나자 겨울은 사나운 위세를 떨치기 시작했다. 바람에 날린 눈이 이 작은 집 둘레에 높이 쌓이고 종려나무잎 같은 성에가 창문을 뒤덮었다.

항구에 있는 얼음은 더욱더 단단하고 두꺼워졌고, 마침내 포 윈즈 사람들은 여느 해와 마찬가지로 그 위를 오가기 시작했다. 친절한 정부가 눈 위에 작은 나무를 꽂아 안전하게 다닐 수 있는 곳을 표시해 주었기에 요란한 썰매의 방울소리가 밤낮으로 울려 퍼졌다. 달밤이면 앤은 '꿈의 집'에서 그 소리를 요정이 울리는 종소리처럼 들었다.

만이 얼어붙었으므로 포 윈즈 등대도 지금은 쉬고 있었다. 항해가 끊어진 몇 달 동안 짐 선장 일터는 휴업상태였다.

"일등항해사와 나는 봄까지 따뜻하고 즐겁게 노는 것밖에 아무 할 일이 없소. 그 전 등대지기는 겨울이면 언제나 글렌에 가서 지냈지만, 나는 곶에 있는 편이 좋아요. 글렌에 가면 일등항해사가 독이 든 것을 먹거나 개에게 물릴지도 모르니까요. 등불도 바닷물도 상대할 수 없어서 쓸쓸한 건 사실이지만, 친구들이 이따금 찾아만 준다면 그럭저럭 견뎌낼 수 있소."

짐 선장이 빙상 요트를 갖고 있어서, 길버트와 앤과 레슬리는 함께 타고 매끄러운 항구에 있는 얼음판 위를 몇 번이나 아주 신나게 질주했다.

앤과 레슬리는 눈신을 신고 들판을 넘든가 폭풍이 휩쓴 뒤 항구를 가로질러 글렌 맞은편 숲을 지나 멀리까지 산책을 나갔다.

산책할 때도 난롯가를 둘러싸고 있을 때도 두 사람은 마음이 맞는 벗이었다. 서로 무언가 주고받을 것을 가지고 있었다. 마음이 통하는 얘기를 하든가 말없이 마음을 주고 받으며 있을 때, 인생을 한층 풍부하게 느꼈다. 흰 들판을 사이에 두고 서로가 머무는 집을 바라볼 때마다 저곳에 친구가 있다는 기쁨을 느꼈다.

그럼에도 불구하고 앤은 레슬리와 자기 사이에 언제나 벽이 있음을 깨닫고 있었다. 아무리 노력해도 사라지지 않는 거북함 같은 것이었다.

어느 날 밤 앤은 짐 선장에게 이야기했다.

"어째서 그녀에게 좀더 다가갈 수 없는지 모르겠어요. 레슬리를 이토록 좋아하는데—이렇게 훌륭하다고 생각하는데—레슬리를 내마음 한가운데로 끌어들이고 나도 그녀 마음속에 뛰어들고 싶은데 아무래도 그 벽을 넘을 수가 없어요."

짐 선장은 깊게 생각하며 말했다.

"부인은 지금까지 너무나 행복하게 지내왔기 때문이죠. 그래서 마음속에서 레슬리와 진정으로 맺어질 수 없는 거요. 두 사람을 가로막고 있는 것은 그녀가 겪어온 슬픔과 고통이오. 그녀 탓도 아니고 부인 탓도 아니오. 하지만 그 간격을 어느 쪽도 뛰어넘을 수는 없어요."

"나도 그린게이블즈에 오기 전 어린시절은 그다지 행복하지 않았어요."

앤은 달빛에 비친 눈 위로 잎사귀가 떨어진 나무들이 조용히 슬프고 죽은 듯 아름다운 그림자를 드리우고 있는 것을 바라보았다.

Chang.kYe

"그럴지도 모르죠. 하지만 그것은 제대로 보살펴줄 사람이 없는 어린이에게 흔히 있는 여느 불행에 지나지 않아요, 블라이스 부인. 부인이 살아온 지금까지 인생에 비극은 없었어요. 그런데 가엾은 레슬리 인생은 슬픔과 고난의 연속이었소. 그녀는 아마 자기로서도 깨닫지 못한 채, 자기 인생에는 부인이 들어올 수도 이해할 수도 없는 것이 가득 있다는 걸 느끼고 있을 게 틀림없어요. 그래서 부인을 더이상 가까이 하지 않으려는 거지요. 이를테면 자기가 상처받지 않기 위해서 부인을 가까이 오지 못하게 하는 셈입니다.

왜 있잖소, 우리들 몸 어딘가에 아픈 곳이 있으면 남이 닿든가 가까이 오지 못하도록 뒷걸음질치잖소. 우리 마음도 마찬가지 아니겠소? 레슬리 마음은 벌거벗은 거나 다름없어요. 그것을 숨기려 하는 것도 무리가 아니죠."

"짐 선장님, 정말로 그것뿐이라면 상관하지 않겠어요. 나도 이해할 수 있으니까요. 하지만 때때로—늘 그런 건 아니지만 때때로—레슬리는 나를 좋아하지 않는 게 아닐까 여겨질 때가 있어요. 어쩌다가 레슬리 눈에 적의와 혐오가 어린 빛이 떠올라 깜짝 놀라곤 해요. 곧 사라져버리기는 하지만. 그러나 나는 분명히 보았어요. 그러면 괴로워요, 짐 선장님. 다른 사람들은 나를 그렇게 싫어하거나 하지 않았거든요. 더욱이 레슬리 우정을 얻으려고 이렇게 노력해 왔는데."

"블라이스 부인, 그녀에 대한 우정은 이미 얻었어요. 레슬리가 부인을 좋아하지 않는다는 바보 같은 생각은 버리도록 해요. 나는 레슬리를 잘 알고 있으니 확실해요."

그러나 앤은 주장했다.

"내가 포 윈즈에 처음 온 날, 산에서 거위를 몰며 내려오는 레슬리를 처음 보았을 때도 그녀는 같은 표정으로 나를 보았답니다.

그녀가 지닌 아름다움에 넋을 잃고 있는 동안에도 나는 그것을 느꼈죠. 레슬리는 나를 적의에 찬 눈으로 쳐다보았던 거예요. 짐 선장님, 정말이에요."

"블라이스 부인, 무언가 다른 일 때문에 화나 있었을 거예요. 때 마침 부인이 거기를 지나가서 그렇게 느꼈을 뿐이겠죠. 가엾게도 레슬리는 이따금 심통을 부릴 때가 있어요. 그녀가 이제까지 얼마나 참고 견뎌왔는지 알기 때문에 난 그녀를 비난할 수 없어요. 그녀가 왜 그런 고통을 받아야 하는지 정말 모르겠소.

의사선생과 둘이서 악의 기원에 대해 꽤 이야기를 주고 받았소만, 아직도 완전히 모르겠소. 인생에는 이해할 수 없는 일들이 많으니까요. 블라이스 부인, 때로는 모든 일이 순조롭게 풀릴 적도 있어요. 부인과 선생처럼 말이죠. 그런가 하면 모든 게 꼬이고 어긋나기만 하는 것 같이 보이는 때도 있지요.

저 레슬리만 해도 머리가 좋고 아름다워서 여왕이 되기 위해 태어났다고 생각될 정도였지만, 반대로 저곳에 갇혀 여자로서 가치를 모두 빼앗긴 채 아무런 희망도 없이 평생을 두고 딕 무어의 시중을 들어야 할 운명이니까요. 그러나 블라이스 부인, 레슬리는 딕이 집을 나가기 전 생활보다는 지금의 생활 쪽을 택할 거요.

이런 일은 늙은 뱃사람이 간섭할 일은 아니지만, 어쨌든 부인은 레슬리를 도와주고 있는 겁니다. 부인이 포 윈즈에 오고 나서 레슬리는 사람이 달라진 것처럼 되었으니 말입니다. 부인은 모를지도 모르지만, 전부터 레슬리를 알고 있는 우리는 그녀가 달라졌다는 걸 잘 알 수 있어요.

지난번에도 미스 코닐리어와 그 이야기를 했었는데, 좀처럼 의견이 맞은 적 없는 우리들이지만 그 일에 대해서만은 일치되었죠. 그러니 레슬리가 부인을 좋아하지 않는다는 생각은 저 바다에 버리세요."

그래도 앤은 그 생각을 완전히 떨쳐버릴 수가 없었다. 레슬리가 자기에 대해 막연하고 기묘한 적의를 품고 있다는, 이성적으로는 이해되지 않지만 직감적으로 다가오는 느낌이 확실히 있었기 때문이었다.

때로 이 은밀한 느낌 때문에 우정을 나누는 즐거움이 차갑게 얼어붙는 일도 있었다. 그런가 하면 거의 잊어버릴 때도 있었다. 그러나 앤은 어딘가 바늘이 숨겨져 있어 언제 자기를 찌를지 모른다고 늘 느끼고 있었다.

앤이 이 작은 '꿈의 집'에 봄이 가져다줄 희망을 레슬리에게 이야기했을 때도, 앤은 잔인한 바늘에 찔리는 것을 느꼈다. 레슬리는 무섭도록 무정하고 차가운 눈으로 앤을 쏘아보았다.

그녀는 쥐어짜는 듯한 소리로 말했다.

"그렇다면 앤에게도 그게 생긴 거군요."

그리고 더이상 한마디도 하지 않고 홱 돌아서서 들판을 곧장 가로질러 돌아가버렸다. 앤은 마음에 깊은 상처를 받았다. 그 순간은 레슬리를 두 번 다시 좋아할 수 없다는 느낌이 들었을 정도였다.

그러나 2, 3일 뒤 어느 날 밤에 찾아온 레슬리는 밝고 다정하게 얘기를 잘하며 유순하고 애교가 있었기에 앤은 그것에 매혹되어 모든 것을 용서하고 그날 일을 잊어버렸다.

다만 소중히 아끼는 그 희망만은 두 번 다시 레슬리에게 말하지 않았고, 레슬리도 그것을 건드리지 않았다.

겨울이 봄의 속삭임을 고대하게 된 어느 날 밤, 레슬리는 저녁때 잠시 이야기하러 작은 집에 들렀고 돌아갈 때 조그맣고 흰 상자를 테이블 위에 두고 갔다. 나중에 그것을 발견한 앤은 의아해하며 열어보았다. 속에는 더할 나위 없이 예쁘게 만든 조그만 흰 옷이 들어 있었다. 정성들여 수를 놓았고 촘촘하게 옷주름이 잡혀 감탄이 절로 나왔다. 한땀 한땀이 모두 손바느질이었고 목과 소매 둘레의 작은 레이스 주름장식에는 밸런셴 레이스*1를 쓰고 있었다. 카드가 곁들여져 있었다—'사랑과 더불어, 레슬리로부터.'

---

*1 프랑스 발렌시아 지방에서 만들어진 고급 레이스. 아름다운 꽃무늬가 매우 정교하여 짜는 데 시간이 걸리며 매우 비쌈.

“이걸 만드는 데 얼마나 시간을 소비했을까. 그리고 이 재료도 그녀에게는 벅찼을 게 틀림없어. 아, 정말 마음씨 고운 사람이야.”

그러나 앤이 감사의 말을 했을 때 레슬리는 무뚝뚝하고 덤덤해서 앤은 다시금 떠다박질러진 느낌이었다.

이 작은 집에 전해진 것은 레슬리의 선물만이 아니었다. 미스 코닐리어는 기대도 환영도 받지 못하는 여덟 번째 아기를 위한 바느질을 잠시 멈추고 진심으로 기다리고 더없이 환영받을 첫아이를 위한 바느질을 시작했다. 필리퍼 블레이크와 다이애너 라이트도 저마다 옷을 보내왔다.

린드 부인은 자수며 주름장식 대신 튼튼한 천으로 몇 벌 정성껏 지어 보냈다. 앤 자신 그 행복한 겨울, 비할 데 없는 즐거운 시간을 들여 기계의 힘으로 신성함을 해치는 일 없이 옷을 손수 직접 지었다.

짐 선장은 이 작은 집을 자주 찾아오는 손님이었고 또한 그만큼 환영받는 사람도 없었다. 날이 갈수록 앤은 이 겸손하고 성실한 노선장을 더욱 더 좋아하게 되었다. 바다에서 불어오는 산들바람처럼 상쾌하고 옛날의 이야기처럼 흥미로운 인물이었다.

앤은 짐 선장의 이야기를 들으면 싫증 나는 일이 없었고 그 우아한 비평이나 의견은 쉴새없이 앤을 즐겁게 해주었다. 짐 선장은 ‘말하지 않는 가운데 무언의 말을 하는’ 드물게 흥미로운 사람 가운데 하나였다. 그 인품에는 사람의 정(情)과 뱀의 지혜가 기분 좋게 어우러져 있었다.

그 어떤 것도 짐 선장을 화나게 하거나 낙담하게 할 수는 없었다.

언젠가 앤이 짐 선장은 언제나 쾌활하다고 말했을 때, 그는 이렇게 대답한 적이 있었다.

“나는 뭐든지 즐기는 습관이 들어버린 것 같소. 그 습관이 완전히 몸에 배어서 유쾌하지 않은 일까지도 즐기게 되어버렸지요. 그 같은 일은 영원히 이어지지 않는다고 생각하면 즐겁지 않습니까? 류머티즘이 심할 때에는 이렇게 말해 주는 거요.

'이봐, 류머티스 영감! 자네도 언젠가는 더이상 고통을 주지 못하게 될 때가 올거야. 고통이 심하면 심할수록 빨리 그칠 테지. 숨통이 끊어지기 전이든 그 뒤든 마침내 나의 승리로 끝날걸' 이렇게 말이죠."

어느 날 밤, 앤은 난롯가에서 짐 선장의 '인생록'을 보았다. 보여달라고 조를 것도 없이 짐 선장이 자랑스러운 듯 앤에게 건네주었다.

"이것은 조 녀석을 위해 써둔 거요. 내가 마지막 항해를 떠난 뒤, 내가 보고 들은 일들이 말끔히 잊혀지고 만다는 게 싫어서 말이죠. 조라면 기억해 두었다가 그 이야기를 자기 자식들에게 들려줄 겁니다."

그것은 낡은 가죽으로 만든 책으로 짐 선장이 겪은 항해며 모험의 기록이 가득 들어 있었다. 이것은 글쓰는 사람에게는 엄청난 보물이 될 거라고 앤은 생각했다. 한 줄 한 줄이 마치 금덩이처럼 귀중했다.

인생록 그 자체에 문학적인 가치는 없었다. 이야기꾼으로서의 짐 선장의 매력도 문자로 씌어지자 형편없었다. 선장이 겪은 놀라운 이야기의 윤곽을 대충 적어놓은 데 지나지 않고 철자도 문법도 한심스러울 만큼 틀려 있었다.

그러나 앤은 재능이 풍부한 누군가가 용감한 모험으로 가득찬 소박한 생활기록을 재료로 삼아, 철두철미 위험에 맞서 사나이답게 이룬 의무에 대한 이야기를 단조로운 행간(行間)에서 읽어낼 수만 있다면 훌륭한 작품이 나오리라고 생각했다. 짐 선장이 쓴 '인생록'에 숨겨져 있는 넘칠 듯한 희극과 가슴 울리는 비극은 수많은 웃음과 슬픔과 공포를 일깨워줄 거장(巨匠)의 손을 기다리고 있었다.

집으로 돌아오면서 앤은 그 이야기를 길버트에게 했다.

"앤, 그러면 당신이 해보는 게 어때?"

앤은 고개를 저었다.

"할 수 없어. 그렇게 할 수 있다면 정말 좋겠지만. 하지만 내 힘으로는 미치지 못해. 당신은 내 특기를 알고 있잖아, 길버트—공상이 풍부한 동화처럼 예쁘장한 이야기. 짐 선장의 '인생록'을 제대로 쓰려면 힘차고도 치밀한 문체의 묘수, 날카로운 관찰안을 지닌 심리학자, 천성적인 해학가, 그리고 비극작가가 아니면 안 돼. 좀처럼 드물겠지만 그런 재능을 가진 사람이라야 해. 폴이 좀더 나이가 든다면 할 수 있을지도 몰라. 어쨌든 올여름 짐 선장을 만나러 오라고 편지를 보낼 작정이야."

앤은 폴에게 편지를 썼다.

> 이 바닷가로 놀러와. 여기에서는 노러나 황금부인이나 쌍둥이 선원은 발견되지 않을지 모르지만, 폴에게 멋진 이야기를 해줄 늙은 뱃사람을 만날 수 있을 거야.

그러나 폴의 회답에는 2년 동안 외국으로 유학가게 되어서 유감이지만 올해는 찾아뵙지 못한다고 정중히 씌어 있었다—'돌아오면 포윈즈로 달려가겠습니다, 선생님.'

앤은 슬픈 듯 말했다.

"그동안 짐 선장은 더 나이를 먹고 말아. 하지만 선장의 '인생록'을 쓸 사람은 달리 아무도 없는걸."

새봄이 오다

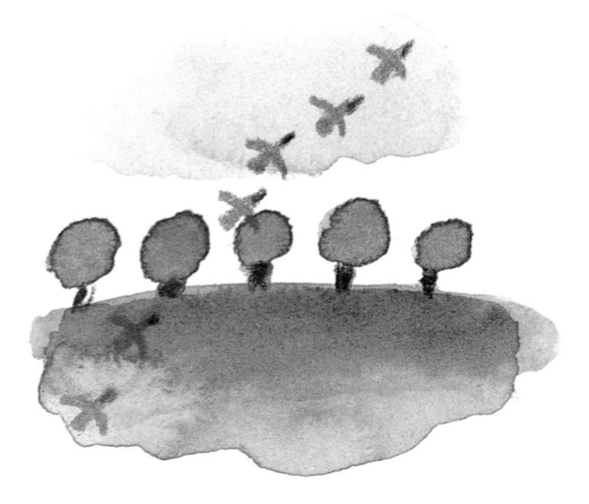

3월 햇빛을 받아 항구의 얼음은 거무스름해지면서 삐걱거리는 소리를 냈다. 이윽고 4월이 되자 푸른 물결이 얼굴을 내밀고 하얀 파도가 훈훈한 바람에 일었다. 포 윈즈 등대도 어스름 속에서 다시 보석처럼 빛나기 시작했다.

등댓불이 다시 깜빡이던 날 밤, 앤은 말했다.

"다시 저 불빛을 볼 수 있어 기뻐. 겨우내 저 불빛이 무척 기다려졌어. 저 등불이 없으면 북서쪽 하늘이 황량해서 쓸쓸한 느낌이 들어."

땅에는 새로운 금록색 풀이 부드럽게 덮이고 글렌 저쪽 숲에는 에메랄드 빛 안개가 어렸다. 새벽에는 바다를 향한 골짜기에 꿈결 같은 안개가 자욱하게 피어올랐다.

기운 넘치는 바람은 그 숨결에 소금기를 머금고 있었다. 바다는 아름답고 요염한 여인처럼 치장하고 웃고 반짝이며 사람들을 유혹했다. 떼지어 헤엄치는 청어에 어촌은 활기를 띠었고, 항구는 해협으로 떠나는 흰 돛으로 떠들썩했다. 배가 다시 드나들기 시작했다.

앤이 말했다.

"이런 봄날에는 부활제 아침에 내 영혼이 어떤 심정이 되는지 똑똑히 알 수 있어요."
짐 선장이 말했다.
"봄이 되면 나도, 젊었을 때부터 써야겠다고 마음만 먹었다면 시인이 되어 있었을지도 모른다고 여길 때가 있어요. 60년 전 학교선생이 암송하는 것을 듣고 왼 옛날 시구를 다시 읊어보기도 하지요. 여느 때는 그런 일이 없지만, 지금은 바위며 들판이며 바다로 나가서 마음껏 토해내지 않고는 견딜 수 없을 것 같은 기분이오."
그날 오후, 짐 선장은 많은 조개껍질과, 모래언덕으로 산책 나갔을 때 찾아낸 감초다발을 앤에게 가지고 왔다.
"이건 요즘 아주 적어졌소. 내 어린시절에는 듬뿍 있었는데. 지금은 아주 드물어 눈에 띄지 않아요. 하기야 그것도 이쪽에서 찾고 있을 때에는 안 보이죠. 어쩌다가 우연히 맞닥뜨리는 경우가 아니면 말이오. 감초는 생각지도 않고 모래언덕을 걷고 있는데—갑자기 공중에 좋은 냄새가 풍겨서—발밑을 보면 거기에 감초가 있는 거예요. 나는 감초 냄새를 좋아해요. 이 냄새를 맡으면 언제나 어머니가 생각나오."
"어머님께서도 좋아하셨나요?"
"글쎄, 그건 아닌 것 같소. 어머니가 감초를 본 일이 있는지 없는지도 나는 몰라요. 이 풀에는 어머니 같은 냄새가 있는 것 같지 않소? 너무 지나치게 젊지도 않고—보시오—원숙하고 건강하고 믿음직해서—꼭 어머니 같아요.
학교선생의 신부는 이것을 손수건 사이에 넣어두곤 했는데, 부인도 그렇게 해보는 게 어떻겠소, 블라이스 부인? 나는 돈을 주고 산 향수는 그다지 좋아하지 않지만—감초에서 나는 아련한 냄새는 부인들에게 꼭 어울리지요."
앤은 자기 꽃밭의 테두리를 조개껍데기로 꾸미는 것은 그리 내키지 않았다. 장식으로 바람직하게 느껴지지 않았기 때문이다.
그러나 짐 선장의 기분을 언짢게 하고 싶지 않아서 그런 마음을 겉으로 드러내지 않고 정중하게 감사인사를 했다.

그런데 짐 선장이 의기양양하게 꽃밭을 전부 커다란 유백색 조개껍데기로 두르고 나자 앤이 놀랄 만큼 그 효과는 참 뛰어났다. 거리에 돋아난 잔디라든가 글렌에서는 어울리지 않을 테지만, 바다에 이웃한 작은 '꿈의 집' 옛날풍 뜰에는 안성맞춤이었다.

앤은 진심으로 기뻐하며 말했다.

"훌륭해요."

"학교선생의 신부는 꽃밭을 언제나 조개껍데기로 꾸몄어요. 꽃에 대해서 아주 잘 알았지요. 그저 보고—만지고—이런 식으로—그러면 꽃은 몹시 기뻐하며 잘 자랐죠. 그런 솜씨를 지닌 사람이 있나 보오—블라이스 부인도 그런 것 같군요."

"어머나, 그것은 모르겠지만—나는 우리집 뜰이 너무너무 좋고 가꾸는 일도 좋아해요. 푸릇푸릇 자라나는 것을 바라보며 날마다 사랑스러운 새싹이 돋는 것을 기다리고 지켜보는 것은 창조자를 돕는 듯한 기분이 들어요. 지금 우리집 뜰은 마치 기도와도 같아요—간절하게 원하는 것이잖아요. 하지만 잠시 기다리지 않으면 안 돼요."

"작은 주름이 잡힌 갈색 씨앗을 손에 쥐고 그 속에 무지개 같은 온갖 빛깔이 들어 있다고 생각하면 언제나 신비롭다는 생각이 드오. 씨앗을 생각하면 우리들은 저 세상에서도 살아 있는 영혼을 갖고 있다는 것을 쉽게 믿을 수가 있지요. 이 기적 같은 일을 보지 않았다면, 저 조그마한 속에—티끌만한 크기밖에 안 되는 것 속에 생명이 숨어 있다고는 믿어지지 않을 거요. 게다가 색깔과 향기까지 간직되어 있으니."

은염주알을 세듯 하루하루 손꼽아 헤아리고 있는 앤은 이제 먼 거리를 걸어 등대나 글렌 가도 쪽으로 갈 수 없었다. 대신 미스 코닐리어와 짐 선장이 이 작은 집을 자주 찾아와주었다.

미스 코닐리어는 앤과 길버트에게 소박한 기쁨을 주었다. 미스 코닐리어가 다녀갈 때마다, 그녀가 한 말로 두 사람은 배를 잡고 웃었기 때문이다.

짐 선장과 미스 코닐리어가 우연히 이 작은 집에 함께 있을 때에 두 사람의 얘기를 듣는 것은 더욱더 재미있었다. 두 사람은 늘 말싸움을 벌였는데, 미스 코닐리어가 공격했고 짐 선장은 방어했다.

앤은 언젠가 미스 코닐리어를 충동질한다고 짐 선장을 비난한 적이 있었다.

"아, 블라이스 부인, 나는 그녀를 약 올리는 게 재미있어요."

그리고 죄인은 뉘우치는 빛도 없이 껄껄 웃었다.

"내 생활 속에서 가장 큰 즐거움이오. 그녀의 혀에 걸리면 돌멩이라도 성하지 못할 겁니다. 그리고 당신도 젊은 선생도 나 못지않게 코닐리어의 말을 즐기고 있잖소."

또 다른 날 저녁때, 짐 선장은 앤에게 산사나무를 가져다주었다. 뜰에는 바닷가에서 불어오는 봄철 저녁다운 촉촉하고 향긋한 공기가 넘치고 있었다. 바다 가장자리에 드리워진 젖빛 안개에 초승달이 입맞춤을 하고 있었고, 글렌 하늘에는 은빛 별이 기쁨으로 빛나고 있었다.

항구 저쪽 교회의 종이 달콤한 꿈처럼 은은하게 울려왔다. 풍부한 음색이 저녁어스름 속을 흘러와서 조용한 바다의 신음소리에 녹아들었다. 이 저녁이 주는 매력은 짐 선장의 산사나무 덕분으로 더욱 나무랄 데 없었다.

앤은 산사꽃가지 속에 얼굴을 파묻었다.

"이 봄에는 하나도 보지 못해 섭섭했었어요."

"포 윈즈 언저리에서는 눈에 띄지 않아요. 글렌 깊숙한 안쪽 황무지에만 있죠. 나는 오늘 아무 쓸모없는 그 땅에 가서 부인에게 주려고 이것을 찾아보았죠. 올 봄은 이것이 마지막이오. 거의 다 저버리고 말았으니까."

"얼마나 친절하고 사려깊으신지요, 짐 선장님. 다른 사람은 아무도, 길버트조차도."

앤은 길버트 쪽으로 머리를 흔들어보였다.

"봄이면 내가 언제나 산사꽃을 그리워하는 것을 기억도 해주지 않았어요."

짐 선장이 말했다.

"나는 그 밖에도 볼일이 있었어요. 하워드 씨에게 송어를 잡아다주고 싶어서였소. 그는 가끔 송어를 먹고 싶어하는데, 그가 전에 베풀어준 친절에 대해 그쯤은 해야겠다고 생각했지요.

오후 내내 그와 담소를 즐기고 왔습니다. 그는 나와 이야기 나누는 것을 좋아해요. 그는 버젓이 교육을 받은 사람이고 나는 무식한 늙은 뱃사람에 지나지 않지만요. 그는 말을 하지 않으면 우울증에 빠지는 그런 사람인데, 이야기를 들어주는 사람이 이 가까이에는 좀처럼 없어요.

글렌 사람들은 하워드 씨를 무신론자로 여기고 피하고 있습니다. 무신론자라고까지는 할 수 없는데 말이죠. 무신론자는 그리 흔히 있는 거라고 생각지 않아요. 하지만 그는 이른바 이교도지요.

이교도는 나쁘기는 하지만 무척 재미있습니다. 이교도란 신이 쉽게 발견되지 않는 거라고 믿기에 신을 찾지 않는 이들에 지나지 않습니다. 그런데 신이란 발견하기 어려운 게 아니죠. 이교도라도 대개 얼마쯤 지나면 뜻밖에 신을 발견하게 되지 않을까요?

나는 하워드 씨 애기를 들어도 그리 해될 게 없다고 생각해요. 잘못된 것이면 곤란하지만, 나는 어릴 때부터 신앙을 가지도록 가르침받은 대로 믿고 있어요. 그렇게 하면 수고가 덜어지죠. 게다가 본디 신께서는 선하시니까요.

하워드 씨는 난처하게도 너무 현명한 거죠. 자신이 지닌 현명함에 걸맞은 삶을 살아야 한다, 여느 무지한 이들이 가는 낡은 길이 아니

라 새로운 길을 발견하여 그 길을 통해 천국으로 가야 한다고 생각하고 있어요. 그러나 하워드 씨도 언젠가는 천국에 이를 테고, 그제서야 자신을 돌아보고 웃게 될 겁니다."

"하워드 씨는 처음부터 감리교파였어요."

미스 코닐리어는 감리교파에서 이교도가 되는 건 마땅하다는 투로 말했다.

짐 선장은 진지한 표정으로 대꾸했다.

"이봐요, 미스 코닐리어, 나는 만일 장로교회 신도가 아니었다면 감리교파가 되었을 거라고 생각합니다."

"어머나, 그래요? 장로교회 신도가 아니라면 무엇이 되든 마찬가지가 아닐까요? 이교도라고 하니 생각났는데요. 의사선생님—빌렸던 그 책—저 《영계(靈界)의 자연법칙》을 가져왔어요—3분의 1쯤 조금밖에 읽지 않았어요. 나는 상식적인 것이든 아니든 읽는 건 상관없다고 생각하지만 그 책은 그 어느 쪽도 아니더군요."

"확실히 그 책은 일부에서는 이단으로 여겨지고 있죠. 그러나 그 점은 책을 건네주기 전에 말씀드렸잖습니까, 미스 코닐리어."

"뭐, 이단이라도 상관없어요. 나는 사악한 것과도 맞서 싸울 수 있으니까요. 그렇지만 바보 같은 점은 참을 수가 없어요."

미스 코닐리어는 침착하게 그로써 《영계의 자연법칙》에 대하여 말해야 할 것은 다했다는 듯한 태도였다.

짐 선장이 깊은 생각에 잠기며 말했다.

"책 이야기가 나왔으니 말인데, 《열렬한 사랑》이 2주일 전에 끝났소. 103장(章)이나 되었지요. 두 사람이 결혼하자마자 책이 끝난 것으로 보아 그들이 겪은 고생은 이제 끝장난 모양입니다. 실제로는 꼭 그렇게 되지 않을지라도 책에서는 어쨌든 그런 식으로 마무리되니 정말 희한한 일이 아니겠어요?"

미스 코닐리어가 말했다.

"나는 소설 같은 건 절대로 읽지 않아요. 조디 러셀이 오늘은 좀 어떤지 들으셨어요, 짐 선장님?"

"아, 돌아오는 길에 잠깐 들렀죠. 그저 그렇더군요—딱하게도 여전히 쓸데없는 걱정으로 속을 끓이고 있더군요. 물론 거의 스스로 만들어내고 있지만 말입니다. 그렇다고 해도 그런 걱정을 안고 사는 것은 보통 일이 아니죠."

"그 사람은 극단적인 비관론자니까요."

"아니, 비관론자는 아니오, 미스 코닐리어. 다만 스스로 만족을 찾지 못하고 있을 뿐이오."

"그게 비관론자가 아닌가요?"

"달라요, 달라. 비관론자란 만족을 찾는 건 처음부터 기대하지 않는 사람을 말하죠. 조디는 아직 거기까지 이르지 않았어요."

"당신이라는 사람은 악마한테서도 무언가 좋은 점을 발견하는 사람이니까요, 짐 보이드."

"당신도 악마는 참을성이 강하다고 말한 할머니에 대한 이야기를 들은 적이 있지 않소? 하지만 미스 코닐리어, 나는 악마에 대해선 두둔할 만한 점을 결코 발견하지 못했소."

미스 코닐리어는 진지한 얼굴로 물었다.

"당신은 악마가 있다는 것을 믿고 있나요?"

"미스 코닐리어, 내가 어엿한 장로교회 신도임을 알고 있으면서 어떻게 그런 것을 물을 수 있소? 장로교회 신도된 자가 어찌 악마를 해치우지 않고 살 수 있단 말이오?"

"그럼, 믿고 있다는 뜻인가요?"

미스 코닐리어의 추궁은 가차없었다.

짐 선장은 갑자기 진지한 얼굴빛이 되었다.

"언젠가 목사님이 '우주에 작용하는 강하고 위험하며 지적인 악의 힘'이라고 말씀하신 일이 있는데, 그것이 존재한다는 것은 믿어요. 그것을 믿는단 말입니다, 미스 코닐리어. 악마든 '악의 본질'이든 사탄이든 뭐든 부르고 싶은 대로 부르시오. 확실히 있는 건 있는 거니까, 온 세계 무신론자나 이교도가 어중이떠중이 모여 아무리 그럴 듯한 말을 해도 없어지지는 않는 법이니까. 신이 없어지지 않는 것과 마찬가지로 분명히 존재하며 지금도 열심히 일하고 있어요. 하지만 알겠어요, 코닐리어? 그것은 마침내 해치울 수 있는 거라고 나는 굳게 믿고 있어요."

"그랬으면 오죽이나 좋을까요."

미스 코닐리어는 그리 희망적으로는 생각하지 않는 듯했다.

"하지만 악마 이야기가 나왔으니까 말인데, 빌리 부드에게는 지금 확실히 악마가 씌었다고 생각돼요. 요전번에 빌리가 한 행동을 들으셨어요?"

"아니, 어떤 일인데요?"

"아내가 샬럿타운에서 25달러나 주고 산 갈색 새 나사 옷을 태워버렸대요. 아내가 처음으로 그것을 입고 교회에 갔는데 남자들이 너무나 감탄하며 아내를 보았다나요. 사내들이 하는 짓이란 참!"

짐 선장은 떠올려보며 말했다.

"부드의 부인은 확실히 예쁜데다 갈색이 잘 어울리니까."

"그게 빌리가 그녀가 입은 새 옷을 아궁이에 던져넣을 이유가 된다는 말이에요? 빌리는 질투심이 많은 바보예요. 그 덕분에 아내는 비참해지기만 하죠. 그 옷 때문에 1주일 내내 울었어요. 오, 앤, 정말이지 나도 앤처럼 글을 쓸 수 있다면 좋으련만. 그러면 이 동네 남자들 코를 납작하게 만들어줄 텐데!"

짐 선장이 말했다.

"그 부드네 집안사람들은 모두 유별난 데가 있지요. 결혼하기 전까지는 빌리가 그래도 제일 제정신인 듯싶었는데, 결혼하자 그 이상한 질투심이 고개를 쳐들기 시작했어요. 빌리의 형 대니얼은 본디부터 이상했지만."

미스 코닐리어가 재미있다는 듯 말했다.

"2, 3일에 한 번씩 성질을 부렸다 하면 침대에서 일어나지 않았으니까요. 대니얼의 발작이 가라앉을 때까지 아내는 헛간 일까지 모두 다 해야만 했어요. 대니얼이 죽었을 때 저마다 미망인에게 조문 편지를 썼지만 나라면 축하편지를 썼을 거예요.

아버지인 에이브러햄 부드 노인도 못말리는 술망나니였죠. 자기 아내의 장례식 때도 술에 취해서 비틀거리고 딸꾹질을 해대며 '나는 그—그—그리 마시지 않았는데 이—이상한 기—기—기분이야'라고 횡설수설했으니까요.

내 옆에 왔을 때 나는 우산으로 등짝을 힘껏 찔러주었죠. 그 덕분에 영감도 집에서 관을 내오는 동안은 얌전하게 있었어요. 그의 아들 조니 부드는 어제 결혼하기로 되어 있었는데, '항아리손님'*1에 걸려 결혼식을 올릴 수 없게 되었어요. 남자가 하는 일이 다 그렇지, 뭐!"

"'항아리손님'에 걸리지 말라고 한들 무슨 소용이 있소? 가엾게도, 쯧쯧."

"내가 케이트 스턴즈라면 이 손으로 혼을 내주겠어요, 정말이지. 소용이 있는지 없는지 그런 건 모르겠지만 잔치음식을 다 준비해 놨으니 병이 나을 때쯤이면 모두 상해버릴 거 아녜요? 얼마나 아까운 일이겠어요! '항아리손님' 같은 건 어릴 때 치러 버렸으면 좀 좋아!"

"어머나, 미스 코닐리어, 좀 이해심이 모자란다고 생각되지 않으세요?"

미스 코닐리어는 대답도 하지 않고 수전 베이커 쪽을 돌아보았다. 수전의 얼굴은 무뚝뚝하지만 마음은 친절한 꽤 나이든 미혼여성으로, 요 몇 주일 동안 이 작은 집에서 허드렛일을 해주고 있었다. 수전

---

*1 유행성이하선염.

은 글렌으로 환자 병문안을 갔다가 돌아온 참이었다.
미스 코닐리어가 물었다.
“그 딱한 맨디 할머니는 좀 어때요?”
수전은 한숨을 쉬었다.
“몹시 좋지 않아요. 아주 좋지 않아요, 미스 코닐리어. 가엾게도 곧 천국으로 가시는 게 아닐는지!”
미스 코닐리어는 동정을 담아 외쳤다.
“설마! 그렇게까지 중태인 줄은 몰랐는데!”
짐 선장과 길버트는 얼굴을 마주보더니 조용히 일어나 방에서 나갔다.
발작적으로 웃는 사이사이에 짐선장이 말했다.
“때때로 웃지 않는 것도 죄가 되는 게 아닐까 하는 생각이 들어요. 특히 저 훌륭한 두 숙녀에게는!”

새벽 또는 황혼

6월이 되자 모래언덕이 핑크빛 들장미로 아로새겨지고 온 글렌에 사과꽃 향기가 은은하게 감돌았다. 그 무렵, 머릴러는 검은 말총으로 만든 트렁크를 들고 이 작은 집에 찾아왔다. 군데군데 놋쇠 대갈못이 박혀 있는 이 트렁크는 반세기 동안 그린게이블즈 지붕밑방에서 잠자고 있었던 것이다.

이 작은 집에 몇 주일 있는 동안 '젊은 의사 부인'을 열렬히 숭배하게 된 수전 베이커는 처음에는 머릴러를 질투하며 의심스러운 눈초리로 보고 있었다. 그러나 머릴러가 부엌일에 간섭하지 않고 또 젊은 의사 부인에 대한 수전이 해야 할 잔시중을 간섭할 기색을 전혀 보이지 않자, 이 착한 수전은 머릴러의 존재를 너그럽게 보게 되었고 글렌에 사는 친구에게 커스버트 아주머니는 분수를 아는 훌륭한 노부인이라고 이야기했다.

어느 저녁때, 투명한 그릇 같은 하늘이 저녁놀로 붉게 물들고 황금빛 어스름을 진동시키며 울새가 저녁별에 환희의 찬가를 바칠 무렵, 갑작스레 작은 꿈의 집이 수런거리기 시작했다.

글렌으로 전화가 걸려와 데이비드 의사와 하얀 모자를 쓴 간호사가 급히 달려왔다. 머릴러는 굳게 다문 입술 사이로 기도를 웅얼거리면서 뜰에 있는 조개껍데기 사이를 왔다갔다 하는가 하면 수전은 귀에 햇솜을 틀어막고 앞치마를 머리부터 뒤집어쓰고 부엌에 앉아 있었다.

시냇물 위의 집에서는 레슬리가 이 작은 집의 창문이란 창문마다 불이 켜져 있는 것을 바라보며 그날 밤 잠을 이루지 못했다.

6월 밤은 짧았지만 마음을 졸이며 기다리는 사람들에게는 끝없이 길게 느껴졌다.

머릴러가 말했다.

"아, 언제쯤이면 끝날까?"

그리고 간호사와 데이비드 의사의 예사롭지 않은 표정을 보고 더 이상 무언가 물을 용기가 없어졌다. 만일 앤이—그러나 머릴러는 만일 같은 건 생각할 수도 없었다.

머릴러의 눈에서 고통의 빛을 읽은 수전은 비명 같은 목소리로 말했다.

"우리 모두가 이토록 사랑하고 있는데 저 소중한 새끼양을 우리들한테서 빼앗아 가실 만큼 하느님은 잔인한 분이 아닐 거예요."

머릴러는 쉰 목소리로 말했다.

"하지만 신께서는 그 애와 마찬가지로 사랑받던 사람도 불러가신 적이 있으니까."

하지만 아침해가 모래언덕에 드리워진 안개를 거두어 무지개로 바꿔놓은 새벽녘, 기쁨이 이 아담한 집을 찾아왔다. 다행히 앤은 무사했다. 그 옆에는 어머니에게서 물려받은 커다란 눈망울을 가진 새하얀 작은 아가씨가 누워 있었다. 하룻밤을 걱정 속에서 밝힌 길버트는 핼쑥하고 여윈 얼굴로 아래층에 내려와 머릴러와 수전에게 알렸다.

머릴러는 바들바들 몸을 떨었다.

"고맙게도!"

수전은 일어나 귀에 막아두었던 솜을 뽑아내더니 기세좋게 외쳤다.

"자, 아침 식사해요. 여러분, 배를 가득 채우고 싶겠죠. 수전이 키를 잡고 있으니까 아씨께서는 아무것도 걱정하실 것 없다고 전해 주세요. 오직 아기에 대해서만 생각하면 된다고요."

길버트는 왠지 슬픈 얼굴로 살짝 미소를 보이며 방에서 나갔다.

고통스러운 세례를 받아 얼굴이 핼쑥해지고 성스러운 어머니의 애정으로 눈을 빛내는 앤은, 아기만 생각하라는 조언 같은 건 들을 필요가 없었다. 다른 일은 도무지 염두에 둘 수 없었던 것이다. 지난 몇 시간 동안 앤은 천국에 있는 천사들도 부러워하지 않을까 싶을 만큼 숭고하고도 강렬한 기쁨에 몸을 맡기고 있었다.

머릴러가 아기를 보러 방에 들어오자 앤은 가냘프게 속삭였다.

"작은 조이스예요. 우린 여자아이면 그렇게 부르기로 미리 정해놓았어요. 붙이고 싶은 이름이 너무 많아서 어느 것으로 해야 좋을지 망설여졌기에 조이스로 정했어요—줄여서 조이라고 부를 수도 있어요—조이(기쁨)—꼭 어울리잖아요.

오, 머릴러, 나는 지금까지 내가 행복하다고 생각했지만, 지금 와서 보니 행복이라는 것에 대해 다만 즐거운 꿈을 꾸고 있었는 데 지나지 않았다는 걸 알았어요. 지금이 바로 진짜 행복이에요."

머릴러는 따뜻한 충고를 해주었다.

"앤, 말을 너무 많이 하면 못써. 기력이 좀 더 회복되기까지 기다려라."

앤은 미소 지었다.

"내가 말을 하지 않는 게 얼마나 어려운 일인지 잘 알잖아요."

처음에 앤은 너무나 쇠약했지만 매우 행복해서 길버트와 간호사가 침울한 얼굴을 하고, 머릴러가 슬픈 표정을 짓고 있는 것을 깨닫지 못했다. 이윽고 육지로 숨어드는 바다안개처럼 은밀하고도 차가운 공포가 앤의 마음에 사정없이 스며들어 왔다.

왜 길버트는 좀더 기뻐해주지 않는 것일까? 왜 길버트는 아기 이야기를 하지 않는 것일까? 저 천국과도 같은 행복을 맛보게 해준 뒤, 왜 모두들 아기와 함께 있게 해주지 않을까? 뭔가—뭔가 잘못된 일이라도?

앤은 매달리듯 작은 목소리로 속삭였다.

"길버트, 아기는—괜찮지? 그렇지? 말해줘—말해줘."

길버트는 오랫동안 돌아보지 않았다. 이윽고 그는 앤 위로 허리를 굽히고 앤의 눈을 지그시 들여다보았다. 가슴을 졸이며 문 밖에서 귀기울이고 있던 머릴러는 가슴이 찢어지는 듯한 비통한 신음소리를 듣고 부엌으로 달려갔다. 부엌에서는 수전이 울고 있었다.

"아, 가엾게도—가엾게도! 어떻게 이런 일을 견디어낼 수 있겠어요, 커스버트 아주머니. 그분이 너무 괴로워하지 말아야 할 텐데요. 그토록 간절히 바라고 여러 가지 계획을 세우며 기뻐하고 행복해 했는데 도저히 가망이 없는 걸까요, 커스버트 아주머니?"

"그런가봐요, 수전. 가망이 없다고 길버트도 말했으니까. 아기가 살 수 없다는 것을 길버트는 처음부터 알고 있었어요."

수전은 흐느껴 울었다.

"그토록 귀여운 아기였는데. 그렇듯 살결이 흰 아기는 본 적이 없어요. 대개 빨갛거나 노란빛을 띠고 있는데. 게다가 벌써 몇 달이나 지난 것처럼 커다란 눈을 뜨고 있지 않았어요? 귀엽고 사랑스러운 아기였는데! 아, 젊은 부인이 가엾어요!"

새벽과 더불어 찾아온 작은 영혼은 깊은 슬픔을 남기고 저녁해와 함께 가버렸다.

미스 코닐리어는 친절하지만 전혀 모르는 사람인 간호사의 손에서 살갗이 흰 어린아기를 받아, 레슬리가 만든 아름다운 옷을 그 밀랍 인형 같은 몸에 입혔다. 레슬리가 그렇게 해달라고 부탁했기 때문이

었다. 그리고 미스 코닐리어는 슬픔에 찢어지는 가슴으로 눈물에 젖어 있는 가엾은 어머니 옆으로 아기를 돌려주었다.
미스 코닐리어는 자신도 눈물에 젖어 앤을 위로했다.
"신이 주시고 불러가시는 거예요. 신의 이름에 영광있으라."
미스 코닐리어는 앤과 길버트가 죽은 아기와 함께 있도록 조용히 방을 나갔다.
이튿날 조그맣고 새하얀 조이는 레슬리가 사과꽃을 가득히 채운 벨벳 관에 넣어져 항구 저쪽 교회 묘지로 운반되었다.
미스 코닐리어와 머릴러는 사랑을 기울여 만든 작은 옷들과 함께 옴폭한 팔다리며 솜털 같은 머리를 뉘기 위해 술과 레이스로 주름장식을 한 등나무 요람을 치워버렸다. 작은 조이는 영원히 그곳에 잠들 수가 없었다. 좀더 차갑고 비좁은 잠자리로 들어가버렸기 때문이다.
미스 코닐리어가 한숨을 쉬었다.
"이번 일은 나도 말할 수 없이 낙심했어요. 나는 이 아기가 나오기를 즐겁게 기다리고 있었으니까요. 더욱이 여자아기를 바라고 있었어요."
"나는 앤이 살아난 것만도 고맙게 생각해요."
머릴러는 몸을 떨었다. 소중한 딸이 죽음으로 그늘진 골짜기를 지나고 있었던 저 암흑의 시간을 생각해냈던 것이다.
수전이 말했다.
"불쌍한 아씨! 슬픔으로 가슴이 찢어지고 말았을 거예요."
별안간 레슬리가 덤벼들 듯 입을 열었다.
"나는 앤이 부러워요. 설사 앤이 죽었다 하더라도 부럽게 여겼을 거예요! 하루만이라도 훌륭한 어머니가 되었는걸요. 그럴 수만 있다면 일생을 희생한다 해도 나는 기쁘겠어요!"
미스 코닐리어가 나무랐다.
"나라면 그런 말은 하지 않겠어요, 레슬리."

까다로운 커스버트가 레슬리를 몹쓸 여자로 생각하지 않을까 걱정했던 것이다.

앤이 다시 회복되기까지는 오래 걸렸다. 모든 것이 앤에게는 괴로움이었다. 포 윈즈의 꽃과 햇빛은 무정하게도 앤에게 상처를 주었고, 비가 몹시 내릴 때면 항구 저쪽의 작은 무덤을 비가 사정없이 때리는 모습이 눈에 선했다. 바람이 추녀 끝을 사납게 스칠 때에는 지금까지 한 번도 들은 적 없는 슬픈 목소리가 바람을 타고 들려왔다.

친절한 방문객이 건넨 상투적인 위로의 말에도 앤은 가슴이 도려내지는 듯했다. 필리퍼의 편지는 더욱 찔러대는 가시 같았다. 필리퍼는 아기가 태어났다는 이야기는 들었으나 죽은 건 알지 못했으므로 명랑한 축하편지를 써 보냈기에 앤은 몹시 상처를 받았다.

앤은 머릴러에게 울면서 호소했다.

"나에게 그 아기가 있었다면 이 편지를 보고 얼마나 기뻐하며 웃었을까요. 하지만 이보다 더 잔인한 일은 없을 거예요. 어떤 일이 있더라도 필이 내 마음을 언짢게 하는 그런 일은 하지 않는다는 걸 알고 있지만 말이에요. 아, 머릴러. 난 이제 다시는 행복해질 수 없을 것 같아요. 모든 게, 그 어떤 것도 평생 내 마음을 아프게 할 거예요."

"시간이 널 도와줄 거야."

고통스러움으로 가슴이 죄어들면서도 머릴러는 판에 박힌 흔해빠진 말밖에 할 수 없었다.

앤은 신에 대한 반항심에 불타고 있었다.

"이건 너무 불공평해요. 자식을 바라지도 않고—잘 보살펴주지도 않는—아무런 기회도 없는 곳에서는 아기들이 잘 태어나 살고 있어요. 나는 그 애를 그토록 소중히—아끼며 돌봐주고 온갖 좋은 기회를 주려 했었는데—여겼건만 내 옆에 두는 것을 허락받지 못했어요."

우주에서 일어나는 몹쓸 수수께끼—부당한 고통에 대한 까닭을 질문받고 머릴러는 어쩔 바를 몰랐다.

"앤, 그것은 신의 뜻이야. 그리고—조이에게도 그편이 행복했을 거야."
앤은 거친 목소리로 외쳤다.
"그런 건 믿을 수 없어요."
그리고 머릴러가 충격을 받은 표정을 하고 있는 것을 보자 격렬하게 말을 이었다.
"죽은 편이 행복할 정도라면 그 애는 왜 태어났어야 했죠?—누구든 왜 태어나야만 하죠? 아이가 일생을 살아가며—사랑하고 사랑받고—기쁨과 괴로움을 맛보고—자신에게 주어진 소임을 다하고—개성을 지닌 한 사람이 되는 것보다 태어나자마자 죽어버리는 편이 좋다니 믿을 수 없어요.
더욱이 그것이 신의 뜻이란 걸 어떻게 알 수 있나요? 아마 신의 뜻이 악마의 힘에 의해 방해받았는지도 몰라요. 그런 것에 항복할 수는 없어요!"
"오, 앤, 그렇게 말하면 안 돼."
머릴러는 앤이 위험한 강물에 깊이 휩쓸려들어가는 게 아닌가 진심으로 걱정되었다.
"우리들로서는 모르는 일이지만 그래도 신앙을 갖고 있지 않으면 안 되는 거란다. 신이 하시는 일에 잘못이 있을 리 없다는 걸 믿어야 해. 지금은 그렇게 생각하기가 힘들다는 건 알고 있어. 하지만 용기를 내라, 길버트를 위해서라도. 길버트가 너를 무척 걱정하고 있다. 네가 조금도 나아지지 않고 있어서 말이야."
앤은 한숨을 쉬었다.
"네, 스스로도 억지를 부리고 있다는 건 알고 있어요. 길버트를 지금까지보다 더 사랑하고—길버트를 생각하면 살고 싶다고 여겨져요. 하지만 마치 내 일부분이 저 작은 항구의 묘지에 묻히고 만 듯한 느낌이 들어서 너무 괴로워 살아가기가 무서워요."

"앤, 언제까지나 그렇게 괴롭지는 않을 거다."

"언젠가 이 괴로움도 사라질 거라고 생각하면 더욱더 가슴 아파요, 머릴러."

"그래, 이해해. 나도 다른 일로 그런 느낌을 가진 적이 있었으니까. 하지만 앤, 우리들은 모두 너를 사랑하고 있단다. 짐 선장은 날마다 네 병세를 물으러 오고—무어 부인도 이 집에서 살다시피하는데다—미스 브라이언트도 너에게 먹이려고 맛있는 것을 요리하는 데 거의 날마다 시간을 빼앗기고 있어. 그것이 수전의 마음에는 그리 들지 않는 모양이다만. 수전은 자기도 미스 브라이언트 못지않을 만큼 요리할 수 있다고 말하지 뭐냐."

"수전도 참! 아, 모두들 나를 소중히 생각해주고 친절하게 대해줘요, 머릴러. 고맙게 생각지 않는 것은 아니에요—아마도—이 무서운 고통이 조금쯤 사그라들면—조금은 살아갈 마음이 들지도 모르겠어요."

짐 선장의 로맨스

앤은 살아갈 수 있을 것 같은 마음이 들었다. 미스 코닐리어가 하는 이야기를 들으며 다시 웃음 띠는 날조차 있었다. 그러나 그 미소에는 지금까지 한 번도 없었고 또한 영원히 사라지는 일이 없을 어떤 그림자 같은 것이 섞여 있었다.

처음으로 마차를 타고 나갈 수 있게 된 날 길버트는 앤을 포 윈즈 곶에 데리고 갔다. 배를 저어 해협을 건너가 어촌의 환자를 방문하는 동안 앤을 그곳에 두고 갔다. 장난꾸러기 바람이 항구와 모래언덕을 뛰어다니며 수면에 흰 물결을 일게 했고 긴 모래톱을 끝없이 이어지는 은빛 파도로 씻어내고 있었다.

짐 선장이 말했다.

"다시 이곳에 와주어 얼마나 기쁜지 모르겠소, 블라이스 부인. 앉아요—앉아. 오늘은 이곳에 엄청나게도 먼지가 일어서—하지만 저런 경치를 바라볼 수 있으니까 먼지는 볼 필요도 없지요. 안 그렇소?"

"먼지 같은 건 상관없어요. 하지만 길버트가 될 수 있으면 바깥에 나가 있으라고 했어요. 모래톱에 내려가서 바위 위에 앉아 있고 싶어요."

"말동무가 있는 편이 좋아요, 아니면 혼자 있고 싶어요?"
"말동무가 선장님을 뜻하는 거라면 혼자 있기 보다는 그편이 좋아요."
앤은 미소를 띠며 말했지만, 금세 한숨을 내쉬었다. 이제까지 혼자 있는 것을 싫어한 일이 한 번도 없었는데, 지금은 겁내고 있었다. 혼자 있으면 외톨이가 된 것 같아 견딜 수 없었다.
바위에 이르자 짐 선장이 말했다.
"여기는 바람이 불지 않아 괜찮아요. 나도 이곳에 곧잘 와 앉아 있곤 합니다. 앉아서 꿈을 꾸기에 아주 좋은 곳이니까요."
앤은 또 한숨을 쉬었다.
"아—꿈이라고요? 나는 이제 꿈을 꿀 수 없어요, 선장님—꿈이 끝나고 말았는걸요."
"아뇨, 블라이스 부인, 끝나지 않았어요. 그런 일은 결코 없을 겁니다."
짐 선장은 깊은 생각에 잠긴 모습이었다.
"지금 부인 심정은 잘 알고 있습니다. 하지만 살아가는 동안 또 기쁜 일도 있을 거고, 꿈에서 깨어나면 먼저 알게 되는 것은, 꿈에서 다시 꿈을 꾸고 있다는 것입니다. 고마운 일이 아니겠어요! 우리들에게 꿈이 없다면 차라리 죽는 편이 나을 겁니다. 영원한 생명을 꿈꿀 수 없다면 어떻게 살아갈 수 있겠어요? 더욱이 그 꿈은 꿈으로 끝나지 않고 반드시 실현될 겁니다, 블라이스 부인. 언젠가 다시 조이스를 만나게 될 거예요."
"하지만 그때는 이미 나의 아기가 아니겠죠."
앤의 입술이 바르르 떨리고 있었다.
"아, 롱펠로가 말했듯이 '하늘나라의 우아한 옷을 걸친 아리따운 아가씨'가 되어 있을 거예요. 그리고 내게는 낯선 사람이 되어 있겠지요."

"신은 이런 식으로는 하지 않을 거라고 생각해요."
두 사람은 잠시 묵묵히 있었다.
이윽고 짐 선장이 더욱 온화하게 입을 열었다.
"블라이스 부인, 사라져버린 마거릿 이야기를 해도 좋겠어요?"
앤은 부드럽게 대답했다.
"물론 좋고말고요."
'사라져버린 마거릿'이 누구인지는 몰랐지만, 이제부터 듣게 되는 이야기는 짐 선장의 로맨스임에 틀림없으리라 여겨졌다.
짐 선장은 말을 이었다.
"몇 번이나 부인에게 마거릿 이야기를 하고 싶은 마음이 들었었죠. 왜 그런지 알겠어요, 블라이스 부인? 내가 가버린 뒤, 누군가가 마거릿을 기억해주기를 바라서였죠. 마거릿의 이름이 살아 있는 사람에게 잊혀지는 건 견딜 수 없으니까요. 지금도 마거릿을 기억하는 이는 나 말고는 아무도 없습니다."
짐 선장은 이야기를 시작했다. 50년도 더 전의 일이었으니 아주 오래된 잊혀진 이야기였다.
어느 날, 사라진 마거릿은 아버지의 거룻배에서 잠이 들었다가 그대로 떠내려가버렸다—고 모두들 생각했다. 마거릿이 어떻게 되었는지 확실한 것은 아무도 몰랐기 때문이다. 모래톱을 건너 해협을 빠져나가, 그 먼 옛날 여름날 오후 별안간 닥친 무서운 뇌우로 목숨을 잃은 게 아닐까? 짐 선장으로서는 지난 그 50년이 바로 어제 일처럼 생각되었다.
짐 선장은 슬픈 얼굴로 말했다.
"그 뒤 나는 몇 달이나 바닷가를 헤매고 다녔어요. 사랑스럽고 다정한 어린 마거릿이 발견되지 않을까 싶어서였지요. 하지만 매정한 바다는 두 번 다시 그 소녀를 나에게 돌려주지 않았어요. 하지만 블라이스 부인, 나는 언젠가 반드시 마거릿을 찾아내고 말 거예요. 언

chang.KYe

젠가 반드시 찾아낼 겁니다. 마거릿은 지금도 나를 기다리고 있으니까요.

그녀가 어떤 모습이었는지 이야기하고 싶어도 설명할 수가 없어요. 해가 떠오를 때 모래톱에 아름다운 은빛 안개가 끼는 걸 보았을 때, 마거릿을 꼭 닮았다고 생각했어요. 그리고 또 저 숲에서 자작나무 한 그루를 보았을 때도 마거릿을 떠올렸죠.

머리는 연한 갈색이고 하얗고 부드러운 작은 얼굴을 하고 있었죠. 손가락은 블라이스 부인의 손가락처럼 가냘프고 길었는데, 다만 좀 더 햇볕에 그을려 있었지요. 바닷가에서 자란 아가씨니까요.

때때로 한밤중에 잠이 깨어 옛날처럼 바다가 나를 부르고 있는 것을 들으면, 마치 사라진 마거릿이 바다와 함께 부르고 있는 듯한 느낌이 듭니다. 또 폭풍으로 파도가 흐느껴 울거나 신음하고 있을 때면 그것에 섞여 마거릿이 한탄하는 목소리가 들리는 거예요. 갠 날 파도가 웃을 때면 그것이 마거릿의 다정하고 장난스러운 귀여운 웃음소리가 되곤 합니다.

이 바다가 나한테서 마거릿을 빼앗아갔지만 언젠가는 꼭 마거릿을 찾아낼 겁니다, 블라이스 부인. 바다인들 우리를 영원히 떼어놓을 수는 없으니까요."

"그분에 대해 들려주셔서 고마워요. 어째서 줄곧 독신으로 계셨는지 가끔 이상하게 생각하고 있었어요."

바다에 빠진 연인에게 50년 동안 정성을 다해온 늙은 연인은 말했다.

"다른 사람은 생각조차 할 수 없었어요. 사라진 마거릿이 내 마음도 함께 저 먼 곳으로 가져가버리고 말았어요. 마거릿 이야기를 자주 해도 괜찮겠죠, 블라이스 부인? 나에게는 즐거운 일입니다. 마거릿과의 추억에서 쓰라린 일은 모두 사라져버리고 축복만이 남아 있으니까요.

부인은 틀림없이 마거릿에 대해서 잊지 않을 거라는 걸 알고 있어요. 그리고 내가 바라고 있는 것처럼, 세월이 흘러 부인집에 다른 아기들이 태어난다면, 사라진 마거릿의 이름이 이 세상에서 잊혀지지 않도록 아이들에게 이 이야기를 들려주겠다고 약속해 주겠소?"

침묵의 둑을 무너뜨리고

잠시 이어진 침묵을 레슬리가 별안간 깨뜨렸다.

"앤, 이곳에 이렇듯 다시 함께 앉아 일하고, 이야기하고, 잠자코 있게도 된 것이 얼마나 기쁜지 앤은 모를 테죠."

두 사람은 앤의 집 뜰을 가로지르는 시냇가에 파란 꽃이 활짝 핀 풀밭에 나란히 앉아 있었다.

시냇물은 두 사람 옆을 나직한 소리로 노래하며 반짝반짝 흘러갔다. 자작나무는 두 사람에게 얼룩덜룩한 그림자를 던지고, 오솔길을 따라 장미가 피어 있었다.

해는 기울기 시작했고 주위는 온갖 음악소리로 넘치고 있었다. 집 뒤꼍 전나무숲에서 들려오는 바람의 노래, 모래톱에 밀려오는 파도 소리, 그리고 멀리 교회에서 종소리도 들려왔다. 그 교회 옆에 새하얀 작은 소녀가 고이 잠들어 있다. 지금은 슬픔 없이는 들을 수 없지만 앤은 그 종소리를 무척 좋아했다.

앤은 이상한 듯 레슬리를 바라보았다. 레슬리는 바느질감을 내던지고 여느 때와 달리 거침없이 이야기했다.

"앤의 병세가 그토록 나빴던 그 무서웠던 날 밤, 나는 두 번 다시 함께 이야기하고 산책하거나 일할 수 없게 될지도 모른다고 줄곧 생각했어요. 그래서 앤의 우정이 나에게 얼마나 소중한 것인지 앤이 내게 얼마나 중요한 존재인지, 처음으로 알았어요. 그리고 내가 얼마나 얄밉고 무정한 사람이었는지도요."

"레슬리! 레슬리! 나는 누구든 내 친구를 나쁘게 말하는 건 용서치 않겠어요."

"정말인걸요. 나는 그런 사람이에요. 얄밉고 무정한 여자죠. 앤, 털어놓아야 할 말이 있어요. 들으면 나를 경멸하리라 여겨지지만, 그래도 사실대로 털어놓지 않으면 안 돼요. 지난 겨울과 봄, 나는 앤을 몹시 미워한 적이 있었어요."

앤은 부드럽게 말했다.

"알고 있었어요."

"알고 있었다고요?"

"그래요, 레슬리 눈에 드러나 있었는걸요."

"그런데도 변함없이 내게 호의를 가지고 친구가 되어주었군요."

"레슬리, 나를 미워한 건 가끔 있는 하찮은 일에 지나지 않았어요. 그 사이사이에는 나를 좋아했다고 생각해요."

"그래요. 하지만 또 하나의 미워하는 마음이 줄곧 숨어 있어서 앤에게 다가가려는 마음을 가로막고 있었어요. 나는 그 마음을 억누르고 때로는 잊어버리기도 했지만—때로는 걷잡을 수 없이 치밀어올라 나를 사로잡고 말았어요.

앤을 미워한 건 부러웠기 때문이에요. 아, 때때로 너무 부러워서 가슴이 메슥거린 일도 있었죠. 앤에게는 따뜻한 가정이 있고, 사랑이 있고, 행복이 있고, 기쁜 꿈이 있고, 내가 원하는, 그러나 한 번도 가져본 적이 없는 것을, 또한 앞으로도 결코 가질 수 없는 모든 것을 가지고 있는걸요.

그래요, 나로서는 결코 앞으로도 가질 수 없다는 생각이 바늘처럼 콕콕 찔러왔어요. 앞으로 내 인생이 바뀌리라는 희망이 조금이라도 있었다면, 나는 부러워하지 않았을 거예요. 하지만 아무리 생각해도 없었어요. 그런 희망은 어디에도 없었어요. 공평하지 못하다고 느꼈죠.

그렇게 생각하자 반항심이 들고, 나 자신에게 상처를 입히고, 그 때문에 때때로 앤을 미워한 거예요. 나는 부끄러워서 견딜 수 없었어요. 지금도 죽고 싶을 만큼 부끄러워요. 하지만 나는 그 마음을 억누를 수가 없었어요.

앤이 살아날 수 없을지도 모른다고 생각한 그날 밤, 사악한 마음을 품은 데 대한 지독한 벌을 받는 거라고 생각했어요. 그때 나는 얼마나 앤을 사랑했는지 몰라요.

앤, 앤, 어머니가 돌아가신 뒤로 나는 딕의 나이먹은 개 말고는 아무도 사랑한 적이 없었어요. 사랑하는 게 아무것도 없다는 건 무서운 일이에요. 그야말로 텅 빈 인생이지요. 텅 빈 것보다 더 쓰라린 건 없을 거예요. 나는 앤을 진심으로 사랑할 수 있었는데, 저 못된 마음이 망가뜨려버려서."

레슬리는 몸을 벌벌 떨고 있었는데다 감정이 격렬하게 쏟아져나온 탓에 횡설수설했다.

앤이 레슬리를 달랬다.

"그만해요, 레슬리. 이제 그만해요. 나는 알고 있으니까요. 그런 말은 이제 하지 말아요."

"말하지 않으면 안 돼요. 말해야 돼요. 앤이 다시 살아난 것을 알았을 때, 앤이 건강을 회복하는 대로 이 이야기를 하려고 맹세했어요. 난 앤의 우정과 친절을 받을 만한 가치가 없는 사람이라는 걸 고백하기 전에는 그 어느 쪽도 받아들일 수 없었어요. 앤이 나를 싫어하게 될까봐 무척 걱정하고 있었어요."

"레슬리, 그런 걱정은 할 필요없어요."

Chang. KYe

"아, 다행이에요. 정말 다행이에요, 앤!"

레슬리는 떨림을 억누르기 위해 노동으로 인해 그을리고 마디가 굵어진 자신의 손을 움켜쥐었다.

"하지만 일단 시작했으니까 모두 다 말해버리고 싶어요. 처음으로 내가 앤을 보았을 때 일은 기억하고 있지 않겠지요? 저 바닷가에서 만났을 때 말고요."

"아니, 기억해요. 길버트와 내가 처음 이 집에 왔던 날 밤이죠. 레슬리는 거위를 쫓으며 언덕을 내려왔어요. 기억하고말고요! 정말 아름다운 사람이라고 생각했어요. 그 뒤 몇 주일이나 누구인지 알고 싶어 견딜 수 없었어요."

"그때 나는 당신들에 대해 한번도 만난 적은 없었지만 이미 알고 있었어요. 새로운 의사 선생님과 그 신부가 미스 러셀의 작은 집에 살게 되었다는 말을 들었으니까요. 그 순간부터 앤을 미워했어요."

"알게 모르게 레슬리 눈에서 적의를 느꼈어요. 하지만 그럴 리 없다, 잘못 본 거라고 여겼죠. 그럴 만한 이유가 없었잖아요?"

"앤이 무척 행복해 보였기 때문이었어요. 자, 이제 정말로 나를 못된 사람으로 생각하겠죠. 다만 행복해 보이는 것만으로 다른 사람을 미워하다니. 나한테서 빼어간 행복도 아니련만!

그래서 나는 앤을 만나러 오지 않았던 거예요. 찾아가야 한다는 건 잘 알고 있었지만. 소박한 이 포 윈즈의 관습 때문에도 그렇게 해야만 하죠. 하지만 나로선 할 수 없었어요.

언제나 집 창문으로 앤을 보고 있었죠. 저녁때 부부가 뜰을 거닐고 있는 모습이며 앤이 남편을 마중하러 포플러 오솔길을 달려가는 모습들이 보였어요. 그것을 보며 나는 가슴을 쥐어뜯었어요.

그러는 한편 찾아가고 싶어 견딜 수 없었어요. 내가 이렇듯 비참한 처지가 아니라면 앤을 좋아할 수 있고 내가 지금까지 한 번도 가져본 적이 없는, 또래의 진정한 벗을 가질 수 있게 될 거라 생각했죠.

그 뒤 저 바닷가에서 만난 날 밤의 일을 기억하죠? 앤은 내가 앤을 미친 여자라고 생각하지 않을까 걱정했잖아요. 앤이야말로 내 머리가 돌았다고 여겼을 게 틀림없어요."

"그렇지는 않지만 레슬리, 나는 레슬리를 이해할 수가 없었어요. 저 파도처럼 한순간 나를 끌어당기는 듯싶다가는, 다음 순간 밀어내는 식이었는걸요."

"그날 밤 나는 몹시 슬펐어요. 괴로운 하루를 보냈거든요. 그날은 딕이 몹시, 몹시 나를 힘들게 했어요. 딕은 여느 때는 무척 순해서 말을 아주 잘 들어요. 하지만 앤, 이따금 다른 사람처럼 될 때가 있어요.

난 너무 고통스러워서, 딕이 잠들자 곧 바닷가로 달아났어요. 내 피난처라고는 그곳뿐이었거든요. 거기에 앉아 나는 아버지의 마지막을 떠올리며 '나도 언젠가 그렇게 되는 게 아닐까' 생각했어요. 아, 내 가슴은 온통 그런 어두운 생각으로 가득 찼었어요!

그때 앤이 아무 걱정거리도 없는 기쁨에 찬 어린아이처럼 춤추며 나타나지 않았겠어요. 나는 그때처럼 앤이 미웠던 적이 없었어요. 그러면서도 친구가 되고 싶었지요. 방금 이 감정에 지배되는가 싶으면 다음 순간에는 또 다른 감정이 울컥 솟는 거예요.

그날 밤 집에 돌아가서 '앤이 나에 대해 어떻게 여겼을까' 생각하자 부끄러워져서 그만 울어버렸어요. 하지만 여기에 오면 언제나 똑같았어요. 때로는 즐거워서 오기를 잘했다고 여기고, 또 때로는 그 끔찍한 마음 때문에 기분이 상해버리는 일도 더러 있었어요. 앤과 앤의 집을 에워싸고 있는 모든 것들이 거슬릴 때도 있었죠.

나로서는 가질 수 없는 작고 사랑스러운 것을 앤은 많이 갖고 있었어요. 참 바보 같은 이야기죠—알고 있었는지 모르지만 앤이 가지고 있는 것 중에서도 저 도자기 개에게 특히 원한을 품고 있었어요. 때때로 고그와 매고그를 움켜쥐고 그 얄미운 검은 콧잔등을 힘껏 마주 부딪치게 하고 싶어지는 거예요!

어머나, 앤, 웃고 있군요. 하지만 내겐 웃을 일이 아니었어요. 여기에 와서 앤과 길버트가 책이며 꽃이며 집의 수호신인 개들에게 둘러싸여, 두 사람만의 하찮은 농담을 주고받는 것이나, 자신들은 의식하지도 못하는 가운데 서로에게 보내는 눈길과 목소리에 사랑이 넘치는 것을 보고 집으로 돌아가면, 그곳에 무엇이 기다리고 있는지 앤도 알고 있을 테죠!

오, 앤, 나라고 해서 본디부터 질투심이 강하고 샘이 많은 사람으로 태어난 건 아니었어요. 어렸을 때 학교친구들은 가졌으나 내게는 없는 게 많이 있었지만 신경쓰지 않았고, 그 때문에 그 친구들을 싫어하는 일도 없었어요. 그런데 지금은 이렇게 성격이 비뚤어져 버렸어요."

"레슬리, 부탁이니 자신을 그만 나무라요. 당신은 못된 여자도 아니고 질투심이 강하고 샘이 많은 사람도 아니에요. 그동안 겪어야만 했던 생활이 당신의 마음을 좀 비뚤어지게 했을지는 모르지만 레슬리같이 훌륭하고 기품 있는 사람이 아니었다면 성격이 파괴되고 말았을 거예요.

지금 레슬리가 이야기하는 대로 내버려두었던 것은 모조리 쏟아내버려 그런 마음을 비우게 하는 편이 좋겠다고 생각했기 때문이에요. 하지만 이제 더 이상 자신을 책망하지 말아요."

"그렇다면 그만하겠어요. 다만 있는 그대로의 나를 알아주기 바랐을 뿐이에요. 올봄 앤이 바라는 희망을 나에게 이야기했을 때에는 더욱 심했었죠. 그때 행동을 생각하면 도저히 나 자신을 용서할 수가 없어요. 나는 울면서 뉘우쳤어요. 그리고 그 작은 옷에 당신에 대한 모든 애정을 쏟았죠. 하지만 설마 그 옷을 수의로 사용하게 될 줄은 그때는 상상도 하지 못했어요."

"레슬리도 참! 왜 그렇게 괴롭고 무서운 말을 하는 거예요? 그런 생각은 머리 속에서 쫓아내버려요. 그 작은 옷을 갖고 와주었을 때 나는 얼마나 기뻤는지 몰라요. 조이스를 잃지 않으면 안 되었으니, 그 애가 입고 간 그 옷은 나에 대한 애정의 표시로 만들어 준 거라고 생각하고 싶어요."

"앤, 이제부터는 언제까지나 앤을 사랑할 수 있을 것 같아요. 두 번 다시 앤에 대해 그런 무서운 마음은 갖지 않을 거예요. 고스란히 털어놓고 나니까 왠지 그 자취까지 모조리 사라져 없어진 듯한 느낌이 들어요.

이상하군요. 조금 전까지 그토록 생생하고 괴롭게 느껴졌는데. 마치 어두운 방문을 열어 안에 있을 것으로 믿었던 무서운 괴물을 보여주려 했더니, 빛이 들자마자 그 괴물은 그림자에 지나지 않았고, 빛과 함께 사라져버린 것 같아요. 두 번 다시 그런 괴물은 우리들 사이에 끼어들지 않을 거예요."

"그럼요, 우리는 이제 진정한 친구가 되었어요, 레슬리. 난 너무너무 기뻐요."

"그 밖에도 할말이 있는데 오해하지 말아요, 앤. 앤이 아기를 잃었을 때 나는 진심으로 슬펐어요. 나의 한 손을 잘라 조이스가 살 수 있다면, 나는 기꺼이 잘라버렸을 거예요. 이건 진심이에요. 하지만 앤의 슬픔이 우리들을 더욱 가깝게 했던 거예요. 앤에게 넘치는 행복이 우리 우정을 방해해 왔지만 이제 그렇지 않게 되었으니까요.

아, 앤, 제발 오해하지 말아요. 앤의 행복에 상처가 난 게 기쁘다는 게 아니에요. 그것은 진심으로 말할 수 있어요. 하지만 이번 일로 우리 사이를 가로막고 있던 두꺼운 벽이 사라진 거예요."

"그것도 알아요, 레슬리. 자, 지나간 일은 생각하지 말고 불쾌한 일은 잊어버리기로 해요. 이제부터는 모든 게 달라질 거예요. 우리들은 이제 둘 다 요셉의 일족인걸요. 레슬리는 훌륭하다고 생각해요. 정말이지 훌륭해요. 그리고 레슬리, 앞으로 레슬리 인생에는 아직도 뭔가 좋은 일, 멋진 일이 틀림없이 기다리고 있을 것만 같은 느낌이 들어요."

레슬리는 고개를 저으며 힘주어 말했다.

"아니, 그런 희망은 없어요. 딕은 절대로 낫지 않을 테고—또 비록 기억이 되살아난다 해도—오, 앤, 그렇게 되면 지금보다 더 나빠요. 훨씬 더 나쁠 거예요. 행복한 신부님은 모를 거예요. 앤, 내가 어떻게 딕과 결혼하게 되었는지 코닐리어로부터 들었어요?"

"네."

"다행이군요—알고 있기를 바랐어요—하지만 앤이 모른다 해도 도저히 내 입으로는 말하고 싶지 않았어요. 앤, 나는 12살 때부터 죽 괴로운 인생을 살아왔어요. 그전에는 행복한 어린시절을 보냈죠. 우리는 몹시 가난했어요—하지만 그런 건 상관없었지요. 아버지가 아주 훌륭하신 분이었거든요—머리가 좋고 애정이 깊은 데다 동정심도 있어 나는 철들면서부터 아버지와 아주 친했어요. 그리고 어머니도 다정한 분이었어요. 매우 아름다웠죠. 나는 어머니를 닮았지만, 어머니만큼 아름답지는 못해요."

"미스 코닐리어는 레슬리가 훨씬 아름답다고 하던데요."

"그건 틀린 말이에요. 아니면 나를 두둔하려는 거겠지요. 하지만 체격은 내가 더 좋은 것 같아요. 어머니는 연약했고 일을 너무 많이 해서 허리가 굽어 있었으니까요. 하지만 얼굴은 천사 같았죠. 나는 다만 숭배하는 마음으로 어머니를 우러러볼 뿐이었어요. 우리들은 모두 어머니를 숭배했어요. 아버지도 케니스도 나도요."

앤은 미스 코닐리어가 레슬리의 어머니에 대해 하던 얘기와는 매우 다르다고 생각했다. 그러나 애정이야말로 가장 진실한 모습을 볼 수 있는 게 아닐까? 그렇다고는 하나 딸을 딕 무어와 결혼시킨 로즈 웨스트는 확실히 이기적이었다.

"케니스는 내 동생이었어요. 아, 내가 그 애를 얼마나 귀여워했는지는 말로 나타낼 수 없을 정도였죠. 그런데 비참하게 죽고 말았어요. 어째서 죽었는지 들었나요?"

"네."

"앤, 나는 동생이 수레바퀴에 깔릴 때 그 작은 얼굴을 보고 말았어요. 그 아인 똑바로 누워 있었어요. 앤—앤—지금도 그 얼굴이 보여요. 죽을 때까지 잊지 못할 거예요. 앤, 오직 하나 내 소원은 그때 기억이 내 머리에서 영영 사라져버리는 거예요. 오, 하느님."

"레슬리, 그 이야기는 이제 그만해요. 나는 모두 알고 있으니까요—자세한 것까지는 말하지 않는 편이 좋아요. 헛되이 자신의 마음을 괴롭힐 뿐인걸요. 반드시 사라져 없어질 테니까 걱정 말아요."

잠시 마음을 가다듬고 나서 레슬리는 얼마쯤 평정을 되찾았다.

"그리고 아버지의 몸이 쇠약해져 자주 우울증에 빠졌다는—마음의 균형을 잃은 끝에—그 일도 모두 들었나요?"

"네."

"그 뒤 의지할 수 있는 사람은 어머니뿐이었어요. 그래도 나는 희망에 불타고 있었어요. 교편을 잡고 스스로 돈을 벌어 대학에 갈 작정이었어요. 가장 높은 곳까지 올라갈 생각이었어요—아, 그런 이야기는 그만두겠어요. 이미 헛된 일인걸요.

무슨 일이 있었는지 알고 있겠죠. 평생 부지런히 일해 오신 어머니가 비탄에 빠져 있는데 그 집에서마저 쫓겨나는 것을 나는 보고 있을 수가 없었어요. 물론 우리들의 생활은 내 수입으로 꾸려나갈 수 있었겠죠.

하지만 어머니로선 도저히 그 집을 떠날 수가 없었던 거예요. 신부로서 그 집에 왔었고, 아버지를 몹시 사랑하셨기에 모든 추억이 그 집에 있었죠. 앤, 나는 어머니의 마지막 한 해를 행복하게 해드렸다고 생각하면 내가 한 일이 후회되지 않아요.

처음 결혼했을 때는 나도 딕을 싫어했던 건 아니었어요. 학교친구를 대하는 것과 같은 평범한 감정을 품고 있었죠. 술을 얼마쯤 마신다는 건 알았지만—그 어촌의 아가씨 이야기는 전혀 몰랐어요. 만일 알았었다면 아무리 어머니를 위해서라도 딕과 결혼할 수 없었을 거예요. 나중에—딕을 싫어하게 되었지만—어머니는 아무것도 몰랐죠.

어머니가 돌아가시자—나는 외톨이가 되어버렸어요. 겨우 17살에 외톨이가 되었던 거예요. 딕은 '네자매 호'를 타고 가버렸죠. 나는 딕이 한동안 집에 돌아오지 않았으면 하고 바랐어요. 바다를 동경하는 마음이 딕의 피에 언제나 흐르고 있었던 거예요. 그것 말고는 아무것도 원하는 게 없었지요. 그리고 앤도 알다시피 짐 선장이 딕을 데리고 돌아왔어요. 이야기는 여기서 끝이에요.

자, 이제 나라는 사람을 알았겠죠, 앤. 나의 가장 어두운 부분도 말이에요. 그런데도 나와 친구가 되어 줄 수 있겠어요?"

하얀 등불을 반으로 잘라놓은 것 같은 반달이 해가 지고 있는 세인트 로렌스 만에 낮게 걸려 있었다. 앤은 자작나무 가지 너머로 그 달을 올려다보았다. 그 얼굴은 아주 부드러웠다.

"우리 사이를 가로막는 벽은 모두 사라졌어요. 앞으로 영원히 나는 레슬리의 둘도 없는 친구이고 레슬리는 나의 진정한 친구예요. 이런 친구는 지금껏 가진 적이 없어요. 나에게는 좋은 친구가 많이 있지만, 레슬리가 가지고 있는 내면적인 풍요로움은 다른 사람한테서 받은 것보다 더 많은 것을 나에게 줄 것이고, 나 역시 괴로움을 몰랐던 처녀시절에 가지고 있었던 것 이상을 레슬리에게 줄 수 있을 거예요. 우리들은 둘 다 한 사람의 어엿한 여자이고, 소중한 친구예요."

둘은 손을 마주잡고 잿빛 눈과 푸른 눈에 그렁그렁 넘치는 눈물 속에서 서로 미소 지었다.

미스 코닐리어의 슬기

길버트는 여름 동안 수전에게 이 작은 집에 있어 달라고 부탁해야 한다고 주장했다. 그러나 앤은 처음에 반대했다.

"여기서 단둘이 있는 게 나는 좋아, 길버트. 누군가 다른 사람이 있는 건 원치 않아. 수전은 좋은 사람이지만 그래도 남인걸. 내가 집안일을 해도 몸에 지장없어."

"당신은 의사의 충고를 들어야만 해. 구둣방집 마누라는 맨발로 다니고 의사 마누라는 일찍 죽는다는 속담도 있잖아. 우리 집이 꼭 그렇다는 건 아니지만 다시 전처럼 가볍게 돌아다닐 수 있고 푹 꺼진 볼이 다시 통통해질 때까지 수전을 집에 있도록 해."

갑자기 수전이 들어와서 말했다.

"마음을 편히 가지세요, 마님. 부엌일은 걱정 말고 편하게 지내야 해요. 내가 다 잘해 나갈 테니까요. 개를 기르고 있으면 스스로 짖을 필요가 없죠. 내가 아침마다 식사를 날라 오겠어요."

앤은 웃었다.

"당치도 않아요. 병이 난 것도 아닌데 여자가 침대에서 아침 식사를 하는 건 꼴불견이고, 남자가 아무리 나쁜 짓을 해도 마땅한 일이 되고 만다는 미스 코닐리어의 말에 나도 찬성이에요."
"미스 코닐리어라고요!"
수전은 무어라 형언할 수 없는 경멸을 나타내보이며 말했다.
"코닐리어 브라이언트가 하는 말에 귀기울이다니요, 아무리 자기가 늙은 노처녀라 해도 어째서 언제나 남자들을 깎아내려야만 하는 것인지 나는 도무지 알 수가 없어요.
나도 늙은 노처녀지만 남자들 욕을 한 일은 없어요. 나는 솔직히 남자들이 좋아요. 될 수만 있다면 시집을 갔을 거예요. 아무도 나에게 결혼해 달라고 말한 적이 없는 게 이상하지 않으세요? 물론 나는 아름답지는 않지만 이 근방으로 시집간 여자들 못지않을 만큼은 생겼죠. 하지만 한 사람도 숭배자가 생긴 적이 없지 뭐예요. 무슨 까닭일까요?"
앤은 몹시 심각한 얼굴로 말했다.
"숙명일지도 몰라요."
수전은 고개를 끄덕였다.
"나도 곧잘 그렇게 생각한답니다. 그러면 위로가 조금은 되죠. 전능하신 신이 당신의 현명하신 목적을 위해 그렇게 정하신 거라면, 아무도 나를 아내로 삼고 싶어하지 않아도 상관없어요. 그렇지만 마님, 때로는 의심이 생기기도 해요. 어쩌면 다른 누구보다도 악마란 놈이 이 일에 관계하고 있는 게 아닐까 하고 말예요. 그렇다면 절대로 포기할 수 없지요."
그리고 수전은 다시 기운차게 덧붙였다.
"그러니까 내게도 아직 결혼할 기회가 있을지도 몰라요. 나의 고모님이 곧잘 입에 올리던 옛시를 자주 생각한답니다.

아무리 잿빛 털인 거위라도
늦든 빠르든

정직한 거위가 나타나
아내로 데려가주는 법.

여자란 무덤에 들어가기 전까지는 결혼하지 않는다고 장담할 수 없으니까요. 그 사이 버찌 파이라도 굽도록 하겠어요. 선생님이 좋아하는 듯하니까요. 나는 음식맛을 아는 남자분에게 요리를 해드리는 걸 아주 좋아하죠."

그날 오후 미스 코닐리어가 숨을 좀 헐떡이며 왔다.

"나는 이 세상도 악마도 그리 겁나지 않지만 인간에게만은 두 손 들고 말았어요. 앤은 언제나 태연하기만 하군요. 어머? 버찌 파이 냄새 아니에요? 만일 그렇다면 차 마실 때까지 있으라고 해줘요. 올여름에는 한 번도 버찌 파이를 먹지 못했으니까요. 우리집 버찌는 고스란히 글렌의 길먼네 개구쟁이들이 따갔답니다."

거실 구석 쪽에서 해양소설을 읽고 있던 짐 선장이 나무랐다.

"쯧쯧, 확실한 증거가 있다면 또 모르지만 어머니 없는 그 가엾은 길먼네 아이들에 대해 그렇게 말해선 안 됩니다. 아버지가 그리 정직하지 않다는 것만으로 그 애까지 도둑취급을 할 수는 없지요. 미스 코닐리어의 버찌를 따먹은 것은 그 애들이 아니라 울새가 틀림없을 겁니다. 올해는 울새가 유난히 많으니까요."

미스 코닐리어는 경멸하듯이 말했다.

"울새라고요? 흥, 두 다리 가진 울새란 말이죠!"

짐 선장은 점잔빼며 말했다.

"그래요, 포 윈즈에 사는 울새는 대개 그런 모습을 하고 있죠."

미스 코닐리어는 한순간 짐 선장을 흘끗 노려보았지만, 이윽고 흔들의자 등받이에 몸을 젖히며 큰 소리로 끝없이 웃었다.

"마침내 나를 한방 먹였군요, 짐 보이드. 항복하겠어요. 글쎄, 저 기뻐하는 모습 좀 봐요, 앤. 꼭 체시 고양이*1처럼 이를 드러내며 웃고 있잖아요. 만일 울새가 지난주 어느 날 아침 해뜰 무렵에 내가 본 것처럼 크고 햇볕에 그을린 다리를 가졌고 신발도 신지 않고 누더기 바지를 입었다면 길먼네 아이들에게 사과해야만 되겠군요. 내가 갔을 때에는 이미 사라지고 없었으니까요. 어떻게 그토록 재빨리 모습을 감추었는지 몰랐었는데, 짐 선장님 덕분에 알았어요. 물론 날아가 버린 거겠죠."

짐 선장이 껄껄 웃었다. 그리고 지녁 식사 때까지 있다가 버찌 파이를 대접받을 수 없게 된 것을 애석해 하며 돌아갔다.

미스 코닐리어는 말을 이었다.

"나는 레슬리에게 하숙을 치지 않겠느냐고 물으러 가는 참이에요. 어제 토론토에 사는 데일리 부인이라는 사람에게서 편지가 왔어요. 그녀는 2년 전 잠시 우리집에 하숙하고 있었어요. 올여름 자기가 아는 사람을 묵게 해달라는 거예요. 오언 포드라는 신문기자로, 이 집을 지은 존 셀윈의 손자라지 뭐예요.

존 셀윈의 큰딸이 온타리오에 사는 포드라는 남자한테로 시집갔는데, 그 아들이에요. 그 사람은 외할아버지와 외할머니가 살고 있었던 이 오래된 집을 보고 싶어한다더군요. 지난봄 심한 장티푸스를 앓았는데 회복이 시원찮아서 의사로부터 바닷가로 가라는 권유를 받았대요. 하지만 호텔에는 가고 싶지 않고, 조용한 가정집을 원하나 봐요.

우리 집에 둘 수는 없어요. 나는 8월 한 달은 집에 없을 거니까요. 킹스포트에서 열리는 W.F.M.S. 회의에 대표로 뽑혀 가려는 거예요. 레슬리가 이 사람의 시중을 들어줄지 어떨지 모르지만, 달리 부탁할 만한 곳이 없어서요. 레슬리가 받아주지 않는다면 항구 건너편 호텔

*1 《이상한 나라의 앨리스》에 나오는 웃는 고양이.

chang.kYe

로 갈 수밖에 없겠죠."

"레슬리한테 가신다면 돌아오는 길에 들러 함께 버찌 파이를 먹는 걸 거들어주세요. 레슬리와 딕도 올 수 있다면 데리고 와주세요. 그리고 킹스포트에 가시게 되었다고요? 얼마나 즐거우실까요. 킹스포트에 있는 친구를 소개해 드리겠어요. 조너스 블레이크 부인이라고 해요."

미스 코닐리어는 흡족한 얼굴로 말했다.

"토머스 홀트 부인도 설득해서 함께 가기로 했어요. 정말이지 그녀도 조금은 휴가를 얻어야 할 때니까요. 죽어라고 일만 하고 있지 뭐예요. 토머스 홀트는 십자뜨개질은 잘하지만 가족을 먹여 살릴 능력은 없으니까요. 일을 하기 위해서는 새벽에 일어나지 못해도 낚시질을 가기 위해서는 벌떡 일어날 수 있다나요. 사내들이란 다 그렇죠, 뭐."

앤은 미소 지었다. 미스 코닐리어가 포윈즈의 남자들에 대해 얘기할 때는 반쯤 걸러 들어야 한다는 걸 알고 있는 것이다. 그렇지 않았다면 이곳 남자들은 아내를 부려 먹고 박해하는 구제할 수 없는 무뢰한 건달들뿐이라고 믿어질 게 틀림없다.

방금 말한 토머스 홀트만 해도 자상한 남편이고 존경받는 아버지며 훌륭한 이웃이라는 것을 앤은 알고 있었다. 좀 게으른 데가 있고 본디 좋아하는 낚시질을 농삿일보다 더욱 즐기며 누구에게도 해가 되지 않는다고는 하나 수예를 하는 괴상한 취미가 있다 하더라도, 미스 코닐리어 말고는 아무도 그를 나쁘게 생각하는 사람이 없었다.

그의 아내는 부지런한 '일꾼'으로서 일하는 것을 자랑으로 여기고 있었다. 이 가족은 농장에서 나오는 수입으로 아무 불편없이 살고 있고, 건강한 아들과 딸들은 어머니의 활동적인 면을 이어받아 사회에서 훌륭히 해나가고 있었다. 글렌 세인트 메리에서 홀트 집안만큼 행복한 가정은 없을 정도였다.

미스 코닐리어는 시냇물 윗집에 만족해 하며 돌아왔다.

"레슬리가 받아들여줬어요, 올가을 지붕을 새로 이는 데 들 돈을 어떻게 마련해야 좋을지 몰랐다나요. 셀윈 부부의 손자가 온다는 말을 들으면 짐 선장은 특별히 반색할 거예요.

레슬리가 버찌 파이를 몹시 먹고 싶지만 칠면조를 찾으러 가야 하므로 올 수 없다고 전해달라고 했어요. 칠면조가 어슬렁어슬렁 나가서 길을 잃어버린 모양이에요. 하지만 한 조각 남거든 찬장에 넣어둬 주면 좋겠다고 했어요. 칠면조를 찾고 나서 어두워지면 한달음에 얻으러 오겠다고요.

레슬리가 오랜 옛날 그랬었던 것처럼 웃으면서 앤에게 그런 전갈을 하는 것을 듣고 나는 얼마나 기뻤는지 몰라요. 요즘 레슬리가 엄청 변했어요. 처녀처럼 웃고 농담을 하니 말예요. 레슬리 말로는 이곳에 자주 온다더군요."

"거의 날마다예요. 그녀가 오지 않으면 내 쪽에서 찾아가죠. 레슬리가 없다면 난 어떻게 해야 좋을지 모를 거예요. 특히 지금은 길버트가 몹시 바쁘니까요. 어쩌다 새벽에 두서너 시간밖에 집에 없어요. 정말 너무 심하게 일해서 죽어버리지나 않을까 생각될 정도예요. 요즘은 항구 건너편 사람들도 길버트를 많이 부르고 있어요."

"자기네 의사로 만족하면 좋을 텐데요. 하기야 무리도 아니에요, 그 의사는 감리교파니까요. 앨런비를 살리고 나서부터는 모두들 블라이스 선생이 죽은 사람도 살려낸다고 생각하고 있어요. 데이비드 선생도 좀 샘을 내고 있는 모양이에요—남자란 게 다 그렇고 그렇다니까요—블라이스 선생은 새로운 걸 너무 좋아한다고 말예요!

'하지만 그 새롭고 기묘한 생각이 로더 앨런비를 구해냈잖아요. 만일 선생님이 치료하고 있었다면 로더는 죽어버리고 무덤돌에 신의 뜻에 따라 부름을 받았다고 씌어졌겠죠'라고 한마디 해주었어요.

네, 나는 생각한 것을 거침없이 데이비드 선생에게 톡톡 쏘아주는 게 아주 좋아요! 그 선생은 몇 년 동안 글렌에서 위세를 떨쳤는데 지금은 모두들 자기를 잊었다고 탄식하고 있어요.

의사 이야기가 나왔으니 말인데, 블라이스 선생더러 딕의 목에 생긴 종기를 봐달라고 하고 싶군요. 레슬리로선 감당할 수 없게 되었어요. 왜 하필이면 종기 같은 게 나는지 딕을 이해할 수 없어요. 마치 아직도 더 고생시킬 일이 남아 있기라도 한 것 같잖아요!"

"딕은 내가 마음에 쏙 들었나봐요. 강아지처럼 졸졸 따라다니면서 내가 쳐다보면 어린아이처럼 싱글벙글 웃어요."

"무섭지 않아요?"

"조금도요. 난 가엾은 딕이 싫지 않아요. 어쩐지 불쌍하고 가슴이 아픈걸요."

"토라졌을 때 딕의 모습을 본다면 가슴이 아프다는 말은 나오지 않을 거예요, 정말이지. 하지만 딕을 싫어하지 않는다니 다행이군요. 특히 레슬리를 위해서는요. 하숙생이 오면 레슬리가 할일이 더욱더 늘어날 거예요. 제대로 된 사람이라면 좋을 텐데요. 아마도 앤 마음에는 들 거예요. 작가니까요."

앤은 차갑게 대꾸했다.

"어째서 세상 사람들은 글을 쓰는 사람끼리라면 뜻이 잘 통할 거라고 생각하는 것일까요? 대장장이 두 사람이 대장장이라는 것만으로 서로에게 끌리리라고는 아무도 생각하지 않으면서요."

그러나 앤은 즐거운 기대를 품고 오언 포드가 도착하기를 기다렸다. 만약 젊고 호감이 가는 사람이라면 포 윈즈 사회에 즐거운 친구가 늘어나게 될지도 모른다.

이 작은 집 문은 요셉 일족에 대해 언제나 활짝 열려 있었다.

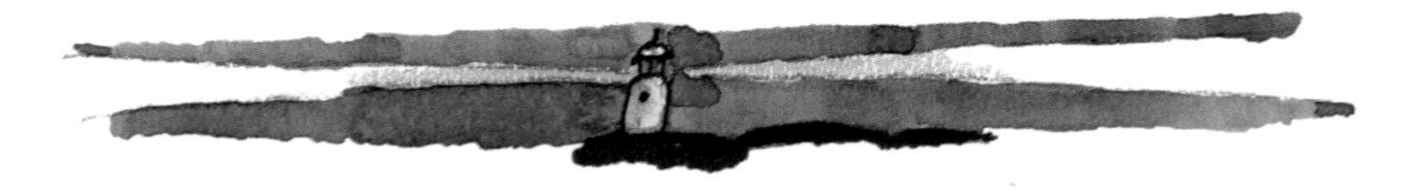

오언 포드

어느 저녁때 미스 코닐리어로부터 앤에게 전화가 걸려왔다.

"소설가가 방금 왔어요. 내가 앤 집까지 마차로 데리고 갈 테니까 레슬리네 집으로 안내해 줘요. 그러는 편이 다른 길을 마차로 크게 돌아가는 것보다 가깝고, 더욱이 지금은 몹시 바쁘거든요.

글렌에서 리스네 갓난아기가 뜨거운 물이 든 양동이에 빠져 죽을 만큼 큰 화상을 입었다고 빨리 와 달라지 뭐예요. 나더러 아기에게 새살이라도 만들어달라는 건지, 원! 리스 아주머니는 언제나 칠칠맞은 짓을 저지르고 그 뒤치닥거리는 다른 사람들이 해주는 것으로 여기고 있으니까요. 앤, 그렇게 해주겠죠? 트렁크는 내일 보내줄게요."

"알았어요. 어떤 사람이죠, 미스 코닐리어?"

"겉모습은 내가 데려갔을 때 보면 될 테고, 그 속에 있는 알맹이는 그 사람을 만드신 신밖에 알 수 없지요. 이 이상은 아무 말도 할 수 없어요. 온 글렌 사람들이 저마다 수화기를 들고 있으니까요."

앤은 수전에게 말했다.

"미스 코닐리어는 포드 씨의 용모에 대해 그리 흠을 찾아내지 못했군요. 그게 아니면 아무리 온 글렌 사람들이 귀를 곤두세우고 있더라도 아랑곳없이 다 얘기할 텐데요, 수전. 그래서 난 포드 씨가 잘생긴 남자일 거라는 결론을 내렸어요."
그러자 수전은 선뜻 말했다.
"네, 마님, 나도 얼굴이 잘생긴 남자를 좋아한답니다. 무언가 가벼운 먹을 것이라도 마련하는 편이 좋지 않을까요? 입에 넣으면 살살 녹는 버찌 파이가 있는데요."
"아니에요, 레슬리가 저녁 식사를 준비해놓고 기다리고 있을 테니까요. 게다가 나는 그 버찌 파이를 나의 가엾은 남편을 위해 남겨놓고 싶어요. 늦게나 돌아올 테니 파이와 우유를 한 그릇 남겨둬요, 수전."
"그러겠어요, 마님. 다 알아서 하겠어요. 역시 파이는 남보다 남편에게 드리는 편이 훨씬 좋지요. 남이라면 맛도 모르고 그저 입에 집어넣기 바쁘니까요. 게다가 선생님도 보기 드물게 잘 생겼잖아요."
미스 코닐리어를 따라온 오언 포드를 보고 짐작했던 대로 아주 잘생긴 사람이라고 앤은 생각했다. 키가 크고 어깨가 넓으며 숱이 많은 다갈색 머리칼에 코와 턱의 윤곽이 멋지고 어두운 잿빛 눈이 아름다웠다.
수전이 나중에 물었다.
"그분의 귀와 이도 보셨어요, 마님? 남자가 그렇게 모양 좋은 귀를 가진 사람은 본 일이 없어요. 나는 귀에 대해서 아주 까다롭답니다. 젊었을 때 나는 파리채 같은 귀를 가진 남자와 결혼하게 되는 게 아닐까 걱정했었죠. 그런 걱정할 필요는 전혀 없었는데. 어떤 귀하고든 그럴 기회가 없었거든요."
앤은 오언 포드의 귀는 눈여겨보지 않았지만 솔직한 친근감이 가는 미소를 보이며 입술을 열었을 때 그 가지런한 이를 보았다. 미소 짓지 않을 때 얼굴은 좀 슬픈 듯 무표정하여, 앤이 소녀시절에 꿈꾼 우수를 지닌 깊이가 있는 저 주인공과도 닮은 데가 있었다. 그런데 웃으면 환하게 밝아지면서 쾌활하고 유머러스하며 매력적인 얼굴이 되는 것이었다. 미스 코닐리어가 말했듯이, 외모로 말하면 확실히 오언 포드는 어디에 내놔도 빠지지 않을 인물이었다.

오언 포드는 호기심어린 얼굴로 열심히 주위를 둘러보며 말했다.

"이곳에 와서 내가 얼마나 기쁜지 모르실 테지요, 부인. 어쩐지 집에 돌아온 듯한 느낌이 듭니다. 아시다시피 어머니는 이곳에서 태어나 어린시절을 보내셨습니다. 어머니는 자주 이 집에 대한 얘기를 해주셨어요.

그래서 이 집에 대해서라면 내가 살았던 집과 마찬가지로 잘 알고 있습니다. 물론 이 집이 지어졌을 때의 이야기와 할아버지가 괴로운 마음으로 로열 윌리엄 호를 애타게 기다렸던 이야기도 들었습니다. 꽤 오래 전 일이라서 집도 벌써 사라지고 없을 줄 알았습니다. 그렇지 않았다면 좀더 일찍 보러 왔을 겁니다."

앤은 미소 지었다.

"이 마법에 걸린 바닷가에서는 옛집이 쉽사리 사라지지 않는답니다. 이곳은 '모든 것이 언제까지나 변하지 않는 나라'이거든요. 정말 영원히라고 해도 좋을 만큼 말이죠. 언제까지나 존 셀윈의 집은 그리 달라지지 않을 뿐 아니라 포드 씨의 할아버님이 신부를 위해 심은 장미가 지금 이 순간에도 흐드러지게 피어 있어요."

"그 생각만 해도 외할아버지와 외할머니가 얼마나 가깝게 느껴지는지 모릅니다. 허락을 받아 이 집을 두루 탐험하고 싶습니다."

"우리집은 언제나 포드 씨 앞에 활짝 열려 있어요."

앤은 약속했다.

"그리고 포 윈즈의 등대지기인 노선장님이 존 셀윈과 그 신부를 어렸을 때부터 잘 알고 있었다는 걸 아세요? 선장님은 내가 이곳에—이 옛집의 세 번째 신부로 온 날 밤 그 이야기를 들려주셨어요."

"그게 정말입니까? 생각지도 못했던 횡재군요. 그 선장님을 당장 찾아봐야겠어요."

"조금도 어려운 일이 아니에요. 우리들은 모두 짐 선장님과 친하니까요. 선장님도 포드 씨 못지않게 만나고 싶어할 거에요. 포드 씨와 할머님은 선장님 기억 속에서 별처럼 빛나고 있으니까요. 하지만 무어 씨 부인이 기다리고 있으니까 들판을 가로질러가는 우리들의 '지름길'로 안내해 드리죠."

앤은 눈처럼 새하얀 데이지 꽃으로 덮인 들판을 넘어 오언 포드와 함께 시냇물 윗집으로 걸어갔다. 아득한 항구 앞바다에서 배에 가득 탄 사람들이 노래를 부르고 있었다. 별빛이 밝은 바다 저편에서 이 세상의 것으로 여겨지지 않는 아련한 음악소리가 바람을 타고 물 위를 흘러왔다. 등대의 커다란 등불은 환하고 눈부시게 빛났다. 오언 포드는 가슴 벅차는 느낌으로 주위를 둘러보았다.

"이것이 포 윈즈군요. 어머니가 늘 자랑하셨지만 이렇게 아름다운 곳일 줄은 몰랐습니다. 이 빛깔—이 경치—너무나 훌륭합니다! 여기서라면 나도 금방 말처럼 튼튼해질 겁니다. 그리고 이 아름다움에서 영감을 받는다면, 여기서 나의 위대한 캐나다 소설이 반드시 시작될 겁니다."

앤이 물었다.

"아직 시작하지 않았나요?"

"유감이지만 아직입니다. 아무래도 좋은 생각이 떠오르지 않아서요. 그것은 내 앞길에 숨어 있으면서—유혹하고—손짓하다가—멀어지는 겁니다—금방 움켜잡을 수 있는 곳에서 사라지고 마는 겁니다. 아마 이 평화와 아름다움 속에서라면 붙잡을 수 있을지도 모르겠습니다. 미스 브라이언트에게서 들었습니다만, 부인도 글을 쓰신다면서요?"

"어머나, 나는 어린이를 대상으로 한 글을 조금 쓸 뿐이에요. 결혼하고 나서는 그리 쓰지도 않고 있어요. 게다가 위대한 캐나다 소설 같은 건 꿈도 꾸지 않아요. 내 힘으로는 미치지 못하니까요."

앤은 수줍어하며 웃었다. 오언 포드도 따라 웃었다.

"그것은 나도 마찬가집니다. 그래도 시간이 나면 언젠가는 해볼 작정입니다. 신문기자는 그럴 기회가 좀처럼 없지요. 잡지에 실리는 단편이라면 많이 써왔지만, 한 권의 책을 쓰는 데 필요한 시간은 한 번도 갖지 못했습니다. 하지만 석 달이나 자유를 얻었으니 시작은 해볼 수 있을 것 같군요—필요한 모티브만 충분히 얻을 수 있다면—책의 영혼 말입니다."

갑자기 어떤 생각이 머리를 스쳐 앤은 껑충 집으로 뛰어가고 싶었다. 그러나 입에 올리지는 않았다. 무어네 집에 닿았기 때문이었다.

두 사람이 뜰로 들어갔을 때 옆쪽 문에서 레슬리가 베란다로 나와 기다리는 손님의 모습이 보이지 않는가 하며 어둠을 살펴보고 있었다.

마침 레슬리가 서 있는 곳에 열린 문에서 따뜻하고 노란 등불 빛이 쏟아져나오고 있었다.

레슬리는 싸구려 크림빛 무명으로 만든 소박한 옷에 언제나 그 새빨간 띠를 매고 있었다. 레슬리는 진홍색을 몸에 걸치지 않는 일은 한 번도 없었다. 몸 언저리 어딘가에 빨강빛이 없으면 도저히 마음이 안정되지 않는다고 앤에게 말한 일이 있었다. 앤에게는 그것이 레슬리가 가슴속에만 간직하고 있는 불타는 듯 강렬한 자아의 상징으로 생각되었다. 그 개성은 겉으로 표현하는 것을 거부당한 채 그 새빨간 옷으로만 살짝 얼굴을 내밀고 있는 것이다.

레슬리의 옷은 목 언저리에서 조금 좁혀져 있고 소매는 짧았다. 팔은 상앗빛 대리석처럼 빛나고 있었다. 불빛을 등진 부드러운 어둠 속에 레슬리의 아름다운 몸에 드러난 윤곽이 또렷이 떠올라 있었다. 빛을 받아 머릿결은 루비처럼 빛나고 있었다. 레슬리의 머리 위에는 보랏빛이 펼쳐지고 항구 위쪽 하늘엔 별들이 흐드러진 꽃처럼 빛나고 있었다.

앤은 오언 포드가 숨을 삼키는 소리를 들었다. 어둠 속에서도 그 얼굴에 나타난 놀라움과 감탄의 표정을 앤은 놓치지 않았다.

오언 포드가 물었다.

"저 아름다운 사람은 누구입니까?"

"무어 부인이에요. 무척 아름답죠?"

오언 포드는 넋을 잃은 목소리로 말했다.

"저런—저런 분은 본 일이 없습니다. 기습이군요—생각지도—놀랍군요, 하숙집 여주인이 여신이라니, 누가 상상하겠습니까! 아, 연한 보랏빛 의상을 두르고 자수정을 꿰어 머리에 두른다면 영락없는 바다의 여왕입니다. 그런 사람이 하숙을 치다니!"

"여신도 살아야만 하니까요. 게다가 레슬리는 여신이 아니에요. 다만 아주 아름다울 뿐 우리들과 똑같이 피가 통하는 사람이지요—미스 브라이언트에게서 무어 씨에 대해 들으셨나요?"

"네, 정신적 결함이 있다고 하더군요. 하지만 무어 부인에 대해서는 아무 말도 없었기에 나는 하숙을 쳐서 살림에 보태려는 흔히 있는 부지런한 시골 아낙네로 여겼습니다."

앤이 가차없이 말했다.

"레슬리도 그래요. 하지만 레슬리로서는 조금도 기쁜 일이 아니랍니다. 딕에 대해 신경쓰지 말았으면 해요. 신경에 거슬리더라도 부탁이니까 레슬리에게 드러내보이지 않도록 해주세요. 몹시 마음이 상할 테니까요. 딕은 그냥 몸집이 큰 아기에 지나지 않아요. 때로는 좀 말썽을 부리기도 하지만."

"걱정마세요, 신경쓰지 않겠습니다. 어차피 식사 때 말고는 집에 있을 일이 그리 많지 않을 거니까요. 하지만 어떻게 이런 일이! 그녀는 너무도 괴로운 생활을 하고 있겠군요."

"그래요. 하지만 남에게서 동정받는 걸 무지 싫어해요."

Chang-kiYe

레슬리는 집안으로 되돌아가 현관으로 두 사람을 맞으러 나오더니 오언 포드에게 정중한 인사를 하고 방과 식사가 준비되어 있다고 사무적으로 알렸다.

딕은 기쁜 듯이 히죽거리며 여행가방을 들고 2층으로 올라갔고, 이렇게 하여 오언 포드는 버드나무에 둘러싸인 낡은 집의 하숙생이 되었다.

그의 인생록

"나에게 갈색 고치 같은 작은 생각이 있는데, 어쩌면 그것이 발전해서 멋진 나방으로 탈바꿈할지도 몰라."

앤은 집으로 돌아와 길버트에게 이야기했다.

길버트는 생각보다 빨리 돌아와 수전의 버찌 파이를 맛있게 먹고 있었다. 그 뒤쪽에서는 수전이, 얼굴은 조금도 웃지 않으면서 마음은 자비에 넘친 수호천사처럼 서성거리면서, 길버트 못지않은 흐뭇한 마음으로, 그가 파이를 맛있게 먹는 모습을 지켜보고 있었다.

길버트가 물었다.

"어떤 생각인데?"

"지금으로선 아직 이야기할 단계가 아니야. 실현될지 어떨지 알기 전까지는."

"포드는 어떤 사람이었어?"

"엄청 멋진 사람이야. 아주 잘 생겼고."

수전이 혀 끝으로 음미하듯이 말했다.

"귀가 참으로 훌륭하게 생겼어요, 선생님."

"나이는 서른이나 서른 다섯쯤? 소설을 쓰려 하고 있어. 좋은 목소리를 가졌고, 웃는 얼굴도 보기좋고, 옷차림도 단정했어. 다만 그리 순조롭게 지내온 것으로는 보이지 않았어."

다음날 저녁 오언 포드는 레슬리가 앤에게 보내는 편지를 갖고 찾아왔다. 그들은 뜰에서 해지는 모습을 보고, 길버트가 여름 산책용으로 마련한 작은 보트를 타고 달빛 어린 바다로 나갔다. 둘 다 오언이 아주 마음에 들어 마치 몇 년 전부터 알고 있는 듯한 느낌이 들었다. 그것이 요셉을 아는 사람들끼리 통하는 의식의 특징이었다.

오언이 돌아간 뒤 수전이 말했다.

"저분은 귀가 훌륭하듯 사람도 훌륭하군요, 마님."

오언이 수전이 만든 딸기쇼트케이크처럼 맛있는 것은 먹어본 적이 없다는 칭찬을 함으로써 감상적인 수전의 마음은 영원히 오언에게 쏠리게 되었다.

설거지를 하며 수전은 생각했다.

'정말 매력적인 사람이야. 아직 결혼하지 않았다니 믿을 수가 없어. 그런 남자라면 원하는 대로 아내를 맞을 수 있을 텐데. 아니야, 나와 마찬가지로 아직 마음에 드는 상대를 만나지 못했는지도 몰라.'

접시를 달그락달그락 닦으며 수전은 완전히 로맨틱한 기분에 빠지고 말았다.

이틀 뒤 밤, 앤은 짐 선장에게 오언 포드를 소개하러 포 윈즈 등대로 데리고 갔다. 항구의 바닷가를 따라 난 클로버 들판은 서풍으로 잎사귀 안쪽을 드러내며 하얗게 흔들리고 있었고, 짐 선장이 자랑으로 여기는 저녁놀이 붉게 물들어 있었다. 짐 선장도 항구 건너편에서 막 돌아온 참이었다.

"나는 헨리 폴록에게 죽음에 대비한 각오를 하도록 이야기하러 가지 않으면 안 되었어요. 다른 사람들은 좀처럼 말을 꺼내지 못했어요. 심한 충격을 받을 거라고 여겨져서 말이죠. 헨리는 어떻게든 살겠다는 결심으로 가을에 대비해서 끝없이 계획을 세우고 있었죠.

헨리의 부인은 이제 그에게 알리지 않으면 안 되고, 그 말을 해줄 사람은 나밖에 없다고 했지요. 헨리와 나는 오랜 동료여서 '잿빛 갈매기호'로 몇 해 동안 함께 항해를 했었죠.

어쨌든 나는 헨리가 누워 있는 곳에 앉자 곧 솔직하고 분명하게 말했소. 꼭 말해야 할 일이라면 맨 먼저 하는 게 좋으니 말이오. 나는 이렇게 말했어요.

'친구, 이번에는 자네에게 진짜로 항해명령이 내린 것 같네'라고요.

마음속으로는 떨고 있었지요. 도무지 죽을 생각이 없는 사람에게 죽음을 알리는 것은 정말 무서운 일입니다. 그런데 어땠는 줄 아시오, 블라이스 부인? 헨리는 메마른 얼굴에 검은 눈만은 옛날 그 모습 그대로 나를 이렇게 올려다보며 말하는 게 아니겠어요.

'나에게 정보를 주려면 내가 모르는 걸 말해 주게나, 짐 보이드. 그런 것쯤은 나도 1주일 전부터 알고 있었네'라고 말이오.

내가 너무 놀라 아무 말도 못하고 있으니 헨리가 재미있다는 듯이 킬킬 웃으며 말했죠.

'자네 같은 사람이 묘비처럼 심각한 얼굴로 찾아와서 배 위에 두 손을 꽉 마주잡고 거기에 앉아, 그런 곰팡내가 나는 뉴스를 들려주는데야 고양이인들 웃지 않고 배기겠나, 짐보이드?'

'누구한테서 들었나?' 내가 얼간이처럼 묻자 그 사람은 이렇게 대답했어요.

'아무도. 1주일 전 화요일 밤, 나는 여기서 눈을 뜬 채 누워 있었지—그때 알았네. 그전에도 그렇게 되지 않을까 싶었던 일이었지만, 그때는 확실히 알았지. 아내 생각을 해서 모르는 척하고 있었던 거라네. 게다가 헛간도 지어야 해. 에벤이란 놈에게 맡겼다간 제대로 짓지 못할 테니까. 어쨌든 자네도 이젠 마음놓였을 테니 웃으며 무언가 재미있는 이야기라도 해주게나, 짐.'

뭐, 이렇게 되어버린 겁니다. 모두들 헨리에게 알리는 것을 겁내고 있는 사이에 헨리 쪽에서는 이미 알고 있었던 거죠. 자연은 우리를 지켜보고 있다가 때가 되면, 우리들이 알지 않으면 안 될 것을 조용히 가르쳐주는군요, 정말 신비롭지 않습니까? 헨리가 낚싯바늘에 코를 꿴 이야기를 해주었던가요, 블라이스 부인?"

"아뇨."

"아무튼 그 얘기로 오늘 헨리와 배를 잡고 웃었지요. 30년이나 된 옛날 일이죠.

어느 날 헨리와 나는 다른 몇 사람과 함께 고등어잡이를 나갔었습니다. 굉장한 날이었죠. 만에서 그런 큰 고등어 떼는 본 적이 없었으니까요. 모두들 정신없이 열중한 속에서 헨리는 몹시 흥분되어 낚싯바늘을 한쪽 코에 푹 찔러넣고 말았어요. 한바탕 난리가 벌어졌죠. 낚싯바늘 한쪽 끝은 갈고리 모양으로 구부러져 있고 또 한쪽 끝에는 커다란 납이 달려 있어서 잡아당겨 뽑을 수가 있어야지요.

우리들은 곧 헨리를 뭍으로 올려보내려 했지만 헨리는 보통내기가 아니었어요. 겨우 파상풍으로 이만한 고기 떼를 놓칠 수 있느냐고 하면서 그대로 작업을 계속했어요. 낚아올리고 또 낚아올리면서 그 사이사이 끙끙 신음소리를 내고 있었지요.

마침내 고기 떼가 지나가버리고 우리는 물고기를 산더미처럼 싣고 돌아왔습니다. 나는 곧바로 줄칼을 꺼내 그 낚싯바늘을 줄로 깎아내기 시작했죠. 내 딴에는 헨리에게 고통을 주지 않으려고 애썼지만, 헨리가 질러댄 그 고함소리는 지금도 들려주고 싶을 정도였습니다. 아니, 듣지 않는 편이 좋겠네요. 숙녀가 옆에 없는 게 참 다행이었지요. 헨리는 평소에는 욕을 하지 않는 사람인데, 전에 뭍에서 들었던 온갖 욕지거리를 머리 속에서 모조리 꺼내 나에게 내던졌죠.

헨리란 놈은 마침내 더 이상 참지 못하고 나더러 피도 눈물도 없는 놈이라고 퍼붓는 거예요. 그래서 우리들은 마차를 준비해 내가 헨리를 35마일이나 떨어진 샬럿타운에 있는 의사한테 데려갔습니다. 그

즈음에는 가까이에 사는 의사가 한 사람도 없었지요. 그 낚싯바늘을 코에 매단 채 말이죠. 거기까진 좋았는데 크랩 노선생은 유유히 줄칼을 꺼내더니 내가 한 것과 똑같이 낚싯바늘을 깎더군요. 다만 의사 쪽은 나처럼 고통을 주지 않겠다는 배려는 전혀 하지 않았지만!"

옛 친구를 방문하고 온 짐 선장은 많은 추억이 되살아나 바야흐로 회고담에 먹먹하게 잠겨 있었다.

"헨리란 놈, 오늘 내게 티니키 노신부가 앨릭잰더 매컬리스터의 배를 축복한 이야기를 기억하고 있느냐고 물었습니다. 이것 또한 이상한 얘기지만 복음서나 마찬가지로 실제 있었던 일입니다. 나도 그 배에 타고 있었으니 확실합니다.

헨리와 나는 매컬리스터의 배를 타고 어느 날 아침 해돋이 무렵 떠났어요. 배에는 우리 말고도 프랑스계 사내아이가 있었지요. 물론 가톨릭교도였습니다. 티니키 노신부는 프로테스탄트로 개종했기에 가톨릭 교도들은 상대도 해주지 않았지요.

우리는 뜨거운 햇빛을 받으며 정오까지 만으로 나가 앉아 있었지만, 물고기가 한 마리도 걸려들지 않았습니다. 뭍에 이르자 티니키 노신부는 돌아가야만 했으므로 정중한 태도로 이렇게 말했죠.

'유감이지만 오후에는 함께 갈 수 없습니다, 매컬리스터 씨. 하지만 나의 축복을 남겨두고 가지요. 오늘 오후, 당신은 천 마리를 낚을 겁니다'라고.

그런데 그 말대로 천 마리는 낚지 못했지만, 정확하게 999마리를 낚았던 겁니다. 작은 어선으로는 그해 여름 북해안에서 올린 최고의 어획고였지요.

참으로 이상하지 않습니까? 앨릭잰더 매컬리스터가 앤드루 피터즈에게 '티니키 신부에 대해 어떻게 생각하나?'하고 물었더니 앤드루는 '음'하고 신음하며 '그 늙어빠진 영감, 아직도 축복을 듬뿍 넣어가지고 다니는 모양이군'하고 말했지요. 이 얘기를 하면서 헨리가 오늘 얼마나 웃었는지!"

짐 선장의 회고담 밑천이 얼마쯤 떨어진 것을 알고 앤이 물었다.

"포드 씨가 누구인지 알고 계세요, 짐 선장님? 맞춰보세요."

짐 선장은 머리를 가로저었다.

"나는 알아맞추는 일은 도무지 못해요, 블라이스 부인. 그렇기는 하지만 이곳에 들어왔을 때 '저 눈을 내가 예전에 어디서 보았을까?' 곰곰이 생각했지요. 확실히 본 적이 있는 눈이에요."

앤은 조용히 말했다.

"몇십 년 전 9월 아침을 생각해 보세요. 그리고 항구에 들어오는 한 척의 배에 대해 떠올려 보세요. 오랫동안 간절히 기다리다 체념해 버렸던 배에 대해서 말이에요. 로열 윌리엄 호가 들어오고 짐 선장님이 처음으로 학교선생의 신부를 보았을 때의 일을 생각해 보세요."

짐 선장이 튕기듯 벌떡 일어났다.

"이것은 퍼시스 셀윈의 눈이야."

선장은 고함이라도 지를 것만 같았다.

"아드님은 아닐 테고—그럼—"

"손자입니다. 그렇습니다. 나는 앨리스 셀윈의 아들입니다."

짐 선장은 오언 포드에게 달려들어 몇 번이나 악수했다.

"앨리스 셀윈의 아들이라고! 정말, 잘 오셨소! 학교선생의 자손이 어디에 살고 있을까 얼마나 궁금해했는지 모릅니다. 이 섬에 한 사람도 없다는 것은 알고 있지만요.

앨리스—저 작은 집에서 처음으로 태어난 아기였지요. 그토록 환영받은 아기는 또 없었어요! 그 애를 무릎에 올려놓고 얼러준 적이 한 두 번이 아니었소. 처음으로 혼자서 걸었던 것도 내 무릎에서였어요. 그 애를 지켜보던 어머니의 얼굴이 눈에 보이는 듯하군요. 벌써 60년이나 지난 옛날 일이오만. 아직도 살아 계시오?"

"아뇨, 제가 아직 어렸을 무렵 돌아가셨습니다."

"아, 내가 이렇게 오래 살아남아 그런 소식을 들어야 하다니."

짐 선장은 한숨을 쉬었다.

"하지만 그 손자를 만나게 되니 정말 반갑소. 잠깐이나마 젊었던 때로 되돌아간 느낌이오. 그것이 얼마나 고마운 일인지 당신은 아직 모를 거요. 여기 있는 블라이스 부인은 사람을 놀라게 하는 재주가 있어서 번번이 내가 당하지요."

짐 선장은 오언 포드가 '진짜 소설가'임을 알자 그는 더욱더 흥분하여 위대한 인물을 대하듯 오언 포드를 바라보았다.

짐 선장은 앤도 글을 쓴다는 것을 알고 있었지만, 그 사실을 진지하게 받아들이지는 않았다. 그는 여자란 즐거운 동물이며 선거권이든 뭐든 원하는 것은 뭐든지 줘야 한다고 생각하고 있었으나, 여자가 글을 쓸 수 있다고는 믿지 않았다.

짐 선장은 이렇게 불평한 적이 있다.

"《열렬한 사랑》을 봐요. 그것은 여자가 쓴 것이지만 한번 보시오. 10장으로 모두 얘기할 수 있는 것을 103장이나 질질 끌고 있으니. 여자 소설가는 언제 끝내야 할지를 모른다는 게 문제예요. 잘된 소설의 중요한 점은 언제 끝낼 것인가를 알고 있다는 데 있지요."

"포드 씨는 선장님의 이야기를 듣고 싶다고 말씀하셨어요. 미치광이가 되어 방황하는 네덜란드 배의 선장이라고 생각했던 그 이야기를 들려주세요."

그것은 짐 선장이 가장 자랑으로 여기는 이야기였다. 공포와 유머가 뒤섞여 있어 앤은 몇 번이나 들었으나 포드 못지않게 크게 웃거나 무서움에 몸을 떨었다.

그 뒤에 다른 이야기가 이어졌다. 짐 선장이 마음에 드는 청취자를 얻었기 때문이었다.

기선과 충돌하여 자기 배가 가라앉아버린 이야기, 말레이 군도 해적들의 습격을 받았던 일, 배에 정신없이 불이 난 이야기, 정치범이 남아프리카공화국에서 달아나는 것을 도운 일, 어느 가을 마그달레나 제도[*1]에서 난파되어 겨우내 거기에 갇혀 있었던 일, 배에 싣고 있던 호랑이가 달아난 이야기, 승무원들이 반란을 일으켜 짐 선장을 초목도 자라지 않는 외딴섬에 버려두고 간 이야기, 그 밖에 많은 비극적이고 때로는 우스꽝스러우며 으스스한 이야기가 끝도 없이 이어졌다.

바다의 신비, 먼 나라의 매력, 모험에 대한 유혹, 세계의 웃음—듣는 이들은 그 모든 것을 실감나게 느끼며 실제 상황으로 받아들였다. 오언 포드는 턱을 괴고, 목구멍을 가르랑거리는 일등항해사를 무릎에 올려놓고서, 짐 선장의 울퉁불퉁하고 웅변적인 얼굴에 빛나는 눈길을 보내며 듣고 있었다.

마침내 짐 선장이 오늘은 여기까지 이야기해 두겠다고 했을 때 앤이 부탁했다.

"그 인생록을 포드 씨에게 보여주지 않으시겠어요, 짐 선장님?"

"뭐, 그런 것을 보면 번거로울 뿐일 거요."

짐 선장은 입으로는 반대했지만 마음속으로는 보이고 싶어 견딜 수 없어 했다.

오언은 졸랐다.

"그걸 보여주신다면 정말 영광이겠습니다, 보이드 선장님. 선장님 이야기의 반만큼만 재미있어도 볼 가치는 충분합니다."

자못 마음내키지 않는 척해 보이며 짐 선장은 낡아빠진 궤에서 '인생록'을 찾아내 오언에게 주었다.

그리고 짐 선장은 별것 아니라는 듯 말했다.

"나 같은 늙은이가 적어 놓은 것과 언제까지나 씨름하고 싶지는 않을 거요. 나는 그리 배우지 못해서요. 다만 조카 아들인 조를 기쁘게

---

*1 칠레 남부에 있는 섬.

해주려고 거기에 적어놓았을 뿐이오. 조는 언제나 이야기를 졸라대서 말이오.

어제도 내가 20파운드나 나가는 대구를 배에서 내리고 있는데 와서 '짐 할아버지, 대구는 말 못하는 동물이 아니에요?'라고 묻잖겠소. 내가 말 못하는 동물을 괴롭혀서는 안 된다고 늘 얘기했기 때문이었죠. 대구는 말을 못하지만 동물이 아니라 물고기라고 말해서 궁지에 몰려 겨우 빠져나왔지만, 조는 만족하는 것 같지 않았어요. 나 또한 만족한 건 아니었죠. 조그마한 아이를 상대로 얘기할 때는 무척 조심하지 않으면 안 됩니다. 아이는 이쪽을 꿰뚫어 볼 수가 있죠."

그러면서 짐 선장은 인생록을 살피고 있는 오언 포드를 힐끔힐끔 곁눈질하고 있었는데, 이윽고 손님이 수첩 속에 빠져든 것을 보자 싱글벙글하며 찬장으로 가서 차를 준비하기 시작했다.

오언 포드는 마치 수전노가 마지못해 돈에서 떨어지는 것처럼 아쉬워하며 인생록을 내려놓았으나, 그것도 차를 마실 동안뿐이었으며 마시고 나자 다시 수첩을 보기 시작했다.

"뭐, 그런 것도 괜찮다면 집으로 갖고 돌아가도 좋소."

짐 선장의 말투로는 마치 '그것'이 선장의 가장 귀중한 보물은 아니라는 듯이 말했다.

"나는 아래로 가서 배를 침목에 끌어올려야 하오. 바람이 불기 시작해서요. 오늘밤 하늘을 봤소? '조개구름 하늘과 말꼬리구름은 큰 배에도 작은 돛을 올리게 하네.'"

오언 포드는 기뻐하며 생활수첩을 빌리기로 했다. 돌아오는 길에 앤은 사라진 마거릿 이야기를 들려주었다.

오언은 감탄했다.

"그 늙은 선장은 정말 놀라운 분입니다. 참으로 모험이 가득한 인생을 보내셨더군요! 정말이지 우리가 평생 겪을 수 없는 모험을 단 일주일만에 해치웠으니. 그가 말한 일을 모두 진실이라고 믿고 있습니까?”

“믿고말고요. 짐 선장님은 거짓말할 사람이 아니거든요. 게다가 이곳 사람은 모두 짐 선장님 이야기에 나오는 일은 모두 실제로 일어났다고 얘기해요. 전에는 짐 선장님 이야기를 증명할 수 있는 뱃사람 동료가 많이 있었지만, 지금은 프린스 에드워드 섬에 있는 옛 선장 가운데 짐 선장님이 마지막 분이세요. 지금은 거의 사라져가고 있답니다.”

오언의 창작활동

이튿날 아침, 오언 포드는 몹시 흥분하여 작은 집을 찾아왔다.

"블라이스 부인, 이것은 멋진 책입니다. 정말 멋있습니다. 만일 여기에서 자료를 얻게 되면 나는 올해 최고로 뛰어난 소설을 쓸 수 있을 것 같습니다. 짐 선장님이 그렇게 하도록 해주실까요?"

앤은 외쳤다.

"그렇게 하도록 해주실 거냐고요? 틀림없이 아주 좋아하실 거예요. 실은 어젯밤 포드 씨를 모시고 갔을 때 그 점을 염두에 두었어요. 짐 선장님은 전부터 그 인생록을 제대로 써주는 사람이 있었으면 하고 바라셨거든요."

"오늘밤 곶으로 함께 가주시겠습니까, 블라이스 부인? 이 인생록에 대해서는 직접 부탁드리겠습니다만—부인이 내게 사라진 마거릿 이야기를 들려준 것을 선장님께 말하고 그 로맨스로 전체를 이어 인생록 속에 있는 수많은 이야기를 조화로운 드라마로 완성할 수 있도록."

오언 포드의 계획을 들은 짐 선장은 뛸 듯이 기뻐했다. 드디어 바라고 바랐던 꿈이 이루어져 자신의 '인생록'이 세상에 소개되는 것이다. 짐 선장은 사라진 마거릿 이야기가 그 속에 엮어진다는 것도 크게 기뻐했다.

"그렇게 하면 마거릿 이름이 사람들에게 잊혀지지 않게 될 겁니다. 그러니 부디 써줘요."

오언 또한 즐거워하며 외쳤다.

"우리들은 합작하는 겁니다. 선장님이 영혼을 주고 내가 몸을 주는 거지요. 아, 둘이서 명작을 만드는 거예요, 짐 선장님. 그럼, 곧 일을 시작하는 게 어떻겠습니까?"

짐 선장도 흔쾌히 말했다.

"내 책이 학교선생의 손자 손으로 씌어지다니! 이봐요, 당신 할아버지는 나의 가장 소중한 친구였지요. 그런 사람은 다시 없을 겁니다. 지금에 이르러 보니, 내가 어째서 이렇듯 오랫동안 기다렸는지 알았소. 이 글을 쓸 자격이 있는 사람이 나타날 때까지 써서는 안 되었던 거요. 당신은 이 고장사람—이 오래된 북해안의 넋을 지니고 있어요. 이것을 쓸 수 있는 사람은 오직 당신밖에 없소."

등대 안에 있는 작은 방이 오언에게 제공되었다. 써 나가는 동안 항해술이며 만에 대한 지식 등 오언이 모르는 온갖 것을 의논하기 위해 짐 선장이 곁에 있어야 했기 때문이었다.

오언은 이튿날 아침부터 몸과 마음을 다 기울여 책을 쓰기 시작했다.

그해 여름 짐 선장은 정말 행복했다. 오언이 일하고 있는 작은 방을 신성한 신전처럼 여겼다. 오언은 모든 것을 짐 선장과 의논했으나 원고만은 보여주지 않았다.

"출판할 때까지 기다려주시지 않으면 안 됩니다. 그때 가장 최고 작품으로 보여 드리고 싶습니다."

오언은 인생록의 보물을 치밀하게 탐구했고 그것을 자유롭게 사용했다. 사라진 마거릿에 대해 몽상하고 생각에 잠겨 있는 동안 오언에게 마거릿은 실재 인물처럼 생생한 존재가 되어, 그가 쓰는 책에서 숨쉬게 되었다.

책이 한 장 한 장 씌어져 나감에 따라 오언은 포로가 되어버려, 그는 열에 들뜬 듯 작품에 빠져 들어갔다. 앤과 레슬리에게는 원고를 읽게 하고 비평하도록 했다. 나중에 비평가들이 목가적(牧歌的)이라고 찬사를 보낸 마지막 장은 레슬리가 제안하여 만들어진 것이었다.

자신이 낸 아이디어가 성공했으므로 앤은 기뻐서 어쩔 줄 몰랐다.

앤은 길버트에게 이야기했다.

"나는 포드 씨를 처음 보았을 때 대뜸 알았어. 유머와 정열, 양면이 얼굴에 나타나 있었거든. 그 점들이야말로 표현기법과 더불어 그런 책을 쓰는 데 필요한 요소잖아. 린드 아주머니라면, 그는 이 책을 쓰기 위해 태어났다고 했을 거야."

오언 포드는 오전 동안 집필하고 오후에는 대개 블라이스 부부와 멀리 즐거운 산책을 나가며 보냈다. 레슬리도 함께 자주 갔다. 짐 선장이 레슬리를 자유롭게 해주기 위해 늘 딕의 시중을 맡아주었기 때문이었다.

그들은 항구에 배를 띄우고 항구로 흘러드는 세 줄기로 된 아름다운 강을 거슬러올라가든가 모래톱에서 조개를 굽거나 바위 위에서는 홍합을 구워 먹으며 소풍을 즐겼다. 또 모래언덕에서 딸기를 따고 짐 선장과 대구 낚시도 했다. 바닷가 벌판에서는 물떼새를 쏘았고 물굽이에서는 들오리사냥을 했다. 물론 남자들이 했지만 말이다.

밤에는 황금 달빛 아래 낮게 기복을 이룬 데이지꽃이 흐드러지게 핀 바닷가 들판을 거닐든가 저 작은 집안 거실에 둘러앉아 있든가 했다. 거실에서는 차가운 바닷바람도 표류목 난롯불로 기분 좋았고, 그들은 행복을 누리는 총명한 젊은 사람들이 열성을 다해 찾아낼 수 있는 숱한 얘깃거리를 주고 받았다.

앤에게 고백한 뒤부터 레슬리는 완전히 딴 사람이 되었다. 전과 같은 차갑고 서먹서먹한 태도는 흔적도 없이 사라졌고, 물론 적의의 그

림자도 없었다. 빼앗겨버렸던 처녀시절이 여성으로서 지닌 원숙함과 함께 본연의 모습으로 돌아온 것처럼 보였다. 레슬리는 투명한 빛과 그윽한 향기를 내뿜는 꽃처럼 활짝 피었다.

그해 마법에 걸린 듯한 여름날 저녁모임에서 레슬리만큼 잘 웃고 재치 있게 응답하는 사람은 없었다. 레슬리가 없으면 그들은 각 사람 사이에 생생한 즐거움이 결여되어 있는 것 같은 느낌이 들었다. 레슬리의 아름다움은 장밋빛 등불이 얼룩 하나 없는 설화석고를 통해 비쳐나오듯 내부에서 깨어난 영혼에 의해 찬란하게 빛났다. 레슬리의 완전한 아름다움에 앤은 눈이 부셔 마주서서 보지 못할 때도 있었다.

오언은 책 속에 레슬리를 집어넣었다. 어느새 '마거릿'은 먼 옛날에 모습을 감추어버렸다. 실제 마거릿과 마찬가지로 다갈색 머리에 멸망한 애틀란티스가 잠자고 있는 곳에 사는 요정 같은 얼굴을 하고 있었지만, 성격은 포 윈즈 항구거리처럼 평화로운 나날 속에서 오언이 엿본 레슬리로 바뀌어 있었다.

모든 점에서 그것은 잊을 수 없는 계절이었다. 누구의 인생에도 좀처럼 찾아오지 않는 여름, 아름다운 추억을 가득 남겨주는 여름이었다. 화창한 날씨, 멋진 친구들, 흥미로운 사건들이 하나로 결부되어 이 세상에 완벽함이 있다면, 그것에 가까운 모습으로 찾아온 여름이었다.

9월 어느 날, 바람에 스며든 차가움과 세인트 로렌스 만의 물이 더욱 짙어진 것을 보고 가을이 머지않음을 안 앤은 희미한 한숨을 내쉬며 혼잣말을 했다.

"이렇게 좋은 일이 영원히 이어지지는 않을 거야."

그날 밤 오언은 모인 사람들에게 책이 완성되었다는 것과 휴가를 끝내야 한다는 것을 알렸다.

"아직도 해야 할 일이 많이 있어요. 수정하고 삭제하는 일들 말입니다. 그러나 전체적으로는 대충 완성되었습니다. 드디어 오늘 아침 마지막 한 줄을 썼습니다. 출판업자만 나서면, 아마 내년 여름이나 가을에는 책으로 나올 겁니다"

오언은 출판업자를 찾는 일에 대해서는 크게 걱정하지 않았다. 자기가 위대한 책—훌륭한 성공을 가져올 책—언제까지나 살아남을 책을 썼다는 것을 알고 있었던 것이다. 이 책이 자신에게 명성과 부를 가져다주리라는 것도 막연하게 느끼고 있었다.

그러나 마지막 줄을 쓰고 났을 때, 오언은 원고 위에 머리를 숙인 채 오랫동안 앉아 있었다. 그때 그의 머리 속에 자리잡은 것은 자신이 방금 완성한 위대한 책이 아니었다.

고백

"길버트가 집에 없어 유감이에요. 아무래도 꼭 가야만 될 일이었거든요. 글렌에 있는 앨런 라이언즈 씨가 큰 부상을 입었어요. 길버트는 늦게 돌아올 거예요. 하지만 내일 아침 일찍 일어나 떠나기 전에 찾아뵙겠다고 했어요.

정말 속상해요. 포드 씨가 이곳에서 보내는 마지막 밤을 즐겁게 떠들며 보내려고 수전과 둘이서 계획하고 있었는데요."

앤은 뜰 안 시냇가에 길버트가 만든 통나무 벤치에 앉아 있었다. 오언은 그 앞에 서서 청동기둥 같은 누런 자작나무에 몸을 기대고 있었다. 파리한 얼굴에 어젯밤 잠들지 못한 흔적이 보였다. 오언을 올려다본 앤은 이 여름이 오언에게 과연 충분한 건강을 주었는지 어떤지 의심스러웠다. 책을 쓰느라 너무 무리했기 때문은 아닐까? 오언의 얼굴빛이 일주일쯤 좋지 않았던 것을 앤은 생각해 냈다.

오언은 천천히 말했다.

"의사선생님이 계시지 않는 편이 오히려 다행입니다, 블라이스 부인. 나는 부인하고만 만나고 싶었습니다. 누군가가 꼭 들어주어야 할 얘기가 있습니다. 그렇게 하지 않으면 나는 미치고 말 것 같습니다.

지난 일주일 동안 나는 남자답게 정면으로 그 일과 맞서려 해왔습니다만 그렇게 할 수 없었습니다.

부인을 믿을 수 있는 사람이라는 것은 알고 있습니다. 그리고 부인이라면 알아주시겠지요. 변함없이 희망에 찬 눈을 가진 여성은 반드시 이해해 주시니까요. 부인한테는 모든 걸 털어놓을 수 있습니다.

블라이스 부인, 나는 레슬리를 사랑하고 있습니다. 사랑하고 있다! 아니, 그런 말로 내 마음을 나타내기엔 너무 모자랍니다."

말에서 뿜어져 나오는 억눌려진 열정 때문에 별안간 오언의 목소리가 끊어졌다. 얼굴을 돌리더니 팔에 대고 가리고 있었다. 온몸이 파르르 떨리고 있었다.

앤은 낯빛이 변하여 어리둥절한 채 오언을 쳐다볼 뿐이었다. 생각지도 못한 일이었다! 그러나 어째서 눈치채지 못했던 것일까? 지금에 이르러 생각해 보면, 매우 자연스럽고 운명 같은 일인데. 어째서 몰랐을까 앤은 자기 눈이 어두웠던 데 놀랐다.

그러나—그러나—이런 일은 포 윈즈에서는 일어날 수 없는 것이다. 다른 곳에서는 인간의 정열이 인습이나 법률을 무시할 수 있을지도 모른다. 그러나 여기에서는 그럴 수 없다.

레슬리는 10년 동안이나 여름에 이따금 하숙생을 두어왔지만, 이 같은 일은 한 번도 일어나지 않았다. 그러나 그 하숙인들은 오언 같은 사람이 아니었을 것이고, 올여름 생기발랄했던 레슬리는 지금까지 보여주었던 쌀쌀하고 퉁명스러운 얼굴을 한 여자가 아니었다.

아, 누군가가 이 일을 생각해야만 했었던 것이다! 어째서 미스 코닐리어는 깨닫지 못했던 것일까? 남자가 있는 곳이라면 반드시 경보를 울리는 사람이면서. 부당한 일이지만 앤은 미스 코닐리어가 원망스러웠다. 그리고 마음속으로 신음했다. 누구의 잘못이든 난처한 일이 일어난 것은 분명했다.

그리고 레슬리는—레슬리는 어떨까? 앤이 가장 걱정되는 사람은 레슬리였다.
앤은 조용히 물었다.
"이 일을 레슬리도 알고 있나요, 포드 씨?"
"아니—아니—눈치챘다면 모르지만 아마 모를 겁니다. 설마 그녀에게 이야기할 만큼 나를 비열한 사람으로 여기지는 않겠죠, 블라이스 부인. 그녀를 사랑하게 되었다—그뿐입니다. 그래서 견딜 수 없을 만큼 비참한 심정이죠."
"레슬리 쪽에서도 좋아하나요?"
묻고 나서 앤은 후회했다. 오언은 지나칠 만큼 강하게 부인했다.
"아니오—아니오, 물론 그런 일은 없습니다. 그러나 그녀가 자유로운 몸이라면 나는 그녀의 마음을 내게로 돌릴 수가 있을 겁니다. 그것은 막연하게 알고 있습니다."
앤은 생각했다.
'레슬리도 사랑하고 있다. 그리고 오언은 그것을 알고 있어.'
앤은 동정했지만 겉으로는 단호한 목소리로 말했다.
"하지만 레슬리는 자유의 몸이 아니에요. 포드 씨가 할 수 있는 단 하나의 일은 잠자코 이곳을 떠나 레슬리에게 지금과 같이 생활할 수 있게 하는 거예요."
"알고 있습니다. 알고 있습니다."
오언은 신음했다. 그는 풀이 우거진 시냇가에 앉아 발 아래 호박색 물을 어두운 얼굴로 내려다 보았다.
"어쩔 수 없다는 것은 알고 있습니다. 이곳에 오기 전에 떠올렸던 마음씨 좋고 부지런하며 빈틈없는 여주인에게 말하듯이 '안녕히 계십시오, 무어 부인, 올여름 잘 지내게 해주어 고마웠습니다'하고 판에 박힌 인사를 할 수밖에 어쩔 도리가 없습니다. 그리고 정직한 하숙생답게 하숙비를 치르고 떠나는 겁니다!
네, 아주 간단한 일이지요. 아무런 의심도 남기지 않고 난처한 상황도 만들지 않고 이 세상 끝까지 뻗어 있는 길을 걷는 겁니다! 나는 그 길을 걸어갈 겁니다. 그러지 않는 게 아닐까 걱정할 필요도 없습니다, 블라이스 부인. 하지만 새빨갛게 단 가래의 날을 밟으며 걷는 게 차라리 쉬울 겁니다."

그 목소리에 담긴 고통스러운 울림에 앤은 멈칫했다. 하지만 지금 이 자리에서 앤이 그에게 할 수 있는 말은 거의 아무것도 없었다. 책망을 해봤자 아무 소용이 없고, 충고는 더더욱 필요없으며, 동정은 번민하고 있는 사나이에게 도리어 비웃음을 산다.

앤은 다만 애처로움과 후회가 뒤섞인 미로 속에서 오언과 같은 심정으로 서 있을 수밖에 없었다. 가련한 레슬리! 앤의 마음은 레슬리를 생각하면 가슴 아팠다. 그 가엾은 여인은 아직도 받아야 할 고통이 더 남아 있단 말인가?

오언은 격렬한 투로 말을 이었다.

"그녀가 행복하기만 하다면 이곳을 떠나는 것도 이토록 괴롭지 않겠죠. 하지만 살아 있으면서도 죽은 것과 같은 그녀를 생각하면, 어떤 곳에 그 사람을 남기고 가는지를 생각하면! 그것이 무엇보다도 괴롭습니다. 그녀를 행복하게 하기 위해서라면 나는 목숨이라도 바치겠습니다. 그렇건만 그 사람을 돕는 일조차 무엇 하나 할 수 없습니다. 아무것도 말입니다.

그녀는 영원히 그 가련한 자에게 붙들려 장래에 대한 희망도 없이 다만 공허하고 무의미한 세월을 보내며 나이를 먹을 수밖에 없습니다. 그것을 생각하면 미칠 것만 같습니다. 그런데도 나는 나에게 주어진 인생길을 가지 않으면 안 됩니다. 두 번 다시 그녀와 만나지 못하고, 그녀가 어떤 일을 견디며 참고 있는지를 뻔히 알고 있으면서도 말입니다. 가혹합니다. 너무 가혹해요!"

앤은 슬퍼하며 말했다.

"가슴 아픈 일이에요. 우리는—이곳에 있는 그녀의 친구들은 모두—그것이 그녀에게 얼마나 괴로운 일인지 알고 있어요."
"그녀는 그토록 풍부한 재능을 갖추고 있는 데도요."
오언은 화가 치밀어 견딜 수 없는 기색이었다.
"겉모습은 그 사람이 지닌 것 가운데 가장 작은 것입니다. 그런데도 그토록 아름다운 사람은 본 적 없을 정도지요. 그 미소! 그것을 보고 싶어 나는 여름내내 웃음을 주기 위해 고심했었습니다. 그리고 그 눈—저기서 빛나고 있는 세인트 로렌스 만처럼 깊고 푸른 눈! 그렇듯 푸른 눈은 본 일이 없습니다. 게다가 그 금발! 블라이스 부인, 그녀가 머리를 늘어뜨리고 있는 모습을 본 적이 있습니까?"
"아뇨."
"나는 봤습니다. 꼭 한 번. 짐 선장과 곶으로 낚시하러 갔었는데, 파도가 거칠어서 나갈 수 없어 되돌아왔었습니다. 그녀는 그날 오후 혼자 있다고 생각하여, 머리를 감고 베란다에 서서 햇빛에 말리고 있었죠.
머리는 마치 살아 있는 황금 샘처럼 발밑까지 닿았습니다. 나를 보더니 재빨리 집안으로 들어갔는데, 그때 바람이 불어닥쳐 머릿결이 하늘거리며 그 사람 둘레에서 싸아 하고 소용돌이쳤습니다. 구름 속에 숨겨진 다나에*[1] 그대로였습니다.
그때 나는 그녀를 사랑하고 있음을 알았습니다. 그녀가 등불빛을 받으며 어둠 속에 서 있는 것을 본 그 최초의 순간부터 그녀를 사랑하고 있었다는 것도 깨달았습니다.
그렇건만 그녀는 딕을 달래고 어루만지며 빠듯한 생활 속에—여기서 살아가야만 합니다. 한편 나는 부질없이 그녀에 대한 사랑으로 애태우는 나날을 보내며, 그 사실 때문에 친구로서 줄 수 있는 약간의 도움마저 그녀에게 줄 수 없는 거지요.

*1 그리스신화 속에 나오는 여인. 제우스신과의 사이에서 페르세우스를 낳음.

어젯밤 나는 거의 새벽까지 바닷가를 거닐며 곰곰이 생각하고 또 생각했습니다. 이런 모든 괴로움에도 불구하고 나는 포 윈즈에 온 일을 후회할 수 없었습니다. 안타까운 상황이지만 그래도 레슬리를 모르고 있는 것이 더욱 비참한 것처럼 여겨집니다. 그녀를 사랑하면서 떠나는 것은 불에 타는 듯한 모진 괴로움입니다만, 그래도 그녀를 사랑하지 않는 일은 생각조차 할 수 없습니다.

모든 게 미치광이 소리처럼 들릴 테지만, 이러한 격렬한 감정은 불충분한 말로 표현하면 바보스럽게 들리는 법이지요. 이런 심정은 입에 올려서는 안되며 다만 견뎌야 할 것입니다. 나도 말해서는 안 되었던 거지만—그러나 후련해졌습니다—얼마쯤은요. 적어도 내일 아침 추태를 보이지 않고 흉하지 않은 모습으로 떠날 수 있는 힘이 생겼습니다.

이따금 편지를 주시겠습니까, 블라이스 부인. 그리고 레슬리에게 무슨 일이 있으면 알려주시지 않겠습니까?"

"그렇게 하겠어요. 아, 벌써 돌아가시게 되다니 섭섭해요. 포드 씨가 계시지 않으면 우리들은 퍽 쓸쓸해질 거예요. 모두들 얼마나 사이가 좋았어요? 이런 일만 없었다면 여름이 되어 다시 올 수 있을 텐데요. 그래도 어쩌면—차츰—잊을 수 있게 된다면 꼭—"

오언은 짧게 대답했다.

"잊는 일은 절대로 없을 겁니다. 또한 포 윈즈에는 두 번 다시 돌아오지 않겠습니다."

침묵과 어둠이 뜰을 감쌌다.

멀리 바다가 부드럽게 모래톱을 가만가만 핥고 있었다. 포플러를 스쳐가는 저녁바람이 슬프고 신비로운 고대로부터 전해오는 주문과 옛 기억이 산산조각난 꿈을 연상시켰다.

두 사람 앞에 가냘프고 어린 사시나무가 한 그루 서 있었다. 서쪽 하늘이 아름다운 결은 노란색과 에메랄드색, 엷어져가는 장미색으로 물들고, 그 하늘을 등지고 서 있는 사시나무는 이파리 하나하나 오들오들 떨며 요정처럼 아름답게 떠올라 있었다.

"아름답지 않습니까?"

오언은 사시나무를 가리키며 말했지만 그 말 속에 어떤 뜻이 들어 있는 것 같았다.

앤은 조용히 말했다.

"너무나 아름다워 아픔을 느낄 정도지요. 저렇게 완벽한 것에는 언제나 고통을 느껴요. 어린시절에는 그것을 '기묘한 아픔'이라고 불렀어요. 어째서 이런 고통과 완벽함은 늘 함께 찾아오는 것일까요? 더 이상 갈 곳이 없는 막다른 슬픔일까요? 저 앞에는 아무것도 없으며 되돌아설 수밖에 없다는 걸 아는 아픔?"

오언은 꿈꾸듯 중얼거렸다.

"그럴지도 모르지요. 우리 내부에 갇혀 있는 무한한 것이 두 눈으로 볼 수 있는 완벽함이라는 형태로 나타나 호소하고 있는지도 모르지요."

그때 미스 코닐리어의 목소리가 들려왔다.

"코감기에 걸린 것 아니에요? 코에 기름을 바르고 자면 좋아질 거예요."

전나무 사이사이 작은 울타리문으로 들어온 미스 코닐리어에게 오언의 마지막 말이 들렸던 것이다. 미스 코닐리어도 오언을 좋아했으나 남자가 '흰소리'를 하면 반드시 한마디 쏘아주어야만 한다는 것이 그녀의 좌우명이었다.

인생이라는 비극 속에서도 반드시 어느 한 구석에서 희극이 얼굴을 내밀기 마련인데 미스 코닐리어가 그 희극을 연기한 것이다. 팽팽하게 긴장하고 있던 앤은 어깨를 들썩이며 웃기 시작했고 오언까지 미소 지었다. 감상도 열정도 미스 코닐리어 앞에서는 주눅이 들어 모습을 감추고 말았다.

그렇다곤 하나 앤은 조금 전에 있었던 일만큼 절망적이고 어두우며 고통스러운 일은 다시 없을 것 같았다. 어쨌든 그날 밤 잠은 앤에게서 멀리멀리 달아나 좀처럼 찾아오지 않았다.

모래톱의 밤

이튿날 아침 오언 포드는 예정대로 떠나갔다. 저녁무렵 앤은 레슬리를 만나러 갔지만 아무도 없었다. 집에 자물쇠가 채워져 있고 창문에는 불빛 하나 보이지 않아 마치 버려진 집 같았다. 그 다음날도 레슬리는 보이지 않았다. 나쁜 징조라고 앤은 생각했다.

길버트가 밤에 바닷가 마을로 가게 되어 앤은 그동안 짐 선장에게 가 있을 작정으로 곶까지 길버트와 함께 마차를 타고 갔다. 그러나 짐 선장은 없었다. 가을 저녁 희부연 안개를 뚫고 번쩍이는 거대한 등대의 불빛은 앨릭 보이드가 지키고 있었다.

길버트가 물었다.

"어떻게 하지? 나와 함께 갈까?"

"그곳에는 가고 싶지 않아. 하지만 해협을 함께 건너가 당신이 돌아올 때까지 모래톱에서 기다리고 있겠어. 오늘 밤은 해변에 있는 바위가 미끈거려 기분이 나빠."

모래톱에서 앤은 혼자 밤하늘 아래 섬뜩한 아름다움에 잠겼다. 9월치고는 따뜻했고 오후 늦게부터 짙은 안개가 자욱했으나, 환한 보름달 때문에 얼마쯤 엷어지고 항구와 만, 그리고 바닷가는 은빛 안개로 뒤덮여 처음으로 보는 이상한 꿈 같은 세계로 변해 갔다. 그 안개 저편에 모든 것이 몽롱한 환상처럼 떠올라 있었다.

블루노즈 항구로 감자를 싣고 해협을 지나는 조사이어 크로퍼드 선장의 검은 배는 지도에도 올라 있지 않은, 나아가면 나아갈수록 멀어져서 결코 닿을 수 없는 아득한 나라로 달리는 유령선이었다. 모습이 보이지 않는 머리 위 갈매기 울음소리는 슬픈 운명에 떠밀려 간 뱃사람들 넋이 외치는 소리였다.

모래 위로 부글부글 밀려오는 거품의 소용돌이는 바다 동굴에서 살짝 빠져나온 작은 도깨비들이었다. 큼직한 등이 굽은 모래언덕은 오랜 북쪽 이야기에 나오는 잠자는 거인이었다. 항구 저쪽에서 희미하게 반짝이는 불빛은 요정나라 기슭에 켜져 있는 사람을 꾀는 봉화였다. 앤은 안개 속을 걸어다니며 혼자 상상의 나래를 펼쳤다. 이렇게 혼자 헤매다니는 것이 즐거웠다. 낭만적이고 신비로웠다.

그러나 정말로 앤 혼자뿐이었을까? 누군가가 앤 앞으로 안개 속에 떠올라와—윤곽이며 모습이 나타나더니—파도에 씻긴 모래를 밟으며 이리로 다가왔다.

깜짝 놀라 앤은 외쳤다.

"레슬리! 대체 어떻게 된 일이에요? 이런 곳에—더구나 한밤중에!"

"그러고 보니 앤이야말로 여기서 뭘 하고 있죠?"

레슬리는 웃으려 했지만 실패였다. 얼굴은 파리했고 몹시 지쳐 있는 기색이었다. 그러나 주홍색 모자 아래로 얼굴이며 눈가에 굽이치는 머릿결은 반짝거리는 금고리처럼 보였다.

"길버트를 기다리고 있어요. 바닷가 마을에 갔어요. 등대에서 기다릴 작정이었는데 짐 선장님이 안 계시더군요."

레슬리는 안절부절못하며 말했다.

"그래요, 내가 이곳에 온 것은 걷고—걷고—끝없이 걷고 싶어서예요. 바위 해변에는 있을 수 없었어요. 밀물 때라서 바위에 갇히고 말

Chang kYe

았어요. 그래서 이곳으로 오지 않을 수 없었어요. 그렇게라도 하지 않는다면 나는 미치고 말았을 거예요. 짐 선장님의 거룻배를 저어 해협을 건너왔어요. 이곳에 한 시간쯤 있었어요. 이리 오세요. 함께 걸어요. 도저히 가만히 있을 수가 없어요. 오, 앤!"

"레슬리, 왜 그래요?"

묻기는 했으나 앤으로서는 이미 잘 알고 있었다.

"이야기할 수 없어요. 제발 묻지 말아 주세요. 앤이라면 알아도 상관없지만—앤에게는 털어놓고 싶어요—하지만 말할 수가 없어요—누구에게도. 앤, 나는 바보였어요—아, 바보였기에 이런 괴로움을 겪어야 하나봐요. 세상에 이보다 더한 고통이 있을까!"

레슬리는 씁쓰레하게 웃었다. 앤은 살며시 레슬리를 폭 안았다.

"레슬리, 그건 포드 씨를 사랑하게 됐다는 뜻인가요?"

레슬리가 외쳤다.

"어떻게 알았죠? 앤, 어떻게 알았죠? 누구 눈에나 보일 만큼 내 얼굴에 뚜렷이 씌어 있나요? 그처럼 똑똑히 드러나 있어요?"

"그렇지 않아요, 그렇지 않아요. 어떻게—어떻게 알고 있는지는, 글쎄요. 문득 그런 느낌이 들었어요. 레슬리, 그런 눈으로 나를 보지 말아줘요!"

레슬리는 물어뜯을 듯 나직한 목소리로 다그쳤다.

"나를 경멸하나요? 난 나쁜 여자일까요—몹쓸 여자일까요? 아니면 한낱 바보에 지나지 않을까요?"

"그 어느 쪽도 아니에요. 자, 인생에 일어나는 다른 중대한 문제에 대해 얘기할 때처럼 우리 차분하게 얘기해 봐요. 레슬리는 거기에 대해 너무 신경을 써서 그런 과격한 견해로 흘러든 거예요. 아무튼 레슬리는 뭔가 잘 안 되는 일이 있으면 금세 그런 생각에 빠지는 버릇이 있잖아요. 그리고 그렇게 하지 않도록 노력하겠다고 약속했잖아요."

레슬리는 꺼지는 듯한 목소리로 중얼거렸다.

"하지만—아—너무 부끄러운 일이에요. 그 사람을 좋아하게 되다니—그 쪽 마음도 모르면서—더구나 누군가를 사랑할 수 있는 자유로운 몸도 아니면서."

"아무것도 부끄러워할 건 없어요. 하지만 오언을 사랑하게 되었다는 건 안타까운 일이에요. 그렇게 되면 지금으로서는 더욱 더 불행해질 뿐인걸요."

레슬리는 걸어가며 격렬한 목소리로 말했다.

"서서히 그렇게 된 것은 아니에요. 그랬다면 나로서도 막을 수 있었을 거예요. 1주일 전 오언이 책을 다 써서 곧 돌아가야 한다고 내게 말한 그날까지 나는 그런 일은 꿈에도 생각지 않았어요.

그런데 그때—그때, 알았어요. 마치 누군가에게 심하게 얻어맞은 듯한 느낌이 들었죠. 나는 아무 말도 하지 않았어요. 아니, 말을 할 수 없었어요. 하지만 어떤 표정을 하고 있었는지 스스로도 모르겠어요. 얼굴에 나타나지 않았을까 생각하면 걱정스러워 견딜 수가 없어요. 만일 그 사람이 알든가—또는 그렇게 되지 않을까 생각이라도 했다면 나는 부끄러워 죽을 것 같아요."

앤은 오언과 약속한 일 때문에 비참한 심정이 되어 입을 다물고 있을 수밖에 없었다. 레슬리는 이야기하는 것에서 구원을 찾아낸 듯 열에 들떠 열심히 말을 이었다.

"올여름 동안 나는 무척 행복했어요, 앤. 태어나서 처음이라고 해도 좋을 만큼요. 그것은 앤과 나 사이에 아무런 응어리도 없이 모든 걸 풀어버렸기 때문이라고 생각했어요. 인생이 이렇게 아름답고 풍요로워진 것은 우리들 우정 때문이라고 믿었어요. 확실히 어느 정도는 그랬어요. 하지만 다는 아니었어요, 아, 거의 모든 게 달라졌다 해도 좋을 만큼.

어째서 모든 게 그토록 다르게 느껴졌는지 이젠 알았어요. 하지만 지금은 모두 끝나고 만 거예요. 그 사람은 가버리고 말았어요. 도저히 살아갈 수 없을 것 같아요, 앤. 그 사람이 가버린 날 아침, 집에 들어갔더니 텅 빈 방 안에 한맺혀 있던 외로움에 얼굴을 얻어맞은 듯한 느낌이었어요."

"머지않아 조금씩 그 괴로움도 줄어들 거예요, 레슬리."

언제나 친구의 괴로움을 자신이 겪은 일처럼 강하게 느끼는 앤으로서는 위로의 말이 매끄럽게 잘 나오지 않았다. 그리고 자기가 슬픔에 젖어 있을 때 좋은 뜻으로 한 말이라도 상처 받았던 일을 기억하고 있었으므로, 뭔가를 얘기한다는 게 몹시 두렵기도 했다.

"아, 나로서는 시간이 흐르면 흐를수록 더 괴로워질 것 같아요."

레슬리는 비참한 생각을 되씹고 있었다.

"앞날에 아무 희망이 없어요. 날이 새고 또 날이 새도—그 사람은 돌아오지 않아요. 두 번 다시 돌아오지 않을 거예요. 아, 그 사람과 다시는 만날 수 없다고 생각하니 잔인한 큰 손이 내 심장을 꽉 움켜잡고 있는 힘을 다해 비트는 듯한 느낌이에요.

언젠가 사랑에 대해 꿈꾼 일이 있었어요. 틀림없이 아름다울 거라고 생각했어요. 그런데 이런 것이었군요.

어제 아침 떠날 때 오언은 몹시 싸늘했어요. '안녕히 계십시오, 무어 부인' 하는 말투가 더없이 차가웠어요. 우리들이 친구조차도 아니라는 투로, 마치 나 같은 것은 그 사람에게 전혀 아무것도 아니라고 말하는 듯 했지요. 하긴 그게 사실이죠. 그 사람이 날 사랑해주기를 바라는 건 아니에요. 하지만 좀 더 다정하게 대해줄 수도 있었을 텐데."

앤은 생각했다.

'아, 부탁이야, 길버트. 빨리 돌아와줘!'

레슬리에 대한 동정과, 오언의 믿음을 저버리는 일을 해서는 안 된다는 마음 사이에서 어찌할 바를 몰랐다. 앤으로서는 오언의 작별인사가 어째서 그렇듯 쌀쌀맞았는지, 어째서 마음 맞는 친구 사이에 어울리는 인사를 못했는지 잘 알고 있었다. 그러나 그것을 섣불리 레슬리에게 이야기할 수는 없었다.

가엾은 레슬리가 말했다.

"나로서는 어떻게 할 수도 없었어요, 앤. 어쩔 수가 없었어요."

"알아요."

"이런 나를 비난하겠죠?"

"조금도 그렇지 않아요."

"그리고 저―저, 길버트에게는 말하지 말아요, 네?"

"레슬리! 내가 그런 짓을 하리라고 생각해요?"

"모르겠어요. 두 사람은 너무너무 사이가 좋은걸요. 어떻게 그렇게 모든 걸 다 얘기할 수 있는지 상상이 안 돼요."

"나 자신의 일이라면, 그래요. 하지만 내 친구에 대한 비밀은 달라요."

"그 사람에게 알려지는 건 곤란해요. 하지만 앤이 알고 있는 건 좋아요. 어떠한 일이라도 앤에게 이야기하는 걸 부끄러워하는 게 있다면 나는 꺼림칙할 테니까요. 미스 코닐리어가 캐내지 않으면 좋을 텐데요. 때때로 그 무섭고 친절한 갈색 눈이 내 마음까지 꿰뚫어보는 게 아닐까 여겨질 때도 있어요.

아, 안개가 언제까지나 걷히지 않았으면 좋겠어요. 영원히 이렇게 이 속에 있으면서 사람들 눈으로부터 숨고 싶어요. 앞으로 살아갈 수 있을지 어떨지 모르겠어요. 올여름은 그야말로 흐뭇했었지요. 한순간도 외롭지 않았어요. 솔직히 오언이 오기 전에는 견딜 수 없는 쓸쓸함이 드는 일도 있었죠. 앤이 길버트와 함께 있다가 헤어질 때, 두 사람은 함께 돌아가지만 나는 혼자 가잖아요.

오언이 오고 나서는 언제나 함께 돌아갈 수 있었고, 앤과 길버트처럼 우리도 웃거나 이야기꽃을 피워서, 나는 조금도 외롭다는 느낌을 갖거나 부러워하는 일이 없었어요.
그런데 지금은! 네, 그래요. 내가 바보였어요. 내가 바보라는 말은 이제 그만두기로 해요. 두 번 다시 이런 이야기로 앤을 번거롭게 하지 않겠어요."
"길버트가 왔어요. 레슬리도 우리와 함께 가야 해요."
앤으로서는 이런 날, 이런 심정으로 있는 레슬리 혼자 이 모래톱을 방황하게 놔두지 않을 작정이었다.
"우리 보트에 세 사람 몫 자리가 넉넉히 있으니까 거룻배는 뒤에 달면 돼요."
"어머나, 나는 또 덤으로 만족해야 할 신세군요."
가엾은 레슬리는 다시금 괴로운 듯 씁쓸히 웃었다.
"미안해요, 앤. 불쾌한 말을 해서. 나는 기꺼이 세 번째 벗으로서 받아들여주는 좋은 친구를 두 사람 가지고 있다는 것을 고맙게 여겨야만 하는데요. 그렇게 생각하고는 있어요. 불쾌한 말을 하더라도 마음에 담아두지 말아요. 온 몸이 고통의 덩어리가 되어 어디를 건드려도 견딜 수 없이 아픈 느낌이 들어요."
집에 이르자 길버트가 앤에게 물었다.
"오늘밤 레슬리는 너무 말이 없던데? 모래톱에서 혼자 무엇을 하고 있었던 거지?"
"그녀는 몹시 지쳐 있어. 딕이 말썽부린 날이면 혼자 바닷가로 가기 좋아한다는 것은 당신도 알고 있잖아."
길버트는 생각하면서 말했다.
"레슬리가 좀더 빨리 포드 같은 남자와 만나 결혼하지 못한 것이 유감이야. 그 두 사람이라면 이상적인 부부가 되었을 텐데."
이야기를 더 이어 가다가는 길버트가 우연히 이 사실을 알게 되지 않을까 걱정된 앤이 날카롭게 외쳤다.
"길버트, 부탁이니 중매쟁이 같은 건 되지 말아줘. 남자가 그런 일을 하는 건 점잖지 못해."
앤의 말투에 놀라 길버트는 항의했다.
"천만에, 앤, 나는 중매쟁이 같은 건 생각지도 않아. 그렇게 되었으면 좋았을 거라는 얘기지."
"그렇다면 그런 것도 생각하지 마. 시간낭비야."
그리고 앤은 느닷없이 덧붙였다.
"아, 길버트, 모든 사람들이 우리처럼 행복했으면 좋겠는데."

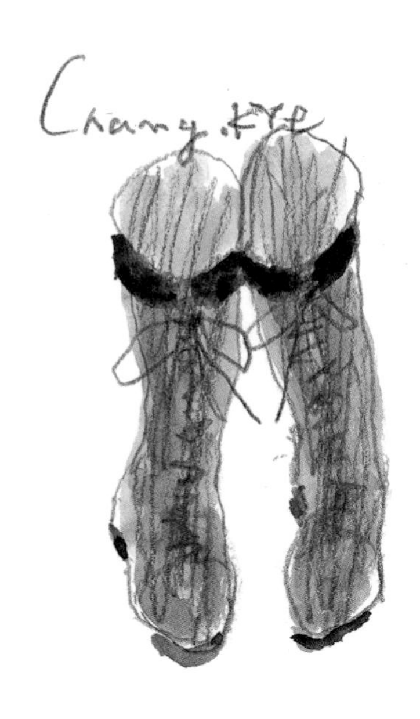

세상 이야기

"나는 부고란을 읽고 있었어요."

미스 코닐리어는 데일리 엔터프라이즈 지를 내려놓고 바느질감을 집어들었다.

항구는 음울한 11월 하늘 아래 거무스름하고 시무룩하게 펼쳐져 있었다. 젖은 낙엽이 창틀에 축축하게 늘어붙어 있었다. 그래도 작은 집은 난롯불 때문에 밝았고 앤의 양치식물과 제라늄 덕분에 그나마 봄 같았다.

"여기는 언제나 여름 같아요."

언젠가 레슬리가 말한 적 있었는데, 그것은 이 꿈의 집을 방문하는 손님들이 느끼는 일이었다.

"요즘 신문은 부고란으로 도배되어 있는 것 같아요. 언제나 두세 단은 채우고 있으니까. 나는 한 줄도 빠짐없이 읽는답니다. 그것이 내 즐거움처럼 되어버렸어요. 특히 어딘가 색다른 시가 실려 있을 경우에는요. 그 가운데 이런 것이 가장 좋은 예가 될 것 같아요.

이 여성은 조물주의 슬하로 갔노라.

이제 두 번 다시 방황하는 일이 없도다.
여느 때 기뻐하듯 놀고
즐겁고도 그리운 내 집의 노래를 불렀건만.

이 섬에 시 쓰는 재주가 있는 사람이 없다고 누가 말했어요! 그런데 앤, 죽는 사람은 모두 좋은 사람뿐이란 걸 느낀 적 있어요? 우스워 죽겠다니까요. 여기에 사망기사가 열 건이나 있지만 한 사람도 빠짐없이 성인이나 모범이 될 만한 인물들뿐이에요, 남자조차도 말이죠.

피터 스팀슨 씨 것에는 '때아닌 죽음을 한탄하는 많은 벗을 뒤에 남기고'라고 씌어 있지요. 글쎄, 기가 막혀서. 그 노인은 80살이에요. 그 노인을 아는 사람은 모두 지난 30년 동안 어서 죽기를 바라고 있었는데 말이에요.

앤, 마음이 울적할 때는 사망기사를 읽어 봐요. 특히 알고 있는 사람에 대한 것을요. 조금이라도 유머를 아는 사람이라면 금세 명랑해진답니다. 그 사망기사를 꼭 내가 써 봤으면 하는 사람이 몇 명 있어요. '사망기사'라니 엄청 기분 나쁜 말이잖아요?

지금 말한 피터 노인은 바로 그 말에 딱 어울리는 얼굴을 하고 있었지요. 그 얼굴을 볼 때마다 그 자리에서 '사망기사'라는 말이 생각났다니까요.

또 하나 내가 알고 있는 싫은 말은 '미망인'이에요. 정말이지 앤, 나는 노처녀일지 모르지만 이것만은 안심이에요. 결코 어떤 남자에게 '미망인'은 되지 않을 테니까요."

"확실히 싫은 말이에요."

앤은 웃었다.

"애번리 묘지에는 '고(故) 누구누구의 미망인 누구누구를 묻다'라고 쓴 오래된 묘비가 많아요. 그것을 보면 나는 언제나 무엇인가 너무

낡아서 좀먹은 걸 연상하게 돼요. 어째서 죽음과 관계있는 말은 불쾌한 게 많을까요?

나는 시체를 '유해'라고 부르는 관습을 폐지하면 좋겠어요. 장례식 때 장의사 종업원이 '유해를 보실 분은 이쪽으로'라고 하는 말을 들으면 정말 몸서리쳐져요. 그야말로 식인종이 연회를 한 뒤를 보는 듯한 무서운 느낌이 들어서요."

미스 코닐리어는 태연한 태도였다.

"그래요, 내가 바라는 일은 고작 이것뿐이에요. 내가 죽었을 때 누구에게서도 '우리 곁에 죽은 자매'라는 등 말을 듣고 싶지 않아요. 5년 전 순회전도사가 글렌에서 집회를 가졌을 때, 이 형제자매라는 말에 진절머리났었거든요.

나는 처음부터 그 순회전도사가 마음에 들지 않았어요. 무언가 의심스러운 점이 있다는 걸 직감했거든요. 아니나 다를까, 그 남자는 장로교파인 척 했는데 알고보니 철저한 감리교파지 뭐예요.

누구에게나 손을 내밀며 형제자매라는 것이었어요. 그 남자는 숱한 집안을 가진 셈이잖아요? 어느 날 내 손을 꼭 잡고 감동시키기라도 하려는 듯이 '브라이언트 자매님, 당신은 크리스천입니까?'하고 묻지 않겠어요? 나는 빤히 쳐다보면서 아무렇지도 않게 말해 주었지요.

'피스크 씨, 내게는 동생이 단 하나 있었는데요, 15년 전에 묻었어요. 그 다음부터 한 사람도 얻지 못했죠. 크리스천인지 어떤지에 대해서는, 당신이 아기옷을 입고 방바닥을 기어다니고 있을 무렵부터 지금까지 쭉 그래왔다고 생각해요.'

이 말을 듣고 그는 입을 다물고 말았어요, 정말이지. 앤, 나라고 해서 뭐 순회전도사를 모조리 깎아내리려는 건 아니에요. 그 가운데에는 너무나 훌륭하고 열성적인 사람들도 있어 좋은 일을 많이 하고, 죄지은 사람들을 부끄럽게 만들었으니까요. 하지만 이 피스크라는 남자는 그렇지 못했어요.

그 밤은 혼자 배를 잡고 웃었어요. 피스크가 크리스천은 모두 일어나 달라고 말했거든요. 나는 일어서지 않았어요, 정말이지! 그런 바보 같은 짓이 또 어디 있겠어요? 거의 모든 사람들이 일어섰지요. 그랬더니 이번에는 크리스천이 되고 싶은 이는 모두 일어서라고 하지 않겠어요? 잠시 아무도 움직이지 않으니까 피스크는 큰 소리로 찬송가를 부르기 시작했어요.

마침 내 바로 앞에 가엾은 아이키 베이커가 밀리슨네 자리에 앉아 있었어요. 아이키는 10살 난 고용인으로 밀리슨에게 죽지 않을 만큼 혹사당하고 있었죠. 가엾게도 이 애는 언제나 지쳐 있어서 교회든 어디든 겨우 2, 3분 동안이라도 가만히 앉아 있을 수 있는 곳에 가면 금방 잠들어버렸어요. 이 집회 동안에도 죽 잠자고 있었는데, 그것을 보고 아, 쉴 수 있게 되어서 정말 다행이라고 생각했죠.

그런데 피스크의 목소리가 하늘로 치솟아오르고 다른 사람들도 거기에 목소리를 맞추는 바람에 가엾은 아이키는 그만 깜짝 놀라 잠이 깨고 말았어요. 아이키는 여느 때 부르는 찬송가로 착각하여 모두 일어서야만 되는 거라고 여겨 벌떡 일어났어요. 집회에서 잠자든가 하면 머리어 밀리슨에게 꾸지람 듣는 걸 뻔히 알고 있었으니까요.

이것을 보고 피스크는 노래를 그치고 '또 하나 영혼이 구원받았다! 영광있으라, 할렐루야!' 이렇게 소리쳤어요. 가엾게도 아이키는 몸을 떨었어요. 아직 잠이 덜 깨어 하품을 하고 있는 형편이었고, 자기 안에 있는 영혼은 생각도 하지 않았으니까요. 가엾게도 그 아이는 지치고 너무 혹사당한 자기 몸 말고는 아무것도 생각할 여유가 없었던 거예요.

어느 날 밤, 레슬리가 집회에 참석했더니 피스크는 곧 레슬리를 공격하기 시작했어요. 네, 그 작자는 예쁜 아가씨의 영혼에 대해서는 특별히 걱정하고 있었으니까요, 정말이지! 그래서 레슬리는 몹시 마음이 상해 두 번 다시 가지 않았죠. 그랬더니 피스크는 그 뒤 밤마다 모두들 앞에서 '주여, 그녀의 굳게 닫힌 마음이 부드럽게 열리도록 해주옵소서'라고 기도하더라니까요.

마침내 나는 그때 우리 목사였던 리비트 씨를 찾아가 피스크를 그만두게 하지 않는다면, 다음날 피스크가 '아름답지만 회개하지 않은 젊은 여자'라느니 할 때 찬송가 책을 피스크에게 던져버리겠다고 말했어요. 거짓말이 아니라 정말 그랬을 거예요.

리비트 씨는 그것만은 그만두게 했지만 피스크는 여전히 집회를 이어 나갔어요. 하지만 그것도 잠시, 찰리 더글러스가 글렌에서 피스크의 성공에 제동을 걸 때까지뿐이었죠. 찰리 부인은 겨우내 캘리포니아에 가 있었어요. 가을에 심한 우울증에 빠져버렸거든요. 한마디로 신앙으로 인한 고뇌였죠. 그것은 그 사람 가문 혈통이에요.

그의 아버지는 자신이 용서받기 어려운 죄를 저질렀다고 믿고 너무나도 고뇌한 끝에 정신병원에서 죽었어요. 그런데 로즈 더글러스도 그렇게 되자 찰리는 당황해서 로즈를 로스앤젤레스에 사는 동생에게 보냈죠. 로즈는 아주 좋아져 마침 피스크의 신앙부흥회가 한창인 때에 돌아왔어요. 건강하게 웃는 모습으로 글렌에서 기차를 내렸을 때 맨 먼저 눈에 띈 게 뭔 줄 아세요?

검은 화물창고 지붕 위에 2피트 높이로 '너는 어디로 갈 것인가—천국인가 또는 지옥인가?'라고 씌어진 커다란 흰 글자가 똑바로 그녀를 노려보고 있었던 거예요. 그것은 피스크의 아이디어로 헨리 해먼드에게 페인트로 쓰도록 했던 거지요. 로즈는 외마디 비명을 지르며 까무라쳐 집으로 데려갔을 때에는 전보다 더 나빠지고 말았어요.

찰리 더글러스는 리비트 씨에게로 가서 더이상 피스크를 내버려둔다면 더글러스네 사람들은 한 명도 빠짐없이 교회에 나오지 않겠다고 말했죠. 리비트 씨는 승낙하지 않을 수 없었어요. 급료의 반이 더글러스네에서 나오고 있었으니까요. 그렇게 해서 피스크는 가버렸고

WHERE WOULD YOU GO? — IS HEAVEN OR HELL?

우리는 다시 천국으로 가는 방법을 성서에 의지해야만 하게 된 거예요. 가버린 뒤에야 피스크가 장로교파의 가면을 쓴 감리교파임을 알고 리비트 씨는 무척 걱정했어요, 정말이지. 리비트 씨도 결점은 있지만 그래도 선량하고 성실한 장로교파였지요."

앤이 말했다.

"그러고 보니 어제 포드 씨한테서 편지가 왔어요. 미스 코닐리어에게도 안부 전해 달라고 씌어 있더군요."

"그 사람한테서는 그런 인사를 받고 싶지도 않아요."

미스 코닐리어의 무뚝뚝한 대답에 앤은 놀랐다.

"왜 그래요? 그분이 당신 마음에 든 줄 알고 있었는데요."

"뭐, 마음에 들었다면 들었겠지만요. 하지만 레슬리에게 한 짓을 생각하면 결코 용서할 수 없어요. 그 가엾은 레슬리가 그토록 괴로워하고 있는데. 마치 아직도 고생이 모자란 것처럼 나몰라라 내버려두다니. 그런데 포드 씨는 토론토에서 예전처럼 잘 놀고 있겠죠. 남자란 다 그런 것이니까요."

"어머나, 미스 코닐리어. 어떻게 알았죠?"

"무슨 소리예요? 앤, 내게도 눈이 있어요, 안 그래요? 게다가 레슬리는 아기 때부터 잘 알고 있어요. 올가을 그녀의 눈에는 줄곧 지금까지 없던 쓰러진 상처가 고스란히 마음에 나타나 있으니까요. 그 뒤에 소설가가 있을 게 틀림없다고 알아차렸지요.

그 남자를 이곳에 데려온 나도 결코 용서할 수 없지만, 설마 그런 매정한 사람이리라고는 생각도 못했었거든요. 그 남자도 레슬리가 이제까지 하숙시킨 다른 사람들과 다를 바 없다고 나는 생각했었어요. 하나같이 레슬리가 눈길도 주지 않을 거만하고 애송이 같은 얼간이들이었지요.

한번은 그 가운데 하나가 레슬리에게 덜떨어진 짓을 하려다가 레슬리한테 혼이 났었어요. 그토록 호되게 당했으니 아마 진저리가 났을 거예요. 그래서 나는 아무것도 위험한 일은 없다고 생각했었어요."
앤은 얼른 다짐을 받아 두었다.
"레슬리의 비밀을 알고 있는 걸 그녀에게 눈치채지 않도록 해주세요. 기분 나빠할 테니까요."
"걱정말아요, 앤. 나라고 해서 어제 막 태어난 것도 아니니까요. 남자란 존재는 하나같이 왜 그러는지 모르겠어요. 우선 하나는 레슬리 일생을 파멸시키고 말았고, 이번에는 또 다른 녀석이 나타나서 그녀를 더욱 비참한 꼴로 만들었으니까요. 앤, 이 세상은 너무너무 무서운 곳이에요, 정말이지."
앤은 꿈꾸듯 말했다.
"이 세상의 잘못은 이윽고 바로잡혀지리라."
그러자 미스 코닐리어는 어두운 얼굴로 말했다.
"그럼, 그것은 남자가 없는 세상을 말하는 것일 테지요."
방에 들어온 길버트가 물었다.
"그럼, 이 세상 남자는 무엇을 하고 있다는 말인가요?"
"재앙을 불러일으키고 있지요, 재앙을! 그 밖에 무엇을 했다는 거예요?"
"미스 코닐리어, 사과를 먹은 것은 이브입니다."
미스 코닐리어는 의기양양하게 반박했다.
"이브를 유혹한 것은 남성이었으니까요."
저마다 겪는 괴로움이 어떤 형태로든 우리들 곁에 남아도 대부분은 살아나갈 수 있는 법인데, 레슬리도 처음으로 처한 그 심한 고통을 빠져나오자 결국 살아갈 수 있다는 걸 깨달았다. 작은 꿈의 집에서 떠들썩한 사람들 무리에 끼어 즐거움을 느끼는 순간조차 있었다.
앤은 레슬리가 오언 포드를 잊어주면 좋겠다고 바라기는 했지만, 그의 이름이 입에 오를 때마다 레슬리의 눈에 은밀하게 나타나는 애정에 굶주린 듯한 표정을 놓치지 않았다. 외로운 얼굴이 가여워서 앤은 레슬리가 그 자리에 와 있을 때에는 반드시 오언의 편지에 씌어진 뉴스를 짐 선장이나 길버트에게 낱낱이 말하고 있었다.

그러한 때 얼굴을 붉히거나 파래지는 레슬리의 표정은 마음속에 넘치는 감정을 생생히 전해주고 있었다. 그러나 레슬리는 그 뒤 두 번 다시 앤에게 오언에 대한 얘기는 하지 않았고 또 그날 밤 모래톱에서 일어난 일도 입에 올리지 않았다.

어느 날 늙은 개가 끝내 죽어버려 레슬리는 몹시 슬퍼했다. 레슬리는 앤에게 비통하게 말했다.

"이 개는 오랫동안 내 친구였어요. 이것은 딕의 개였어요. 우리가 결혼하기 2년 전부터 딕이 기르다가 '네 자매 호'로 떠날 때 이 개를 집에 두고 갔었죠.

카를로는 나를 무척 따랐어요. 카를로와 쌓은 우정 덕분에 어머니가 돌아가신 뒤 난 혼자였던, 저 견딜 수 없는 첫해를 겨우 보낼 수 있었어요. 딕이 돌아온다고 들었을 때 카를로가 지금처럼 나만의 것이 되지 않는 게 아닐까 걱정스러웠었죠.

하지만 카를로는 그처럼 딕을 따랐건만 조금도 딕을 좋아하는 기색이 없었어요. 마치 낯선 사람처럼 딕에게 덤벼들거나 으르렁거렸죠. 나는 기뻤어요. 사랑을 혼자 차지할 수 있는 존재를 단 하나라도 가지고 있다는 건 좋은 일이었어요.

이 늙은 개 덕분에 나는 얼마나 위안을 받았는지 몰라요, 앤. 올가을에는 너무나 쇠약하여 얼마 살지 못할 거라고 어렴풋이 짐작했어요. 하지만 잘 보살펴주면 겨울 동안은 버틸 수 있을지도 모른다고 여겼죠.

오늘 아침은 아주 건강해 보였어요. 난로 앞 깔개 위에 누워 있었는데, 그러다가 별안간 일어나 비틀거리며 내게로 와서 무릎에 머리를 얹고 크고 다정한 눈에 애정을 가득 머금고 지그시 나를 보았어요. 그리고 몸을 떨면서 죽어버렸죠. 그 개가 없으니 쓸쓸해서 참을 수가 없어요."

"레슬리, 내가 다른 개를 한 마리 선물할게요. 길버트에게 줄 크리스마스 선물로 귀여운 고든 세터를 얻게 되어 있어요. 레슬리에게도 한 마리 주겠어요."

레슬리는 고개를 저었다.

"앤, 지금 당장은 가지고 싶지 않아요, 그 마음은 고맙지만요. 아직 다른 개를 기르고 싶은 생각이 들지 않아요. 다른 개에게 나눠줄 애정이 남아 있지 않은 것 같아요. 아마—나중에—고맙게 받을지도 몰라요. 나를 지켜줄 개가 한 마리는 필요해요. 하지만 카를로에게는 뭔가 사람과 닮은 데가 있어—너무 조급히 그 자리를 메운다는 건 예의가 아니라고 여겨져요."

크리스마스 1주일 전 앤은 애번리에 갔고, 휴일이 끝난 뒤에도 한동안 머물렀다. 길버트가 앤을 데리러 왔으므로 그린게이블즈에서는 기쁜 신년회가 열리고 배리, 블라이스, 라이트 집안사람들도 모여 린드 부인과 머릴러가 머리를 한껏 짜내 열심히 마련한 음식을 먹어치웠다.

두 사람이 포 윈즈로 돌아와 보니 작은 집은 올 겨울 들어 세 번째로 여느 때 없이 사나운 눈보라가 항구에 불어닥쳐 쌓인 눈더미에 거의 파묻힐 지경이 되어 있었다. 그래도 짐 선장이 입구며 오솔길의 눈을 치워주고 미스 코닐리어가 난로에 불을 피우러 와 있었다.

"잘 돌아왔어요. 하지만 앤! 이런 큰 눈을 본 적 있어요? 2층에라도 올라가지 않으면 무어네 집 같은 건 전혀 보이지도 않아요. 앤이 돌아와 레슬리가 몹시 기뻐할 거예요. 그녀는 거기서 생매장된 거나 같으니까요. 다행히도 딕이 눈을 치울 수 있어 몹시 재미있어 하며 일하지만요. 수전이 내일 오겠다는 전갈을 보냈어요. 아니, 어디로 가세요, 짐 선장님?"

"눈을 헤치고 글렌으로 가서 마틴 스트롱 노인에게 잠깐 다녀오려

하오. 그 노인도 마지막이 멀지 않았고 쓸쓸한 사람이거든요. 친구가 많지 않은데, 이제까지 너무 바빠서 친구를 만들 틈이 없었다나요. 돈은 산더미처럼 가지고 있지만."

미스 코닐리어가 대뜸 말했다.

"그 사람은 신과 돈 양쪽을 섬길 수 없을 바에는 돈에 매달리는 편이 좋다고 생각한 거예요. 그러니 이제 와서 돈이 그리 좋은 친구가 아닌 걸 알더라도 불평할 수는 없어요."

짐 선장은 나갔다가, 뜰에서 무엇인가 생각해낸 듯 잠깐 되돌아왔다.

"블라이스 부인, 포드 씨에게서 편지가 왔소. 인생록을 맡아준 곳이 있어서 가을에 출판된다나 봅니다. 이 소식을 듣고 얼마나 기뻤는지 몰라요. 마침내 활자화되는 것을 볼 수 있으니까요."

미스 코닐리어가 몹시 안됐다는 듯이 말했다.

"저분은 그 인생록에 대한 일이라면 마치 미치광이처럼 열중한다니까요. 내 생각 같아서는 지금 이대로도 세상에 책이 너무 많은 것 같은데."

의사 길버트

길버트는 묵직한 의학책을 내려놓았다. 3월의 저녁 어스름이 스며들어 읽을 수 없게 될 때까지 열심히 탐독하고 있었던 것이다.

길버트는 의자에 등을 기대고 생각에 잠겨 창 밖을 바라보았다. 봄도 첫무렵이었다. 아마 1년 가운데 가장 볼품 없는 계절이리라.

저녁 햇빛조차 죽은 것처럼 질척거리고 음울한 풍경과 흐물흐물 녹기 시작하여 거무스름해진 항구의 보기 흉한 얼음을 숨길 수 없었다.

생명 있는 것들은 다 어디에 간 건지 하나도 보이지 않았고, 다만 커다란 검은 까마귀 한 마리가 푸르스름한 잿빛 벌판 위를 쓸쓸하게 날고 있을 뿐이었다.

길버트는 망연하게 이 까마귀에 대해 생각하고 있었다. 저 까마귀에게는 가족이 있을까? 까맣지만 얼굴이 예쁜 아내가 글렌 저쪽 숲에서 남편이 돌아오기를 기다리고 있을까? 아니면 구혼에 열중하고 있는 젊은 멋쟁이 수놈 까마귀일까? 또는 세상을 등지고 혼자 여행하는 게 가장 좋다고 믿는 외톨이일까?

무엇이었든 이윽고 까마귀는 자신과 같은 색깔의 어둠 속으로 모습을 감추었고 길버트는 집안에 있는 좀더 밝은 곳으로 눈길을 돌렸다.

난롯불이 아른아른 흔들리면서 온갖 것에 비추어 반사되고 있었다. 고그와 매고그의 흰빛과 초록색 웃옷에, 깔개 위에서 불을 쬐고 있는 아름다운 세터의 반드르르한 갈색 머리에, 벽에 걸린 그림액자에, 내닫이창문에 만든 조그만 꽃밭에서 꺾어 꽃병에 가득 꽂은 나팔수선화에, 그리고 앤에게 빛을 보내 그림자를 만들며 춤추고 있었다.

앤은 바느질감을 곁에 두고 작은 테이블 옆에 앉아 손을 무릎 위에서 깍지낀 채 난롯불을 바라보며 머릿속에 그림을 그리고 있었다. 하늘 높이 솟은 탑이 달빛 어린 구름이며 저녁놀진 모래톱을 꿰뚫고 있는 스페인 성—희망의 항구에서 귀중한 짐을 싣고 곧장 포 윈즈 쪽으로 오고 있는 배. 앤은 밤낮으로 으스스한 공포가 감도는 그림자에 둘러싸여 환상이 어둡기만한데도 불구하고 다시 몽상에 잠기기 시작했다.

길버트는 언제나 자신을 가리켜 '오래 전에 결혼한 남자'라고 말하곤 했었다. 그러나 지금까지도 도저히 믿어지지 않는다는 연인의 눈으로 앤을 바라보았다. 앤이 정말 자기 사람이라는 게 아직도 믿어지지 않았다. 이 꿈의 집에서 앤은 중요한 자리를 차지하고 있으니 꿈에 지나지 않을는지도 모른다. 마술이 언젠가 효력을 잃고 꿈이 사라지지 않기를 기도하면서 길버트의 마음은 아직도 앤 앞에서는 발 끝으로 서는 불안한 느낌이었다.

길버트는 가만히 앤을 불렀다.

"앤, 내 말을 들어주지 않을래. 이야기하고 싶은 게 있어."

앤은 난롯불빛이 비치는 어둠 속에서 길버트를 바라보며 들뜬 목소리로 물었다.

"뭔데? 아주 무서운 얼굴을 하고 있네, 길버트. 정말이지 나는 오늘

아무것도 잘못하지 않았어. 수전에게 물어봐."

"내 이야기는 당신을 뜻하는 게 아니야. 우리의 일도 아니고. 딕 무어에 관한 거야."

"딕 무어에 대한 것?"

앤은 앵무새처럼 되풀이하더니 자세를 고쳐앉았다.

"대체 딕 무어에 대해 또 무슨 할 얘기가 있는데?"

"요즘 나는 딕에 대해 늘 생각하고 있었어. 작년 여름 딕의 목에 생긴 종기를 내가 치료한 것을 기억하지?"

"응, 기억해."

"그 기회에 딕의 머리 상처자국을 자세히 조사해 보았었어. 전부터 딕이 의학적 견지로 보아 아주 흥미 있는 경우라고 생각하고 있었거든. 요즘 나는 머리에 고리 모양의 톱으로 구멍을 뚫는 수술의 역사와 그 방법을 쓴 실례에 대해 연구하고 있었어.

앤, 만일 딕을 좋은 병원에 데려가 두개골에 몇 군데 구멍을 뚫는 수술을 한다면 기억과 지능을 되찾을지도 모른다는 결론에 이르렀어."

"길버트! 설마 진심이 아닐 테지!"

앤의 목소리에는 비난이 담겨 있었다.

"진심이야. 이 사실을 레슬리에게 얘기하는 것이 내 의무라고 여기게 되었거든."

앤은 격렬하게 외쳤다.

"길버트 블라이스, 당신에게 그런 짓은 시키지 않겠어. 아, 길버트, 그런 일은 하지 않겠지. 그렇지? 그토록 잔인할 리가 없어. 그런 일은 하지 않는다고 약속해줘."

"앤, 당신이 그런 식으로 받아들일 줄은 정말 몰랐어. 이성을 되찾아—"

"난 차라리 이성을 찾지 않겠어—이성을 찾을 수 없어—아니, 분별있는 사람은 나야. 터무니없는 건 당신이야, 길버트. 만일 딕이 제 정신으로 돌아오면 그게 레슬리에게 어떤 것을 의미하는지 생각해본 적 있어? 잘 생각해봐 줘! 지금도 레슬리는 이미 너무 불행해. 그래도 간호사 겸 보호자로서 생활하는 게 딕의 아내로서 지내는 것보다 천 배나 나아. 나는 알아. 분명 알고 있어! 그런 일은 생각도 할 수 없어. 당신은 이 일에 끼어들어서는 안 돼. 내버려두는 편이 좋아."

"물론 그 점도 생각해 보았어, 앤. 하지만 나는 의사란 결과에 상관없이 환자의 정신과 신체의 존엄성을 다른 어떠한 사정보다 보호해야 한다고 믿어. 조금이라도 희망이 있으면 건강과 정신을 회복시키기 위해 노력하는 게 의사가 지녀야 할 의무라고 생각해."

그러자 앤은 다른 전략으로 나갔다.

"그 점으로 말하면 딕은 당신 환자가 아니야. 만일 레슬리가 딕을 어떻게 할 수 없겠느냐고 당신에게 의논한다면 그때는 자신의 생각을 레슬리에게 이야기하는 게 의무일지도 몰라. 하지만 당신이 먼저 나설 권리는 없어."

"나는 그렇게 생각하지 않아. 데이비드 대숙부님이 12년 전, 레슬리에게 딕은 어쩔 도리가 없다고 말씀하셨어. 레슬리는 물론 그걸 믿고 있는 거야."

앤은 의기양양하여 외쳤다.

"만일 그것이 사실이 아니라면 어째서 데이비드 대숙부님이 그런 말을 레슬리에게 하셨지? 데이비드 대숙부님도 당신만큼 지식이 있을 것 아냐?"

"그렇다고는 여기지 않아. 이런 말을 하면 내 자랑 같고 건방지게 들릴지도 모르지만. 게다가 대숙부님은 이른바 '최신 유행인 자르고 붙이는 수술방식'에 대해 편견을 가지고 계시다는 걸 당신도 알고 있잖아. 기본적인 맹장염수술조차 반대하시니 말이야."

"대숙부님 말씀이 옳아."

앤은 완전히 싸움터로 바꿔버리고 말았다.

"나로서도 당신들 현대의사는 인간의 육체를 지나치게 실험 대상으로 삼고 있다고 여겨지는걸."

길버트가 반격했다.

"만일 내가 어떤 실험을 겁냈다면, 로더 앨런비는 오늘날 살아 있지 못할 거야. 위험을 무릅썼으니까 그 사람의 목숨을 구했지."

앤은 외쳤다.

"로더 앨런비에 대해서는 진절머리날 만큼 들었어."

그것은 아주 부당했다. 길버트는 로더 앨런비의 생명을 구하는 데 성공했다고 앤에게 보고한 뒤로 앨런비 부인의 이름을 한 번도 입에 올린 적이 없었고, 남들의 입에 오르내린 것은 길버트 탓이 아니었기 때문이다.

길버트는 얼마쯤 기분이 상하고 말았다.

"그 일을 당신이 그런 식으로 생각할 줄은 몰랐어."

길버트는 좀 딱딱하게 말하더니 일어나 진찰실 쪽으로 가려 했다. 비로소 두 사람은 싸움에 다가선 셈이었다.

그러나 앤은 나는 듯 뒤쫓아가 길버트를 되돌아오게 했다.

"자, 길버트, '화난 채로 가버리는' 비겁한 행동은 하지 말아줘. 여기에 앉아. 내가 진지하게 사과할 테니까. 그런 말을 하는 게 아니었어. 다만—아, 당신이—"

앤은 위태로운 곳에서 멈추었다. 하마터면 레슬리의 비밀을 말할 참이었던 것이다.

앤은 힘없이 덧붙였다.

"이런 때 여자가 어떤 심정이 되는지 알아주면 좋을 텐데."

"알고 있다고 생각해. 나도 이 일을 온갖 각도에서 여러 가지로 생각해 보았으니까. 그러자 아무래도 딕을 되돌릴 수 있다고 내가 생각하는 걸 레슬리에게 알리는 게 내 의무라는 결론에 이르렀어. 그것으로 내 책임은 끝나는 거야. 어떻게 하는가를 결정하는 건 레슬리니까."

"당신에게는 레슬리에게 그런 책임을 지울 권리가 없다고 생각해. 레슬리는 이미 더이상 견딜 수 없을 만큼 무거운 짐을 짊어지고 있어. 그리고 그 사람은 가난해. 그런 수술비용을 어떻게 마련하라는 거야?"

길버트는 완고하게 주장했다.

"그것은 레슬리가 결정할 일이야."

"당신은 딕이 낫는다고 생각한다고 했지. 하지만 확실하다고 할 수 있어?"

"어느 누구도 그런 일을 확신할 수는 없어. 뇌 자체가 손상되었을 경우에는 그 결과로 생긴 영향을 지울 수 없어. 그러나 만일 내가 믿고 있듯 딕의 기억과 그 밖의 기능을 잃은 것이 두개골의 어떤 부분이 함몰해서 뇌의 중추에 가하는 압력에 의한 것이라면 고칠 수 있어."

앤은 추궁을 늦추지 않았다.

"하지만 그것은 가능성에 지나지 않잖아! 그럼, 만일 당신이 레슬리에게 이야기해서 그녀가 수술받게 하기로 결정했다고 해. 어마어마한 비용이 들 거야. 레슬리는 빚을 얻거나 얼마 안 되는 농장마저 팔아야만 돼. 그 결과 만약 수술이 실패로 끝나고 딕은 아무 변화가 없다고 해 봐. 레슬리가 어떻게 빚을 갚을 수 있지? 또 농장을 모두 팔면, 아무것도 할 수 없는 그 거구의 남자를 데리고 어떻게 살아갈 수 있어?"

"음, 알고 있어. 그래도 레슬리에게 이야기하는 건 내 의무야. 그 신념에서 나는 도망칠 수 없어."

앤은 신음했다.

"아, 블라이스 집안이 고집세다는 건 나도 알고 있어. 하지만 이 일은 혼자 결정하지 말아줘. 데이비드 대숙부님께 의논해봐."

길버트는 마지못해 털어놓았다.

"이미 했어."

"그랬더니 뭐라고 하셔?"

"요컨대—당신이 말하듯—대숙부님도 내버려두라고 했어. 새로운 수술법에 대한 편견은 어쨌든 대숙부님도 이 일을 당신과 똑같은 관점에서 보고 있는 것 같아. 레슬리를 위해서 그만두라고 말이야."

앤은 그래도 마땅하다는 듯이 소리쳤다.

"그것 봐, 길버트. 당신은 팔십 가까이 되는 분의 판단에 따라야 한다고 생각해. 대숙부님은 그 나이가 되실 때까지 많은 일을 보아오셨고 수많은 사람의 생명을 구하셨어. 그런 훌륭한 분의 의견은 아직 풋내기인 의사가 생각한 의견보다 존중되어야만 해."

"고마워."

"웃지마. 중대한 이야기야."

"내 생각이 바로 그거야. 이건 중대한 문제라구. 여기에 아무것도 할 줄 모르고 무거운 짐만 되어 돌아온 한 남자가 있어. 그 남자가 정상으로 돌아가서 쓸모 있는 사람이 될지도 몰라."

앤이 그 기세를 꺾었다.

"딕이 저렇게 되기 전까지는 그토록 쓸모 있는 사람이었네, 안 그래?"

"좋은 사람이 되어 과거를 보상할 수 있는 기회가 주어질지도 모르잖아. 이 점을 그의 아내는 모르고 있어. 나는 그것을 알고 있고. 그러니까 그런 가능성이 있다는 것을 레슬리에게 이야기하는 게 내 의무야. 요컨대 나는 그렇게 결정했어."

"아직 결정했다고는 말하지 말아, 길버트. 누군가 다른 사람에게 의논해 봐. 특히 짐 선장님이 어떻게 생각하는지 물어보면 좋겠어."

"좋아. 그러나 짐 선장님의 의견에 따른다고는 약속하지 않겠어, 앤.

이것은 남자가 스스로 판단해야만 하는 일이니까. 이 일을 잠자코 있는다면 내 양심은 결코 평생 편하지 못할 거야."

앤은 신음했다.

"어머나, 양심이라니? 데이비드 대숙부님에게도 양심은 있다고 생각해. 그렇잖아?"

"물론 있어. 그러나 내가 대숙부님 양심의 파수꾼은 아니잖아. 알겠어, 앤, 만일 이 일이 레슬리에 대한 것이 아니라면—완전히 추상적인 문제였다면 당신은 분명 찬성했을 거야—찬성하리라는 것을 당신도 알고 있잖아."

"찬성 같은 건 안 해."

스스로 그렇게 믿으려 하며 앤은 딱 잘라 말했다.

"당신은 밤새도록 고집을 피우며 주장할 수 있겠지. 하지만 나를 설득할 수는 없어. 미스 코닐리어에게 어떻게 생각하느냐고 물어보는 건 어때?"

"구원병으로 미스 코닐리어를 동원하는 것을 보니 당신도 어지간히 궁지에 빠진 모양이군, 앤. 미스 코닐리어는 남자가 생각하는 게 다 그렇지 뭐 하며 맹렬하게 화낼 거야. 안 돼, 이건 미스 코닐리어에게 해결해 달라고 할 문제가 아니야. 레슬리 혼자 결정해야만 돼."

앤은 당장이라도 울음을 터뜨릴 것만 같았다.

"레슬리가 어떤 식으로 결정할지 당신도 잘 알고 있잖아. 그녀에게도 의무에 대한 관념은 있어. 어째서 당신이 그런 책임을 자신의 어깨에 짊어져야 하는지 모르겠어. 나라면 도저히 그럴 수 없을 거야."

길버트가 차분히 인용했다.

"정의는 정의다. 결과를 겁내지 않고 정의의 길을 가는 게 지혜다……"

하지만 앤은 경멸했다.

"어머나, 당신은 시의 한 구절을 써서 설득할 수 있다고 생각하는 모양이지? 그거야말로 남자가 할 만한 짓이야."

말하고 나서 앤은 그만 웃어버렸다. 자못 미스 코닐리어의 말을 흉내낸 것처럼 들렸기 때문이다.

길버트는 다시금 진지한 투로 말했다.

"좋아, 당신이 테니슨을 권위있는 것으로 받아들이지 않는다면, 테니슨보다 더욱 위대한 신의 말씀은 믿을 테지. '네가 진실을 알면, 진실이 너를 자유롭게 하리라.' 나는 진심으로 이 말을 믿어. 이것은 성서 가운데에서도—아니, 어떠한 문학 가운데에서도 가장 위대하고 훌륭한 구절이야—또 진실의 정도를 비교할 수 있다면 이것이야말로 그 무엇보다 값진 진실이라고 할 만한 거야. 일어난 일을 보고 그대로 믿으면 사실대로 얘기하는 게 남자의 첫째 의무지."

앤은 한숨을 쉬었다.

"이 경우, 진실은 가엾게도 레슬리를 자유의 몸으로 만들어주지 않아. 아마 레슬리에게는 지금보다 더욱 괴로운 속박이 되어버릴 테지. 아, 길버트, 나는 도저히 당신이 옳다고 생각할 수 없어."

레슬리의 결의

갑자기 악성 유행성감기가 글렌과 어촌에 발생해서 다음 2주일 동안 길버트는 눈 코 뜰 새 없이 바빠서 약속대로 짐 선장을 방문할 겨를이 없었다.

앤은 만의 하나라도 길버트가 딕 무어에 대한 생각을 단념한 게 아닐까 생각하고, 긁어 부스럼은 금물이라 싶어 그 문제에 대해서는 아무 말도 하지 않았다. 그러나 그 일은 끊임없이 머릿속에 있었다.

'레슬리가 오언을 사랑한다는 것을 길버트에게 말해도 괜찮을까. 길버트는 자기가 안다는 것을 레슬리가 결코 눈치채지 않도록 할 테니, 레슬리는 자존심을 상처받는 일이 없을 것이고 그렇게 하면 길버트도 마음을 돌릴지도 몰라.

말할까. 이야기해 버릴까? 아니, 역시 말할 수 없어. 약속은 신성한 거야. 그리고 내게는 레슬리가 간직한 비밀을 누설할 권리가 없으니까. 하지만 아, 이렇게 골치아픈 일은 태어나서 처음이야. 덕분에 올봄은 망쳤어. 모든 게 다 엉망진창이 되어버렸어.'

어느 날 저녁, 길버트가 불쑥 짐 선장에게 다녀오자고 말했다. 실망하면서도 앤은 어쩔 수 없이 동의했고, 두 사람은 집을 나섰다.

화사한 햇빛이 빛나는 2주일 동안은 길버트의 까마귀가 날고 있던 황량한 경치에 기적을 가져왔다. 동산이며 들판은 완전히 건조되어 따뜻한 갈색으로 바뀌었고 바야흐로 꽃망울이 터져 꽃이 피려 하고 있었다.

바다는 다시 웃음으로 몸을 뒤흔들고 있었다. 항구를 에워싸는 긴 길은 한 가닥의 빛나는 빨간 리본 같았다. 모래언덕에서는 '황어'를 낚으러 온 소년들이 지난 여름 빽빽이 난 메마른 풀을 태우고 있었다. 불길은 모래언덕의 하늘을 장밋빛으로 물들이고 그 앞 어두운 세인트 로렌스 만을 배경으로 진홍빛 깃발을 나부끼게 하면서, 해협과 어촌을 밝게 비추고 있었다.

그림처럼 아름다운 광경이어서, 여느 때라면 앤의 눈을 기쁘게 해주었을 것이다. 그러나 앤은 이 산책을 즐기고 있지 않았다. 길버트도 마찬가지였다. 슬프게도 두 사람 사이에는 여느 때 마음이 통하는 동료의식도, 취미와 사고방식을 함께하는 요셉의 일족이라는 의식도 사라지고 없었다.

이 계획에 대해 앤이 완전히 반대하는 심정은 꼿꼿이 세운 머리나 일부러 그러는 듯한 정중한 말투에 잘 나타나 있었다. 길버트는 블라이스 집안의 센 고집을 그림으로 그린 듯 입을 굳게 다물고 있었지만 눈빛은 걱정스러운 마음에 그늘져 있었다. 길버트는 자기 의무라고 믿는 바대로 할 작정이었으나 앤과의 불화라는 값비싼 대가를 치러야 했다.

어쨌든 등대에 닿았을 때에는 둘 다 안도하는 기분이었다. 그리고 불안이 가셨다는 사실에 가슴이 아팠다.

짐 선장은 손질하고 있던 그물을 치우고 두 사람을 환영했다. 봄날 저녁 사정없이 쏟아지는 햇빛을 받은 짐 선장의 모습은 앤이 이제까지 본 적 없을 만큼 나이들어 보였다. 머리칼은 한결 희어지고 두터운 손이 조금 떨리고 있었다. 그러나 파란눈은 여전히 맑고 차분했으

며 그 속에서 범상치 않은 영혼이 씩씩하게 아무 두려움없이 그들을 바라보고 있었다.

길버트가 찾아온 까닭을 설명하는 동안 짐 선장은 아연하여 말도 못하고 잠자코 듣고만 있었다.

이 노인이 얼마나 레슬리를 소중히 여기는지 앤은 알고 있었기에 반드시 자기편을 들어주리라 굳게 믿고 있었다. 하기야 그 일로 길버트가 마음을 바꿀 거라고는 기대하지 않았지만.

짐 선장이 느릿느릿 슬픈 듯하면서도 망설이는 기색없이 자기로서는 레슬리에게 이야기해야만 할 것 같다고 말했을 때 앤의 놀라움은 말할 수 없이 컸다.

앤은 비난을 담아 외쳤다.

"어머나, 짐 선장님, 그렇게 말씀하실 줄은 꿈에도 몰랐어요. 레슬리에게 더 이상 고생을 시켜서는 안 된다고 생각하실 줄 알았는데요."

짐 선장은 고개를 저었다.

"물론 고생시키고 싶지 않아요. 나는 부인의 마음을 이해하고 있어요, 블라이스 부인. 나도 같은 마음이니까요. 그러나 우리가 인생을 항해하는 데 필요한 키는 감정이 아니오. 만약 그렇다면 쉴새없이 난파하게 되지요.

안전한 나침반은 단 하나, 우리는 그것에 의해 침로를 정해야만 합니다. 즉 어떻게 하는 게 옳은가 하는 것이죠. 나는 선생에게 찬성이오. 딕이 나을 가망이 있다면 레슬리에게 알려야 해요. 이쪽이냐 저쪽이냐 망설일 일이 아니라고 생각합니다."

앤은 체념했다.

"좋아요, 미스 코닐리어가 당신들 남자 두 분을 공격할 때까지 기다리고 계세요."

짐 선장은 시인했다.

"미스 코닐리어는 틀림없이 우리를 난파할 만큼 마구 뒤흔들어 놓을 거요. 당신들 두 여성분은 꽃처럼 사랑스럽긴 하지만 이성적으로 생각하지는 않는 것 같군요. 블라이스 부인, 좀 이치에 맞지 않습니다. 부인은 고등교육을 받았고 미스 코닐리어는 그렇지 못하지만, 그 점에 있어서 두 사람은 꼭 닮았어요. 그렇다고 그것이 꼭 나쁘다는 건 아닙니다. 이성이란 때로는 잔인하고 무정한 것이거든요. 자! 진정들하고 우선, 차를 한 잔 듭시다. 차를 마시면서 유쾌한 이야기라도 해서 기분을 바꿉시다."

짐 선장의 따뜻한 차와 즐거운 이야기 덕분에 앤의 흥분도 가라앉아서 적어도 집으로 돌아오는 길에 길버트를 괴롭히는 말은 하지 않았다. 앤이 그 문제는 전혀 언급하지 않고 기분 좋게 이야기하는 것을 보고 길버트는 앤이 이의는 달았지만 용서했음을 알았다.

앤은 슬프게 말했다.

"짐 선장님은 올봄들어 퍽 쇠약해졌고 허리도 굽으신 것 같아. 겨울 이래 갑자기 나이드셨나봐. 이제 곧 사라져버린 마거릿을 찾으러 가버리는 게 아닐까. 그걸 생각하면 괴로워."

길버트도 같은 기분이었다.

"짐 선장이 '바다에 나가고' 만다면 포 윈즈는 완전히 딴곳이 될 거야."

다음날 저녁 길버트는 시냇물 위쪽 집으로 찾아갔다. 앤은 길버트가 돌아올 때까지 어두운 마음으로 안절부절 서성거리고 있었다. 길버트가 방에 들어오자 앤은 다급히 물었다.

"레슬리는 뭐라고 했어?"

"거의 아무 말도 하지 않았어. 멍한 모양이야."

"수술받게 할 거래?"

"잘 생각해서 곧 결정하려나봐."

길버트는 난로 앞 안락의자에 몸을 던졌다. 몹시 지쳐 있는 듯했다.

레슬리에게 이야기하는 건 길버트 또한 쉬운 일이 아니었던 것이다. 그리고 길버트가 하는 이야기에 담긴 뜻을 알았을 때 레슬리 눈에 나타난 표정은 공포의 도가니에 몰아넣은 듯 다시 돌이켜보아도 꺼림칙한 게 있었다. 이미 주사위가 던져진 지금, 길버트는 자신의 판단이 옳았는지에 대해 의문이 들면서 두려움에 사로잡혀 버렸다. 앤 또한 그런 길버트를 보면서 후회하기 시작했다. 길버트 옆 깔개에 살며시 앉아 앤은 찰랑거리는 자신의 빨강머리를 길버트의 팔에 기댔다.

"길버트, 이번 일로 내가 심한 말 많이 했지? 이제 그러지 않겠어, 그러니 부탁이야. 불 같은 성격을 지닌 빨강머리 여자라 어쩔 수 없다고 생각하고 용서해줘."

이로써 길버트는 결과가 어떻게 되든, 내가 뭐랬어 하는 말을 듣는 일만은 없을 것임을 알았다. 그래도 길버트는 그것으로 완전히 위로받은 것은 아니었다. 추상적인 의무와 실제적인 의무는 전혀 다른 것으로, 특히 최선을 다한 결과가 비탄에 빠진 여자의 흔들리는 눈길을 보았을 때에는 더더욱 그러했다.

다음 사흘 동안 앤은 본능이 시키는 대로 레슬리를 가까이 하지 않았다. 사흘째 저녁 레슬리가 작은 집으로 찾아와 결심이 섰으며 딕을 몬트리올에 있는 병원에 데려가 수술받게 하겠다고 길버트에게 말했다.

얼굴이 몹시 창백하고 전처럼 사람을 가까이하지 못하게 하는 망토를 빈틈없이 두르고 있는 것 같았으나, 그녀의 아무 감정 없는 눈은 길버트를 고뇌에 빠지게 한 그 표정이 사라지고 금세 싸늘한 거울처럼 빛나고 있었다. 레슬리는 상세한 절차에 대해 거침없이 사무적인 태도로 길버트와 상의했다. 막상 들어보니 몇 가지 계획을 세워야 하며 고려해야 할 일들이 많았다. 레슬리는 수술에 필요한 사항을 알자 홱 돌아섰다.

앤이 가는 길까지 바래다주겠다고 하자 레슬리는 무뚝뚝하게 거절했다.
"그러지 않는 게 좋을 거예요. 오늘 내린 비로 땅이 질척거리니까요. 잘 있어요."
앤은 한숨을 쉬었다.
"나는 친구를 잃어버리고만 것일까? 만일 수술이 성공하여 딕의 정신이 돌아온다면, 레슬리는 어느 누구도 발견하지 못할 깊숙한 마음의 요새에 틀어박혀 버릴 거야."
길버트가 말했다.
"아마 딕한테서 떠나지 않을까?"
"레슬리는 절대로 그런 짓은 하지 않아. 그녀는 강한 의무감을 가졌으니까. 언젠가 말해 주었는데, 그녀의 할머니인 웨스트는 책임을 맡은 이상 그 결과가 어찌되든 그것을 피해서는 안 된다고 늘 일러주었대. 그것이 그녀가 세운 기본법칙 가운데 가장 중요한 한가지야. 꽤 구식이라고 여겨져."
"앤, 그런 말을 해서는 안 돼. 실은 당신 스스로도 구식이라고는 여기지 않잖아. 책임 안에 있는 신성함에 대해서 당신도 같은 생각이잖아. 그것이 옳은 거야. 책임회피는 우리들 현대사회에 뿌리내린 저주야. 이 세상에 우글거리고 있는 온갖 불안과 불만의 원인이지."
앤은 웃으며 놀리듯 말했다.
"이렇게 설교자는 말했노라."
그러면서도 앤은 길버트가 옳다는 것을 느꼈고, 한편으로는 레슬리의 처지를 생각하자 마음이 무거웠다.
1주일 뒤, 미스 코닐리어가 눈사태 같은 거친 기세로 작은 집에 들이닥쳤다. 길버트가 없어서 앤은 혼자 그 충격을 견뎌내야만 했다.
미스 코닐리어는 모자를 벗기도 전에 성급히 말하기 시작했다.
"앤, 내 귀에 들어온 얘기가 사실은 아니겠죠? 블라이스 선생이 레슬리에게 딕이 나을 수 있다고 말해서 몬트리올로 수술받으러 가게 되었다고 하던데?"
앤은 자기편을 맞은 듯하여 용감하게 대답했다.
"네, 맞아요, 미스 코닐리어."
미스 코닐리어는 몹시 흥분했다.
"어떻게 그런 인정머리에 어긋나는 잔인한 짓을 할 수 있어요? 정말이지! 블라이스 선생은 분별 있는 사람이라고 여겼었는데요. 이런 일을 하리라고는 생각도 못했어요."
"블라이스 선생은 의사로서 딕에게 나을 가망이 있음을 레슬리에게 말해주는 게 의무라고 생각한 거예요."
앤은 변호사처럼 대답하고 나서 길버트에게 충실한 아내가 되고 싶다는 마음이 자신의 기분을 눌러 다시 덧붙였다.
"그리고 나도 길버트의 생각에 찬성하고 있어요."
"아니, 그럴 리가 없어요, 앤. 조금이라도 자비로운 마음이 있는 사람이라면 적어도 그렇게 하지 않을 거예요."
"짐 선장님도 찬성했어요."
미스 코닐리어가 화가 나 외쳤다.
"그 바보 같은 늙은이의 말은 끌어댈 필요도 없어요. 누가 찬성하든 내가 알 바 아니에요. 제발 생각해 봐요. 가엾게도 궁지에 몰려 괴로워하고 있는 그녀가 앞으로 어떻게 될지 생각해봐요."
"우리도 생각해 보았어요. 하지만 길버트는, 의사란 그 누구보다 먼저 환자의 정신적 신체적인 상태를 최우선으로 생각해야 한다고 믿고 있어요."
이제 미스 코닐리어는 화났다기보다 슬픈 듯이 말했다.
"남자들이 생각하는 게 다 그렇지, 뭐. 하지만 앤은 좀더 나은 사람이라고 여겼었는데요."
그리고 미스 코닐리어는 앤이 길버트를 공격하는 데 쓴 것과 똑같은 방법으로 앤을 공격하기 시작했다. 앤은 길버트가 자신을 방어하고자 쓴 무기를 써서 용감하게 남편을 감쌌다. 다툼은 오래 이어졌지만 마침내 미스 코닐리어가 결말을 냈다.

"극악하고 수치스러운 행위예요."

미스 코닐리어는 금방이라도 울음을 터뜨릴 것 같았다.

"그렇게 말할 수밖에 없어요. 극악하고 수치스러운 행위예요. 레슬리가 가엾어요, 너무너무 가엾어요!"

앤은 간절히 부탁했다.

"딕에 대해서도 조금은 생각해 줘야 한다고 여기지 않아요?"

"딕? 딕 무어에 대해서요? 그 사람은 무척 행복해요. 사회 일원으로서 행동도 평판도 전보다 지금이 훨씬 나아요. 그 사람은 주정꾼이었고 어쩌면 그보다 더 나빴는지도 모르니까요. 이제 그 사람을 또 제멋대로 짖어대고 마시게 하자는 건가요?"

"새사람이 될지도 몰라요."

안타깝게도 앤은 밖에서는 적에게 안에서는 배신자에게 시달리고 있었다.

"흥! 새사람은 무슨! 딕은 술에 취해 싸우다가 다쳐서 저 꼴이 된 거예요. 자업자득이고 하늘이 내린 벌이라구요. 신의 천벌에 선생이 쓸데없이 참견할 건 아니라고 여겨요."

"딕이 어째서 부상을 입었는지는 아무도 몰라요, 미스 코닐리어. 술에 취해 싸운 게 아닐지도 모르죠. 강도에게 당하고 돈을 뺏겼을 수도 있어요."

"돼지가 피리를 불고 싶다 해서 그게 불어지나요? 하지만 앤 말은, 이미 결정되었으니까 떠들어봐야 소용없다는 거겠죠. 그렇다면 나도 더이상 말하지 않겠어요. 줄칼을 물어뜯어 내 이빨을 닳게 하기는 싫으니까요. 그렇게 하기로 했다면 거기에 따르죠. 하지만 무슨 일이 있어도 꼭 그렇게 해야만 하는지 똑똑히 확인하고 싶었어요. 이제 레슬리를 위로하고 격려하는 데 내 모든 정력을 기울이겠어요."

미스 코닐리어는 희망을 걸고 애써 명랑한 기분이 되어 덧붙였다.
"그리고 어쩌면 딕에게는 손쓸 여지가 없다는 결과가 나올지도 모르니까요."

해방

레슬리는 한번 결심이 서자 그녀답게 단호하고 재빠르게 일을 추진했다. 미래에 어떤 생사의 결과가 도사리고 있든 그런 것은 잠시 접어두고 맨먼저 시작한 것은 집안 대청소였다. 시냇물 위쪽 잿빛 집은 미스 코닐리어가 기꺼이 나서서 도와줘 말끔하게 정리되고 티끌 하나 없이 깨끗해졌다.

미스 코닐리어는 하고 싶은 만큼 앤에게 쏟아버리고 그 뒤 길버트와 짐 선장에게도 한바탕 퍼붓자—그 어느 쪽에도 사정을 봐줄 생각은 없었다—이 일에 대해 레슬리에게는 아무 말도 하지 않았다. 딕이 수술받게 된 사실을 받아들이고, 필요한 때에는 사무적으로 얘기했지만 그렇지 않을 때에는 무시했다.

레슬리는 결코 이 일로 이야기 나누려 하지 않았고, 아름답게 갠 봄날을 하루하루 차분하고 조용히 보냈다. 앤을 찾는 일은 거의 없고, 언제나 반듯하고 친구답게 행동했지만 깍듯한 예의 그 자체가 레슬리와 작은 집 사람들 사이에 얼음과 같은 장벽이 되고 있었다.

전과 같은 농담과 웃음 그리고 친밀감도 레슬리의 그 가로막는 장벽은 넘지 못했다.

앤은 상처받았다는 생각은 하지 않으려 했다. 레슬리는 무서운 공포에 사로잡혀 있으므로 행복하고 즐거웠던 때를 힐끗 바라보는 것조차 하지 못하고 있다는 것을 앤은 알고 있었다. 어떤 강렬한 감정에 마음이 사로잡혀버리면 다른 감정은 모조리 제쳐버리고 마는 것이다.

이렇게 견딜 수 없는 공포를 느끼고 미래로 얼굴을 돌리는 것은 레슬리가 태어나서 처음 겪는 일이었다. 그러나 레슬리는 자기가 선택한 길을 꿋꿋이 나아갔다. 마치 끝내는 화형에 처하여 모진 괴로움이 기다리고 있음을 알면서도 택한 순교자처럼 말이다.

비용 문제는 앤이 걱정했던 것보다 훨씬 쉽게 해결되었다. 필요한 금액을 레슬리는 짐 선장에게 빌렸는데, 레슬리가 막무가내여서 짐 선장은 손사래를 쳤는데도 어쩔 수 없이 작은 농장을 저당으로 잡았다.

미스 코닐리어가 앤에게 말했다.

"이것으로 그 가여운 레슬리 마음의 짐이 하나 덜어진 셈이에요. 나도 마음이 홀가분해졌어요. 만일 딕이 다시 일할 수 있을 만큼 나으면 이자 정도는 농장에서 벌 수 있을 거고, 낫지 않는다 하더라도 레슬리가 이자를 내지 않아도 될 방법을 짐 선장이 생각해 둔 것을 알고 있어요. 이런 말을 했거든요.

'나도 나이를 먹었소, 코닐리어. 게다가 자식이 없어요. 레슬리는 살아 있는 사람의 선물은 못받더라도 죽은 이로부터라면 받을 거요.'

그러니 그 일은 잘 풀릴 거예요. 다른 일도 모두 이처럼 잘된다면 좋겠지만요. 그 말썽꾼 딕 녀석은 요 며칠 동안 정말 형편없었어요. 악마라도 씌었나봐요, 정말이지. 딕이 하도 말썽을 피워서 레슬리도 나도 도무지 일을 할 수가 없었죠. 레슬리가 키우는 거위를 쫓아 이리저리 뛰어다니는 바람에 거의 모두 죽어버리고 말았어요. 게다가 이쪽이 부탁한 일은 하나도 해주지 않는다니까요.

때로는 앤도 알다시피 양동이로 물을 길어오든가 장작을 날라다주어 제법 도움이 될 때도 있지만, 이번주에는 글쎄 우물에 물을 길러 보냈더니 자기가 그 안으로 기어들어가려 하는 거예요. 한번은 나도 딕이 거기에 거꾸로 떨어져만 준다면 모든 문제가 잘 해결될 텐데 아쉬워했죠."

"어머나, 미스 코닐리어!"

"그렇게 이름까지 불러가며 놀랄 것 뭐 있어요, 앤? 누구라도 나와 똑같은 생각을 하고 있을 게 뻔하잖아요. 만일 몬트리올에 있는 의사가 딕을 분별 있는 사람으로 만들어준다면 정말 기적이에요."

5월 첫무렵 레슬리는 딕을 몬트리올로 데려갔다. 길버트도 함께 가서 도와주며 필요한 일을 해주었다.

집으로 돌아온 길버트는 딕을 진찰한 몬트리올의 외과의사도 그와 같은 의견으로 딕이 회복할 가망이 크다고 말했다고 보고했다.

미스 코닐리어가 비꼬았다.

"고마운 계시로군요."

앤은 한숨을 쉴 뿐이었다. 헤어질 때 레슬리는 몹시 서먹서먹했으나 편지를 쓰겠다고 약속했다. 길버트가 돌아오고 나서 열흘 뒤 편지가 왔다. 레슬리는 수술이 성공하여 딕이 순조롭게 회복되고 있다고 썼다.

앤이 물었다.

"성공했다는 건 무슨 뜻일까? 딕의 기억이 정말로 되살아났다는 것일까?"

"그렇지는 않을 거야. 그 일에 대해서는 아무것도 씌어 있지 않으니까. 성공이라는 말을 쓴 것은 외과의사 입장에서 보아 수술이 실시되고 그 뒤 정상적인 경과를 보이고 있다는 정도겠지.

딕의 지능이 전체적으로 아니면 부분적으로 회복이 되었는지 알기에는 아직 너무 일러. 기억이 한꺼번에 되살아나는 일은 거의 없으니까. 되살아난다 하더라도 시간이 꽤 걸릴 거야. 내용이 그것뿐이야?"

"이게 그 편지야. 아주 짧아. 가엾게도 그녀는 몹시 긴장되어 신경이 곤두서 있을 게 틀림없어. 길버트, 당신에게 하고 싶은 말이 산더미처럼 있지만, 말하면 심술부리는 게 되고 말 것 같아."

"당신 대신 미스 코닐리어가 말해 주고 있어."

길버트는 쓴웃음을 지었다.

"얼굴이 마주칠 때마다 나를 물어뜯어. 나를 백정이나 별로 다를 바 없다고 여기고, 데이비드 대숙부님이 나를 후계자로 앉힌 것을 두고두고 유감스럽게 생각한다는 것을 노골적으로 얘기해. 감리교파 의사 쪽이 그래도 나보다 낫다는 말까지 했어. 미스 코닐리어가 조목조목 내 죄를 따지고 들면 사형선고를 받아도 놀라지 않을 거야."

수전이 코웃음쳤다.

"미스 코닐리어가 병에 걸리면 부르러 보내는 것은 데이비드 선생님도 아니고 감리교파 의사도 아니에요. 조금이라도 괴롭다고 느껴지면 한밤중이라도 겨우 쉬고 있는 선생님을 깨울 테죠. 그리고 선생님이 주신 계산서가 비싸다느니 뭐니 할 게 뻔해요. 그녀가 하는 말에는 신경쓰지 마세요, 선생님. 세상에는 온갖 사람이 다 있으니까요."

레슬리에게서는 얼마 동안 소식이 없었다. 아름다운 5월은 하루하루 유유히 지나갔고 포 윈즈 바닷가는 초록빛으로 물들고 꽃이 피어 보랏빛이 되었다.

5월 끝무렵 어느 날, 집에 돌아온 길버트는 마구간 근처에서 수전과 마주쳤다.

수전은 무척 심각한 태도로 말했다.

"선생님, 무슨 일 때문인지 마님이 제정신이 아닌 것 같습니다. 오늘 오후 편지가 왔는데요, 그 뒤 내내 뜰을 걸어다니며 혼자 중얼거리고 있어요. 저렇게 걸으면 몸에 좋지 않을 텐데요.

선생님, 마님은 어떤 소식인지 내게 얘기할 마음이 없는 것 같고 나는 주변에 대해 호기심이 많은 편도 아니지요. 하지만 뭔가 깜짝 놀랄 일이 일어난 게 분명해요, 선생님. 저렇게 흥분하면 몸에 좋지 않을 텐데요."

길버트는 걱정이 되어 서둘러 뜰로 갔다. 그린게이블즈에 무슨 일이 있는 것일까? 그러나 시냇가 통나무 벤치에 앉아 있는 앤은 확실히 몹시 흥분하기는 했으나 괴로워하는 얼굴은 아니었다. 눈은 더할 바 없는 잿빛이었고 볼에 붉은빛이 떠올라 있었다.

"무슨 일이 있었어, 앤?"

앤은 기묘한 웃음소리를 냈다.

"이 말을 내 입으로 직접 듣더라도 믿어지지 않을 거야, 길버트. 나도 아직 믿어지지 않는걸. 전에 수전이 말했듯 '빛을 받아 겨우 살아난 파리 같은 심정이야—어질어질해.' 도저히 믿어지지 않아. 편지를 몇십 번이나 읽었지만 그때마다 똑같아. 꿈결 속에 머물러 있는 기분이 들어.

아, 길버트, 당신이 옳았어. 정말로 옳았어. 이제 와서 그것을 똑똑히 알았어. 그래서 나 자신이 부끄러워 견딜 수가 없어. 길버트, 날 용서해 주겠지?"

"앤, 내가 알아들을 수 있게 차근차근 말하지 않으면 마구 흔들어 버릴 거야. 그런 앤을 보면 레드먼드가 몹시 부끄러워할 거야. 무슨 일이 일어났어?"

"당신도 믿지 않겠지—믿지 못할 거야—"

"좋아, 데이비드 대숙부님에게 전화를 걸어봐야겠군."

길버트는 집 쪽으로 가는 척했다.

"앉아, 길버트. 잘 얘기할 수 있을지 모르지만 해보겠어. 드디어 편지가 왔어. 아, 길버트, 너무나 놀라운 편지야. 믿어지지 않을 만큼 놀라운 편지야. 마지막으로 말하지만 우리가 생각지도 못한, 누구 하나 꿈에도 생각지 못했던."

길버트는 체념한 듯 앉았다.

"이런 증상에 응할 단 하나의 수단은 꾹꾹 참고 하나하나 묻는 거지. 그 편지 누구에게서 왔어?"

"레슬리로부터. 그런데 아, 길버트."

"레슬리라고? 그래, 대체 뭐라고 했는데? 딕이 어떻게 되었대?"

앤은 한순간 조용히 극적으로 편지를 들어올렸다가 내밀었다.

"딕이라는 사람은 없었어! 우리가 딕 무어인 줄 알았던 사람은, 포윈즈 사람 모두가 12년 동안 딕 무어로 믿었던 사람은 딕의 사촌인 노바 스코샤의 조지 무어였어. 이 사람은 본디 딕과 무척 닮았었나 봐. 딕 무어는 13년 전 쿠바에서 황열병으로 죽었대."

우정어린 설득

"그럼, 딕 무어가 딕 무어 아닌 다른 사람이었다는 건가요, 앤? 그래서 오늘 전화로 나를 부른 거예요?"

"그래요, 미스 코닐리어. 깜짝 놀랄 일이잖아요?"

미스 코닐리어는 어이가 없다는 듯 말했다.

"정말이지—정말이지—남자가 하는 짓이 그렇다니까요."

미스 코닐리어는 떨리는 손으로 모자를 벗었다. 그녀로서도 태어나서 이렇게 놀란 일은 처음이었다.

"아직도 무슨 소린지 통 모르겠군요, 앤. 당신이 한 말 나는 믿어요. 그렇지만 이해가 되지 않는군요. 딕 무어는 죽었다—그것도 오래 전에—그럼, 레슬리는 자유로운 몸이 된 셈이군요?"

"네, 그래요. 진실이 그 사람을 자유롭게 만들어준 거예요. 길버트는 그 구절이 성서 가운데 가장 훌륭하다고 말했는데, 그 말이 옳았어요."

"앤, 내게 모든 걸 이야기해 줘요. 앤에게서 전화가 걸려온 뒤로 정말이지 머리가 온통 뒤죽박죽 되어버리고 말았어요. 코닐리어 브라이언트가 이렇게 허둥대고 당황한 것은 생전 처음이에요."

"그게 다예요. 오히려 레슬리 편지는 짤막한걸요. 자세한 일은 씌어 있지 않아요. 그 사람, 즉 조지 무어가 기억을 되찾아 자기가 누구라는 것을 알았던 거예요. 조지 말로는, 딕은 쿠바에서 황열병에 걸려서 '네 자매 호'는 딕을 태우지 못한 채 출범해야만 했대요. 그래서 조지가 뒤에 남아 딕을 간호했는데, 얼마 안 되어 딕이 죽어버렸구요. 조지는 곧 돌아와 레슬리에게 스스로 말할 작정으로 편지를 쓰지 않았던 거래요."

"그럼, 어째서 그렇게 하지 않았죠?"

"사고가 나서 그렇게 하지 못했던 게 아닐까요? 길버트는 조지 무어가 사고에 대해서도, 또한 어째서 그렇게 되었는지도 틀림없이 기억하지 못할 것이고 또 생각해 내지도 못할 거라고 말했어요. 아마 딕이 죽은 바로 뒤에 일어난 게 아닐까요. 레슬리에게서 다시 편지가 오면 좀 더 자세한 일을 알 수 있겠죠."

"레슬리는 앞으로 어떻게 할 셈인지 씌어 있어요? 언제 돌아온대요?"

"그래도 조지 무어가 퇴원할 때까지 곁에 있어 주겠대요. 레슬리는 노바 스코샤에 있는 조지 집안사람들에게 편지를 보냈대요. 조지의 가장 가까운 친척은 조지보다 훨씬 손위인 시집간 누님뿐인 듯해요. 조지가 '네 자매 호'로 출범했을 때 그 누님은 살아 있었지만, 그 뒤에 어떻게 되었는지는 알 수 없지요. 혹시 조지 무어를 만난 적 있어요, 미스 코닐리어?"

"있어요. 생각나요. 18년 전 조지가 애브너 아저씨 집에 놀러왔었죠. 조지와 딕이 17살쯤 된 때였나봐요. 이 두 사람은 아버지끼리 형제, 어머니끼리는 쌍둥이인 이중 사촌간이라 무척 닮은 데가 있었어요. 그렇다고—"

미스 코닐리어는 경멸하듯 덧붙였다.

"소설에서처럼 두 사람이 너무 닮아서 뒤바뀌어도 가장 가까운 가족조차 알아보지 못할 만큼 그렇게 기형적으로 닮은 것은 아니었어요.

그 무렵 두 사람이 함께 있는 것을 가까이에서 보면 어느 쪽이 조지고 어느 쪽이 딕인지 쉽게 가려졌죠. 따로따로 있든가 먼 곳에서는 그리 잘 알 수 없었지만요. 그래서 장난꾸러기 녀석들 둘은 늘 사람을 속이며 재미있어 했었어요.

조지 무어 쪽이 딕보다 좀 키가 크고 살집도 좋았죠. 하기야 둘 다 뚱뚱한 쪽은 아니었지만요. 둘 다 여윈 편이었어요. 딕은 조지보다 혈색이 좋고 머리색깔이 좀 연했지요. 하지만 얼굴은 꼭 닮았고 둘 다 눈이 이상했어요. 한쪽 눈은 파랗고 또 한쪽 눈은 개암빛이었거든요.

그런데 다른 점에서는 조금도 닮지 않았어요. 조지는 정말 좋은 사람이었지만 장난을 치면 걷잡을 수 없었고 그 무렵부터 이미 술을 즐겼다고 말하는 사람도 있었어요. 그래도 모두 딕보다는 조지 쪽을 좋아했어요. 여기서 한 달쯤 지냈죠.

레슬리는 한 번도 만난 일이 없어요. 그 무렵 레슬리는 아직 8, 9살로, 지금 생각났는데 겨우내 항구 건너편 웨스트 할머니에게 가 있었어요.

짐 선장도 집에 없었어요. 마그달레나 제도에서 난파한 것이 그해 겨울이었죠. 짐 선장도 레슬리도 노바 스코샤에 꼭 닮은 사촌이 있다는 얘기는 아마 듣지 못했을 거예요. 짐 선장이 딕을, 아니, 조지를 데리고 돌아왔을 때, 그 사촌에 대해 생각한 이는 아무도 없었으니까요.

물론 우리는 모두 딕이 퍽 달라졌다고는 생각했어요. 아주 보기싫게 살쪄 있었으니까요. 하지만 그것은 그 사고 탓으로, 그것이 이유라고 우리는 생각했었죠. 아까 말했듯 조지도 본디 뚱뚱한 편은 아니었으니까요. 게다가 달리 확인할 수 있는 방법이 있는 것도 아니고. 그 남자는 완전히 돌아버렸으니까요. 우리가 모두 속고 말았던 것도 큰 무리가 아니었어요.

그렇다쳐도 정말 어이없는 일 아니에요? 그 덕택에 레슬리는 아무 관계도 없는 남자를 보살피느라 인생에서 가장 좋은 시기를 희생하고 말았으니! 아, 남자란 정말이지 꼴도 보기 싫어! 무슨 일이건 제대로 하는 게 없다니까! 어떤 남자고 간에 제대로 된 작자를 본 적이 있느냐구요. 화가 나서 미치겠어요."

앤이 말했다.

"길버트도 짐 선장님도 남자예요. 그 두 사람 덕택에 진실이 밝혀지게 되었잖아요."

미스 코닐리어는 마지못해 양보했다.

"그래요, 그건 나도 인정해요. 의사 선생을 그처럼 깎아내려 잘못했다고 생각해요. 지금까지 남자에게 말한 일로 부끄럽다고 여기는 건 이번이 처음이에요. 하지만 선생에게 그렇게 말할 수 있을 듯싶지는 않으니 이해해 주어야 해요.

이봐요, 앤. 신이 우리의 기도를 모두 들어주시지 않는 것은 고마운 일이에요. 나는 수술받아 딕이 낫지 않기를 열심히 기도드리고 있었으니까요. 물론 분명하게 말로 표현한 것은 아니지만요. 하지만 마음속으로 늘 그렇게 생각했으니까 신께서는 분명 알고 계셨을 거예요."

"그렇다면, 신께서 미스 코닐리어가 올린 기도의 참뜻을 들어주신 거예요. 레슬리에게 더이상 불행한 일이 일어나지 않도록 부탁드렸잖아요. 나도 마음속으로는 수술이 성공하지 않도록 빌지 않았나 싶어요. 그래서 너무너무 부끄러워요."

"레슬리는 어떻게 받아들이는 것 같아요?"

"아직도 멍한 상태로 편지를 쓴 것 같아요. 우리와 마찬가지로 그녀도 믿지 못하는 것이 아닐까요. '나는 모든 게 이상한 꿈처럼 여겨져요, 앤.'이라고 씌어 있었어요. 자기가 처한 상황에 대해선 그것밖에 말하지 않았어요."

"가엾게도! 긴 감옥살이를 마친 죄수가 얼마 동안 쇠사슬이 없으면 어딘지 허전해서 어찌할 바를 모르는 그런 것이겠죠. 앤, 아무리 떨쳐내려 해도 머리에서 떠나지 않는 생각이 있는데, 오언 포드는 어떨까요? 우리 둘 다 알고 있듯이 레슬리는 그 사람을 좋아했잖아요. 그 사람 쪽에서도 레슬리를 좋아한다고 느낀 적 없나요?"

"네—어쩌면—약간."

이쯤은 말해도 좋을 거라고 앤은 생각했다.

"확실한 근거가 있는 건 아니지만 난 틀림없이 좋아할 거라는 생각이 들어요. 그런데 앤, 내가 중매쟁이로 어울리지 않는 건 신께서도 아시고 그런 일을 나는 경멸하고 있어요. 하지만 내가 앤이라면 저 포드라는 남자에게 편지를 쓸 때 무슨 일이 있었는지 넌지시 얘기하겠어요. 나라면 반드시 그렇게 해요."

앤은 좀 어색하게 말했다.

"물론 그 사람에게 편지 보낼 때 그 일에 대해서도 쓸 거예요."

어쨌든 이것은 미스 코닐리어와 이야기할 사항이 아니었다. 그러나 레슬리가 자유의 몸이라는 소식을 듣고 나서 줄곧 같은 생각이 자기 마음에 숨어 있었던 것을 앤도 인정해야 했다. 그러나 함부로 입에 올려서는 안 된다고 생각했다.

"물론 서두를 것은 없어요, 앤. 하지만 딕 무어는 13년 전에 죽었고, 딕 때문에 레슬리는 자기 인생을 너무 헛되이 보내고 말았으니까요. 결과가 어떻게 될지 지켜보기로 하죠. 그런데 조지 무어는 이미 죽은 줄 알고 있었는데 살아서 돌아왔으니 그야말로 남자가 할 만한 짓이잖아요? 나는 정말 딱하다는 생각이 들어요. 어디에도 갈 곳이 없을 테니까요."

"아직 젊은걸요. 완전히 낫기만 하면, 자기가 있을 곳을 스스로 찾지 않을까요? 가엾게도 무척 기묘한 심정일 거예요. 그 사고를 당한 뒤 지나간 세월은 그 사람에게 존재하지 않는 것이나 같으니까요."

돌아오다 레슬리

2주일 뒤 레슬리 무어는 오랫동안 쓰라린 세월을 보냈던 낡은 집으로 혼자 돌아왔다. 레슬리는 6월 어스름 속에 들판을 넘어 훈훈한 봄 향기가 넘치는 앤의 집뜰에 갑자기 유령처럼 나타났다.

앤이 깜짝 놀라 소리쳤다.

"레슬리! 어디서 솟아났죠? 레슬리가 돌아온 것을 우린 전혀 모르고 있었어요. 어째서 편지하지 않았어요? 마중하러 나갔을 텐데."

"왠지 편지를 쓸 수가 없었어요, 앤. 펜과 잉크로 털어놓는 건 도저히 무리다 싶어서요. 그리고 남의 눈에 띄지 않게 조용히 돌아오고 싶었어요."

앤은 레슬리를 안고 키스했다. 레슬리도 다정하게 입맞춤으로 답했다.

얼굴빛이 좋지 않고 피로한 모습으로 돌아온 레슬리는 엷은 은빛 어스름 속에 금빛 별처럼 반짝이고 있는 커다란 수선화 꽃밭 옆 풀밭에 앉으며 희미하게 한숨을 내쉬었다.

"그럼, 혼자 온 거예요, 레슬리?"

"네, 조지 무어 누님이 몬트리올에 와서 조지를 데리고 돌아갔어요. 가엾게도 조지는 나와 헤어지는 것을 싫어했어요. 처음으로 기억을 되찾았을 때 그 사람에게 나는 전혀 모르는 사람이었는데도 말이죠.

조지는 딕의 죽음이 자기로서는 어제 일처럼 여겨지는데 그렇지 않다는 것을 스스로 납득하지 못했어요. 며칠 동안은 내게 잔뜩 의지하고 있었죠.

모든 것이 조지에게는 괴로운 일뿐이었어요. 나는 한껏 도와주었죠. 그래도 그 사람의 누님이 오자 훨씬 편해졌어요. 조지는 바로 얼마 전에 만났던 것으로 여겨졌던 모양이에요. 마침 누님이 그리 달라지지 않아서 다행이었죠."

"레슬리, 모든 일이 이상하고 희한하기만 해요. 우리는 아직 아무도 그 사실을 그대로 믿지 못하고 있어요."

"나도 그래요. 한 시간 전 집에 들어갔을 때, 이것은 꿈이 틀림없다는 느낌이 들었어요. 지금까지 오랫동안 그렇게 해왔던 것처럼 저 어린아이 같은 해맑은 웃음을 떠올린 딕이 아직 거기에 있다는 느낌이 들었어요.

앤, 나는 아직도 멍해요. 기쁘지도 슬프지도 않고 아무 느낌도 없어요. 내 생활에서 무언가가 갑자기 뽑혀나가 무서운 구멍이 뚫린 듯한 기분이에요. 내가 아닌, 마치 누군가 다른 사람으로 바뀌고 말아 아직은 익숙하지 않은 듯한 마음이에요. 견딜 수 없이 허전하고 어리둥절해서 어쩔 줄 모르겠어요.

어쨌든 앤의 얼굴을 다시 볼 수 있어 기뻐요. 앤은 두둥실 떠다니는 내 영혼을 붙잡아주는 닻과 같아요. 오, 앤, 모든 게 무서워요. 소문거리가 되고 호기심어린 질문에 시달리게 되겠죠. 그걸 생각하니 집으로 돌아오지 않을 수 있다면 얼마나 좋을까 싶을 정도였어요.

기차에서 내려보니 데이비드 선생님이 역에 계셨어요. 선생님이 집까지 데려다주었지요. 딱하게도 선생님은 몇 년 전 내게 딕은 나을 수 없다고 말한 것을 몹시 미안해 하고 계셨어요. 오늘도 내게 말씀하셨죠.

'나는 정말로 그렇게 생각했었소, 레슬리. 그때 내 의견에만 의지해서는 안 된다고 말했어야 했는데. 전문의사에게 가야 된다고 말이오. 내가 그렇게 말했다면 레슬리는 이렇게 몇 년씩 괴로운 세월을 보내지 않아도 되었고, 가엾은 조지도 허송세월을 하지 않았을 텐데. 나는 미안해서 견딜 수가 없소, 레슬리.'

'그렇게 생각하지 마세요. 옳다고 여긴 일을 하셨으니까요'라고 나는 말했지요. 전부터 데이비드 선생님은 내게 아주 친절히 대해주셨는걸요. 그렇게 힘들어하시는 것을 보고 있을 수 없어요."

"그런데 딕은—아니, 조지는? 기억이 완전히 회복되었나요?"

"거의 대부분. 물론 아직도 기억 못하는 게 많이 있지만 하루가 다르게 기억을 자꾸만 되살리고 있어요.

딕을 묻어주고 나서 저녁때 산책을 나갔대요. 딕의 돈과 시계를 가지고 있었지요. 그것을 편지와 함께 내가 있는 곳으로 갖고 돌아올 생각이었어요. 뱃사람이 드나드는 곳에 간 일도 그곳에서 술을 마신 것도 기억하고 있지만, 그밖의 것은 아무것도 몰라요.

앤, 조지가 자기 이름을 생각해낸 순간을 나는 영원히 잊지 못할 거예요. 정신은 또렷하지만 적잖이 당혹한 표정으로 나를 물끄러미 쳐다보기에 '딕, 나를 알겠어요?'라고 물었더니 이렇게 대답했어요.

'한 번도 본 적이 없는 분이군요. 댁은 누구입니까? 그리고 내 이름은 딕이 아니라 조지 무어입니다. 딕은 황열병으로 어제 죽었습니다! 여긴 어디죠?' 나한테 무슨 일이 있었습니까?'

나는, 나는 까무라치고 말았어요, 앤. 그 뒤로는 내내 꿈속을 거닐고 있는 듯한 느낌이에요."

"이제 곧 이 새로운 생활에 익숙해질 거예요, 레슬리. 그리고 레슬리는 젊은걸요. 멋진 인생이 눈앞에 펼쳐져 있어요. 앞으로 인생을 자유롭게 보낼 수 있으니까요."

"아마 얼마쯤 지나면 나도 그렇게 생각할지 몰라요, 앤. 지금으로서는 너무나 피곤해서 아무것도 느낄 수가 없고, 장래 일 같은 건 생각조차 못하겠어요. 나는—나는—앤, 쓸쓸해요. 딕이—없어서 쓸쓸해요. 이상하죠? 정말이지 난 가엾은 딕을—아니, 조지를 좋아했나봐요—모든 것을 내게 의지하고 혼자서는 아무것도 못하는 어린아이를 귀여워하듯 말이에요.

단지 스스로 인정할 마음이 없었던 거예요. 사실 부끄럽다고 생각하고 있었어요. 앤도 알다시피 집을 떠나기 전 딕을 나는 몹시 싫어하고 경멸했었는걸요.

짐 선장님이 딕을 데리고 돌아온다고 들었을 때, 나는 딕에 대해 전과 똑같은 감정을 가질 거라고 생각하고 있었어요. 그런데 그렇지 않았지요. 전의 딕을 기억하고 있어서 좋아하지는 않았지만요.

집으로 돌아온 날부터 나는 가엾다는 마음밖에 느끼지 않았어요. 그런 동정을 느낀 것이 오히려 나를 상처주고 괴롭혔죠. 딕은 사고를 당해 저렇게 아무것도 할 줄 모르는 바보로 변해 버렸다고 생각했어요. 하지만 이제 와서 생각하면 전혀 다른 인격이 존재한 셈이죠.

카를로는 그걸 알았던 거예요, 앤. 그것을 지금에야 말이죠. 전부터 나는 카를로가 딕을 못 알아보는 게 참으로 이상하다고 생각했었어요. 개란 대개 주인에게 아주 충실하잖아요. 하지만 카를로는 돌아온 사람이 자기 주인이 아님을 알고 있었던 거예요. 카를로 말고는 우리 가운데 누구 한 사람도 몰랐었지만 말이에요.

나는 조지 무어를 만난 적이 없어요. 이제야 생각났는데 딕이 무슨 말끝에 노바 스코샤에 쌍둥이처럼 자기와 꼭 닮은 사촌이 있다고 무심코 말한 일이 있었어요.

하지만 그 말은 곧 잊어버렸죠. 어차피 그리 중요한 일이 아니라고 생각했을 테지요. 딕이 맞는지 확인해야겠다고 생각한 적도 없었고 모습이 달라진 것은 모두 사고탓이라고 여겼으니까요.

오, 앤, 딕이 나을지도 모른다고 길버트가 말했던 그 4월의 밤! 결코 잊을 수 없어요. 마치 갖은 고문을 당하는 감옥 속에 갇혀 있던 몸이 문이 열려 겨우 풀려나왔다고 생각했죠. 아직 쇠사슬로 묶여 있기는 하지만 감옥 안에 갇힌 것은 아니라고 여겼었는데, 그날 밤 무자비한 손이 다시 그 속으로 끌고 들어가, 전보다 더욱 무서운 고문을 가하게 될 거라고 생각했어요.

그런데 길버트를 원망하고 싶은 생각은 들지 않았어요. 길버트는 옳은 일을 한 거예요. 게다가 길버트는 아주 친절히 대해주었지요. 비용문제도 있고 수술이 불확실하다는 점에서 굳이 그 위험에 도전하지 않는다 해도 나를 나쁘게 생각하지 않는다고 말해 주었어요.

나로서는 어떻게 결정해야 할 것인지 분명 알고 있었어요. 하지만 그것과 정면으로 마주 대할 수가 없었지요. 밤새도록 나는 이 운명과 대결하려고 미친 듯이 방안을 서성거렸어요. 하지만 할 수 없었어요, 앤. 어쩔 수 없다고 생각했지요. 날이 새자 나는 이를 악물고 포기하겠다고 결심했어요. 지금 상태로 내버려두자고 생각했어요. 나쁜 여자였죠. 만약 그 결정을 바꾸지 않았다면 그런 사악한 생각을 한 것에 대해 마땅한 벌을 받았을 거예요. 나는 하루 종일 그 결심을 가슴에 품고 있었어요.

그날 오후에는 글렌으로 장보러 가야만 되었어요. 딕이 얌전하게 꾸벅꾸벅 졸고 있기에 그냥 두고 갔죠. 그런데 생각보다 시간이 늦어지자 딕은 내가 없는 것을 알고 쓸쓸해졌던 모양이에요. 내가 돌아오자 자못 기쁘게 웃는 얼굴로 어린아이처럼 뛰어나와 마중하지 않겠어요.

어찌된 일인지 앤, 나는 그때 지고 말았어요. 저 가엾은 텅 빈 얼굴에 떠오른 미소를 차마 볼 수 없었던 거예요. 마치 어린이한테서 자라고 발전할 수 있는 기회를 빼앗아간 듯한 느낌이 들었죠. 나는 결

Chang.KYe

과가 어떻든 딕에게 기회를 주어야만 한다고 깨달았어요. 그래서 나는 이곳으로 와서 길버트에게 이야기했던 거예요.

오, 앤, 떠나기 전 몇 주일동안 내가 너무한다고 여겼을 테지요. 그럴 생각은 아니었는데, 다만 내가 하지 않으면 안 될 일 말고는 아무것도 생각할 수가 없었어요. 주위 모든 것도 사람도 모두 몽롱한 그림자 같았죠."

"이해해요. 알고 있었어요, 레슬리. 자, 이제 모두 지나간 일이에요. 레슬리를 묶고 있던 쇠사슬은 끊어졌고 이제 감옥 같은 건 없어졌어요."

"그래요. 내가 갇혔던 감옥은 없어졌어요."

레슬리는 햇볕에 그을린 가냘픈 손으로 가장자리에 나 있는 풀을 매만지며 멍하니 되풀이했다.

"하지만 그밖에도 아무것도 없는 듯한 텅 빈 느낌이 들어요, 앤. 그날 밤 모래톱에서 내가 얼마나 바보인지 말한 것 기억하고 있겠지요. 한번 바보가 되면 여간해서 벗어날 수 없다는 것을 알았어요. 때로는 영원히 바보인 채로 있는 사람들도 있고. 그리고 그런 바보로 있는 건 사슬에 매인 개 못지않게 끔찍한 거예요."

"피로와 혼란이 가시게 되면 기분이 달라질 거예요."

레슬리가 모르는 어떤 일을 꾸미고 있는 앤은 지나치게 동정하는 건 그만두기로 했다.

레슬리는 눈부신 금발을 앤의 무릎에 기댔다.

"어쨌든 내게는 앤이 있어요. 이런 친구가 있으니 인생이 완전히 텅 빈 것은 아니에요. 앤, 내 머리를 쓰다듬어줘요. 내가 작은 어린아이인 것처럼 잠깐만 내 어머니가 되어줘요. 그리고 내 고집스러운 혀가 조금 누그러져 있는 동안, 저 바위 해안에서 앤을 만났던 밤부터 우리의 우정이 내게 어떠한 것이었는지 말할게요."

꿈의 배, 항구에

어느 날 아침 거센 바람 속에서 금빛 태양이 세인트 로렌스 만을 빛의 물결로 스미며 떠오르기 시작했을 무렵, 한 마리의 지친 황새가 저녁 별나라로부터 머나먼 포 윈즈 항구에 있는 모래톱 위로 날아왔다.

새는 날개 아래에 졸린 듯 별 같은 눈을 가진 초롱초롱한 아기를 감싸안고 있었다. 황새는 지쳐서 주위를 살피는 눈초리로 둘러보았다. 목적지에 가까워졌다는 건 알고 있었지만 아직 그것이 보이지 않았다.

붉은 사암 벼랑 위에 서 있는 커다란 흰 등대는 좋은 목표가 되었다. 그러나 상식 있는 황새라면 갓 태어난 벨벳 같은 연약한 아기를 그런 곳에 두고 갈 리 없다. 꽃 피는 시냇물 골짜기에 버드나무로 둘러싸인 낡은 잿빛 집 쪽이 훨씬 믿음직해 보였지만, 이것도 왠지 마음에 들지 않았다. 그 앞쪽 눈이 번쩍 뜨이는 것 같은 초록색 집은 아예 거들떠보기도 싫었다.

이때 황새의 표정이 환하게 밝아졌다. 목적지를 발견했던 것이다. 소곤대는 커다란 전나무숲에 안겨 있는 작고 하얀 집으로, 부엌 굴

뚝에서 파란 연기가 구비치며 솟아오르고 있었다. 마치 새로 태어난 아기를 위해 지어진 집 같았다. 황새는 안도의 한숨을 내쉬며 조용히 서까래에 내려앉았다.

30분 뒤, 길버트는 홀을 뛰어가 손님용 침실문을 두드렸다. 졸린 듯한 목소리로 대답이 들리는가 싶자 곧 문 뒤에서 머릴러의 핼쑥하게 겁먹은 얼굴이 나타났다.

"머릴러 아주머니, 방금 어떤 젊은 신사가 도착했다고 앤이 전해달라고 했습니다. 짐은 그리 많지 않지만, 분명 이곳에 오래 머무를 작정인가 봅니다."

머릴러는 망연하여 말했다.

"아, 하느님! 길버트, 설마 모두 끝난 건 아니겠지? 어째서 나를 불러주지 않았나?"

"쓸데없이 아주머니를 번거롭게 하지 말라고 앤이 말했거든요. 두 시간 전까지 아무도 부르지 않았어요. 이번에 다행히 고비는 전혀 없었으니까요."

"그래서—그래서—길버트—아기는 괜찮은 것 같아?"

"괜찮고말고요! 무게가 10파운드나 되고 게다가, 저 우렁찬 울음소리를 들어보십시오. 폐 상태도 전혀 나쁘지 않잖습니까. 간호사가 이 애 머리는 빨개질 거라고 해서 앤이 몹시 화내고 있습니다. 하지만 나는 너무 기쁩니다."

이 날은 작은 꿈의 집에서 일어난 경사스러운 날이었다.

앤은 창백한 얼굴이면서도 좋아 어쩔 줄 모르는 표정이었다.

"수많은 꿈 가운데 가장 멋진 꿈이 실현되었어요. 아, 머릴러, 지난해 여름 그 무서운 기억이 되살아나 도저히 믿어지지 않을 정도예요. 그때 이후로 내내 두통에 시달려왔는데 이제 완전히 사라졌어요."

"이 애가 조이 대신에 기쁨이 되어줄 게다."

"아뇨, 머릴러. 그건 안 돼요. 어떤 경우라도 그것만은 할 수 없어요.

내 이 귀여운 사내아이에게는 이 아이만 머무를 수 있는 장소가 있어야 해요. 그리고 저 혼자만 있을 수 있는 곳이 있고 그건 영원히 그 아이의 것이에요.

살아 있다면 그 애는 만 1살이 넘었어요. 조그만 다리로 아장아장 걸어다니며 혀 짧은 말을 하고 있겠죠. 나는 그 애가 똑똑히 보여요, 머릴러.

아, 신께서는 내가 저세상에서 그 애를 만났을 때 처음 만난 것 같지 않게 해주실 거라고 짐 선장님이 말했는데, 그 말이 맞다는 것을 알았어요. 그것을 지난 1년에 걸쳐 겨우 깨달았어요.

조이의 성장을 하루하루 지켜보고 있었는걸요. 앞으로도 내내 그럴 거예요. 1년 또 1년 커가는 것을 알 수 있을 거예요. 그렇게 하면 그 애를 다시 만날 때 알아볼 수 있을 테니까요. 조이는 낯선 이방인이 아니에요.

오, 머릴러, 이 귀여운 발가락을 좀 보세요! 이렇게 완전히 갖추어져 있다니 신기하잖아요!"

머릴러는 좋으면서도 무뚝뚝하게 대답했다.

"그렇지 않다면 그게 더 신기하지."

모든 일이 무사히 끝난 지금 머릴러는 다시 여느 때의 머릴러로 돌아간 것이다.

"어머나, 그건 알고 있어요. 하지만 아직 완성되어 있지는 않은 듯한 느낌이 들잖아요. 그런데도 작디 작은 발톱까지 갖추어져 있어요. 그리고 이 손은 어머나, 이 손 좀 보세요, 머릴러."

머릴러도 인정했다.

"자못 손다워 보이는구나."

"내 손가락을 꼭 움켜잡고 있어요. 벌써 엄마를 아는가 봐요. 간호사가 데려가려 했더니 울었어요. 아, 머릴러, 이 아이 머리가 빨갛게 될 거라고 생각해요? 설마 그렇게는 생각하지 않을 테죠?"

"어떤 빛깔이든 내게는 그리 머리카락다운 것은 보이지 않는구나. 나라면 좀 더 자라 똑똑히 보일 때까지 그런 일은 걱정하지 않을 게다."

"머릴러도 참! 머리털이 왜 없어요? 머리 전체를 덮고 있는 가늘고 부드러운 솜털을 보세요. 어쨌든 간호사는 이 애 눈이 개암나무빛이 될 것이고 이마는 길버트를 꼭 닮았다고 했어요."

수전이 말했다.

"게다가 더없이 잘생긴 귀를 가지고 있어요, 마님. 나는 무엇보다도 먼저 귀부터 보았어요. 머리털은 종잡을 수 없고 코나 눈은 변하니까 어떻게 될지 알 수 없지만, 귀는 처음부터 끝까지 변하지 않으니까 안심할 수 있거든요. 이 모양을 보세요. 이런! 귀중한 머리 옆에 착 달라붙어 있잖아요. 귀에 대해서만은 결코 부끄러운 마음을 갖지 않을 거예요, 마님."

앤은 행복한 나날 속에서 빠르게 회복해 갔다. 먼 옛날 동방박사들이 베들레헴에 있는 말구유에서 태어난 고귀한 아기(예수 그리스도)에게 무릎 꿇고 경배했던 것처럼 사람들은 마치 왕을 대하듯 갓 태어난 아기 앞에 무릎을 꿇어 왔다. 그리고 이때도 마을사람들은 번갈아 작은 집을 찾아와 앤의 아기에게 진심어린 덕담을 보냈다.

새로운 인생 속에서 차츰 자신을 되찾아가던 레슬리는 황금관을 쓴 아름다운 마돈나처럼 아기 위에 허리를 굽히고 있었다. 미스 코닐리어는 이스라엘의 어느 어머니 못지않은 솜씨로 아기를 얼렀다. 짐 선장은 햇볕에 그을린 커다란 손으로 작은 아기를 안고 자기에게는 태어나지 않았던 자식의 모습을 보듯 사랑스러운 눈길로 바라보았다.

미스 코닐리어가 물었다.

"뭐라고 이름을 지었어요?"

길버트가 대답했다.

"앤이 지었습니다."

"제임스 매슈예요. 당신에게는 기회도 주지 않고 내가 알고 있었던 사람들 가운데 가장 훌륭한 두 신사의 이름을 땄지요."

앤은 장난기 가득한 눈길로 길버트를 보았다.

길버트가 미소 지었다.

"나는 매슈에 대해서는 그리 잘 몰랐어. 그분은 너무 내성적이어서 우리 남자아이들하고는 친하지 않았거든. 하지만 짐 선장님이 신이 흙으로 빚은 사람 가운데 보기드문 훌륭한 사람이라는 데는 나도 동감이야. 우리가 이 작은 녀석에게 선장님의 이름을 따서 지어준 것을 짐 선장님은 무척 기뻐하셨어. 달리 이름을 준 어린애가 없었으니까."

미스 코닐리어가 칭찬했다.

"그렇겠군요. 제임스 매슈는 오래도록 싫증나지 않을 이름인데다 아무리 씻어도 빛이 바래지 않는 이름이에요. 이 애가 할아버지가 되었을 때, 창피하게 여길 호들갑스럽고 낭만적인 이름을 짊어지게 하지 않아서 참 다행이에요.

글렌에 있는 윌리엄 드류 부인은 자기 자식에게 버티 셰익스피어라는 이름을 지어줬어요. 좋은 대조가 되잖겠어요?

그리고 이름을 고르는 데 그리 고심할 필요가 없어서 좋았어요. 꽤 골치아픈 경우도 있으니까요. 스탠리 플랙스의 첫아들이 태어났을 때 누구 이름을 따서 짓는가 하는 것으로 엄청난 경쟁이 벌어져 가엾게도 어린애는 2년 동안 이름 없이 보냈지요.

그러는 사이 동생이 태어나서 마침내 '큰 도련님'과 '작은 도련님'으로 불렸고 양쪽 할아버지 이름을 따서 '큰 도련님'을 피터, '작은 도련님'을 아이적이라는 이름으로 두 사람 함께 세례를 받게 했어요. 그래서 저마다 울음소리로 서로 상대를 이기려고 둘이서 한꺼번에 우는 바람에 혼이 났답니다.

글렌 안쪽의 저 스코틀랜드 고원지방에서 옮겨온 맥너브 집안을 알고 있어요? 아들이 열 둘인데 맏이와 막내가 둘 다 닐이어서 한 가족에 큰 닐, 작은 닐이 있는 셈이지요. 이름 밑천이 떨어졌나봐요."
앤이 따라 웃으면서 말했다.
"어디선가 읽었는데, 첫애는 시지만 열 번째 아이는 아주 평범한 산문이라고 했어요. 아마 맥너브 부인은 열두 번째 아이를 옛날이야기를 되풀이하는 것쯤으로 생각했나보죠."
미스 코닐리어는 갑자기 한숨을 쉬었다.
"대가족에는 나름대로 좋은 점이 있어요. 나는 8년 동안이나 외동딸로 자라서 형제나 자매를 무척 갖고 싶어했죠. 어머니가 하나 점지해 달라고 기도하라고 하셔서 정말이지 나는 열심히 했어요.
어느 날 넬리 이모가 내게 와서 '코닐리어, 2층 어머니 방에 작은 아기가 있다, 보러 가려무나'하기에 나는 무척 흥분하여 가슴을 두근거리면서 날 듯이 2층으로 올라갔어요. 플래그 할머니가 아기를 안아 올려 내게 보여주었어요.
그런데 앤, 그토록 실망한 일은 난생 처음이었어요. 왜냐하면 나는 두 살 손위 오빠를 점지해 달라고 기도를 드렸거든요."
웃음 속에서 앤이 물었다.
"체념하는 데 얼마나 걸렸어요?"
"글쎄요, 오랫동안 신을 원망하며 아기를 몇 주일 동안이나 거들떠보지도 않았죠. 아무도 그 까닭을 몰랐어요. 내가 말하지 않았으니까요. 그러는 사이 아기가 아주 귀여워졌고 내 쪽으로 작은 손을 내밀자 나도 사랑하기 시작했어요.
하지만 정말로 그 애와 화해한 것은 어느 날 몹시 친한 학교친구가 이 아이를 보러 와서, 나이에 비해 꽤 작은 아기라고 말했을 때부터예요. 나는 몹시 화가 나서 그 친구를 몰아세우며 너는 아기를 볼 줄 아는 눈이 없어, 우리집 아기는 이 세상에서 가장 귀여운 아기라고 마구 퍼부어댔지요.
그 뒤로는 정신없이 보살펴주었어요. 그 애가 3살도 되기 전에 어머니가 돌아가시고 말았기에 나는 누나와 어머니의 두 몫을 맡았죠. 가엾게도 동생은 몸이 약해서 20살이 넘자 곧 죽었는데, 앤, 그 아이를 살릴 수만 있다면 나는 무슨 짓이라도 했을 거예요."

미스 코닐리어는 한숨을 지었다.

길버트는 사라졌고, 지붕밑 창문에서 제임스 매슈에게 낮은 목소리로 자장가를 불러주고 있던 레슬리는 제임스 매슈가 잠들어버리자 요람 속에 뉘고 어디론지 가버렸다.

미스 코닐리어는 레슬리가 없다는 것을 확인하고 음모를 꾸미는 사람처럼 소근거렸다.

"앤, 어제 오언 포드한테서 편지가 왔어요. 지금 밴쿠버에 있는데 머지않아 한 달쯤 내 집에서 묵었으면 한대요. 이게 어떤 일인지 앤은 알고 있겠죠? 우리가 잘못된 일을 하고 있는 것은 아닐 테지요."

앤은 재빨리 말했다.

"우리는 조금도 그 일하고 관계없어요. 그 사람이 포 윈즈에 오고 싶다면 말릴 수 없는 일 아니겠어요?"

미스 코닐리어의 속삭임은, 중매를 선다는 느낌이 마음에 들지 않았기 때문이었다. 그렇게 말하고는 마음 약해져 타협적으로 나왔다.

"그 사람이 이곳에 올 때까지는 레슬리에게 그 사람이 온다는 것을 알리지 말아주세요. 그것을 알게 되면 레슬리는 어딘가로 가버릴게 틀림없어요. 어쨌든 레슬리는 가을에 떠날 작정이에요. 요전번 내게 그렇게 말했어요. 몬트리올에 가서 간호사가 되는 공부를 해서 어떻게든 자신의 인생을 살기로 작정했대요."

미스 코닐리어는 고개를 끄덕이며 현명하게 말했다.

"아, 그렇다면 정말 잘 됐어요. 우리는 역할을 다했으니까 나머지는 저 높은 신의 손에 맡기도록 합시다."

바다와 도시

앤이 다시 아래층으로 내려왔을 무렵, 프린스 에드워드 섬도 캐나다 전체와 마찬가지로 총선거를 앞두고 선거전이 한창이었다.

열렬한 보수당인 길버트는 어느 틈엔가 그 소용돌이에 휩쓸려 군내에 열린 이런저런 집회에 연설자로 불려다녔다. 길버트가 정치에 휩쓸리는 것을 못마땅하게 여긴 미스 코닐리어는 앤에게 딱부러지게 말했다.

"데이비드 선생은 그런 일을 하지 않았어요. 블라이스 선생도 곧 후회하게 될 거예요. 정치란 제대로 된 남자라면 관여해서는 안 되는 것이니까요."

앤이 되물었다.

"그렇다면 나라의 정부는 건달들 손에 맡겨두자는 건가요?"

미스 코닐리어는 한 발 물러섰지만 여전히 억지소리를 했다.

"그래요. 단, 보수당 건달들에게 말이에요. 남자와 정치가는 같은 부류라고 생각해요. 자유당 쪽이 보수당보다 죄가 많죠. 훨씬 많아요. 차이는 그것뿐이에요. 하지만 자유당이든 보수당이든 나는 블라이스 선생에게 정치에서 깨끗하게 손을 씻으라고 충고하겠어요. 정신이 들었을 때에는, 이미 블라이스 선생은 자신이 입후보하여 일년에 반은 오타와에 가 있게 되고 본업은 개점휴업이나 마찬가지가 될 테니까요."

"글쎄요, 고생을 사서하는 건 그만두게 해야겠어요. 너무 비싸게 드니까요. 그건 그렇고 젬 도련님을 보세요. G자로 시작되는 Gem(보석)으로 써야 해요. 정말 멋지잖아요? 이 팔꿈치 움푹한 곳을 좀 보세요. 둘이서 이 애를 훌륭한 보수당으로 키우도록 해요, 미스 코닐리어."

"그보다 훌륭한 남자로 키워야지요. 수효가 아주 적어서 귀하니까요. 물론 이 아이가 자유당이 되는 걸 보고 싶은 것은 아니에요. 지금 선거에서는, 앤도 나도 항구 건너편에 살고 있지 않은 것을 고마워해야 해요. 요즘 그곳에는 험악한 분위기가 감돌고 있거든요.

엘리엇네 사람들이고 크로퍼드네 사람들이고 매컬리스터네 사람들까지 한 명도 빠짐없이 언제라도 한판 붙을 작정으로 있어요. 이쪽은 남자들이 적은 탓인지 평화롭고 조용하지만.

짐 선장은 자유당을 지지하는데, 그 일을 부끄럽게 여기는가 봐요. 정치 이야기를 절대로 하지 않으니까요. 보수당이 또 절대다수로 이길 것은 의심할 여지가 없어요."

하지만 미스 코닐리어 생각은 잘못된 것이었다. 선거가 끝난 이튿날 아침 짐 선장은 뉴스를 알리려고 작은 집에 들렀다. 온화한 노인에게까지 미치는 정당정치의 세균은 독성이 강해서, 짐 선장은 볼이 달아오르고 눈에는 지난날 열정이 그대로 이글거리고 있었다.

"블라이스 부인, 자유당이 압도적 다수로 정권을 잡았소. 18년 동안이나 보수당의 잘못된 정치에 시달리고 학대받아 온 이 나라에도 마침내 기회가 돌아왔어요."

"그런 열성적인 정당인 같은 말씀을 하는 걸 처음 들었어요, 짐 선장님. 그토록 정치적 한을 품고 계실 줄은 몰랐어요."

앤은 웃으며 그 소식을 듣고도 그리 흥분하지 않았다.

젬 도련님이 그날 아침 '워거' 라고 말했던 것이다. 이 기적적인 사건에 비하면 주권이니 권력이니 왕조의 흥망이니 보수당과 자유당 사이의 승부니 하는 것이 무엇이란 말인가!

"오랫동안 한이 쌓이고 쌓여와서요."

짐 선장은 조금은 원망스럽다는 듯 미소 지었다.

"나는 내가 아주 그저그런 자유당 지지자라고 여기고 있었는데, 이 뉴스를 듣는 순간 내가 얼마나 열렬한 자유당인지 비로소 깨달았소."

"남편도 나도 보수당인 것을 알고 있을 텐데요."

"아, 그게 당신들에게는 유일한 옥의 티지요, 블라이스 부인. 미스 코닐리어도 보수당이죠. 글렌에서 돌아오는 길에 이 뉴스를 알리고 왔어요."

"그게 목숨을 건 모험이라는 것을 몰랐나요?"

"알고 있었어요. 하지만 유혹을 이길 수 없었지요."

"미스 코닐리어는 어떤 반응을 보였죠?"

"잠잠했다고 할까요? 블라이스 부인, 비교적 잠잠했지요.

이렇게 말하더군요.

'뭘요, 신께서는 개인과 마찬가지로 국가에도 굴욕의 시기를 보내는 거예요. 당신들 자유당은 오랫동안 춥고 배고파왔으니까요. 이 기회에 부지런히 몸을 녹이고 배불리 먹어두세요. 그 자리에 있을 수 있는 것도 그리 길지 않을 테니까요.'

나도 말했지요.

'정말 그럴까요, 코닐리어? 신께서는 캐나다에 오랫동안 굴욕의 시기가 필요하다고 생각하실지도 모르지요.'

아, 수전, 뉴스 들었소? 드디어 자유당이 정권을 잡았어요."

마침 부엌에서 방으로 막 들어온 수전은 언제나 따라붙는 맛있는 요리 냄새를 풍기고 있었다.

수전은 멋들어진 무관심을 보였다.

"어머나, 그래요? 자유당이 이기든 말든 내 빵이 폭신하게 부푸는 건 변함없을 거예요. 마님, 어느 정당이든 이번주 안으로 비를 내려줘 우리 채소밭을 전멸에서 구해준다면, 난 그 정당에 투표하겠어요.

그건 그렇고, 잠깐 부엌으로 와서 저녁 식사에 쓸 고기를 좀 봐주세요. 너무 질기지 않은가 싶어서요. 난 정부뿐 아니라 식육점도 갈아치우는 편이 좋을 것 같아요."

1주일 뒤 어느 저녁, 앤은 처음으로 젬을 두고 짐 선장네에 뭔가 갓 잡은 생선이 없나 보러 곶으로 가게 되었다. 마치 비극 그 자체였다. 혹시 젬이 울면 어떻게 하나? 만일 수전이 이 애를 잘 다루지 못한다면?

그러나 수전은 태연하기만 했다.

"마님, 젬에게는 나도 마님만큼 익숙해져 있잖아요?"

"네, 이 아이에 대해서는요. 하지만 다른 아기에 대한 경험은 없잖아요. 나는 어릴 때 쌍둥이를 세 쌍이나 돌봤어요, 수전. 울면 당황하지 않고 박하기름이나 피마자기름을 마시게 했어요. 지금 생각하면 용케도 그 아기들과 어려움을 거뜬히 처리해서 신기할 정도예요."

"뭘요, 젬 도련님이 울면 귀여운 배 위에 따뜻한 물수건을 올려놓고 쓰다듬어주겠어요."

앤은 걱정스러운 듯 부탁했다.

"너무 뜨겁게 해서는 안 돼요."

오, 정말로 나가도 괜찮을까?

"걱정할 것 없어요, 마님. 이 수전만은 꼬마 도련님에게 화상을 입히거나 하지 않을 테니까요. 그리고 보세요, 조금도 울 것 같은 기색이 없잖아요?"

마침내 앤은 찢어질 듯 아픈 가슴을 다독이며 겨우 집을 나서서, 길게 그림자를 끄는 저녁노을을 받으며 곶까지 걸어갔다.

등대 안 거실에 짐 선장은 없고 다른 사람이 있었다. 굳센 턱에 수염을 깨끗이 깎은 중년의 잘생긴 남자로, 앤이 모르는 사람이었다. 그런데 앤이 자리에 앉자 그 사람은 마치 옛친구를 만난 듯 친숙한 태도로 앤에게 다가와 말을 걸어왔다.

말투에도 이상한 점은 없었지만, 앤은 전혀 모르는 사람이 그렇게 자연스럽게 스스럼없는 태도로 말을 걸자 기분이 좀 언짢았다. 그러니 앤은 쌀쌀맞게 대했고 예의가 허용하는 한 최소한의 말만 했다. 그러나 상대는 조금도 개의치않고 몇 분인가 지껄이고 나서 실례한다며 나가버렸다.

앤은 사나이의 눈에 분명 재미있어 하는 표정을 지은 것 같아 다시금 기분이 나빴다. 저 사람은 누구일까? 어딘가 어렴풋이 낯익은 데가 있었지만, 확실히 이제까지 한 번도 만난 적이 없다고 앤은 생각했다.

짐 선장이 들어오자 앤은 물었다.

"짐 선장님, 지금 나간 사람이 누구죠?"

선장은 대답했다.

"마셜 엘리엇이오."

앤은 자기도 모르게 소리쳤다.

"마셜 엘리엇이라고요! 어머나, 짐 선장님. 아니에요, 아, 맞아요, 그 사람의 목소리였어요. 어머나, 짐 선장님, 나는 미처 몰랐었어요. 그래서 그만 무례하게 대하고 말았어요! 어째서 그렇다고 말해 주지 않았을까요? 내가 그 사람을 못 알아본 것을 그는 알았을 텐데요."

"말할 리가 있겠소? 농담을 즐기고 있었을 테니까요. 쌀쌀하게 대했다 해도 마음 쓸 것 없소. 그는 분명 재미있어 했을 거요.

마셜 엘리엇도 드디어 수염과 머리를 깎았소. 자신의 정당이 이겼으니까요. 나도 처음에는 그를 몰라봤어요.

마셜은 투표 다음날 밤 다른 사람들과 함께 글렌에 있는 카터 플랙네 가게에서 좋은 소식을 기다리고 있었지요. 12시쯤 전화가 걸려와 자유당이 이겼다고 알려왔습니다.

마셜은 말없이 일어서더니 밖으로 나가버렸어요. 만세도 부르지 않고 소리를 지르지도 않고 말이에요. 그런 것은 다른 사람들에게 맡긴 거죠. 많은 사람들은 카터네 가게 지붕이 날아갈 정도로 소동을 벌였던 모양입니다.

물론 보수당 사람은 모두 레이먼드 러셀네 가게에 모여 있었지요. 거기서는 쥐죽은 듯 고요했어요.

마셜은 곧바로 거리로 가서 이발사 오거스터스 팔머네 가게 옆문으로 갔습니다. 오거스터스는 잠자리에 들어 자고 있었는데, 마셜이 문을 쾅쾅 두드리자 대체 무슨 일이냐며 일어났지요.

'당장 가게로 와서 일생일대의 멋진 솜씨를 발휘해 주게, 거스. 드디어 자유당이 이겼으니까 해가 떠오르기 전에 훌륭한 자유당원의 머리와 수염을 깎아줘.'

거스는 노발대발했소. 잠자리에서 끌려나온데다 그는 보수당이었거든요. 거스는 어떤 사람이 와도 일하지 않겠다고 단호히 거절했지요. 그러자 마셜은 이렇게 말했어요.

'내가 하라면 하는 거야, 거스. 안 그러면 네놈을 무릎 위에 엎어놓고 네놈 어머니도 잊어버렸을 볼기를 때려줄 테다.'

마셜은 정말 그렇게 할 거라는 걸 거스도 알고 있었죠. 마셜은 황소처럼 힘이 센 데다 거스는 '엄지공주' 같은 난쟁이거든요. 거스는 하는 수 없이 마셜을 가게에 불러들이고 일을 시작했죠.

그리고 거스는 이렇게 말했소.

'원하는 대로, 네 녀석의 얼굴을 밀어주지. 하지만 내가 일하는 동안 한마디라도 자유당이 이겼다는 말만 해봐, 이 면도칼로 네 녀석의 목을 베어버릴 테니.'

설마 그 온순한 거스가 그런 피에 굶주린 말을 하다니 상상이나

했겠소? 정치문제에 대해서는 남자들이 어떻게 되는지 이것으로 잘 알 수 있지요.

마셜은 얌전히 머리와 수염을 깎고 집으로 돌아갔습니다. 마셜네 늙은 가정부가 마셜이 2층으로 올라가는 소리를 듣고 마셜일까 아니면 고용인일까 자기 침실에서 내다보았더니, 본 적도 없는 남자가 손에 촛불을 들고 홀을 걸어왔죠. 그래서 으악하고 비명을 지르며 까무러치고 말았답니다. 의사를 불러와서 가까스로 깨어났는데, 며칠 동안은 마셜을 볼 때마다 온몸이 부들부들 떨렸다고 해요."

짐 선장네에는 생선이 없었다. 그 여름 짐 선장은 좀처럼 배를 타지 않고 먼 걸음도 하지 않게 되었다. 그저 바다를 바라보는 창가에 앉아 더욱 새하얘진 머리에 턱을 괴고 세인트 로렌스 만을 바라보며 하루를 보냈다.

그날 저녁에도 그 자리에 오랫동안 말없이 앉아 지난 추억에 잠겨 있는 것을 앤은 방해할 생각이 들지 않았다.

이윽고 짐 선장은 붓꽃 같은 빛깔을 한 서쪽 하늘을 가리켰다.

"아름답죠, 블라이스 부인? 하지만 오늘 아침 해돋이를 보여드리고 싶었소. 아주 훌륭했거든요. 나는 저 만에서 떠오르는 해돋이를 계절마다 보아왔습니다. 나는 온 세상을 떠돌아다녀 봤소만, 블라이스 부인, 여름철 이 만에 떠오르는 해돋이보다 더 멋진 광경은 본 적이 없어요.

사람은 자기가 죽을 때를 선택할 수는 없어요, 블라이스 부인. 위대한 선장이 출항명령을 내릴 때 떠나야만 하죠. 할 수 있는 일이라면, 나는 저 물 위에 아침해가 떠오를 때 떠나고 싶어요.

그것을 수없이 보면서 생각해 왔소. 하얗게 빛나는 위대한 영광을 빠져나가, 이 세상의 지도에는 실려 있지 않은 바다 저편에서 기다리고 있는 것에 다다르면 어떻게 될까 하고. 저곳에 가면 틀림없이 사라져버린 마거릿을 찾을 수 있을 거요."

짐 선장은 그 옛날이야기를 앤에게 들려준 이래 자주 사라져버린 마거릿에 대해 말했다. 마거릿을 향한 그의 사랑은, 영원히 빛바래거나 잊혀지지 않을 것이다. 그 사랑은 짐 선장의 한마디 한마디에 떨려나오고 있었다.

"어쨌든 내 차례가 오면 빨리 편하게 가고 싶어요. 나는 겁쟁이는 아니오, 블라이스 부인. 죽을 고비도 여러 번 만났지만 한 번도 두려워하지 않았어요. 하지만 오래 끄는 죽음을 생각하면 이상하게도 무서워져 오싹오싹해요."

"우리를 두고 가시는 이야기는 그만두세요, 소중하고 소중한 짐 선장님."

앤은 울먹이는 소리로 말하며 짐 선장의 손을 쓰다듬었다. 옛날에 억셌던 그 손은 지금 늙고 아주 약해져 있었다.

"짐 선장님이 안 계시면 우리는 어떻게 하면 좋아요?"

짐 선장은 아름다운 미소를 지어보였다.

"아무 일 없이 훌륭히 잘해 나갈 거요. 하지만 이 늙은이에 대해 완전히 잊어버리지는 않겠지요, 블라이스 부인. 그래요, 부인만은 언제까지나 마음속에 새겨둘 겁니다. 요셉 일족은 서로를 반드시 기억하고 있으니까요. 하지만 사람에게 상처주는 그런 아픈 추억은 아니지요.

내 추억이 나의 친구들에게 폐가 되지 않았으면 좋겠소. 언제 어디서나 생각해도 유쾌한 것이 되기를 바라고 또 그럴 거라고 믿어요.

사라져버린 마거릿이 마지막으로 나를 부를 날도 머지 않을 것 같소. 나는 언제라도 대답할 준비가 되어 있어요.

내가 이런 얘기를 하는 것은 좀 부탁할 게 있기 때문입니다. 이 가엾은 늙은 고양이 일등항해사에 대해서인데—"

짐 선장은 손을 뻗어 긴 의자에 올라앉아 있는 따뜻하고 벨벳 같은 커다란 금색공을 찔렀다.

일등항해사는 골골이라고도 야옹이라고도 할 수 없는 기분 좋은 듯한 굵은 목소리와 더불어 웅크렸던 몸을 용수철처럼 펴고, 손발을 쭉 뻗으며 기지개를 켜더니 돌아누워 다시 둥글게 몸을 말았다.

"내가 긴 항해를 떠나고 나면 이것이 쓸쓸해 하겠죠. 이 가엾은 동물이 전처럼 버려져 굶주리게 되는 일은 생각만 해도 견딜 수 없습니다. 내게 만약 무슨 일이 있으면 이 놈에게 먹을 것과 잘 만한 곳을 마련해 주겠소, 블라이스 부인."

"물론 기꺼이 그렇게 하겠어요."

"마음에 걸리는 일은 그것뿐이오. 젬 도련님에게는 내가 손에 넣은 진기한 물건을 몇 가지 남겨줄 작정입니다. 다 준비해 놓았어요.

자, 그 예쁜 눈에 눈물이 고이는 것은 보고 싶지 않아요, 블라이스 부인. 아직 당분간 버틸 수 있을지 모르니까요. 지난 겨울 언젠가 시를 읽고 있는 걸 들었는데, 테니슨의 시였던가요. 그것을 암송할 수 있다면 다시 한번 들려줘요."

불어오는 바닷바람을 받으며 앤은 나직하고도 맑은 목소리로 테니슨의 멋진 마지막 시 '경계를 넘어서'[*1]의 아름다운 구절을 읊었다. 늙은 선장은 심줄이 돋은 손으로 살며시 박자를 맞추고 있었다.

앤이 읊고 나자 짐 선장은 말했다.

"그래요, 블라이스 부인. 그거요. 테니슨은 뱃사람이 아니라고 했는데, 그러면서도 늙은 뱃사람의 심정을 그처럼 잘 표현했군요. 테니슨은 '작별의 슬픔'은 필요없다고 했는데 나도 그래요, 블라이스 부인. 경계를 넘은 저쪽에서 나와 마거릿은 행복할 겁니다."

---

*1 브라우닝이 숨졌을 때 테니슨이 辭世句로 노래불렀음. '경계를 넘어서'란 죽음을 뜻함.

되살아나는 애정

"그린게이블즈로부터 무언가 소식이 있어, 앤?"

앤은 머릴러에게서 온 편지를 접으며 대답했다.

"특별히 이렇다할 건 없어. 제이컵 도닐이 지붕을 이으러 와 있대. 그 애가 이제 어엿한 목수가 된 것을 보니, 평생 일할 직업을 자기 뜻대로 밀고나간 모양이야. 그 애 어머니가 대학교수를 시키고 싶어했던 걸 기억하겠지? 그 어머니가 학교에 와서 내가 아이를 세인트 클레어라고 부르지 않았다며 항의한 그날 일이 아직도 잊혀지지 않아."

"지금도 그렇게 부르는 사람이 있을까?"

"없나봐. 오랜 세월을 지나면서 제이컵이 완전히 씻어버린 듯해. 어머니조차 지고 말았지. 제이컵 같은 턱과 입을 가진 사람은 끝내 자기 뜻을 관철시킬 거라고 나는 전부터 생각하고 있었어. 다이애너 편지에는 도러에게 남자친구가 생겼다고 씌어 있어. 생각해봐. 그 애가 말이야!"

"도러도 17살이야. 찰리 슬론과 나도 당신이 17살일 때 빠져 있었잖아, 앤."

"그래 길버트, 우리도 나이를 먹었어."

앤은 좀 슬픈 듯 씁쓸히 미소 지었다.
"우리가 자신을 어른이 되었다고 여길 무렵 6살이었던 아이들이 벌써 남자친구를 가질 나이가 되었으니. 도러의 연인은 제인의 동생 랠프 앤드루스야. 내가 기억하는 랠프는 조그맣고 땅딸보에 살이 쪘고 머리는 흰색에 가까운 금발이고 언제나 반에서 꼴찌였어. 하지만 지금은 어엿한 젊은이가 되었겠지."
"도러는 아마 일찍 결혼할 거야. 샤를로타 4세와 같은 타입이니까. 두 번 다시 이런 기회가 오지 않으면 큰일이라 싶어 첫기회를 놓치지 않을 거야."
앤은 생각에 잠겼다.
"그렇겠지. 그 애가 랠프와 결혼한다면, 랠프는 형님인 빌리보다 좀 패기가 있었으면 좋겠는데."
길버트는 웃었다.
"이를테면 스스로 청혼할 수 있기를 기대하자. 앤, 만일 빌리가 제인에게 대신 시키지 않고 스스로 구혼해 왔다면 당신은 빌리와 결혼했을까?"
"했을지도 몰라."
앤은 첫 프러포즈를 생각해 내고 요란하게 배를 잡고 웃음을 터뜨렸다.
"그 충격으로 최면술에 걸린 상태가 되어 그런 경솔하고 바보 같은 짓을 저질렀을지도 몰라. 빌리가 대리인을 내세워 신청한 것을 우린 고마워해야 해."
구석에서 책을 읽고 있던 레슬리가 말했다.
"어제 조지 무어에게서 편지가 왔어요."
"어머나, 조지는 어떻게 지내지요?"
앤은 흥미를 느끼고 물었지만, 실은 모르는 사람의 일을 묻는 듯하여 현실감이 없었다.

"건강하게 잘 있지만 전의 집이나 친지들이 완전히 변해 있어서 적응하기가 어렵대요. 그래서 봄이 되면 다시 배를 탈 거래요. 지금도 뱃사람의 피가 흐르고 있어서 바다가 그리워 견딜 수 없대요.

그리고 그 사람을 위해 기뻐할 일이 있어요. 조지는 '네 자매 호'로 떠나기 전 고향에 있는 어떤 아가씨와 약혼했었대요. 몬트리올에서는 그 아가씨에 대해 아무것도 말하지 않았는데, 그것은 그녀가 조지를 잊고 벌써 옛날에 누군가 다른 사람한테 시집갔으리라 생각했기 때문이었죠. 조지에게는 자신의 약혼과 애정이 그때 그 마음 그대로일 텐데 얼마나 괴로웠을까요?

그런데 고향에 돌아가보니 그 아가씨가 결혼하지 않고 아직도 조지를 잊지 못하고 있더래요. 두 사람은 올가을 결혼하기로 했대요. 조지에게 그 아가씨와 함께 이곳으로 찾아와달라는 편지를 쓸까 해요. 조지는 오랫동안 아무것도 모르는 채 살았던 장소를 보러 오고 싶다고 했거든요."

"정말 멋진 로맨스로군요."

낭만적인 것에 대한 앤의 애정은 영원히 꺼지지 않는 듯했다. 그런 뒤 앤은 자기를 나무라듯 한숨을 쉬며 덧붙였다.

"아, 생각해 보세요. 만일 내 의견을 끝까지 고집부렸다면, 조지 무어는 자기 자신을 묻어버린 무덤에서 되살아날 수 없었을 거예요. 길버트가 수술얘기를 꺼냈을 때 그토록 반대한 걸 생각하면! 그래요, 나는 벌을 받았어요. 이제부턴 두 번 다시 길버트의 의견에 반대할 수 없게 되어버렸잖아요. 반대하려 하면 길버트는 조지 무어를 들고 나와 잘잘못을 따지고들 테니까요."

길버트가 놀렸다.

"그쯤 일로 여자가 물러설까보냐 생각하고 있으면서! 적어도 메아리만은 되지 말아줘, 앤. 약간의 반대는 삶에 있어 양념이 되니까. 항구 건너편 존 매컬리스터 부인 같다면 사양하겠어. 존이 뭐라고 말하든 부인은 곧 그 무표정하고 맥빠진 목소리로 말하지. '네, 그럼요, 존.'"

앤도 레슬리도 웃었다. 앤의 웃음은 은이었고 레슬리의 웃음은 금이어서 두 가지가 합쳐지자 완전한 화음을 이루어 울려퍼지는 것 같았다.

그 웃음에 이끌린 듯이 들어온 수전은 웃음소리에 지지 않을 만큼 크게 한숨을 내쉬었다.

길버트가 물었다.

"아니, 수전, 무슨 일이죠?"

섬뜩하여 일어선 앤이 놀라 외쳤다.

"젬에게 무슨 일이 생긴 건 아니겠죠, 수전?"

"아니에요, 마님. 안심하세요. 하기야 일은 생겼지만요. 원참, 이번 주는 하는 일마다 엉망이지 뭐예요. 알다시피 빵을 형편없이 태워버리고, 선생님의 가장 좋은 와이셔츠 가슴에 태운 자국을 내고, 게다가 큰 접시를 깨뜨리고, 이번에는 언니 머틸더의 다리가 부러져 잠시 도우러 와 달라는 통지가 왔지 뭐예요?"

앤이 외쳤다.

"어머나, 안됐군요. 그런 부상을 입었다니."

"정말이지 마님, 사람은 한탄하기 위해 만들어진 건가봐요. 마치 성서의 말처럼 들리지만, 번즈*1라는 사람이 썼다더군요. 우리가 고생하러 태어났다는 것은 불꽃이 하늘로 올라가는 것과 마찬가지로 부인할 수 없는 사실이라는 생각이 들어요.

머틸더는 도대체 어쩌다가 그렇게 되었을까요? 우리집에서는 이제까지 다리 부러진 사람이 하나도 없었는데. 하지만 어쨌든 나의 언니인 것만은 틀림없으니 마님이 2, 3주일 휴가를 주시면 간호하러 가는 게 내 의무라고 생각해요, 마님."

---

*1 로버트 번즈, 1759~1796. 스코틀랜드 시인.

"물론이지요, 수전, 물론이에요. 수전이 없는 동안 누군가 다른 사람을 찾을 수 있을 거예요."

"만일 그것이 여의치 않다면 난 가지 않겠어요, 마님. 머틸더의 다리 같은 것은 상관없으니까요. 다리를 몇 개 부러뜨리든 마님을 걱정시키거나 저 귀여운 도련님의 성미를 돋구게 할 수는 없으니까요."

"말도 안 돼요, 수전. 어서 가보세요. 나는 어촌에서 아이보는 사람을 하나 구하면 돼요."

그때 레슬리가 얼른 큰소리로 말했다.

"앤, 수전이 없는 동안 내가 와서 도와주면 안 될까요? 제발 그렇게 해줘요. 나는 꼭 그렇게 하고 싶어요. 그러면 앤 쪽에서는 자선을 베푸는 셈이에요. 나는 저 커다랗고 텅빈 집에 있으면 너무 외로워요. 하는 일도 거의 없고, 더구나 밤이 되면 쓸쓸한 게 문제가 아니에요. 문에 자물쇠를 채워도 무서워 벌벌 떨며 자지요. 이틀 전에는 부랑자가 서성이고 있었어요."

앤은 기꺼이 승낙했고, 다음날 레슬리는 작은 꿈의 집에 동거인으로 들어갔다. 이 결정에 미스 코닐리어도 진심으로 찬성했다.

미스 코닐리어는 은밀히 앤에게만 말했다.

"마치 신께서 몰래 꾸미신 일 같지 않아요? 머틸더 클로에게는 안됐지만 어차피 부러질 다리였으니까, 때를 기가 막히게 잘 맞췄지 뭐예요?

오언 포드가 포 윈즈에 있는 동안 레슬리가 이곳에 있으면, 글렌에 있는 입심 사나운 할머니들도 트집잡을 기회가 없어요. 레슬리가 혼자 살고 있는 곳으로 오언이 만나러 가봐요. 무슨 소리들을 할지 몰라요. 지금도 레슬리가 상복을 입고 있지 않다면서 시끄럽게 떠들고 있으니까요.

나는 그 가운데 한 사람에게 말해줬어요.

'레슬리가 조지 무어를 위해 상복을 입지 않는 데 대해 말하는 거라면, 내가 볼 때 그것은 조지의 장례식이라기보다 도리어 부활이었다고 생각해요. 또 만약 딕을 말하는 거라면 무엇 때문에 13년이나 전에 죽은 남자를 위해 상복을 입어야 하는지 오히려 후련한 나로서는 도저히 모르겠군요!'

그리고 루이저 볼드윈 할머니가 내게, 레슬리가 자기 남편이 아니라는 의심을 전혀 하지 않았던 건 이상하다고 해서 나는 말해줬죠.

'당신도 딕 무어가 아니라는 생각은 전혀 해보지 않았잖아요. 딕이 태어났을 때부터 이웃에서 살았고, 게다가 당신은 레슬리보다 열 배나 의심이 많은 사람 아니었나요?'

하지만 도저히 입을 막을 수 없는 사람도 있으니까요, 앤. 그러니 오언이 드나드는 동안 레슬리가 앤네 집에 있게 된 건 정말 고마운 일이에요."

오언 포드가 그 작은 집에 찾아온 것은 8월 저녁으로, 레슬리와 앤이 아기를 어르느라 정신없을 때였다.

열려진 거실문 앞에 서서, 오언은 방안의 두 사람에게는 보이지 않는 곳에서 그 아름다운 광경을 뚫어질 듯이 바라보았다.

레슬리는 아기를 무릎에 안고 바닥에 앉아 두 사람을 향해 허공에서 흔들어대는 아기의 통통한 손을 황홀한 듯 만지작거리고 있었다.

"아, 정말 귀엽고 사랑스럽고 소중한 아기."

레슬리는 조그맣게 중얼거리며 작은 손을 잡아 키스를 퍼부었다.

앤은 의자 팔걸이에서 몸을 내밀어 매혹된 눈길로 바라보며 낮은 목소리로 노래했다.

"이더케 이뿐 아기가 어디 있뜰까. 온 떼땅에 이더케 통통하고 이뿐 또은 없뜰 거야."

젬 아기가 태어나기 전에 앤은 참고가 될 만한 책을 몇 권이나 탐독했고 특히 오러클 경(卿)의 저서 《어린이 양육과 버릇들이기》라는 책을 완전히 신뢰하고 있었다.

오러클 경은 어린이에게 '아기말'을 결코 쓰지 않도록 부모들에게 호소하고 있었다. 젖먹이에게는 태어난 순간부터 고전적인 언어로 이야기해야 한다. 그러면 말하기 시작하는 초기부터 어린이는 아주 순수한 국어를 배울 수 있다는 것이었다.

우리의 훌륭한 국어를 우스꽝스러운 발음이나 비뚤어진 표현으로 훼손하여, 생각 없는 어머니가 자기 손에 맡겨진 스펀지처럼 모든 것을 받아들이는 아기에게 나날이 악영향을 주듯이 말이다. 저항할 수 없는 회색 뇌세포를 가진 아기를 그러한 언어에 익숙해지도록 만들어 버린다면, 아이가 바른 말을 배우기를 기대할 수 있을까? 늘 '이더케 이쁜 아기'라는 말을 듣던 어린이가 자아며 가능성이며 인생에 대해 정확한 관념을 얻을 수 있을까 오러클 경은 힐문하고 있었다.

앤은 이 책에 깊은 감명을 받아 어떠한 경우에도 자기 아이들에게는 결코 '아기말'을 쓰지 않는 것을 꺾을 수 없는 규칙으로 삼을 작정이라고 길버트에게 말했었다. 길버트도 찬성했고 두 사람은 이 문제에 대해 굳은 약속을 했다. 그것을 앤은 젬 아기를 팔에 안은 순간 서슴없이 깨뜨렸던 것이었다.

앤은 외쳤다.

"어머나, 귀엽고 닥은 내 아기!"

그리하여 그 뒤로 계속 깨뜨리고 있었다. 길버트가 놀리면 앤은 오러클 경을 비웃고 경멸했다.

"오러클 경은 자기 아이를 가진 일이 결코 없었던 거야, 길버트. 틀림없이 그럴 거야. 그렇지 않으면 그런 말도 안 되는 것을 쓸 리 없어. 아기를 상대할 때는 아무래도 아기말을 하지 않을 수가 없어. 저절로 나오는걸. 또 그편이 옳아.

이렇게 말랑말랑하고 부드럽고 작은 아기에게 커다란 사내아이나 여자아이한데 하듯이 말하는 건 잔인한 일이야. 아기에게는 애정과 애무와 한껏 부드러운 아기말로 이야기하는 게 필요하니까 난 젬에게 그렇게 하겠어. 그렇띠, 탁하고 탁한 우리 아기야."
그러자 길버트는 항의했다.
"하지만 당신은 좀 지나쳐."
어머니가 아니고 아버지에 지나지 않는 길버트로서는 오러클 경이 잘못되었다는 앤의 생각이 아직 완전히 납득되지 않았다.
"그 애에게 이야기할 때 당신이 쓰는 그런 말은 들은 일이 없어."
"그렇겠지. 저리 가. 저리 가버리라니까. 나는 11살도 되기 전에 해먼드네 쌍둥이를 세 쌍이나 키웠잖아? 당신과 오러클 경은 피도 눈물도 없는 이론가에 지나지 않아.
길버트, 잠깐 이 아이를 봐! 나를 보고 생글생글 웃고 있어. 우리가 무슨 이야기를 하는지 아는 거야. 그더치? 엄마말이 맞찌? 이쁜 아기!"
길버트는 어머니와 아들을 포옹했다.
"아, 그대들 어머니시여! 어머니시여! 그대들을 창조하실 때 신께서는 자신이 뭘 만들고 있는지 알고 계셨을 테니까."
이리하여 젬 아기는 '아기말'로 얼러지고 사랑받고 귀여움받으며 꿈의 집 아기답게 쑥쑥 잘 자랐다.
젬 아기에 대해서는 레슬리도 앤 못지않게 바보스럽기만 했다. 두 사람은 집안 일을 끝내고 방해되는 길버트도 나가고 나면 부끄러움도 없이 아기를 어르고 황홀하게 감탄하며 푹 빠지곤 했는데, 이런 때에 오언 포드가 나타나 두 사람을 놀라게 했던 것이다.
오언을 먼저 알아본 것은 레슬리였다.
저녁어둠 속인데도 그 아름다운 얼굴이 갑자기 새파래지고 입술과 볼에서 핏기가 가시는 것을 앤이 알 수 있을 정도였다.
오언은 조급한 마음으로 앞으로 걸어갔다. 그 순간 앤은 오언의 눈에 들어오지도 않았다.
"레슬리!"

그는 레슬리의 이름을 부르며 손을 내밀었다. 성이 아닌 레슬리의 이름을 부른 것은 그때가 처음이었다. 그러나 레슬리가 오언에게 내민 손은 차가웠다. 앤과 길버트와 오언이 밤새도록 떠들썩하게 웃으며 이야기하는 동안 레슬리는 내내 조용히 앉아 있었다.

오언이 아직도 가지 않고 있는데 레슬리는 핑계를 대고 2층으로 올라가버렸다.

오언의 넘치던 활기가 사그라지더니 이윽고 낙담한 모습으로 돌아갔다.

길버트가 앤을 지그시 보았다.

"앤, 무슨 일이지? 내가 모르고 있는 어떤 심상치 않은 일이 벌어지고 있어. 오늘 밤 이곳 공기는 알게 모르게 전류가 통하는 듯 찌릿찌릿했어. 레슬리는 비극의 여신 같은 모습으로 앉아 있었고, 오언은 겉보기로는 농담하고 웃으면서도 마음의 눈은 레슬리를 떠나지 않았지. 당신은 무엇인가 억제된 흥분으로 터져버릴 것만 같았어. 자, 이제 모두 털어놓지. 당신의 남편에게 어떤 비밀을 숨기고 있는 거야?"

"바보 같은 말 하지 말아, 길버트."

이것이 남편에 대한 앤이 할 수 있는 대답이었다.

"레슬리도 그래, 정말 바보야. 이층에 가서 그렇게 이야기해주고 오겠어."

앤이 가 보니 레슬리는 자기 방 창가에 있었다. 작은 방에는 운율적인 바다 소리가 울려퍼지고 있었다. 레슬리는 어스름한 달빛을 받으며 두 손을 꼭 마주잡고 앉아 있었다. 그 아름다운 모습은 온몸으로 원망하는 것 같았다.

레슬리는 나직한 목소리로 나무라듯 물었다.

"앤, 오언 포드가 포 윈즈에 오는 걸 알고 있었어요?"

앤은 뻔뻔스럽게 대답했다.

"알고 있었어요."

레슬리는 분개하여 외쳤다.

"왜 내게 얘기해주지 않았어요? 알았다면 어딘가로 가버렸을 텐데. 그 사람과 만나지 말았어야 했어요. 왜 내게 말해주지 않았어요? 너무해요, 앤—아, 너무해요!"

레슬리 입술은 파르르 떨리고 온몸은 잔뜩 긴장되어 있었다. 그러나 앤은 참지 못하고 웃음을 터뜨리고 말았다. 몸을 구부려 레슬리가 비난을 담아 올려다보는 얼굴에 키스했다.

"레슬리는 정말 사랑스러운 바보예요. 오언 포드는 나를 만나러 불타는 마음을 품고 태평양에서 대서양으로 달려온 게 아니에요. 그렇다고 미스 코닐리어에 대해 격렬한 정열을 품은 것도 아니라고 생각해요. 그 비극적인 태도를 어서 벗어던지고 멀리 치워버려요. 그런 것은 이제 필요하지 않으니까요.

다른 이는 모르더라도 숫돌 구멍으로 훤히 꿰뚫어보는 사람이 있어요. 나는 예언자는 아니지만 대담하게 예언을 시도하겠어요. 레슬리의 고통스러운 인생은 이제 끝났어요. 앞으로는 행복한 여자로서 기쁨과 희망, 그리고 조금은 아름다운 슬픔까지 맛보게 될 거예요.

별의 그림자를 보면 운이 좋다는 말이 정말로 실현된 거예요, 레슬리. 올해 그것을 보았기에 레슬리 인생에서 가장 좋은 선물이 온 거예요. 바로 오언에 대한 레슬리의 사랑이죠. 자, 어서 침대에 들어 푹 자도록 해요."

레슬리는 침대에 들 때까지는 명령에 따랐지만 잘 잤는지 어떤지는 의문이었다. 자지 않고 공상에 잠길 용기가 있었을 거라고는 도저히 생각할 수 없었다. 가엾은 레슬리에게 인생은 너무나도 쓰라린 것이었고 걸어가야 했던 길은 끝도 없이 지루하게 똑바로 뻗어 있었기에 미래에 기다리고 있을지도 모를 희망을 자기 가슴에 품는 일조차 쉽게 할 수 없었다.

그러나 짧은 여름밤을 장식하며 비추는 강한 등댓불을 지그시 바라보고 있는 동안 레슬리의 눈은 다시 부드럽게 빛나고 젊음을 되찾고 있었다. 그리고 오언 포드가 이튿날 다시 찾아와 함께 바닷가에 가지 않겠느냐고 했을 때 레슬리는 거부하지 않았다.

뜻밖의 소식

나른한 오후, 미스 코닐리어가 작은 집에 꼿꼿이 가슴을 펴고 찾아왔다. 세인트 로렌스 만은 더운 8월 바다인 바랜 듯한 연푸른빛이었고 앤의 뜰 울타리문에 핀 참나리는 금을 녹인 듯한 8월 햇빛을 가득 채운 위엄 있는 꽃잔을 내밀고 있었다.

미스 코닐리어가 물감을 칠한 듯한 바다 빛깔이며 태양에 목마른 나리꽃에 관심이 있었던 것은 아니다. 마음에 드는 흔들의자에 여느 때와 달리 아무것도 하지 않고 앉아 있었다. 바느질도 물레질도 하지 않았다. 인류에 대한 어떤 부분을 깎아내리는 말은 한마디도 하지 않았다.

한마디로 말해 그날 미스 코닐리어의 이야기는 이상하게도 평상시처럼 신랄한 데가 없었으므로, 부푼 기대를 안고 낚시하러 갈 작정이었던 것을 일부러 그만둔 길버트는 속았다는 기분마저 들었다.

미스 코닐리어가 오늘은 어떻게 된 게 아닐까? 낙심한 것 같지도 않고 걱정거리가 있는 눈치도 아니었다. 그렇기는커녕 무언가 기뻐서 가슴 설레어 하는 듯했다.

"레슬리는 어디 있죠?"

미스 코닐리어는 물었지만, 아무래도 상관없다는 듯한 말투였다.
앤이 대답했다.
“레슬리네 농장 뒤쪽 숲으로 오언과 함께 딸기를 따러 갔어요. 저녁 때까지는 돌아오지 않을 거예요. 돌아온다 해도……”
길버트가 말했다.
“그 두 사람은 시계라는 게 있다는 것을 조금도 생각하지 않는 것 같아요. 나는 아무래도 진상을 파악할 수가 없지만, 당신들 부인들이 뒤에서 뭔가 연출하고 있는 게 틀림없어요. 순종을 모르는 아내인 앤은 도무지 내게 가르쳐주지 않습니다. 하지만 미스 코닐리어는 가르쳐줄 테지요?”
“아뇨, 가르쳐주지 않겠어요.”
그러나 미스 코닐리어는 과감하게 끝내버리려고 굳게 마음먹으며 덧붙였다.
“그 대신 다른 얘기를 해주겠어요. 오늘은 그것을 말하러 일부러 왔으니까요. 나는 곧 결혼하게 되었어요.”
앤도 길버트도 말이 없었다. 미스 코닐리어가 해협으로 투신자살하러 갈 작정이라고 말했다면 차라리 믿었을지도 모른다. 하지만 이 엉뚱한 말은 그렇지 않았다. 그래서 두 사람은 잠자코 기다리고 있었다. 미스 코닐리어가 뭔가 잘못 말한 거겠지. 농담이겠지.
미스 코닐리어는 재미있는 듯 눈을 반짝이며 말했다.
“아니, 둘 다 한방 얻어맞은 표정이군요.”
어색한 폭탄선언을 끝내버렸기에 여느 때 미스 코닐리어로 되돌아가 있었다.
“결혼하기에 내가 너무 젊고 세상을 모르는 철부지라고 여기나요?”
길버트는 마음을 가라앉히려고 필사적이었다.
“깜짝 놀라는 게 당연하지 않습니까? 나는 미스 코닐리어가 온 세상에서 최고의 남자가 아니면 결혼하지 않겠다고 말하는 걸 몇 번이

나 들었는지 모르니까요."

"세상에서 가장 훌륭한 남자와 결혼하는 건 아니에요. 마셜 엘리엇은 최고와는 거리가 머니까요."

이 두 번째 타격으로 언어능력을 되찾은 앤이 외쳤다.

"마셜 엘리엇과 결혼하세요?"

"그래요. 이 20년 동안 내가 손가락 하나만 움직이면 언제라도 그 사람과 결혼할 수 있었지만요. 하지만 내가 그런 걸어다니는 마른풀 더미와 나란히 교회에 들어갈 것 같아요?"

"정말 기뻐요. 행복을 빌겠어요."

말하면서 앤은 스스로도 얼마나 무뚝뚝하고 성의 없는 말일까 생각했다. 이런 일과 마주칠 마음의 준비가 아직 되어 있지 않았던 것이다. 설마 미스 코닐리어에게 결혼을 축하한다는 말을 하게 되리라고는 생각지도 못했다.

"고마워요. 그렇게 말해 줄 거라고 생각했었죠. 아는 사람들 가운데 가장 먼저 알린 거예요."

"하지만 미스 코닐리어가 없어지는 건 슬퍼요."

앤은 좀 아쉬운 마음이 들었다.

"내가 없어지다니 말도 안 돼요."

미스 코닐리어는 조금도 감상에 젖지 않았다.

"설마 내가 저 매컬리스터네며 엘리엇네며 크로퍼드네 사람들이 모두 있는 항구 건너편으로 가서 살리라고는 생각지 않겠죠? '엘리엇네 자만심, 매컬리스터네 자존심, 크로퍼드네 허영심으로부터 신이여 구해주소서'라고 했잖아요.

마셜이 내 집으로 올 거예요. 나도 고용인에게는 진절머리났으니까요. 올여름 고용한 짐 헤이스팅스는 그 가운데에서도 가장 질이 나빴어요. 그런 사람에게 당하면 누구라도 결혼하지 않을 수 없을 거예요.

글쎄, 어제는 교유기(攪乳器)를 뒤엎어 뒤뜰 가득히 크림을 엎지르지 않았겠어요. 그렇건만 조금도 잘못했다는 생각이 없다니까요! 그저 바보처럼 웃으며 크림을 주면 흙이 살찐다느니 하니 사내들이 하는 짓이 그렇죠, 뭐. 나는 뒤뜰에 크림을 거름으로 주지는 않는다고 말해주었지요."

"그건 그렇고, 저도 물론 행복을 빌겠습니다, 미스 코닐리어. 하지만—"

앤이 눈짓으로 그만두라고 하는데도 불구하고 길버트는 미스 코닐리어를 놀려주고 싶은 유혹을 이기지 못해 진지하게 축하의 말을 한 뒤 곧 덧붙였다.

"이것으로 미스 코닐리어의 자립자존시대는 끝난 듯싶군요. 마셜 엘리엇은 아주 의지가 강한 사람이니까요."

"나는 뭐든지 끝까지 해내는 사람을 좋아해요. 오래 전 나를 쫓아다녔던 에이머스 그랜트는 그렇지 못했어요. 그렇듯 쉽게 마음이 변하는 사람은 처음 봤어요. 언젠가 빠져죽으려고 연못에 뛰어든 일이 있었는데, 마음이 바뀌어 다시 헤엄쳐 나오고 말았을 정도니까요. 남자가 하는 짓이 그렇죠, 뭐. 마셜이라면 끝까지 버티다 제대로 죽었을 거예요."

그러나 길버트는 끈질기게 물고 늘어졌다.

"그리고 그 사람은 좀 신경질적이라더군요."

"그렇지 않다면 엘리엇 집안사람이 아니죠. 그 사람이 신경질적이어서 다행이라고 여기고 있어요. 화내게 하는 것은 정말 재미있을 테니까요. 그리고 신경질적인 남자는 후회할 때가 오면 잘 다룰 수 있지만, 언제나 침착해서 초조해지는 사람을 상대할 때는 어떻게도 할 수가 없다니까요."

"그 사람은 자유당이죠, 미스 코닐리어?"

미스 코닐리어는 좀 슬픈 듯 인정했다.

"네, 그래요. 물론 보수당으로 만들 가망은 없어요. 하지만 적어도 그 사람은 장로교파니까요. 그것으로 만족하지 않으면 안 되겠지요."

"만일 감리교파였다 하더라도 그 사람과 결혼하겠습니까, 미스 코닐리어?"

"아뇨, 하지 않겠어요. 정치는 이 세상에서뿐이지만 종교는 이승과 저승 양쪽의 문제니까요."

"그리고 결국 미망인이 될지도 모르지요, 미스 코닐리어."

"천만에요! 마셜이 나보다 오래 살 테니까요. 엘리엇 집안은 장수하는 집안이고 브라이언트 가문은 그렇지 못하답니다."

앤이 물었다.

"언제 결혼하죠?"

"한 달쯤 뒤에요. 결혼식 의상은 짙은 감색 비단옷을 입을 작정이에요. 그래서 묻고 싶은데 앤, 짙은 감색 옷에 베일을 쓰면 이상하겠죠? 만일 결혼식을 올리는 일이 있게 되면 베일을 꼭 쓰고 싶다고 전부터 생각하고 있었거든요. 마셜은 쓰고 싶으면 쓰라고 말하더군요. 남자가 할 만한 말이잖아요?"

앤이 물었다.

"쓰고 싶다면서 왜 쓰지 않죠?"

"남과 다르게 하고 싶지는 않거든요."

그러나 미스 코닐리어는 아무리 보아도 이 땅에 있는 어떤 사람과도 비슷한 데가 없었다.

"방금 말했듯 나는 베일을 좋아해요. 하지만 흰 의상이 아니니까 쓰면 안 되겠죠? 앤, 제발 솔직하게 말해줘요. 앤의 의견대로 할 테니까요."

"나도 베일은 보통 흰 옷을 입을 때 말고는 쓰지 않는다고 생각하지만, 그것은 관습에 지나지 않는 것 아닐까요? 나도 엘리엇 씨와 같은 의견이에요, 미스 코닐리어. 쓰고 싶다면 베일을 써서 안 될 까닭이 없다고 생각해요."

그러나 사라사 무늬 실내복 차림으로 찾아온 미스 코닐리어는 고개를 저었다.

"예절에 맞지 않는다면 그만두겠어요."

미스 코닐리어는 꿈을 잃은 아쉬움에 한숨을 쉬었다.

길버트가 짐짓 점잔빼며 말했다.

"아무래도 결혼할 생각이라면 미스 코닐리어, 나의 어머니가 아버지와 결혼할 때 할머니로부터 배운 멋진 남편 조종법을 가르쳐드리죠."

미스 코닐리어는 침착하게 대답했다.

"뭘요, 나는 마셜 엘리엇이라면 충분히 조종할 수 있다고 생각해요. 하지만 그 조종법이 어떤 건지 어디 한번 들어보죠, 뭐."

"첫째로는 남자를 붙잡는 것입니다."

"이미 붙잡았어요. 그리고?"

"둘째로는 맛있는 것을 듬뿍 먹일 것."

"파이를 듬뿍 먹이도록 하지요. 그 다음은?"

"세 번째와 네 번째는 눈을 떼지 마라."

미스 코닐리어는 힘주어 말했다.

"정말 맞는 말이에요."

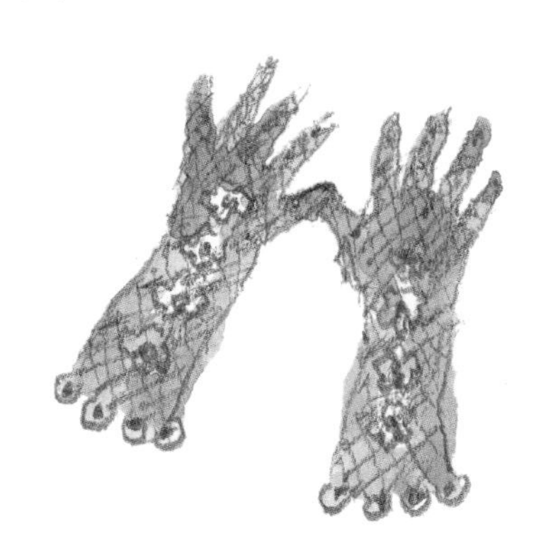

빨강장미

그 8월, 작은 집 뜰은 철늦은 장미로 새빨갛게 물들고 즐거운 꿀벌 떼가 윙윙 모여들었다.

해질녘 작은 집 사람들은 거의 그 뜰에서 살다시피했으며 시냇물 건너 풀밭 한구석에서 소풍온 듯이 식사했다. 벨벳 같은 저녁 어스름을 커다란 밤나방이 가로지르는 곳에 앉아 지내는 게 마음에 들었다.

어느 날 저녁 오언이 그곳에 가보니 레슬리가 뜰에 혼자 앉아 있었다. 앤과 길버트는 외출했고 그날 밤 돌아올 예정인 수전은 아직 오지 않았다.

전나무 우듬지 위 북쪽 하늘은 호박색과 연초록빛을 띠고 있었다. 바람은 선뜩 불어와 차가웠다. 8월이라고는 하나 9월에 가까워 레슬리는 흰 옷 위에 새빨간 스카프를 두르고 있었다.

두 사람은 친구처럼 다정하게 꽃들이 가득 피어 있는 오솔길을 말없이 거닐었다. 오언은 곧 떠나야만 했다. 휴가가 이제 곧 끝나기 때문이었다. 레슬리는 가슴의 고동이 빨라지는 것을 느꼈다. 이 사랑하는 그들이 마음속으로는 너무나 잘 알고 있지만 아직 말로는 하지 않은 것을 또렷한 말로 확인하고 서로를 맺어주는 장소가 될 것을 레슬리는 이미 알고 있었다.

오언이 말문을 열었다.

"때때로 저녁이 되면 이 뜰에 환영(幻影)과도 같은 신비로운 향기가 풍겨오는군요! 어느 꽃에서 물씬 풍겨 오는지 아직도 모르겠습니다. 의식하지 못할 만큼 은은하면서도 잊을 수 없는 아주 달콤한 향기가요.

셀윈 외할머니의 넋이 옛날에 아주 좋아했던 장소에 잠깐 들렀을 게 틀림없다고 나는 상상하곤 하지요. 이 작은 옛집에는 그리운 친구 같은 유령들이 많이 있을 겁니다."

"나는 이 집에 아직 한 달밖에 있지 않았지만, 태어났을 때부터 살아온 저 집에서는 갖지 못했던 애착을 느끼고 있어요."

"이 집은 사랑으로 지어지고 감사함으로 깨끗해지는 겁니다. 이런 집은 안에 사는 사람들의 마음에도 확실히 영향을 줄 거예요.

그리고 이 뜰, 60년이나 전에 만들어진 이 뜰 안 꽃 속에는 숱한 희망과 기쁨의 역사가 씌어 있습니다. 그 가운데에는 학교선생의 신부가 실제로 심은 꽃도 있어요. 그 신부가 세상을 떠난 지 이미 30년이 지났는데도. 여름이 되면 변함없이 꽃이 핍니다.

저 빨강장미를 보십시오, 레슬리. 여왕처럼 다른 것들을 모두 위압하고 있잖습니까!"

"나는 빨강장미가 아주 좋아요. 앤은 핑크빛 장미를 가장 좋아하고 길버트는 흰 것을 좋아하지요. 하지만 내가 선택한 것은 빨강장미예요. 다른 꽃으로는 채울 수 없는 내 안에 있는 어떤 열망을 채워주거든요!"

"이 장미는 아주 늦게 피는 장미입니다. 다른 것들이 모두 지고 난 뒤에 피죠. 봄의 따뜻함과 열매를 맺은 여름의 넋이 함께 깃들어 있습니다."

오언은 타는 듯이 붉은 반쯤 벌어진 꽃봉오리를 꺾었다.

"장미는 사랑의 꽃, 세계는 몇 세기 동안이나 장미를 그렇게 찬양해 왔어요. 핑크빛 장미는 희망과 기대에 찬 사랑, 흰 장미는 잊혀지고 버려진 사랑, 하지만 빨강장미는 아, 레슬리, 빨강장미는 어떤 사랑일까요?"

레슬리는 낮은 목소리로 수줍게 말했다.

"승리를 얻은 사랑."

"그렇습니다. 승리를 얻은 완전한 사랑입니다. 레슬리, 알고 있군요. 당신은 알고 있었어요. 나는 당신을 처음 만난 순간부터 당신을 사랑하고 있었습니다. 그리고 당신도 나를 사랑한다는 것을 알고 있습니다. 당신에게 물을 필요는 없어요. 그러나 당신이 그렇게 말하는 것을 내 두 귀로 똑똑히 듣고 싶습니다. 레슬리! 사랑스러운 레슬리!"

레슬리는 아주 낮고 떨리는 목소리로 무슨 말인가를 했다. 두 사람의 손과 입술이 서로 만났다. 두 사람에게는 인생에서 가장 숭고한 순간이었고, 오랜 세월의 사랑과 기쁨과 슬픔 그리고 영광을 거쳐온 해묵은 뜰에 서서 오언은 승리를 얻은 사랑의 붉디 붉은 장미꽃관으로 레슬리의 빛나는 머리를 장식한 것이다.

앤과 길버트는 얼마 뒤 짐 선장과 함께 돌아왔다. 작은 도깨비 같은 불길을 좋아하는 앤은 장작을 서너 개비 지폈고, 모두들 난롯불을 둘러싸고 즐거운 시간을 보냈다.

짐 선장이 말했다.

"장작이 타는 것을 바라보고 앉아 있으면 어쩐지 젊어진 것 같은 기분이 들어요."

오언이 물었다.

"불꽃을 보고 미래를 점칠 수 있습니까, 짐 선장님?"

짐 선장은 애정어린 눈으로 사람들을 둘러보고 다시 레슬리의 어여쁜 얼굴과 빛나는 눈길로 되돌아갔다.

"당신들의 미래를 읽는 데 불은 필요없소. 다함께 모인 우리의 행복이 보이니까요. 당신들 모두, 레슬리와 포드 씨도, 여기 계시는 선생과 부인도, 젬 도령도, 이제부터 태어날 아이들도 말이죠. 소소히 우러나는 행복이 보여요.

당신들은 모두 행복해요. 하지만 고생도 걱정도 슬픔도 그림자처럼 찾아올 것이오. 반드시 오지요. 궁전이든 작은 꿈의 집이든 어떤 집이라도 그것을 가로막을 수는 없어요. 하지만 당신들이 사랑과 신뢰로 이어져서 힘을 합쳐 맞서면 그런 것에 쓰러질 일은 없을 겁니다. 이 두 가지를 나침반과 항해사로 삼으면 어떤 폭풍이라도 뚫고나갈 수 있지요."

노선장은 갑자기 일어나서 한 손을 레슬리 머리에, 또 한 손을 앤 머리에 얹었다.

"두 분 다 훌륭하고 친절한 부인들입니다. 성실하고 충실하며 의지할 수 있는 두 분. 그 남편은 그 땅의 장로와 더불어 성문에 앉으며 사람의 아는 바가 되며……그 자식들은 일어나 사례하며 칭찬하기를 덕행 있는 여자가 많으나 그대는 여러 여자보다 뛰어나다 하느니라."*1

이 조촐한 장면에는 흔들림 없는 장엄함이 있었다. 앤도 레슬리도 축복을 받는 듯 머리를 수그렸다. 길버트는 갑자기 손으로 눈을 비볐다. 오언 포드는 환상을 보고 있는 것처럼 황홀에 빠져 있었다.

잠시 모두들 말이 없었다. 작은 꿈의 집은 그 추억의 창고 속에 가슴에 밀려드는 잊을 수 없는 한 순간을 담아 넣었다.

"그럼, 이제 가봐야겠군요."

마침내 짐 선장은 느릿느릿 말하더니 모자를 집어들고 아쉬운 듯 방을 둘러보았다.

"여러분, 안녕히."

---

*1 구약성서 〈잠언〉 제31장 제23~28절.

짐 선장은 인사를 남기고 나갔다.

그 작별인사에 깃든, 여느 때에는 없었던 구슬픈 울림에 가슴이 저릿저릿 찔리는 것 같은 느낌이 들어 앤은 짐 선장을 문까지 뒤쫓아갔다.

"곧 또 오세요, 짐 선장님."

앤이 이 말을 던졌을 때 짐 선장은 전나무와 전나무 사이로 난 작은 울타리문을 지나는 참이었다.

짐 선장은 명랑하게 대답했다.

"네, 네."

그러나 짐 선장이 꿈의 집 낡은 난롯가에 앉는 것은 그날이 마지막이 되었다.

앤은 무거운 발걸음으로 다른 사람들이 있는 곳으로 돌아갔다.

"저—저 쓸쓸한 곳으로 짐 선장님이 혼자 돌아가신다고 생각하니 가슴이 아파요. 그곳에는 아무도 기다려주는 사람이 없는걸요."

오언이 말했다.

"짐 선장님은 다른 이들에게 무척 좋은 동료니까, 자기에게도 좋은 동료일 거라는 생각이 들곤 합니다. 그러나 쓸쓸할 때가 자주 있을 겁니다. 오늘 밤 짐 선장님에게는 예언자 같은 데가 있었어요. 내부 목소리가 넘쳐나와 저절로 입이 열리는 것처럼 보였어요. 자, 나도 이제 돌아가야겠군요."

앤과 길버트는 눈치껏 그 자리에서 사라져주었다.

오언이 돌아간 뒤 앤이 돌아와보니 레슬리가 난롯가에 서 있었다.

"아, 레슬리, 나는 알고 있어요. 기뻐요."

앤은 레슬리를 꼭 껴안았다.

레슬리도 속삭였다.

"앤, 나는 너무나 행복해서 무서워요. 너무너무 멋져서 현실 같은 느낌이 들지 않아요. 입에 올리기도 무서워요. 생각하는 것조차 무서워요. 어쩐지 꿈의 집에서 꾸는 꿈에 지나지 않아 내가 이곳을 떠나면 사라져버리는 게 아닐까 하는 생각이 들어요."

"아니에요, 레슬리가 이곳을 떠나는 일은 없을 거예요. 오언이 데리러 올 때까지 말예요. 그때까지 우리집에 있어요. 내가 저렇게 쓸쓸하고 슬픈 집으로 레슬리를 돌아가게 할 것 같아요?"

"고마워요, 앤. 여기에 머무르게 해줄 수 있는지 물어보려던 참이었어요. 그곳으로는 정말 돌아가고 싶지 않아요. 다시 전의 차갑고 외로운 생활로 돌아가는 듯한 느낌이 들어서요. 앤, 앤이 이렇게 좋은 친구가 되어주어서…… 훌륭하고 친절한 부인이자, 성실하고 충실하며 의지할 수 있는 사람이라고, 짐 선장님은 그렇게 당신을 표현했잖아요."

앤은 미소 지었다.

"짐 선장님은 '부인'이 아니라 '부인들'이라고 말했어요. 아마 짐 선장님은 우리들에게 품은 애정이라는 장밋빛 미래를 통해 우리 두 사람을 보고 있을지도 몰라요. 하지만 우리도 짐 선장님의 신뢰에 보답할 수 있도록 노력할 수 있을 거예요."

레슬리가 생각에 잠긴 목소리로 말했다.

"앤, 우리가 언젠가 바닷가에서 만난 그날 밤, 내가 나의 아름다움을 미워한다고 했던 말을 기억하고 있어요? 그때는 나는 그랬었어요. 내가 못생겼다면 딕이 나를 탐내지 않았을 거라고 언제나 생각했었어요.

내 외모가 딕을 매혹시켰다고 해서 나는 내 아름다움을 미워했지만, 지금은 아, 그 미모를 가진 게 너무 기뻐요. 오언에게 그것밖에 줄 것이 없거든요. 오언이 지닌 예술가 정신이 그것을 기뻐하고 있어요. 전혀 빈손으로 그 사람에게 가는 게 아니라는 느낌이 들어요."

"레슬리, 오언은 확실히 레슬리의 아름다움을 사랑하고 있어요. 누구라도 사랑하지 않고는 못 배길 거예요. 하지만 그 사람에게 줄 수 있는 게 그것뿐이라고 생각하다니 레슬리는 정말 바보예요. 왜 그런지는 그 사람이 레슬리에게 직접 말할 테죠. 굳이 내가 말할 필요도 없어요. 자, 문단속을 해야겠어요. 수전이 오늘밤 돌아올 줄 알았는데 아직 오지 않는군요."

그때 수전이 불쑥 부엌에서 들어왔다.

"아뇨, 돌아왔어요, 마님. 암탉처럼 숨을 헐떡이면서요! 글렌에서부터 여기까지 걸으려면 꽤 멀거든요."

"어머 잘 돌아왔어요, 수전. 언니는 어때요?"

"일어나 앉을 수 있게 되었지만, 물론 아직 걷지는 못해요. 그렇지만 이제 내가 없더라도 충분히 해나갈 수 있게 되었답니다. 다행히 딸이 휴가를 얻어 왔으니까요.

나도 갈 수 있게 되어 한숨 돌렸어요, 마님. 머틸더는 다리가 분명 부러지기는 했지만 혀는 멀쩡하거든요. 정말 넌더리가 날 만큼 떠든다니까요.

자기 언니에 대해 이렇게 말하기는 좀 그렇지만, 본디부터 머틸더의 수다는 유명했거든요. 그런데 집안에서 맨 먼저 시집을 갔어요. 사실은 제임스 클로와 별로 결혼하고 싶지 않았는데, 거절하기가 미안했나봐요.

제임스도 좋은 사람이기는 하지만 딱 한 가지 마음에 안 드는 게 있어요. 식사 전 감사기도 드릴 때, 글쎄, 마님, 기분 나쁜 신음소리를 먼저 반드시 내고 시작한답니다. 오싹해서 식욕이 싹 달아나고 말아요.

마님, 결혼 말이 나왔으니 말인데, 코닐리어 브라이언트가 마셜 엘리엇과 결혼한다는 게 정말인가요?"

"정말이에요, 수전."

"세상에, 어떻게 그런 일이 있을 수 있어요? 나를 보세요, 남자들이 하는 욕설 같은 것은 한 번도 한 적이 없는 나는 여태 결혼 못하고 있잖아요. 그런데도 인정없는 남자들은 자기네들을 깔아뭉개는 코널리어 브라이언트 쪽으로 손을 뻗쳐 골라내고 좋아라 하니 말이에요. 이상한 세상이라니까요, 마님."

"다른 세상도 있잖아요, 수전."

수전은 땅이 꺼지도록 한숨을 쉬었다.

"네. 하지만 마님, 저세상에는 좋아서건 어쩔 수 없어서건 결혼이라는 게 아예 없잖아요."

짐 선장의 출발

9월 끝무렵, 마침내 오언 포드의 책이 출판되었다. 이제나저제나 책이 도착하기를 기다리며 짐 선장은 글렌에 있는 우체국으로 날마다 빠짐없이 찾아갔다. 그날은 짐 선장이 오지 않아서 레슬리가 앤의 책과 함께 짐 선장의 책을 가지고 돌아왔다.

앤은 초등학생처럼 흥분하며 말했다.

"오늘 저녁 짐 선장님에게 갖다 드리기로 해요."

맑게 갠 저녁 무렵, 붉은 항구 길을 따라 곶으로 걸어가는 것은 아주 기분 좋은 일이었다. 이윽고 해는 서쪽 언덕 뒤로 뉘엿뉘엿 가라앉았다. 그 언덕 너머 골짜기에는 갈 곳 잃은 저녁해로 넘치고 있었으리라. 해가 지는 동시에 곶의 흰 탑에서 커다란 등불이 깜박이기 시작했다.

레슬리가 말했다.

"짐 선장님은 1초도 늦은 적이 없어요."

앤도 레슬리도 책을, 아름다운 모습으로 변신한 짐 선장의 책을 건넸을 때 행복해 하는 짐 선장의 얼굴을 언제까지나 잊을 수 없었다. 요즘 핼쑥해졌던 볼에 갑자기 소년처럼 핏기가 오르고 눈에는 젊은 사람 같은 불길이 타올랐다. 그러나 책을 펼치는 손은 여전히 떨리고 있었다.

《짐 선장의 인생록》이라는 담담한 제목이 붙어 있고, 속표지에는 공동 집필자로 오언 포드와 제임스 보이드의 이름이 인쇄되어 있었다. 첫장에는 등대 입구에서 세인트 로렌스 만을 바라보며 서 있는 짐 선장의 사진이 실려 있었다. 책을 집필하고 있던 어느 날, 오언이 카메라로 찍은 것이었다. 그것은 짐 선장도 알고 있었지만 그 사진이 책에 실리리라고는 꿈도 꾸지 못했다.

"생각해 봐요. 이 늙은 뱃사람이 인쇄된 책 속에 이렇게 들어 있잖소. 이토록 자랑스러운 날은 처음입니다. 가슴이 너무 벅차서 터져버릴 것만 같군요. 오늘 밤은 도저히 잠이 올 것 같지 않아요. 해가 뜨기 전에 완전히 읽어버려야겠어요."

앤이 말했다.

"그럼, 어서 책을 읽으시도록 우린 이만 돌아가겠어요."

짐 선장은 거룩한 물건을 만지듯이 황홀하게 책을 쓰다듬다가 탁 덮어버리고는 옆에 놓았다.

"아니에요, 이 늙은이와 차도 한 잔 마시지 않고 돌아가선 안 됩니다. 안 되고말고요. 그렇잖니, 일등항해사? 인생록이 썩거나 하지는 않을 테니까요. 몇 년이나 나는 이걸 기다려왔으니 벗들과 즐겁게 지내는 동안은 얼마든지 기다릴 수 있습니다."

짐 선장은 주전자에 물을 끓이고 빵과 버터를 늘어놓으며 바삐 움직였다. 흥분하고 있는데도 불구하고 그 동작에는 전처럼 활발하지 않고 어딘가 느릿하고 위태로웠다. 그러나 여자들은 도우려 하지 않았다. 짐 선장이 불쾌해할 것을 알고 있었기 때문이었다.

"마침 잘 와주었어요."

짐 선장은 벽장에서 케이크를 꺼냈다.

"조 녀석의 어머니가 오늘 큰 바구니 가득히 과자와 파이를 보내주었어요. '이 세상의 요리 잘하는 사람들에게 축복을!'하고 말해 주었지요.

이걸 좀 보세요, 이 예쁜 케이크를. 설탕으로 장식하고 호두를 듬뿍 넣었어요. 이렇게 멋지게 대접할 수 있는 일은 그리 흔치 않지요. 어서 앉아요. 앉아! '옛날을 추억하며 우정의 잔을 나눕시다'"

여자들은 환성을 올리며 앉았다. 차를 맛있게 끓이는 짐 선장의 차는 그날 밤 특별히 더 향기로웠다. 조 소년의 어머니가 구운 케이크 또한 더없이 맛있었다.

짐 선장은 흠잡을 데 없이 예의바른 주인 역을 잘해냈고 녹색과 금색으로 화려하게 꾸며진 인생록이 놓인 구석 쪽으로는 눈길도 주지 않았다.

그러나 마침내 앤과 레슬리를 배웅하고 문을 닫자마자 짐 선장이 곧바로 책 있는 곳으로 달려갔다는 것을 두 사람은 알고 있었다. 그들은 짐 선장의 모습을 상상하면서 집으로 돌아갔다. 늙은 선장은 기쁨에 가슴을 두근거리며, 매력과 색채로 넘치는 자신의 인생이 현실과 똑같이 생생하게 그려져 있는 책을 정신없이 읽고 있을 것이 틀림없었다.

레슬리가 말했다.

"짐 선장님은 마지막 장면을 어떻게 생각할까요. 사실, 마지막은 내가 생각해 냈죠."

끝내 그것을 알 수는 없었다. 이튿날 아침 앤이 눈을 뜨니 완전히 준비를 갖춘 길버트가 걱정스러운 표정으로 앤을 들여다보고 있었다.

앤은 졸린 듯 물었다.

"누가 왕진 와 달래?"

"아니, 앤. 곶에 무슨 사고가 있지 않나 싶어. 해가 떠오른 지 한 시간이나 지났는데 아직 등불이 켜져 있어. 당신도 알다시피 해가 진

순간 등불을 켜고 해가 떠오른 순간 끄는 게 짐 선장님의 자랑거리잖아."

앤은 깜짝 놀라 일어났다. 새벽 파란 하늘에 희끄무레하게 반짝이고 있는 등불이 창문으로 보였다.

앤은 걱정스러운 얼굴로 말했다.

"아마 인생록을 읽다가 깜빡 잠들어버리신 게 아닐까. 아니면 책에 너무나 열중해서 등불은 까맣게 잊어버리고 말았는지도 몰라."

길버트는 고개를 저었다.

"그것은 짐 선장님답지 않아. 어쨌든 가보고 올게."

"잠깐 기다려. 나도 함께 가겠어. 그렇게 하지 않으면 조마조마해서 안돼. 젬은 앞으로 한 시간쯤 더 잠들어 있을 테니까. 수전에게 부탁해 놓을게. 만일 짐 선장님이 병환이라면 여자의 손이 필요할 거야."

풍요로운 결실과 미묘함이 어우러진 빛깔과 소리로 가득찬 멋진 아침이었다. 항구는 반짝이며 소녀처럼 보조개를 짓고 있었다. 흰 갈매기가 모래언덕 위로 유유히 날아오르고 모래톱 저쪽에는 멋진 바다가 빛나고 있었다. 바닷가의 길쭉한 들판은 이슬에 젖어, 하루의 가장 아름답고 맑은 색채인 아침해를 받아 싱그럽게 숨쉬고 있었다.

춤추고 휘파람을 불며 해협으로부터 건너온 바람이 평화로운 고요함을 더더욱 아름다운 음악으로 바꾸었다. 흰 탑에 켜진 불길한 빛만 없다면 이 이른 아침 산책은 앤과 길버트에게 더없이 즐거운 것이 되었으리라. 그러나 두 사람은 불안을 품고 조용히 걸어갔다.

문을 두드려도 대답이 없어 두 사람은 문을 열고 안으로 들어갔다.

낡은 방은 아주 고요했다. 탁자에는 지난밤 작은 연회의 흔적이 그대로 남아 있었다. 구석에 있는 램프대는 아직 불이 켜져 있고, 일등항해사는 긴 의자 옆 양지 쪽에 잠들어 있었다.

짐 선장은 마지막 페이지를 펼친 채 인생록을 가슴에 얹고 그 위에 손을 깍지낀 채 긴 의자에 누워 있었다. 눈은 감겨 있었고 얼굴에

더없이 평안하고 행복한 표정이 떠올라 있었다. 오랫동안 찾지 못했던 것을 마침내 발견한 사람의 표정이었다.

앤은 떨리는 목소리로 속삭였다.

"주무시고 계신 걸까?"

길버트는 긴 의자 쪽으로 가서 잠시 짐 선장 위로 몸을 구부리고 있다가 다시 일으켰다.

길버트는 차분히 대답했다.

"그래. 주무시고 계셔. 아주 편안하게. 앤, 짐 선장님은 저 먼 곳으로 가셨어."

짐 선장이 죽은 정확한 시각은 알 수 없었지만, 앤은 짐 선장이 소원대로 세인트 로렌스 만에 아침해가 떠올랐을 때 항해를 떠난 게 틀림없다고 생각했다.

저 빛나는 물결을 타고 짐 선장의 영혼은 진주색과 은색으로 물든 아침해를 넘어, 사라져버린 마거릿이 기다리고 있는 곳으로, 폭풍도 풍랑도 없는 항구에 닿았을 것이다.

안녕, 꿈의 집이여

짐 선장은 항구 건너편 작은 묘지에 있는 앤의 어린 딸이 잠들어 있는 곳에 가까이 묻혔다.

선장의 집안사람들은 엄청나게 비싸고 무척 보기 흉한 '묘비'를 세웠다. 살아 있었다면 짐 선장이 슬며시 비웃을 만한 석비였다. 그러나 짐 선장의 진정한 묘비는 그를 아는 사람들의 가슴속과 영원히 살아남을 저 책 속에 있었다.

짐 선장이 살아 있어 그 책의 놀랄 만한 성공을 볼 수 없음을 레슬리는 안타까워했다.

"비평을 읽었다면 얼마나 기뻐했을까요. 거의 다 매우 호의적이었잖아요. 게다가 베스트셀러 1위를 차지했는데, 아, 그것을 볼 때까지만이라도 살아 계셨더라면, 앤."

그러나 앤은 슬픔 속에서도 레슬리보다 현명했다.

"짐 선장님이 바라셨던 것은 책 그 자체였어요, 레슬리. 책이 어떤 평가를 받을지에 대해서는 조금도 관심두지 않았는걸요. 마침내 그 바람을 이룬 셈이에요. 그 책을 끝까지 다 읽으셨으니까요. 마지막 밤은 짐 선장님에게 가장 행복한 밤이었을 게 틀림없어요. 그리고 아침이 되자 바라고 있었던 대로 고통없이 순간적인 최후를 맞이하셨어요. 책이 이렇듯 성공을 거둔 것을 오언과 레슬리를 위해 기쁘게 생각해요. 하지만 짐 선장님도 만족하셨어요. 나는 알고 있어요."

등대의 별은 지금도 밤마다 불침번을 서고 있었다. 짐 선장을 대신할 등대지기가 곶으로 파견되었기 때문이었다. 머잖아 현명한 정부가 많은 지원자 가운데 누가 가장 적격자인지 또는 누가 가장 강력한 연고권이 있는지 결정할 것이었다.

일등항해사는 작은 집에 와서 살며 내 집처럼 앤과 길버트와 레슬리로부터 귀염받았고, 고양이를 그리 좋아하지 않는 수전은 너그럽게 묵인하고 있었다.

"짐 선장님을 봐서 일등항해사를 참아주겠어요, 마님. 나는 그 영감님을 좋아했으니까요. 먹을 것을 챙겨주고 쥐덫에 걸린 쥐도 몽땅 주겠지만, 그 이상의 일을 바라지는 마세요, 고양이는 고양이니까요. 그리고 마님, 적어도 우리 귀여운 도련님에게만은 가까이 가지 못하게 해주세요. 만일 도련님의 숨을 빨아 마신다면 얼마나 무서울지 생각해 보세요."

길버트가 말했다.

"이것이야말로 도깨비고양이 소동이로군."

"뭐, 웃는 건 상관하지 않겠어요. 하지만 웃을 일이 아니라고 생각해요."

"고양이는 갓난아기의 숨을 빨아마시거나 하지 않아요. 그것은 낡은 미신에 지나지 않아요, 수전."

"미신일지도 모르고 미신이 아닐지도 몰라요, 선생님. 내가 알고 있는 것은 그런 일이 있었다는 사실뿐이에요. 내 형부의 조카며느리가 기르는 고양이가 그 집 아기의 숨을 빨아마셔서, 모두들 깨달았을 때에는 가엾게도 아기가 거의 죽게 되었대요. 그러니까 미신이든 아니든 저 노란 짐승이 도련님 옆으로 살금살금 가기라도 한다면 나는 부젓가락으로 후려칠 테니 그리 아세요, 마님."

마셜 엘리엇 부부는 초록색 집에서 편안하고 사이좋게 살고 있었다. 레슬리는 바느질하느라 바빴다. 오언과 크리스마스에 결혼식을 올리기로 되어 있었기 때문이다. 앤은 레슬리가 가버리고 나면 어떻게 하나 걱정이 들었다.

앤은 한숨을 내쉬었다.

"모든 것이 자꾸자꾸 변해가. 겨우 한 가지 일이 끝나 마음을 놓으면, 금세 다시 다른 일이 닥치는걸."

길버트가 느닷없이 말을 꺼냈다.

"글렌에 있는 낡은 모건의 집을 팔려고 내놓았어."

앤은 무관심하게 되물었다.

"그래?"

"응. 모건 씨가 돌아가셔서 부인이 밴쿠버에 있는 자식들에게로 가서 살고 싶다는 거야. 싸게 팔 테지. 글렌처럼 작은 마을에서는 그런 큰 저택이 쉽사리 처분되지 않을 테니까."

"하지만 그렇게 아름다운 저택이니 살 사람이 나설 거야."

건성으로 대답하며, 앤은 마음속으로 젬의 '짧은' 옷에 놓을 자수를 어떻게 할지 궁리하고 있었다. 젬은 다음주 긴 배냇저고리를 졸업하고 짧은 유아옷으로 바꿔주게 되어 있어 앤은 그것을 생각하면 울고 싶은 기분이었다.

길버트가 조용히 물었다.

"우리가 사면 어떨까?"

앤은 바느질감을 떨어뜨리고 물끄러미 길버트를 쳐다보았다.

"농담이겠지, 길버트?"

"진담이야, 앤."

"그렇다면 이 정다운 집을, 우리는 꿈의 집을 나가는 거야?"

앤은 믿어지지 않는 듯했다.

“오, 길버트, 그런, 그런 일은 생각도 할 수 없어.”
“내 말을 잘 들어봐, 앤. 당신 기분은 잘 알고 있어. 나도 마찬가지니까. 하지만 언젠가는 우리가 다른 곳으로 옮겨야 한다는 것은 전부터 알고 있었잖아.”
“하지만 이토록 빨리는 아니야, 길버트. 아직 안 돼.”
“우리는 두 번 다시 이런 기회를 만날 수 없을지도 몰라. 우리가 모건 저택을 사지 않는다면 누군가 다른 사람이 사버릴 테고, 그 밖에는 우리가 탐나는 집이 글렌에 없을 뿐 아니라 집을 지을 만한 좋은 장소도 없어.
이 작은 집은, 그래, 지금도 이제까지도 우리들에게 어떤 집과도 비교할 수 없는 좋은 집이었어. 그것은 인정하지만, 하지만 당신도 알다시피 이곳은 의사에게는 너무 외진 곳이야. 한껏 잘 꾸려나오기는 했지만 오랫동안 불편을 느끼고 있었지. 게다가 지금에 와서는 너무 비좁잖아. 아마 앞으로 2, 3년 지나 젬에게 방이라도 필요하게 된다면 엄청 좁을 거야.”
“알고 있어. 알고 있어.”
앤의 눈에 눈물이 글썽거렸다.
“불리한 점은 모두 알고 있어. 하지만 나는 이 집이 너무 좋은걸. 게다가 이곳은 이토록 아름답잖아.”
“레슬리가 없게 되면 이곳도 몹시 쓸쓸해질 거야. 짐 선장님도 안 계시고. 모건 저택도 아름다우니까 곧 좋아질 거야. 당신은 언제나 그 저택에 감탄하고 있었잖아, 앤.”
“하지만 너무나 갑작스러워, 길버트. 머리가 핑핑 도는 것만 같아. 10분 전까지 나는 이 멋진 장소를 떠나는 일 같은 건 생각지도 못했는걸. 봄이 되면 이 집을 어떻게 할까라든가, 뜰을 이렇게 하겠다는 등 계획만 세우고 있었지.
그리고 우리가 이곳을 나간다면 어떤 사람이 들어올까? 확실히 외진 곳이어서 누군가 생활능력이 없이 떠돌아다니는 가난한 가족이 빌리게 될 테지. 그래서 엉망으로 만들어버릴 거야. 아, 그런 것은 이 집을 모독하는 일이야. 견딜 수 없어."

"알고 있어. 하지만 그런 일 때문에 우리의 미래를 희생시킬 수는 없어, 앤. 모건 저택은 어디를 보아도 우리에게 딱 알맞은 집이야. 이런 기회를 놓칠 수는 없어.

장대한 거목이 들어서 있는 넓은 잔디밭을 생각해봐. 그 뒤에 있는 멋들어진 떡갈나무숲에 대해서도, 12에이커나 돼. 아이들에게 더없이 좋은 놀이터잖아!

훌륭한 과수원도 있어. 당신은 전부터 그 뜰을 둘러싸고 있는 쪽문 달린 높은 벽돌담에 감탄했었지. 마치 이야기에 나오는 뜰 같다면서. 그리고 모건 저택도 이곳 못지않게 항구며 모래언덕을 바라볼 수 있어 전망이 좋아."

"하지만 거기에서는 등대의 불빛이 보이지 않아."

"아니, 다락방 창문에서 보여. 아! 또 하나 좋은 점이 있어, 앤. 당신은 커다란 다락방을 좋아하잖아."

"뜰에 시냇물이 흐르지 않아."

"아쉽게도 그건 그래. 하지만 단풍나무숲을 지나 글렌 못으로 흘러들어가는 것이 있어. 그 못도 그리 멀지 않아. 다시 '빛나는 호수'를 만났다고 상상할 수 있잖아."

"부탁이야, 이제 더 이상 아무 말 하지 말아줘, 길버트. 생각할 여유를 줘. 그 계획에 익숙해지도록."

"좋고말고. 그리 서두를 일은 아니니까. 다만 사기로 한다면 겨울이 오기 전에 옮겨서 자리를 잡는 편이 좋을 거야."

길버트는 나가고 앤은 떨리는 손으로 젬의 짧은 옷을 치웠다.

그날은 도저히 바느질할 마음이 들지 않았다. 눈물젖은 눈으로 앤은 그렇듯 행복한 여왕으로 군림했던 작은 영토를 걸어다녔다. 모건 저택은 길버트의 말대로였다. 집이 서 있는 장소가 아름답고 집이 고풍스러워 위엄이 있으며 평안함을 느끼게 할 뿐 아니라 전통을 지니고 있다. 그러면서 편안하게 살기 좋도록 퍽 현대적이었다.

앤은 전부터 멋진 집이라고 감탄하고 있었다. 그러나 그렇게 생각한다고 그게 사랑으로 이어지는 것은 아니었다. 그리고 앤은 이 작은 꿈의 집을 깊이 사랑하고 있었다. 이 집과 연관된 모든 것을 사랑했다.

자기가 손질한, 또 앤이 살기 전 몇 사람인가 부인이 손질해 온 뜰, 모퉁이를 장난스레 가로지르는 반짝반짝 빛나는 시냇물, 전나무와 전나무 사이에서 삐걱거리는 울타리문, 이끼낀 붉은 사암 층계, 당당하게 서 있는 포플러들, 거실의 벽난로 위에 올라 앉아 있는 고풍스러운 분위기의 유리문 달린 작은 그릇선반, 부엌 식료품실의 휘어진 문, 2층에 있는 우스꽝스러운 두 개의 창문, 층계에 있는 작은 올록볼록한 요철(凹凸).

아, 이것은 모두 앤의 손길이 닿은 정든 곳이다. 어떻게 두고 갈 수 있단 말인가?

또 이전에 사랑과 기쁨으로 깨끗해진 이 작은 집은 앤의 행복과 슬픔에 의해 더욱 신성해진 것이다!

여기서 앤은 일생에 한번뿐인 밀월(蜜月)을 보냈다. 이곳은 조이가 단 하루의 짧은 생애를 보냈다. 그리고 젬이 태어나서 앤은 다시 황홀한 어머니로서의 기쁨을 맛보았다. 더욱이 오묘한 음악이라고도 할 수 있는 귀여운 아기의 웃음소리를 들었다. 이 앤의 난롯가에 사랑하는 친구들이 둘러앉았었다. 기쁨과 슬픔, 탄생과 죽음이 이 꿈의 집을 영원히 신성한 것으로 만들었던 것이다.

그런데 그 집을 지금 떠나야만 한다. 앤은 알고 있었다. 길버트와 싸우는 순간에도 앤은 그것을 알고 있었다. 작은 집은 비좁아졌다. 길버트를 위해서도 바꿀 필요가 있다. 길버트는 성공적으로 일하고 있지만 집 때문에 방해받는 게 많았다. 앤은 이 사랑하는 집에서 생활이 끝날 때가 다가왔으며, 그 사실에 용감히 맞서야 한다는 것을 알고 있었다. 그렇지만 이 얼마나 가슴 아픈 일인가!

앤은 흐느껴 울었다.

"내 생명에서 무엇인가가 찢겨져 나가는 기분이야. 아, 하다못해 누군가 좋은 사람들이 이 우리집에 와주었으면 좋으련만. 아니면 차라리 비워두는 게 나아. 그편이 꿈나라 지도도 모르고 이 집에 영혼과 개성을 준 역사에 대해 아무것도 모르는 사람들에게 짓밟히는 것보다 나아.

만일 그런 사람들이 이곳에 온다면 황폐해지고 말 거야. 옛날 집이란 조심하여 가꾸지 않으면 금방 못쓰게 되고 마는걸. 그런 사람들은 우리의 뜰을 엉망진창으로 만들어버리겠지. 포플러가 더부룩이 자라는 대로 내버려둘 것이고, 나무울타리는 이빨이 반이나 빠져버린 할아버지 입처럼 될 것이며, 지붕은 새는데다, 회반죽은 뭉텅뭉텅 떨어지고, 깨진 창문은 베개나 누더기로 틀어막아 모든 게 누추해지고 말 거야."

앤의 상상력은 소중한 작은 집에 찾아올 거칠어지고 메마른 모습을 너무도 생생히 그려내서, 마치 그것이 이미 일어난 사실이기라도 한 듯 속상하게 했다.

앤은 층계에 앉아 오랫동안 흐느껴 울고 있었다. 수전이 그것을 발견하고 몹시 걱정하며 무슨 일이냐고 물었다.

"혹시 선생님과 싸움이라도 하셨나요, 마님? 만일 그렇다면 걱정하실 필요없어요. 부부 사이에는 반드시 일어나는 일이니까요. 하기야 나는 아직 그런 경험은 없지만 얘기는 들었어요. 선생님이 잘못했다고 뉘우칠 테니 곧 화해할 수 있을 거예요."

"아니에요, 수전, 싸운 게 아니에요. 길버트가 모건 저택을 살 작정이어서 우리는 글렌으로 이사해야만 돼요. 그래서 가슴 아파 견딜 수가 없어요."

수전은 앤의 마음을 알아주지 않았다. 오히려 글렌에서 살 수 있다고 생각하자 기뻐 견딜 수 없었다. 작은 집에서 일하는 건 불만이 없었지만 외딴 곳이라 마음에 들지 않았던 것이다.

"어머나, 마님, 얼마나 잘된 일이에요? 모건 저택은 정말 훌륭하고 큰걸요."

"나는 큰 집이 싫어요."

수전은 아주 의젓하게 훈계했다.

"무슨 말씀을! 마님에게 반 다스나 되는 아이들이 생겨보세요, 싫다는 소리가 안 나올걸요. 사실 이 집은 지금도 너무 작아요. 무어 부인이 와 있어서 손님용 침실이 없어졌고, 게다가 식료품실만 해도 그렇게 형편없는 곳에서 일하기는 처음이에요. 어느 쪽으로 돌아서도 벽에 코를 박아 납작해질 정도인걸요. 게다가 여기는 세상의 끝이에요. 경치 말고는 아무것도 없어요."

앤은 슬프게 미소 지었다.

"아마 수전이 머물러 있는 세상에서는 끝일지 모르지만 내가 딛고 선 세상에서는 아니에요."

"무슨 말을 하는지 도무지 모르겠군요, 마님. 선생님이 모건 저택을 사겠다고 하셨다면 그건 옳은 일이에요. 마님도 기뻐하는 게 좋을 거예요. 거기에는 물도 있고, 식료품실도 벽장도 훌륭하고, 프린스 에드워드 섬을 다 찾아봐도 그런 지하실은 없다고 하더군요. 그런데 이곳 지하실은, 마님도 알다시피 손댈 수가 없다니까요."

앤은 비참했다.

"아, 저리 가요, 수전. 저리 가버려요. 지하실이니 식료품실이니 벽장 같은 게 우리집 전부를 이루고 있는 건 아니에요. 내가 슬퍼하는데 어째서 함께 울어주지 않죠?"

"글쎄요, 마님, 나는 우는 일이 도저히 서툴러서요. 그리고 나는 함께 부둥켜 안고 울기보다 기운을 북돋워주는 편이죠. 자, 자, 그만 우세요. 예쁜 눈이 퉁퉁 붓잖아요. 이 집은 좋은 집이고 마님께 쓸모가 있지만, 이제 좀더 넓은 집으로 들어가도 좋은 시기예요."

수전의 의견은 대부분의 사람들 의견이기도 한 듯했다. 앤의 심정을 이해하고 동정해준 것은 오직 레슬리뿐으로, 이 소식을 듣자 그녀도 하염없이 울었다. 그리고 둘이서 눈물을 닦고 이사준비를 시작했다.

가엾게도 앤은 괴로운 심정으로 체념을 드러냈다.

"꼭 가야만 된다면 빨리 가서 끝장내버려야겠어요."

레슬리가 위로했다.

"글렌에 있는 그 훌륭한 옛날 집에 그리운 추억이 얽힐 무렵이 되면 앤도 그곳이 좋아질 거예요. 멋진 친구들이 모여들 거고, 당신을 위해 그 집도 행복으로 빛날 테지요. 지금의 앤에게는 한낱 집에 지나지 않지만, 몇 년 지나는 사이 내 집이 될 거예요."

다음주 젬에게 배냇저고리를 유아옷으로 갈아입힐 때 앤과 레슬리는 또 울었다. 앤은 그 비극을 저녁때까지 느끼고 있었으나, 긴 잠옷으로 갈아입히니 젬은 다시 귀여운 아기로 돌아갔다.

"하지만 이 다음은 롬퍼스*1고, 그리고 바지를 입게 되어 어느새 어른이 될 거예요."

앤은 한숨을 쉬었다.

수전이 말했다.

"설마 젬 도련님을 언제까지나 아기인 채로 두고 싶다는 말은 아니겠죠, 마님? 보세요. 저 짧은 옷을 입고 귀여운 다리를 내밀고 있는 모습이 얼마나 사랑스러워요? 게다가 다림질 수고도 더는 것을 생각해보세요, 마님."

---

*1 아이들의 내리닫이 놀이옷.

레슬리가 얼굴을 빛내며 방으로 들어왔다.

"앤, 방금 오언한테서 편지가 왔어요. 아주 신나는 소식이에요. 오언은 이 집을 교회 관리위원회로부터 사들여 여름휴가를 보내는 곳으로 쓰겠대요. 앤, 기쁘지 않아요?"

"아, 레슬리, 기쁜 정도가 아니에요! 생각지도 못한 일이라 믿을 수가 없어요. 이제 이 소중한 집이 야만인에 의해 짓밟히거나 황폐할 대로 황폐하여 버려지든가 하지 않을 걸 생각하니 괴로움이 반으로 줄어들었어요. 정말 멋져요!"

10월 어느 날 아침, 눈을 뜬 앤은 이 작은 집 지붕 아래에서 잠자는 건 그것이 마지막임을 알았다. 하루 종일 바빠서 한탄할 틈도 없었고 저녁때에는 모조리 실려나가 몸만 남았다.

집에 작별을 고하기 위해 앤과 길버트만이 뒤에 남았다. 레슬리와 수전과 젬은 마지막 가구를 실은 짐과 함께 글렌으로 가고 있었다. 커튼이 없는 창문을 통해 햇빛이 비쳐들었다.

"집이 비탄에 잠겨 우리를 비난하고 있는 것 같지 않아? 아, 오늘 밤 나는 글렌에서 향수병에 걸릴 거야."

"우리는 여기서 매우 행복하게 살았지, 앤?"

길버트의 목소리에는 깊은 그리움이 배어 있었다.

앤은 가슴이 벅차 대답할 수도 없었다. 길버트는 전나무와 전나무 사이의 울타리문에서 기다리고, 앤은 집안을 둘러보며 하나하나 방들에 작별을 고했다. 자기는 지금 이곳을 떠나려 하고 있다.

하지만 이 낡은 집은 언제까지나 이곳에 있으면서 멋진 창문으로 바다를 굽어보리라. 가을바람은 슬픈 듯 집 주위로 불어대고, 잿빛 빗방울은 후드득 들이치며, 흰 안개는 바다에서 불어올라와 이 집을 흠뻑 감싸리라. 그리고 달빛은 이 집에 쏟아져 학교 선생님과 그 신부가 걸었던 저 오솔길을 밝게 비추어 주리라.

저 오랜 항구의 바닷가에는 옛날이야기와 같은 매력이 떠돌고 있

으리라. 바람은 변함없이 사람마음을 유혹하는 소리를 내며 은빛 모래언덕 위를 불어대리라. 파도는 붉은 바위 해안에서 언제까지나 손짓하고 있으리라.

"하지만 우리는 가버리고 없겠지."

앤은 하염없이 눈물이 흘러 앞도 보이지 않았다.

앤은 문을 닫고 자물쇠를 채운 다음 밖으로 나왔다. 길버트가 미소 지으며 기다리고 있었다. 등대의 불빛이 북쪽에서 빛나고 있었다. 지금은 금잔화밖에 피어 있지 않은 작은 뜰은 이미 그림자 속에 가려지고 말았다.

앤은 무릎을 꿇고 신부로서 밟았던 낡은 층계에 키스했다.

"안녕, 사랑하는 작은 꿈의 집이여."

Lucy Maud Montgomery
ANNE OF GREEN GABLES

《ANNE》의 짧은 이야기

루시 모드 몽고메리/김유경 옮김

바닷가 모래 파이
흔한 여자
동생 조심!

바닷가 모래 파이

링컨 번즈는 문 앞에 보란 듯이 '어느 분이나 이 과수원에서 사과 서리를 즐겨주십시오'라고 쓴 푯말을 세웠다. 앤 블라이스의 말을 굳이 전해 듣지 않아도 이 푯말은 그의 사람됨을 잘 나타내고 있었다. 그리고 누구나 다 인정했듯 그는 참으로 어머니에게 효성스러운 아들이었다. 어머니가 어떤 말을 하든 그만큼 참아낼 수 있는 아들은 그리 흔치 않을 것이다.

그는 벌써 몇 해 동안 어머니 시중을 들며 집안일을 거의 혼자 도맡아하고 있었다. 그것은 무슨 말인가 하면, 아무리 '여자아이'를 고용해도 결코 오래 머물러주지 않았기 때문이었다.

젊은 아가씨들은 특히 이 노파의 독설을 도저히 참지 못했다. 하지만 그는 늘 태평스러워 '게으른 링컨 번즈'라는 별명처럼 무슨 일이든 제때에 맞추어 한 적이 없으며 교회에서도 설교가 끝난 뒤에야 어슬렁어슬렁 들어가는 이상한 습관이 있었다. 그가 화를 냈다는 말을 들은 사람은 없었다. 잉글사이드에 있는 수전 베이커 같은 사람은 그에게는 미치광이가 될 기력조차도 없다고 곧잘 말하곤 했다.

그런데 번즈 부인이 세상을 떠났다는 소식이 온갖 사람에게 큰 놀라움을 주었다. 그녀가 급작스러운 죽음을 맞이할 수 있으리라고는 아무도 예기치 못했기 때문이다. 10년 동안이나 생사의 갈림길을 줄곧 헤매다닌 그녀는 도무지 분명치 않은 병으로 애먹이는 환자였다. 블라이스 의사는 그녀의 잦은 병치레 때문에 그 비용만 모아도 한재산 만들었으리라는 소문이 떠돌고 있었다.

번즈 부인의 유해는 아름답게 꾸며진 고풍스러운 방에 누워 있었다. 밖은 계절을 벗어난 늦은 눈이 소리없이 내려 이른 봄비가 추적추적 내리며 보기흉한 풍경을 푸근하면서도 희미하고 아름답게 덮고 있었다. 이런 경치를 몹시 좋아하는 링컨은 밖을 보자 마음이 아지랑이처럼 부드러워지는 것 같았다. 그가 몹시 쓸쓸한 심정이 되어 있음을 블라이스 선생 부부 말고는 아무도 믿지 못했을 것이다. 그의 어머니까지도 포함하여 누구나 이 죽음은 그에게 구원임에 틀림없다고 여겼기 때문이다.

어머니는 죽기 전날 밤에도 그를 보고 말했었다.

"이제 얼마 안 남았구나. 너는 내가 없어지면 그야말로 한시름놓겠지. 수전 베이커가 그렇게 말했었단다."

그녀는 이런 말을 10년 동안이나 해 왔으므로, 수전 베이커가 어쩌니 하는 건 분명 거짓말이었다. 수전 베이커는 다만 이렇게 말했을 뿐이었다.

"마님, 그녀를 보고 있으면 90살까지 살 것 같아요."

그러나 수전의 예상은 맞지 않았다. 링컨은 어젯밤 어머니가 한 말을 생각하며 자기가 어머니에게 다음과 같이 말해두기를 잘했다고 여겼다.

"어머니, 나는 어머니가 괴로움주고 있다는 생각은 조금도 하지 않습니다. 잘 아시잖습니까?"

이제부터는 틀림없이 마음이 텅 비어 허전해질 것이라고 그는 생각했다. 어머니는 알게 모르게 그의 인생에 어떤 의미와 목적을 주고 있었던 것이다. 어머니가 떠나버린 지금은 자신이 돛과 키를 잃은 배와도 같이 느껴져 견딜 수 없었다.

헬런이라면 곧 결혼해줄 것이다. 그는 알고 있었다. 어머니는 그가 헬런과의 결혼을 몹시 바라고 있는 줄 여기는 듯했지만, 사실은 그녀의 존재가 그를 헬런으로부터 지켜주고 있었던 것이다. 그녀는 곧잘 듣기싫은 말을 했다.

"너는 내가 죽기를 기다렸다가 결혼할 생각이겠지?"

아무리 링컨이 결혼할 마음이 없다고 열심히 설명해도 어머니 귀에는 들리지 않는 듯싶었다.

그는 우스갯소리로 얼버무리려 했다.

"나같이 시들어버린 남자와 누가 결혼하고 싶어하겠습니까?"

그러면 번즈 부인은 심술궂게 말하는 것이었다.

"네게 달려들 여자는 얼마든지 있어. 내가 죽으면 너는 틀림없이 뜨거운 사랑의 호소를 받을 게다. 블라이스 선생이 그토록 약을 바꾸는 데에도 뭔가 이유가 있다고 생각해. 나를 너로부터 떼어놓고 싶어하는 게 아닐까? 그리고 수전 베이커도 마찬가지로 너를 데려오고 싶어하지. 블라이스 선생 부인은 인연 맺어 주기를 좋아하는 사람이니까."

링컨은 웃으며 말했다.

"나는 확실히 젊지 않지만 수전 베이커는 나이가 너무 많지 않을까요."

"그녀는 너보다 고작 열다섯 살 많을 뿐이잖니. 그녀는 내가 나이를 모르리라 여기지만 나는 다 알고 있어. 그리고 너는 야무지지 못한 데가 있으니까 결혼하고 싶다는 말만 들으면 어떤 여자와도 결혼해 버리지 않을까? 거절하기가 귀찮아서 말이야."

그는 때마침 들어온 헬런에게 물었다.

"어머니 얼굴이 아름답죠?"

그때 매슈 부인은 소리내어 울고 있었다. 그녀가 우는 까닭을 아무도 몰랐으나, 실은 눈물을 흘리지 않는 링컨을 인정 없는 아들이라고 생각했기 때문이었다.

헬런이 말했다.

"정말 아름다워요. 아름다울 뿐만 아니라 마치 살아 있는 것 같아요."

그러나 링컨은 어머니가 살아 있는 것처럼 여겨지지는 않았다. 그녀의 얼굴은 살아 있는 것으로 보기에는 너무도 조용하고 온화하여 평화로움 바로 그 자체였기 때문이다.

그가 기억하는 한 어머니는 늘 기분이 좋지 않은 주름살투성이 노파였다. 처음으로 그는 아버지가 어째서 어머니와 결혼했는지 이해할 수 있었다. 안쓰러운 그녀는 정말 병으로 시름시름 앓아 괴로워했던 것이다. 블라이스 선생 또한 그것을 잘 알고 있었으며, 수전 베이커도 그것을 인정하고 있었다.

링컨은 깊이 한숨을 내쉬었다. 어머니가 계시지 않으면 인생은 틀림없이 멋없는 게 될 것이다. 아니, 뿐만 아니라 살기 싫어져 버릴지도 모른다.

그의 누이동생이 물었다.

"이제부터 어떻게 할 생각이에요?"

헬런은 이런 문제를 곧바로 들고 나오지는 않을 거라고 그는 생각하고 있었다. 그러나 헬런은 무슨 일이든 뒤로 미룰 줄 모르는 여자였다. 그녀에게는 링컨과 달리 태평스러운 점이 전혀 없었다.

그는 나직한 목소리로 말했다.

"애번리에서 다들 하는 것처럼 할 수밖에 없겠지."

헬런이 성급히 끼어들었다.

"애번리에서는 어떻게 하는데요?"

링컨은 한층 더 느릿느릿 말했다.

"최선을 다하는 거요."
헬런이 엄한 목소리로 말했다.
"어머나! 그런 말을! 어머니가 아직 무덤에 들어가시지도 않았는데 그런 농담을 하는 건 좋지 않다고 여겨요."
"농담으로 말한 게 아닙니다."
그가 그렇게 말한 것은 실은 그녀를 되짜놓기 위해서였다. 게다가 그런 말투는 그가 생각한 것이 아니었다. 블라이스 선생이 전에 몇 번인가 말하는 것을 들은 일이 있었기 때문이었다.
"당신에게는 감정이라는 게 없군요, 링컨. 앞으로 어떻게 할 것인가 하는 건 우스갯말로 할 일이 아니에요. 가정부가 되어줄 사람은 없어요, 링컨. 당신은 결혼해야 해요. 지난 10년 동안도 사실은 벌써 결혼해서 아이를 낳았어야만 했어요."
"어머니와 함께 생활할 수 있을 만한 사람이 누가 있단 말이오?"
"많았어요. 당신은 어머니를 구실삼아 청혼을 미뤄오기만 했었잖아요? 나는 당신 마음을 잘 알아요, 링컨."
링컨으로서는 가까이 살아 친밀하게 지내는데도 불구하고 그녀가 자기를 이해해준다고는 도저히 생각되지 않았다. 두 사람의 인생에 대한 처세는 정반대라고 할 수 있을 만큼 달랐다. 헬런은 일을 형편이 나아지게 되도록 처리하고 싶어하는 경향이 있었지만 링컨은 무슨 일이든 아름답게 하고 싶었다. 그로서는 가을에 과꽃이 다투어 피고 식물이 아름다운 황금빛이 되기만 하면 비록 곡식이 여물지 않더라도 아무래도 좋았던 것이다.
헬런이 말을 이었다.
"레이너 밀즈도 결혼해줄 거예요. 시골뜨기지만 제인 크레이그도 그럴걸요. 게다가 세러 베일즈도 해줄지 몰라요. 그녀는 그리 젊지 않지만 말예요. 당신 처지로는 고르고말고 할 여유가 없어요. 내 충고를 잘 새겨듣고 빨리 결단내려 아내를 맞아야 해요. 틀림없이 이제까지와는 다른 사람으로 새롭게 태어날 테니까요."
링컨은 슬픈 얼굴로 항의했다.
"하지만 나는 군이 다른 사람이 되고 싶은 생각은 없어요. 블라이스 선생이 말했듯 새로운 삶을 산다면 불편할 테니까."
헬런은 픽 코웃음을 치며 그의 항의를 완전히 무시했다. 그것은 링컨과 이야기하는 경우 그나마 효력 있는 유일한 방법이었다. 만일 그에게 이야기할 기회를 주면 몇 시간을 무의미하게 지껄일지 모른다. 시장의 물건값이나 감자가 병든 데 대해 이야기하는 거라면 또 모르지만, 그가 열심히 이야기하는 건 뜰이 어쩌느니, 겨울 해질녘에는 반드시 똑같은 사과나무에 산메추라기가 찾아온다느니 하는 의미 없는 일뿐이었다.
"다시 말하지만 당신은 결혼해야만 해요. 당신에게 남아 있는 길은 그것밖에 없으니까요, 링컨. 부지런한 사람이라면 누구라도 나는 상관없어요. 남자 혼자서 밭일을 하고 더군다나 요리를 한다는 건 도저히 할 수 없는 일이에요. 오랫동안 고된 일을 해와서 당신은 나이보다 더 늙어보여요. 맛있는 식사와 깨끗이 정리된 집이 기다리고 있다고 생각하면 아무리 피로해도 즐거운 법이죠."
링컨도 이따금 그렇게 생각하는 일은 있었다. 아주 매력적인 생각이라고 그 자신도 인정한 일이 있었다. 그러나 그가 결혼한다는 소문이 파다하게 퍼졌을 때 블라이스 선생이 그에게 주의를 주었듯 위안거리나 정돈된 집 말고도 따로 생각해야 할 일이 있었다.
물론 그런 그의 생각을 헬런이 알 리 없었다. 그는 어느 서늘한 가을밤 잉글사이드 옆을 자동차로 지나갔을 때 일이 생각났다. 생선튀기는 맛있는 냄새가 집 둘레에 가득히 감돌고 있었다. 수전 베이커가 블라이스 선생의 저녁 식사를 만들고 있는 듯했다. 아, 참으로 기막힌 냄새로군! 이 냄새만큼 기쁨을 주는 식사를 그는 이제까지 먹어보지 못했다—그는 이 냄새만으로 큰 연회를 상상했었던 것이다.

전에 블라이스 부인이 그가 있는 곳에서 말했듯 상상 속에서는 아무리 먹고 마셔도 위가 거북스러운 불쾌감을 느낄 염려가 없었다. 블라이스 부인은 말했었다.

"사람은 현실에는 싫증나는 일이 있지만 꿈에서는 결코 싫증나지 않아요."

그날 밤 그는 봄날의 평온한 어둠 속에서 헛간과 안채 사이를 늦게까지 왔다 갔다 했다. 그는 블라이스 선생이 부러워 견딜 수 없었다.

그 뒤로 그는 밤이 되면 즐겨 밖으로 나갔다. 그리고 아무도 없는 언덕에 서서 멀리 밤하늘에 떠 있는 별을 바라보거나 그의 친척 같은 당당한 큰 나무 밑을 돌아다니거나 캄캄한 어둠 속에서 아름다움이며 수정을 떠올리게 하는 파란 달빛을 즐겼다.

만일 누구와 결혼하더라도 이렇게 할 수 있을까? 그는 자기가 아는 여자들을 머릿속에 그려보았으나 도저히 용납해줄 듯싶지 않았다. 등 떠밀려 억지로 결혼하게 된다면 어쩌나 싶었다. 헬런은 결혼시키기로 마음먹고 있으니까 귀찮게 굴 게 틀림없다. 그녀는 어떻게든 결혼으로 끌고 가려 할 것이다.

문득 그의 마음에 그 말고는 다들 잊어버린 머나먼 지난날의 추억이 되살아났다. 그것은 그가 10살인지 11살 무렵 어머니와 함께 모블리 내러즈에 사는 찰리 터프릴 외숙을 찾아갔던 때 일이었다. 이 방문은 부끄럼 잘 타는 소년에게는 크나큰 고통이었다. 그는 더러운 방안에 있는 딱딱한 의자에 굳어진 몸으로 가만히 앉아 있었다.

무슨 방이 이렇게 더럽담! 맨틀피스 위에는 먼지가 쌓인 꽃병이 하나 가득 놓이고 벽에는 그을린 석판(石版)인쇄 그림이 몇 장이나 걸렸으며 온 방안에 놓여진 가구에 장미꽃이 복잡하게 놓여 있었다. 그러나 어머니는 그 모든 것에 완전히 감탄하고 있는 듯했다.

릴리와 이디스와 매기라는 세 사촌누이가 소파에 나란히 앉아 그에게 생긋 미소 지어 보이고 있었다. 결코 못생긴 소녀들은 아니었다. 발그레한 장밋빛 뺨과 동그란 눈을 가진 세 소녀는 아주 아름답다고 해도 좋을 정도였다. 그러나 링컨은 그녀들의 외모를 칭찬할 마음이 들지 않았다. 그는 그녀들이 어쩐지 무섭게 여겨져 발밑에 있는 큼직한 진홍빛 장미를 그저 바라보고 있었다.

이디스가 소리내어 웃으며 말했다.

"어쩌면, 너는 정말 부끄럼을 많이 타는구나."

릴리가 물었다.

"어른이 되면 우리 셋 가운데 누구와 결혼하고 싶을 것 같니?"

그러자 세 아이가 한꺼번에 웃음을 터뜨리고 어른들도 따라서 크게 웃기 시작했다.

매기가 물었다.

"엄마, 줄자를 가져와 이 아이 입을 재볼까요?"

그러자 어머니가 안타까워하며 말했다.

"어째서 너는 저 아이들과 이야기하지 않는 거지? 네 사촌누이들이 잖니. 모두 너를 예의없는 아이로 여길 거야."

릴리가 또 웃으며 물었다.

"이 아이의 혀에 고양이가 붙어버린 게 아닐까요?"

궁지에 몰린 링컨은 필사적인 마음으로 주먹을 쥐고 일어섰다. 그리고 말했다.

"엄마, 나는 밖에 나갔다 오겠어요. 여기는 내게 너무 깨끗한걸요."

그에게 호의적인 소피 외숙모가 말했다.

"바닷가 쪽으로라도 갔다오렴. 글쎄, 캐서린, 이 아이는 왜 이러는지 모르겠어요. 이제는 아기가 아니잖아요. 하지만 우리 집 딸아이들은 놀리기를 좋아해서 난처해요. 늘 주의를 주고 있지만 들은 척도 하지 않아요."

아무것도 모르지만 그게 세상인 거라고 그는 생각했다. 링컨은 세상에 대한 자신의 태도를 결코 바꿀 마음이 없었다.

그는 집 밖으로 나가자 후유 한숨을 쉬었다. 그 집과 건너편 물굽이 사이에는 단단하고 오래된 전나무가 늘어선 작은 숲이 있고, 그 맞은편은 마치 온 세계에 있는 미나리아재비가 앞다투어 피어 있는 듯한 들판이었다.

물굽이로 가는 길에 링컨은 한 소녀를 만났다. 그 소녀는 그보다 한 살쯤 아래인 것으로 여겨졌다. 그녀는 부끄러운 듯 살짝 그를 보았지만 미소도 짓지 않았다. 그녀의 눈은 황금빛 구름에 덮인 한낮 항구를 떠올리게 하는 잿빛도는 파란빛이었다.

이제까지 모든 소녀에게서 두려움을 느끼고 있던 링컨은 이 소녀에게는 아무런 불안함도 느끼지 않았다. 두 사람은 수줍어하면서도 행복한 마음으로 모래톱으로 내려가 함께 모래 파이를 만들었다. 그녀가 어여쁜 소녀였는지 어떤지 그는 잊어버렸지만 부드럽고 은은한 목소리와 갸름하고 아름다운 손을 가지고 있었던 것만은 분명히 기억하고 있었다. 이름은 재닛으로, 전나무숲 너머 하얗게 칠한 작은 집에 산다고 했다.

링컨은 그녀에게 파란 구슬을 주며 다음에 올 때는 집에 있는 서인도제도의 조가비를 가져다주겠다고 약속했다. 그리고 좀 더 크게 자라 어른이 되면 반드시 돌아와 결혼하겠다는 약속도 했다. 그 말을 듣자 그녀는 정말로 기쁜 듯한 설레는 표정을 지었다.

링컨은 굳게 다짐했다.

"반드시 나를 기다려줘야 해. 하지만 내가 어른이 되려면 아직 세월이 흘러야 하니까 너는 기다리다가 지쳐버리지 않을까?"

그녀는 머리를 가로저었다. 그녀는 그리 말하기 좋아하는 소녀가 아니었다. 링컨은 그때 소녀가 무슨 말을 했는지 거의 기억하지 못했다. 어머니가 미나리아재비가 가득 흐드러지게 핀 들판으로 찾아와 큰 소리로 그의 이름을 불렀다. 그는 큰 모래 파이에 조약돌 건포도를 박고 있는 소녀를 남겨두고 그 자리를 떠나야 했다. 그녀 모습이 모래언덕 너머로 사라져버릴 때 그는 뒤돌아보고 손을 흔들었다.

그 뒤 그는 그녀를 만나지 못했다. 지금은 그 소녀도 틀림없이 결혼하여 중년부인이 되어 있을 것이다. 갑자기 그는 그것을 확인하고 싶은 충동을 느꼈다. 그러나 어떻게 하면 그게 가능할까? 그는 하다못해 그녀의 성조차도 몰랐다.

그 소녀에 대한 추억이 그해 여름 내내 그에게 달라붙어 떠나지 않았다. 몇 해 동안이나 생각조차 나지 않았었는데, 이것은 참으로 기묘한 일이었다. 그를 지난날 추억으로 되돌아가게 한 건 헬런의 끈질긴 결혼에 대한 압박 때문이라 여겨졌다.

그는 결혼하고 싶은 생각이 전혀 없었지만, 블라이스 선생 부인이나 그 바닷가 모래톱의 소녀 같은 사람이라면 괜찮을 듯 싶었다. 그 소녀를 다시 만나 만일 혼자라는 사실을 알게 된다면 결혼할 마음이 들지도 모른다.

어느 날 밤 링컨은 레이너, 제인, 세러, 그리고 수전 베이커와 동시에 결혼한 꿈을 꾸었다. 식은땀을 흘리며 이 끔찍스러운 꿈에서 깨어났을 때 그는 마침내 그 소녀를 찾아보리라 마음먹었다.

다음날 링컨은 재빨리 실행으로 옮겼다. 이제까지 그라고 생각할 수도 없을 만큼 재빠른 행동이었다. 얼마 전 블라이스 선생과 세상이야기를 했을 때 선생이 다음과 같이 말한 사실도 지금의 그는 완전히 잊어버리고 있었다.

"링컨, 비록 여자쪽 친척이 아무리 귀찮게 권하더라도 좋은 여자를 발견할 때까지 결혼해서는 안 돼요."

링컨은 혼잣말을 했다.

"당신은 젊은 시절 마음에 드는 사람을 찾아내어 참 행복했는데. 나 같은 나이로는 도저히 고를 수 없어."

Chang.KYe

그는 마차에 말을 매고 몇 마일이나 떨어진 찰리 외숙 집을 향해 날아갈 듯 달려갔다. 그의 마음속에는 두려움과 기묘한 희망이 뒤섞여 있었다. 이것이 헛걸음으로 끝나리라는 건 뻔한 일이라고 여겨졌지만, 그는 그런 건 아무렇지도 않았다. 이렇듯 어리석은 행동을 알고 있는 사람은 그뿐이었다. 그리고 외숙을 만나러 가는 일이 뭐 우습다는 것인가?

그는 언젠가 블라이스 부인이 때로 바보가 되지 못하면 행복해질 수 없다고 했던 말이 생각났다. 과거를 향해 똑바로 달려가는 것도 그와 비슷한 일임에 틀림없었다.

그는 오래전부터 그날 뒤로 찰리 외숙을 찾지 않았었다. 지금은 완전히 달라져 있을 것이다. 그를 놀려댔던 사촌누이들은 결혼했을 것이고 남은 사람은 찰리 외숙과 소피 외숙모뿐일 것이다.

외숙 부부는 그를 따뜻이 맞아주었다. 응접실은 여전히 더러웠다. 용케도 이런 더러움이 이토록 오래 이어지는구나 그는 이상한 기분이 들었다. 블라이스 부인이 언젠가 말했듯 하느님은 이런 일에는 아득한 옛날에 이미 싫증나버렸을지도 모른다.

전에 블라이스 선생이 정색한 얼굴로 말한 일이 있었다.

"인생은 아름답지만은 않아, 앤."

그는 인생에서 겪을 괴로움이며 추함, 그리고 고뇌를 얼마나 많이 보아왔는지 알 수 없었다.

"하지만 그렇더라도 이 세상에는 아름다운 것도 많아. '연인의 오솔길'을 떠올려 봐."

앤은 고개를 끄덕이며 말했다.

"저것 봐, '유령숲' 위에 달님이 떠올라 왔어."

그러나 옛날 그 모습 그대로 있는 더러움이 그에게 정말로 과거로 돌아왔다는 편안함을 주었다. 햇빛이 내려쬐는 오래된 부엌에서 아침식사를 하는 것도 그는 기뻤다. 이곳은 그때 '너무 깨끗하다'면서 달아났던 곳이었지만, 지금 링컨은 전혀 감정을 억누르지 않고도 찰리 외숙과 이야기할 수 있을 것 같았다. 몇 번이나 말을 꺼내려다가 실패한 뒤 그는 마침내 전나무숲 너머 예스러운 하얀 집에 누가 사는지 물을 수 있었다.

찰리 외숙이 말했다.

"허베이 블레이크스 집안이지."

소피 외숙모가 떨리는 목소리로 말했다.

"그리고 재닛도 살고 있단다."

찰리 외숙은 재닛에게는 그리 관심이 없는 듯한 태도로 말했다.

"아, 그렇지, 재닛도 있어."

링컨은 컵을 내려놓는 손이 바들바들 떨리는 것을 느꼈다. 소피 외숙모가 케익을 건네주었지만 그는 고개를 저어 거절했다. 그에게는 이미 아무것도 필요치 않았다.

그는 저도 모르게 물었다.

"그래요?……재닛이……아직 거기에 있군요?"

찰리 외숙은 남자가 노처녀에게 갖는 무의식적인 경멸을 담아 말했다.

"그런가 보더구나."

소피 외숙모가 항의했다.

"재닛은 마음씨가 고운 여자예요."

찰리 외숙은 지지 않고 말했다.

"너무 얌전해. 지나치게 얌전하지. 남자들은 좀 더 발랄한 아가씨를 좋아하니까. 블라이스 선생 부인 같은 분 말이야. 그분은 너무나 훌륭해. 지난해 겨울 소피가 폐렴에 걸리기 전에는 만난 일이 없었는데, 선생보다 훨씬 더 잘해주었어."

링컨은 누구 못지않게 블라이스 부인을 숭배하고 있었지만, 수다스러운 어머니와 오래 함께 살아온 그로서는 여자의 얌전한 성격이 결코 단점으로 여겨지지 않았다.
그는 자리에서 일어났다.
"바닷가까지 산책하고 오겠습니다."
그는 하얀 집 쪽으로 가려고 생각했지만 좀처럼 용기가 솟지 않았다. 만나서 뭐라고 하면 되겠는가? 그녀는 나를 기억하지 못할 것이다. 물굽이를 보고 집으로 돌아올 수밖에 없을 것이다.
옛날 미나리아재비가 다투어 피어 있던 들판은 지금 목장으로 바뀌어 클로버가 여기저기 무리지어 파릇파릇 자라 있었다. 그는 그 길을 지나 내려갔다.
그때 한 여자가 모랫길 맞은편에 서서 물끄러미 바다를 지켜보고 있었다. 그 모습을 알아차렸을 때 그는 놀라움을 금할 수 없었다. 마치 한 폭의 풍경화처럼 그녀 모습은 둘레의 경치와 하나가 되어 잘 어울렸다.
그가 바짝 곁으로 다가갈 때까지 그녀는 뒤돌아보지 않았다. 이 사람이라면 비록 어떤 곳에서 만나더라도 곧 알아볼 수 있다고 그는 생각했다. 옛날과 변함없는 다정한 잿빛 눈, 그리고 옛날과 다름없는 아름다운 손. 그를 보더니 그녀는 한순간 의아스러운 표정을 떠올렸다. 어디선지 만난 적은 있지만 누구인지 잘 모르겠다고 말하는 듯한 표정이었다.
링컨이 불쑥 물었다.
"모래 파이는 벌써 다 만들었어요?"
이런 상식에 벗어난 말을 하다니, 그는 자신이 생각해도 의아했다. 그러나 오늘은 모든 것이 다 묘한 게 아닐까?
그녀의 눈동자가 그를 알아보고 반짝이기 시작했다.
"저, 당신은 링컨 번즈 씨죠?"
링컨은 고개를 끄덕였다.
"나를 기억해냈군요. 함께 파이를 만들었던 그날 오후일도."

재닛은 방그레 웃었다. 그녀의 미소 지은 얼굴은 여전히 앳되고 아름다웠다.

"물론 기억하고 있어요."

그녀는 마치 잊어버리다니 당치도 않다는 말투였다. 두 사람은 어느새 바닷가를 거닐고 있었다. 그들은 말없이 줄곧 걸었다. 링컨의 마음은 기쁨으로 넘쳤다. 이렇듯 행복한 때 이야기 같은 걸 할 수 있겠는가? 이야기란 황홀한 자리에는 어울리지 않는 평범한 것으로 여겨졌다.

물굽이 위에는 커다란 달이 떠올라 있었다. 모래언덕에 있는 풀이 바람에 불려 사락사락 소리냈으며 파도가 조용히 바닷가를 씻고 있었다.

암초가 눈앞에 다가와 있었다. 이제 두 사람은 돌아가야만 했다.

포 윈즈 항구의 등대가 번쩍번쩍 밤하늘에 빛을 비추고 있었다.

링컨은 돌아가기 전에 일을 결정해 버려야겠다고 생각했지만 어떻게 해야 할지 알 수 없었다. 20년 동안이나 만나지 못했던 여자에게 나와 결혼해 주겠느냐고 엉뚱하게 묻는 것도 우스울 듯했다. 그러나 그 일 말고는 그의 머릿속에 아무 생각도 떠오르지 않았다.

그는 결단내려 물어보았다.

끝내 말하고 말았다고 링컨은 몸을 떨며 생각했다.

재닛은 그를 뚫어지게 바라보았다. 달빛에 비춰진 그녀의 눈동자는 침착한 가운데에도 어딘지 장난스러움을 담고 있었다.

"나는 줄곧 기다려왔어요. 돌아오겠다고 당신이 약속했었으니까요."

링컨은 빙긋 웃었다. 갑자기 자신감이 솟아나는 것을 느꼈다. 재닛과 결혼하기를 어찌 두려워할 필요가 있겠는가? 그녀라면 그가 어째서 과수원에 그 푯말을 세웠는지, 또 어째서 저 숲 뒤 작은 들판이 그에게 그토록 소중한지 이해해 줄 것이다. 그는 그녀를 끌어당겨 키스했다.

“당신은 이제 알았지만 나는 언제나 시간에 늦곤 해요. 모두들 나를 ‘게으른 링컨 번즈’라고 부르죠. 하지만 허둥지둥 서둘러 잊는 것보다는 차라리 늦어지는 편이 좋지 않겠어요, 재닛?”

그녀가 말했다.

“나는 그 파란 구슬을 지금도 가지고 있어요. 약속했던 서인도제도의 조가비는 어디 있죠?”

“응접실 맨틀피스 위에 있어요. 지금도 당신을 조용히 기다리고 있죠.”

흔한 여자

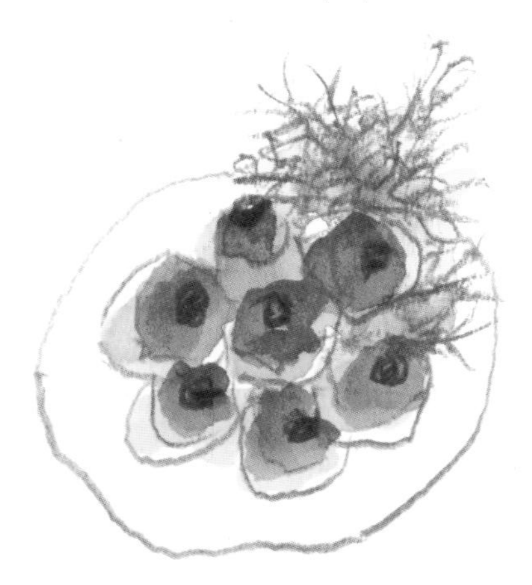

아침부터 차가운 안개비가 보시시 내렸다. 밤이 되자 조금 멎었지만 바람은 여전히 거칠게 숨을 쉬는 듯한 소리를 내며 세차게 불어댔다.

여기는 로브리지 끄트머리에 있는 집이다. 피터라고 부르는 한 방에 존 앤더슨네 가족이 모여 있었다. 이들은 2층 침실에 위독상태로 누워 있는 할머니뻘 되는 애슐러가 얼른 죽어 사라지기를 기다리는 참이었다.

물론 그런 말을 입 밖에 내는 사람은 아무도 없었다. 그러나 가슴 속 깊은 생각은 모두 한결같았다.

겉으로는 모두 예절바르게 행동하고 있었지만, 마음속으로는 누구나 오랜 기다림에 지쳐 슬그머니 자기도 모르게 화를 내고 있었다. 퍼슨즈 의사는 환자가 숨을 거둘 때까지 자리를 지킬 것 같았다. 애슐러 할머니는 의사의 할아버지 사촌인데다 앤더슨 부인의 부탁도 있었기 때문이다.

아직 퍼슨즈 의사는 비록 먼 친척이라 하더라도 사람들 뜻에 거스르는 일을 할 수는 없었다. 이제 갓 로브리지에서 개업했으며 이곳에는 오랫동안 파커 의사가 뿌리를 내리고 있었기 때문이다. 주민들은 파커 의사를 찾아갔다. 그 가운데 파커 의사를 싫어하는 몇몇 사람들은 글렌 세인트 메리에서 일부러 블라이스 의사를 불렀다. 앤더슨 씨네 사람들도 대부분 블라이스 의사에게 다니고 있었다.

그러나 퍼슨즈 의사가 보기에는 두 의사가 모두 노인이므로 젊은 사람에게 자리를 물려주어도 좋으리라 여겨졌다.

퍼슨즈 의사는 어떤 경우라도 겉으로는 참으로 친절하게 마음 쓰며 자신의 길을 헤쳐나갈 노력을 거듭하고 있었다. 지금은 누구나 그렇게 해나가는 시대다. 자신을 잊고 남에게 봉사하는 정신도 좋겠지만, 그것은 속임수다. 사람들은 저마다 살아가는 방법이 있다고 퍼슨즈 의사는 생각하고 있었다.

조이 메일럭과의 애정은 일단 다른 문제로 치더라도, 결혼할 수 있다면 얼마나 도움될지 모르는 일이었다. 메일럭 집안은 몰락해 가고 있기는 하지만 오래 대를 이어온 가문으로 로브리지에서는 적잖게 세력이 있었다. 파커 의사와 사이도 좋지 않다. 누가 병이 나면 블라이스 의사의 왕진을 요구했다.

앤더슨 집안과 파커 집안 사이에는 뭔지 모를 깊은 원한이 풀지 못한 채 있다고 한다. 이 집안끼리의 원한도 꽤 오랜 세월 이어져온 것이었다.

파커 의사는 웃으며 자기는 전혀 신경 쓰지 않는다고 시치미를 뗄지도 모른다. 그러나 자신은 속지 않는다고 퍼슨즈 의사는 생각했다. 오늘날에는 노인인 파커 의사가 대학에서 공부하던 시절과는 미치지도 못할 만큼 인간성이라는 것에 대한 연구가 진보되어 있으니 말이다.

젊은 퍼슨즈 의사는 되도록 친절함을 내세울 생각이었다. 하찮은 일일지라도 '티끌모아 태산'이 될 것이다. 그러나 일이 궤도에 올라 결혼할 수 있게 되려면 괘씸하게도 아직 퍽 오랜 뒤가 될 것 같았다.

존 앤더슨이 이 일로 돈을 낼까 의심스러웠다. 그리고 좀처럼 죽지 않는 이 노파는 한푼없는 빈털터리인 듯했다. 사람들 이야기에 따르면, 블라이스 의사는 가난한 사람을 무료로 진찰해 준다고 한다. 아니, 훨씬 속세에 젖어 있는 파커 의사도 때로는 무료로 보아준다는 것이었다. 자기라면 그런 바보 같은 짓은 하지 않는다. 퍼슨즈 의사는 깊은 생각에 잠겼다.

……애슐러 노파를 진찰하러 온 것은 앤더슨네 사람들에게 아첨하여 잘 보이도록 하기 위해서다. 이 가족 가운데에는 제법 세력을 떨치는 사람도 있으니까. 그리고 가능하면 블라이스 의사를 내쫓아버려야겠다. 요 몇 해 동안 눈에 띄게 늙었다고는 하지만 이 언저리에서는 블라이스 의사의 인기가 엄청나다. 아들이 전쟁에 나가 전사한 뒤로는 사람이 확 달라졌다고 말하는 이도 있지만.

이번 전쟁에도 또 손자가 몇인지 출정하는 듯하다. 특히 공군인 길버트 포드도 나가는 것 같다. 나에게도 지원하는 게 당연하다고 이야기하고 싶은 듯 기회만 있으면 넌지시 말하거든. 길버트 포드에게는 조이까지도 퍽 열을 올리는 것 같이 보이지만—하찮은 일이다. 전쟁은 보잘것없는 이들이 가면 된다……

퍼슨즈 의사는 그동안 존 앤더슨 씨네와 같은 몰락계급에 선심을 쓸 생각이었다. 듣건대 앤더슨네 선조는 꽤 유복하며 널리 알려져 있었다고 한다. 로브리지 묘지에 있는 가장 큰 묘석은 데이비드 앤더슨이라는 사람의 것으로, 지금은 이끼에 덮여 있지만 그 무렵에는 대단한 사람으로 여겨졌으리라.

그런데 가까스로 애슐러 앤더슨도 임종을 맞았다. 아니, 이미 죽은 거나 마찬가지였다. 퍼슨즈 의사는 아무도 모르게 시계를 보았다. 존 앤더슨네 사람들은 마음속으로 퍽 다행스럽게 여기고 있으리라는 확신이 있었다. 그러나 그것을 비난하려고는 생각지 않았다. 죽어가는 노파는 늙을 때까지 바느질을 하여 스스로 생계를 꾸려나가고 있었으나 요 몇 해 동안 이 집안에서 겪은 마음고생과 비용을 축내는 형편이었음을 의사는 알고 있었다.

생각하면 우스웠다. 애슐러 앤더슨이 만든 드레스를 입은 사람이 있었다고 상상만 해도 웃음을 터뜨리고 싶을 정도였다. 틀림없이 끔찍이도 빛바랜 옛날 사진에서 빠져나온 사람처럼 보였을 것이다. 이런 사진을 퍼슨즈 의사가 방문할 때마다 자랑스럽게 보여주곤 했다.

……대체 2층에 누워 있는 노파는 죽을 생각이 있는 것일까? 좀 더 빨리 물러갈 구실을 찾을 걸 그랬다. 친절을 베푸는 것도 웬만큼 했더라면 좋았을걸. 그러나 조이에게로 가기에는 너무 늦었다. 어쩌면 월터 블라이스—이건 전사한 삼촌의 이름을 따서 지은 것이다—가 그녀와 함께 있을지도 모른다.

뭘, 그녀에게 가장 어울리는 남자가 마지막 승리자다. 그게 나 말고 누구란 말인가. 조이는 화가 나 있을지도 모른다. 어쩌면 나만 화난 척하고 있을지도 모른다. 그러나 나는 다행히 의사라 언제라도 훌륭한 변명을 생각해낼 수 있다. 고맙게도 길버트 포드는 토론토로 돌아가버렸다……

퍼슨즈 의사는 월터 블라이스보다도 오히려 길버트 포드를 은근히 걱정하고 있었다.

……아, 조이. 그 멋진 눈. 사랑스러운 흰 손. 그리고 달콤한 말을 속삭이는 그 목소리. 조이와 애슐러 앤더슨이 같은 여자라고 생각하는 것 자체가 우스꽝스럽다. 아니, 공통점이라곤 그것뿐이지만 전혀 믿어지지 않는다. 애슐러 앤더슨이 그 옛날 부드럽고 풍만한 육체와 도톰하고 빨간 입술을 가진 젊은 아가씨였다는 것은 있을 수 없는 일 같다……

앤더슨 부인의 간곡한 부탁만 없었다면 퍼슨즈 의사는 늘 그랬듯 조이와 행복한 저녁 한때를 보내고 있었을 것이다. 그리고 숨막힐 듯한 앤더슨네 응접실에 앉아 이 쓸모없는 늙은이, 그렇지, 아무런 필요도 없는 사람이 죽기를 이제나저제나 기다리지 않아도 되었을 것이다. 게다가 앤더슨 부인은 용케도 집안에 이런 카펫을 깔아두는구나 하며 어이없어 하지 않아도 되었을 것이다.

퍼슨즈 의사는 앞으로 조이와 결혼할 수 있다면, 아니, 결혼했을 때 살 집의 설계를 시작하기로 했다.

……로브리지에 알맞은 집이 없으니 새로 지어야만 되겠지. 잉글사이드 같으면서도 좀 더 최신식으로 지어야지. 어째서 잉글사이드는 언제까지나 시대에 뒤떨어져 보이지 않는 것일까. 늘 아이들이 우글거리기 때문일까. 아니, 한 사람도 없을 때도 변함이 없었지.

뭐, 좋다. 조이와 어디든 모두 최신식으로 만들어 최신식에 둘러싸여 사는 것이다. 아이는 어쩐다? 얼마 동안 상황을 살펴봐야겠지. 대가족 같은 건 이미 유행에 뒤떨어진 것이다. 어찌되었든 이 카펫은 정말……

존 앤더슨의 아내는 샬럿타운에 있는 삼촌이 팔다 남은 재고품에서 나누어준 이 카펫을 퍽 자랑했었다. 그러나 앤더슨 부인도 지금은 안절부절못하며 차분해지지 않았다.

에이미의 결혼준비며 필의 퀸즈아카데미 입학준비며 이것저것 바쁜 때에 하필 고모님이 돌아가시다니. 아, 장례비용은 또 어쩌지? 좋아, 돈은 좀 기다려달라고 해야지. 퍼슨즈 선생은 먼 친척이니 여기 있어 달라고 해야지 어쩌겠어. 사실은 글렌 세인트 메리에서 블라이스 선생을 모셔오고 싶었지만—

파커 선생도 좋았지. 옛날 싸움이 뭐겠어? 퍼슨즈 선생은 손을 쓸 수도 없는 환자에게 무슨 볼일이 있다고 저렇듯 서성거리는 걸까? 물론 뭐 부탁이야 내가 했지. 예의라는 것이 있으니까. 하지만 실제로는 그리 와주기를 바라지 않았다는 걸 알 만도 하잖아.

애슐러 고모님은 정말 우리가 정신이 이상해질 만큼 시간이 걸리는군. 그래, 살아 있는 동안에도 내내 그랬어. 그러니까 결혼도 못했을 거야. 남자는 결단성 있게 다가오는 아가씨를 좋아하거든. 이러다가는 새벽까지 갈지도 모르겠어. 앞으로 두세 시간이라고 의사가 선고한 뒤에도 1주일 동안이나 거뜬히 버티었던 여자가 있었다잖아. 의사란 아무것도 몰라. 좀 더 경험 있는 선생을 불렀어야 했다고 존에게는 이야기했지만……

이날 밤은 아무도 한잠도 자지 못했다. 존은 거의 죽은 사람 같았다. 며칠이나 밤을 새웠던 것이다. 매기 매클린에게만 맡길 수는 없었으며, 그리고 그녀도 잠을 잘 필요가 있었다.

사실을 있는 그대로 말하면, 존은 소파에서 곯아떨어져 있었다. 참으로 보기흉하다고 앤더슨 부인은 생각했다. 그러나 안쓰러운 마음에 깨울 마음은 들지 않았다.

……퍼슨즈 선생에게 돌아가야겠다고 알아차릴 만한 재치가 있으면 좋으련만. 그러면 나도 좀 누울 수 있을 텐데. 에이미와 필도 오늘 밤 배스 로드니의 댄스파티를 즐거움으로 삼고 있었는데. 이제는 갈 수 없잖아. 저렇듯 부루퉁해 있으니 가엾기도 하지. 간다 해도 다른 사람에게 괴로움을 주는 건 아니지만, 그래도 남들이 뭐라고 수군거릴지. 사람의 입이란 이 세상에서 가장 어떻게도 할 수 없는 것이니까……

앤더슨 부인은 늘어지게 하품을 했다. 이것으로 퍼슨즈 의사가 '척' 알아차려주었으면 하고 은근히 바랐으나 통할 것 같지 않았다. 나이가 지긋한 의사라면 조금은 세상일에 능숙할 것이다. 앤더슨 부인은 꾸벅꾸벅 졸린 상태로 생각을 계속했다.

……이 선생과 조이 메일럭이 어쩌니 하는 이야기는 정말일까? 만일 사실이라면 참 안됐어. 조이의 신경질을 부리는 성격은 유명한걸. 블라이스 의사 부부는 아주 교묘하게 손써서 월터가 메일럭네에 다니지 않도록 만들었지. 길버트 포드가 터론토의 아가씨와 약혼한 것은 나도 알고 있고, 조이 메일럭과는 그저 장난쳤을 뿐이야.

고맙게도 우리 필은 그런 타입이 아니야. 마음이 들뜬 아이가 아니니까. 적어도 앤더슨 집안아이인걸. 절조라는 것을 알고 있어. 자, 이제 2층으로 가서 매기 매클린이 잠들어 있지 않은지 보고 올까? 하지만 그렇게 한다면 존을 깨우게 되겠고……

앤더슨 집안아이들—에이미와 필은 몹시 부루퉁해 있었다. 애슐러 할머니가 죽으려 한다 해서 두 사람이 댄스파티에도 가지 못하고 이렇듯 집에 있어야 하다니, 정말 이치에 맞지 않는 일로 여겨졌다.

애슐러 고모할머니는 85살로, 이 15년 동안 특별히 달라진 듯 보이지도 않았다. 혼자 있을 때 입 속으로 중얼거리는 버릇은 있어도 다른 사람과는 이야기를 나누지 않는 노파였다. 아득한 옛날 이미 죽어서 잊혀져버린 세대에 속해 있다고 해도 좋았다. 앤더슨 부인이 고집스럽게 벽에서 떼지 않는 수염을 기른 신사며 높은 칼라를 단 부인의 소름끼치는 듯한 그림 속에 있는 세대 사람이다. 어느 것이나 살았던 사람이라고는 믿어지지 않는다고 에이미는 생각했다.

……하지만 그림 속 사람들은 적어도 이미 이 세상에 없다. 할아버지는 참으로 근엄하고 훌륭해 보이잖는가. 품행이 바르고 점잖은 화신(化身)이다. 친척 가운데 나쁜 소문이 하나도 없는 것이 앤더슨 집안의 자랑이지. 하지만 데이비드 앤더슨 할아버지에게는 뭔가 있었다는 말을 들은 일이 있다. 수전 베이커가 그분은 사람들의 본보기라고 할 수는 없었다고 말했었어.

하지만 그것도 옛날 일이야. 누가 그런 걸 생각이나 하겠는가? 두 분 다 애슐러 할머니의 오빠였었지. 할머니에게 오빠가 계셨다니 어쩐지 우스워. 할머니가 남들처럼 가족을 사랑했다거나 염려해 주었다고는 상상할 수 없는걸. 할머니는 아무도 좋아하지 않았어. 우리는 모두 그렇게 친절하게 해주었는데……

글렌 세인트 메리 농장에서 의리를 굳게 달려온 앨릭 삼촌만은 조금도 심심하지 않았다—라기보다는 오히려 이 자리를 즐기고 있었다. 이것도 물론 입 밖에 내어 말해서는 안 되는 일이었는데, 말해서는 안 되는 일이 어째서 이렇게 많을까.

죽음이니 장례니 하는 것에는 뭔가 극적인 요소가 있는 법이다. 그런데 애슐러 고모의 죽음과 일생에는 극적인 점이 아무것도 없을 듯싶었다. 전해 들은 이야기가 사실이라면 고모 자매는 명랑한 아가씨들이었던 듯한데, 애슐러는 얌전하고 내성적인 아가씨였다.

그래도 죽음은 죽음이다. 바람은 목이 메고 이따금 비가 세게 퍼부어 참으로 죽음에 어울리는 밤이었다. 앨릭은 꽃향기 가득한 달빛 비치는 여름밤 같은 때는 죽음에 어울리지 않는다고 여기고 있었다. 그러나 사람들은 그때가 오면 자기의 좋고 싫음과는 관계없이 어차피 죽는 것이다.

……존과 매기는 이 자리에 어울리게 침착해서 꽤 훌륭하군. 물론 존이 이렇듯 깨어날 줄 모르고 잠들어버리기 전까지 이야기지만—그러나 젊은 사람들은 퍽 지쳐 있어. 무리도 아니겠지. 자기들도 언젠가는 죽는다는 것을 생각한 적은 없을 테니까.

애슐러 고모는 썰물 때까지는 죽지 않을 거야. 바닷가에서 태어나 85년이나 살았으니까. 그런 사람은 아무리 바다로부터 멀리 떨어져 있어도 썰물 때가 되지 않으면 죽지 않는 법이지. 파커 선생은 낡아빠진 미신이라고 웃었다지만 말이야. 블라이스 선생은 웃지도 않았고 진심으로 여기지도 않았었지……

앨릭이 낮은 목소리로 말했다.

"충실히 기록해 보면 알 수 있는 일이야."

여기는 분명히 바다로부터 멀다. 그러나 그런 일은 관계없다지 않은가.

"85년 동안이나 노처녀였다니 말이야."

느닷없이 에이미가 말하고 몸을 떨었다.

필이 맞장구쳤다.

"소름이 끼쳐."
그러자 어머니가 나무랐다.
"너희들, 고모할머니가 지금 돌아가시려 하잖니?"
에이미가 지긋지긋한 듯 물었다.
"그게 어쨌다는 거지요?"
그러자 앨릭이 말했다.
"옛날부터 노처녀였던 것은 아니야. 25살은 인생의 첫모퉁이라는데, 애슐러 고모에게는 그 모퉁이가 없었던 셈이지. 아주 흔한 여자였거든. 잊혀진 여자였다고 해야 할까?"
앨릭은 이 표현이 마음에 들었다. 곧잘 '잊혀진 남자'라는 게 이야기에 나오니 그에 맞서 '잊혀진 여자'라고 하는 것도 좋지 않겠는가. 애슐러 고모는 남들이 인정해 주지 않는, 오히려 가엾이 여기고 대수롭지 않게 대하게 되는 타입이었다. 앨릭은 노처녀를 경멸하고 있었다.
……잘은 모르지만 애슐러 고모에게는 연인조차도 없었다지 않은가. 결국 이야깃거리도 안 되는 하찮은 여자였을 것이다. 정말 전혀 소문도 나지 않았었지.
어쨌든 좀처럼 죽지 않는군. 오늘 밤 썰물은 늦을 것이다. 깊이 잠들어 있는 존이 부럽군. 어찌되었든 이 사람은 모든 것을 다 망쳐버렸어. 앤더슨 집안사람들은 무엇보다도 돈벌이만은 잘했지. 데이비드 할아버지 같은 분은 아주 훌륭한 신분이었어. 하지만 아들이 모조리 낭비해 버렸지. 흔한 이야기야……
에이미가 입을 열었다.
"나는 애슐러 고모할머니처럼 재미라고는 전혀 없는 일생을 보낸다면 차라리 저 바다에 빠져 자살하겠어요."
앨릭이 깜짝 놀라며 말했다.
"에이미, 그런 벌받을 말을 하는 게 아니야. 사람은 다 맞으러 올 때까지 기다리는 거란다."

그러자 에이미는 건방지게 말했다.

"그럼 어때요? 85년 동안 아무 일도 일어나지 않았어요. 삼촌도 고모할머니를 좋아한 사람이 있었다고 생각하세요?"

"노인은 연애도 한 일이 없다고 여기겠지? 나는 어떠냐? 어차피 마찬가지로 생각하고 있겠지. 옛날에는 이래봬도 제법 눈치 있는 젊은이였어. 에이미, 너도 언젠가는 나이들어 젊은 사람들로부터 그런 말을 듣게 될 게다. 애슐러 고모할머니에게도 좋은 사람이 있었을지 모르지 않겠니?"

에이미는 어깨를 으쓱했다.

"그런데 한 사람도 없었어요. 얼마나 비참해요? 사랑받은 일도 없고 사랑도 알지 못했다니.

고모할머니는 남의 집에서 살며 한결같이 바느질만 하다가 마침내 시대에 뒤떨어진 괴짜 할머니가 되어버려 아무도 말을 걸어주지 않게 된 거예요. 용케 일거리가 있었구나 싶어요. 애슐러 고모할머니가 드레스를 만들었다니 말예요. 나는 할머니가 바지를 깁는 것밖에 본 적이 없어요. 고모할머니는 그뿐이에요."

앨릭이 말했다.

"아니, 굉장한 솜씨였을 게다. 앞으로 20년쯤 지나면 지금의 최신유행도 우스꽝스럽게 보일지 몰라."

필이 싱글벙글하며 끼어들었다.

"20년쯤 지나면 유행 같은 게 없지 않을까요? 모두 다 벗어버리거나 해서 말예요."

"필!"

어머니는 나무랐지만 공허한 말투였다.

앤더슨 부인은 앨릭의 썰물이 어쩌니 하는 이야기는 바보스러워서 믿어지지 않았다. 그러나 그렇더라도 애슐러 고모님은 언제나 되면……매기가 깊이 잠들었을지도 모른다. 올라가 볼까? 아, 하지만 류머티즘으로 뼈가 아파.

앤더슨 부인은 노처녀 이야기는 질색이었다. 자신도 존과 결혼하기까지는 노처녀였던 것이다.

앨릭이 말했다.

"스펀지케이크를 만드는 일에 있어서는 애슐리 고모보다 나은 사람이 없었지."

에이미가 얼른 말했다.

"그게 묘비명인 셈이군요."

퍼슨즈 의사가 웃었다. 어머니는 나무랐으나 그것은 그렇게 하는 게 부모의 의무라고 여겼기 때문이었으며, 마음속으로는 에이미의 영리한 표현방법이 은근히 자랑스러웠다. 앨릭은 여전히 의리 있게 말했다.

"고모할머니는 돌아가시려 하고 있어."

필이 불평을 늘어놓았다.

"맞아요, 충분히 느긋하게 시간을 들여서요. 삼촌의 썰물 이야기는 알고 있어요. 도저히 믿어지지 않지만요. 퍼슨즈 선생님, 마침 밀물일 때 사람이 죽는 것을 몇십 번이나 본 일이 있겠지요?"

의사는 능숙하게 말을 돌렸다.

"그런 일은 생각한 적도 없어. 필, 자네 같은 사람은 60살이 되면 모두 안락사시켜야만 한다는 오슬러 설을 지지하는 게 아닐까?"

필은 하품을 하며 대답했다.

"글쎄요, 그렇다면 성가신 사람을 쉽게 치워버릴 수 있겠군요."

어머니가 못마땅한 얼굴로 말했다.

"필, 그런 이야기를 하면 못쓴다. 나는 이제 3년 뒤면 60살이야."

"농담도 못하나요, 어머니?"

앤더슨 부인은 한층 더 엄하게 말했다.

"이 집에서 그런 농담은 말아다오."

필이 물었다.

"선생님은 오슬러 설을 어떻게 생각하십니까?"

퍼슨즈 의사는 존 앤더슨과 괴짜인 앨릭이 벌써 오래 전에 60살을 넘은 것을 생각해내며 대답했다.

"진심으로 그렇게 말한다고는 생각되지 않아. 그가 말하려는 건 인간의 가장 좋은 일은 60살까지 다 이루어진다는 뜻이겠지. 물론 예외도 있어. 하지만 자네나 나나 아직 60살이 되려면 얼마쯤 있어야 하니까 너무 구애받을 건 없어. 다른 사람 기분을 해치는 건 좋지 않아. 사람들은 곧잘 의사를 선택할 때 대수롭지도 않은 일을 생각해 내는 법이니까."

필은 입을 다물었다. 결국 기다리는 수밖에 없었다. 영원히 이어지는 일은 아닐 것이다. 그러다가 애슐러 고모할머니도 마침내 죽어서 묻히는 것이다. 그렇다, 되도록 돈들이지 않고 싸게 말이다. 장의사에 대한 지불은 실컷 기다리게 하면 된다. 퍼슨즈도 마찬가지다. 앤더슨 집안의 무덤에 묻힐 것인가? 그 정도의 틈은 있을 것이다. 그리고 묘석 어디든 비어 있는 곳에 생년월일과 사망한 연월일을 새겨서—

참으로 덧없는 인생이다! 그렇게밖에는 특별히 말할 것도 없다. 그렇다고 해서 그것에 불평할 만한 기력도 없겠지. 저쯤 나이든 사람은 무슨 일이든 하느님의 뜻이라고 생각할 것이다. 나무나 풀 같은 생활이다.

그런데 고모할머니가 스스로 생계를 꾸려나갈 수 없게 된 뒤로 어째서 우리가 고모할머니를 맡게 되었을까? 앤더슨 집안사람들 가운데 돈 많은 부자라면 우리 말고 또 있는데. 아무도 1센트도 도와주지 않았다. 자기라면 이런 얼빠진 일을 맡지 않는다. 어른이 되면 쓸모없는 친척에게 얽매이는 일은 절대로 피해 가리라. 그래서 양로원이라는 것이 있지 않은가? 자신의 일을 해낼 수 없는 사람에게는……

필은 퍼슨즈 의사가 싫었지만 이 점은 두 사람이 같은 의견이리라고 생각했다.

"저 늙은 개는 이상하게 미스 앤더슨을 따르더군요."

의사는 뭔가 대화를 계속해야겠다고 여겨 느닷없이 이야기하기 시작했다. 필 같은 아이는 아무래도 좋았으며 오슬러 설에 대해 더 이상 말씨름할 생각은 더더욱 없었다.

그래도 어찌된 셈인지 저 개는 노인을 '사랑'했었다는 말을 할 수는 없었다. 아무리 개라도 애슐러 할머니를 사랑했다니 생각만 해도 우스꽝스럽다. 아마 그녀에게 뼈다귀라도 얻어먹곤 했을 것이다.

"그 개는 단 1분도 방에서 나가지 않고 침대 옆에서 노인을 물끄러미 지켜보곤 했어요."

앨릭이 말했다.

"고모도 저 녀석이 강아지였던 무렵부터 곁에 두고 싶어했었지. 혼자 있을 때 경비개처럼 여겼던 게 아닐까? 혼자 있을 때가 많았으니까."

앤더슨 부인이 무뚝뚝하게 말했다.

"그야 그렇지요, 나도 늘 집에 있을 수만은 없으니까요. 고모님은 건강했고 상대도 필요치 않다고 했거든요."

앨릭이 달래듯 말했다.

"압니다, 알아요. 형수님은 참으로 잘해드렸지요."

앤더슨 부인은 불만스러운 듯했다.

"우리가 맡아서 가족의 한 사람으로 대했으니까요. 우리 말고도 좀 더 의리 있는 친척이 얼마든지 있지만 단 1주일도 맡겠다고 하지 않았어요."

퍼슨즈 의사가 위로하는 얼굴로 말했다.

"나이든 뒤에 이처럼 훌륭한 댁에서 지낼 수 있었다니 정말 행복한 노인입니다. 유산은 많지 않겠지요?"

그는 지불에 대한 일을 생각하고 있었던 것이다. 앤더슨 부인이 여전히 무뚝뚝하게 말했다.

"아무것도 없어요. 함께 살게 된 뒤 자기 돈은 단 1센트도 가져본 일이 없어요. 정말 놀랐어요, 솔직히 말해서. 바느질로 돈을 조금 모았을 텐데 무엇에 써버렸을까요? 집안사람들 모두 의혹을 갖는답니다. 자신의 일로 쓰지 않았던 건 확실해요. 내가 젊었을 때부터—그무렵은 고모님도 아직 중년이었지요—옷차림이 보잘것 없었으니까요. 젊은 사람은 모두 그렇지만—"

앤더슨 부인은 에이미와 필을 흘겨보며 말을 이었다.

"나도 그 시절에는 나보다 열 살이나 많은 사람은 꽤 늙은이로 보였죠."

필이 말했다.

"어디엔가 몰래 감춰둔 게 아닐까요? 고모할머니의 소지품을 살펴서 돈이 든 상자나 돈뭉치가 나온다면 굉장하겠는데요."

앤더슨 부인은 벌써 몇 번이나 애슐러 고모님의 얼마 안 되는 소지품을 살펴본 일이 있었지만, 이 말에 위엄을 담아 이맛살을 찌푸려보였다.

……퍼슨즈 선생 앞에서 무슨 그런 말을. 선생은 이 일을 틀림없이 조이 메일럭에게 말할 것이다. 그렇게 되면 온 마을에 말하고 다닌 거나 마찬가지가 아니겠는가. 나중에 단단히 야단쳐 주어야겠다. 이미 다 끝난 뒤이기는 하지만……

앨릭이 의사에게로 눈길을 보내며 말했다.

"이건 말하기 거북스러운 일일지도 모르는데, 동생 윌에게 조금 송금하는 것으로 나는 생각하고 있었어. 듣건대 그 집은 많은 가족을 거느려 늘 살림꾸려가기가 몹시 어렵지."

비록 먼 친척 되는 사람 앞일지라도 앤더슨 집안 어느 누구의 주머니사정이 어렵다느니 하는 말을 해서는 안 되기 때문이었다.

앤더슨 부인이 딱 잘라 말했다.

"어머나, 그런 일이 있었다면 애슐러 고모님은 그 댁에서 돌봐주는 게 좋았을걸 그랬어요. 아니면 조금씩 얼마라도 보내준다거나."

그러나 그녀는 말을 마치자마자 마음을 돌렸다.

진정해야 해. 집에는 퍼슨즈 의사도 있고 죽어가는 사람이 있잖은가. 이 사람은 뭐든지 조이 메일럭에게 지껄여댈 테니까.

어쨌든 애슐러 고모님에게 의사란 쓸데없는 일이었어. 의사가 손볼 단계가 아닌걸.

그렇다고 의사를 부르지 않는다면 사람들이 또 뭐라고 하겠는가.

이 오랜 집에 가득찬 죽음의 기색은 아주 짙었다. 누구나 이 죽음을 환영할 손님처럼 기다리고 있었다. 하지만 누구보다도 가장 그 손님을 애타게 기다리는 사람은 본인 애슐러 앤더슨이었다. 몇 해를 기다렸던 '죽음'이 지금 몸 가까이 다가와 있는 것이다. 시집갈 때 신랑도 이처럼 열심히 맞아들이지는 않았을 것이다.

애슐러는 자신의 죽음을 진심으로 마음 아프게 여겨줄 사람이 이 세상에 하나도 없음을 알고 있었다. 그러나 그런 일은 아무래도 좋았다.

그 방은 가구도 없는 검게 그을린 방이었다. 애슐러 할머니에게는 이것으로 충분하다며 주어진 방이었다. 침대 옆 테이블에 놓인 촛불이 팔랑거림에 따라 갖가지 그림자가 춤추고 있는 듯 보였다.

애슐러 할머니는 반드시 양초만을 써왔다. 램프는 위험했으며 전등 같은 건 다룰 줄도 몰랐고 또 쓸 마음도 없었다. 가족들은 의사가 오기 때문에 방을 대충 꾸몄지만 여전히 쓸쓸한 방이었다. 옷장 위에 놓인 꽃병에 꽂힌 조화는 벽지도 바르지 않은 얼룩투성이 벽에 기묘하고 거대한 그림자를 던지고 있었다. 에이미는 어머니가 이 조화를 가까스로 층계 장식선반에서 이리로 옮겨주어 퍽 다행스럽게 여기고 있었다. 조이가 조화 같은 걸 고마워하는 사람을 웃음거리로 삼는다는 말을 들은 적이 있었던 것이다.

매기 매클린은 애슐러 할머니의 머리맡에서 상태를 지켜보고 있었지만, 앤더슨 부인이 생각한 대로 의자에 앉아 잠들어 있었다. 매기는 존에게 얼마쯤의 빚이 있었다. 그렇지 않았다면 이런 일을 맡지 않았을 것이다. 사례를 받지 못하리라는 것을 알고 있었기 때문이다. 앤더슨 집안사람들도 보잘것없게 되었다고 매기는 생각하고 있었다.

매기는 그 옛날 앤더슨 집안에서 누린 전성기 무렵을 잘 기억하고 있었다. 데이비드 앤더슨의 장례식 때 나돌던 이상한 소문까지도 또렷하게 기억하고 있었다. 그 이야기를 정말로 생각한 사람은 거의 없었지만 클러리서 윌콕스의 머리가 이상해졌다느니, 윌콕스 집안에서 앤더슨 집안을 몹시 증오했었다느니 하는 이야기였다. 잉글사이드에 있는 수전 베이커는 아무래도 이 이야기의 진상을 거의 잡은 듯했지만 블라이스 부부가 일찌감치 입을 막아버렸다.

매기가 잠들어버린 걸 나무라서는 안 될 것이다. 애슐러는 거의 의식이 없어 매기로서는 어떻게도 해줄 수 없었던 것이다. 그러나 임종 자리에는 누군가가 붙어 있어야만 한다. 매기는 매기 나름으로 애슐러를 가엾이 여기고 있었다. 너무나도 단조롭고 하찮은 일생을 살아온 사람이라고 생각하고 있었다.

창문 밖 가문비나무는 바람에 불려 기분 나쁜 소리로 울부짖고 갑자기 미친 듯 포효하기도 했다. 이따금 바람이 가라앉으면 빗소리가 방에 가득차 왔다. 그 사이를 누비며 마치 무엇인가가 뒤떨어진 것을 되찾으려고 초조해 하며 들어가게 해달라고 성급하게 외치는 듯 창문이 덜컹덜컹 울렸다.

애슐러 앤더슨은 꼼짝도 하지 않고 누워 있었다. 잿빛눈이 크게 뜨여져 그것으로 가까스로 죽은 사람이 아님을 알 수 있었다. 그 눈은 몇 해 동안이나 멍하니 흐려 있었는데, 오늘 밤에는 그 여윈 얼굴 가운데에서 불꽃을 담고 있는 듯 밝고 맑았다.

잿빛 플란넬 잠옷 단추는 기분 나쁘게 축 늘어진 목 위까지 꼭 채워져 있었다. 거친 흰 머리칼은 베개 위에 흐트러져 있었다. 이 늙은 나이로서는 놀랄 만큼 머리숱이 많았다. 여윈 몸은 평화로워 보이는 빛바랜 홑이불과 얇은 담요 속에 누워 있었다. 정맥이 드러나 보이는 윤기 없는 두 손은 이불 위에 힘없이 내던져져 있었다.

애슐러는 죽음이 가까왔음을 알고 있었다. 그리고 저 늙은 개는 그렇지 않을지도 모르지만 누구나 어서 빨리 죽었으면 좋겠다고 여기며 이 세상에 살아 있는 사람은 아무도 자신의 죽음을 가슴 아파하지 않는다는 것도 잘 알고 있었다.

몹시 처참하게 늙었다. 애슐러는 젊었을 때 미인이라고 칭찬받은 일은 없었지만 그렇다고 못생긴 아가씨는 아니었다. '앤더슨네 딸들' 가운데 남의 눈을 끌 만큼 아름다운 아가씨는 아니었으나 크고 상냥한 잿빛 눈동자와 부드러운 살결과 숱 많은 검은 머리를 가지고 있었다.

그리고 특히 손이 아름다웠다. 그 손은 정말 눈부시게 아름다웠다. 이제까지 내가 보아온 가운데 가장 아름다운 손이오—하고 그가 곧잘 칭찬해준 손이었다. 그 사람은 인기있는 많은 미인들의 손을 본 적도 있는 것이다. 애슐러 자매들은 꽤 미인이라는 말을 들었지만 그 손은 살쪄서 뭉툭했다. 애슐러의 손을 아름답다고 평가한 사람은 그뿐이었다. 사람들이 보는 건 얼굴생김과 모습뿐이었던 것이다.

그 손도 지금은 보기흉했다. 끊임없이 바느질을 계속했고 해마다 늘어가는 나이도 있어 일그러지고 거칠어져 있었다. 하지만 지금도 여전히 매기 매클린의 손보다는 아름다웠다.

젊었을 때 애슐러는 몸집이 작고 여위어서 발랄한 미인자매들처럼 눈에 띄는 점은 없는 아가씨였다. 눈길을 끌려고 자기 쪽에서 애쓰지도 않았으며 연인도 없었다. 그 소문은 실로 사실이었던 것이다.

또 아무도 믿으려 하지 않았지만, 애슐러 자신이 연인을 그리 갖고 싶어하지 않았다. 로브리지며 글렌 세인트 메리며 모블리 내러즈 마을에 있는 어느 젊은이에게도 전혀 매력을 느끼지 못했다. 젊은이들 가운데에는 아무도 애슐러처럼 생각하거나 이야기하는 사람이 없었기 때문이다. 물론 한 사람이라도 굳이 애슐러에게 이야기를 걸어보았다면 말이지만……

애슐러는 어린시절과 소녀시절을 어머니의 절대권력 아래 지냈으며 독자적인 의견 같은 건 조금도 없는 사람으로 보여지고 있었다. 그러나 자신이 실은 무엇을 생각하는지 모두들 안다면 얼마나 깜짝 놀라고 어이없어할까 애슐러는 이따금 생각했다.

어느 날 생활에 변화가 찾아왔다. 그 일을 생각해내자 죽음의 자리에 누워 있는 애슐러의 늙은 잿빛 눈은 그늘지고 떨렸으며 반짝였다.

낸 고모로부터 편지가 왔는데, 자기 딸이 전도사로 인도에 떠나가버렸으므로 1년 동안 어느 아이라도 좋으니 하나 보내줄 수 없겠느냐는 부탁이었다. 낸 고모는 미망인으로 바닷가를 몇 마일이나 간 피서지를 겸한 작은 어촌에 살고 있었다. 애슐러로서는 한 번도 만난 적 없는 친척이었지만 뽑혀서 가게 되었다. 왜냐하면 다른 아가씨들은 하프 문 코브 같은 데에 1년 동안이나 파묻혀 지내는 일을 지루해 하며 참을 수 없어 했기 때문이다.

그러나 애슐러는 기뻤다. 소문으로 들은 하프 문 코브가 마음에 들었고 낸 고모에 대해 아버지가 말해준 이야기도 호감이 갔다. 낸 고모는 다른 고모들과는 퍽 다른 것 같았다. 조용하고 말수가 적은 점이 자기와 비슷하지 않은가 하고 생각했다.

아버지는 고모에 대해 다음과 같이 말했었다.

"긴 이야기를 늘어놓아 상대를 난처하게 만드는 사람이 아니지."

낸 고모네 집에서는 그다지 할 일이 없었으므로 바닷가 모래언덕에서 거의 시간을 보냈다. 별장지대와는 꽤 떨어져 있었으며 그쪽에

사는 사람들이 이 언저리까지 오는 일은 그리 없었다.

애슐러가 그림을 그리던 '그'와 만난 것은 이 바닷가에서였다. '그'는 앞쪽 물굽이에 있는 별장에 머무는 유복한 가족 가운데 한 손님이었다. 그 사람들은 오락설비가 없는 하프 문 코브에 오는 일이 없었다.

'그'는 영국인 젊은이로, 뒷날 '그'가 획득한 세계적 명성으로 오르는 도중에 있는 신진화가였다. 링컨 집안에서는 그의 형이 작위(爵位)를 받았던가 해서 '그'를 초대한 듯했다. 본디 링컨 집안은 예술을 이해할 만한 집안이 아니었다.

그러나 애슐러에게 있어 '그'는 연인 래리였다. 애슐러는 래리의 그림을 사랑했지만 작위 있는 형에게는 조금도 관심이 없었다.

래리가 이런 말을 한 일이 있었다.

"당신은 내가 이제까지 만난 사람 가운데 가장 동떨어져 있소. 대부분 사람들은 눈빛이 달라지는 데 전혀 흥미가 없소. 마치 이 세상 사람 같지가 않소."

애슐러는 이제까지 이토록 매력적인 남성을 한 사람도 몰랐었으며 꿈에도 생각지 못했었다. 처음 만났을 때부터 두 사람은 사랑에 빠졌다. 그렇게 될 수밖에 없었다. 래리는 많은 여자들과 연애관계가 있었으리라고 애슐러는 생각했지만 질투할 마음은 전혀 없었다. 래리는 너무도 멋있어 어떤 여자에게는, 더욱이 자기와 같은 보잘것없는 아가씨에게 오래 머물러 있을 사람으로 여겨지지 않았다.

그러나 그 얼마 동안 확실히 래리는 애슐러를 사랑했던 것이다. 애슐러도 그것을 잘 알고 있었다. 그 마술의 빛을 띤 한해 여름 래리는 애슐러를 사랑했다. 어떤 것으로도 그 기억을 애슐러로부터 빼앗을 수는 없었다. 그러나 이것을 알고 있는 것은 세상에서 오직 애슐러 한 사람뿐이었다. 애슐러는 연인의 이름을 낸 고모에게도 말하지 않았었다.

……매기 매클린 같은 아이가 나를 가엾게 여기다니. 매기가 그토

록 사랑받아본 일이 있겠는가. 매기 앤더슨도 나를 불쌍히 여기고 있다—매기는 사랑이 어떤 것인지도 모르면서. 그녀는 노처녀라는 말이 듣기 싫어 존과 결혼한 것이다. 아무도 모를 줄 알았지만 온 마을 사람들이 웃고 있어—하지만 내 비밀은 아무도 몰랐었지. 그것만은 확실해……

래리가 자기와 결혼할 생각 같은 건 없음을 애슐러는 알고 있었다. 그렇게 해주리라고는 생각지도 못했으며 래리도 바라지 않은 일이었다.

그러나 일생 동안 래리는 작은 애슐러를 결코 잊은 일이 없었다. 아름답고 빛나는 듯한 여자들에게 둘러싸여 듣기좋은 말로 추켜올려지고 있을 때에도 래리는 애슐러를 생각하고 있었다. 애슐러에게는 다른 여자에게 없는 게 있었다. 래리는 애슐러 때문에 끝내 자기는 결혼하지 않은 거라 생각한 적이 있었다.

래리와 애슐러의 결혼은 상상도 할 수 없는 일이 되었다. 바보스러운 것이라고 할 수 있었다. 자기 집 요리사와 결혼한 위대한 예술가가 있었던가? 하지만 죽음의 자리에 누워 래리, 즉 뒷날 로렌스 경(卿) 머릿속에 있었던 것은 애슐러였다. 다른 어떤 여자도 아니었으며, 또한 그가 청혼만 하면 틀림없이 받아들여졌을 어떤 고귀한 공주님도 아니었다.

사랑하는 두 사람은 마음이 설레는 여름날 오후, 부드러운 에머랄드빛 초저녁, 수정으로 광채를 흩뿌린 밤을 함께 지냈다. 애슐러는 그때의 한순간 한순간을 잊지 못했다. 래리는 온갖 달콤한 말을 속삭였으며, 애슐러는 그 몇십 년 전의 예스러운 사랑의 말을 하나하나 생각해낼 수 있었다.

……의자에서 코를 골며 곯아떨어진 매기 매클린에게 그런 사랑의 말을 해준 사람이 있으리라고는 상상할 수도 없어……

추하게 늙어버린 애슐러의 머리칼은 잿빛으로 거칠었다. 하지만 옛날에 래리는 그 머리에서 핀을 뽑아 풀어헤치고 부드러운 검은 머리칼에 얼굴을 묻은 일도 있었던 것이다.

그리고 낡은 배의 잔해가 물에 씻기우고 있던 그 바닷가에서 함께 달돋이를 바라본 일이 있었다. 래리는 바람부는 밤을 좋아했지만 애슐러는 평온한 밤을 좋아했다. 애슐러는 어슴푸레한 언덕이며 신비로운 모래언덕이며 항구로 돌아오는 고깃배, 그리고 래리의 다정하고 미칠 듯한 사랑의 말을 차례로 뒤쫓고 있었다.

……매기 매클린 따위는 그런 바람의 말을 들었다면 기분이 나빠지는 게 고작이겠지. 가엾어라, 매기. 저렇게 코를 골다니, 살았다고도 할 수 없잖아……

애슐러는 진심으로 매기를 가엾이 여겼다.

애슐러는 주름살투성이 손을 들어 바라보더니 곧 힘없이 홑이불 위로 떨어뜨렸다.

그 손을 래리는 몇 백 번인지 셀 수도 없이 되풀이하며 그렸다. 래리가 그린 그림 속 손은 유명했다. 아무도 돌아보지 않은 애슐러밖에 모르는 일이지만, 래리는 애슐러의 손을 칭찬하는 데 말을 아끼지 않았다.

래리는 말했던 것이다.

"이 예쁜 손가락 하나하나에 키스해 주겠소."

유럽의 몇십 군데나 되는 미술관에서 사람들이 보고 있는 게 자신의 손임을 아는 사람은 애슐러뿐이었다. 애슐러는 래리의 그림 도판(圖版)을 모았으며, 그것들을 넣어둔 낡은 상자를 잠시도 떼어놓지 않았다. 그 까닭이 무엇인지 아무도 이해할 수 없었지만, 어차피 그녀는 언제나 괴짜이므로 그렇다고 생각해버렸다.

어느 대청소를 하던 날 앤더슨 부인이 그 상자를 태워버렸으면 좋겠다고 말했기 때문에 하마터면 애슐러와 부인은 큰 싸움을 벌일 뻔했었다. 빛바랜 낡은 그림 말고는 아무것도 들어 있지 않잖느냐고 부인은 생각했던 것이다.

앤더슨 부인이 말했다.

"대체 이런 게 뭐 좋은 거예요, 애슐러 고모님. 그렇게 그림이 좋다면 오래된 판화그림이든 뭐든 드리겠어요."

애슐러가 조용히 되물었다.

"그런 그림에 이런 손이 그려져 있니?"

앤더슨 부인은 어깨를 으쓱하며 단념했다. 늙은이란 어린아이 같아진다니까. 좋을 대로 내버려둘 수밖에 없지. 어머니 손이라니, 원. 그리고 여자는 그 신분에도 불구하고 손이 아주 못생겼다.

그리하여 여름은 끝났다. 차가운 9월 바람이 모래언덕을 불고 갔다. 래리는 가버렸다. 편지하겠다고 말했지만 한 번도 보내지 않았다. 그 무렵 인생은 그 무자비한 손으로 애슐러를 비틀어짜는 것 같았다. 애슐러는 있는 그대로를 낸 고모에게 털어놓을 수밖에 없었다. 그 밖에는 말할 만한 상대가 없었다. 독선적인 부모에게로 돌아갈 수는 없었다. 그럴 거라면 어둠을 틈타 모래언덕으로 빠져나와 자기 손으로 일을 끝내는 편이 나았다. 하지만 지금은 그런 일을 하지 않기를 정말 잘했다고 절실히 생각했다. 래리가 들으면 아주 슬퍼했을 것이다. 그렇게 될 정도라면 뭐든지 참을 생각이었다.

처음에 느낀 놀라움이 가라앉자 낸 고모는 아주 친절히 대해 주었다. 낸 고모는 애슐러를 가엾이 여길망정 나무라지는 않았다.

낸 고모는 한탄했다.

"내가 좀 더 주의했어야만 했었는데. 소홀했어. 앤더슨네 사람에 한해서는 말이야. 나쁜 녀석이 너를 노리갯감으로 삼은 거야."

애슐러는 래리에 대한 한결같은 생각으로 분노를 참았다. 낸 고모는 완전히 잘못 생각하고 있다. 애슐러의 지칠 대로 지친 눈동자 속에 전에 보지 못했던 불길이 타올랐다.

"노리갯감 같은 건 되지 않았어요. 나는 그런 겁쟁이가 아닌걸요.

스스로 좋아서 한 일이었어요. 잘못했다고 생각하지는 않아요. 후회 같은 건 하지 않아요."

낸 고모로서는 알 수 없는 일이었다. 그러나 고모는 애슐러를 굳게 지켜주었다. 부모에게는 구실을 만들어 애슐러를 자기에게 잡아두고 믿을 수 있는 노파 한 사람을 두어 출산을 돕게 해주었다. 앤더슨 집안의 명예는 어떻게 해서라도 지켜야만 했다. 굉장한 난산이어서 애슐러는 하마터면 목숨을 잃을 뻔했다. 낸 고모까지도 이런 형편이라면 죽는 편이 나을지도 모른다고 생각했을 정도였다. 하지만 애슐러는 가까스로 견뎌내어 무사히 살아났던 것이다.

아기는 여자아이로, 애슐러의 잿빛 눈과 래리의 금발을 이어받고 있었다. 샬럿타운에는 오래 전부터 양녀를 바라온 제임스 번리 부부가 있었다. 그들은 유복했다.

갓난아기를 떼어놓는다는 건 애슐러로서 견딜 수 없는 일이었다. 그러나 다만 래리를 위해 승낙한 것이었다. 래리의 아이를 위해 좋은 가정이 필요했던 것이다.

그리고 애슐러는 전보다 한층 더 조용하고 눈에 띄지 않는 아가씨가 되어 로브리지의 집으로 돌아갔다. 앤더슨 집안에서는 애슐러가 남편후보라도 한 사람 찾아내어 돌아오리라 생각했는데 기대가 빗나가자 서먹서먹하게 딸을 맞이했다. 가족들은 애슐러와 어느 중년 홀아비를 결혼시키려고 애썼으나 래리를 알게 된 그녀의 눈에는 다른 남자는 참을 수 없는 하찮은 존재로밖에 비치지 않았다.

애슐러는 다른 사람은 꿈에도 모르는 슬프고도 가슴 벅찬 기쁨을 마음에 깊숙이 감추고 있었다. 그러므로 남자들이 상대해 주지 않아도 조금도 고통스럽지 않았다. 그 무렵 육촌언니가 그녀에게 양재를 가르쳐주었는데 애슐러는 조수로서 두드러지게 솜씨가 늘어 집안사람들을 놀라게 했다.

애슐러는 기한을 정해 그 집에 살며 바느질을 해주고 다니게 되어

번리네에도 드나들었다. 번리 부인은 애슐러처럼 마음에 꼭 들게 옷을 만드는 재봉사는 없다며 꽤 후원해 주었다.

애슐러는 어린 이저벨을 자주 보았다. 번리 부인은 자기 이름을 양녀에게 붙여주었던 것이다. 애슐러는 이저벨이 보조개가 사랑스러운 어린시절로부터 반할 듯한 소녀시절로 무럭무럭 자라나는 것을 탐나는 눈길로 줄곧 지켜보았다.

이저벨은 때로는 너무나도 래리를 닮아 애슐러의 가슴이 마구 뛰었다. 그리고 조그만 움직임이며 목소리가 래리와 아주 꼭 닮았다. 애슐러를 닮은 것은 그 눈뿐이었다. 래리의 딸답게 이저벨은 아름답고 매력적이었다.

번리 부부는 이저벨을 더없이 사랑하여 할 수 있는껏 뭐든지 해주었다. 그 옷을 만드는 건 역시 애슐러였다. 가봉할 때 애슐러는 손가락이 소녀의 몸에 닿으면 기쁨으로 떨려왔다. 마치 래리 그 사람에게 닿는 기분이었다.

이저벨은 애슐러를 좋아했다.

"어머니, 그 말없고 색다른 재봉사는 나를 정말로 귀엽게 여기는 것 같아요. 입 밖에 내어 말하지는 않지만요. 하지만 아주 야릇한 눈으로 나를 봐요. 어쩐지 나를 자기아이인 것처럼 보는걸요. 알는지 모르겠어요, 이 말뜻을."

"그 사람은 가엾게도 불쌍한 사람이야. 친척들도 잘 돌봐주지 않지. 되도록 친절히 대해주어라, 이저벨."

애슐러가 견딜 수 없는 일이 한 가지 있었다. 그것은 이저벨이 번리 부인을 '어머니'라고 부르는 걸 듣는 일이었다. 영혼이 찢기는 심정이었다. 그런 때면 애슐러는 번리부인을 미워했다. 그러나 이저벨을 그토록 소중히 해주는 부인에게 미안하다고 곧 뉘우치는 것이었다. 어떤 일도 얼굴빛에 나타내지 않는 성질이었으므로 번리 부인은 조금도 알아차리지 못했다. 첫째로 애슐러에게 감정이 있다고 여긴 일도 없는 사람이었다.

이윽고 이저벨도 결혼하게 되었다. 번리 부부는 딸을 잃는 게 싫었지만 그 혼담에는 아주 솔깃했다. 상대는 잘생긴 남자로 집안도 좋고 부자였다. 누가 보아도 이저벨은 운이 좋은 아가씨였다. 품행에 조금 소문은 있었지만 마음대로 살고 있는 젊은 부자였으므로 얼마쯤의 일은 마땅히 여겨지기도 했다.

번리 부인은 말했다.

"남자란 젊은 기분으로 때로는 쾌락에 빠지는 법이야."

일단 이저벨과 결혼하면 제프리 보이드도 차분히 마음을 가라앉히고 좋은 남편이 될 게 틀림없다고 여기며 부인은 조금도 의심하지 않았다. 내 남편도 옛날에 비해 지금은 이렇듯 얌전해지지 않았는가.

신부가 입을 모든 의상과 대수롭지 않은 물건에 이르기까지 바느질은 애슐러가 도맡아 했다. 그러나 애슐러 마음은 행복하지도 편안하지도 않았다. 제프리 보이드가 싫었던 것이다. 이저벨은 이 사랑에 아주 흥분해 있었다. 젊은 남자란 성인이 아니라는 것쯤 애슐러도 잘 알고 있었다. 래리만 해도 모범적인 젊은이였던 것은 아니었다. 문제는 제프리 보이드에게 있는 것으로 여겨졌다. 그래도 빛날 듯이 행복한 이저벨을 보면 애슐러도 딸의 행복에 찬물을 끼얹어서는 안 된다고 불안감을 애써 없애버리려 했다.

결혼식날 애슐러는 웨딩드레스 입는 것을 도와주었는데, 손이 부들부들 떨려왔다. 그것을 본 이저벨은 재미있어 하며 말했다.

"앤더슨 아줌마도 참."

애슐러는 40살이 될까말까했지만 이저벨에게는 옛날이나 지금이나 '앤더슨 아줌마'였다. 이저벨은 애슐러가 몹시 마음에 들어 결혼한 뒤에도 되도록 바느질을 부탁할 생각이었다. 기성복이 나돌기 시작하여 바느질거리 주문이 전보다 많지 않은 시대가 되어 있었다.

그 뒤 4년 동안 애슐러는 거의 이저벨네 집에서 바느질을 하며 지냈다. 그것은 마치 고문과도 같은 세월이었다. 이저벨의 남편에 대한 애정이 열렬한 숭배로부터 불안, 공포, 그리고 최악의 사태인 미움으로 달려가는 것을 남김없이 목격해야만 했기 때문이었다.

제프리 보이드는 1년 만에 신부에게 싫증내고 그것을 감추려고도 하지 않았다. 제프리는 악랄할 만큼 아내를 업신여겼으며 게다가 잔인했다. 아내에게 고통을 주는 게 유일한 즐거움이 아닐까 여겨지기까지 했다. 제프리는 심술궂은 말이나 행동을 할 때마다 끔찍스럽게 큰소리로 웃어댔다. 그러나 아주 조심스러워 '얼뜨기 앤더슨 아줌마' 말고는 아무에게도 들리지 않도록 하고 있었다.

번리 부부는 이 결혼이 실패였음을 곧 깨달았으나 사실로 인정하려고 하지 않았다. 그 무렵 이런 일은 감추는 게 가장 좋다고 여겨졌었다. 그리고 돈의 힘으로 벌충된 일이 퍽 많았다.

애숄러는 제프리를 미워하고 철저하게 싫어하여, 마치 미움이 사람 모습을 하고 자기와 나란히 걷고 있는 듯한 기분이 들 정도였다. 태도에는 드러나지 않았지만 제프리도 그것을 알아차린 듯했다. 제프리는 애숄러 옆을 지날 때면 언제나 아첨하는 듯한 냉소를 얼굴에 떠올렸다.

이웃사람들은 애숄러로부터 보이드 부부의 속사정에 대해 여러 가지로 넘겨짚어 알아보려 했지만 아무것도 알아낼 수 없었다. 애숄러를 집에 두어도 괜찮다고 제프리가 이저벨에게 허락한 것도 이렇듯 입이 무겁기 때문이었으리라.

제프리는 애숄러가 무슨 말을 지껄이든 무섭지 않았다. 그러나 앤더슨 집안사람들은 유명한 수다쟁이들뿐이었으므로 비록 애숄러가 없는 거나 마찬가지인 존재였다 하더라도 이야기할 마음만 든다면 여러 가지로 형편나쁜 일이 일어날 것 같았다.

더욱이 번리 부부는 여전히 유복했다—적어도 그렇게 여겨지고 있었다. 제프리 보이드도 그들 부부와 잘 사귀어나가야만 할 사정이 있었다. 그리하여 그들 부부가 보는 앞에서는 이저벨에게 아주 다정히 대했으므로 양부모로서는 소문의 절반도 믿을 수 없는 심정이었다.

결혼 6년째를 맞아 번리 부부는 파산한 거나 마찬가지라는 사실이 밝혀졌다. 그러자 이저벨은 남편이 자기와 이혼할 생각임을 알았다. 시내의 어느 남자와 관계했다는 누명이 씌워졌다.

캐나다 연해주(沿海州)에서 있은 그 무렵 이혼사건은 그야말로 비극이었다. 이저벨이 양녀임은 누구나 다 알고 있었으므로 사람들은 특별한 이유가 있다는 듯 수군거렸다.

"피는 못 속이겠군요."

애슐러 이외의 사람들은 정말로 이저벨이 남편을 배신했다고 여겼다. 물론 애슐러는 이저벨에게 불리한 일은 한마디도 믿지 않았으며 이저벨도 그것을 느끼고 있었다.

제프리는 만일 이저벨이 소송에 맞설 생각이라면 아들을 빼앗겠다고 으름장을 놓았다. 아이에게 한 조각 애정도 없으면서 이저벨이 싫어할 것을 알고 일부러 자신이 맡을 생각이었다. 애슐러 또한 그것을 알았다. 제프리는 아들을 귀여워하는 척하지도 않았다. 패트릭 아기는 허약했으며 제프리 보이드는 그런 시들시들한 아이에게는 볼일이 없었던 것이다.

제프리는 언젠가 이런 체질은 외가 쪽 할아버지나 할머니로부터 물려받은 게 아니냐고 이저벨에게 말한 일이 있었다. 이저벨이 데려다 기른 아이임을 남모르게 부끄러워하는 걸 제프리는 알고 있었으므로 이렇듯 약점을 찌르며 재미있어 했다. 청혼했던 동안에는 그런 이저벨이 한층 사랑스럽다고 한 그 입으로 말하는 것이었다.

이저벨의 아버지가 저 위대한 화가 로렌스 에인즐리 그 사람이라고 말해준다면 어떨까 애슐러는 생각했다.

"무슨 잠꼬대를 하는 거야."

제프리 말이 들리는 것 같았다. 번리 부부는 격노할 것이다. 낸 고모는 세상을 떠났으므로 애슐러가 그 위대한 화가가 옛날에 우연히 만난 사랑의 상대임을 증명할 수 있는 건 아무것도 없었다. 그러나 애슐러는 굳게 마음먹었다. 결코 이혼 같은 건 못하도록 하겠다. 어떻게든 막아보겠다.

그날 애슐러는 2층 한 방에서 바느질을 하고 있었다. 제프리가 술에 취해 돌아와 서재에서 인정사정없이 패트릭을 매질한 날의 일이었다. 문 밖에서는 이저벨이 어떻게 할 수 없어 웅크린 채 신음하고 있었다. 지난번 술에 취해 돌아왔을 때 제프리는 마구간에 폭스테리어 개를 매달고 때려 끝내 죽여버렸다. 이러다가 패트릭도 맞아죽는 게 아닐까.

가까스로 문이 열리고 아이는 울며 뛰쳐나왔다. 제프리가 말했다.

"늦든 이르든 패트릭은 나만의 것이 되는 거야. 날마다 흠씬 때려줄 테다. 당신이 응석을 받아주니까 갓난아기 같잖아. 내가 사나이로 만들어주겠어. 당신 아버지는 목사였지 않던가?"

애슐러는 그동안 묵묵히 바느질을 했다. 한 바늘도 잘못 꿰매거나 하지 않았다. 이것을 보고 이저벨은 참으로 냉혹한 사람이라고 생각하지 않을 수 없었다.

그러나 제프리가 비틀거리며 2층으로 올라왔을 때 애슐러는 층계 꼭대기에 우뚝 버티고 서 있었다. 이저벨은 패트릭을 아기방으로 데려간 뒤여서 주변에는 아무도 없었다. 애슐러 눈은 이글이글 분노로 타오르고 검은 옷을 입은 여윈 몸이 부들부들 떨리고 있었다.

제프리가 고함쳤다.

"비켜, 빌어먹을! 마누라편만 들고 있어."

그러자 애슐러가 말했다.

"이저벨을 낳은 것은 나입니다. 아버지는 로렌스 에인즐리 경이고요."

제프리는 크게 웃음을 터뜨렸다.

"차라리 영국 국왕이 아버지라고 하지 그래? 대체 당신이 어머니라니 말도 안 돼."

그리고 그는 되풀이하기도 더러운 말을 마구 내뱉었다. 애슐러는 느닷없이 두 손을 앞으로 내밀었다. 온갖 고생을 했음에도 아름다운 그 손, 래리가 입맞추고 그린 손, 에인즐리 화백의 걸작으로 손꼽히는 이탈리아 왕녀의 초상화 가운데에서도 절찬받고 있는 그 손을 힘껏 앞으로 내밀었다.

애슐러는 비틀거리는 제프리를 홱 떠밀었다. 이성적으로 결과를 뻔히 잘 알면서 한 일이었다. 사고는 아니었다. 그 때문에 교수형이 기다리고 있다 해도 조금도 상관없었다. 이저벨과 패트릭을 구하기 위한 일이라면 수단을 가리지 않았다.

제프리 보이드는 긴 층계를 거꾸로 굴러떨어져 대리석 바닥에 세게 부딪쳤다. 애슐러는 의기양양하여 아래를 내려다보았다. 옛날 래리로부터 사랑의 고백을 받은 뒤 처음 느껴보는 쾌감이었다. 제프리 보이드는 기분 나쁘게 축 늘어져 뻗어 있었다. 아무래도 목뼈가 부러진 듯하다고 애슐러는 생각했다. 아무 소리도 들리지 않았으며 소란도 일어나지 않았다. 애슐러는 말없이 방으로 돌아가 다시 바느질감을 집어들고 침착하게 일을 계속했다. 이제 염려없어, 이저벨은 살아난 것이다.

그 뒤는 보기드물게도 일이 귀찮게 되어나가지 않았다. 먼저 하녀가 제프리를 발견하고 째지는 듯한 쇳소리를 질렀다. 형식적인 수속이 취해졌다. 애슐러는 조사받으며 아무 소리도 들리지 않았다고 말했다. 달리 뭔가 소리를 들은 사람도 없었다.

제프리 보이드는 곤드레가 되어 집에 돌아왔음이 확인되었다. 이렇게 집으로 돌아온 일은 신기할 것도 없다는 건 누구나 아는 사실이었다. 지루하기 이를 데 없는 검시 결과 평판 나쁜 추정이 내려졌다.

제프리 보이드는 다리가 얽혀 층계에서 굴러떨어진 걸로 여겨졌던 것이다. 이런 사고가 이제까지 일어나지 않았던 것이 이상할 정도라고 사람들은 서로 수군거렸다. 이른바 귀찮은 무뢰한이 처리된 셈이었다.

결국 이혼재판은 도중에 중지되어 호기심으로 가득찼던 사람들은 못내 아쉬운 마음이 들었다. 번리 부부는 정말 살아난 기분이었을 테지요—신원을 알 수 없는 것인지, 모르는 척하는 것인지, 어디 누구 자식인지도 모르는 아이를 양녀로 삼으니까 이런 꼴을 당하는 거예요—하지만 그 아가씨는 제임스 번리의 어머니와 똑같아요—사람들은 갖가지로 수군거렸다.

애슐러 앤더슨에 대해서는 다만 이제 그녀에게 보이드 집안의 일거리가 없어지겠다는 이야기가 나왔을 뿐이었다.

이저벨의 괴로움은 끝났다. 그러나 몹시 가난해지고 말았다. 번리 부부는 그 뒤 1주일도 채 못되어 잇따라 세상을 떠나고 말았던 것이다. 자살 같은 끔찍스러운 방법은 아니었다. 양어머니는 폐렴이었으며 양아버지는 오래도록 참았던 고생이 화를 불러들였던 것이다. 그들 부부가 죽은 뒤 남은 건 빚뿐이었다. 그런 야심가에게는 있음직한 일이었다.

이저벨과 패트릭은 샬럿타운에 있는 검소한 집으로 옮겼다. 이저벨 번리의 형편없이 초라해진 꼴이 참 보기 좋다고 비웃는 사람도 있었다. 제프리 보이드는 글자 그대로 한푼도 남기지 않고 다 써버리고 죽었던 것이다. 그러나 지난 몇 년 동안에 비하면 가난하기는 해도 패트릭과 단둘만의 행복한 나날이 이어졌다.

애슐러는 달마다 얼마씩 이저벨 모자에게 보내주었다. 이저벨은 누가 보냈는지 몰랐지만, 이것은 틀림없이 제프리의 나이든 고모가 몰래 보내주는 거라고 생각했다. 그러고 보니 어쩐지 호의적인 사람이었던 것으로 여겨졌다. 이저벨은 이제 애슐러 앤더슨을 만나는 일이 없었다. 아니, 깨닫지 못했다고 해야 할지도 모른다. 왜냐하면 애슐러 쪽에서는 늘 이저벨을 지켜보고 있었던 것이다.

그러다가 애슐러가 50살, 이저벨이 30살 때 이저벨은 어느 돈많은 남자와 재혼하여 미국으로 가버렸다. 애슐러는 신문 사교란에서 딸의 소식을 알아내어 그 아이들에게 더없이 훌륭한 옷을 만들어보냈다. 래리의 손자들이다. 이저벨은 언제나 진심이 넘친 사례편지를 써 보냈으며 부디 옷값을 치르겠다고 말했다. 이저벨은 그 '앤더슨 아주머니'의 친절한 마음에 감동되었다. 그러나 애슐러는 완강히 받으려 하지 않았다.

이저벨이 가버리자 애슐러에게는 일거리가 적어졌다. 딸에게 온힘으로 매달려 있는 동안 손님을 대부분 잃어버렸기 때문이다. 그래도 57살까지는 그럭저럭 혼자 생계를 꾸려나갔다. 그 뒤에는 조카인 존 앤더슨이 맡아주었다. 가족의 반대를 무릅쓴 일이라는 소문이 자자했다.

그때는 이미 이저벨도 로렌스 경도 이 세상 사람이 아니었다. 애슐러는 연인과 딸의 죽음을 신문에서 보고 알았지만 마음 흐트러지지 않았다. 모든 것이 아득한 옛날에 일어났던 일이며 두 사람은 완전히 남인 듯 여겨졌다. 그 두 사람은 애슐러가 사랑하고 소중히 여긴 래리도 아니었고 이저벨도 아니었다.

애슐러는 이저벨이 재혼하여 행복해진 것을 알고 만족했다. 늙음의 그림자가 다가오기 전에 죽어버리는 것도 좋지 않겠느냐고 생각했다.

로렌스 쪽은 국제적인 명성을 얻었다. 애슐러가 읽은 기사에 따르면, 그의 최고 걸작 가운데 하나는 어느 기념대성당의 장식벽화며 그 가운데에서도 성모 마리아가 지닌 손의 아름다움은 비할 나위가 없어 갖가지 논의를 불러일으켰다고 한다.

'맞았어. 인생은 참 살 만해.'

죽음의 자리에 누운 늙은 애슐러는 생각했다. 매기 매클린은 크게 코를 골았고 개는 위대한 존재—죽음—가 가까워졌음을 느끼는 듯 차분하지 못했다.

'나는 아무것도 후회하지 않아. 제프리 보이드를 죽인 일도. 사람은 죽기 전에 모든 것을 다 털어놓아 깨끗이 참회해야 하는 듯하지만 나는 달라. 그를 죽이는 것은 당연히 해야 했던 일인걸. 뱀을 죽이는 것과 같은 일이었어.

아, 바람이 심하구나. 래리는 바람을 좋아했지. 무덤 속에서도 듣고 있을까?

거실에는 바보들이 모여 나를 가엾어 하겠지. 어리석고 어리석은 사람들. 인생은 참으로 좋은 것이었어. 나는 주어진 시간을 열심히 살았어. 저들 가운데 한 사람인들 제대로 살고 있다고 할 수 있겠는가. 래리가 나를 사랑했듯 매기를 사랑한 사람은 단 한 사람도 없어. 단 한 사람도 없어. 가엾게도 존을 사랑해준 사람도 없군.

그래, 모두들 나를 업신여겼지. 모든 친척이 나를 무시했었어. 하지만 나는 보란 듯이 살았어. 그래, 나머지 사람들은 전혀 살았다고 할 수 없고말고—적어도 나의 세대 사람은. 나는 끝까지 견뎌냈어. 죄인이라고 세상사람들이 말하겠지. 살인자라고 온 세상이 말할 거야—'

"'하지만 나는 끝까지 살아냈어!'"

애슐러가 마지막 말을 큰 소리로 했으므로 매기 매클린이 벌떡 일어났다. 그리고 아슬아슬하게 애슐러 앤더슨이 숨을 거두는 것을 지켜볼 수 있었다. 애슐러 눈은 마지막 순간까지 빛을 잃지 않았다. 자랑스러워하는 젊디젊은 눈이었다. 사랑하던 개는 머리를 높이 쳐들고 슬픈 듯 컹컹 짖었다.

매기는 생각했다.

'정말 다행이었어, 잠을 깨서. 만일 잠들어 있었다면 앤더슨네 사람들이 용서하지 않을 테니까. 귀찮아, 이 개가 이처럼 기분 나쁘게 울다니! 소름끼쳐.

어머나, 아주머니는 살아 있을 때와 얼굴이 전혀 달라 보이잖아? 우리도 언젠가는 모두 죽어버리겠지. 하지만 애슐러 아주머니가 죽어서 비탄에 잠길 사람은 거의 없을 거야. 아무런 쓸모도 없었으니까. 참 이상해. 앤더슨네 사람들은 다른 것은 하나도 없어도 기력만은 있는데 말이야.'

매기는 옷매무시를 가다듬고 나서 아래층으로 내려갔다. 그녀는 익숙한 얼굴로 말했다.

"돌아가셨어요. 마치 어린아이가 잠든 듯이 편안했지요."

누구나 다 가슴속으로 적이 안도했음을 눈치채지 않도록 신경 썼다. 앤더슨 부인은 남편을 가볍게 흔들어 깨웠다. 퍼슨즈 의사는 몹시 당황하며 일어섰으나 너무 허둥대는 것처럼 보이지 않도록 얼른 꾸몄다.

"그럼, 노인은 편안히 일생을 마친 듯하므로—"

참 기막힌 일생이라고 의사는 남몰래 마음속으로 생각하며 말했다.

"돌아가는 길에 내가 장의사에 들러 이리 와주도록 부탁해 놓겠습니다. 되도록—간소하게 할 의향이라고 여깁니다만."

……하마터면 되도록 '싸게 먹히도록'이라고 말할 뻔했군. 큰 실수를 할 뻔했어.

그러나 블라이스나 파커가 장의사에 연락하려는 생각을 할까? 그 사람들이라면 하지 않을 것이다. 이런 자잘하고 대수롭지 않은 일에서 차이를 두는 거야. 10년도 채 못되어 환자는 모두 내게로 올 테지……

앤더슨 부인이 무게 있게 말했다.

"정말 죄송합니다."

존 앤더슨이 말했다.

"정말 친절하군요."

그는 애슐러 고모의 죽음이 몸에 스미도록 고통스러운 것을 깨닫고 스스로도 뜻밖으로 여겨졌다. 그토록 솜씨있게 바지를 기울 줄 아는 사람도 없었지. 한평생 바느질만 하고 그 밖에는 아무것도 할 줄 몰랐었어……모아두었을 돈은 대체 어디로 갔는지 아무래도 이상해……

의사는 밖으로 나왔다. 겨우 비가 멎어 바람에 날려가는 구름과 구름 사이로 끊길듯말듯 환한 달이 보였다. 오늘 밤은 조이와 지낼 수 없었지만 내일 밤이 있어—어느 집에 있는 바보 같은 여자가 산기(産氣)만 없다면……

퍼슨즈 의사는 조이의 무르익은 과일과도 같은 아름다움을 생각했다. 그리고 2층에 누워 있는 애슐러 앤더슨의 잿빛 잠옷차림 모습을. 늙은 여자는 이제 죽었다. 그러나 처음부터 살아 있었다고 말할 수 있을까.

앨릭은 크게 우쭐거리고 있었다.

"썰물이 되기 전까지는 죽지 않는다고 했잖느냐. 젊은 사람들이 뭐든지 다 알고 있다고 생각하면 큰 잘못이지."

동생 조심

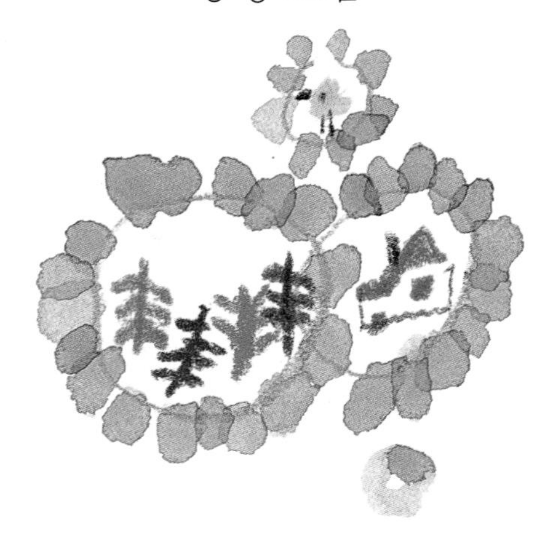

위 글렌의 랜디부슈네 집에서는 에이머스 랜디부슈가 누구보다도 사랑하는 아내 낸시가 죽은 뒤 벌써 15년이나 지났는데도 아무런 변화가 일어나지 않았다. 에이머스와 동생 티머시, 그리고 머틸더 메리 세 사람은 지금 행복에 만족하며 생활하고 있었다.

적어도 에이머스와 티머시에게는 아무 불만도 없었다. 비록 머틸더 메리가 메리(명랑한)라는 이름과 반대로 불만을 품는 일이 있다 하더라도 그것은 그녀 책임이었다. 메리에게는 가정부로서 버젓한 일거리가 있고 만성 류머티즘이라 하더라도 곁에서 보기에는 어쩐지 즐기고 있는 듯 여겨졌다. 메리는 블라이스 의사선생에게는 재산과도 같은 존재라고 수군거리는 사람들조차 있을 정도였다.

에이머스는 그녀에게 상당한 급료를 주었으며 비스킷이 눅눅하거나 로스트비프가 너무 탔어도 결코 불평하지 않았다.

이따금 그녀가 식탁에 앉아 있는 모습을 보고 그 생기 없는 잿빛 머리칼이며 음울한 표정과 세상 떠난 낸시의 윤기 흐르는 곱슬머리며 장밋빛 얼굴을 비교해 본 일이 있었지만, 그런 때에도 에이머스는 한숨을 쉴 뿐 한마디도 입 밖에 내어 말하지 않았다. 류머티즘에 대해서도 여자란 이러니저러니 호소하고 싶어하는 법이라고 그는 생각하고 있었다.

그와 달리 티머시는 여러 가지로 생각하는 성격이었다. 머틸더는 그와 썩 잘해 나가고 있었다.

확실히 낸시는 미인에 집안 일처리도 잘했다고 티머시는 생각했다. 그러나 참으로 규칙을 귀찮게 따지는 여자였지! 구두바닥을 깨끗이 문지르지 않으면 집 안으로 들여놓지 않았으니까. 목사나 블라이스 선생일지라도 예외가 없었어. 지금 에이머스는 그녀의 좋은 점밖에 기억하지 못하는 듯싶지만 그 무렵에는 형도 때로는 아내의 지배에 반항하지 않았던가. 여자란 그런 거야. 죽은 뒤에도 남자를 속이는 셈이지.

티머시는 이제까지 여자에게 속지 않은 것을 하늘에 감사하고 싶은 심정이었다. 내게 귀찮은 여자는 필요없어! 그는 여자를 일반적으로 미워했지만 블라이스 선생 부인은 그런대로 참을 수 있다고 여기고 있었다.

그가 특히 싫어한 것은 윙워스라는 여자였다. 보조개 같은 걸 지어보이며 지나치게 잘난 척하거든! 엷은 갈색 머리에 사람을 유혹하는 듯한 그 눈초리. 제기랄! 에이머스가 그런 바보인 줄 누가 생각했겠는가? 어디 좀 충고해줄까?

하지만 에이머스 같은 겁쟁이가 윙워스 같은 노련한 능구렁이 여자를 상대로 하고 있다면 아무 소용 없지 않을까.

차라리 그만두는 편이 낫다. 에이머스는 그녀의 매력에 완전히 반해 있는지 모르고 게다가 블라이스 부인이 한몫하고 있을지도 모른다. 물론 그도 블라이스 부인이 인연 맺어 주는 일에 열정을 지녔음을 알고 있었다. 그런데도 티머시는 형인 에이머스를 구해주고 싶은 심정을 아무래도 누를 수가 없었다.

앨머 윙워스는 글렌 세인트 메리의 냅네 집에 머무르고 있었다. 냅 집안사람들의 이야기에 따르면, 그녀는 보스턴에 있는 힐리어 미용원에서 일하고 있는데 얼마 전 수술을 받아 본디 2주일밖에 안 되는 휴가를 더 연기해야만 된다고 한다.

그러나 티머시는 그녀가 수술받았다는 이야기를 조금도 믿지 않았다. 아무래도 블라이스 선생 부부가 이 책략에 끼어 있는 것 같다. 정말로 수술받았다면 저토록 얼굴빛이 좋을 리 없다. 그것은 동정을 끌기 위한 연극임에 틀림없다. 결혼상대를 찾으려고 글렌 세인트 메리까지 와서 마침내 성공을 향해 한 걸음 내딛어 가까스로 온 셈이다. 만일 여기서 방해 놓지 않으면 이대로 질질 끌려가버리고 만다.

에이머스들이 처음으로 윙워스를 본 것은 교회에서였다. 머리어 냅은 교회에 가지 않았으므로 그녀는 블라이스 집안 자리에 앉아 있었다. 그 자리는 에이머스들의 바로 앞자리였으므로 그녀의 웃음 지은 얼굴이 잘 보였다. 머리며 화장이 마치 미용원 선전이라도 하는 듯했다.

에이머스는 그날 이후 다른 사람처럼 되어버렸다. 다음 날 저녁이 되자 뭔가 볼일을 찾아내어 냅네 집으로 갔다. 윙워스도 그 기회를 놓치지 않았을 게 틀림없다. 돌아온 에이머스는 마치 마법이라도 걸린 사람 같았다.

그 무렵은 가장 바쁜 추수 계절로 남자들은 부지런히 일하고 충분히 자야만 했는데도 에이머스는 낮에 멍하니 시간을 보내다가 밤이 되면 외출복으로 갈아입고 면도를 하거나 콧수염을 고치면서 여우 사육협회 모임에 간다느니 뭐니 이유를 붙여 글렌으로 가곤 했다.

또 한 가지 나쁜 징후는 에이머스가 별안간 자기 나이에 대해 마음 쓰기 시작한 일이었다. 그의 쉰 번째 생일에 티머시가 반세기나 산 것을 축복하자 에이머스는 갑자기 불쾌한 표정을 지으며 자신은 아직 마흔을 지났다고도 생각하지 않는다고 말했다.

윙워스는 블라이스 부부에게 자기 나이를 46살로 가르쳐준 듯한 데, 그것은 에이머스에게 자신감을 갖도록 하기 위해서였을 것이다. 독신여자가 자기 나이를 분명하게 말하는 건 뭔가 속셈이 있기 때문임에 틀림없으니까.

티머시로서는 어떤 기적이라도 일어나지 않는 한 에이머스가 윙워스에게 청혼하는 것을 막을 방법이 없으리라고 여겨졌다. 아직 청혼하지는 않은 것 같다고 티머시는 생각했다. 왜냐하면 에이머스가 늘 안절부절못하며 불안해 보였기 때문이다.

그러나 형이 용기를 불러일으켜 전진하는 것은 이제 시간문제다. 앞으로 열흘도 안 걸릴 것이다. 여우사육협회가 세계박람회에 출품하기로 되어 있는 은여우를 그가 토론토에 전하러 가는 날이 열흘 앞으로 다가와 있었기 때문이다. 그는 2주일 동안 토론토에 머물 예정이었으므로, 돌아올 무렵에는 윙워스 휴가도 이미 끝나 있을 것이다. 그러므로 틀림없이 떠나기 전에 구혼할 것이라고 티머시는 생각했다.

아니다, 절대로 그렇게 하지는 못한다! 아무 풍파도 없었던 우리 형제 사이가 이런 일로 허물어져서야 되겠는가! 티머시는 불현듯 하늘의 계시를 받았다. 조의 섬이다! 간절하게 기도를 올리는 목소리는 역시 하느님께 통하는 법이다!

막상 실행에 옮기려 하니 골치썩이는 일이 여러 가지 있었다. 그러나 시간이 절박한 지금은 티머시가 아무리 지혜를 짜내도 아무도 몰래 윙워스를 조의 섬에 가두는 것 말고는 어떤 방법도 떠오르지 않았다.

그러나 하느님은 그를 버리지 않았다. 냅 부인이 위 글렌에 있는 가게에 온 참에 머틸더 메리를 찾아왔던 것이다. 두 사람은 뒤곁 포치의 흔들의자에 앉아 이런저런 세상이야기를 나누었는데, 부엌 소파에 누워 있던 티머시는 그녀들의 이야기를 엿듣다가 새로운 계시를 받은 듯 벌떡 일어났다. 미스 윙워스가 샬럿타운에 있는 친구에게 가는데, 거기서 하루나 이틀 머물 예정이라는 말을 냅 부인이 했기 때문이었다. 그녀는 항구 가까이까지 열차로 가게 되어 있으며, 애번리를 찾아갈 예정인 블라이스 부인도 함께 간다고 했다.

그랬었구나 티머시는 경멸하는 마음을 느끼며 생각했다. 에이머스가 하루 종일 멍하니 우울한 얼굴을 하고 있더니 블라이스 선생에게 간유를 받아와야겠다고 말했던 까닭을 이제야 겨우 알았다.

너무하다! 2, 3일 동안 연인의 얼굴을 볼 수 없다고 간유를 마셔야만 하다니. 사태는 드디어 심각하다. 그러나 좋다. 불은 뜨겁게 타오르면 타오를수록 꺼지는 것도 빠르다고 하잖는가. 이제 곧 에이머스도 잠에서 깨어 용케 빠져나올 수 있었음을 감사할 것이다. 시간은 그리 걸리지 않는다. 블라이스 선생의 간유가 없어지기 전에 해결해 보일 테다.

티머시는 곧 실행으로 옮겼다. 에이머스가 그녀를 역까지 배웅할 게 틀림없다고 여겼으나 자동차는 아직도 헛간에 있었다. 티머시는 서둘러 헛간으로 가서 자기 자동차에 올라탔다. 그가 두려워한 것은 에이머스가 블라이스 부인도 태우고 가겠다고 약속한 게 아닐까 하는 일이었다.

자동차가 뜰에서 나가는 것을 보고 냅 부인이 물었다.

"티머시 씨는 어디 가는 걸까요?"

머틸더가 말했다.

"생선을 사러 항구에 가는 게 아닐까요. 티머시는 어딘가를 방문할 때에는 옷을 갈아입고 면도를 하고 가요. 잉글사이드로 간유를 받으러 갈 때도 그래요. 이미 45살인데도 말예요. 아직 멋을 부리려고 해요."

냅 부인이 말했다.

"저분은 정말로 멋져요. 에이머스 씨보다도 낫잖을까요? 블라이스 부인이 한 말은 아니지만 에이머스 씨는 그리 풍채가 좋은 편이 아니니까요."

머틸더가 물었다.

"에이머스와 댁의 그녀는 잘되어가나요?"

냅 부인이 선뜻 대답했다.

"그럼요, 잘되어가요. 에이머스 씨는 좋은 분이고 게다가 블라이스 부인이 아주 열심이니까요. 그처럼 인연 맺어 주기를 좋아하는 사람도 없어요. 그리고 미스 윙워스도 독신생활에 좀 지쳐 있는 게 아닐까요? 물론 그녀는 자신의 비밀을 가슴 깊이 간직하는 사람이라 잘은 모르겠지만 말예요."

티머시가 자동차를 몰고 갔을 때 윙워스는 냅네 집 베란다에 앉아 있었다. 깨끗한 정장 차림으로 머리에 녹색 테두리를 두른 멋진 모자를 썼으며 발 밑에는 여행가방이 놓여 있었다.

티머시는 밝은 목소리로 말했다.

"안녕하십니까, 미스 윙워스. 안타깝게도 형님이 올 수 없게 되었습니다. 여우사육협회 때문에 시간이 좀 걸린다더군요. 그래서 내가 대신 역까지 바래다드리려고 합니다."

"어머나, 친절하군요, 랜디부슈 씨."

확실히 그녀는 듣기좋은 목소리를 가지고 있었다. 그리고 몸놀림이 우아하며 눈에는 무어라 말할 수 없는 매력을 담고 있었다. 문득 티머시는 오늘 면도도 하지 않은데다 스웨터에는 왕겨가 묻어 있는 것이 생각났다.

그는 진지한 얼굴로 말했다.

"서둘러 가시지요. 기차시간이 가까우니까요."

윙워스는 아무 의심도 품지 않고 자동차를 탔다. 티머시는 몸이 화끈 달아오르는 것을 느꼈다. 이처럼 술술 잘 풀리라고는 생각조차 하지 못했다. 블라이스 부인과 미리 약속해 두었던 것도 아닌 듯싶었다. 아, 고맙다.

그러나 문제는 이제부터였다. 자동차가 위 글렌에 있는 큰길을 돌아 물굽이로 이어지는 풀이 우거진 진창길에 이르렀을 때 윙워스는 의심을 품기 시작한 것 같았다.

그녀는 의아한 목소리로 물었다.

"이건 역으로 가는 길이 아니잖아요?"

티머시는 아까보다 차갑게 무뚝뚝한 목소리로 말했다.

"네, 아닙니다. 우리는 지금 역으로 가고 있는 게 아닙니다."

"랜디부슈 씨……"

윙워스는 티머시의 눈에 떠오른 험악한 표정을 보고 깜짝 놀라 말을 끊었다.

"댁에게 위해를 가할 생각은 없습니다. 소란피우지 말고 하라는 대로만 하면 아무 걱정할 필요없습니다."

윙워스는 크게 한숨을 내쉬고는 얌전해졌다. 미친 사람에게는 무슨 말을 해도 아무 소용없다고 여겼기 때문일 것이다.

길 막다른 곳까지 오자 티머시가 말했다.

"자, 자동차에서 내려 부두로 내려가 매여 있는 보트를 타십시오."

가까이에 사람 모습은 보이지 않았다. 윙워스는 시키는 대로 오랜 부두로 내려갔다. 티머시는 곧 그 뒤를 따라가며 자신이 더없이 대담한 해적이라도 된 듯한 기분이 들었다.

보기좋다! 여자란 이렇게라도 하지 않으면 어떻게 할 도리가 없어! 하지만 블라이스 선생은 언제나 남자와 여자는 평등하다고 말했었지.

두 사람이 탄 보트가 기슭을 떠나 항구 위를 미끄러지듯 나아가고 있을 때 윙워스가 조용한 목소리로 물었다.

"나를 어디로 데려갈 생각이지요, 랜디부슈 씨?"

그녀의 목소리는 떨리고 있었지만 어딘지 상대의 마음을 부드럽게 해주는 데가 있었다.

이제 와서는 그녀에게 아무것도 감출 필요가 없었다.

chang-kye

"조의 섬으로 갑니다. 항구에서 4마일쯤 되는 곳이지요. 그 섬에 며칠 동안 있어 줬으면 합니다. 이유는 말할 필요가 없겠지요. 블라이스 선생도 곧잘 그렇게 말하니까요.

아까도 말했듯이 위해를 가하지는 않습니다. 그리고 아주 쾌적하게 지낼 수 있도록 되어 있습니다. 그 섬에는 케니스 포드 씨의 여름 별장이 있는데, 내가 관리하지요. 포드 씨네는 올여름 이쪽으로 오지 않고 유럽에 갔습니다. 별장에는 통조림이 많고 훌륭한 스토브도 갖춰져 있습니다. 요리를 잘하시죠?"

그녀는 침착하게 그 이야기를 듣고 있었다. 참으로 훌륭한 태도였다. 이런 경우 신경질적이 되지 않는 여자가 블라이스 부인 말고 또 있을 줄이야! 그녀는 이유를 물으려고도 하지 않았다. 어쩌면 대강 알아차렸을지도 모른다. 마치 유괴된 것이 마땅한 일이기라도 한 듯 침착하게 앉아 있었다.

한참 뒤 그녀가 물었다.

"내가 없어진 것을 알면 누군가가 크게 소동벌이지 않을까요? "

"그렇지 않을 겁니다. 에이머스는 댁이 늦어지는 줄 알고 다른 자동차로 갔다고 여길 테니까요."

윙워스는 나직하게 말했다.

"형님 자동차로 가게 되어 있었던 게 아니에요. 플랙 씨들과 갈 예정이었어요. 하지만 모레가 되어도 내가 돌아가지 않으면 냅 씨가 걱정하지 않을까요?"

"아뇨, 그 사람이라면 댁이 좀 더 오래 시내에 머무르고 싶어진 거라고 여길 겁니다. 그리고 그 의사 부부는 애번리에 가서 2주일 동안은 돌아오지 않을 테니까요. 사람들이 이상하게 여기기 시작한다 해도 아무렇지 않습니다. 댁이 하숙비를 치를 수 없게 되어 보스턴으로 돌아갔다고 생각할 테니까요."

윙워스는 이처럼 잔혹한 말에 아무런 대답도 하려 들지 않았다. 다만 저녁 어스름이 다가온 항구 건너편을 물끄러미 지켜보고 있을 뿐이었다. 그녀에게는 머리를 살짝 갸우뚱하는 버릇이 있었다. 엷은 갈색 곱슬머리가 모자 끝에서 조금 보이고 있었다. 불현듯 그녀가 미소 지었다.

티머시는 등골에 간지러운 듯한 기묘한 느낌이 달리는 것을 깨달았다.

그녀는 꿈꾸듯 말했다.

"오늘 밤은 서풍이군요. 저것 보세요, 랜디부슈 씨. 저기에 초저녁별이 나와 있어요."

마치 처음으로 초저녁 별을 발견한 사람 같다.

물론 하늘을 올려다보았을 때도 아름다운 목덜미를 보여주려고 빈틈없이 계산했었을 게 틀림없다.

이런 여자를 유괴하는 것은 참으로 위험한 일로 여겨졌다. 그는 등골이 오싹할 만큼 그 흥분된 느낌이 괘씸해서 견딜 수 없었다.

아마 이 여자는 티머시가 조의 섬에 그녀를 버려두고 오리라고는 여기지 않을 것이다. 정말로 그럴 생각임을 안다면 분명 미친 척하며 소란피울 게 분명하다. 정신이 돌아버릴 조건은 충분하리만큼 갖춰져 있었다. 그 섬은 어느 항구로부터나 4마일은 떨어져 있다. 사람이 살고 있지 않을 때에는 낚싯배밖에 다가오지 않으며 아무도 상륙하지 않는다. 튼튼한 덧문을 닫으면 불빛은 밖으로 새어나가지 않으며, 비록 연기가 피어오른다 하더라도 티머시가 와서 집에 바람을 넣고 있다고 여길 것이다.

이토록 완벽한 계책을 달리 생각할 수 있을까.

그는 퉁명스럽게 말했다.

"별 같은 건 글렌 세인트 메리에서는 신기하지 않습니다."

그 뒤로 웡워스는 다시 입을 열려고 하지 않았다. 그녀는 앉은 채 보트가 조의 섬 잔교로 다가갈 때까지 지그시 초저녁 별을 줄곧 바라보고 있었다.

티머시가 힘차게 말했다.

"자, 다 왔습니다."

"저, 랜디부슈 씨, 정말로 이처럼 쓸쓸한 곳에 나를 버려두고 갈 생각인가요? 아무리 부탁해도 댁의 마음을 바꿀 수는 없을까요? 블라이스 부인이 안다면 어떻게 여길지 생각해 봐요."

티머시는 엄한 목소리로 말했다.

"절대로 내 결심은 달라지지 않습니다."

그가 이토록 고집스러워진 것은 그녀의 매력을 부정할 수 없었던 데다 또 그가 블라이스네 사람들의 의견에 무척 마음 쓰고 있었기 때문이기도 했다.

"랜디부슈 집안사람은 일단 하겠다고 결정하면 끝까지 해냅니다. 지렛대로 움직여도 꿈쩍하지 않지요."

"그러고 보니 블라이스 부인이 댁의 형제는 아주 고집스럽다고 말했어요."

그녀는 조용히 말하고 잔교로 올라갔다. 그윽한 향기가 그녀 둘레에 감돌고 있었다. 이것 또한 미용원 선전을 위한 것이라고 티머시는 생각했다. 블라이스 부인도 교회에 갈 때 똑같은 향기를 주변에 마구 풍긴다는 것을 그는 까맣게 잊고 있었다.

케니스 포드의 별장은 이 작은 섬 북쪽에 있는 바위투성이인 고지대에 지어져 있었다. 창문이라는 창문은 모두 튼튼한 나무덧문으로 가려지고 문이며 덧문에는 단단히 자물쇠가 걸려 있었다. 티머시는 별장 열쇠를 모두 자기가 가지고 있다고 여기고 있었지만 어쩌면 그것은 그 자신의 지나친 생각인지도 모른다. 블라이스 선생도 이곳 열쇠를 가지고 있을지 모른다. 게다가 이 집에는 필요한 것이 무엇이든지 다 갖춰져 있다. 통조림 종류, 커피, 홍차, 그리고 수도설비도 제대로 완비되어 있다.

"여기서는 아주 쾌적하게 생활할 수 있습니다. 좀 어둡지만 램프며 석유가 얼마든지 있으니까요. 침대는 2층 북쪽 방에 있습니다. 어제 바람을 쐬어두었지요."

티머시는 갑자기 얼굴을 붉혔다. 부인에게 침대 이야기를 한 것이 예의없는 일처럼 느껴졌기 때문이었다.

그는 더 이상 아무 말도 하지 않고 밖으로 나와 조용히 문을 잠갔다. 그의 마음을 꼬챙이로 쑤시는 듯한 양심의 가책이 순간 덮쳐왔다. 감옥문을 잠그는 것과 너무나도 비슷하게 여겨졌기 때문이었다.

그는 엄하게 자신을 타일렀다.

'결코 인정에 이끌려서는 안 된다, 티머시 랜디부슈. 에이머스를 구하기 위해서는 달리 방법이 없잖은가. 가엾지만 저 여자를 밖에 내놓을 수는 없어. 내놓기만 하면 곧 낚싯배에 신호를 보낼 테지. 동풍이 불 때는 낚싯배가 이 섬 가까이에 곧잘 오곤 하니까.'

보트를 저어 물굽이 가운데쯤까지 왔을 때 그는 깜짝 놀랐다.

"이런! 미처 생각하지 못했군! 그 별장에 성냥이 있었던가?"

아까 그가 램프에 불을 켠 것은 확실했다. 그러나 기름을 더 넣을 때에는 불을 꺼야만 한다. 그녀는 어떻게 할까?

스스로도 놀랍고 또 화난 것은 티머시가 그날 밤 도무지 잠을 이룰 수 없었던 일이었다.

유괴사건이 그처럼 가끔 일어나지 않는 이유를 알 것 같다. 이토록 신경이 곤두서게 되는 일이니까. 아, 성냥이 자꾸 눈에 거슬리지 않으면 좋겠는데! 그러나 성냥이 없으면 요리할 불도 붙일 수가 없어! 틀림없이 그녀는 굶어죽게 되고 말 것이다. 아니, 그렇지 않아. 통조림이 있잖은가. 차갑더라도 목숨을 지탱하는 것쯤은 가능할 테지.

"자, 돌아누워서 자는 거야, 티머시 랜디부슈."

그는 자신에게 타이르고 돌아누워 보았지만 좀처럼 잠들 수가 없었다.

더욱 난처하게도, 다음 날 아침이 되어도 티머시는 성냥을 전해주러 갈 수가 없었다. 밀이 익었으므로 오전 중요한 시간에 집을 비우면 에이머스가 의심할 게 틀림없었다. 어쩌면 티머시의 죄의식이 그에게 그렇게 생각하도록 했는지도 모른다.

그날 하루가 꽤 길게 느껴졌다. 마지막 짐을 다 나르자 그는 얼른 면도를 하고 옷을 갈아입었다. 그리고 사람을 만나러 허버 하우스에 가야만 하는 것처럼 하고 저녁도 먹지 않고 집을 나오자 바닷가 쪽으로 자동차를 몰았다. 도중에 마을 가게에 들러 성냥을 산 것은 말할 나위도 없다.

저녁 항구는 냉랭하게 안개가 자욱이 끼고 으스스한 바람이 거칠게 불고 있었다. 티머시가 조의 섬에 상륙했을 때에는 뼛속까지 얼어 있었다. 그러나 그가 예절바르게 노크하고 부엌문 자물쇠를 열자 안은 그야말로 즐거워 보이는 광경이었으며 둘레에 맛 좋은 냄새가 가득히 감돌고 있었다.

스토브에는 불이 환하게 타오르고, 긴 파란 레이스 드레스를 입은 앨머 윙워스가 장밋빛 에이프런을 두르고 대구를 튀기고 있었다. 온 부엌 안에 맛있는 냄새가 가득 차고 그것이 커피 향기와 뒤섞여 있었다. 황금빛으로 구워진 머핀이 담긴 접시가 따끈하게 데워진 오븐 위에 놓여 있었다.

그녀의 뺨은 스토브 불로 빨갛게 달아오르고 숱 많은 머리칼은 덩굴손처럼 이마 둘레에 늘어졌으며 눈이 반짝반짝 빛나고 있었다. 티머시는 그녀의 모습에 황홀해졌으나 곧 그런 자신을 몹시 부끄럽게 생각했다.

정신차려야 한다! 절대로 안 된다! 그렇게 되면 에이머스보다도 더 형편없잖은가! 그러나 지금 그로서는 꼬르륵거리는 배를 달래는 일이 불가능했다. 어제는 등골이고 오늘은 배란 말인가! 원인은 저녁 식사 냄새임에 틀림없었다. 티머시는 점심식사 뒤 아직 아무 것도 먹지 않았기 때문이다.

그녀가 말했다.

"어머나, 랜디부슈 씨, 와 주었군요."

티머시는 되도록 무뚝뚝한 목소리로 말했다.

"여기에 성냥이 없는 게 아닐까 걱정스러워서요. 가져오는 편이 좋겠다고 여겨져서—"

그녀는 기뻐하며 말했다.

"어머나, 잘 생각해 냈군요."

티머시는 생각해 냈다는 말을 듣고 좀 당황했지만 그녀의 이야기를 듣고 있노라니 어쩐지 좋은 일을 했다는 기분이 들었다.

"잠깐 앉으세요, 랜디부슈 씨."

티머시는 한층 더 무뚝뚝한 목소리로 말했다.

"아니, 괜찮습니다. 곧 돌아가서 저녁 식사를 해야 하니까요."

"저, 랜디부슈 씨, 저녁 식사는 나와 함께 하는 게 어떻겠어요? 두 사람 몫은 충분해요. 그리고 혼자 먹기가 아주 심심해요. 이 프라이는 수전 베이커에게 배운 거예요. 그녀의 프라이는 유명하죠. 내게 가르쳐준 것은 특별한 호의라지 뭐예요."

자신의 결심이 흔들린 것은 그 커피 냄새 때문이라고 티머시는 혼잣말로 중얼거렸다. 이 향기에 비하면 머틸더 메리가 끓이는 커피 같은 건 그저 끓는 물 같은 거야!

어느 틈에 그는 모자를 벗기우고 다정하게 의자에 앉혀졌다.

"대구가 다 튀겨질 때까지 잠깐 여기서 기다려줘요. 배고픈 사람에게는 말을 걸지 않는 편이 좋겠죠."

맛있는 대구 프라이에 갓 구워낸 머핀, 그리고 향기로운 커피! 그뿐인가, 상식을 다 갖추고 있는 그녀의 태도! 말을 걸어 방해하지도 않고 마음껏 먹게 해준다!

허기가 채워진 뒤에도 뱃속의 기묘한 느낌은 좀처럼 사라지려 하지 않았다. 대체 어찌된 일일까? 블라이스 선생은 뱃속이 자꾸만 마음 쓰여서는 아무 일도 되지 않는다고 말하지 않았던가. 블라이스 선생만큼 뭐든지 잘 알고 있는 의사는 그리 흔치 않을 터였다.

앨머 윙워스는 티머시가 두 잔째 커피를 다 마시고 나자 말했다.

"집안에 남자가 있다는 건 정말 좋은 일이에요."

"아주 쓸쓸하게 느껴지는가 보군요."

티머시는 무뚝뚝하게 말했는데, 이번에는 이처럼 차갑게 말한 데 떳떳지 못함을 느꼈다. 에이머스를 그녀의 손 안에서 구해내야만 했으나, 그렇다고 해서 자기 심정을 그렇듯 속일 이유는 없을 것 같았다.

랜디부슈 집안사람은 언제나 자기들 행동이 단정한 것을 자랑삼고 있었다. 그러나 지금 그의 앞에 있는 윙워스는 결코 듣기좋은 말을 하거나 쓸쓸함을 호소하거나 하여 그의 관심을 끌려고 하지는 않았다. 그는 눈을 커다랗게 떴다.

그녀는 지친 목소리로 말했다.

"그야 조금은 허전해요. 잠시 여기에 앉아 이야기해 주겠죠, 랜디부슈 씨?"

"그건 안 됩니다. 냅 씨며 블라이스 부인이 뭐라고 수군거릴 테니까요."

"블라이스 선생님 부인은 남 이야기에 그다지 관심두지 않아요. 그리고 냅 씨는 여기 온 지 얼마 안 됐는걸요."

"그래도 안 됩니다. 그럼, 잘 먹었습니다. 이처럼 맛있는 프라이는 수전 베이커도 못 만들지 않을까요? 자, 이제 그만 가봐야겠습니다."

윙워스는 턱 밑에서 손을 마주잡고 황홀한 표정으로 그를 지켜보고 있었다. 여자가 그런 눈으로 바라본 게 언제였던가 그는 생각했다.

그녀는 가라앉은 목소리로 말했다.

"아스피린을 가지고 있지 않겠지요? 머리가 아파지는 것 같아요. 이따금 이런 일이 있거든요."

티머시는 아스피린을 가지고 있지 않았다. 집으로 돌아오면서, 그리고 집에 와닿은 뒤에도 그는 윙워스의 일을 줄곧 생각했다. 몸 상태가 나쁜데도 그처럼 쓸쓸한 곳에 혼자 남아 있다! 그러나 이제 와서는 어쩔 수 없는 일이었다. 내일 밤에는 아스피린을 가지고 또 찾아가리라.

그는 아스피린을 꺼냈다. 그리고 돼지갈비고기를 두 토막 종이에 싸고 버터 2파운드를 대황(大黃) 잎사귀에 쌌다. 머틸더 메리는 고기며 버터가 줄어든 것은 알아차렸지만 대체 어디로 사라졌는지 전혀 짐작가지 않았다.

앨머 윙워스는 거실에서 단풍나무를 땐 불을 쬐며 앉아 있었다. 오늘 그녀는 작고 빨간 귀걸이를 달았으며 앵두빛 벨벳 옷을 입고 있었다. 용케도 이렇듯 여러 가지를 가져왔구나 하고 그는 생각했다.

그녀는 티머시를 보자 아름다운 두 팔을 벌리고 뛰어왔다.

"줄곧 기다렸어요, 랜디부슈 씨. 틀림없이 와 주리라고 여겼으니까요. 아스피린이 없어서 어젯밤은 정말 혼났어요. 어머나, 가져왔군요!"

"오래된 것이 아니었으면 좋겠소. 블라이스 선생이 계시지 않아 가게에서 사야만 했으니까요."

"괜찮을 거예요. 정말 친절하군요. 자, 앉으세요. 잠깐 동안 나와 이야기해 주겠죠?"

티머시는 천천히 의자에 앉았다. 또 뱃속에서 기묘한 느낌이 일었으나 그는 이것을 지병이라고 결정해 버렸으므로 곧 블라이스 선생의 진찰을 받아야겠다고 마음먹고 있었다.

"에이머스는 아내에게 너무 일을 시켜 죽게 내버려두고 말았지요."

티머시는 어째서 이런 말을 하고 싶어졌는지 스스로도 모르는 사이에 그만 입 밖으로 나와 몹시 후회했다.

"아니에요, 그렇지 않아요. 그분 부인은 스스로 너무 일을 많이 해서 돌아가셨겠죠. 에이머스 씨가 못하게 하지 않았던 건 나쁘다고 생각하지만요."

후회하는 마음이 점점 더 강해졌다. 아, 자기 형을 이렇듯 헐뜯는 사람이 어디 있을까?

"아무리 형님이라도 도저히 못하게 할 수 없었던 게 아닐까요? 그처럼 부지런한 사람이 가끔 있지요."

앨머 윙워스는 웃고 있었다. 그 미소 띤 얼굴은 그녀의 다른 움직임과 마찬가지로 사람 마음을 즐겁게 해주었다.

"댁은 어떤 일이라도 정당화하는군요, 랜디부슈 씨."

난롯불이 활짝 밝아져 그녀의 윤기 흐르는 머리와 아름다운 드레스를 비추었다. 그때 그녀 모습이 눈 속에 강하게 박혀 돌아오는 동안 내내 티머시 머리에서 떠나지 않았다.

헤어질 때 윙워스는 호소하는 듯한 목소리로 찾아와준 데 대해 고맙다는 인사를 하고 또 와 주겠느냐고 물었다.

역시 또 찾아가 주어야겠다—하루나 이틀 뒤에. 이야기 상대가 아무도 없는 곳에서는 쓸쓸해지는 것도 당연하다. 개라도 있으면 좋을 텐데. 그렇군, 개를 데려갈까? 아니, 그건 안 되지. 짖어대어 다른 사람에게 들켜버리고 만다. 하지만 고양이라면 괜찮다. 좋은 생각을 했군. 그녀는 고양이를 아주 좋아한다고 했으며 쥐가 있다는 말도 했거든. 내일 밤에 당장 데려가야지. 쥐가 있다면 그 피해도 우습게 볼 수 없는 일이니까.

다음 날 4시에 이미 티머시는 물굽이에 보트를 띄우고 있었다. 뱃머리에는 뭔지 모르겠으나 울부짖기도 하고 조금씩 꿈틀거리기도 하는 게 놓여 있었는데, 그것은 감자자루에 넣은 머틸더 메리의 고양이였다. 머틸더가 자기의 애완동물이 없어진 걸 알면 크게 소동벌일 것은 뻔한 일이었지만, 여자를 유괴한 티머시로서는 고양이쯤 데려가는 건 아무것도 아니었다.

앨머 윙워스는 티머시에게 저녁 식사를 함께 하자고 졸랐다. 그녀는 고양이를 진심으로 기뻐하여 두 사람이 저녁 식사를 마치고 이런 저런 이야기를 나눌 때에도 무릎에 올려놓고 줄곧 쓰다듬어 주었다.

그것을 보며 티머시는 자기가 고양이를 부러워하고 있음을 깨닫고 갑자기 두려워졌다.

다음 날 에이머스는 느닷없이 수요일로 예정했던 것을 월요일로 바꾸어 토론토에 가겠다고 했다. 여우 전시(展示)로 세계박람회가 시작되기 전에 해둬야 할 일이 생겼기 때문이었다. 티머시는 마음이 놓였다. 요즘 에이머스는 이전의 쾌활함을 잃고 늘 무슨 일인가로 안절부절못하고 있는 것 같았다. 앨머 윙워스가 좀처럼 샬럿타운에서 돌아오지 않기 때문임에 틀림없다. 아쉽게도 그녀의 주소를 모르기 때문에 만나러 갈 수도 없을 것이다.

에이머스의 출발이 빨라졌으므로 앨머를 자유롭게 해줄 날도 그만큼 빨라졌다. 그러나 그것을 생각하면 티머시의 마음이 밝아지기는커녕 점점 가라앉아갔다. 대체 자기는 어찌된 것일까? 그가 자기 마음에 일어난 변화를 알아차리려면 아직 시간이 걸릴 것 같았다. 그날 밤도 다음 날 밤도 그는 조의 섬에 가지 않았다—1백만 달러를 준다 해도 갈 줄 아느냐고 그는 혼잣말을 했다.

그러나 사흘째 밤이 되자 아무래도 가지 않을 수 없었다. 에이머스가 무사히 토론토로 떠나 앨머 윙워스를 섬에 가둬둘 필요가 전혀 없어져버렸기 때문이다. 뿐만 아니라 블라이스 부부가 돌아왔으므로 그의 계략이 드러날 우려가 있었다. 블라이스 부인은 여자로서는 신기하리만큼 머리가 재빨리 돌아가는 사람이었다.

그를 보자 앨머는 나무라듯 상냥하게 말했다.

"이제 와 주지 않는 게 아닐까 생각했어요. 퍽 쓸쓸했어요. 그렇듯 오래 와 주지 않았으니까요."

앨머의 다정한 눈길은 여느 여자가 1년이나 걸려 이야기할 것을 한 순간에 다 보여주고 있었다. 그 눈의 마력에 티머시는 완전히 사로잡혀버렸다. 그가 그것을 인정한 건 그때가 처음이었지만 아무런 저항감도 없었다.

'나는 난파되고 말았다. 뱃머리에서 배꼬리까지 모두 엉망진창이다.'

그는 우울한 생각에 젖어 있었는데, 실은 그녀가 별을 올려다보았던 그때부터 티머시 마음은 이미 정해져 있었던 것이다. 그것을 인정해 버리자 그는 왠지 모르게 후련했다. 틀림없이 모두들 나를 웃음거리로 삼을 것이다. 그러나 블라이스 부인만은 웃지 않을 것 같았다.

그는 필사적인 얼굴로 말했다.

"에이머스가 토론토로 갔으니 댁은 이제 이 섬에 있을 필요가 없어졌습니다."

그러나 다음 순간 티머시는 그녀가 그리 기뻐하지 않는 것을 보고 깜짝 놀랐다.

그녀는 천천히 대답했다.

"댁은 어째서 나를 이런 곳에 데려왔지요? 먼저 그 까닭을 가르쳐줘요."

그는 숨김없이 말했다.

"에이머스가 댁에게 구혼하는 것을 방해하기 위해서입니다."

지금 티머시는 자신의 좋은 점이며 나쁜 점을 모두 그녀가 알아주기 바랐다.

그녀는 조용히 말했다.

"형님은 그 유괴사건이 일어나기 전날 밤 나에게 구혼했어요. 하지만 나는 거절했죠. 진심으로 사랑하는 사람이 아니면 결혼하고 싶지 않고……그리고 그렇게 할 수 없어요. 내 가정을 가지고 싶기는 하지만 말예요."

그녀의 말이 티머시에게는 전혀 전해지지 않은 것 같았다. 그는 멍한 표정으로 그녀를 물끄러미 지켜보고 있었다. 윙워스는 장난스럽게 방그레 웃었다.

"에이머스 씨와 결혼하면 댁의 친척이 될 수 있으니까 그 점은 기쁘지만요, 랜디부슈 씨."

티머시는 헛기침을 했다.

"미스 윙워스—아니, 미스 앨머, 나는 무슨 일이든 돌려 말할 줄 모르는 사람입니다. 블라이스 부인이 여기에 계신다면 알아주리라 여깁니다만."

블라이스 부인은 앨머에게 티머시 일을 여러 가지로 이야기했었지만, 지금 그녀는 그 일에 대해서는 잠자코 있었다.

티머시가 말했다.

"나와 결혼해 주십시오. 나는—나는 별을 아주 좋아합니다. 그것은 블라이스 부인도 알고 있습니다. 농장에는 내 집이 있지요—좀 더 손질하여 베란다도 달아야 하지만 말입니다. 나는 댁을 소중히……"

앨머 윙워스는 또다시 미소 지었다. 그 웃는 얼굴에는 다행스럽게 여기는 듯한 안도감이 있었다. 이제 앞으로는 아름다움을 되찾으려고 찾아오는 건방진 손님을 상대하지 않아도 되고, 싸구려 하숙집에서 얼마 안 되는 휴가를 보내지 않아도 된다. 하지만 그런 일보다도 이 남자야말로 글렌 세인트 메리 교회에서 처음 만났을 때부터 내 마음에 머물러 떠나지 않던 사람이었다!

"어째서 티머시 씨 마음을 잡으려 하지 않지요?"

언젠가 블라이스 부인이 놀리듯 물은 적이 있었다.

"그분은 여러 점에서 에이머스 씨보다 훌륭한 사람이에요."

그녀는 그에게로 다가갔다. 티머시는 저도 모르게 그녀를 꽉 끌어안고 있었다. 그의 가슴은 45년이라는 세월 속에서 처음으로 느낀 사랑에 대한 흥분으로 터질 것만 같았다.

한 시간 뒤—그것은 1백 년쯤으로 여겨졌다—티머시는 고양이와 짐을 들고 복도를 돌아 뒷문 쪽으로 걸어갔다. 머틸더 메리는 그 고양이가 어디로 갔는지 몹시 이상하게 여겼으나 상대가 고양이고 보니 어쩔 수도 없었다.

"이리로 나갑시다, 미스 윙워스, 아니, 앨머. 바닷가로 가려면 이 문으로 나가는 편이 걷기 쉬워요."

그는 짐과 고양이를 내려놓고 열쇠를 꺼내 열려고 했으나 열쇠가 돌아가지 않았다. 손잡이를 돌리자 문은 쉽게 열렸다.

그가 소리쳤다.

"이런! 열쇠가 잠겨 있지 않았구나!"

윙워스가 차분하게 말했다.

"내가 여기 왔을 때부터 열려 있었어요. 전에도 블라이스 부인과 여기 온 일이 있었어요. 그때 잠그는 것을 깜박 잊었던 게 아닐까요. 블라이스 씨도 이곳 열쇠를 가지고 있거든요."

Lucy Maud Montgomery
ANNE OF GREEN GABLES
《ANNE》의 에피소드

Chang, Rye

가장 순수한 《웨딩드레스》

고아 앤 셜리는 빨강머리에 주근깨투성이고 말라깽이로 너무나 볼품없는 모습이었다. 아무도 자기를 양녀로 데려갈 사람이 없다고 한탄만 하던—그 앤이 드디어 결혼했다.

누구나 '이것만은 말하고 싶지 않은' 기억이 있기 마련이다. 앤의 경우 용모에 대하여, 특히 머리빛깔을 두고 이러쿵저러쿵 말하는 것은 해서는 안 될 일이다. 솔직한 성격의 린드 부인이 빨강머리를 헐뜯자 다짜고짜 화내며 대들고, 학교에서는 '홍당무'라고 놀리는 길버트의 머리에 석판으로 내리친다.

앤은 애정이 깊은 만큼, 또 누군가를 한번 미워하게 되면 다시 마음을 되돌리기 매우 어렵다. 길버트는 앤의 관심을 끌고 싶은 마음에 빨강머리를 놀린 것뿐인데, 노발대발한 앤은 아무리 사과해도 용서하지 않는다. 시간이 흘러 길버트에 대한 원망도 사그러들었을 무렵, 화해할 수 있는 기회가 있었지만 앤은 완강히 거절해 버린다. 그러나 그 일은 앤에게 두고두고 비밀스런 후회의 씨앗이 되었다. 하지만 그녀의 결혼상대는 역시 길버트였다.

"……할 수만 있다면 내가 언제 어디서 결혼식을 올리고 싶은지 알아요? 바로 동틀녘이에요—장엄하게 해가 떠오르고, 뜰에 핀 장미가 향긋한 6월의 동틀녘이요. 나는 살며시 집을 빠져나와 길버트와 만나 손에 손을 잡고 단둘이 너도밤나무숲 깊숙이 헤치고 들어가—

《웨딩드레스 *Anne's House of Dreams*》(초판 발행, 1917) 표지

거기서, 장엄한 대성당 같은 푸르른 아치 아래에서 결혼식을 올리는 거예요."

그러나 앤이 결혼식을 올린 곳은 숲속이 아니라 그린게이블즈였다. 가까운 사람들이 사랑으로 감싼 가운데 치른 멋진 결혼식이었다.

앤은 소녀 시절 스페인성에 살기를 꿈꾸었다. 하지만 스물다섯 살이 된 그녀가 선택한 곳은 지은 지 60년이나 된 낡고 작은 집이었다.

몽고메리는 이 《웨딩드레스 *Anne's House of Dreams*》를 1916년 7월에 쓰기 시작하였다. 그 무렵 《그린게이블즈 빨강머리 앤》을 낸 페이지사와 끝내 소송까지 벌인 사건이 표면화되어 매우 복잡한 상황에 놓여 있었으므로 도저히 즐겁게 쓸 수 없을 것이라고 생각했었다.

그런데 3개월이 지난 10월에 완성하기까지 단숨에 쓸 수가 있었고 (앤 시리즈 가운데 가장 짧은 기간에 쓴 작품임), 쓰는 동안 생각보다 매우 즐거웠다.

게다가 1년 뒤인 7월에 견 인쇄 단계가 되자, 이 《웨딩드레스》는 "이제까지 쓴 작품 가운데 최고의 성과이다. 《만남 *Anne of Green Gables*》과 가장 마음에 드는 《스토리 걸》을 포함해도 그렇게 말할 수 있다"고까지 하며 자신감을 나타내고 있다.

《웨딩드레스》의 무대는 포 윈즈라는 내해에 면한 마을이다. 그곳은

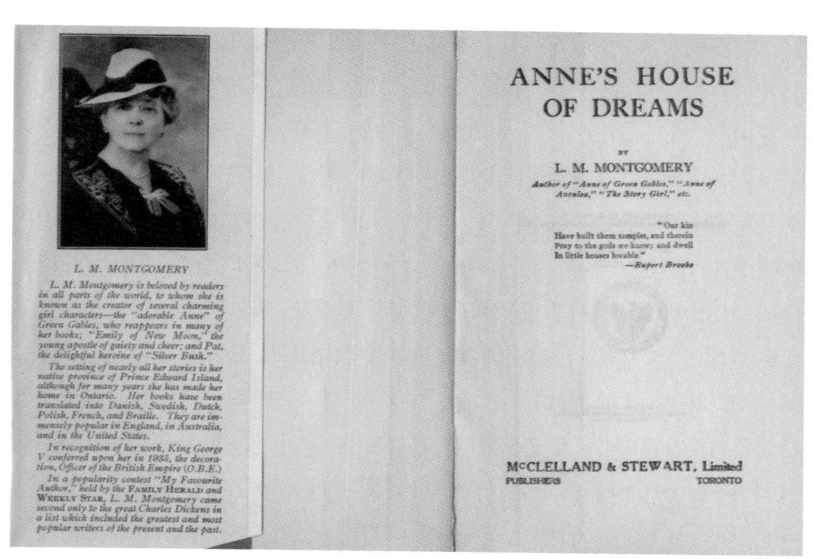

L. M. MONTGOMERY

L. M. Montgomery is beloved by readers in all parts of the world, to whom she is known as the creator of several charming girl characters—the "adorable Anne" of Green Gables, who reappears in many of her books; "Emily of New Moon," the young apostle of gaiety and cheer; and Pat, the delightful heroine of "Silver Bush."

The setting of nearly all her stories is her native province of Prince Edward Island, although for many years she has made her home in Ontario. Her books have been translated into Danish, Swedish, Dutch, Polish, French, and Braille. They are immensely popular in England, in Australia, and in the United States.

In recognition of her work, King George V conferred upon her in 1935, the decoration, Officer of the British Empire (O.B.E.)

In a popularity contest "My Favourite Author," held by the FAMILY HERALD *and* WEEKLY STAR, *L. M. Montgomery came second only to the great Charles Dickens in a list which included the greatest and most popular writers of the present and the past.*

ANNE'S HOUSE OF DREAMS

BY

L. M. MONTGOMERY

Author of "Anne of Green Gables," "Anne of Avonlea," "The Story Girl," etc.

"Our kin
Have built them temples, and therein
Pray to the gods we know; and dwell
In little houses lovable."
—*Rupert Brooke*

McCLELLAND & STEWART, Limited
PUBLISHERS TORONTO

《웨딩드레스 *Anne's House of Dreams*》 속표지

다른 장소와 마찬가지로 모델이 된 실제 장소가 있다. 먼저 포 윈즈 항구는 애번리의 모델이 된 캐번디시 서쪽에 있는 뉴런던 만이라는 크고 아름다운 만을 그대로 그리고 있다.

이 뉴런던 만의 가장 깊숙한 곳 언저리에 뉴런던 마을이 있다.

뉴런던 마을에서 이번에는 서쪽을 따라 세인트 로렌스 만의 바다로 가면 프렌치 리버라는 작은 마을이 나온다. 캐번디시에서 보면 뉴런던 만을 끼고 있는 건너편 언덕인 셈이다. 여기가 '꿈의 집'의 모델이 된 장소로 알려져 있다.

캐번디시와 프렌치 리버 사이는 실제로 15킬로미터쯤밖에 떨어져 있지 않으나, 작품 속에서는 96킬로미터나 떨어진 거리에 두고 있다. 다만 몽고메리는 일기에서, 거리는 멀게 바꾸었지만 뉴런던 만 언저리를 염두에 두고 《웨딩드레스》를 썼다고 적고 있으므로, 이곳이 모델인 것만은 틀림없다.

프렌치 리버에서 조금 더 가면 바다가 나온다. 거기에는 곶과 등대

가 있으며, 건너편의 캐번디시 쪽으로 모래언덕이 있는 모래톱이 길게 뻗어 있다. 모든 것이 《웨딩드레스》에 그려진 그대로다.

프린스 에드워드 섬 가운데서도, 뉴런던 만에 면한 이 일대는 뛰어난 아름다움을 자랑한다. 고요한 푸른 항구, 높고 낮게 이어지는 초록 목초지, 곧게 뻗은 붉은 길, 여기저기 흩어진 농가, 그 둘레의 짙은 녹색 숲, 깨알을 뿌린 듯 풀을 뜯는 소떼, 붉은 벼랑에 하얀 모래톱, 그리고 그 앞에 펼쳐진 군청색 세인트 로렌스 만.

몽고메리는 프렌치 리버에서 또 4킬로미터쯤 떨어진 파크코너라는 마을에 자주 놀러 갔다. 그녀는 마차에 흔들리며 몇 번이고 이 멋진 경치를 바라보았다. 몽고메리가 캐번디시에서 살았던 곳은 외갓집이었지만, 친할아버지인 몽고메리 상원의원과 큰이모의 시집인 캠벨 집안이 그 파크코너에 있었다. 캐번디시에서 파크코너로 마차를 타고 갈 때, 몽고메리는 늘 가슴이 뛰었다. 캠벨 집안을 매우 좋아했기 때문이다.

맥닐 집안의 조부모는 도덕적이고 엄격하게 몽고메리를 길렀지만, 몽고메리 집안과 캠벨 집안은 훨씬 정서적이고 가정적인 따뜻함으로 몽고메리를 감싸 주었다. 특히 캠벨 집안에는 사촌이 넷이나 있었으므로, 참다운 가정의 맛을 느껴보지 못한 몽고메리로서는 유일하게 이곳에서 많은 가족에 둘러싸여 즐겁게 지낼 수 있었다.

캠벨 집안은 몽고메리의 마음속에 언제나 즐겁고 따뜻한 추억으로 자리하여, 캠벨의 은빛 숲의 저택 창문에서 내다본 작은 늪이 '빛나는 호수'가 되어 작품 속에서도 독자에게 잊지 못할 역할을 하고 있다.

몽고메리가 곤경에 처했을 때 도움의 손길을 내민 것도 캠벨 집안이었다. 맥닐의 외할머니가 죽어 오랫동안 살았던 집을 비워 주어야 했을 때(먼저 돌아가신 외할아버지가 자기 아들, 즉 몽고메리의 외삼촌에게 집을 유산으로 남겼기 때문임), 몽고메리를 받아 준 것은 캠벨 집안

▶ '꿈의 집' 거실에 있는 카메라와 램프

▼ 프렌치 리버에 있는 '꿈의 집' 모델

이었다. 그녀가 외할머니가 돌아가시기 5년 전에 약혼한 이완 맥도널드 목사와 결혼식을 올린 것도 캠벨네 집이었다.

《웨딩드레스》의 무대가 된 파크코너를 포함한 프렌치 리버 언저리에 대한 몽고메리의 애정이 몽고메리로 하여금 이 훌륭한 작품을 쓰게 한 것이리라.

은빛 숲의 저택 2층 창문에서 내다본 풍경
농장의 연못 '빛나는 호수'가 보인다.

그런 마음이 있었기에 부드러운 애정에 넘치는 앤 시리즈 가운데서도 가장 순수한 사랑의 테마로 이루어진 《웨딩드레스》가 태어난 것은 아닐까. 여기에서는 사랑이 인생을 지배하고, 사랑이 인생에서 승리하고 있다. 또한 사랑을 철학적으로 얘기하고, 사랑이 인간의 모습으로 나타나 있다.

그 좋은 예가 짐 선장이다. 몽고메리의 펜이 낳은 인물 가운데에는 매우 매력적인 사람이 몇몇 있지만, 그 가운데서도 이 짐 선장은 한결 뛰어나다. 몽고메리 스스로도 그렇게 느끼고 있는 듯 짐 선장은 자신이 만들어 낸 인물 가운데서도 특히 마음에 드는 캐릭터라고 일기에 쓰고 있다. 거친 바다를 용감하게 헤쳐 나가는 냉철한 바다의 사나이, 젊은 시절 잃은 사랑하는 여자 마거릿을 언제까지나 사랑하는 로맨티스트가 하나가 되어 따뜻함이 느껴지는 속깊은 인물이 태어났다.

짐 선장은 입버릇처럼 '요셉을 아는 사람들'이라는 말을 했다. 실은 이 말은 캠벨 집안의 막내딸 프레더(프레더리카)가 즐겨 쓰던 말이었다.

몽고메리는 학교에서 가르쳤던 이 아홉 살 아래의 이종사촌 동생을 평생 동안 가장 친밀한 벗으로서 변함없는 우정을 나누고 마음의 지주로 삼았다. 프레더는 몽고메리와 크리스마스를 함께 지냈고, 몽고메리의 장남이 태어났을 때도 함께했다. 그녀는 몽고메리에게 함께 떠들며 놀기만 하는 상대가 아니라, 지성적인 이야기도 주고받을 수 있는 친구였다.

프레더는 서른여섯 살의 젊은 나이에 폐렴으로 세상을 떠났다. 《웨딩드레스》가 출판된 2년 반 뒤의 일이었다. 몽고메리는 물론 임종에 입회했으며 '요셉을 아는 최고의 친구'를 잃고 망연자실한 가운데 이렇게 쓰고 있다.

▲프레더 캠벨(Frede Campbell)
모드보다 9세 아래 이종사촌. 제자이자 친구.

▼로러 프리처드(Laura Prichard)
16세 소녀 시절 친구이자 평생 친구.

"프레더는 동쪽 하늘이 붉게 타는 해돋이 때 저 세상으로 떠났다. '새벽과 함께 사라진' 것이다—《웨딩드레스》 속의 늙은 짐 선장처럼."

그리고 몽고메리는 1년 뒤에 완성한 《아들들 딸들》을 프레더 캠벨의 영전에 바쳤다.

몽고메리는 열여섯 살 때 서부에 있는 서스캐처원 주의 프린스 앨버트에 있던 아버지와 1년 동안 살면서 그곳의 고등학교에 다녔다. 그때 남자친구가 같은 학급의 윌리 프리처드였고, 윌리의 여동생이 로러였다. 로러는 수도원에서 운영하는 여학교에 다녔으므로 학교는 달랐지만 윌리의 여동생이라는 것과 하숙집이 몽고메리 아버지 집의 이웃이었던 인연으로 두 사람은 좋은 친구가 되었다.

겨울 별이 빛나는 하늘 아래에서 썰매를 타고, 황혼의 여름 초원을 산책하고, 서로 비밀을 털어놓기도 하면서 몽고메리의 행복하지만은 않았던 계모와의 나날을 로러의 우정이 구해 주었던 것이다. 몽고메리는 로러와 그 뒤로도 편지를 주고 받았으며, 소녀 시절 친구로서 소중히 대했다. 참으로 소중한 친구는 프레더와 로러뿐이라고 말했을 정도로, 이 두 사람은 몽고메리에게 귀중한 사람이었다.

사랑에 감싸여 새로운 생활을 시작한 앤과 길버트는 앞으로 포 윈즈 항구 깊숙한 곳에 자리한 글렌 세인트 메리 마을에서 여러 남매를 낳고 기르게 된다.

김유경
숙명여자대학교 미술대학 서양화 전공(부전공 영문학) 졸업
창작미협전 「정월」 특선 목우회전 「주왕산」 입상
지은책 「조선 열두달 이야기」 옮긴책 「잉걸스·초원의 집」
「몽고메리·앤스북스」 10권

Lucy Maud Montgomery
ANNE OF GREEN GABLES

ANNE

5
웨딩드레스

루시 모드 몽고메리/김유경 옮김
1판 1쇄 발행/2002. 1. 1
2판 1쇄 발행/2004. 6. 1
3판 1쇄 발행/2014. 5. 5
3판 5쇄 발행/2023. 5. 1
발행인 고윤주
발행처 동서문화사
창업 1956. 12. 12. 등록 16-3799
서울 중구 마른내로 144(쌍림동)
☎ 546-0331~2 (FAX) 545-0331
www.dongsuhbook.com

*

*

사업자등록번호 211-87-75330
ISBN 978-89-497-0849-2 04840
ISBN 978-89-497-0844-7(전10권)

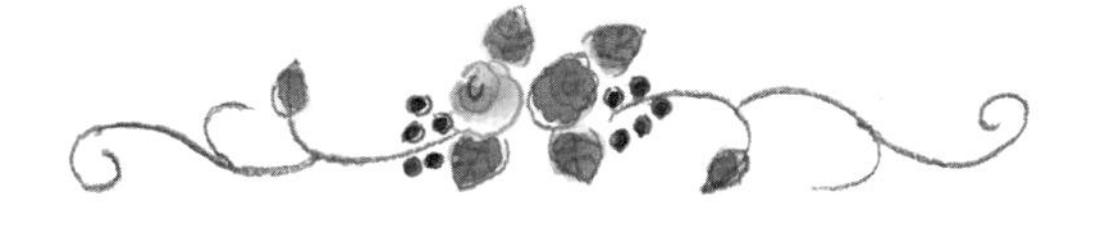